车桥

CHEQIAO

车桥

于兆文◎著

★ 江苏省作协第十一批重大题材文学作品创作工程项目

★ 淮安市文联第十二届重点文艺作品签约项目

江苏人民出版社

图书在版编目（CIP）数据

车桥　车桥 / 于兆文著. -- 南京 : 江苏人民出版社, 2025. 3. -- ISBN 978-7-214-27845-6

Ⅰ. I247. 5

中国国家版本馆 CIP 数据核字第 2025T84N37 号

书　　名　车桥　车桥
著　　者　于兆文
责任编辑　强　薇
装帧设计　赵春明
责任监制　王　娟
出版发行　江苏人民出版社
地　　址　南京市湖南路 1 号 A 楼，邮编：210009
照　　排　江苏凤凰制版有限公司
印　　刷　南京艺中印务有限公司
开　　本　718 毫米×1000 毫米　1/16
印　　张　29　插页 1
字　　数　410 千字
版　　次　2025 年 3 月第 1 版
印　　次　2025 年 3 月第 1 次印刷
标准书号　ISBN 978-7-214-27845-6
定　　价　88.00 元

目录

引　子

水乡，自然水多。

从哪里说起呢?

从一条河吧。

它叫涧河。

第一章　飞机来了

淮水东归处，一眼望千年。

涧河，宋代循邗沟故道开挖，宛如运河的胸襟里飘出的一只衣袖，迎风拂舞，蜿蜒而去，一路浩浩汤汤，汇入绿草荡、射阳湖，最终东归入海。

这条衣袖的臂弯处，横亘着一方灵秀之地，她的名字叫车桥。

千年涧河，涵养了千年古镇，她从车桥的胸腹里穿越而过，将古镇一分为二，自西向东五座高架木桥，寿福桥、富福桥、德福桥、康福桥、孝福桥依次排列，如同繁体"車"字五横，涧河若"車"字一竖，周以土坝围之，象形为"車"，从此古镇得名"车桥"。

大概因为淮安城曾有仁字坝、义字坝、礼字坝、智字坝、信字坝"五坝"相连，所以乡人口中，常将河流、码头、围坝齐全的车桥谓之为"车桥坝"。

千年共舞，相伴相生。一条涧河，上泄潴水积涝，下通海运漕粮，东乡州县来往货物全从此过，是名副其实的水陆通衢要道。清代车桥先贤潘四农归乡时，面对涧河上舟楫纵横、帆樯林立的繁盛景象，不由得感慨万千，当场赋诗一首：涧水入东湖，曲折送归艇。岸转不见人，林缺受帆影。

车桥，是一座古镇，却有着州府的气派。古镇周筑圩坝，外开壕沟，圩高二丈，东西长二里余，南北约一里半。设有四门，"东临瀛海""南映邗江""西临长淮""北观大河"之匾额赫然醒目。

作为一乡村坊井，建有圩垣城坝，实属罕见，但让人叹为观止的远不仅此。20 世纪二三十年代，商贾云集的车桥尚有 1200 余户近万人居住，堪称淮邑东乡之首镇。

镇中商户店铺鳞次栉比，商店、粮行、米厂、油坊、木厂、酿酒、制烟、织布、缫丝及各类手工业应有尽有，茶馆、书场、戏台座无虚设，晚来大街小巷家家灯笼高挂，夜市如昼，“苏北小南京”之誉不胫而走。

进入古镇，移步换形，举目皆景：涧曲归帆、五桥晴雪、桑堤夕照、柳园春雨、兜率古槐、郭墓寒松、东墅寻梅、南池晚步，“五桥八景、十三庵观、一百单八巷”的万千气象，更是让车桥人文蔚起、声名远播。

一城文明，有时也挡不住一场突如其来的浩劫。

1937 年 7 月 7 日，卢沟桥一声枪响，日寇撕开了狰狞的面纱，侵华战争全面爆发，中华民族陷入了空前的灾难中。战火迅速燃遍华夏大地，随着首都南京的陷落，国民党节节败退。1939 年 3 月 1 日，日军在毫无抵抗的情况下，从淮安城西门大摇大摆地进入淮城。

国民党鲁苏战区副总司令、代理江苏省政府主席韩德勤部及省政府机关流落曹甸一带，淮安县政府跟着迁到了曹甸东小奈沟。车桥作为苏北、苏中、淮南、淮北的分界点，作为淮宝盐阜地区的中心大镇，一时间成为兵家必争之地。

1939 年 8 月 21 日上午，车桥上空响起了刺耳的轰鸣声。

“这是什么东西？”许多人自生下来就没有见过这样的庞然大物，男女老少都仰着脖子，对着天上的东西指指点点，像平时看热闹一样。

“一架，两架，三架，这是飞机！”见过世面的人知道这是飞机，但从没有这么近距离地看过。

“剑泓，快，快带大家躲起来！日本人的轰炸机来了！”富福桥旁边陶坝口的严淑平大声招呼着私塾里的孩子。剑泓是他的孙子，今年 13 岁，其生而颖悟，天资过人，还有一身虎劲，是私塾里的孩子王。在剑泓的带领下，东厢房，西厢房，客厅，厨房，柜子下面，桌子下面，挤满了藏身的孩子。

安顿好孩子们，严淑平迅捷冲了出来："乡亲们，快跑啊，这是日本人的飞机，会炸死人的啊！"

可人们拉长了脖子，还在兴致勃勃地瞅着古镇上空的"天外来客"。

车桥历史上有"鲍、邵、严、任"四大姓。首推鲍姓，以前清举人鲍桂生为代表，曾出仕清河道、雁平道，贵而多资，但人丁不旺。邵姓以举人邵鲁南为代表，经商发家，财产与鲍姓差不多，人丁鼎盛，约有百户之多。严、任两姓仅各有十余户，人丁不盛，财富亦较次。

万事无常新，风水轮流转。至民国初，四姓均已中落，财富已远不如昔。迨至今日，从才学名望上来说，四姓中严淑平当属人中翘楚。

看到日本人的飞机，严淑平根根寒毛竖起，一种切肤之痛涌上心头，他曾亲眼见过日本人的凶残。

去年农历五月十八那天，淮安县四区区长邵毓云一早来找他，请他一同去县城，参加县府召开的民众组训备战会议。全民抗战后，蒋委员长号召"地不分南北，人不分老幼，皆有守土抗战之责"。听说日本人已经两次轰炸淮安城，南京沦陷了，国军一路败退，淮安城早晚也要落入敌手。但是也不能看着船沉，上面发出指令，要求各县提前做些民众动员组织工作。

两人匆匆从车桥坝登上涧河码头，坐船进城，纤夫悠扬的号子声中，船家竖桅扯篷。河岸两边的芦苇迎风招展，遍地生长的灌木野花让人目不暇接。满目葱茏中，二人一路上讽古论今，侃侃而谈。

一个私塾先生、一个四区区长，一个布衣老翁、一个青年才俊，他们是怎么扯到一起的？可是在车桥，提到这两位忘年交的关系，人人皆知。

老夫子严淑平，清末秀才，曾在县里担任文牍长，后回乡教书。此人上知天文，下知地理，四书五经，无所不通，诸子百家，无所不精，古书上的段子，信手拈来，肚中的奇闻轶事，如数家珍。现年六十有一，耳聪目明，身体健朗，是车桥街上数一数二的国学大儒，有"大先生"的雅号。此公口碑人缘甚好，平日里待人诚恳公道，为人热心仗义，乡里乡亲遇到难事烦事，都会找他来评评理谈谈心。

区长邵毓云，受其父亲、东乡名士邵天雷影响，从小饱读诗书，对诸子百家钻研颇深，写得一手好文章。少年立志，誓以中山先生“三民主义”作为毕生追求，14 岁加入国民党，历任县党部秘书、训练部考查干事、四区区公所助理员、四区区长，掌管车桥、泾口一带政务。

邵毓云父亲邵天雷生前曾与严淑平、周实、周人菊、张冰等一批车桥义士，同为南社成员，经常在一起指点江山，激扬文字。空有一腔抱负的邵天雷，一直以教书为生，常为当初意志不坚、没有追随周实等人参加辛亥革命而抱憾终老。前不久刚刚撒手人寰，病逝前将其子邵毓云托付给好友严淑平，嘱其好生照拂。

回乡任职的邵毓云，住在车桥邵堂楼老屋，平日里与严淑平以叔侄相称，经常在一起纵论国事、闲谈家事。邵毓云深知严淑平的学识涵养和处事能力，多次邀请他出任区公所助理员，严都以“年事已高，不堪视事”为由，婉言谢绝。

卢沟桥事变发生后，严淑平一直关注着国家形势的发展，常以谭嗣同“我自横刀向天笑，去留肝胆两昆仑”自谓，誓与倭贼不共戴天。大敌当前，县里要求各区组建中心民校，他竟欣然答应出任四区中心民校校长。邵毓云好不高兴。

进了会场，离会议开始还有一段时间，各人自找熟人聊了起来。严淑平一眼看到了车桥同乡老友周人菊。

“淑平兄，想不到把您给请出山了啊?”同是南社成员，周人菊与严淑平相见很是亲切。

“我本不想过问世事，但抗日是民族大义，大敌当前，严某义不容辞做一点分内之事而已。记得当年人菊兄酷爱菊花，常带我们在车桥放生庵魁星楼上赏菊、吟菊，最后名字周作仁也改为周人菊了。”

众人哈哈大笑。

“老弟现在贵为一区区长，身上干系不轻啊。”严淑平转身拉过邵毓云介绍给周人菊，“这是天雷兄的二儿子，现在是四区区长。”

“真是虎父无犬子啊。四区是一年之内三易区长，你是临危受命，也是众望所归。当年周实兄为了光复淮安，而遭人陷害英勇就义，现在天雷兄又走了，哎，家国不宁，物是人非啊！”

“人菊兄，你是一区区长，管着淮城的事务，听说日本人的飞机已经来淮城轰炸了两次了，你能否给我们说说当时的情形。”

周人菊一提这话，顿时气不打一处来：

“日军飞机是农历四月二十四、二十五连续两天来轰炸的。农历二十四大概上午10点，三架日机来淮城上空低飞盘旋。这一次他们可能是来侦察的，南门外是我们的粮食集散地，堂子巷、珠市街粮行一家挨一家。有一架飞机当时就从天上俯冲下来，‘轰隆’一声巨响，当场炸死几个路人和几头毛驴，南门城楼中间部分被炸塌，变成了一个‘凹’形，还好没有炸坍，当时躲在门洞里的200多人得以幸免。

“第二天可就惨了。上午9点多，日本人一下子出动12架飞机，绕城低飞一圈，炸弹像雨点一样落了下来。南门一条街，被炸成了瓦砾场。我们组织救人，瓦砾堆里到处是尸体，有的只露出人头，五官难辨；有的仅现出一段身躯，血肉模糊；脚下到处能踩到黏糊糊的血肉。可怜一个小伢子被埋在土里，只露出小脑袋和一只弯曲的胳膊，身子被炸得不知道飞到哪里去了，惨不忍睹啊……

“漕运总督署那边有一个防空洞，洞深一丈左右，长约六丈，宽约二丈，洞上铺的是碗口粗的杉木，上面覆盖一丈多厚的土层，洞的两头有进出口，供人出入。这是当时淮城最坚固的一所防空洞，可容纳二三百人。由于日本飞机来得突然，投弹时，洞内仅躲进去一百多人。一枚重磅炸弹落在洞口，弹坑足有三丈多深，强大的冲击波和浓烟使躲在洞里的人全部丧命。事后从洞里抬出的遇难者尸体，浑身泥土，面容漆黑。死者家属只能从衣着和体形上去分辨、认领，号啕痛哭之声不绝于耳。这次轰炸，毁民房近千间，炸死、炸伤无辜百姓两百余人……”

“作孽啊，遭雷劈的日本鬼子！”众人义愤填膺，纷纷骂了起来。

那天会议最后由县长黄晋珩讲话，黄氏口才不错，时势分析，滔滔不绝，大约讲到一半的时候，会场突然一阵骚动。

“不好了，日本人的飞机来了！”县府警卫队的人冲了进来，大家跟着离开了会场，疏散到最近的简易防空点。

只见六架日机飞抵淮城上空，一阵狂轰滥炸，接着就是一阵阵机枪扫射的响声，地面顿时颤动起来，房屋大片坍塌下去，整个城区火光冲霄，浓烟遮天，爆炸声中老百姓四处逃散。

首先被炸的就是县府会场所在地。有人怀疑，敌人怎么踩着我们开会的点来轰炸，是不是有人提前给日本人通风报信了，看来对方是有意来给我们一点颜色看看的。到底谁是内鬼，谁也说不清楚。

“金华寺金汤浴室北侧被炸，弹坑三丈多！”

“百善巷、锅铁巷、廖家巷遭到轰炸、扫射，死伤三十多人！”

“一个叫林宝昌的青年学生被炸弹掀到半空，撂过街道，尸体最后落在数十米外的屋顶上！”

“大沟巷头一家理发店被炸毁，一个姓李的理发师被炸得只剩一个身子，头颅也不知道炸到哪儿去了！”

“三角桥一带，日机投下大量的燃烧弹，三十多间房屋全部炸毁，几十间零散草屋也中弹起火！”

……

各路被炸情况纷纷传来。傍晚，严淑平和邵毓云叔侄俩出城的时候，一路上到处都是遇难者的尸体、肢体，许多人身上满是弹孔，见此惨状，他们嗓子眼像是被什么堵住了似的，心情很是沉重。事后，有人作了统计，淮城被日机连续三次轰炸，共炸死、炸伤无辜百姓 320 余人，炸毁民房 1300 余间。

“狗日的鬼子，我操你八辈祖宗！”在涧河返程的客船上，一想起这一幕幕的情形，从不与人爆粗口的严淑平，脸上的青筋顿时根根暴起，忍不住骂了起来。

淮安城遭轰炸后不久就沦陷了，日本人很快又盯上了车桥。

这天，也就是 8 月 21 日，车桥人注定忘不了的日子。

上午，车桥人还像往日一样过着他们寻常的日子。当日本人的飞机飞临古镇上空的时候，许多人真的是像看热闹一样地迎接它的到来。

他们没有人听得进严淑平的警告。

“你们看啊，那飞机上贴着的东西像不像红屁股膏药?”有人嘲笑着机翼上日本的国旗。

就在众人指手画脚地哄笑间，炸弹轰然落下，这一次每个人才真切地感受到，降临的是一场前所未有的灾难与震恸。刹那间，大地在颤动，河流在颤动，房子在颤动，人心也在颤动。

“不得了了，西桥头河北里着火了!”

“陶坝口死人了，一个骑驴的汉子，人被炸飞上了天，驴子被炸得血肉横飞!”

“西头张木匠家房子炸塌了，一家人被埋在里面都死了!”

“纸匠铺里蔺培元家刚满月的儿子炸死了!”

人们这才醒悟过来，这不是平常的看戏看热闹，这是一场真真切切的轰炸，一场明目张胆的杀戮。

火焰伴着烟雾升腾，哭声伴着叫声升腾，街上的人们四散奔逃，没有方向性地躲藏，没有目的地地逃窜。

一切都乱了。飞机上的日本军人看着下面四处逃跑的人们，疯狂地吼笑着，他们喜欢看到这样的场景。

在他们的眼里，中国人都是东亚病夫，大和民族才是上等民族，他们来中国就是为了响应天皇陛下的恩旨，来拯救这些愚昧的“臣民”，让他们享受“大东亚共荣圈”的福祉。他们笃信，这是一场“圣战”，所到之处竟还有人反抗，他们就是要从肉体和灵魂上消灭一切反抗者。

严淑平赶来，抱起已经没了呼吸的孩子，看到蔺家人躺在地上呼天抢地的样子，他内心一阵阵地揪痛。

蔺家纸扎匠手艺是祖传的，蔺培元是独生子，30岁才生下这个儿子，五天前，蔺家刚刚办了孩子满月酒。他还应主人要求，为孩子起了名字：蔺春辉，希冀孩子的前程一路春光。想不到在家睡觉的孩子，梦中竟被飞来的弹片杀死。

此刻，蔺培元的女人躺在地上昏厥过去，众人七手八脚，掐人中、拍胸脯、唤她的名字，几番摆弄，那女人终于醒了过来。只见她一骨碌爬了起来，冲上来就一把抢过孩子，紧紧地抱在怀里，然后飞也似的冲上了富福桥，在桥上把孩子举得老高，连声狂喊着：我的乖乖肉啊，我的乖乖肉啊……

众目睽睽之下，又见她撩起衣襟，露出白花花的胸脯，使劲地将乳头塞向儿子的嘴边，可儿子紧闭双唇，再也不能贪婪地吮吸妈妈的乳汁了。

她分明疯了，没有人能安慰她，这可是痛彻肝肠的丧子之痛啊。

"可怜的伢子啊，你好不容易来世间投胎，就这么来了一圈又走了，你让他们夫妻俩怎么活哟!"在场的每一个人都在流泪，每一个人都在诅咒着日本人的飞机。

"日本人炸了走了，难道就这么完事了？国民党军队是吃干饭的吗?!"这时，有人想起了车桥驻军。

"他妈的八十九军独立团潘干丞早就带着他的部队溜之大吉了!"

这一点，严淑平早就得到了情报。几天前的那个晚上，邵毓云急匆匆地来找严淑平。

"叔啊，我要告诉你一个事情，你要提前做好万全之准备。"邵毓云一脸神秘。

"什么事这么神秘?"

"据可靠情报，日军近期要来轰炸车桥，韩德勤从曹甸去了兴化，车桥驻军没有制空权，日本人来了他们也对付不了。今天我和驻军潘团长喝酒时，他透露这两天也要南撤。我们区公所和庄河口的县府各机构都暂时搬到曹甸办公了，要不你也外出避避风头再说?"

“我一介穷书生，纯属无用之人，日本人能拿我怎么的，跑又何用?”

“日本人烧杀抢掠，无所不为，你千万不能有闪失，我们走后，车桥一方人还仰仗着叔与日本人周旋呢。”

“你放心地去吧，老夫自有分寸。临行前，老夫提醒你，‘大节勿污千载史，少时便尽百年身。’这是陆放翁的诗，意思说，越是临难时，越要保持高尚的节操，而不致玷污千年名史，趁着年轻，更要轰轰烈烈干一件大事。”

邵毓云匆匆而去，严淑平一脸正色地站在风里，望着他的背影连声叹息。在他看来，邵毓云这个从车桥邵堂楼走出的后生，像一株绿植，根脉本来不错，可惜长错了地方，哎，天各有命，人各有志，随他去吧。

对于国民党，严淑平有着深切的认识。从四一二反革命政变到七一五反革命政变，从东北九一八事变到卢沟桥七七事变，从南京失守到两淮陷落，他早就看清了国民党的面目。西安事变后，虽建立了抗日民族统一战线，国民党嘴上高喊抗日口号，可暗地里却是消极抗战、积极反共。

就拿去年要他出来做民训学校的校长来说，刚刚组织了地方上的一批年轻人来上课，没几天就暂停了，说是训练课目上有赤化宣传内容，这样下去，似乎是为共产党培养干部。你说，抗日分什么党派，共产党和国民党都是一家兄弟，本是同根生，相煎何太急，唯有兄弟携手，同仇敌忾，这才是上策。中山先生的遗训，怕是早就被他们丢到屁股后头去了。

现在日本人来了，淮阴、淮安是不放一枪，车桥还是不放一枪，国民党军队溜之大吉，这对得起老百姓吗？无怪乎人们编了一个顺口溜骂韩德勤：

天上有个扫把星，
地上有个韩德勤。
手上拥兵几十万，
专门欺负老百姓。

面前鬼子不敢打，

反共摩擦最卖劲。

位卑未敢忘忧国，事定犹须待阖棺。自古以来，中国文人的骨血里都奔涌着一种家国情愫，修身齐家治国平天下，是历代大儒们一生的梦想。

严淑平尽管在家里教着私塾，传着国学，但他始终怀有一颗赤诚爱国之心，始终关注着淮安城日本鬼子的情况。

通过各方打听，加上邵毓云的零星介绍，得知日本人占了淮安后，淮城的沙贵章等大小汉奸粉墨登场，搞什么所谓的“以华治华”。随后，日本人又将伪化区向郊外扩展，东面由下关、闸口至黄土桥，西面由杨庙至黄码，南面由二堡、平桥至泾河，北面由河下至板闸，都建立了区、乡、保三级伪政权。

在严淑平看来，更大的阴谋还在后头，今天日本人的飞机来车桥，是来侦察的，接下来肯定有地面部队的入侵，像车桥这样的中心集镇，日本人肯定要建立据点。

这一次轰炸，车桥人总算领教了日本人的凶残，那些心怀侥幸的人，慢慢开始醒悟，大多数人不再抱有幻想。

“大先生，日本人真的会来吗?”有人不死心，仍怯怯地问道。

“肯定会来！淮城也是三次轰炸后才占领的，我们车桥是东乡重镇，日本人不会放过我们的!”严淑平给了肯定的回答。

“听说日本人烧杀掳掠，无恶不作，现在也不指望国民党的乌兵了，我们车桥人要不要做一些准备?”

“日本人为什么叫鬼子，因为他们没有人性，今天的轰炸就是一个明证，大家不要心怀任何侥幸。我们要提前做好准备，大家能出去躲亲戚的，赶紧去躲，能藏的粮食，尽量藏好，日本人来了，就让他得一个空城!”

一场轰炸之后，车桥人拭去泪水，强忍着悲痛，各家各户紧张地准备起来。

第二章　大火三日不绝

1939 年 10 月 21 日，农历九月初九，日军的地面部队来了。

与第一次轰炸车桥的时间，相隔整整两个月。这一次没有飞机，却带着大炮、机枪，端着明晃晃的刺刀。

此时的车桥，除大街、南街、北街、东街、薛家巷、鲍大巷、花园巷、五槽巷、当铺巷、周家巷还有些人气，其他街巷行人甚少，店家门前冷落。

许多人家门口，坐着一些老弱病残的人，在守着他们的家园，守着他们的店铺，守着他们的风烛残年。

这些人自认为已是半截下土的人，死都不怕，还怕什么日本鬼子。

车桥人历来心齐，在严淑平发出坚壁清野的倡议下，镇上“鲍邵严任”四大家族带头响应，车桥人开始有组织地把粮食，把值钱的东西，陆续藏到了圩外的亲戚故友处。他们还把年轻人，特别是年轻的女子送到更远的乡下，听说日本人见到女人眼里放光，不会轻易放过的。

车桥的烟火气还在，商气还在，粮行、布庄、茶馆、酒肆、银楼、代买行、质库、书场等还是正常营业，华兴、荣茂、源兴、荣发、义成、鼎兴、顺泰等老字号依旧敞门迎客，邵福兴百货店、严公盛广货店、关泰广货店、赵大生烟店、华阳春饭店、晋丰恒酱园店、永茂银楼、仁丰粮行、严氏商场、华兴陆陈行、王氏猪行等知名商号继续强撑着门面。这些店铺关乎民生，还与周边阜宁、建阳、湖垛、安丰、太仓、曹甸、宝应等七里八乡的商号有着上下游的关联，不可轻言息业。

严淑平也在做着防备。说起来，老先生也是苦命之人，一共生了五个女儿，前面三个接二连三地夭折，好不容易活下来两个。儿大不由爹，前些年大女儿严静娴在涧河渡口开一爿茶铺，又会唱淮剧，生意很是红火。不知怎的，后来与外地一跑船的名叫戴二的后生对上了眼，跟着人家跑了，至今没有音讯。听跑船的人说，她可能在镇江一带搞水上贩运买卖。严淑平尽管脸面上挂不住，但倒算开明，有人提起大女儿，他总是一句：随她去吧。

二女儿严静雅，也是能说会唱，他视若掌上明珠，一直当儿子来养。当年夫人生她的时候难产，接生婆费了九牛二虎之力，夫人好不容易生下了她，落下了一身病，不久就一命呜呼。二女儿 18 岁那年，严淑平亲自作主，将她嫁给一个叫卢志清的外地后生。卢志清会一手祖传的厨艺，家人在一次日本飞机的轰炸中全部丧生，只身一人流落到此。见小伙子为人实诚，又会一门手艺，严淑平决定招赘上门，婚后夫妻俩生下一个儿子，严淑平给起名卢剑泓，让剑泓还姓着卢家的姓。卢志清也很感动，就让剑泓管严淑平叫爷爷，不叫姥爷。

在涧河边长大的剑泓，自小聪明伶俐，机灵过人，名如其人，有时锋芒如出鞘利剑，有时温顺如清波一泓，像是个复合体。严淑平很是喜爱这个孙子，一直精心传授、用心培养，以期将来成为栋梁之材。

几天前，严淑平把家里的两个佣人给辞了，又劝卢志清带着静雅母子去流均沟一带躲避一下，那里是芦荡水网地区，可以藏身。可卢志清现在是车桥华阳春饭店的掌勺人，饭店老板李春明待他不薄，要是走了，饭店就黄了，他实在于心不忍。老板说了，越是乱世，饭店越要设法开下去，日本人也是人，他们也要吃饭，于是华阳春饭店还在正常营业中。

思来想去，严淑平想到了一个人，一个美国人。

车桥当铺巷南边，有一座福音堂，神父是美国人孟格美牧师，四十多岁，一顶礼帽下面是一张长满络腮胡须的长脸，既有几分冷峻，又有几分优雅。他的中国话说得非常流利。此人平素住淮安城里，礼拜五就来车桥，来时必定抽空上严府拜访。一个清末的老秀才，一个美国传教士，他们是怎么结缘的，没有人知道个中原因，只是有一点众所周知，车桥街上，严淑平与两个人最谈得来，一个是邵毓云，一个是孟格美。

孟格美汉学功底深厚，平生两大爱好，一是酷爱中国美食，一是喜欢研究中国文化。一有空，他就缠着严老先生一起去华阳春饭店，品尝其女婿的拿手招牌菜——“软兜长鱼”。孟格美是越吃越想吃。

闲暇时，他俩经常探讨中西方文化的差异与相通之处。随着交流的深入，两人思想竟有着高度的契合，在二人看来，《论语》成就了东方文明，《圣经》影响了西方世界，《论语》提倡的儒家八德，圣经教谕的神爱世人，某种程度上是相容相通的；为了巩固统治阶级的地位，历代王朝将儒家思想奉为神明，西方世界也是如此，一再强调上帝将他的独生子赐给人间，一切要信他的，这样才能不致灭亡，反得永生。

最后，严淑平这位深谙孔孟之道的大儒竟做了孟格美的俘虏，成了耶稣的门徒，经常去福音堂参与礼拜活动。当时，这件事也成了车桥的一大谈资。每有人问起，孟格美就拿委员长和夫人来作挡箭牌：“你们的领袖不也如此吗，他们夫妻一半是基督徒，一半是国学通。”你还别说，自“大先生”严淑平信了耶稣教，福音堂里的善男信女也渐渐多了起来。

这一次，日本人要来车桥，孟格美早就有所察觉，但他有底气。一个多月前，随着德国占领波兰，第二次世界大战的序幕正式拉开，但美国一直倡导中立，国会三番五次地在讨论“新中立法案”，听说最近即将颁布实施，德国、日本等国明确表示欢迎。在中国，凡是有美国教堂的地方，日本陆军部内部要求各师团“非请莫入”，算是给美国人几分面子了。

“这回要麻烦神父了！”严淑平向孟格美提出让女儿和孙子暂避教堂。

“基督的爱催迫着我！我们都是神的儿女，都是一家人，您的事，就是我的事，您尽管放心吧！”孟格美一口答应下来。

日本人这一次来车桥，是带着重兵过来的。

日军第六十五师团五十二旅团独立步兵六十大队大队长佐藤春雄中佐从合肥刚刚到任淮安，这一仗是他上任后的第一仗。他知道，大日本皇军三月初占了两淮，前不久占了宝应，国民党八十九军潘干丞部也降了皇军，由八十九军团长摇身一变成了“和平军”的二十八师师长。

但在车桥周边还有一些尚未伪化地区，仍是韩德勤部的势力范围，一旦车桥打起来，会不会遇到对方顽强抵抗，佐藤心中没底。另外，这一仗打得好不好，还决定着他能否由中佐升大佐。因此，攻打车桥，他亲率数百日伪军，像九二步兵炮、榴弹炮、燃烧弹、轻重机枪、三八大盖，该带的武器都带了。他还电令潘干丞手下的“和平军”团长黄伯谦率部从宝应前来助战。

令他始料未及的是，所谓攻打车桥，竟然未遇抵抗、未放一枪，就占领了这一淮东巨镇，根本没有遇到对手，接替潘干丞防守车桥的国民党军八十九军七〇二团团长张梦飞竟然不战而逃，令他有点失落。

更要命的是，尽管占了车桥，但他发现占领的好像是一座空城。本以为今天是重阳节，这里一定会很热闹，可是镇里的老百姓大部分都跑了，街上冷清得很。

之前派出飞机侦察，大致掌握了车桥镇中情况。他率队耀武扬威地走在贯通南北的车桥大街上。这条街最为繁华，东西宽约十五六尺，南北长有三四十丈，街两头有圈门，上有更楼。南北圈门上分别刻有“同遵古道”“永庆昇平”四个大字。街道两旁，排列楼房铺面数十间，极为整齐。两边街檐下有宽约四尺的青石台阶，本来是供小贩摆摊的，现在摊贩们早没了踪影。

以华制华，选择代理人，这是他占领车桥的首要任务。

“你的通知黄伯谦，让在家的人通通地来！不来的，死啦死啦的！”佐藤站在北圈门下，命令翻译前去传令，他要给车桥人训话。

黄伯谦的兵挨家挨户敲门：“皇军有令，快到北圈门集中啊！不去的，皇军让你去阎王殿领口粮！”

“汉奸狗腿子！”暗地里这样的骂声不绝于耳，伪军的叫喝声，不情愿的牢骚声，慌乱的脚步声，孩子的哭闹声，各种声音交织在一起。在日军明晃晃的刺刀威逼下，人们从各个角落里被撵了出来。

尽管多数人都躲出去了，留守的人仍有近千人，本来都分散在各个房子、各个角落里，现在猛然集聚到一起，一下子塞满了涧河两岸。

佐藤看到这么多人，脸上顿时露出了一丝奸笑，小眼睛眯成了一条缝。训话开始，那肥硕的身子晃来晃去，他说一句，翻译说一句，把他所谓“中日亲善”“建立大东亚共荣圈”“王道乐土，乡人自治”的强盗理论，唾沫星横飞地兜售了一通，可是半天没有人买他的账。大家面无表情，无人鼓掌，无人喝彩，“自娱自乐”的他，脸上顿时阴云密布。

黄伯谦看到佐藤的窘相，慌忙上前来解围。

“乡亲们，车桥的事，还得车桥人来办。佐藤中佐出于公心，让大伙儿自己推举一位乡贤来主事，这一片苦心，大家要理解啊！你们看看，维持会会长选谁合适？”

沉默，沉默，让人难堪的沉默，半天依旧无人搭理。黄伯谦的脸上显出尴尬的神色，他摊摊手，显出一脸的无奈。

佐藤脸色难看，他来中国还没有遇到如此不识抬举的乡民。

“黄团长，你的车桥的熟悉，会长的人选，由你的选择！”佐藤把球踢给了黄伯谦。

黄伯谦跟随潘干丞在车桥驻军一年多，他对这里的人情世故还是比较了解的。在邵毓云父亲邵天雷的葬礼上，曾和严淑平一家人见过一次，对严家的情况略知一二。听说此人在车桥一呼百应，很有威望，又在县府里担任过文牍长，人称“大先生”，应该是维持会会长的不二人选。可是当他的目光与严淑平对视的瞬间，他发现老夫子的目光像箭一样锋利，直刺人心。

黄伯谦在佐藤耳边私语了几句，佐藤点了点头。

严淑平被士兵拉上了台。

“老先生，皇军仰慕你的才学，想让你出山为皇军效力，其实更重要的是为车桥人做事。”黄伯谦走上前来劝他。

“老夫是个穷书生，但我知道，人之大节一亏，百事涂地。这辈子最恨卖国求荣的人，要我做汉奸，门都没有！”严淑平一脸正气，兼加一身傲气，根本不拿正眼瞧黄伯谦这些人。

“不识抬举的老家伙！”黄伯谦被他弄得实在下不了台，气急败坏地向佐藤报告。

佐藤强压着怒火，佯装善意来套近乎：“老先生，今天是中国人的重阳节，我们日本人这一天会吃菊花宴、栗子饭，会插茱萸、喝菊酒，尊老爱亲，是人之本分，您是长者，重阳节请你出山，是我们的荣幸，也一定会让您留下深刻印象！”

严淑平依旧蔑视的眼光，根本不睬他这一套。

“八格牙路，你的死啦死啦的！”佐藤再也按捺不住了，咆哮着走过来，挥起指挥刀就砍了下来，严淑平躲闪不及，一下子被砍中肩膀，鲜血顿时喷溅开来，疼得他差一点蹲了下去。片刻，他捂着伤口，又倔强地立起身子，双目怒视着佐藤。

看着老人的眼睛，佐藤打了一个寒噤：太可怕了！这是他从未看过的眼神，似乎要喷出火来，将他吞噬掉！

“老先生，你就答应了吧，好汉不吃眼前亏，就像我这样，不也很好嘛！”黄伯谦假惺惺地劝他。

“呸！不要脸的汉奸，你把中国人的脸都丢尽了！一身报国有万死，何惧双鬓已先斑，老夫发誓不与日寇为伍！”瑟瑟风起，将地上的残叶卷起，老人家义正词严地挺立在秋风中。

黄伯谦哪里受得了这等羞辱，他又在佐藤的耳边嘀咕了几句，听罢，佐藤竖起了大拇指。

原来，一肚子坏水的黄伯谦要从严淑平的家人下手。他差人一路向严府，一路向华阳春饭店，目标三个人：严静雅、卢志清和卢剑泓，只要把这一家子抓来，不信他严淑平不低头。

严淑平猜到了对方的阴谋。他在人群中焦急地寻找着，他没有看到女儿一家人的身影，心里有点忐忑起来。静雅和剑泓母子俩不在家，藏在美国人的教堂里应该是安全的，兵匪们不敢擅自闯入，可敌人奔着华阳春去了，严淑平的心一下子提到了嗓子眼，女婿卢志清是不是还在饭馆里。他心中暗暗祈祷，祈求上帝保佑孩子一家人。

敌人扑空了，两路人马均空手而归，此时，阴险毒辣的佐藤心里翻涌了起来。

他心想严淑平的女婿既然是华阳春饭店掌勺的，我何不从华阳春下手。他抬头望去，远处华阳春饭店二楼顶上的招牌显得格外招眼，这是车桥的地标性建筑。他知道此地盛产美食，素有“淮扬美食甲天下，车桥美食甲淮扬”之说，如若烧了华阳春，就等于烧了车桥人的味蕾。饮食的征服就是思想的征服、文化的征服、人性的征服。

只见他拔出指挥刀吼了起来：“来人，给我把华阳春的烧了！”

不一会儿，华阳春饭店着火了，那招牌在熊熊大火中蹿上了天，更可怕的是，旁边的关泰广货店里的桐油桶被烧着了，震天的爆炸声中，桐油火花四溢，附近的商铺跟着遭了殃，一下子 80 多间门面房相继引燃，陷入一片火海。

站立的人们一下子慌乱起来，呼天喊地的哭嚎声、心急如焚的叫唤声，把涧河水都惊起了狂澜。许多人正想往回跑去救火，日军早就架好了机枪，一阵扫射，跑在前面的人接二连三地倒在血泊里，建筑物烧焦的煳味、尸首的血腥味混合在一起，弥漫在河面，弥漫在人群里。

大伙赶紧回转身来，再也无人敢跑，眼睁睁地看着起火的房屋慢慢坍塌，渐渐化为灰烬。

“你的大大的坏了，和皇军的合作，你的不杀，不然，死拉死拉的！”佐藤发出最后的警告。

“小日本烧我车桥，毁我文明，老夫有心杀贼，无力回天，死得其所，快哉，快哉！”一直以谭嗣同为标杆的严淑平，慷慨赴死的气概震动了在场的所有人，“老夫宁做华丐，不当汉奸，你就死了这条心吧！”

这样的画面让佐藤感到恐惧，他不禁吓得倒退两步。佐藤绝望了，发疯似的冲上前来，补刺了一刀，拔出，刀锋点点滴血。在人们的惊叫声中，严淑平一下子倒在血泊中……

佐藤走到众人面前，挥着滴血的指挥刀狂吼着：“我的告诉你们的，这个就是和大日本皇军作对的下场！我的，再问一遍的，你们的，到底有没人出来的，主持局面的？”

沉默，沉默，沉默就是最好的回答，更是无声的反抗。

“给我烧光、抢光！”他再也没了耐性，兽性大发地狂叫着，但终究没有把“三光政策”中的“杀光”二字说出来，他知道，来车桥是为了下一步建立永久性的据点，如若把眼前这些人都杀了，得到的最终是一座空城，又有何意义？

终于可以回家了，可许多人已经无家可归。能救多少是多少吧，眼泪已经浇不灭这场大火，哭喊也挡不住这场浩劫，自救只能靠自己。

街上的邻居们自发地抱团救火，许多人手挽着手，肩并着肩，脸盆、舀子、水桶、大锅，甚至还有粪桶、尿壶，一切能盛水的东西都拿出来了，飞快地、拼命地从涧河里汲水灭火，还有人从水井中提水。

一场亘古未有的大火，烧了三天三夜：烈焰蒸腾，浓烟蔽日，天地之间再无天光，像被鬼子漆成了可怖的黑色。那大火仿佛一个疯魔，肆无忌惮地吞噬着这里的一切，1000 多间房屋变成了焦黑的墙框，变成了瓦砾堆，变成了废墟场，余烬焦土竟达一尺多厚。

一场公开的抢劫，抢了三天三夜：日本人也知道，车桥人事先作了准备，许多值钱的家什钱财大都转移走了，但是车桥的家底还是富足的，他们从涧河上抢来船只，翻箱倒柜抢来的文物、珍品、铜圆、银圆，就装了整整 19 船。

方圆三十里，人们望着车桥的方向，都心疼地落泪了：这一回车桥人遭难了！车桥完了！

火有多大，车桥人的仇恨就有多大，船载多重，车桥人的仇恨就有多重。

日本人撤退的第二天，避居车桥东边中圩乡下的周人菊，听说老友严淑平死于日本人刀下，义愤填膺，当即在都天庙门前贴出血书一封，人们竞相传抄：

木腐虫生种祸胎，茫茫浩劫任人开。
机枪烈烈从天降，鼙鼓声声动地哀。
多士欢欣登魏阙，何人恸哭上西台。
长安歌舞仍如旧，返旆何时卷土来。

老人家恨国力衰弱，恨党国无能，竟一病不起，不久郁郁而终。

第三章　夜　奔

光绪二十年（1894年），美国南长老会牧师赛兆祥，独自驾着一辆小三轮车，从徐州沿着运河南下，来到淮阴、淮安巡回传教。后又派来牧师林亨理、医生林嘉美来淮安南市桥租屋传教，不久于西门大街购屋设堂传教，取名福音堂。

再后来，孟格美、凯瑟琳夫妇也到了淮安，在车桥建立了福音堂。

要说车桥福音堂的建筑样式，真是与众不同，其平面整体为拉丁十字形，尖塔高耸、尖形拱门、大窗户以及绘有圣经故事的花窗玻璃等，无一不在彰显遥远的哥特式的建筑风格。

福音堂可以容纳三四百人同时参加礼拜活动，如此宏阔的空间感让人心旷神怡。那尖肋拱顶、飞扶壁、修长的束柱、彩色玻璃长窗、嘀嗒的钟摆声，都会让人有一种轻盈欲仙的飞天感。

宗教的力量是神奇的，在孟格美夫妇日复一日的教谕下，顶礼膜拜的信徒们，每每看到福音堂大门牌楼上的红色十字架，那颗流浪的凡心像是穿透了尘世，于此找到了皈依。

严淑平与孟格美能够走到一起，也许就是中西方文化交流碰撞的产物吧。但有一点毋庸置疑，随着相互交往的深入，两家的关系确非一般。严淑平和孟格美谈经论道之余，还常邀孟格美夫妇来府上做客。

此地盛产鳝鱼，食用可有气血双补之效。每次来，女婿卢志清亲自去菜场挑选鲜嫩的活鳝鱼，取其脊背肉，然后在油锅内旺火烹制。出锅时，色泽乌亮，纯嫩爽口，香气浓郁，鲜美绝伦。盛入玉盘，盘如满月，鳝脊细长，蜿蜒其中，恰似嫦娥舒广袖，当地人称这道菜为“软兜长鱼”，又名“嫦娥善舞”。每次品尝时，孟格美都大快朵颐，连呼过瘾。

严淑平的孙子剑泓，虎头虎脑的，尽管人小，但一副小大人的样子，那肚中的文墨自是没话说，得到严先生的真传；最主要的是，剑泓从小在涧河边长大，生就了如水的胸怀性情，有着苏北水乡人的特质，为人豪爽大气，待人真诚细腻。孟格美相中了这个小后生，自己爱好运动，常把剑泓带到溪河桥口一带跑步、骑马、打猎，一来二去，剑泓也渐渐喜欢上了这个“洋大爷”。

今天，日本人入侵车桥，孟格美早就作好安排，请夫人凯瑟琳给严静雅换上了唱诗班的学员服，让剑泓穿上教堂特制的袍服，扮成教堂打杂的小伙计。佐藤通知车桥人前去集中训话，黄伯谦的兵压根儿没来教堂通知，他们知道这是美国人的地盘，多一事不如少一事。

日军来车桥，孟格美从空气里闻到了血腥味，他索性爬上教堂的尖塔，一个人猫在阁楼里，用望远镜观察着大街上的一举一动。严淑平被杀的过程，他看得清清楚楚，当时一股热血直往头上涌，连呼“Oh, my god!”

“收刀入鞘吧，凡动刀者，必死于刀下。”孟格美心中默念着《圣经》中的话，他多么希望刽子手们放下屠刀，可这只是一厢情愿。

老友的被杀让他始料未及，他差点冲下楼去，去和日本人评理，可后来他还是强迫自己冷静了下来。这个事情暂时不能告诉严氏母子，一旦告诉了他们，不知道这母子俩会做出什么傻事来，那可对不起死去的严淑平了。思来想去，还是派了教堂的管家老顾先去打听情况。老顾是地地道道的车桥人，这里的大街小巷、大人小孩他都能说出个子丑寅卯。他让老顾带上自己的特别通行证，日本兵若是盘查，就告诉他们是教堂的人，非常时期，不管有没有用，权当是一个护身符吧。

后来，华阳春着火了，镇上大片的房屋着火了，日本人像疯狗一样，以“扫荡”的名义，开始在全镇旮旮旯旯肆无忌惮地实施抢劫。这些，孟格美也都看得一清二楚。

不一会儿，老顾回来了，孟格美赶忙迎上前去。

“神父，不得了，街上全是火啊，还戒严了，我走到华阳春饭店门口就过不去了，半路上只好折回来了。您知道我刚才碰到谁了吗？我迎面碰上华阳春饭店李老板，多好的一个人啊，硬是给逼疯了！

“有人告诉我，日本人进了车桥四处抓人，李老板怕手下人遭遇不测，好心将几个大厨反锁在仓库里，不让出来，想不到后来华阳春被日本人一把火烧了，仓库里的几个大厨一个都没跑出来。等李老板赶回来，看着眼前的一堆废墟，楼没了，人也没了，他一下子就急疯了。

“听说日本人现在一边抢东西，一边抓人，一切可疑人员当场逮捕，胆敢抵抗的就地正法。我还听说，‘大先生’严淑平给日本人杀了……”

“嘘，声音小点，不要让她们母子听到。”孟格美指了指教堂里。

老顾压低了声音：“神父，还有个重要情况，街上人偷偷告诉我，日本人听了那狗头翻译官的建议，为了铲除后患，不致报复，他们还派兵守在严府周围，说要斩草除根！”

一语点破梦中人，孟格美意识到情势万分危急。

现在看来，教堂也非久留之地，要是被日本人搜出来，后果不堪设想，还是要想办法把他们母子赶快送出车桥圩子为好。“大先生”死了，现在我就是拼着命也不能让他老人家绝后啊！

他叫来严静雅，她父亲和丈夫的死讯，孟格美是瞒不下去了，思来想去，还得把实情告诉她。

“你父亲被日本人杀了，你丈夫在华阳春里也被他们烧死了，现在日本人要斩草除根，我必须把你们送走！”

孟格美话还没说完，严静雅身子就一下子软了，瘫坐在地上，放声大哭。这样突如其来的噩耗，如雷轰顶，一下子击碎了这个女人孱弱的心灵。

“嗲嗲①啊，志清啊，我的命咋这么苦啊，这让我们娘儿俩怎么活

① 淮安方言，指父亲，下同。

啊?!”从小没了娘，现在又失去了父亲和丈夫，对于一个弱女子来说，此刻，天已经塌了。但她要冲出去替父亲和丈夫收尸，被孟格美的夫人凯瑟琳一把抱住了，凯瑟琳也替严家难过鸣不平。

剑泓来了，他的眼里喷火，听到爷爷和父亲的死讯，像电击般地“腾”地跳起来。十二三岁的少年竟像个血性的汉子，操起教堂院里的铁锹，死活要去跟日本人拼命。严静雅赶紧擦干了眼泪，奔过来，抱着儿子的腿，死活不放，已经失去了父亲，失去了丈夫，她不能再搭上一个儿子。

“冲动是魔鬼。神是我们的避难所，是我们的力量，是我们在患难中随时的帮助。我们现在最重要的是冷静，切不可鲁莽行事!”孟格美夫妇好不容易劝住了他们母子。

“神父啊，我们可以走，可是我父亲和丈夫的尸首都没人收殓，我怎么放心走啊。”严静雅心力交瘁，泣不成声。

“再不走就来不及了！我让夫人带着特别证送你们出城，然后去淮安福音堂，日本人不知道什么时候走，走了我会通知你们。严先生和卢先生的后事由我来料理，你放心!”

“剑泓，快给神父磕头!”严静雅拉着剑泓扑通跪下，泪水涟涟地走了。

天色已晚，镇上东西南北四门已经关闭，四个圩门口都有专人把守。

东门那里有两个门，一个大东门，还有一个小东门，大东门关上后，特殊人员可从小东门进出，但要有守城部队的通行证，或是长官签发的路条方可放行。

还好，来车桥传教时，孟格美夫妇就有国民政府外交部的函件，还有省府韩德勤亲自签发的一张特别通行证，每次出入各关卡，一路绿灯，很是管用。

老顾已把马车备好，严静雅依然穿着唱诗班的服装，孟格美让她装病和夫人坐在后面的轿厢里，剑泓钻入一只透气的竹箱子，这箱子是孟格美早就备下的，是备万一时用的，这一次终于派上用场了。

此刻，日本人忙着抢劫，他们要把抢来的东西连夜抢运出城，车桥四门的城防交给了黄伯谦的和平军。

佐藤和黄伯谦一伙头头脑脑去了车桥大六饭店品尝美味去了。从美食来说，车桥街上除了华阳春饭店，就数大六饭店出名了，这一桌，都是黄伯谦让手下用枪顶着，命令大六饭店的厨师们各人使出浑身的解数，把淮扬名菜摆了个齐：文楼汤包，软兜长鱼，平桥豆腐，钦工肉圆，朱桥甲鱼，天妃宫蒲菜，宫保鸡丁，糖醋鲤鱼……

“哟西，这里的菜大大的好吃！”佐藤的眼珠子差点都掉落下来了。

“太君，您有所不知，华阳春的菜更高一筹，可惜……可惜，烧了……烧得好！”黄伯谦说漏了嘴，自己给自己打圆场，还不忘讨好卖乖，“对了，报告太君，我刚才让人一把火点了严府，省得留下后患，太君您放心地吃，这下子，量他车桥人再不敢和大日本皇军作对了！”

“是的，烧得好！和太君作对的都没好下场，那个叫严淑平的死老头死有余辜！”翻译官在一旁附和着。

“哟西，你们的大大的，严淑平的小小的，车桥人的小小的！”佐藤得意忘形地狂笑起来，一屋子的魑魅魍魉都跟着狂笑不已。

趁着混乱，趁着夜色，趁着敌人喝酒的档儿，这是出城的最佳时机。老顾一行人驾车来到了小东门。

小东门看守的人知道，这小东门也不是一般人能进出的，出入者都是一些惹不起的大人物和关系户，一般稍加盘问，便正常放行，有时大方的人还塞上一点小恩小惠，这是兄弟们额外的油水。

今晚看门的都是黄伯谦的部下，过去在车桥驻扎，知道车桥街上有两个外国人，就是孟格美、凯瑟琳夫妇，一到门口，凯瑟琳便下了马车，和平军的排长走上前来。

“老总，我们教堂里唱诗班的老师生病了，要连夜去淮安看病，请行个方便！”凯瑟琳说着，就将几块银圆塞到了和平军排长的衣兜里。

排长心领神会，日本人在镇里忙着发财，我们兄弟在这里替他们看门，这已经是够倒霉的了。人家孟格美夫妇是美国人，又有特别通行证，我们现在是和平军，连我们司令也得给美国人面子，我们可得罪不起。再说，谁跟钱过不去？

“孟夫人，你有通行证，你就是大爷，可今个日子不同平常，日本人惹不起啊，人家吃肉，我们连汤都喝不到。如果有人问起了，您也甭说是我们放你的，咱们大路朝天，各走一边！”

“明白，明白，您放心，您放心。”凯瑟琳学着中国人作揖的样子，连连称谢。

排长把手一挥，看守的人将路障移开放行，孟夫人一行绝尘而去。

刚才，剑泓跪下的那一刻，孟格美的心都疼了，他看着孤儿寡母远去的背影，心中很不是滋味。

老爷子是经学大儒，女儿贤惠，孙子人见人爱，女婿又有一手好厨艺，多好的一家人啊，硬是给日本人弄个家破人亡。

每次去严府，老爷子都是精心安排美食，卢志清更是使出全身的解数，“软兜长鱼”的厨艺已是炉火纯青。上次两人已经约好，下次挑个清闲的日子，卢志清做一个“一百零八道菜品”的全鳝席，说要让我开开眼界。

可是现在，严先生走了，华阳春没了，卢志清去了，如今只剩下他一个人。莫问来生泪下已成河，人间空有秋风唱挽歌，生命脆弱，人生无常。主啊，万能的主啊，请你拯救这万恶的世界吧。

当孟格美赶到北圈门下的时候，没有找到一具尸体。日本人忙着抢东西，对这些尸体不感兴趣，那些被机枪扫射丧命的，早被街上三亲六眷收走了。严淑平的尸首呢，他从桥上找到桥下，从河东找到河西，也没有找到一丝线索。再到严府，严府也给烧了，倒塌房屋还在冒着烟，找不到一丝生机。

继续折返回到北圈门。站在富福桥上，看着昔日车水马龙、灯火通明的南北大街，看到的只是燃烧的烟火、灰烬，听到的尽是撕心裂肺的哭嚎、呼喊。

这时，更楼上的更夫走过来，悄悄地告诉他，严先生像是被两个年轻人运走了，据说，运走时老人家还剩一口气，到底去了哪里，是死是活，没人知道。

华阳春饭店里的几具尸体被人找到的时候，乌糊烂焦地绞在一起，可能大火烧起来的时候，大伙抱在一起，现在面容已无法辨认。李老板疯了，剩下的几个伙计在涧河南边找了一处空地，将烧死的人草草地埋了。

“吾主天主，命我孝敬父母，泛爱众人，图报恩人。又教我追思已亡，代为求主。我今念及父母亲友恩人，去世之灵魂，在世事主，遵从圣教。我虽无德无功，献主台前，求主洪慈裕容，赦我父母亲友恩人炼罪，速赐升天，永远享福。阿门!”

那一夜，孟格美呆坐在窗前，口中默诵着圣经，他要为死去的人祈祷，为活着的人祈福，直到东方发白，他才昏沉沉睡去。

夜，黑沉沉地压了下来，远处车桥的方向，还有一些冥灭可见的光亮，像是幽灵的影子飘忽在夜行人的视线里。星星没了闪亮的光辉，风里到处都能嗅到血的腥味。

马车出了车桥，向着县城的方向狂奔，驾车的老顾是个驾车的老把式，他知道，离车桥这个是非之地越远就越安全。

剑泓想起两天前爷爷送他走的情景，爷爷把剑泓拉到客厅，一脸肃穆。

“剑泓，跪下，给列祖列宗磕个头!”

剑泓咚咚地磕了三个响头。

“孙儿啊，你已经十三岁了，爷爷这么大的时候，已经差不多撑门立户了。让你们去洋大爷家避避，是因为日本鬼子烧杀抢掠无恶不作，万一遇到什么，你也是小大人了，要学会保护你妈妈。

“剑泓啊，上次我去兜率院请住持宏光法师为你算了一卦，他说你的生门在南边，这话我也参不透，你权且一听吧。车桥一场浩劫在所难免了，到时候一旦待不下去，你和你妈就往南边镇江的方向走，不论吃多大的苦，哪怕是要饭，你们也要给我找到你的姨娘！

“古语云：大节有关宗社里，深谋常画庙堂先。爷爷要正告你，你姓卢，也是我们严家的子孙，任何时候都要有气节，不能做叛徒，不能做汉奸，不能做卖国贼。我们严家也是有头有脸的，祖上从没有这样的人，你要是做了汉奸卖国贼，就不要再进这个门！”

“爷爷您放心，您的话孙儿一定记在心里！”

“孙儿啊，爷爷无能，严氏一门家道中落后，重振门楣就指望你了。这辈子，我以教书糊口，想起来也惭愧啊，家里没什么值钱的东西送给你，要说值钱的，也只有书房中那一屋子的典藏经书了。你以后的路很长，你要记住，死生有命，富贵在天，君子敬而无失，与人恭而有礼，四海之内皆兄弟。你一定要把你妈妈照顾好！”

那天，剑泓注意到，爷爷的眼圈里分明有晶莹透亮的光在转动。

难道爷爷是先知先觉，把后事都提前安排了？剑泓越想越不对劲，他索性改变了主意：“妈，我看我们还是不去县城了，我们下车吧，爷爷要我们去镇江，说一定要把姨娘找到。”

“是啊，你姨娘是你爷爷最大的心病。听你的，我们这就下车！”其实，严静雅也不想去县城，县城毕竟是日本人的地盘。就算暂时可以躲进外国人的教堂，最终会不会惹出什么祸端来，她也不敢确定。上车时，心里一直七上八下的，一个劲地怦怦跳着，始终无法安心地走。

凯瑟琳拗不过母子二人，兵荒马乱的，总不能将他们扔在道上，她让老顾在附近的码头停车。涧河从淮城东南出关，经黄土桥、北涧、南涧、卞塘、受河、车桥、泾口、流均一路入荡，两岸码头泊点较多，每晚都有“夜帮船”通往淮城。“夜帮船”上有篷顶，用芦席木板圈成，舱底装货，舱上搭客，且有卧铺供乘客睡眠。这时候，只有上“夜帮船”才得安全。

“夫人，涧河不能走，我们出车桥时，日本人就封了河道，征用了大量船只，日本人抢得的金银财宝肯定要从涧河连夜往淮安、淮阴运。如果去镇江，我看不如把他们送到溪河，那边也有‘夜帮船’，走那条河坐到运河码头，再去江南。”老顾是“车桥通”，他对这一带地况熟悉，听他的没错。于是几个人掉转车头，直奔溪河的桥口而去。

溪河也是一条从运河导出的河流，与涧河平行，相距大约三四里路。这条河，上可达淮安、入运河、通京津，下可以通江入海，直达沿江一线各商埠码头。

桥口码头日夜上客，倒是方便了来往商旅。直到把母子俩送上了船，又把身上所有的钱硬塞给严静雅，凯瑟琳和老顾这才放心地向县城赶去。

船舱里，严静雅闭不上眼睛，一点睡意都没有。亲人去了，想也没用了，活着就得坚强，她要把儿子好好拉扯大，但她不知道这一走，什么时候能回来，心底瞬间又充满了无助和哀伤。

剑泓坐在舱里瞪着一双迷蒙的大眼，呆呆地望着窗外。他好想爸爸和爷爷啊，小小年纪的他，一天之内失去了两位至亲，让他一下子难以接受这残酷的现实。黑夜在他的心里种下了离别，种下了仇恨。他发誓总有一天，他要把这血海深仇报上，现在的他，就像没有长好毛发的雏鸟，还不能主宰天空，不能肆意纵横，一切只能听天由命。

他静静地垂下了头，无边的黑暗从天空、从水里、从角落里、从四面八方聚拢而来，仿佛一张无边的大网，把梦都缠绕住了，让人艰于视听、艰于呼吸。

天明时分，剑泓扶着母亲从二堡码头登上了去镇江的小火轮。

可能受了风寒，加上急火攻心、一夜没合眼，严静雅竟不堪重负地倒下了。她都心有愧疚了，这时候，作为一个母亲她非但不能照顾儿子，还要让儿子来照顾她，她近乎成了儿子的累赘了。

剑泓从船上要来一杯热水，让母亲暖暖身子。只见母亲缓缓地打开包裹，几天前她就备下了干粮——“车桥朝牌”，其实就是烧饼的一种，样子像过去文武百官上朝时手里捧着的笏板。车桥人家中来客有吃节晌的习惯，或是煮朝牌，或是下馄饨。朝牌富有嚼劲，酥香可口，馄饨皮薄肉嫩，爽滑鲜美。

看着香脆可口的朝牌，严静雅一点胃口都没有，她实在吃不下。

“妈，你生着病，不吃可不行，不然身子怎么受得了啊?”

“儿啊，你吃，妈不饿。”

“你不吃，我也不吃。”

儿子孝心一片，严静雅只好咬上一口，看到儿子跟着大口大口嚼起来，她露出了宽慰的笑容。

剑泓是父亲一手带大的，生而聪颖，从小就是学习的料子，父亲一心想将他培养成才，可惜，这么小就跟她出来逃难了。想到这些，严静雅又是一阵难过。

第四章　逃难路上

舳舻转粟三千里，灯火沿流一万家。

这里就是传说中的镇江西津渡口，号称江南运河的北门，商旅由此过长江，进入江北运河继续北上。看不见昔日的青砖黛瓦、迤逦商铺，看不见让人目眩的翘檐雕花、酒旗风舞。

经过一天一夜的颠簸，母子二人终于抵达西津渡口码头。一路上，河堤两岸到处都是逃难的人们，不时还听到远处飞机的轰炸声、战场的枪炮声，其中夹杂着凄厉的哭喊声。城市被炸，乡村被炸，所到之处，满目疮痍。

码头上，挤满了溃散的士兵，挤满了逃难的难民，江面上漂浮的尸体随处可见。

国破家亡了，哪里都是哀鸿遍野，哪里都是战火、仇恨、泪水，哪里都找不到美丽家园。

“妈，到哪里找姨娘啊?”下了船，两人不知往哪里走，剑泓焦急地问母亲。

“你姨娘离开车桥时，才 18 岁，我那时才 16 岁。你姨娘不但人长得俊俏，而且能说会道，后来在码头开了茶铺，人家喝茶，她能唱一段淮剧小调助助兴，一根长辫子甩得人眼花缭乱，引得南来北往的船家挤破了铺子。

“哪知道，她后来看上了一个跑码头的男人，稀里糊涂地跟人家跑了，气得你爷爷与她断绝了父女情分。那段日子，你爷爷觉得在乡邻面前抬不起头，闭门谢客好一阵子。时间长了，我想着法子开导他，才慢慢地从阴影里走出来。

“这一次让我们来镇江，其实也是帮你爷爷圆梦的，我知道，你爷爷也是刀子嘴豆腐心，其实他心里从来没有放下过你姨娘。十几年过去了，你爷爷想你姨娘了，但是人算不如天算，日本人害得我们家破人亡，你爷爷与我们阴阳两隔……”

严静雅开始咳嗽，一边说，一边抹着泪，内心的伤痛，无以言表。空洞的目光，失神地望着江面。

剑泓一摸母亲的额头，烫得怕人，也不知道得的什么病，眼下还是要找个落脚的地方要紧。

熙熙攘攘的人群如潮水般涌上码头，杂乱的脚步，把人们慌乱的情绪、挣扎的命运都挤在了一起，许多人脚下的路不是穷途，也是末路。

母子二人差一点被人挤扁了身子，好不容易从人缝里挤了出来，严静雅已瘫了身子，大口大口地喘着粗气。

“儿啊，妈没用，我实在走不动了，歇一下吧。”

在江边，寻了一处开阔的洼地，剑泓扶着母亲缓缓坐下，用身子撑着，防止她倒下去。

“你姨娘当时嫁的人叫戴二，是一个跑码头的，个子高高的，人很帅气精神，你去各个码头转悠转悠，看看能不能打听到他们……”说完，她又大口大口地喘气，仿佛一阵风吹来，就能把她吹走，她的身子太虚弱了。

剑泓看在眼里，疼在心里，抓着母亲的手，像一个小大人一样，一个劲地安慰她：“妈，你还是先吃一点朝牌吧，人是铁饭是钢，不吃不喝怎么行。你不要着急，等住下来了，我就在这一带找找，就不信找不到他们。”

严静雅又勉强咬了一口，已无法下咽，嘴唇干裂得翘皮。剑泓急得直哭，他多想自己要是一个郎中就好了。病在母身，痛在儿心。

严静雅有些迷糊，咳嗽得厉害了，嘴里还哼哼着。剑泓注意到，精神打击之下，三十多岁的母亲，原本姣好的面容苍老了许多，额上道道皱纹，像是把一世的风雨嵌进了沟壑中，鬓角也平添了许多白发来。

剑泓拭去泪水，蹲下来，使劲地背起母亲，一步三晃地向前走去。他毕竟还是一个孩子，小小的肩膀还很羸弱，母亲的身体压得他有点吃不消，只好走一路歇一路。中午时分，他们终于在江边一个小村子里，寻得了一户小旅馆，母子俩要了一个房间暂且住下。

店家带着伙计来房间，让剑泓先付一点住店的押金，剑泓满口答应。

从母亲的臂弯里取下包裹，一打开，傻了，原先母亲用手绢包着的盘缠钱早已不翼而飞。

听说钱没了，刚刚躺下的严静雅，急得拼命地把眼睁开，用尽全力挣扎着从床上坐起来。

“明明手绢包着的啊，怎么就没有了？这可是你爷和你爸所有的积蓄啊。老天爷啊，你让我们娘儿俩怎么活啊?!”她哭着一遍遍翻着包裹，翻了半天发现包裹底面被划了一个口子，钱真的没了，她一下子又晕倒在床上。

“肯定是在下船时，被人搭上眼了，码头上小偷可多啦，看你们是江北人，包裹鼓鼓的，肯定要向你们下手了！”店家很是同情，但爱莫能助，只是一个劲地摇头，“你们还是走吧，没钱不好住店的啊。”

“老板，求你行行好，不能赶我们走啊，我妈病了，先让我们住下吧，我会把住店钱还上的。”剑泓哀求着店家。

“你这么小，拿什么还钱?”

“我，我，我去码头做苦力还你的钱！”剑泓的话像个顶天立地的男子汉，把店家也震住了。

“好吧，看你们娘儿俩也怪可怜的，先住下吧。不过有言在先，一个礼拜必须付钱，否则就别怪我不客气了。”

剑泓一个劲地给店家鞠躬作揖。

母亲时而清醒，时而糊涂，喝了点水，剑泓好不容易服侍她睡着了。

“听口音，你们像是淮安人?”伙计送了热水来，还端来了稀饭咸菜。

“是的，我们是淮安人。”剑泓不解地望着他。

“你们不知道吧，我们老板娘就是你们淮安人，知道你们钱被人偷了，就让我送点吃的给你们。她可是这一带有名的大善人。”伙计好心地告诉剑泓。

要说这世上巧事真多，在异地他乡遇到了老乡，还遇到了好人，像是灰暗的天空里，现出了一缕光亮，这让母子俩温暖了许多。

臣妇本是淮安人，随夫辞馆回故村。
路过仪征丢盘费，我夫得病难动身。
八岁娇儿名寿保，为父治病卖自身。
我夫得知多气愤，命我赎回小娇生。
寻儿寻到王家墩，方知儿去太原城。
我又急又恨动胎气，瓦车篷里养娇生。
……

在这异地他乡能听到地道的传统淮剧老戏“九莲十三英”之《牙痕记》唱段，自是感到特别的亲切。要不是身体不好，严静雅也可以对唱一段。

老板娘是一路唱着淮剧进来的，人长得有点富态，说话声音洪亮，不见其人先闻其声，性格像个爷们儿。听说来了老乡，她特意来房间探望，上来就拉着严静雅的手嘘寒问暖。几句宽心的话一说，严静雅竟然精神好多了，坐了起来。

“我叫赵玉梅，老家是车桥东边的宥城人。早年随父母来镇江做生意，后来嫁给本地丁氏，在江边码头开了这个旅馆。民国26年（1937年）底，镇江被日本鬼子破了城后，我父母躲到我公婆的乡下老家宝堰丁角村，没想到日本人攻占镇江的第四天就‘扫荡’到了那里。这些该天杀的鬼子，不但烧房子，还烧人，父母和公婆一家都被活活烧死……”

同是天涯沦落人。当严静雅把家里的遭遇一说，两个苦命的女人竟抱头痛哭起来，像久别重逢的姐妹一样，惺惺相惜。

“你身体不好，明天我带你去看郎中。我今年34岁，属蛇的，你属什么?”

“让姐姐费心了，我32，属羊的。”

“你看样子显得老气，我还以为你比我大呢，那你是我小妹，你得管我叫姐。”赵玉梅憨厚地笑了起来，说话还是那么快人快语，“我家老公，其实人不坏，就是有点小气，住店你们不要担心钱的事情，尽管住就是，就当妹子投奔姐姐的。有人说，我这个人傻气，但我相信傻人有傻福，我相信因果，活着就要多做善事，将来才能善终。”眼前的赵玉梅，让严静雅油然而生一份亲切感，她突然想起了姐姐严静娴。

“姐，我有个亲姐姐十几年前嫁到了你们镇江，一直没音讯，你能帮我找找吗?”严静雅细细地介绍了事情的原委，还让剑泓在纸上写了姨娘姨父两人的姓名。

赵玉梅接过纸片，拍着胸脯：“妹子，你放心，我这两天就安排伙计去打听，包你有个结果。”

房间里一张床，一个地铺，母子俩谦让了半天，最后严静雅拗不过儿子，只好上床睡去。这一夜，他俩总算能睡个安稳觉了。

赵玉梅请的郎中来了。

一番望闻问切后，说严静雅受了大刺激，伤心过度，加上一路风寒侵入，肺里生了毛病。开了几剂药方，让她去抓药先喝几天再说，如果有效用继续服药。提醒她不能再伤心劳碌了，这个身子不调理，非得肺痨不可。

剑泓真的去了码头帮人卸货了。因为年纪太小，那码头老板一开始不肯收他，后来听了剑泓的哭诉，心也软了，答应让他跟着干。一帮人也照顾着他，让他拣一些轻巧的活干，可他不愿意让人小瞧，干着和大人一样的重活。

晚上回来，脱了上衣，严静雅看到儿子肩上的皮都磨破了，心疼得眼泪唰唰直掉。她恨这世道，恨那日本鬼子，恨自己无能，恨身子不争气，可怜儿子才13岁就开始出门养家糊口了。

趁着晚上有空，剑泓还帮着赵玉梅拖地、抹桌子、劈柴、烧水，重活轻活，样样都来。赵玉梅夫妇一直没有孩子，她看到剑泓，打心眼里喜欢这个孩子，真想认个干儿子。

“哎呀!”一不小心，劈柴时，剑泓的手被刀划破了，鲜血淋漓。

赵玉梅赶忙从前院中摘下一片芦荟，洗干净，用嘴嚼碎，敷在伤口，又从怀里掏出一个手绢来，帮他紧紧地扎了起来，一个劲地嗔怪他。剑泓一脸的无所谓。

几天后，总算有好消息传来：姐姐严静娴有消息了。

“十多年前，这一带码头上是有一个叫戴二的人，他媳妇既漂亮又能干，两个人都能吃苦，很快干得风生水起，行当越开越大，手下的伙计越来越多，做成了码头上的龙头老大。”

伙计呷了一口水，继续讲下去：“其实跑码头的，风险很大，一路上土匪多，没有个三脚猫的功夫肯定不行。于是，这戴二后来招兵买马，有了自己的武装押运队，再后来手下的人越聚越多。日本人来了以后，码头生意做不下去了。戴二夫妇响应抗日救国的号召，带着手下的兄弟们去了茅山，投奔抗日义勇军去了……”

姐姐有了下落，严静雅心里好似一块大石头落了地，身子也轻松了许多。晚上剑泓回来，她把这个喜讯和儿子一说，剑泓也高兴坏了。只要找到姨娘，接下来的日子总算有了出路，不用赊账住店了，妈妈的病也有希望治了，自己也不用去码头做苦力了。

这一夜，娘儿俩睡得很香很沉。梦里还听见了剑泓的笑声，这笑声穿过岑寂的黑夜，给人以无穷的希冀，似乎一个云蒸霞蔚的黎明即将到来。

再后来，梦里听到了一阵轰鸣声。这声音怎么这么熟悉？越来越近，越来越响，就像在耳朵里盘旋，随时要把脑袋撑破了。

“轰”的一声，一片火海，漆黑的午夜，被这轰隆隆的爆炸声撕开了一道裂口，人们在这裂口的光焰里竞相奔逃。

这升起的火焰，这冲天的火光，这猛烈的爆炸声，一切的一切都是那么似曾相识。

来了，来了，从江面上又飞来了，飞过头顶，飞过人群，飞过码头，飞过棚户区，飞过旅馆上空。又是“轰”的一声，又是一片火海，又是一片哭喊声。

“妈，不好了，飞机来了！日本人的飞机!”剑泓跳起来，一把拉起了熟睡中的母亲。

严静雅这才醒来，这不是在梦中，日本人的飞机又来轰炸了。旅馆已经烧起来了，两人不顾一切地冲出火海。

回望身后，又听得“轰隆”一声巨响，旅馆周围的房子齐刷刷地倒了下去，有人浑身起火，向着江边狂奔，直接跳入江中。这样惨烈的场面，太熟悉了，熟悉得让这母子俩心里长出阴影来。

“旅馆呢？玉梅姐呢？店家老板呢？伙计呢?”惊魂未定的严静雅不相信眼前的事实，轰炸来得如此让人猝不及防，所有的一切都没了，就连刚刚建立的姐妹情分也在大火里消逝了。

她还等赵玉梅抽空带她去金山寺烧香呢，她还想带赵玉梅一起去茅山找姐姐呢，她还要陪赵玉梅一起回老家呢，她还要把旅馆的钱还上呢。玉梅姐啊，你在哪里啊？你不说善有善报的吗，这是什么因果报应啊，这吃人的世道，连老天都欺侮好人啊！

帮剑泓裹伤口的手绢，严静雅洗净晒干了，还没有来得及让剑泓还给玉梅婶子。洗的时候，严静雅发现手绢角上绣了一片竹叶，很是精致。现在，这手绢是赵玉梅留给严静雅和剑泓娘儿俩唯一的信物了，她让剑泓揣在怀中，好生珍藏。

再撕心裂肺的呼喊，都唤不回赵玉梅了。剑泓扶着病中的母亲，沿着江边深一脚浅一脚地向黑暗里走去，不知道这茫茫黑夜何时是个尽头。

茅山一定是从天上搬来的。

峰峦叠嶂，雾霭流岚，随处可见的奇岩怪石、深幽溶洞、曲水流觞，这山，这水，这云，这林，这洞，这石，鬼斧神工，天作地合，唯有仙人有这福气领受这样的美景。

记不清今天是什么日子了，记不清走了多少里路，记不清吃了多少苦、受了多少罪，母子俩是一路要饭才来到了茅山。剑泓腿上那一块一块的伤疤，都是被狗咬的，像补丁一样缝补着严静雅的心。

过去的日子虽不算富足，但足以算得上体面，现在沦为乞丐，严静雅心痛得一次次落泪。找到姐姐，是父亲留下的遗愿，生存是眼前最大的危机，不要饭，只能饿死，自己饿死事小，不能让儿子陪着她饿死。人面临着死亡威胁的时候，尊严和脸面只有卸下，就是要饭，也要找到姐姐，严静雅暗暗下定决心。

剑泓更是如此。“不论吃多大的苦，哪怕是要饭，你们也要给我找到你的姨娘!”这是爷爷留下的最后遗言，也是最后的嘱托，他必须去完成。

半山腰上寻了一处山洞，找来软草垫上一层，让母亲轻轻躺下。严静雅的身体一天不如一天，没钱抓药，咳嗽愈发加重，有时还咳出血来，吓得剑泓手足无措。他看见茅山上有采药的道士，就跟在人家后面，央求了半天，求了一些草药回来，在洞里用茶缸烧水煎服。几顿喝下去，母亲的喘息倒也平缓了许多，咳嗽也不像以前那么厉害了。

今天剑泓又来了，继续跟在道士后面。

“施主，有些草药控病也是暂时的，终归治标不治本，你母亲的身体，还是要去医院或者找郎中仔细问诊为好，不可胡乱吃药。”年岁稍长的道士建议剑泓。

“我们是一路要饭要到这里的，身上实在没钱买药，求道长发发慈悲，救我妈妈一命吧。”

“施主有所不知，现在我们也是朝不保夕啊。”道士们说话时，神情哀伤，满目苍凉，好像有苦难言。

剑泓有点不解，转而问道士：“道长，你知道这山上有一个叫戴二、严静娴夫妇俩吗?”

“你是他们什么人?”

“实不相瞒，严静娴是我姨娘，戴二是我姨父，我和母亲就是投奔他们而来。”

“哎，你们来得不巧啊。民国 26 年（1937 年），日本人占了南京，国民党的部队跑了，我们镇江的江苏省政府也跑了。民国 27 年（1938 年）秋天，共产党的抗日队伍来到这里，和日本人打游击。他们是真心抗日的义士，我们山上的道众都支持他们，帮他们带路、探情报、送消息、抬担架、看伤员。后来，日本人上山来把道观烧了，西斋院道长黎洪春、乾元观道长惠心白等数十人都遭了难。

“你说的戴二夫妻俩，我们认识，他们一开始也是抗日的队伍。可不知怎么的，后来与山上的江南义勇军分道扬镳了，听说二人领着队伍下了山，去了苏州、江阴一带。如今怎么样了，无人知道。说句施主不爱听的，现在这个年月，谁能保全谁的命啊，早上还能相见，晚上也许阴阳永隔，这是常有的事情。

“哎，现在道长领着我们剩下的道友，每天采些药草制丹，等当地的药铺来收购，我们就这样勉强度日。但我们是中国人，人心在，良心就在，绝不做日本人的走狗，只要是真心抗日的，我们就支持。既然你们是抗日义士的亲属，等会儿我去取几粒制好的药丹给你，你给你母亲大人服下，不一定药到病除，但也许有所裨益。”

说来神奇，服了丹丸，严静雅咯血止住了，面部又有了血色，人也能站起来活动活动了，但是身体依然消瘦得厉害，夜深人静的时候，还是不断地咳嗽，声音传得很远很远。剑泓常常燃起一堆树枝柴火，守着母亲，守着夜色，守着孤寂，守着思念。

他又想爷爷、想爸爸了。爷爷、爸爸啊，你们在天堂还好吗，求你们保佑妈妈身体快快好起来，求你们保佑我们早一天找到姨娘啊。宏光法师说我的生门在南边，可我已经到了江南，怎么还是没找到生的希望。

山脉的方向，就是寻亲的方向，也是逃难的方向。

他们一路辗转到了苏州，又从苏州到了江阴，偌大的地方，不知道哪里能寻到亲人。

> 一江烟水照晴岚，两岸人家接画檐，芰荷丛一段秋光淡。看沙鸥舞再三，卷香风十里珠帘。画船儿天边至，酒旗儿风外飐。爱杀江南！

再也看不到张养浩笔下的江南了，到处是战火，到处是伤痛，到处是流离失所的人们，到处是逃难要饭的穷人，像他们母子一样的孤苦无依者比比皆是。这样的江南，又有谁爱得起来。

想当年，严静雅虽不算是大家闺秀，也称得上小家碧玉，出落得如花似玉的年华，嫁给了车桥的大厨卢志清。现在沦为伸手要饭的乞丐，这样的反差，一开始严静雅都悔死了，认为祖宗的脸面都给她丢尽了。

自古有言，仓廪实而知礼节，生存是第一位的，连命都没了，还讲什么脸面啊。再说，又有什么法子啊，谁让自己的身子不争气，得了病，还连累了儿子剑泓。时间长了，她也慢慢习惯了别人的冷眉冷眼，习惯了向人伸手去求得施舍。

风里来，雨里去，剑泓俨然已经长成一个有着责任担当的大小伙子了，这是苦难给了他成长的动力。再多的苦，剑泓都咬牙忍着，母亲给了他生命，现实的风雨锻炼了他坚强的臂膀，他要用这臂膀为母亲遮风挡雨。

风餐露宿，栉风沐雨，他们一路打听，线索不停地中断，再打听，一有线索，继续前进，然后继续打听，继续前进。就这样，跟着线索寻到了江阴。这是最后的线索，线索到这里断了，再也无人知道戴二、严静娴的下落了。

两个人像一艘停摆在江面上的小船，没有尾舵，没有帆篷，随风飘荡，不知飘向何方。

他们最后寻到了江阴黄山，这是茅山山脉的余脉之一，西衔鹅鼻山、君山，东接肖山、长山、巫山，沿江逶迤 10 余公里，成就了江阴“枕山负水”“水环峦拱”的天险地势。1937 年，就在这里的黄山炮台，国军与日军展开了空海大战，兵败后，日军还经常来轰炸。

大批的难民过了江，去了江北的方向。据说，江北有了共产党，共产党的根据地对老百姓就是好，当兵的没吃的还会省一口给百姓，听说军民处得像一家人似的。难民们口口相传，于是，更多的人向江北涌去。

夏天无可阻挡地到来了。

万物葱茏之后，地气沿着成熟的麦浪升着温度，汗水沿着地垄里的脚印流淌，庄稼人顶着烈日在地里忙着除草，再有个十天半月就能收割了，这是他们盼了一年的希望啊。

这里夏天雨水多，常有洪涝灾害发生。这时候，百姓们整天提心吊胆，最怕遇上暴雨天气。除此之外，他们更担心据点里的二皇狗腿子，每到收成的季节，他们就出来抢粮。

海门、海门，大海之门，临江通海，是名副其实的水网地区，这里的船多、河也多，镇子与镇子之间都是水路，要靠船只来摆渡。

剑泓又恢复了男孩子的野性，穿着大裤衩，光着膀子，在河里游来游去。母亲坐在河边，倚着一棵大树，看着儿子蛟龙腾海的样子很是欣慰。

当年剑泓是在涧河边生的，父亲就给这个孙子起了带水的名字。小时候，一到夏天，剑泓就和私塾里的孩子在涧河里游泳戏水、捞鱼摸虾，那疯野劲，少不了挨她的揍。后来，还是父亲出面劝解，说剑泓因水而生，与水有缘，她这才同意他下河的。想不到，竟成了游泳高手，一个猛子下去，能游个百八十米远，捕鱼的功夫更是了得，有时候嘴馋想打牙祭了，他就带着孩子们下河，总能满载而归，可谓名副其实的“孩子王”。

人说，从小活猴子，长大人头子。这孩子日后肯定能长成一棵大树，就是不知道，我有没有这个福气看到这一天，我这不争气的身子啊，严静雅自怨自艾起来。

心情一郁闷，就会不停地咳嗽。上次逃难的路上，剑泓请一个好心的郎中给母亲瞧病，人家瞧了半天，后来把剑泓拖到一边告诉他：“你母亲的病拖得太久了，耽误了最佳治疗时期，要想恢复是没指望了。”

剑泓在水里扎着猛子，这一次他不是来游泳的，他是一定要捞一条大鱼给母亲炖汤喝，母亲的身体太需要补补了。你还甭说，剑泓自小和小伙伴们在车桥涧河练就的本领还真管用，不一会儿，竟捉到了一条二三斤的大草鱼。

严静雅也开心地笑了，她看着剑泓欢天喜地捧着草鱼，像个打了胜仗的战士扛着战利品，两人互相依偎互相搀扶着，一起往村口的破庙走去。那是他们母子的新住处，还是好心的村长给安置的。庙里有个土灶，有锅有碗，那是以前一个看庙的“独和尚”留下的，后来，“独和尚”被抓了壮丁，正好剑泓母子流落于此。村长得知他们一路要饭，是为了寻找义勇军的戴二夫妇，看着实在可怜，就领着他们住在这里，也算有个落脚处了。

一条鱼煮了半锅汤。一开始，严静雅象征性喝了两口，就放下了碗，让剑泓把锅中剩下的都消灭，剑泓当然不让了，他央求母亲必须喝完。两人争来争去，最后来个折中：汤一人一半，鱼一人一半，这场纷争才告结束。

一条鱼，尽管没油没盐，母子俩喝得津津有味，似乎喝得不是鱼汤，而是“仙汤”。

“妈，你听，是不是有人在哭啊?”刚喝几口，突然，剑泓放下了碗。

两人细细静听，是哭声，而且夹杂着婴儿的啼哭。

他们放下碗走出庙外，循声望去，原来是在刚才摸鱼的河塘边，在严静雅倚着的大树下，两个小姑娘围着躺在地上的人在哭。

近前一看，那凄惨的一幕让人动容：一个年纪和严静雅相仿的女人静静地躺在树下，眼睛闭得紧紧的，人瘦得皮包骨头一样，衣服破破烂烂的，胸襟敞开来，露出双乳，身上趴着一个周岁左右的孩子，因为吸不到奶水不停地哭着。

旁边跪着两个小姑娘，大的和剑泓差不多大，约莫十三四岁，小的可能是她的妹妹，十一二岁的样子。

这女人分明是刚刚断了气。死人对于剑泓母子来说，已经是司空见惯，一路上到处是死人。

“这是你妈吗？”严静雅小心地问姑娘。

“是啊，大婶、大哥，我妈走不动了，躺下一会儿就死了，求你们行行好帮帮我们吧。”说着，大姑娘领着小姑娘跪下，给剑泓母子俩磕头。

“孩子快起来，使不得，使不得！”严静雅拉起了她们，帮她们揩眼泪，然后一把抱起地上吃奶的孩子，“可怜的孩子哟，作孽啊，你妈临死还想再喂一口奶水给你啊。”

“妈，先把死人葬了再说吧。”剑泓提醒母亲。

严静雅抱着吃奶的孩子去了村长家，讲明了原委，村长赶忙找来几个男女劳力，众人七手八脚在乱葬坑旁边挖了一个塘，用席子将尸体草草裹起来，抬进塘中。填土，垒坟头，烧纸，一个新坟很快立于路边。乱葬坑周围，这样的新坟数不清。

两个小姑娘趴在坟前哭喊着妈妈，那婴儿还在要奶喝，一个劲地哇哇哭着。村长摇着头，领着众人无奈地走了。葬了死者，活着的人怎么办，没人问，没人管，也管不过来，只有剑泓母子俩来考虑了。

“妈，先带他们去庙里吧。”剑泓自作主张，严静雅也没有别的办法，只好点了点头。

那剩下的鱼汤自然就成了她们姐妹三人的口粮了。没了奶水，那要奶喝的丫头倒也把鱼汤当奶水喝得有滋有味，也不哭不闹了。

“孩子，听口音你们家也是苏北一带的吧？”现在，严静雅才想起问个究竟来。

“大婶，我父亲是岔河人，我妈妈姓翟，娘家在车桥大兴庄。”

“车桥大兴庄人？”剑泓母子俩差一点惊喜地跳起来。

世上咋这么多的巧事，在这里还能遇到车桥老乡。老乡遇老乡，两眼泪汪汪，异地他乡能遇到老乡，这是人生的一件快事。尤其乱世，有时候老乡比亲人还亲，就像赵玉梅，哎，可惜好人不长寿啊，可恨的日本人！严静雅又想了赵玉梅，她断然忘记不了这个同乡好姐妹。

“你们怎么到这里的?”

年龄大的姑娘低下了头，眼泪像断线珍珠似的：

“我祖辈原本梨园世家，爷爷奶奶生前也是岔河街的大户，死后留下一笔资产给父亲，只是父亲不学好，迷上了大烟，把家产败个精光。我妈成天哭，有一次带着我们回大兴庄她娘家，可娘家的舅妈容不得我们，不给进门，说嫁出去的姑娘泼出去的水，家里养不活这几张嘴。我外婆和舅舅也无可奈何，含着眼泪偷偷塞给我们几块‘朝牌’，就把我们打发走了。我们只好又回到了岔河。后来洪泽湖高家堰倒坝子，我们那里颗粒无收，淹死了很多人，许多人家卖儿卖女。我父亲不是人，他没钱抽烟，把老房子卖了不算，又要把我卖给范集的一个老男人做小老婆来换钱。妈妈一气之下，就带着我们出来逃荒了。我们姐妹受祖辈的影响，自小就会唱会跳，路上，我们就靠卖唱过日子，没想到妈妈染上了病，把命扔在了这里，把两个妹妹留给了我，最小的妹妹刚会走路，还没断奶，这下子可怎么办啊……”

剑泓看着眼前的姐妹三人，父亲不管她们，现在又没了母亲，成了没人管的孤儿，如果扔下她们，这是不义。爷爷一直教育他，男人就要讲个“义”字，古语云：生，亦我所欲也，义，亦我所欲也，二者不可得兼，舍生而取义者也。这三个小老乡，我们得管。

“妈，收下她们吧，带着一起走，路上也有个照应，谁叫是同乡人呢。”剑泓央求母亲。

“我家剑泓也是没父亲的孩子，也算半个孤儿了。好吧，一起走吧，反正是要饭，多几张嘴就多要几家吧。”严静雅答应了儿子。

村长捎来话，说有人在宋季镇一带见过义勇军，兴许你们要找的戴二就在那里。几天之后，村口出现了这样的一幕：

一位病恹恹的母亲，怀里抱着婴儿，在前引着。后面跟着一个少年小伙，一手拉着一个小姑娘。是苦难把他们组合在一起，组合成一个破碎的家，带着人世间一息尚存的温情，他们艰难地行进在这破碎的山河里。

第五章　离了虎穴，又入狼窝

姐妹三人，妈妈生前一直叫着她们的小名：大丫、二丫、三丫，其实，除了三丫没来得及起名，另外两个都有名有姓。大丫名叫叶霞姑，今年 14 岁，与剑泓同年，只不过比剑泓小几个月份，二丫名叫叶霞玲，比姐姐小两岁。

三个孩子都是妈妈心头最美的霞光，可惜妈妈撒手而去，把她们扔在了世上，独自承受着这人间的苦难。

“都是苦水里捞出来的命。从今天开始，我们就是一家人了。”严静雅多了三个女儿，剑泓多了三个妹妹，三个女孩多了一个干妈，多了一个剑泓哥。特殊的苦难，成就了特殊的家庭、特殊的亲情，苦难有时候就如死亡，是人生必经的路途，需要勇气去坦然面对，这样才会有生命的再生。

剑泓和霞姑、霞玲年岁差不多，共同语言多，似乎有着天然的亲近感。那段日子，剑泓硬是教会了她俩游泳的本领，现在水涝多，这也是生存之道。姐妹俩教剑泓唱歌演戏，剑泓唱歌渐渐地也有了腔调，有时候竟唱得有模有样。这可能和遗传基因有关，她的母亲和姨娘都会唱戏，他的身上多多少少有这种天分。

异地他乡，一家人互相照应着，手搀着手，心连着心，在酷热的阳光下，走啊，走啊。有时候，一天下来，脚板都磨出了水泡。从车桥一路走来，剑泓的鞋子都漏出脚趾了。

居无定所，路边废弃的祠堂，村口的草堆，毁圮的屋墙，到处留下他们的身影。一开始，三丫断了奶水，白天还好，靠要来的稀粥汤勉强糊口，夜里饿得哇哇大哭，几个人只好轮流抱着哄她，后来时间长了，她也渐渐地习惯了没奶的日子，在忍饥挨饿中就这么把奶水断了。

宋季镇是一个漂在水上的小镇。

出门就是水路，到处是树叶一样的船儿，这里跑水上运输的人真多。

南北的一条宋季河，向南直通史家镇南长江口，向北一直通向海界河，商家的货物，大都从宋季河运进运出，通江达海，运往上海、苏南等地。

据当地人讲，小小的宋季镇，经常有当兵的队伍出入，一会是崇明自卫团，一会是通海自卫团，一会是忠义救国军，一会是抗日义勇军，时不时地，还有日本兵“扫荡”光顾这里。

花布庄、烟纸杂货店、酒肆茶馆、理发店等店铺参差排列在河道的两边，店家们也分不清当兵的身份，但有一点还是分得清的，就是共产党的队伍像老百姓的队伍。

小镇还有一多，就是逃难的人多，剑泓一家人也踩着逃难人的脚印来到了这里。在兄妹三人的照料下，严静雅的病时好时坏，三丫也不哭鼻子了，甚至能下地走路了，每天屁颠屁颠跟在哥哥姐姐后面，时不时地发出顽皮的笑声。

在一家饭店门前，剑泓停住了脚步，这家店里的人气还好，老板娘站在前台，老板和手下的一个伙计忙得团团转。他径直闯了进去。

“老板，您这边收不收打下手的伙计，我不要工钱，就给一口饭吃就行。”剑泓抓着老板的衣角问道。

老板是个中年汉子，身体微胖，一有客人来，满脸春风荡漾，面相上给人一团和气的感觉。店里确实人手少，他打量着眼前这个和他儿子差不多大的男孩，有点迟疑地问：“你看样子十四五岁，能做什么？”

“老板，我什么都可以做，端菜刷盘子洗碗拖地都能做，我父亲曾是饭店里的一个大厨，给日本人烧死了，过不下去了，我和我妈才流落到此，我妈又生着病，请老板赏一口饭吃吧！”

老板的儿子在县城里上学，同样的年岁，却有不同的人生，老板的心软了："好吧，你来干几天再说。"

剑泓忙不迭地把这喜讯传给了河边的母亲和妹妹们，在镇江码头上做搬运工那是第一份工作，今天终于找到了第二份工作。

饥肠辘辘的剑泓去上班了。那几天他心情特别好，在饭店里忙上忙下，什么事都抢着干，手不停脚不歇，老板看在眼里喜在心头，这个小伙计是找对了。可是一到饭点，他吃得都很少，剩下的都拿一个饭盒存着。

"剑泓，你怎么吃得这么少，还留饭菜给谁吃?"老板满腹狐疑。

"老板，不瞒您说，我妈身体不好，路上还捡了三个孤儿小姐妹，我自己少吃一点，省下来给妈妈和妹妹们吃。"

这是一个有责任感的懂事的小伙子，日后肯定有出息。从此，老板更是高看他几眼，他的碗底常见到一两块荤菜。

更让人高兴的是，在老板的介绍下，他们住到了一家庵堂里，好心的尼姑收留了孤儿寡母几个人。霞姑还在一家染坊里找到了一份差事，染坊就靠着剑泓的饭店，这样两人互相还可以照应。

看到哥哥姐姐们都有了工作，霞玲也嚷着要去找事做，被严静雅拦住了。

"等你大了，迟早要出去找事。但是你还小，又是女孩子，世道这么乱，如果出了事，我怎么向你们死去的妈妈交代?再说你们都出去了，把三丫交我一个人，我这身体怎么消受得了?"严静雅没法子，只好搬出三丫来唬她。

霞玲不作声了，暂时打消了出去做事的念头，每天帮着照顾干妈和妹妹。严静雅身体有所好转后，又开始走街串巷，打听起戴二夫妇的下落来。

饭店来了一帮扛枪舞棒的人，吆五喝六的，老板恭恭敬敬地迎上前，嘱咐剑泓好生伺候。

那领头的，圆圆的脑袋上没长几根毛，因为头大罩不下，军帽歪戴在头上，当地人管他叫“吴二爷”。

酒足饭饱之后，剑泓去结账，被吴二爷的手下何老三当场扇了一个巴掌，一脚踢了出来：“妈那个巴子，哪里来的小杂种，你吴二爷来吃饭，还敢收钱?!”

剑泓爬起来要去拼命，被老板一把拽住了：“小祖宗啊，你就省省劲吧，他们吃饭从不给钱，算了吧，算了吧。”

剑泓只好忍气吞声地站在一旁。

“来，吴二爷的‘干儿子’还在门口饿着，去把桌上剩下的红烧肉拿去喂他!”何老三走过来，用手拍着剑泓的脸，把一个装着肉食的碗塞给了剑泓，“你小子把眼睛放亮点，二爷‘干儿子’的命都比你值钱!”

吴二爷的“干儿子”其实就是一条狗，一条长舌流涎、喘着粗气的大狼狗，样子十分凶猛。

剑泓迅速地把碗扔在地下，他恨不得一脚踢死这狗日的“干儿子”!

就在这里，意想不到的一幕发生了。路边一个要饭的，壮着胆子，竟扑上来，一把从碗里抢了一块肉塞进嘴里，再抢第二块，被狼狗一口咬住了手，咬得鲜血淋漓。这要饭的是个男孩，十五六岁的样子，肯定饿极了，否则不会和狼狗争食。

吴二爷手下的一帮人一起冲上来，把这男孩揍个半死，几乎七窍流血，男孩在地上蛇游一般，一个劲地求饶。

剑泓实在看不下去了，他曾经和这男孩一样，要过饭，被狗撵过咬过，他从心底里同情这样的人，这帮人再这样打下去，非出人命不可。他不顾一切地冲了上去。

“敢有人打抱不平，就是和我们吴二爷作对!”何老三本来就对剑泓一肚子的气，冲着手下人叫嚷着：“给我往死里打!”

街上挤满了看热闹的人，众人是敢怒不敢言。饭店老板上来劝架，也被扔在了一边，他让店里的另一个伙计赶紧报信给染坊的霞姑。

“干妈，终于找到你们了，快，快，不得了了，剑泓哥被人打了!”

霞姑得信后，飞也似的找到了严静雅。

严静雅闻讯差点晕倒，她把三丫塞给霞玲，不顾身子虚弱，火急火燎地向着剑泓的饭店奔去。

一群人还在围着剑泓拳打脚踢。严静雅扑了上去，她张开双臂，拼命地护着自己的儿子，哭求着："放过我的儿子吧，不能再打了，不能再打了，我求你们了！"

"妈，不要求他们，这些都不是人，他们眼里，我们穷人的命连一条狗都不如！"

一听这话，那帮人打得更凶了，有人试图拉开严静雅，母性的力量是伟大的，这时候的严静雅拼尽了全力护着身下的儿子，拳头像雨点一样落在她的身上。很快，她就陷入了昏迷中，人一下子软了下去。

"不得了，出人命了！"有人大喊。

那吴二爷大手一挥，众人停了下来。他牵着他的"干儿子"大摇大摆地走了，临行扔下一句话："三日内，这一家子必须从宋季镇消失！"

满脸是血的剑泓和霞姑姐妹围着严静雅哭着喊着，弱不禁风的严静雅哪里抵抗得了这帮狗腿子的气力，生命已奄奄一息。

只见她费尽全力从脖子上摘下一个玉挂，这是严静雅从不离身的玉佩，她要交给剑泓："剑泓……我把它交给你……当年……你奶奶……留下的……是一对……我和你姨娘……一人一个……你爷爷还请人……刻了字……"

"剑……剑泓，妈不行了，你……你……一定要带好……三个妹妹……"她一手拉着剑泓，一手拉着霞姑，眼里有着万千不舍，声音低弱，"霞姑……闺女……我把剑泓……交……交给你了，看好……管好他啊……"

她又把目光转向霞玲，还有三丫，眼里无限慈爱，但已说不出话来。

懵懂无知的三丫茫然地看着严静雅，剑泓、霞姑、霞玲早已泣不成声。旁边的人，有的愤怒，有的同情，有的偷偷抹泪。

"这一家子太惨了！"

"这是什么鬼世道啊！"

严静雅头一歪，永远地闭上了眼睛。剑泓知道，再大的哭声也唤不回母亲了，他没想到，和母亲出来逃难，非但没有完成爷爷的遗愿，也没能保护好母亲。懊悔，自责，哀痛，一起涌上心头。

人死归于尘土，入土为安。在饭店老板和庵里尼姑的帮助下，众人为严静雅买了一口薄薄的杂柴棺材，草草地下葬了，葬在庵后的荒坡上。没有墓碑，剑泓取了一块大石，埋在墓后，作为将来寻找的标记。

一个漂泊的灵魂，她的梦安息在异地他乡。梦里，也许她还在奔波，她要去找父母，找丈夫，也许有一天，他们会在另一个世界里团圆。

宋季镇依然没有姨娘的消息，这里也没了他们的立足之地，那兵匪吴二已下了最后通牒，三日内必须离开，今天是最后一天，再不走，恐怕凶多吉少。

剑泓和霞姑都被老板辞了工，吴二这帮人整天横行霸道、欺男霸女，宋季镇没人惹得起。饭店老板很是同情剑泓，临行前硬是塞上两块银圆，送他们上船时，老板的眼里噙着泪。见剑泓的鞋子已经烂了，脚趾都露了出来，老板脱下自己的鞋子，硬是让剑泓换上，他自己赤着脚头也不回地走了。

这一分手，不知何时相见，互道珍重，就此别过。这世上有奸人、坏人、恶人，也有像旅馆老板娘、饭店老板这样的好人。

脸上有泪、身上有伤，但心里有一股暖流在流动着。自古雄才多磨难，从来纨绔少伟男，剑泓经历的苦，也许是岁月给他最好的磨炼与馈赠。

剑泓一遍遍抚摸着脖子上的玉佩，看到它，就想起母亲。母亲走了，从现在开始，在三个妹妹面前，他就是这个家撑门立户的长子，从这一天开始，他就是一个顶天立地的男子汉了。

离了虎穴，又入狼窝。

近来，听说共产党的新四军在苏中地区“兴风作浪”，日本人提心吊胆，他们不断地组织兵力去“扫荡”，大批汉奸、国民党特务、流氓分子、反动地主与日本人狼狈为奸、沆瀣一气。

也不知走了多久，也不知现在是哪一年哪一月了。人说，流浪的日子跟着日头走，分不清岁月。那天，他们到了一个叫不出名字的小县城。

县城的卡口站着荷枪实弹的日本鬼子和二皇伪军，盘查比以往更严了，过往的一切可疑人员都要统统抓起来。剑泓和妹妹们第一次如此近距离地接触鬼子，发现他们和中国人长得一模一样，怪不得爷爷说，日本人本来就是中国的种传过去的，想不到他们数典忘祖来中国的土地上作威作福，真是岂有此理。

剑泓提醒大家不要害怕，我们这些孩子，估计盘查的人不会刁难。

“有良民证吗?”伪军头目问剑泓。

“逃难哪里顾得上去办良民证啊。”剑泓答道。

“不行，没有良民证不行。”头目不睬剑泓。

“我们都是孩子，是进城寻亲来的，我母亲刚刚病死，等我们进了城就去办理。”剑泓一咬牙，从口袋里掏出一块银圆塞到那头目手里。

头目顿时脸上开了花，挥了挥手：“走吧，走吧，都是些穷孩子。”

“你的站住!”意外还是发生了，日本兵的小队长走了过来。

“你的不是逃难的吗，今天碰到我，是你的福气，皇军带你去一个吃皇粮的地方去。”这个小队长汉语倒是流利，他一挥手，上来几个日本兵。

“老总，日本人要抓我去哪啊？我还有几个妹子呢。”剑泓目光焦急地望着那伪军头目。

“你放心，皇军是带你去修炮楼，有干饭吃，皇军看上你，是你小子的造化。你的妹子可以进城，已经给你面子了，不要敬酒吃罚酒。”头目一边讨好日本人，一边提醒剑泓识相点。

姐妹三人围着剑泓，不让人靠近。鬼子的歹毒，剑泓知道的，他怕僵持下去，连累三个妹子，连忙偷偷把剩下的一块银圆塞给霞姑，让她们快走。

“剑泓哥！剑泓哥！剑泓哥!”三人哭喊着，眼睁睁地看着他们的剑泓哥被日本人抓走了。

“还不赶快进城，迟了就关门了！”那伪军头目不耐烦地催着三姐妹。

进了城，霞姑看到到处是日本人的膏药旗，像是招魂似的。

这膏药旗和岔河街上日本人开的烟馆上的旗子是一样的，霞姑的父亲就是在那烟行里染上毒瘾的。记得小时候，公子哥出身的父亲，是那么儒雅帅气，那时候，还没有染上毒瘾，还知道顾家疼人，对她和妹妹都很好，他和妈妈一个教唱歌，一个教认字。那样的时光真的叫人留恋。可惜，这一切都给日本人的烟馆毁了，一个好端端的家毁了。现在她只有恨，自从父亲要把她嫁给老男人做妾的时候，父亲，在她心中就没了。

霞姑对剑泓有着妹妹一样的亲近，还有一种说不出的依恋，每天看到剑泓哥她的骨子里就有一股力量。剑泓对她也是格外的体贴，两个人从彼此的目光里就能读懂对方的心思，这种默契把他俩的心联结得紧紧的。

那天晚上，四个人挤在一个破屋里，霞玲与三丫早早地睡了，霞姑与剑泓互相依偎在墙角，也许太累了的缘故，剑泓很快打起了呼噜，这男人的呼噜声，她并不讨厌，相反，觉得亲切。平生第一次与一个年龄相仿的男人靠得这么近，鬼使神差，她竟亲了剑泓一口，睡梦中的剑泓脸上竟有了笑容。

霞姑脸烧得滚烫，心里的欢喜成了波涛汹涌的海潮，此刻，她静静地享受着这温馨的时光，像享受着男人的爱抚一样。从此，她把这个男人装进了心底里。

现在剑泓哥被日本人抓走了，霞姑的心里空荡荡的，从现在开始，她要学会坚强，更要学会独立。她明白，剑泓哥不可能时时刻刻守在身边，她要把两个妹妹带好，要学会适应没有剑泓哥的日子。

霞姑的心里五味杂陈。

剑泓被拉到了一个叫史家镇的地方。

有一条叫不出名字的河流，上面有一座桥，桥边有一个前后两进、砖瓦结构的大宅院，曾是当地一个地主家的四合院。日本人来了以后，地主领着家眷跑了，听说现在是一个自卫团的团长住在里面。

说是一个团，其实院里只有一个连的兵力，剩下的部队还在观音山一带。院子与桥头之间，隔着一圈深且宽的护宅河，南门的河上有一座吊桥供人进出，护卫森严，一般人无法进入。

院子的东北角，都是林子地，有枇杷，有柿子，有竹子，南边是一大片稻田。日本人相中了这块风水宝地，决定就在院子南门外面的那块敞阔的空地上，建一个炮楼工事。

抓来的壮丁苦力足有一二百人，挖沟的，搬砖的，砌墙的，推车的，运土的，都有着明确的分工。周围的高堆上，站着一圈日伪军，刺刀明晃晃地对着他们，想逃跑是不可能的。

如果看到有偷懒、怠工的，做事磨洋工的，那监工的日本人抡着皮鞭就抽，再不听话，就刺刀、子弹伺候。有些人劳累病倒了，日本人干脆拖走活埋了。数十个被枪杀、刺死、活埋的汉子，就埋在不远处的那片林地里。

有人不停地倒下，就有人不停地被征抓而来，剑泓就是其中一个。这份差事，他打心底里是一百二十个不愿意，他痛恨日本人，给日本人修炮楼是打中国人的，他情感上无法接受。不管怎么样，他得想办法逃出去，更主要的是，把三个妹妹扔在外面，他实在放心不下。

这里和外界的唯一通道就是吊桥，士兵把守非常严，从桥上溜出去是不可能的。剑泓把目光瞄向了护宅河，他的水性自然不在话下，假如暗中涉水过河，再向东北向的林子里跑，这倒是一个逃生的法子。他暗暗拿定了主意，决定瞅一个合适的机会逃跑。

那天晌午，民工们吃了饭，有半个时辰的放风休息时间，日本兵和伪军横七竖八地躺在护宅河那排树荫下打盹。营房里的兵是团长带来的，和这些修炮楼的日伪军各不相干。剑泓觉得这是一个好机会，他迂回绕过土堆，躲过了日伪军的视线，悄悄地下了河。这护宅河真是又深又宽，剑泓一个猛子就钻到了对岸，可是要命的是，对岸的护坡几乎是垂直的，要想爬上去，着实要费一番功夫。剑泓一遍遍地试图从水中向上攀爬，可惜一遍遍地滑下来，最后好不容易爬了上去，不小心滑下的一块石头，扑通一声，惊醒了一个日本兵。

“八嘎，有人的逃跑!”日本兵叫了起来。

集合哨响起，日伪军放下吊桥，就跟在剑泓后面追了出去。如果被抓住，那肯定是个死，工友们替剑泓捏了一把汗。

剑泓不但会游泳，腿下的功夫也很了得，从小就在孟格美的训练下，脚下生风，跑起路来一缕烟似的，在小朋友中，他有一个外号叫“飞毛腿”。后来，随母亲一路逃难，路上经常被狗咬，被狗撵。他曾被一条恶狗追了四五里地，最后狗都跑不动了，只好返回，他又追着狗跑回来找母亲，那狗最后累趴在那里，要不是喘着粗气，还以为是一条死狗。可想而知，剑泓的爆发力和韧性有多强。

他健步如飞，眨眼间就钻进了林子，敌人跟在后面，得赶紧先找一个藏身之处。突然，一个人从天而降，一个翻滚，把他拉入缓坡下的一个坑道中，把事先准备好的芦苇、竹子、藤蔓之类的东西，一起杂乱地覆在身上。

“嘘!”此人打了一个手势，示意剑泓千万不要出声。

日伪军跟来了，在林子里胡乱地找了一通，还试着放了几枪，那是给自己壮胆。这林子平时少有人来，毕竟是埋死人的地方，他们心有余悸。

自修炮楼以来，几乎没有人能逃得出去，剑泓算是特例。这伙人悻悻而归。

敌人走远了，两人从坑道中爬了出来。

剑泓打量着眼前这个青年人。此人比他大不了几岁，一身长衫，黑色仿绸裤，头戴一顶礼帽，像个店铺里的少掌柜。但是刚才从树上跳下来，那身手敏捷的样子，不像是普通人，像是经过专业训练。

“大哥，谢谢你啊，为什么要救我啊?”

“小兄弟，你不是从炮楼里跑出来的嘛，肯定是穷苦人了，我就是要和穷苦人交朋友。”这青年人拍着剑泓的肩膀，像是兄长一样，“小兄弟，我们赶紧走吧，这里不宜久留。”

路上，两人一边走，一边聊着。剑泓对于眼前的青年人，特别有眼缘，有着天然的亲切感和信任感，他把自己的身世遭遇一五一十地告诉了这个“救命恩人”。

青年人领着他进了一家旅馆里，房间里还有两个小伙子，一样的富有朝气。

“剑泓，你既然这么恨日本人，你想报仇吗?”青年人郑重地问他。

“想啊，做梦都想，我的血海深仇一日不报，我一日不得心安!”剑泓腾地站了起来，虎头虎脑，着实可爱。

“那你没想过怎么样去报仇吗?”

“我想过，现在国破家亡，只有当兵上战场去杀敌，可一路上到处都是国民党的逃兵，心都凉了。听说共产党的兵，是真心抗日的，对老百姓也好，可是我也不认识。我在逃难路上，还听人唱过，‘吃菜要吃白菜心，当兵要当新四军’，可我到哪里去找新四军啊，我连我姨娘都找不到，哎，我真没用……”剑泓一脸的黯淡。

“你如果想当新四军，我倒可以帮你忙。”

“真的?”剑泓惊喜地问道。

“当然可以。”青年人爽朗地笑了起来，旁边的两个人也跟着笑起来。

“欢迎你加入新四军。”青年人伸出手来，剑泓半信半疑地也伸出手来，两双手紧紧地握在一起。

“你找他就找对了，他就是你要找的人啊。”旁边的人跟着笑起来。

第六章　从　军

林痕，新四军一师侦察科科长。

这个名字，从这一天开始，就嵌入了剑泓的脑海中，后来两个人成了无话不说的亲密战友、革命兄弟。

两个人几乎聊了一个通宵，讲形势，谈道理，苦大仇深的剑泓，似懂非懂地听着。那一夜，他认准了一个理，认定了跟着共产党走，跟着新四军去抗日救国。他要为天下的穷苦百姓过上好日子去牺牲去奋斗。这就是他最初最原始最朴素的理想。

林痕也相信，剑泓有文化有闯劲，是个可塑之才，随着时间的推移，他对于革命必将会有新的认识。

林痕派人随剑泓一起去了一趟县城，寻找霞姑她们三姐妹的下落。县城不大，几乎翻遍了各个角落，也没有找到她们的踪影。有人说，他们向南走了，找哥哥去了，也有人说，他们向北走了，回老家了，总之是出城了。

夜鹤归来人不见，一声长唳哭华年。剑泓又回到了史家镇，像失了魂一样。

“振作起来，吉人自有天相，总有一天，你们会见面的。记住，不要把个人情感带到革命工作中来。”林痕安慰他。

那两天，他们通过当地的社会关系找了一个向导和一辆独轮车。林痕扮成上海水果行的小老板，剑泓扮成小伙计，以收购柿子为名，在史家镇侦察敌情。向导推着独轮车，林痕和剑泓一边坐一个，林痕腋下还夹了一个包，里面装着一个假账本，还真有点老板和伙计的样子。

新四军一师师长粟裕把目光盯在了史家镇炮楼里的自卫团，想尽一切可能把他们争取到抗日的队伍里来。所以林痕最近一直在做着功课，不停地侦察收集情报。

干情报侦察工作，有它的规矩，不该你问的不能问，不该你知道的不要知道，粟裕的意图，林痕也不能随便告诉任何人，包括他带来的侦察员，包括剑泓。

这天早上，侦察员报告，自卫团的团长带着夫人出了吊桥，直奔镇上而来。据讲，团长夫人一好喝早茶，二好听戏。早茶过后就会去听一段地方戏，最近上海戏班子来唱淮剧全本戏《秦香莲》，主角是淮安车桥人筱文艳，她是一场不落，每场必到。筱文艳可是一个名角儿，5 岁随父母逃荒到上海，卖给民乐戏院老板做养女，11 岁从艺，现在是上海淮剧界的顶梁柱。旋律婉转、行腔自如的“筱文艳自由调”，让团长夫人着了迷，有时候走路都在哼唱，是个铁杆戏迷。

振丰早茶馆是他俩定点喝早茶的地方，包括楼上的 2 号包厢也是固定的。林痕带着剑泓早早地在靠窗的位置，订了一个座，从这里可以看到 2 号包厢进出的人。

“团长，太太，楼上请!”店小二迎客的声音，和茶香一起飘了上来。

团长粗眉大眼，脸形倒也方正，一身绸缎，尽显富贵之气，魁梧的身材，配着板寸头，自有男人的阳刚气概。紧随其后的是他的一个连长，过去是团长的警卫。

今天天气有点闷热，剑泓的粗布对襟褂敞着，和林痕对面而坐，装着漫不经心地喝茶。

团长夫人上来了。这女人风姿绰约，优雅有度，举手投足间，显出别样的风韵。后面跟着她的丫鬟，随侍左右。

当团长夫人从剑泓面前经过的时候，剑泓的目光像触电似的，猛地站了起来，把林痕吓了一跳。

这女人的样子太熟悉了，和他母亲严静雅长得像一个模子刻出来的似的。剑泓不敢相信自己的眼睛。

那女人也像是得了魔怔似的，愣在那儿，她一眼看到了剑泓脖子上的那个玉佩。

“太太，我们进去吧。”在丫鬟的提醒下，那女人意识到自己有点失态了，赶紧转身进了包厢。

“剑泓，你刚才看到那女人，怎么站起来了?”林痕有点不解。

“林科长，那团长姓什么？是不是姓戴，那女人是不是姓严?”剑泓急切地问林痕。

“是的啊，怎么啦?”

“林科长你怎么不早说?”

“你也没问啊，这姓什么和你有关系吗？哦，我想起来了，是不是和你的姨娘姨父有关，难道……”林痕一下子有了重大发现。

“团长太太长得和我妈太像了，我的直觉，她就是我的姨娘！我敢肯定!”剑泓斩钉截铁地说。

“我发现她刚才神情也不正常。是不是认出你了?”

“不会的，她当年离家出走的时候，我还没出生呢。”剑泓低下了头，猛然瞥到脖子上的玉佩，当即恍然大悟，“她准是看到了这个东西!”

剑泓的判断无疑是对的，当年他外婆留下的玉佩是一对，姨娘和他妈妈一人一块。

“剑泓，不要慌，我们静观其变。”林痕冷静地说。

这注定是一顿不平常的早茶，团长夫人吃得心神不宁，她不时地瞅着门外，心像是被藤蔓绞住了似的，越理越乱。团长吃完了，她还在装着慢腾腾地，不紧不慢地吃着。

“当家的，你和李连长先回去，我等会儿和小翠去听淮戏。”

她把团长打发走了，让丫鬟把外面的林痕、剑泓叫进了2号包厢。

“小伙子，能把这玉佩给我看一下吗?”

剑泓摘下玉佩递给她。她蓦地看到一个“雅”字，顿时脸色大变。

“你是谁？你怎么会有这个玉佩?”她一把抓住剑泓的肩膀，急切地问道。

“我叫剑泓，玉佩是我妈给的。”

“你妈是不是叫严静雅？你是静雅的儿子？你知道我是谁吗？”说着，她从脖子上取出一个一模一样的玉佩来，上面一个“娴”字。

“姨娘！我找您找得好苦啊！”眼前的女人，真的就是他千辛万苦要寻的姨娘，剑泓扑通跪了下去。

情感闸门瞬间打开，两个人的心湖瞬间决堤了，思念的洪水冲进五脏六腑，把所有的记忆都搅在一起。

彼此抱头痛哭，一旁的丫鬟也跟着落泪。

剑泓一字一泪地哭诉着家庭的变故、一路上的遭遇，严静娴好几次差点哭晕过去。

父亲临死前还念着自己，叮嘱家人一定要找到她。她觉得亏欠父亲太多，亏欠家人太多，她向着家的方向跪了下去，她要向父亲忏悔，请求父亲在天之灵原谅自己。

其实这么多年，她一直想着父亲，想着妹妹。

有人说，只有孩子是治愈亲情的良药，她在梦里都曾梦到，她和戴二抱着一个白白胖胖的孩子回去，父亲开心极了。可是到现在，她也没有生下一儿半女。

当年因为跑码头经常跳船帮，有一次怀着身孕跳船帮时，不小心跌下船舱，大出血，差点送了性命，此后就习惯性流产，再也没了孩子。

父亲既让家人寻她，其实早就原谅自己了，现在，父亲死了，妹妹死了，妹夫死了，亲人没了，家也没了，剑泓是她唯一的亲人。她又抱着剑泓哭起来。

“太太，你们家的悲剧，其实都是该千刀万剐的日本人作的孽！你难道不恨他们吗?!”林痕问她。

“当然恨了！这仇不共戴天！”

“那你和你丈夫为什么投靠日本人?”

“我和丈夫当初离开码头，拉了队伍上茅山就是为了抗日。因为兄弟们匪气重，茅山义勇军的人就说我们是土匪。人家既然看不上我们，我们大当家的一气之下，拉着队伍投了国民党。要去打鬼子，国民党找借口说我们是共匪，不给我们补充弹药。后来，为了生存，我们投了救国军，南京汪精卫政府暗中派人来，逼我们帮日本人‘清乡’。我和戴二不肯出兵，日本人就使了一计，在我的庄园里建据点修炮楼，让我们坐实了汉奸的骂名，逼我们就范！”

“夫人，难得一片冰心在玉壶啊，爱国之心不改，敬佩敬佩！您听说过新四军吧？”

“当然听说过，我们离开茅山后，新四军到了茅山，我们和新四军失之交臂。新四军是真正抗日的队伍，我们还想着与他们接上线呢。”

“姨娘，不好意思，聊了半天忘记给您介绍了。不瞒您说，我现在也当了新四军，这位就是我们新四军的林科长。”剑泓忙不迭地把林痕介绍给卢静娴。

“夫人，我代表新四军向您和戴团长致敬，这是我们首长写给你们的信，请你带回去和戴团长商量一下，我们在此恭候佳音。”林痕终于亮出了身份，从怀中掏出一封信来。

卢静娴郑重地接过信，小心翼翼地放进包中，她知道这封信的分量。

转身离去的时候，她再次抚摸着剑泓的脸，有着太多的不舍。这是她妹妹唯一的骨血，也是她唯一的亲人，才十四五岁就去当了兵，她多想把剑泓带在身边，这没爹没娘的孩子受的苦太多了。可是现在她也无能为力，她也生活在虎狼之地啊！

想到这儿，眼泪簌簌而下。

戴二，那是江湖上的称呼，其实他是有名字的，名字早被人淡忘了。连严静娴也差点忘了他是有名字的人。

其实，他出生于河北沧州的一个武术世家，在家排行老二。有一次日军进村“扫荡”，一个日本兵窜进他家院子，看到他妹妹就往屋里拖，父亲一把抱住那兵就扔到了门外，对方看这家人会武术，不敢造次。第二天，乡里维持会的会长传出话来，戴家必须搬出村子，否则日本人要烧了全村。没法子，为了不连累乡亲们，父亲带着一家人连夜爬上了南下的火车。

从河北到山东，从山东到上海，从上海到了南京，一路颠沛流离。刚下火车，一家人就被国民党军队捉上卡车，送过江去修工事。工事修好了，日军打过来了，国民党军队慌忙撤退，把修工事的民工扔在了城外。日军见人就杀，父亲和哥哥护着他逃了出去，最后父母、哥哥、妹妹都被日本人捅死了。

只身一人逃出的戴二成了孤儿。后来，在镇江码头，被一无儿无女的陈姓船老大收养做义子。船老大有结拜兄弟三人，后因事变，分道扬镳。船老大气得大病一场，最后决定将船上营生都交给义子打理，老人家独自遁入江湖，不知所终。

这义子生性勇猛，还有谋略，做事活络，为人仗义，渐渐地在水道上立住了脚。江湖上尊其义父为“陈老大”，他在家本来就排行老二，又是其义父的接班人，大家就称其为“戴老二”，“戴二”也就这么叫出名了。去车桥涧河一带做生意时，严静娴才知道他的真名叫戴宗毅。因为“戴二”大家叫顺嘴了，所以没有几个人叫他的真名。

一直心情烦闷的戴二，今天得知夫人意外找到了剑泓侄儿，也是替她高兴。这么多年，他就像一个悖理的小偷，偷走了人家的心肝女儿，偷走了人家的名声。他也想捎上夫人光明正大地回一次车桥，给老人家下跪赔礼，叫上一声岳父大人，了却一桩心事。想不到，一切都晚矣。

回首潸然泪两行，来生再续旧时光。

夫人不但带回了剑泓的消息，还带回了一封信，他正为前途担忧之时，这封信不啻雪中送炭。信中，新四军首长不计前嫌，丹心一片，国难当头，赤诚可鉴。

“夫人，这句话说得好啊，真是‘九言劝醒迷途仕，一语惊醒梦中人’。”戴二捧着信，站了起来，“你看，这是人家用王夫之《读通鉴论》的话教诲我啊，‘为将而降，而为之效死以战，虽欲浣涤其污，而已缁之素，不可复白，大节丧，则余无可浣也’。此话说得好啊!”

淞沪会战真悲壮，鲜血染红黄浦江，
枪林弹雨全不顾，身先士卒保家邦。
滔滔江水可作证，血债难用血来偿。
铭记日寇血海仇，来日挥戈斩豺狼！

严静娴唱起了一段抗日淮剧，这是筱文艳来演出时传出来的戏文，据说一直在国共两党的战地服务团里传唱。

她转而深情地望着丈夫："当家的，大是大非面前，你可不能含糊啊。"

"哪能含糊？我本来就和日本人誓不两立！"

尊声夫人你休见怪
你请坐在大堂上
切莫多悲哀
王文勇虽离家乡已九载
怎能将往事全忘怀

戴二竟以淮戏《蔡金莲告状》唱词应和了起来，夫妻俩抚掌大笑。

第二天，小翠便将复信带到早茶馆：三日后，凌晨五时，升桥迎客。

林痕迅速电报粟裕。为了确保万无一失，粟裕开始排兵布阵。

八团二营进驻宋季镇以北，阻滞县城方向的日军增援。

特务营四连进驻史家镇，暗伏据点东北密林中，随时出击消灭据点顽抗日伪军。

林痕带侦察排按时占领吊桥，进入据点，控制局面，保护好戴团长等安全。

就连四合院周围的野狗都没了叫声，早就被侦察人员用毒包子灭了口。

一切尽在安排中。

复信前，戴二已召集手下兄弟秘密商定，大家一致同意易旗起义，共同抗日。谁也不愿意再背汉奸的骂名，这骂名压得他们一直抬不起头来，这下好了，心里自有说不出的爽快。但是各人下了保证，绝不允许透露一个字，毕竟在日本人的眼皮底下。

个个摩拳擦掌，就等大哥一声令下。

夜幕的轻纱被黎明慢慢地撩开，茫茫大地渐渐现出亮色。半个时辰前，还是黑魆魆的一片，那是黎明前的时刻，也是至暗的时刻。

时间一点一点地逼近，戴二的心却越揪越紧。

他几乎一夜没合眼，早早地起身，带着李连长在营房周围转悠了一圈，一查房，床铺上独独不见了副连长王宝富。四点了，马上将要起义了，都这个点上了，他跑哪去了?

原来，此人溜进了日军小队长林野正雄的房间。

戴二的计划被王宝富泄露了。这王宝富其实是日本人安插在戴二身边的一个内线，原来是特务机关的一个密探，曾在县城和平军任排长，修炮楼时，此人被林野“夹带”进来，介绍来任副连长。平时装着爱国的样子，经常骂日本人不是东西，戴二被这个假抗日的内奸蒙骗了。

院子周围转悠了一圈，吊桥已换了日本兵在把守。修据点的日伪军一共才有四五十人，林野正雄一边立即电报县城日军请求增援，一边派出人手控制吊桥，同时，机枪埋伏在周围，封锁营房出口，如果胆敢起义，一律格杀勿论。

擒贼先擒王。兴师问罪的林野正雄带着一队日军，向戴二的住地赶来。

王副连长不见了，看守吊桥的人换成了日本兵，情况有点不对。戴二夫妇和李连长正在紧急商量对策，一看林野正雄气势汹汹地闯了进来，后面还跟着王宝富，心里顿时明白了二分。

“戴团长，你们今天起得好早啊!”

“我们今天准备调防，将观音山的王营长的四连和李连长的这个连对调。”

“这么大事，怎么事先不提前告诉我?”

“我们内部的事，不劳您烦心了。”戴二严正以告。

“我看你戴团长是另有行动吧。”王宝富皮笑肉不笑地说。

“来人，给我把他们统统抓起来！”林野正雄露出了狰狞的面目。

啪的一声枪响，打破了黎明前的寂静。那王宝富被戴二一枪毙命。林野的枪口瞄准了戴二，说时迟，那时快，严静娴飞速挡在了丈夫的面前，一颗罪恶的子弹打中了她的前胸。

戴二抱着妻子，还手一枪，打中了林野正雄的头部，这家伙歪斜着身子倒了下去。房内枪声大作，外面的日军疯狂地扫射起来。

“快，快带夫人走，这是我给观音山王营长的信，他是我的把兄弟，见信如见令，你们快带部队和他会合。”信塞到了夫人手中，戴二被乱枪打中了，倒在血泊中。

“不行，团长，你们先走，我断后！”李连长身上背着冲锋枪，手上使着双枪，迎着外面的日军冲了上去，要拼死掩护团长和夫人撤离。

这时，营房里的兄弟们也和外面的日伪军杀将起来，冲出来一个，倒下一个，日伪军的轻重机枪居高扫射，子弹像雨点一般。营房中的兄弟们前仆后继，这一幕令日伪军胆战心惊，手中的机枪都抖索起来。

日军被一步步逼退，敌人有的应声倒地，李连长身上沾满了日本兵的血，他杀红了眼睛。

丫头小翠牵来两匹马，一匹黑马，一匹白马，那是戴二夫妇的坐骑。这两匹马一看就是马中神骏，一个骨骼高大，浑身黑缎一样，一个身段优美，通体雪白。

“团长，夫人，快上马！”小翠把夫人扶了起来。

“小翠，你扶夫人上马，不要管我，五时快到了，快去吊桥，放新四军的兄弟进来！”戴二已大口大口吐血，手捂着腹部伤口站起来，踉踉跄跄，随时都要倒下。

“李连长，你骑我的马，把吊桥日军引开，好让夫人放下吊桥！快！快！起义是大事！”他又命令起李连长。

“团长，我不走！”李连长和小翠一起将严静娴扶上了马，他要和敌人拼个你死我活。

“好兄弟，你要不走，我们一个都走不了，你的心意我领了，拜托了，兄弟！快走!”

剩下的日军又冲上来了，三八大盖长长的刺刀，闪着寒光，刺将过来，小翠倒下了，团长也倒下了。

李连长含着眼泪上了大黑马，“驾”的一声，像一道黑色的闪电飞了出去。要接近吊桥时，只见李连长勒住马缰，跃下马背，伏在附近的一个土坑里，架起冲锋枪就向吊桥门前的日军扫去。十几个守桥日军像是遇到了天神，有的还没回过神来，就命归西天。剩下的日军象征性地还击了几下，便向东鼠窜而去，他们想与营房那边的日伪军汇合。

负伤的严静娴伏在白马上，穿过纷飞的拖着红尾巴的弹雨，向吊桥飞驰而来。

“夫人，你快放吊桥，我去营房那边。”李连长要去救出营房里的兄弟们。

五时已过，埋伏在河对岸的林痕等人焦急万分，他们急切地注视着吊桥这里。他知道，看守吊桥的人换成了日本人，同时，院中枪声大作，立即意识到情况有变。吊桥若再不放下，他们准备渡河强攻。就在此时，两匹马向着吊桥飞奔而来。

“科长，你看，是我姨娘!”剑泓一眼认出了白马上的严静娴。

严静娴跳下马背，忍着伤痛，慢慢解开吊索，吊桥缓缓下落。

突然，严静娴“啊”的一声，倒下了。原来，一个重伤的日本兵拿枪射向了严静娴。此刻，林痕一个箭步飞也似的冲上吊桥，一枪撂倒那个日军。

严静娴倒在地上，胸前血流如注，喘息声渐渐低弱，林痕和剑泓把她扶坐起来。

“林……林科长，这是团长……给观音山……王营长的信，交给你了……我……我不行了……”她把目光投向了剑泓，示意他摘下脖子上的玉佩，一把抓住剑泓的手，“剑泓……这玉佩……是一对的，交给你……留个……念想，将来……你……娶……娶媳妇……可以……传……给她，看到它……就……看到……姨娘了，你要……把我……你姨父……葬在一起，你……你要……好好……活着……”

严静娴躺在剑泓的怀里闭上眼，剑泓放声恸哭：“姨娘，你不能死啊，我就剩下你这一个亲人了，你可不能扔下我啊！”

残余的日伪军很快就被消灭殆尽。密林中的部队和李连长的部队在营房前会师，大家像是久别的兄弟，兴奋异常。

侦察兵报告：日军的援兵在路上，我军正在阻击中，粟裕指示，起义部队观音山会师后迅速转移。

出发！一声令下，大部队出发了。

那河对岸的坡上，一块碑立了起来：戴宗毅、严静娴夫妇之墓，侄儿剑泓叩立。

几处埋下了弹药，导火索点燃，日本人精心修筑的据点，连同那个四合院，一起灰飞烟灭。

大白马跑了，它的主人严静娴死了，没有人能近得了它的身。

只见它一声长啸，腾空而起，从倒塌的废墟中冲了出去，长长的鬃毛披散开来，如风，如电，飞驰而去。

有人说，它是追它的主人去了。

第七章　曹甸来了年轻人

国破山河在，城春草木深。

没有了桃红柳绿，没有了鸥鹭齐飞，没有了江枫似火，没有了流岚穿阁。

这是国破家亡的江北，这是山河破碎的江北，这是生灵涂炭的江北，这是千疮百孔的江北。

这也是霞姑三姐妹无法容身的江北。

没了剑泓，霞姑真的怕活不下去了。也不知日本人把剑泓拉到哪儿去了，她们本想在县城里找个事情做，可是三丫太小了，离不开人。干妈没了，剑泓走了，她们真的有点无所适从。

更要命的是，三丫的口里生了毒疮，滴水不进，疼得只是一个劲地哭。药铺里的人看了直摇头，说这毒疮厉害着呢，口里不能涂药，要到医院里打什么盘尼啥的，反正是一种西药，这药金贵呢，要找到关系才能打。她和霞玲身上的一块银圆早就花没了，去了医院，现在都是日本人开的了，没钱人家连门都不给进。

县城里她也没关系，到处都是鬼子，这里根本不是她们待的地方，没办法，她们想到了回家。

花开了落，落了又开，叶青了黄，黄了又绿，不知走了多久，也不知今夕是何年何月。

她们先是沿着江边走，重操旧业，一路卖唱，一路向北。从邵伯湖，到高邮湖，再到宝应湖，一路都是跟着水走。过了扬州，到了宝应，她们就沿着运河走，这是妈妈带她们逃荒时的来路，这一路她们熟。

一个好心的郎中开了中药，可是三丫也喝不下去，可怜无法进食的三丫，最后竟活活地饿死了。

把三丫放在河边的地上，霞姑一把鼻涕一把眼泪地从河里捧着水，为三丫最后一次清洗着脸颊。看着瘦得脱形的三丫，她忍不住放声大哭。

“三丫，你就不该来到这个世上，来了，就是受罪。都怪姐没有把你带好，现在姐把你洗干净了，埋在运河边，姐希望你下辈子投一个好人家。”

霞玲不知从哪里找来了一根棍子，一张破草席，吭着头一言不发地刨土，挖坑，挖好了，霞姑要把三丫安放进去，裹上草席的那一刻，霞玲再也忍不住了，一下子扑在妹妹身上，抱着三丫，泪如雨下，大滴大滴的泪水落在妹妹小小的脸颊，落在她粉嫩的小手上。

“三丫，你一路走好啊，这一走，可别忘了你姐的模样啊。”

霞姑和霞玲泣不成声地掩埋了三丫，坐在小小的坟前，哭了很久很久。

家越来越近了，可是她们的心里又纠结起来，哪里是她们的家啊？

岔河的家，早被抽大烟的父亲卖了，她们回去也是一个死字，非得逼她们嫁人不可。父亲，在她们的心中早死了。

车桥大兴庄母亲的娘家，舅妈容不下她们，她们也不愿去看人家的冷脸。

出门在外的人，奔着回家，那是家里有灯亮，有光有温暖，有一个栖身落脚的地方，可霞姑、霞玲没有，家，对于她俩来说，只是一个符号似的远方。

剑泓的家在车桥，可听说他家被日本人烧了，不知道他会不会回家乡来找她们。

“霞玲，我看我们就在车桥周边找一个歇脚的地儿，也许有一天，剑泓能回到车桥这一带来找我们，至少我们离得不远。”

“去哪儿呢？”

“曹甸！”

泾河的水在静静地流淌着，东晋古刹定善寺依然巍然屹立，千年风雨，千年沧桑。

立于永宁桥上，放眼四望，这里沿河成街、桥街相连，深宅古巷、青砖黛瓦，一个古朴幽静的水乡古镇就踞守在人们面前。

这里就是传说中的曹甸古镇，日本人占了两淮后，这里曾一度是国民党江苏省政府、淮安县政府的偏安之地。淮安县中也跟着迁到了曹甸。

历经炮火轰炸，这里文韵蔚然。

集贤饭店二楼，今天是曹甸当地的同学郝兆本做东，为岔河来的表弟吴锡昌接风。

看到了丁澄、郝渠、许邦仪、俞臻、周兴、谭恩沄、罗清渠、郝兆本、鲍艳萍、任如干、黄邦淑、郝兆嵩……这一个个熟悉的面孔，大个子吴锡昌有点激动，深深地鞠上一躬，声音依然那么洪亮："与同学们一别有大半年了，淮安城陷落后，我回了岔河，家里开着饭店需要人手，一直没有赶过来。这次来复学，还请同学们在功课上多多指点，让我早日赶上大家!"

"今天传说中的'一车二岔三曹甸'齐了，我们请这三个地方的同学各自表表各家的特色，特别是给我们说道说道美食，以后有机会去品尝品尝。大家说怎么样?"罗清渠的提议得到了大家的一致响应。

"那从车桥先来!"

白面书生任如干站了起来，掩饰不住一脸的自豪：

"我们车桥自古是淮安东乡第一镇，明清两朝《淮安府志》都有详细记载。有机会去车桥，一是让你开眼界，我们有'五桥、十三庵、一百零八巷'，二是让你饱口福，我们有'车桥三宝'：软兜长鱼、朝牌、馄饨。"

"我要重点介绍一下车桥的软兜长鱼。这个菜很有讲究，要选用细嫩的'笔杆青'活鳝鱼，取其脊背肉，在油锅内旺火烹制。出锅后，色泽透亮、滑嫩爽口。听说光绪十年，两江总督左宗棠视察淮河水患，驻节淮安城，淮安知府特意请我们车桥的厨师做了一道软兜长鱼。左宗棠食用后大为赞赏。在他的推荐下，软兜长鱼曾作为淮安府的贡品之一进京恭贺慈禧七十大寿呢。”

“说得好!”车桥老乡鲍艳萍同学第一个鼓掌，其他人跟着拍手叫好。

“岔河开讲!”

“我们岔河在明天启年间，就被列为淮安城外第一大集。境内河道纵横交错，水路四通八达，有10里浔河和10里长河等6条河流在此交汇，我们岔河有‘三街六市五圈门，两河七桥九寺庙’。”吴锡昌打着手势，侃侃而谈，“岔河水多，别的没有，鱼虾多，你们去岔河，我请你们吃正宗的鱼虾宴：爆炒青虾、椒盐泥鳅、红烧鱼杂、黑鱼疙瘩、酸菜鱼、珍珠鱼圆、杂鱼锅贴、红烧甲鱼、清蒸大闸蟹、烧鲢鱼头……”

一长串的菜名，像是顺口溜一样报出来，顿时屋内掌声如潮。

“曹甸姓郝的多，‘无郝不成席’，听说国民党郝伯村也是你们曹甸人。你郝大公子是今天的东道主，也请自卖自夸一下曹甸的特色加美食。”

“曹甸因曹操屯兵于此而得名。有一句俗语：曹甸小南京，不到不死心。曹甸曾有50余条街巷，20余座秀雅园林，古阁和祠寺。曹甸有三宝：慈姑、豆腐、小粉饺。”

“‘曹甸三宝’当中，名气最大的就是小粉饺。传说清朝时曹甸有一个捏面人的手艺人，适逢大雪封门，无法外出谋生，家里揭不开锅了，他心生一计，向当时曹甸富豪海大太爷献艺。小粉饺与别处饺子最大的区别在于饺皮。他先将面粉放水浸泡半个月左右，其间换六七次水，去其酸性，沉淀之后截取中间一层。经他一番工夫，做出的水晶饺洁白如玉，翡翠饺碧光辉眼，尝之清香甘嫩，其色香味可与淮安文楼汤包媲美。海大太爷品尝后给予重奖，小粉饺从此成了名吃。今天我特意让饭店准备了小粉饺，给大家尝一尝。”敦厚憨实的郝兆本如数家珍地介绍着。

又是一片叫好声，大家由衷地为他们的家乡叫好，为他们的精彩讲述叫好。

“今天真是：聚贤楼上聚群贤，美食乡里话美食。”这时，一个人拍着手，从门外走了进来。只见此人年方二十五六岁的样子，一身长衫，眉宇间一颗黑痣，气质儒雅，目光清澈，透出几分同龄人少有的明慧。

吴锡昌忙站起身来："我给大家介绍一下，这位是杨汉章先生，这次与我同行来县中，我是来做学生的，他是受聘做县中国文老师的。我们请杨先生讲几句好不好？"

在大家的掌声中，杨汉章微笑着向大家一一颔首致意。少顷，他一脸严肃地说道："我刚才在外面听了几位同学的介绍，说得好。但是我要提醒各位几句，你们今天介绍的都是曾经的家乡。你们再看一看眼下的中国，眼下的家乡，成了什么样子？"

大家陷入了沉默。

他继续说道："车桥，千年古镇，在民国28年（1939年），日本人的一场大火中毁于一旦；岔河，这么多年深受水害，加上花园口决堤、高家堰倒坝，老百姓流离失所；曹甸，历经日军轰炸、战火洗礼，早已面目全非。"

"我泱泱中国，竟受弹丸东瀛侵略，这是中华民族之耻辱，是吾辈华夏子孙之耻辱！对于我们学生而言，我们的学校、我们的同学为何流落于此？偌大的中国，竟容不下一张安静的课桌！你们说，所有的这一切，都是谁造成的?!"

"日本人!"

"日本鬼子!"

"日本帝国主义!"

一个声音高过一个声音，大家慷慨激昂，房间内气氛热烈，同学们的抗日情绪瞬间被引燃了。

辛苦遭逢起一经，干戈寥落四周星。
山河破碎风飘絮，身世浮沉雨打萍。
惶恐滩头说惶恐，零丁洋里叹零丁。
人生自古谁无死？留取丹心照汗青。

不知是谁起了一个头，大家一起朗诵起文天祥的《过零丁洋》。

正月里来是新春，家家户户挂红灯。
老爷高堂饮美酒，孟姜女堂前放悲声。
二月里来暖洋洋，双双阿楠绕画梁，
阿楠飞来又飞去，孟姜女过关泪汪汪。
三月里来是清明，桃红柳绿处处春。
家家坟头飘白纸，处处埋的筑城人。
四月里来养蚕忙，桑园想起范杞良。
桑篮挂在桑树上，勒把眼泪勒把桑。
……

突然，窗外传来《孟姜女哭长城》的歌声，众人侧耳细听。

没听唱完，店小二跑了进来："不好了，不好了，街上军爷打人了！"

街上吵吵嚷嚷，打开窗看去，几个当兵的把两个小姑娘团团围住，领头的是一个军官，喝了酒，在耍酒疯，嘴里骂骂咧咧。

"他妈的，老子不想听《孟姜女哭长城》，老子让你唱《小寡妇上坟》是看得起你，不识相的东西，你也不打听打听，这是谁的地盘，胆敢违抗老子的命令？"说完，就上来动手动脚的。

"你们两个真是吃了豹子胆了，我们王团长和八十九军顾锡九军长既是老乡，又是同窗，交情好，连师长也让他几分，你两个丫头片子胆敢不听话，是活腻歪了！"当兵的把枪都拔出来了，威吓小姑娘。

两个小姑娘分明吓坏了，一个劲躲闪着："老总，你们放过我们吧，我们不唱了，我们不要你们钱了还不行吗？"

"不要钱也不行?！要是不唱，你要加倍罚钱给我！"那被称作王团长的人，一脸奸笑，活脱脱的无赖相，"除非……除非去陪老子睡一觉，我就放了你们！"

楼上的这帮青年学生看得真切，吴锡昌再也忍不住了，第一个冲下了楼，其他人也跟着下去了。

他大喝一声："住手！"

这一声厉喝，把王团长吓了一跳，回过头来一看是一个青年学生，顿时笑了起来。

“你一个学生，不好好上课，来管老子的闲事？你也活够了吧。”他把枪抵在吴锡昌的脑袋上。

吴锡昌毫不畏惧：“你有种就开枪啊！”

杨汉章领着同学们过来了，把这几个当兵的围在当中，对方一看这阵势，有点怯意了。人说秀才遇到兵，有理说不清，现在是当兵遇到不要命的学生，还真得掂量掂量。

“哎呀，误会，误会，不好意思，今天他妈的给手下几个弟兄猫尿灌多了。”好汉不吃眼前亏，大街上围的全是人，加上这些个青年学生，要是去顾军长那里告状，那够他吃一壶的，王团长服软了。

“老总，你们的枪口应该对付日本人，怎么能对着小姑娘啊，再说，她们要是你的妹子，你能这样吗？她们也是混一口饭吃的，都是中国人，谁都不容易，是不是？”杨汉章见对方软下来了，趁机讲和。

对方悻悻地走了。

吓成一团的两个姑娘，十六七岁的一对姐妹花，立于众人眼前。澄澈的眸子，弯弯的柳眉，脸上不施粉黛，却透出天然的清纯秀美。

姐妹俩抬头的一刹那，目光与吴锡昌对视，双方都叫了起来。

“霞姑、霞玲?!”

“吴大哥?!”

远亲不如近邻，近邻不抵对门。都是岔河人，两家还是对门邻居。吴锡昌一直在外面读书，一放假就会到霞姑家玩，很是喜欢这两个可爱的邻家小妹。没想到，大家能在曹甸相遇，真是一种缘分。

吴锡昌见姐妹俩沦落到卖唱的境地，心里很是难过，再听她们把路上的遭遇一说，眼眶都湿润了，旁边的同学也是唏嘘不已。

“霞姑、霞玲，有个事情我要告诉你们，你们走后的第二年，你父亲因为烟瘾发作，神志不清，掉下河，淹死了，还是庄邻们把他安葬了。哎，好好的人，怎么进了日本人的烟馆，落得这个下场。哎……”他不禁摇头叹息。

“我们没有这个父亲!”霞姑尽管嘴上这样说，眼泪还是止不住地流了出来，毕竟是她的亲生父亲，她的心里一时悲恨交加。

“你们有什么打算啊?”吴锡昌问。

“要是有打算，我们还能卖唱吗?”霞姑一脸无奈。

这一对女孩的遭遇杨汉章听得真真切切，他思索了片刻，走了过来：“你们读过书吗?”

“读过私塾，上过高小。”

“这样吧，我去跟校长说说，帮你们争取个旁听生，你们一边学文化，一边还可以在学校勤工俭学，这样好不好?”

姐妹俩高兴地跳了起来。所有人热烈鼓掌，他们从内心里欢迎这两个命运多舛的姐妹花。

杨汉章的身份只有吴锡昌知道，他是“党”的人。

这位毕业于延安抗日军政大学的年轻人，受苏皖特委的指派来淮安地区开展建党工作。他沿着淮阴码头坐船来到了岔河，住在素有“抗日饭店”之称的吴锡昌家。他一眼看中了吴锡昌这个有热情有觉悟有文化的青年。

吴锡昌在淮安县中读书时，就与同学们先后创办过《燎原》《火街》《回声》《轻骑兵》等抗日救亡的刊物和墙报，参与组织读书会和歌咏队，和同学们一起创办了淮城极有影响的抗日救亡宣传阵地——“淮安群众看报室”。

半年里，经过缜密的考察和严格的考验，在岔河，淮安第一个党组织秘密建立，吴锡昌也成了“党”的人。

一、终身为共产主义事业奋斗；二、党的利益高于一切；三、遵守党的纪律；四、不怕困难，永远为党工作；五、要做群众的模范；六、保守党的秘密；七、对党有信心；八、百折不挠，永不叛党。

当吴锡昌举起拳头在党旗下庄严宣誓的时候，当杨汉章握住他的手叫一声“同志”的时候，吴锡昌激动得泪流满面。他永远忘不了那一个神圣的时刻。

这次吴锡昌来曹甸续学，就是根据党组织安排，在当年“淮安群众看报室”的县中同学中宣传党的抗日主张，秘密发展党员，尽快把革命火种播撒到江淮大地。

为了帮助吴锡昌开展工作，杨汉章亲自出马，来县中应聘做老师，分批找进步青年个别谈话，及时考察审查有关情况，党的进步思想和抗日主张春风化雨般地滋润着这些热血青年的心扉。

“艳萍，我们还是同学吗，你眼里还有我这个老乡吗，你不能关心关心我啊？”任如干一连串钢珠炮似的发问。

自从叶霞姑、叶霞玲姐妹俩来做旁听生，鲍艳萍就和她俩成了形影不离的“死党”，任如干被冷落在一边，都有点醋意了。

“这么大人了，还要人关心？”鲍艳萍知道任如干的心思，他俩自小在车桥念私塾、读高小，再到淮安县中，一直是同学，他成天黏着她。但不知怎的，对他的感情只是老乡加同学关系，最多是兄妹关系，从没有上升到男女恋人的层面。她又不能明说，怕伤了他的心。

“艳萍，今晚学校小礼堂有演出，我们一起去吧？”

“如干，你能不能把心思用在正事上。你看，现在‘读书会’成立了，需要人手，你可以去帮着张罗张罗。‘淮安群众读报室’又恢复了，第一期墙报出来了，我和霞姑、霞玲约好，今晚由我们去街上张贴。我哪有时间陪你看演出？”

任如干默不作声地走了，心里有点失落，从后面看去，身形似乎更加瘦削了。

“当时我们‘淮安群众看报室’的成员大多数是学生，手头没钱，就请响铺街德泰钱庄当学徒、家境比较殷实的丁澄、许邦儒、尹楚升等人出钱，订购了《译报》《大美晚报》《救亡日报》《文汇报》《译报周刊》《解放日报》《大众日报》《新华日报》等进步报刊，也订了《中央日报》

《战报》这些报纸来做做样子。房子是借县民众教育馆的三间房屋，那些进步书报、杂志放置在桌上供大家阅读。”

“我们‘淮安群众看报室’还办了墙报，大家轮流主编，当时可受欢迎啦。每期墙报一贴上墙，前来看报的群众都是里三层、外三层的。一些白天没看上的，到晚上还要打着手电筒看，那场景真是太感人了！”

完成了张贴任务，鲍艳萍的思绪又回到了在淮城读书的日子，眉飞色舞地给霞姑、霞玲讲着。

“后来呢？”霞玲眨巴着眼睛问道。

“后来，日本人占了淮城，我们就转移了。再后来，你就来了！”鲍艳萍用手调皮地点着霞玲的鼻子，几个人一路嬉笑着追逐着。

那段日子，是霞姑、霞玲最开心的日子。

没有了亲人的她们，认识了鲍艳萍这个姐姐，在同学们的见证下，她们义结金兰，没有血缘关系的三人成了结拜姐妹。

她们在学校里学习文化，勤工俭学做着杂务，杨汉章老师住在郝兆本家，他家的东院大粮仓成了青年学生们的俱乐部。

在那个小院子里，她们参加了“群众读书会”，听同学们的时事讲演，听杨老师的形势分析。

在那个小院子里，她们参加了“钟声剧务社”，一起编小剧本，一起排小话剧。

在那个小院子里，她们第一次听到了真理的声音：我们要抗日救国，解放天下劳苦大众，彻底消灭剥削、压迫和社会上的一切不平等，建立起人人平等的大同世界。

在那个小院子里，她们第一次听到了最打动人心的歌曲：起来，饥寒交迫的奴隶！起来，全世界受苦的人！满腔的热血已经沸腾，要为真理而斗争！旧世界打个落花流水，奴隶们起来，起来！不要说我们一无所有，我们要做天下的主人！这是最后的斗争，团结起来到明天，英特纳雄耐尔就一定要实现……

在那个小院子里，一批又一批的同学向党组织递交了入党申请书。

第八章　鲍二爹归葬

1942年的冬天，在一场霜降侵袭后，骤然降临。

百虫蛰伏百草枯，百卉凋零霜自舞。早晚清寒雁无影，百工闭户开小炉。萧瑟的淮宝大地，落叶纷飞，万木萧疏，茫茫的雾霭中弥漫着寒气，给地面铺了一层银白的霜花。

管家刘树祥一早就赶着马车来了，进了学校，见到鲍艳萍就大口大口地喘气，呼出的白气，似乎瞬间结成了冰碴，他的山羊胡子都捋不开了。

“小姐，老爷让我接你回去，你二爹回来了！”

“我二爹回来了？他不是在四川退隐养老的吗？”

“是的，被人杀了，当兵的给送回来了。今天收大殓下葬，生死一别，午时之前家族里的人都要到场，老爷让你赶回去。”

鲍艳萍一下子怔住了，好端端的一个人，怎么说没就没了。鲍二爹在鲍氏家族里可算是一个英雄人物，尽管没见过，但父亲鲍虎雯常讲起他的故事。

鲍二爹兄弟三人，具体姓名鲜有人知，就知道鲍大、鲍二、鲍三。

其兄鲍大，经营有方，家财万贯，是车桥有名的大地主，鲍大巷就是因其取名。大爹这一门，生有二女一子，两个女儿早年嫁作人妇，一子鲍筱云，不事经营，不问生产，最后坐吃山空，家财耗尽，就连祖上留下的珍版图书，都作为燃火之物。姐弟向来不睦，互不往来，只因败家弟弟不争气。

鲍二爹本人，早年留洋求学，后参加共和起义，曾在黄埔深造，继而北伐有功，曾任川军师长。如日中天时，不知为何卷入派系斗争，褫夺兵权，入川养老。

其弟鲍三，就是鲍艳萍的祖父，生育一子，就是父亲鲍虎雯，一场瘟疫中，祖父祖母双双染病离世，父亲自小失恃失怙，全靠白手起家，始有建树。

“二爹是怎么死的?”

“小姐，听说是被强人谋财害命的。你还是赶快收拾行李吧，最近鬼子要‘扫荡’了，老爷不放心你，让你快点回家。”对于二爹的死，管家讳莫如深，只是一个劲地催促。

最近，日军对非伪化地区开展“大扫荡”，盐城、淮宝地区的军队都在陆续撤退，县中的学生们也被要求暂时分散回乡隐蔽。

在杨汉章的联络下，已经有二三十个学生去了驻扎在山东一带的东北军五十七军六六八团随营干校学习，团长万毅是中共地下党员。还有十几个同学分散到钦工、顺河、曹甸、黄浦、石塘、张桥一带隐蔽开展地下组织工作。

在杨汉章的启蒙下，在吴锡昌、鲍艳萍等同学的帮助下，霞姑、霞玲的文化学习和思想觉悟进步很快。吴锡昌要回岔河了，看到这两个老乡姐妹终于获得了新生，感到由衷的欣慰。

这段时间，任如干像换了一个人，读书会的事情争着做，各种活动抢着参加，他生怕落下来，赶不上鲍艳萍的步伐，他不愿做被人瞧不起的“落后分子”。他和鲍艳萍正准备这几天就回乡，伺机唤醒民众，一早听鲍艳萍说今天就走，他有说不出的高兴，乐呵呵地帮着收拾行李。

“霞姑、霞玲，快收拾一下，跟我回车桥。”管家来报丧，鲍艳萍想好了，要走也要把这姐妹俩带走，她俩没了亲人，现在鲍艳萍就是她们的亲人，何况又是结拜的生死姐妹。

又是一年冬，夜鹤唳长空，月明千里人何在，唯有婵娟照梦中。霞姑听说去车桥，立即想起了一个人，那就是剑泓，一晃两年过去了，剑泓没有一点讯息，她时常做梦都见到他。此去车桥，他会不会在那里等我们。

寒风瑟瑟，薄雾袅袅，街道、村庄、田野、河流，都渐渐消散在马车的蹄印中。

曹甸离车桥不远，大约三四十里的路程，这一路的沟沟坎坎，对于鲍艳萍、任如干太熟悉了，他们闭着眼睛，都能知道到哪儿了。可对于霞姑、霞玲姐妹俩来说，一切都是那么的新奇，她们指着那桥、那水、那寺、那屋，好奇地问这问那。

“姐，塔儿头有什么说法吗？”

“定善禅寺外面不是有大小宝塔两座嘛，一高一矮，一大一小，相映成趣。人说：一寺二塔神仙造，红漆栏杆三座桥，寺庙居住荷叶地，七孔朝天出富豪。相传唐代开国元老尉迟敬德当年依寺驻兵，其子尉迟宝林触犯军纪被斩，埋首于小塔下，塔儿头即由此得名。”

“还是艳萍学问高。”任如干趁机奉承。

“这地为啥叫官田？”

“这个我知道。”任如干自告奋勇。

“官田，原名大西庄。相传明代一场洪灾之后，淮安城里的一个地主婆子来此圈地，要建一片房子供佃户们居住。那天，一对喜鹊在地主婆子的轿子前面叽叽喳喳叫着，把她引到了一处高地停下来叫个不停，这高地正是她家占地的中央。地主婆子估摸出这是一块坟地，就说，此地甚好，能为阴宅就能为阳宅，又是喜鹊引路来的，是好兆头，建房子就叫大喜庄吧。后来，喊着喊着，喊成了大西庄。”

“那后来怎么又叫官田？”

“这个嘛，这个，这个……不知道了。”任如干抓耳挠腮说不出来。

“我告诉你吧。”在前引着马车的管家老刘出来解围，接上了话茬。

“到了乾隆年间，淮安城里有一个盐商叫程锺，乐善好施，建了普济堂，专门收养孤贫老人。后来，花了上万两银子把车桥大西庄的田地买下，建了仓房，献给官府来管理。乾隆亲赐御书‘谊敦任邺’，程锺也在大西庄仓房大门上制了大木匾，上书‘普济官庄’四个笆斗大字。大西庄人种的田从此不再是地主私人的田而是官田了，大西庄也就被人叫作官田庄了。”

这一路，他们也有新的发现。时不时地，看到路边的田地里，有穿着灰布衣服的人，顶着寒风为老百姓修房子，为老百姓烧茶端水，有着穷家自救的团结气象。

他们还看到，成批的膀子上扎着白毛巾的人脱了鞋子，站在冰碴碴的田垄里，为老百姓的农田开渠打坝。他们这是在未雨绸缪，怕来年的水涝抢去了收成。

穿过农家田头，穿过阡陌河道，沿着曹甸、塔儿头、大施河、王庄、瓦屋庄、官田，就这么一路曲折而行。

“溪河到了。”任如干一声吆喝。

看着湍急的流水，宽阔的河道，河面上南来北往的船只，鲍艳萍有点“近乡情更怯”的感觉。这段路不好走，路面坑坑洼洼的，像是被人破坏了。众人下车，沿着堆堤，顺着溪流，向桥口的方向行走。

“这些都是韩德勤保安旅的人破路留下的，防止新四军游击队夜里来抢粮。在车桥，一河两界，溪河南边是共产党的势力范围，北面是国民党的势力范围。”管家告诉大家。

溪河桥口有一座石拱桥，两墩三孔，高踞于水势汤汤的溪河上，几道碗口粗的铁索链横卧在桥孔之间。商船从此路过，要上码头交税，交了税，税关人员就打开岗亭子门锁，扳动绞车，松下铁索链。绞车嘎吱嘎吱的转轴声中，铁索链徐徐地沉入河水中。一声吆喝，一声号子，民工们各就各位，商船缓缓驶离了码头，驶出了石孔桥洞。

“自从韩德勤的国民党江苏省政府来了车桥，这里就设了税关。”管家说道。

在车桥涧河与溪河之间，有一道横河相连，众人过了石拱桥，沿着横河继续向北。高高的车桥大圩越来越清晰地出现在大家的视野中。

走着走着，各人心里都生出了同样的问题：

一河两界的车桥，怎么越往北走，人气越走越少，气象越来越衰微？

从车桥南门进入南街，远远地就看到了那文曲沟上的望归桥。

许多年前，这里地近射阳湖，周围一片汪洋，当地人靠打鱼为生，渔人晚归，家人常在桥头守候。从此便有了望归桥一说。

今天的桥上无人望归，但有学子归来。曹甸来的几个年轻人从望归桥进入大街，这本是车桥的繁华所在，却是一片空寂。

自那场大火之后，仍有店铺空留断壁残垣，一直关门歇业。一部分店家借贷重建，勉力维系，再也恢复不了往日的繁华胜景。

鲍府一如往日的清静。

院落坐北朝南，屋面歇山顶，四周宽出檐，梁与梁之间用木瓜骑筒支撑，木雕飞凤，栩栩如生，各类装饰，错落其间。大厅后隔着一个天井是后堂，两边各有厢房。

临街的中药铺是鲍虎雯一生的心血。年轻时遵照父母之命，娶了苏家嘴阙氏姑娘成婚，婚后不久，父母双双染疾而亡。为了撑门立户，他进入苏家嘴阙氏医馆做伙计，凭着勤奋好学，潜心钻研，终于学有所成，回乡来开了一爿中药铺。

车桥这一带提到鲍虎雯，人们都会竖大拇指，夸他是大善人、大好人。凭着小小银针和秘制膏药，曾经救人无数不说，有些穷人来瞧病，他基本上是分文不取。他也是一个“老好人”“和事佬”，生来性格柔弱，从不争强好胜，从不与人争论，向来随遇而安。你就是一口唾沫吐在他脸上，他也会顺手揩掉，不与你理论。

有人把现今的车桥人排了一个位：文人，要数严淑平，可惜被日本人杀了；官人，要数四区区长邵毓云，听说去了东北军的一一二师；好人，要数鲍虎雯，在大街开着中药铺；商人，要数任筱先，在当铺街开着典当行。

任筱先，就是任如干的父亲，这爷儿俩站一起，无论从长相，还是性格上来说，还真看不出来是亲爷儿俩。任如干长得还算标致，在报社当记者的弟弟任如松倒是长得和父亲如出一辙，鼻如鹰钩，两腮无肉，小眼直转，眨巴一下就是一个点子。

任如干不想回家，想赖在鲍府，死缠硬泡了半天，还是被鲍艳萍瞪着眼赶走了。

父亲的眼睛，是任如干所恐惧的，那是一双奸商的眼睛，那眼睛里看到的都是金钱，能发出势利的光来。

人说，无商不奸，说的就是他的父亲。此人善于钻营，为人刻薄，成天想着发财，有时候不择手段，所以在车桥街上名声一直不好。

“回来就好！你弟弟都当上了省报记者了，老子为你上学花了那么多的钱，你也该回报老子了！现在，你也总该像你弟弟一样，做做正事了，想法子挣钱才是王道。”任筱先见了儿子便唠叨起来。

“你整天就知道钱！”任如干摔门而去，他要和鲍艳萍去鲍家祠堂祭拜，顺便看看那传说中的鲍二将军。

“你们父子一见面就吵，能不能好好说话啊？”听到儿子的声音，在厢房里念经的母亲走了出来，看着这对针尖对麦芒的父子，只能摇头叹息。家里的事，她从不多一句嘴，心都给了佛，吃斋诵经是她生活的全部。

“二爹头都被人砍了，身子被人砍成了三截，听说是被仇家买杀的！八个军爷，说是他的部下，一路护送回来的，上岸时，红地毯从涧河孝福桥码头一直铺到鲍家祠堂。那八个军爷说了，死于非命的鲍二爹，要用这大红色冲一下晦气。阿弥陀佛。”

这话是鲍艳萍的母亲阙玉兰亲口告诉女儿的，她也是信佛之人，平时不管旁人琐事，问她具体细节，她也无从知晓。看着女儿回来了，阙玉兰很是高兴，又是摸头，又是摸脸，口中喃喃埋怨起来：“闺女瘦了，黑了，怎么变丑了？”

“妈，你说的哪里的话啊！喏，这是我的两个结拜姐妹，也是我的同学：霞姑、霞玲。”鲍艳萍向母亲介绍道。

“伯母好！”两个女孩一起鞠躬问候。

阙玉兰见两个女孩生得水灵灵的，脸蛋一掐都能掐出水来，自是十分的欢喜：“好了好了，这下子我又多了两个闺女。”

“姐！姐!”8岁的弟弟小林子一蹦一跳地跑了过来，拉着姐姐的手不放。

弟弟是父母40多岁才生的“龙蛋”，家里上上下下对他是百依百顺。

“妈，姐，我们快去祠堂吧，我爸说，就差我姐了。”

“你是着急去吃席了吧。”鲍艳萍点着他的小脑袋说道。

鲍氏祖宅在西，鲍家祠堂在东，一个靠着最西边的寿福桥，一个挨着最东边的孝福桥，一东一西衍生出一部家族变迁史。

鲍氏祠堂位于大东门内的龙瑞庵。今天，这里成了全镇的焦点，一场出殡大典将在这里举行，里三层外三层，挤满了前来看热闹的人。有的人特意从涧河上坐船赶来，从孝福桥上岸，可以直通祠堂。

祠堂门头八角翘檐，高门立柱，正门两侧石狮把门，煞是威严。“文丞”“武尉”刻于门扉，镏金大字“鲍氏宗祠”格外醒目。墙边上，修竹掩映，山石堆垒，牡丹、芍药点缀其间，一派幽静典雅。

前堂两侧有通向正厅的走廊，摆满了前来祭奠的花圈。连省政府的韩德勤主席都送来了花圈，还亲自带着手下的一干人马登门祭拜。

进了正厅，“光宗耀祖”牌匾下，两根六米石柱撑起，柱上一副对联赫然在目：本支百世不易，礼乐绳其祖武。偌大的空间里，一张又宽又长的厚木板停放中间，穿戴齐整的鲍二爹躺在上面。四川来的八个兄弟脱了军服，穿着孝服分列两边，他们已守灵三天，奇怪的是，他们很少跟主家说话。

尸体蒙上一层白布，白色的幔帐之中，前有一供桌，素烛、末香点上，头前一碗倒头饭，脚下一盏领路灯。一口品质上好的金丝楠木棺材停放在一旁，就等入棺下殓。

外人看不见鲍二爹的面目，偶尔门族里胆大的壮着胆子掀开一看，发现头是木刻的，刷了一层金色，身子早被拼扎在一起，套上衣服，也看不出什么异样。

“鲍将军是辛亥元老，叶落归根，理应前来送他一程。”韩德勤说了一通不咸不淡的话走了，鲍虎雯率族人礼送出门。《新江苏报》记者任如松留了下来，上司要他好好报道一下典仪盛况。

今天鲍虎雯是丧主。

鲍二爹一辈子无儿无女，其实这丧主理应交由鲍筱云，毕竟他是鲍氏头门长子，可是他有自知之明，提前就放出话来，他不做这丧主，极力推荐鲍虎雯来操持。众人也知他几斤几两，也就落个顺水人情，一致同意由鲍虎雯担纲主持这场典仪。

鲍二爹上岸的时候，那一路护送遗体的军爷就交给鲍虎雯二十根金条，说这是鲍二爹的结拜兄弟、川军司令长官付给的葬礼开销，鲍虎雯只管操办就是。

车桥街上扎纸手艺最好的蔺培元，带着他的疯婆子，给鲍二爹扎出了府院、马匹、佣人，就连最时兴的汽车也给扎上了。前几年，日本人的飞机第一次轰炸车桥时，蔺家的儿子就被炸死了，这女人一直疯疯癫癫，但不知怎的，她一扎起丧事纸品来，竟是出奇的安静，而且手艺特好。这也是一件稀奇的事，有人说，她是把对儿子的思念都扎进了纸品里。

“准备入殓！”“准备封钉！”鲍虎雯依着礼俗吆喝起来。

“慢着，芦家滩周家庄的周老太爷来了！”

周老太爷，名叫周觉民，乃鲍二爹当年黄埔同窗，此人看透军阀腐败，早年退出军政两界，告老回乡，痴情农耕，算是车桥一带的清流奇人。

鲍虎雯不敢怠慢，慌忙迎上前来，接连赔礼，只见那周老太爷施礼完毕，仰天大喊一声：“老二啊，你一路走好啊！”

说完转身离去，一边摇头叹息，一边嘴里还念念有词：

莫听穿林打叶声，何妨吟啸且徐行。竹杖芒鞋轻胜马，谁怕？一蓑烟雨任平生。

料峭春风吹酒醒，微冷，山头斜照却相迎。回首向来萧瑟处，归去，也无风雨也无晴。

收大殓开始，只见那护灵的八兄弟合力把鲍二爹的尸体搬入棺材，鲍虎雯邀请家族里几个年纪稍长的，包括鲍筱云，一起为鲍二爹的棺材封钉。

年长者觉得很有面子，拿着板斧，站在板凳上，煞有介事地敲着。七根“子孙钉”有北斗七星之意，预示着后人人丁兴旺，敲钉人一边敲，一边喊：“二爹啊，躲钉啊!”最后一根长钉要钉下一半留一半，寓意给后人留条路。

唢呐声、铜锣声、鼓号声一同响起，拎灯的，拖着哭丧棒的，披麻戴孝的，鲍氏子孙齐跪在地。男人低头静穆，女人们掩面干嚎，就是始终挤不出眼泪来。

“我的亲嗲嗲哎，我的亲老子哟!……”只有那些花钱请来吊丧的，反而假戏真做，真的像死了爹娘似的，卖力地哭着，那哭腔就像唱戏似的，闪得了弯、带得了圆，一些本是来看热闹的老妪，竟听得入了戏，一个劲地抹起眼泪来。

可能这是车桥人有史以来看到的最为隆重的一次出殡。

从祠堂到大东门外的鲍氏祖茔地，一路用白布搭上了孝棚，地上又一次铺上了红地毯。

“要让鲍二爹红红火火、风风光光地走!”

鲍氏为车桥第一大姓，宗族人气旺盛，后堂流水席 60 桌分六批摆完，出殡正式开始。

孙辈提着灯笼在前，所抬火盆跟随，四个族长扶灵，八个兄弟抬棺，灵柩之后，鲍氏族人披麻戴孝，吹鼓手一路相随。纸扎的高头大马、摇钱树、金山银山、牌坊、门楼、宅院一应俱全，沿途专人撒戽冥纸。棺柩过桥或越坑塘，鲍虎雯都呼告一声“二爹过桥啦!”或是“二爹过缺口脚下小心啊!”

浩浩荡荡，前呼后拥，鲍氏五服之内亲家六眷满门出动，车桥万人空巷。鲍艳萍、任如干、霞姑、霞玲这几个从曹甸回来的年轻人，一同出现在送葬的人流中。

对于鲍二爹的死，鲍艳萍一直觉得有点悲哀。作为国民党的元老，以前他是军阀混战的牺牲品，临了又是仇家的报复对象，连个全尸都没有。像二爹这样的人，说得好，是个将军，说得不好，就是一介武夫。他们在这样的世道里活下来，无非靠的是打打杀杀，死了，也无非是因为争权夺利而已。这样的死，不值得。

送葬的队伍一路缓行，吹吹打打的乐声就差把车桥的天吹出一个缺口来。队伍每过一桥或者坝口，都要停棺、下跪、烧纸，留下“买路钱”。

任如松举着相机，一路咔嚓咔嚓地照着。报社刚为他配备了德国生产的皮腔折叠式相机，造型新颖，体型轻巧，用起来十分方便。再说，这也是少有的新鲜货，挂在面前，自然吸引了不少年轻人的目光。

鲍艳萍与任家两个少爷都是从小玩到大的，见面免不了互相揶揄几句。

“大记者，别忘了给我们多拍几张啊。”

“艳萍姐，人家个个如丧考妣似的，你一点伤心的样子都没有，不能哭几声啊，我好给你拍下来。”任如松与鲍艳萍开着玩笑，当看到她身后的姐妹花，眼睛都直了：“这两位是？”

“我介绍一下，这是我们县中的新同学叶霞姑、叶霞玲，这是我弟弟，《新江苏报》的记者任如松，日本京都大学的高材生，省政府搬来车桥，报社也跟着过来了。”任如干把弟弟拉了过来。

鲍氏祖坟的西北方向，有一条小河，河边栽了几棵青松，后背垒有山石。风水先生看了，此地甚好。

完成了所有的仪式，鲍二爹风风光光地下了葬，逐一鞠躬跪拜时，鲍艳萍看清了碑上的文字：鲍步清将军之墓，民国 31 年冬，鲍氏子孙叩立。

原来二爹是有名字的人。

护送、守灵、抬棺，都是人家八个兄弟忙上忙下，而且还包揽了所有的开支，鲍虎雯很是过意不去，连声称谢。八人临走之时，只提出一个要求：和鲍虎雯合影留念。照片背景：坟冢，墓碑，青松，山石。

任如松早就做好准备，咔嚓一声，定格了这个瞬间。

第二天，《新江苏报》头版新闻："辛亥元勋鲍将军昨在车桥归葬，韩主席亲往吊唁。"有图片有文字，图文并茂。

"咚！咚！咚！"几天后的一个晚上，有人敲着药铺的门。

前几天，父亲太累了，艳萍说了，她和霞姑、霞玲参加中药铺的轮流夜值。不承想，三人第一天上岗，就有人来敲门。

开了门一看，是中药铺的老主顾，严公盛的伙计卢春萱。

此人瘦高个，小眼睛，皮肤黑黝黝的，胳膊粗壮有力，见人嘿嘿一笑，一看就知道是一个忠厚能吃苦的后生。

他家住车桥芦家滩，从小父母双亡，是哥哥卢春发、嫂子王翠花一手拉扯大的。8 岁开始断断续续地读了几年书，后因家贫辍学。哥嫂为了养家，常去庙会唱跳判、玩花船，他也天生有一副好嗓子，就偷偷跟在后面学，学会了，逢年过节、婚丧喜庆，他也跟着哥嫂一起去表演。

这两年，他农闲时就在广货店做伙计帮忙，农忙时帮着哥嫂在家侍弄田亩。芦家滩汪塘多，这几年水涝多，田地大多泡在水里，也没什么收成。不知从哪儿学来的手艺，他竟偷偷租田种起了鸡头米，哥嫂都不同意，认为农民就是从地里刨食的，哪有不种粮食的道理，种鸡头米纯粹是不务正业。但他认死理，认准的事，十头驴也拉不回，哥嫂拿他没办法，任他折腾吧。

他还专门来药铺请教过鲍虎雯。

鲍虎雯很是佩服卢春萱的胆识和魄力，对他大加赞赏，夸他是第一批"吃螃蟹"的年轻人。

"小伙子，做什么事都要知其然，知其所以然。鸡头米，大名其实叫芡实，这可是一个好东西啊。在宋代，鸡头米已成为皇家祭祀用的祭品。宋仁宗景祐三年，朝廷决定每年夏季的第三个月份，遴选上等鸡头米和菱角作为帝王祭祖时必备物品。这样一来，百姓们就跟着皇家学，冬至祭祖时，也多陈放鸡头米、老藕、山药等物。苏东坡尝过鸡头米后，说‘粥既快养，粥后一觉，妙不可言也’。郑板桥也曾写‘最是江南秋八月，鸡头米赛蚌珠圆’。曹雪芹更是把鸡头米塞进鲫鱼肚子中清炖，取名‘大蚌炖珍珠’。

“鸡头米还是一味好药材，可以药食同补呢。李时珍《本草纲目》说过，鸡头米主治湿痹、腰脊膝痛，补中，除暴疾，益精气，强志，令耳目聪明，止渴益肾，治小便失禁，遗精白浊带下，等等。小伙子，你大胆地种，你种多少，我收多少，怎么样?”

“有先生的话，我就放心了。”卢春萱感激涕零。

从此，一来一往，两人成了忘年交。

“大小姐好！这么晚还打扰你们，我今天来，不是送鸡头米的。有个事，我想了再三，还是来告诉你们一下。”

“什么事，你说说。”

“任如干的弟弟，也就是报社的任如松，和我们广货店的少东家严泰然不是同学嘛，两个人昨晚上在店里喝酒，最后任先生喝多了，是我送他走的。出了门就吐了，他掏手绢时掉了一个东西，我捡起来一看，是一张照片，上面是鲍先生和那八个抬棺的照片，那天鲍二爹下葬时拍的。

“他见我看照片，指着照片嘟囔着：你知道这八个人是谁吗？我说我不知道。他说，这八个人是日本人！我一听吓出了一身冷汗。您父亲，也就是鲍老爷，平时待我不薄，我种的鸡头米多亏了他照顾，每次都是价格高高地收，我打心眼里感激他。但我细琢磨，觉得这个事非常蹊跷，就赶来告诉你们了，请一定转告鲍老爷。有一点请你们放心，这个事，我是不会给外人透露半个字的!”

卢春萱说着就拱手匆匆告别了。

葬礼上竟有日本人？难道二爹的葬礼是日本人一手操办的？任如松又是怎么知道这些人是日本人？

我的天啊，这里面会不会有什么阴谋?

鲍艳萍顿时一阵头皮发麻，冷汗淋漓：“我得立即告诉父亲。”

第九章　神走了，鬼子来了

孟格美要走了。

这几年，他心力交瘁。

先是忙着对付一个叫王如聘的人，此人受了阜宁人指使，搞了一个“真耶稣教会”，最后，信众寥寥，作鸟兽散。

后来又跟水斗。花园口决堤，洪泽湖大水后，江淮大地一片泽国，老百姓颗粒无收，到处是难民，福音堂成了收容所。争取的美国救济粮没了，国民政府说有赈灾粮，也不知猴年马月到，教会已是两手空空。

其实，这几年他还跟自己斗，他一直生活在自责中。当年，早知道日本人放了大火，烧抢三天就撤出车桥，他就不急着送剑泓娘儿俩走了。他还一直埋怨夫人和管家老顾，怎么就轻易放他们去了江南。要是不走，也许会是另外一个结局，尽管这个结局也只是权宜之计。

这两天，他得到了准确消息，日本人要来占领车桥了，这一次可是永久性地占领。

自从日本人轰炸了珍珠港，美国正式对日宣战。日占区的许多教会人员都被关进了集中营，前两天接到南长老会清淮区会的通知，教会人员要陆续撤离到重庆，夫人凯瑟琳作为第一批人员已先行出发了。

车桥，日本人势在必得，走迟了，也许真的走不了了。

“先生，你这一走还会回来吗?”老顾抹着泪，相处这么久，有了交情，真分手了，竟让人生出伤心来。

“老顾，别哭，我也会想你们的，哎，只是日本人来了，你们车桥人又得受苦了。”

“我们车桥人受的苦，这么多年就没有消停过。我曾看过一本《车桥志》，上面说，南宋时李全的军队，元末时张士诚的军队，明朝时的倭寇，清朝时的清军、捻军、民团，民国时军阀孙传芳，一个接一个兵祸不断，后来又闹土匪，现在又是日本鬼子……”穷苦人出身的老顾，细数着车桥的兵灾匪祸，点上他的旱烟，在袅袅升起的烟圈中，继续说下去：

“现在车桥有许多怪现象，我是越来越看不懂了。民国30年（1941年）2月初，韩德勤带着国民党江苏省政府，撤退到我们车桥，省府设在蒋桥大洋舍、魏东庄一带，五厅八部，都设在附近各村庄，八十九军军部在宥城、泾口之间的中桥，淮安县政府也由曹甸东小奈沟迁来车桥东南角马湾。在车桥周围不足百里的范围内，有八十九军三十三师、一一七师，独立六旅，江苏省第二、三、六、七保安旅，车桥周边每天竟有10万军队吃喝拉撒，你说说我们车桥这一带的老百姓负担得起吗？”

“还有，溪河南北，一河两界，国共两党两重天，韩德勤不像是省府主席兼鲁苏战区副总司令，倒像个蒋桥镇镇长，成天不思抗日，总忙着穷折腾，搞摩擦。车桥有六里长的土圩子，先是发动三千民工三天三夜把圩子夷为平地，说是以防被敌人占领利用；后来又发动数万民力重建圩子、修筑工事，说是与敌作战需要；再就是毁坏良田数百亩，构筑所谓救命墩，说是防止敌人破坏运河堤坝，不致遭受水淹之苦；更可笑的是，韩德勤下令将车桥西南老百姓9顷30亩的坟场平了，改建成飞机场，建好后，我只看到飞机场开过一次运动会，重庆来的飞机投掷过几次钞票，再也没见落过一架飞机……”

“主让我来车桥，这里便是我的灵魂再生之地，车桥有我的朋友，有我的信众，还有我的记忆。但愿主带走你们所有的苦难，愿主与你们同在，阿门。”

孟格美去了东门外的那片坟地，他要去和老朋友道别。

你来人间一场，谁知前世模样。
背起空空行囊，尽头就是天堂。
你来人间一场，谁见来世时光。
不见不欠不想，放下就是天堂。
你来人间一场，谁享今世无恙。
笑看魑魅魍魉，回家就是天堂。

在坟地里，一个疯子念念有词地跑来跑去，蓬头垢面，邋邋遢遢，全然没了人的形象。

仔细一看，原来是华阳春饭店的老板李春明，哎，好端端的一个人，竟成了这个样子。孟格美连连摇头叹息。

那疯子见了人，又跑远了，口中依旧念念有词。

这片坟地疯长着野草，有的没过膝盖。这样的坟草，让人想起，它是由思念长成的，一簇一簇的，太阳下，露水如眼泪般落在草尖上。

孟格美去的是两个空坟，一个是严淑平的，一个是卢志清的。孟格美依照当地的风俗，在墓中放了一个牌位，上面刻着他们的名字，还有一本圣经、一本论语。

每年清明，他是必来的，按照中国人的礼数，他要给他们圆坟、烧纸。今天他要最后一次给老朋友烧纸。

他是亲眼看见严淑平倒下的，但尸首无端地失踪了，到底是死是活，到现在都是一个谜。没有人告诉他严淑平的下落，他想念严淑平，想念他们一家人。他在心里无数次地为他们祈祷："为亡者祈求，求主赐他们进入永生；为亡者祈祷，也顾及生活在世的我们，给我们避恶行善的勇气，坚定对永生的信念与希望……"

日本人要来了，现在上帝也无能为力了，他把福音堂的钥匙交给了管家老顾：将来有一天看到严淑平，就把钥匙交给他。

说完，头也不回地走了，独自驾着他那辆马车，绝尘而去。老顾在风中频频招手，黯然流泪。

他是车桥那些善男信女的神，他走了，神也走了。

孟格美走了，三泽金夫来了。

1943 年 2 月 12 日（民国 32 年正月初八），三泽金夫大佐带着第六十五师团五十二旅团独立步兵六十大队，带着飞机、大炮、装甲车，一路杀向车桥。

数十枚炸弹落在车桥大地，日军轰炸之猛、火力之猛前所未有。在日军的狂轰滥炸和疯狂火力下，车桥及周边驻军全线溃败，韩德勤率领残部越过运河，向西直奔安徽阜阳方向而去。

三泽大队长这次是胸有成竹，有备而来。几年前，佐藤来车桥，连选个维持会会长都没人肯配合，看来佐藤只懂得武力，没有谋略，也正是有勇无谋，才在山西寿阳丧了命。三泽接任大队长后，对于如何使占领区“长治久安”，他提出一整套理念，其核心就是“诛心”比武力更重要。

今天，任筱先是车桥最有面子的人。三泽大队长在他儿子任如松的陪同下，登门拜访。任如松仿佛和三泽是老相识，两人相谈甚欢。

车桥沦陷了，省政府走了，任如松所在的省报也停刊了，各人被遣散。因他家在车桥，又有留学东洋背景，被留了下来，据说这是军统方面的指示。

其实，任如松早就是上海 76 号的人，从日本留学回国时，就已秘密加入组织，一直暗中接受着上海方面的指令。现在又被军统看中，可算是一个彻头彻尾的双面间谍。

日军一进入车桥，任如松第一时间与三泽接上了头，他还应邀出任三泽大队的翻译组组长。

“任家能有令公子如松这样的人才，是京都大学的荣耀，也是你我的荣耀。”三泽这话说得任筱先、任如松父子的眼睛都笑成了一条缝。

任如松使了眼色，任筱先心领神会地去了内屋，一会儿捧着一个精致的方盒走出来。

“大佐阁下，家父想将这尊玉佛献给您，聊表心意。”

前些年，车桥有一破落户子弟因赌场输了钱，就将家中这一玉佛拿来典当，任筱先别的本事没有，文物鉴定倒是一把好手，他相信自己的眼光，一看就知道这是一件宝物，当时就垂涎三尺。可是他对那子弟说，这玉佛不值什么钱，最后三文不值二文给当了下来。后来那子弟破了产，超过当期无钱赎回，他便占为己有。

三泽也是一个中国通，特别喜欢收藏。任如松事先做足了功课，劝父亲把玉佛献给大佐，大佐必定喜欢。

任筱先是什么人，能从油锅里抓钱的人，让他出血，真是比剜他的心还痛。他先是舍不得，经不住儿子的再三劝说，舍不得孩子套不得狼，他才答应。他实在太想做这个维持会会长了，听说维持会会长就是区长，两个职务一肩挑。

玉佛闪着翡翠一样的光芒，三泽爱不释手，眼睛里也冒出光来。

但是，日本人不让任筱先做维持会会长。

“你的会长的不行。”三泽一句话，让任筱先冷了心，脸色顿时由晴转阴。

“你可以做助理员，负责收税嘛，既然收税，当然需要人枪，你可以组织起自卫团，你兼任团长，你的明白的有？”三泽诡谲地一笑，让任筱先脸上阴转多云。尽管助理员职务比不了维持会会长，但这是个地地道道的肥缺。

他也知道维持会会长不好当，日本人肯定要选一个德高望重的人出来，无论他的名望，还是品行，都无法服众。

那维持会会长是谁？

“鲍虎雯！”这个名字，三泽是一个字一个字从嘴里蹦出来的，似乎很费劲，因为为了此人，他是煞费苦心。

“此人不一定肯出山！”当年不识相的严淑平被佐藤杀了，鲍虎雯也是非常看重名节的人，他会答应吗？任筱先觉得不可能。

“那就由不得他了！”三泽的目光和任如松对视了一下，两人会意地笑了。

三泽带着手下走了，任如干冲进了正厅，对着父亲和弟弟吼了起来。

“爸，你什么不能干，干吗非要给日本人做事？还有如松，你什么时候和日本人混在一起了？你们知道你们这是什么行为吗？这是汉奸卖国贼！”

“如干啊，我说你是书读傻了吧，自古云：识时务者为俊杰。当初，‘大先生’严淑平不识相，被日本人杀了，难道你也想让你老子做日本人的刀下鬼吗？”任筱先振振有词，说完甩手走了，他要去忙他的助理员“正事”去了。

屋里只剩下兄弟俩。

“哥啊，我给日本人做事，不代表就是汉奸，我这也是为我们这个家好！”任如松极力辩解。

“我不听你的，你去把这日本人的翻译给辞了，你还年轻，又是留学回来的，哥不能看你被毁了。汉奸这个骂名你背得起吗？”任如干语重心长地劝弟弟。

“你有所不知，我也有难言之隐啊！”

“什么难言之隐，你告诉哥！”

任如松支吾了半天，最后咬了咬牙说道：“好吧，我告诉你吧，你可一定要保密，不能跟任何人说！”

“哥答应你！”

“我表面上是为日本人做事，其实也是受国民党军事委员会调查统计局指派。”

“军统？”

“是的。”

“鲍虎雯做维持会会长是不是你的主意，鲍叔是看着我们长大的，我们和艳萍也是从小到大的发小加同学，你可不能害人家啊？”

“我哪有这个面子。你根本不知道，日本人早就布下了一个局，这个局说出来有点吓人！”

“哦？什么局？”

“鲍二被夺了兵权后，赋闲在家，他当年的结拜兄弟爬上了川军司令的位置。可那个兄弟为了偏安大西南，暗中与日本人谈判媾和，被鲍二发现，闯进来痛骂了一顿走了。这事传出去不得了，日本人和川军司令商定杀人灭口。鲍二听到风声，暗中带着四十根金条，由手下八个侍卫兄弟连夜护送出川，他的目的地就是老家车桥，想从此颐养天年，远离是非之地。

“日本人能放过他吗？上海 76 号特工总部密令三泽大佐在淮安运河码头布下天罗地网，要求制造仇家暗杀、谋财害命假象。于是，鲍二一行在运河榷关上岸时被炸，他和手下的八个侍卫都丧了命。爆炸中，除了箱中的金条完好，鲍二的头被炸飞，身子也炸成了几截。三泽大佐经过周密考虑，决定假戏真做，报信给车桥鲍家，说鲍二在四川被仇家买杀，由侍卫护送归乡厚葬。

“三泽派出懂汉语的日军小队长山本一三揣上 20 根金条，带着 7 个士兵，扮作护灵人员，来车桥操办安葬事宜。三泽大队占领车桥在即，维持会会长早就内定鲍虎雯。我接到 76 号通知，要我报道安葬大典，留下照片为证，如果鲍虎雯不从，就放出风去，说鲍虎雯事先勾结日本人，谋财害命，害了鲍二爹，让他背上汉奸卖国和忤逆不孝的两大罪名。

“我敢打赌，三泽大佐今天肯定去找鲍虎雯，一是给他送照片，二是给他送金条，大佐这个人不喜欢金钱，他就喜欢古玩收藏。我送照片给大佐时，他就说了，车桥的区公所就设在鲍家祠堂，将提供 20 根金条用作区公所的开办费，房子是鲍家的，钱也是鲍二爹留下的，羊毛出在羊身上。你说，这三泽狠不狠，他真是老谋深算啊，硬逼鲍虎雯就范……”

听完弟弟的讲述，任如干倒吸了一口凉气。三泽设下的局是步步为营，环环相扣，他就像听天书一样，感觉这个日军大队长不但是刽子手，还是个阴谋家。

他暗暗担心起来，不知鲍家能否应付得了眼前的局面。

是福不是祸，是祸躲不过。

自从鲍艳萍与父亲说了照片一事，鲍虎雯一直心怀忐忑。女儿鲍艳萍要去找任如松问个究竟，但鲍虎雯不让。任如松从日本留学回来，外面传他明里暗里为日本人做事，同时，他又是任筱先的儿子，如果传到他父亲的耳朵里，还不闹个满城风雨。一场葬礼好不容易安排停当，他不想再节处生枝，决定暂且静观其变。

这一天，悬在半空中的鞋子终于落了地。日本人登门拜访鲍虎雯。

“鲍先生，三泽大队长和金丸中队长即将登门拜访。”日军的翻译官陈天富提前来报信，他看见了门内正在做事的霞姑、霞玲，眼睛都看直了，看得姐妹俩赶紧躲进了厢房里。

“我们家不和日本人打交道!”鲍虎雯冷冷地说。

管家老刘刚要按照鲍虎雯的话，准备关门谢客。只见门前一阵骚动，一队荷枪实弹的日本兵跑来站在府门两侧，转眼间，一胖一瘦、一高一矮的两个日军头目跨进了鲍府。

“这位是大日本皇军五十二旅团六十大队大队长三泽大佐，这位是机枪中队中队长金丸中尉。”翻译官陈天富反客为主，延请二人进屋。

管家着人上了茶，就都退了下去，堂屋里只剩下鲍虎雯、陈天富，还有两个日本人。

桌上多了一个包裹，里面一沓照片，20 根金条。

是拜访，也是密谈，更是威逼。

说话中，鲍虎雯的脸色一会儿青，一会儿白，一会儿额上冷汗直冒，一会儿低头沉思，一会儿心神不定地走来走去。

终于送走了日本人，鲍虎雯像虚脱了一样，瘫在床上。他觉得现在的自己只剩下一具空荡荡的外壳，灵魂和肉体都已不复存在。

鲍家早就有言在先，若日本人来访，不许一个女人近前。阙玉兰带着儿子在后堂，鲍艳萍和霞姑、霞玲躲在堂屋一侧的偏房里偷听，父亲他们的谈话听得真真切切。

三泽本着“真心交朋友”的“诚意”，当着父亲的面，把鲍二爹死亡的真相原原本本说了一遍，声明再三，他们也是奉命行事，安排厚葬也算是最好的弥补了。这次请父亲出山，也是出于十二万分的诚意，请父亲自己好好掂量。

日本人撂下了话，就走了。

那翻译官陈天富走的时候，目光还在四处搜寻着。

对于鲍二爹，鲍艳萍觉得愧疚在心。她错怪了二爹，二爹是为抗日而死，死得其所。但是，令二爹死不瞑目的是，国民党的川军司令、那个结拜兄弟要杀他，日本人要杀他，死了连个全尸都没有，死后不但背负一个被仇家买杀的名声，还被日本人作为威逼父亲就范的工具。

这真是一个黑白颠倒、无处说理的世道啊。

再看有苦难言、骑虎难下的父亲，脸上全是愁云，一瞬间憔悴了许多，像是老了十岁。她是既心疼又悲哀，这是哪门子冒出来的维持会会长啊，这顶汉奸的帽子看来是摘不掉了。

这样的话，她岂不是成了汉奸的女儿！

我的天！

“姐，姐，我有糖吃了！”弟弟小林子一早就一蹦一跳地跑来“报喜”。

“糖是哪儿的？”鲍艳萍有点惊奇。

“小姐，是街上的日本兵给的，见到小孩子就发。”管家老刘说道。

这一次日本人占领车桥，老百姓有点猝不及防。正月里，大家还处在过年的气氛里，日军的到来，就像尖钉一样刺进老百姓的心中。

大伙领教过日军的野蛮，能逃出去的早逃走了，不能逃的，都像躲瘟神一样避着他们。涧河上鲜见船只穿梭，街上的店铺大白天也关门上锁。

日本太阳旗插上了车桥的四个圩门，但圩中不见人烟，也少见炊烟，目光所及，尽是一片萧瑟凄凉。

这一点，三泽早有所料。他立马推出了所谓的“诛心政策”。

车桥北门口，刷上了八个大字，一边“中日亲善”，一边“东亚共荣”。

为了笼络人心，他推出“良民证”制度，凡是有“良民证”的，自由出入。

让手下的人个个装成笑面虎，看到老百姓就宣传“中日亲善”“大东亚共荣”，看见小孩子就散糖给他们吃。

他还让人贴下告示，任何人不得私闯民宅，凡有入室抢劫的士兵，居民可用墨汁在士兵背后画上记号，呈报上来，严惩不贷。

你还甭说，许多人被他的这一套蒙骗了，放松了警惕，逃出去的人开始陆续回归。

看到车桥的人气、烟火气慢慢恢复了先前的模样，“笑面虎”渐渐撕开伪装的外衣，露出了刽子手的真面目。

三泽要回淮阴城了，临行前，他带着手下将官沿着车桥土圩子转了一圈，不禁哑然失笑。

不得不说，国民党军队是下了血本修筑了圩墙、壕沟，仅涧河两岸就是掩体林立，轻重机枪及迫击炮阵地应有尽有，可惜在大日本皇军面前，要么不堪一击，要么不战而退，把这些工事白白地浪费了。

“金丸中尉、羽田少尉，我把车桥交给你们了，你们要把这里变成我们六十五师团南部桥头堡，把它建成固若金汤的模范据点。”

两个人立正回应，几乎异口同声：“嘿！卑职的明白！”

三泽知道，手下的这两个人是出了名的“毒太阳”，怀柔政策之后，也需要重典治乱，接下来，也该他们表演了。

此后，车桥成了军事工地，日军到处征抓民工，修工事，建碉堡，加筑圩墙，开挖壕沟。

对付不听话的人，日本人先是一顿毒打，然后关进屋内放狼狗撕咬，有些人被咬得遍体鳞伤，身上的伤口腐烂生蛆，最后活活地疼死。

对付所谓的“暴力分子”，他们发明了两个杀人的办法，一个叫“凉水煮人”，一个叫“不封顶的活埋”。“凉水煮人”，就是把无辜的群众硬推进深深的水井里，直至人体到达井口，再压上沉重的石磙子、碾盘，将井口封死。“不封顶的活埋”，就是把群众赶到一处，让群众自己挖掘土坑再跳下去，跳满了，挤得身都转不动，他们再往上面泼开水，浇汽油，点上火，机枪扫，炸弹炸。

车桥人与这帮没有人性的畜生生活在一起，许多人吓出了神经病。连区公所助理员任筱先都埋怨开了。

“老鲍，你也出来说说话啊，日本人不能这样对我啊，我从小闸子税关到桥口税关，每天忙得脚不沾地，现在又让我去收人头税、田亩税、粮草税、壮丁税……我们办税所总共七个人，被拉去四个修工事。”

“日本人不是让你组织自卫团了吗，你赶紧招兵买马啊。现在人少你就慢慢收，收得多，好处就多嘛，这个账你不比我清楚吗?”鲍虎雯知道任筱先的德行，为了钱不择手段，老百姓对他早就深恶痛绝，于是一下子顶了回去，“你可以去找你家二公子任如松啊，让他给日本人说说。”

“不提他了，说是兼了个车桥情报局局长，也不来上班，跟三泽大佐去了淮阴城，也不管老子的死活了。招兵买马，可是既不给钱，也不给枪，问了金丸几次，他都说让我自己先想办法，现在老百姓鬼精呢，谁肯白当汉奸啊。”任筱先像泄了气的皮球瘫坐在椅子上。

鲍虎雯哪有心事与他闲扯，他径直向当铺巷里的严公盛广货店走来。

“会长大驾光临，有失远迎啊!”广货店老板严德顺看见鲍虎雯来店，感到有点意外。

“卢春萱在吗? 上次我们家药铺店让他帮忙在芦家滩收购一些鸡头米的。”

“你来得不巧，我这店不是生意不好嘛，他辞了工。听说，被日本人抓去修工事去了。”

“好的，告辞。”鲍虎雯转身离去，严德顺一脸雾水地站在那里。

第十章　血洗大兴庄

鲍艳萍很严肃站在霞姑、霞玲面前。

“姐，怎么啦?”正在研磨药末的霞姑不解地望着鲍艳萍。

“霞姑，你还当我是你姐吗？我请你们姐妹俩来是做佣人的吗？一个在药铺帮工值夜，一个在家里拖地烧饭洗衣服，什么都抢着做。”

“姐，你这就见外了，我们本来就是好姐妹，既然你当我们是一家人，还这么生分干吗？再说，我们有手有脚，这些事情也是要人做的，我们做了，又有何不妥。姐，是你见外了。”霞姑笑着拘住了艳萍。

“我和霞玲也商量了，想出去找个事做，待在你这儿也不是一个长久之计。”

“那我给你介绍一门亲事，把你嫁出去得了。”鲍艳萍开玩笑说道。

霞姑将计就计：“你准备给我介绍哪个小伙子呀?”

鲍艳萍没想到霞姑这么爽快，她一时语塞，突然灵光一现，冒出一个名字：“卢春萱，怎么样?”

“算了吧，不开玩笑了。我可能这辈子也不谈亲事了。”霞姑低下了头，陷入了沉思。

“又一冬，夜鹤唳长空，月明千里人何在，唯有婵娟照梦中。霞姑，我常听你诵读这句诗，你是不是忘不了那个叫剑泓的人？我听你提起过他。”

“剑泓的家被日本人烧了，家人都死了，他和我们姐妹俩一样，都成了孤儿。剑泓妈临死前拉着我的手，说把剑泓交给我了，我也答应了。也不知怎的，心里总是念着他，不知道他是生是死，也没个信来。”霞姑满脸怅然地望着天空。

自那次情不自禁地亲了剑泓，她的心魂就给剑泓带走了，再也装不下第二个男人。剑泓心地善良，有正义感，负责任，这辈子遇到他，是缘分，也是福分。

“不过话说回来，卢春萱还是一个不错的小伙子，能吃苦，又有一门种鸡头米的手艺，还会唱会跳呢，这一点和你般配。你也是小百灵嘛，唱歌好听，我就喜欢听你唱歌。”

“好的，我这就唱一段给你听。春季到来绿满窗，大姑娘窗下绣鸳鸯……”霞姑刚把《四季歌》起了一个头，又“嘘”的一声打住了。现在的车桥，是日本人的“修罗场”，谁还有心情唱歌啊。

“不闹了，言归正传。昨夜里父亲把我叫去，他要送你们走？”鲍艳萍没了笑容，一脸正色。

“去哪里？”

“听管家老刘说，最近翻译官陈天富常带着伪军，有事没事地来我们家门口转悠，八成是想打你们姐妹俩的主意。要不是碍于父亲是维持会会长，早就冲进来了。这个翻译官是个彻头彻尾的汉奸，死心塌地为日本人做事。父亲怕出事，想把你们介绍到芦家滩周家庄，周家老太爷为人正派，和父亲私交好，听说周家有几个人都被日本飞机炸死了，现在正缺人手，跟我父亲要人，他就介绍了你俩。你们两个女孩子去，他又不放心，还推荐了一个人，说让此人带你们去，互相有个照应。”

“谁啊？”

“卢春萱！”

“我来了！”说话间，满头大汗的卢春萱应声跑来了。

“真是说曹操，曹操就到，你来干吗？”鲍艳萍假装不知情。

“广货店的少店主严泰然，通过同学任如松的关系，前些日子花钱当上了和平军的副大队长。有了儿子的撑腰，老板严德顺走路头都昂得高高的，还让我多推日货，我和他争了几句，他就辞退了我。那天，我在大街上找事做，不料被日本人抓去修工事了，我怀疑是他搞的鬼。幸亏鲍老爷以会长的身份出面，暗中把我保出来了。”

“那你现在来干吗的?”

“老爷给了我一封信，让我明天带着霞姑、霞玲去芦家滩周家大仓找周老爷，说是周家缺人手。大小姐，难道老爷没和你说?”

三个女孩先是装着面面相觑，继而都忍不住笑了起来。

暗淡的光景里，黎明的轻纱慢慢撩开。梦乡里的欢乐和痛苦，都被晨曦和鸟鸣一起点破了。

其实，对于有些人来说，他们宁愿生活在梦里，长梦不醒，因为一旦醒来，往往又会重陷黑暗，抑或把黑夜一样的人生背着走，最后艰于呼吸，窒息而亡。

6点不到，卢春萱、霞姑、霞玲就早早地上路了，因为7点过后，四个圩门口就会有日本兵的身影，他们不愿看到日本兵的嘴脸。

揣着良民证，还有鲍虎雯提前开具的路条，自然很顺利地通过北门伪军的检查。

卢春萱路过烧饼摊时，一摸上衣兜里空空的，把上下里外翻了遍，凑一起的钱也只够买一块朝牌。

狠心买了，他又舍不得吃，非揣来塞给霞姑、霞玲，两个姑娘谁也不肯吃。卢春萱只好一分为三，这才解决了问题。一块朝牌分成三截，尽管少，但各人吃得有滋有味。

霞姑看得仔细，她发现朝牌上的芝麻，妹妹霞玲是一颗一颗挑着吃的，吃得那么香，她鼻子一酸，差点掉下眼泪来。

对于朝牌，她们姐妹有着刻骨铭心的记忆。

出了北圩子，向北走，不到三里地就是大兴庄，大兴庄是妈妈的娘家，是姐妹俩的伤心地。当年，妈妈带着她们回娘家，遭到舅妈的冷遇，最后外婆和舅舅含泪塞给她们带上路的粮食就是这朝牌。

今天这朝牌吃在嘴里竟是如此香甜。因着这份香甜，她俩同时想起了外婆，她那么大岁数了，不知道身体怎么样了，近在咫尺，要不要去看看她。

“姐，我想外婆了，要不我们去看看她。”霞玲的嘴上还沾着芝麻。

“是啊，过去对外婆他们是有恨，但妈妈都没了，恨又有什么用，毕竟她那么大年纪了。要不，我们去看看吧。卢大哥，你说呢?”

“我听你们的。”卢春萱又嘿嘿一笑，这笑容多像一个人啊。霞姑的眼前又现出剑泓的身影。

大兴庄静悄悄的。

舅舅家没人，寻了左邻右舍，又到庄上转了一圈，一个人影也没有。

人呢，大兴庄怎么成了空村?

正在纳闷间，霞玲有了新发现：“姐，最东头的那家，烟囱里好像冒烟。”

向着冒烟的方向走，原来一个老奶奶在烧早饭，所谓的早饭，也就是荠菜叶、麦麸兑水混成一锅稀粥。

“奶奶啊，这庄上的人都去哪儿了?”

“哎呀伢子，你们胆子够大的啊，外面这么乱，你们小姑娘家家的，还敢出来跑啊，大人呢?”

“父母都死了。”

“你们找谁啊?”

“我们找翟万富，那是我舅舅。”

“哎，我不是吓唬你们啊。日本人来了以后，先是到处抓民工，后来就是隔三岔五地进庄子‘扫荡’，到处烧啊，抢啊，把坏事都做绝了。活作孽啊，抢不到东西，就在人家的面缸里、饭锅里大小便。我认识的赵阳庄的李老太，骂了鬼子几句，就被鬼子按在地上当板凳坐，然后又被鬼子用刺刀刺死了，那个样子真惨啊，眼珠子挂在脸上，后脑被砍下，手指有的掉下来，有的连着一点皮拖着……”

“我们大兴庄不是靠车桥圩子近嘛，鬼子出了北门就到了庄上，一次次来抢，庄上人都受不了了，就偷偷躲到庄西的沟田里住去了。我一个老婆子不怕，留在庄子上看看门，顺便给子女做做饭。一会儿就给他们送去，你们跟着我走就行。哎，你婆婆也老了，听说眼睛也看不见了，这年头，像我们这些老婆子，死也能死了。”

老人把早饭装进一个大盆里，盖好，用头巾扎起拎在手中，唉声叹气地在前面走着。

穿过一片麦田，是一块桃树林子，林子的后面，一大片窝棚出现在姐妹俩的眼前。原来，庄上几十户人家都躲在这里。

“我们这窝棚中住着庄上几十户人家，有些人是从外地回来过春节的生意人，有回来拜年没走的姑娘姑爷，有车桥圩子里逃壮丁的汉子……”老人边走边说道。

这窝棚地像是个孤岛，周围是两米多宽的渠沟，渠沟上有一块木板搭在上面。木板是活动的，可以随时抽掉，防止有人进来。

村民杨茂昌听到了母亲的唤声，赶忙来放了木板，放人进来了，他顺手又把木板抽了。

“这是翟万富的外甥女，你把她们送去。”

“好嘞。”

杨茂昌很是热情地在前引着。舅舅家的窝棚前，外婆坐在那里，旁边偎着一个六七岁的女孩，那是舅舅家的表妹。几年前来的时候，表妹还是鼻涕拖在嘴上的三四岁的娃娃，现在一晃长大了。

卢春萱一个人坐在渠沟边，静静地等着，他不想打扰这一家子的团圆。

“奶奶!”外婆眼睛瞎了，再也看不见她俩的模样了，霞姑、霞玲哭着扑了上来。

外婆听出了声音，一把抱过她俩，也哭出了声来：“是霞姑、霞玲吧，把奶奶想死了，奶奶的眼睛就是想你妈和你们哭瞎的。”

“你妈人呢?”外婆没听到闺女的声音，赶忙追问。

“我妈得病死了！我们一路要饭，她死在半路上了!”姐妹俩的哭声更大了，外婆捶胸顿足，一声长嚎：“我苦命的闺女啊，苦命的伢子啊!”

棚窝里的舅舅翟万富听得真切，揪心地痛，他冲着妻子埋怨起来：

“当初要不是你拦着不给进门，我姐也不会死！”倘若妻子不是怀着身孕，恨不能上去揍两下子。

“怪我干吗，要怪就怪你家穷，你养得起吗？”舅妈腆着个大肚子出来了。她看见这没娘没老子、孤苦伶仃的姐妹俩，心里也生出同情来，“霞姑、霞玲，不要怪舅妈当初狠心，我们也是没法子养活你们啊。”

“舅妈，我们顺便来看看外婆的，一会儿就走。”霞姑生怕舅妈又要生幺蛾子，提前告诉她，她们不会再给这个家添麻烦了。

“我可怜的伢子啊！”外婆又哭了起来，一旁的小表妹乖巧地帮她抹泪。

“奶奶别哭了，我们有空再来看你，临走前给你唱个歌吧。”外婆这才止住了哭。

窝棚区的上空飘起了悠扬动听的歌声，这歌声让人暂时忘记了疼痛，忘记了苦难，忘记了生活的年代如此不堪。

春季到来绿满窗
大姑娘窗下绣鸳鸯
忽然一阵无情棒
打得鸳鸯各一方

夏季到来柳丝长
大姑娘漂泊到长江
江南江北风光好
怎及青纱起高粱

秋季到来荷花香
大姑娘夜夜梦家乡
醒来不见爹娘面
只见床前明月光

冬季到来雪茫茫
寒衣做好送情郎
血肉筑出长城长
侬愿做当年小孟姜

“砰”的一声，窝棚区人群大乱，人们慌成一团。

这是枪声！这熟悉的声音太令人恐怖了！

“日本人又来了！”人们一边逃着，一边喊着。

日军小队长羽田，翻译官杨天富走在最前面，一队日军鬼鬼祟祟摸到了这里。他们像发现了新大陆一样，感到莫名的惊喜。

杨茂昌的母亲拎着盆准备回家，刚从木板上过了渠沟，只听一声枪响，老人中枪滚落河中，当场死亡。

邻居邵义李一个箭步冲了上来，他要抽掉小河上的木板，阻止日本兵过来。羽田的枪瞄准了他，邵义李一个侧身，打中了前胸，受伤倒地。日本兵过了桥，见邵义李还没死，连戳三刀，直到没了气息。

“皇军，不要开枪，我有良民证!”杨茂昌举着良民证，领着儿子哆哆嗦嗦地走了出来。

鬼子兵看也没看，把良民证撕成三截，连开两枪，杨茂昌父子倒在血泊中。

所有人吓得都躲进了窝棚里，卢春萱趴在了沟沿边，紧张地注视着这里发生的一切。

翻译官陈天富向着窝棚里的人喊话：“皇军有令，只要你们出来，保证你们活命。我连说三遍，如果不出来，皇军就烧棚子了!”

“我们还是出去吧。要是真烧了棚子，我们一家都没了，你舅妈肚子里还有一个伢子呢。”翟万富想要走出去，妻子吓得浑身哆嗦，紧紧抓着丈夫的手。

“舅舅，你不能出去，鬼子什么事都做得出来，不能上他们的当！他们肯定是要把这里的人都杀了，他们的目的是抢财物。”霞姑苦劝着舅舅。

“让我出去，我一个瞎婆子，反正命不值钱，如果他们真的杀了我，你们就快跑!”外婆豁出去了，霞玲一把没有抓住她，外婆就拄着拐棍摸索着走了出去。

可怜老人家还没站定，就被鬼子一刀砍死，血喷了一地。翟万富急了，跑上前来抱住了母亲，哭喊着“妈妈”。妻子、小女儿也跟着跑上来。几个日本兵像竞赛一样，争相用刺刀刺向他们，一分钟不到一家几口先后被活活戳死。为了护住小女儿，有孕在身的妻子伸出手去抓刺刀，手指顿时被削掉了，丧失人性的鬼子竟好奇地用马刀剖开她的肚子，腹中的胎儿被鬼子挑了出来。

此情此景，一些年纪大的人吓傻了，怀着侥幸，从窝棚里惊恐万分地走出来，跪在地上，祈求饶命。

一些年轻人，捏着拳头，准备冲出来与鬼子拼命。大不了拼个你死我活，总比束手待毙强，家人抱着、拖着，死活不让他们出去冒险。

只见卢春萱飞也似的冲进了霞姑、霞玲所在的窝棚。

“快跑!”他一手拽着一个，三人拼命地向着一侧的渠沟边冲去。

“花姑娘！花姑娘!”鬼子兵顿时兴奋起来，一边发疯似的追着，一边手舞足蹈叫嚷着。

霞玲被地上的硬物绊了一下，一个踉跄，重重地跌了下去。日本兵冲了上来，刺刀齐刷刷地对准了她。霞姑想要回去救妹妹，卢春萱一把抓住了她：“已经来不及了，去也是一个死!”

霞姑只好含泪离去。趁着日本兵没有追上来，他们飞快地冲下渠沟游了过去，一跃飞身上岸，隐伏在对面麦田里的旱沟里。

翻译官陈天富一眼认出了霞玲，他没想到在这里见到她。对于霞姑、霞玲姐妹俩，他早就想下手了，可惜一直没有机会。可是今天当着日本人的面，他也不便细问，更不能明说他喜欢这个姑娘。羽田什么事都干得出来，看来自认倒霉，自己看中的姑娘，要被日本人糟蹋了。

羽田没想到，这窝棚里还藏着这样一个“宝贝”，这姑娘看上去十六七岁的样子，像一朵含苞欲放的花蕾。这花蕾今天归他开采了。他眼里顿时喷出淫邪的火来。他让手下的士兵把霞玲拖进了窝棚，一把扔在地铺上，扒去了身上的衣服，兽性大发的羽田疯狂地扑了上去。

霞玲哭喊着，撕咬着，挣扎着，一切无济于事。下身全是血渍，这摊鲜红，是鬼子犯下的罪证，一朵清纯艳丽的小花就这样被残忍地摧残了。

远处的霞姑听到这里的惨叫声，心都碎了，十个手指嵌入泥土中，牙齿咬得“咯咯”作响，眼里闪着无可遏制的怒火，好似一头被激怒的狮子，要不是卢春萱死死抱着她，她肯定冲过去拼个你死我活。

满足了兽欲的羽田穿上了裤子，正想离开，霞玲猛地爬起来，咬住他的左手，小指被一口咬下来，吐了出来，满口是血。那羽田痛得嗷嗷直叫，他恼羞成怒，一枪打中了霞玲，霞玲倒了下去，临死眼睛还怒睁着。

屠杀开始，日本兵不顾手无寸铁的村民们的祈求，不停地开枪射击，挥着刺刀四处杀戮。数十人惨遭杀害，死者中有夫妻，有父子，有母女，有兄弟，有姐妹，有叔侄，有妯娌，有祖孙三代，有一家满门……

日本兵把抢来的东西装上了马车，一把火点燃了窝棚区。

大火慢慢地变成了浓烟，被风撕成了柱状，向着天幕里奔去。更多的余烟缭绕在人们的心头，挥之不去。

看着亲人一具一具的尸体，霞姑已经崩溃了。她的手指抠出血印，嘴角已咬出血来，眼泪都哭干了。

她第一次看到鬼子在自己的眼皮底下杀人放火，第一次眼睁睁地看到亲人在鬼子的屠刀下活生生地死去。

这一幕一幕的惨象，残留在脑海里，从此，她的心和夜一样，被撕成了碎片。梦，也成了疼醒的思念。

第十一章　护送首长

师部在一座古庙里，庙门紧闭，东侧小门前站着两个哨兵。

在粟裕身边工作，审查是极其严格的，剑泓苦大仇深的身世就是一部血泪史。

通过了审查，因着“飞毛腿”的功夫，加上自小打猎枪法准、会游泳，以及对革命的渴求，他如愿以偿地成为新四军的一名侦察员。穿上军装的那天晚上，剑泓失眠了。

他翻来覆去睡不着，出了小门，一个人倚在庙墙边的草堆旁，失神地望着天上的星星。有人说，星星是亲人的眼睛，不知哪一颗是爷爷，哪一颗是父亲，哪一颗是母亲。他想把这个消息告诉亲人，可亲人没了，他想与霞姑、霞玲她们分享喜悦，可她们也失散了。

他从身上贴身衣袋里掏出那两块玉佩来，妈妈死了，姨娘也死了，从此，他再没戴过玉佩。想家的时候，想亲人的时候，他都会拿出来，一遍一遍地擦拭着、抚摸着、看着。

> 戍鼓断人行，边秋一雁声。
> 露从今夜白，月是故乡明。
> 有弟皆分散，无家问死生。
> 寄书长不达，况乃未休兵。

念着诗的林痕走过来了，挨着剑泓坐下。

“可惜今晚没有月亮啊，要是有月亮，可以‘举杯邀明月，对影成三人’了。剑泓，是不是又想家人了?”

“人说新四军里文化人多，这话一点不假啊，科长，你怎么也没睡?”

“你也是文化人啊，你肚中的墨水也不少哩。你看，今晚的夜色多美啊，天上这么多的星星，让人不知不觉会想起亲人。”林痕的话有着诗意。

“前两天听逃难的宝应老乡说，车桥被日本人占了，韩德勤的部队降的降，跑的跑，也不知那里被日本人糟蹋成什么样子了。我那三个失散的老乡妹子，也不知去了哪里。”剑泓说着双手抱头陷入了沉思。

忽地，他又抬起头问林痕：“科长，听说你14岁就参加了革命工作，家里还有谁啊，能不能给我讲讲你参军的故事。”

林痕略一思忖，看着剑泓一脸认真的样子，便慢慢打开了话匣。

“我的家在扬州江都林家桥，记得家门前有一条很宽的河，每天有很多渔船停靠在码头上。我七八岁时举家迁到了上海，当时的上海可是全中国最繁华的地方啊，我们兄弟姐妹高兴极了。后来，上海一·二八战乱中，我父亲失了业，母亲因惊吓过度突发疾病去世，一个月后，我的小弟弟也病死了。接二连三的变故，让我非常难过。

“七七事变后，为了减轻家庭负担，哥哥去码头当搬运工，14岁的我放弃了学业，去了一家公司当学徒。每当领到那微薄的薪水，我都要买两块水果糖，小心翼翼地用纸包好，自己舍不得吃，揣在怀里拿回家分给两个妹妹吃。记得我第一次领到工资时，还给继母买了一把桃木梳子，她当时就哭了。

“我常去图书馆看书，在那里我结识了多才多艺的中共地下党员阿灿哥，是他带着我走上了革命道路。我参加了上海中区职工抗日救亡会，参与各种工运斗争，保护职工利益，同时想尽办法为新四军抗战筹集资金。后来，在上海地下党的安排下，我来到了皖南新四军教导总队，先后在第七队学政治、在第二队学军事，学习结束后，我被留在教导总队训练处担任军教干事。

“不久，国民党顽固派限令八路军、新四军全部撤至黄河以北，为了团结抗日、顾全大局，我们教导总队先行撤出皖南。从江南到江北，一路辗转，中途听到皖南事变的消息，同志们痛心疾首，非常想念牺牲的战友。根据党中央的命令，新四军军部在盐城重建，在东台组建了一师师部，我就成了师部的一员，遇到了师长，再后来，我就遇见了你。”说完，林痕爽朗地笑了起来。

“你一个军事教员，怎么干起了侦察工作?”剑泓好奇地问道。

“这要感谢我的前任冯科长。我当时报到的时候，他问我，在皖南有没有参加过战斗？我说参战机会不多，但有幸参加过叶挺军长亲自指挥的收复泾县的战斗。在我军协同国民党军五十二师、一〇八师、一四五师围攻日寇一个旅团时，我化装成通信员，手持叶军长亲笔信，冒着敌机的轰炸和日军的炮火，前往蜈蚣山与川军一四五师师长准时取得了联络，完成军部交给的任务。此外，我还化装成勤务兵随同军参谋处长去泾县、南陵地区参观国民党五十二师面向我军部驻地云岭举行的‘野战演习’，我和他们的勤务兵混在一起，乘其不备，获取了他们的演习计划，完成了上级交代的侦察任务。他听完，一把抱住我的肩头，说太好了，你哪儿也不去了，就跟我干……”

“科长，我有今天也多亏了你，谢谢你救了我，让我有了组织，有了依靠，有了家。我就是有点担心，担心做不好侦察工作丢你的脸。你好人做到底，就收下我这个徒弟，多带我、多教我，行吗?”剑泓一脸虔诚。

“没有人天生就会做侦察工作的，都是在学习中摸索经验，在战斗中积累经验。不过，你这个徒弟，我收下了，那么我们今天就算第一讲了。你且听为师与你慢慢道来——”林痕故意像唱戏文一样，把“道来”二字拖得长长的，让人忍俊不禁。

“侦察科的基本任务是采取各种有效的手段及时查明敌人情况，作出正确判断，并要及时地报告首长和通知有关部队。但是作为侦察参谋在战场上，常常不光是搞自己的侦察工作，还可能被派到战斗部队去传达首长的重要命令或指示，发送重要的作战文书，或者派到某个重要方向的作战部队去及时了解掌握战斗进展情况，收集作战经验，并迅速报告首长；也可能被派到某个情况复杂战场地区寻找、联络和引导某个部队；还可能执行多种复杂的临时任务。在首长身边工作，你有可能经常会遇到上述情况，因此，你必须有充分的思想准备。

“还有要提醒你的，战斗中不可能有充分的休息时间，必须学会很快地完成任务后，随时利用挤出的一点时间吃饭和休息。哪怕几分钟、十几分钟也好，以便随时执行新的任务。另外，我们作战地区大部分是敌占区，群众对我们不十分了解，我们开展侦察活动时，不管怎样紧张和疲劳，都要保持头脑清醒，随时注意观察周围的情况，要有随时应对突发事变的能力，关键时刻勇敢机智地去处理好。

“干侦察工作要学会三大本领：打进去、拉出来、抓舌头。打进去，就是派人进据点侦察，或到敌伪内部工作；拉出来，就是在敌伪内部物色可能为我所用的对象，通过各种社会关系，为我搜集情报；抓舌头，就是找准机会，抓一个活口回来。有一次，我打入敌人内部，获得了重要情报，但在日伪军严密封锁的情况下，无法将情报带出。怎么办？后来我急中生智，把自行车外胎拆卸下来，将情报装入外胎，然后若无其事地骑上自行车离开了据点。再告诉你一个‘抓舌头’的办法。一次，一个日本兵到理发店理发，我化装成理发师，趁其不备，猛然用布将鬼子的头蒙住，将其制伏，然后迅速转移，悄无声息地就把‘舌头’抓了回来。”

“师傅你真神！佩服，佩服！请受徒弟一拜！”剑泓站起来要鞠躬施礼，吓得林痕连连摆手：“使不得，使不得。”两个人彼此都会心地笑了。

“两个人什么事这么开心？”还有人睡不着，循着笑声来了。

此人名叫邹蔚瑾，师部的作战科科长，比林痕大几岁，和林痕是皖南新四军军部教导总队的同学，他可是测绘方面的高手。在师部，谁都知道，林痕和邹蔚瑾是粟裕的“两个活宝”，一个会侦察，一个会画地图。行军路上，他俩各背两个包，一个人背着电报、情报，一个人背着地图、印信。

“报告邹科长，我在向林科长取经呢。”剑泓刚要起身敬礼，被邹蔚瑾一把按住了，他也靠着剑泓坐下。

“剑泓，又一个现成的师傅来了，你可要把握机会哟。邹科长画地图的本领那是一绝，他那过目不忘的记忆力在师部更是没人比得了。在师部众所周知，地图、望远镜、手枪是师长的‘三件宝’，行军路上，每到一地住下，他都让把地图挂起来，从长江边到盐城的地图都要挂，有时候从房顶一直挂到地面。到一个新地方，第一件事就是要求测绘参谋们勘测地势，然后画出地图，其他人画的总是不满意，唯有邹蔚瑾画出来的地图，师长最为满意。”

“你把我吹上天了，我哪有你说得这么神。不过在师部，不论是作战科，还是侦察科，都要学会看地图，这倒是真的，你不会看地图，怎么去侦察，怎么去作战？剑泓，我痴长你几岁是你老哥，我要提醒你，你刚到苏中地区，敌伪情况、地形道路情况，包括我军情况都不熟，你必须抓紧时间，以最快的速度将苏中当前敌、伪、顽军的番号、主官姓名、兵力部署及派系矛盾等都记住。你要多看地图，首先将东台、兴化以南，长江以北，以扬州、泰州、海安、如皋为主轴线，将主要地形道路、城镇方位等记清楚。不然一旦打起仗来，你要完成临时受领的任务就非常困难了。测绘地图的事情，我一定会教你，看得出来，你是一个好苗子，你们林科长看好你，我也看好你！”

那一晚，满天的星星作证，三颗滚烫的心碰撞在一起。

时间转眼到了 1943 年 6 月中旬。

那天下午，林痕与邹蔚瑾听说“师长有请”，两人一路小跑赶到粟裕的住处。

“叶副师长，你好啊！我最近要去黄花塘军部参加整风会议，这段时间苏中军区的工作请你主持一下，你看怎么样？”粟裕在给一师副师长叶飞打电话，叶飞现在在三分区，兼着一旅旅长。粟裕旁边站着管理科长王重。

“没问题。但是我走了，这边三分区的工作怎么办？”电话里叶飞问。

“三分区的工作由一旅副旅长张藩同志负责。”

“行，按师长的意见办。”

两位首长的风格都是快人快语，雷厉风行。

粟裕个子不高，面容清癯，看起来精干利落，一双深邃的眼睛，永远闪烁着智慧的光芒。

电话打完后，粟裕目不转睛地盯着墙上的地图，一边看，一边思考，半晌无语。

老半天才转过身来，问林痕：“小林，向军参谋处上报的苏中情况汇编和侦察工作总结准备好了没有？”

“报告师长，已经准备好了，是用轻磅道林纸书写的，还附了彩色图表、比例图，一式三份，都装订好了。”

“我准备20号以后动身去军部，路上顺便考察一下兴化以北直到江都真武庙地区的地形、敌情、民情。兴化是水网地区，我们要准备水上行军，许多地方我们还从未到过，那里不仅有日伪顽势力，而且还有大刀会、护庄会等武装割据势力。这次行动必须严格保密，行军宿营和侦察警戒必须组织好。”

“师长，您看这一次带哪些人去？”林痕问。

“你们三个人，加上两名机要员、一部电台。你负责组织行军宿营、侦察警戒及日常参谋业务；邹蔚瑾负责沿途地形道路、河流、桥梁、村落的调查，对照地图进行必要的修正补充；王重负责行政、后勤工作，带一名管理员、一名军医及炊事员，备好钱、粮、药品等物。警卫侦察部队人不要多，要精干，目标要小，带上特务团第一连，马连长、吴指导员都是老红军，另外，从特务队带一个半班的便衣侦察员、半个班的通信员和战斗侦察排，编成一个大排，临时编入特务一连作为第四排，统一由马、吴指挥。”粟裕考虑问题总是那么细致入微。

粟裕突然想到一个人。

“你们侦察科才来的那个叫卢剑泓的，听说是淮安车桥人？”

“是的，他是车桥人，一家人都给日本鬼子祸害了，一路要饭跑出来的。”

“车桥是个好地方啊！把他也带上！”

师长夸赞“车桥是个好地方”，还点名要把剑泓带上，这让林痕和邹蔚瑾都有点意外。

师长去过车桥？从没听说过，只知道他去过曹甸。

师长与剑泓有亲戚关系？不可能。

就连剑泓自己听到这个消息，也觉得丈二和尚摸不着头脑。

师长亲点他，这是多大的荣耀啊。当兵以来，师长在他心目中就是一个神，关于师长的传说很多，一直有种高山仰止的感觉。他听林痕讲过师长的故事。

师长是湖南人，出生于会同县一个叫枫木树脚的村子。在常德师范上学时就积极从事学生运动，来到武汉后报名参加了叶挺的队伍。南昌起义时，他担任起义总指挥部警卫班长，在撤退的路上，敌人的子弹从右耳上侧头部颞骨穿过，他昏死过去，醒来时在战友的搀扶下赶上了队伍，上了井冈山。

第一次反“围剿”时，敌人 8 个师 10 万人马“围剿”中央苏区，出征誓师大会主席台柱子上，毛主席写的一副对联让后来担任第六十四师（由原第二十二军缩编）师长的他受益一生：上联是“敌进我退，敌驻我扰，敌疲我打，敌退我追，游击战里操胜算”，下联是“大步进退，诱敌深入，集中兵力，各个击破，运动战中歼敌人”。后来，百炼成钢的他成了井冈山有名的“青年军事家”。

第五次反“围剿”失败后，他带着北上抗日先遣队离开了中央苏区，艰苦转战浙南。长征胜利后，中央到处寻找他，听说他还活着，开辟苏南敌后根据地的重任就落到了他的肩上。从新四军第二支队副司令、新四军先遣支队司令员兼政委，到新四军第一师师长兼苏中军区司令员，他指挥部队在反“扫荡”、反“清乡”作战中大显神威，三年来打了 300 多仗，平均每 10 天作战一次，攻克敌据点 50 余个，歼敌 2000 余人，出师必胜的师长威名远扬。

在一代名将手下当兵，剑泓自有说不出的自豪感。

剑泓清晰地记得，那是6月23日的晚上，他揣着荣幸、激动和忐忑，跟着师长上路了。

一路水网纵横，一路昼伏夜行。借着月光，依稀可见沿途南瓜的藤蔓很长，黄豆只剩了叶子，玉米散着胡须，一个个傲然独立。

大小河流阡陌交错，村落之间既无路又无桥，各村各家都有小船，家家都有撑船人，船上有雨篷、蓑衣，有篙有棹，这给他们每日征船带来方便。每到一处提前征集船只，找好向导，当晚行军前放回前晚船只，船工、向导均发给钱粮。

行军路线避开日伪军和商旅船只行走的通航大河，专门选择农民种地时的羊肠小河行船。林痕带着剑泓等人白天提前做好侦察，晚间行军时做到心中有数，出发前一小时侦察船按行军路线先行出发，沿途提前侦察，保障后续部队行军安全。

行至蜈蚣湖的那天夜里，走着走着，突然，前面引路的尖兵船打出信号，停止前进，气氛顿时紧张起来。

大家向远处望去，发现茫茫水面深处，有几盏灯光闪烁，灯光下似有个圆形的东西，定睛一看，原来是一处鬼子据点！

剑泓心里顿时有点发毛。再看看四周，漆黑一片，天上乌云密布，看不到北斗星，东西南北完全辨不清楚。要是迷失了方向，万一惊动了据点里的鬼子，后果不堪设想。

何去何从，林痕、邹蔚瑾等人迅速开会商量起来。

剑泓发现，两米开外的师长，对大家叽叽喳喳的讲话全然不理会，背靠在船篷子上，像是在闭目养神，神情那么泰然自若。

忽然，有个战士从身上口袋里摸出一个铜板大小的东西说："这是我在谢家渡打鬼子时发的洋财，看有没有用？"

拿过来一看，竟是个指南针，大家差一点惊喜地叫了起来。将它放在手中摆平，指南针抖了几抖，显示那有灯光的地方是正西方向。众人所要去的一分区就在正西方向。

怎么办？只有转一个大弯，绕过这个据点以后，折向南，从三垛、二沟进入一分区根据地！林痕请示粟裕：“首长，我们想改变航向，您有何指示？”

只见他凝了凝神，平静、缓慢且低声地说：“可以。”

剑泓注意到，师长一直在观察大家的议论，但他不插一句话干预。神情依然那么沉着、冷静，好一派处变不惊的大将风度，剑泓暗暗折服。

粟裕一路听取汇报，一路了解民情敌情。

水网行军的路上，剑泓看到兴化独立团的同志来了，兴化县委的同志来了，七团的同志来了，一分区的同志来了，十八旅的同志来了……

粟裕仔细地问着，比如：各地区的敌伪顽兵力分布，敌伪据点位置及主要交通线和封锁线，地方会道门、大刀会、护庄队的兵力分布，我军各部及地方武装目前主要活动地区，我基本区和游击区的大体分布……

来人一一汇报，一问一答间，剑泓在本子上刷刷地记录着。

“剑泓同志，人说‘好记性不如烂笔头’，这话不错。但作为一个优秀的侦察员，要养成一个好习惯，就是听报告、开会争取不用记笔记。敌、友、我三方面情况都用脑子记。这次你跟着出来，就是要一路走，一路学，把到过的地区、地图都要装在脑子里，将来问你，你要随时一五一十地说出来。还有一点，你们搞情报侦察的同志随时都会遇到危险，牺牲负伤那是常事，身上片纸只字都没有，自己不讲，敌人就什么也捞不到。这也是一种考验！”

这是第一次聆听师长面对面的教诲，剑泓有点受宠若惊，激动得小心脏差点跳出来。师长的话，句句说到点子上，说到心坎里，他暗下决心，要把师长的话记一辈子。

“兴化地区的局面有了本质的变化，十几个据点都被我军摧毁，敌人被整连、整营地消灭。七团从兴化以北往南打，向一分区靠近，五十二团从南往北打，两个部队又东西对进，把兴化以北地区打下，根据地快连成一片了。”

听到这样的汇报，粟裕一向严肃的脸上溢出了欣慰的笑容：“水网地区的形势很好，但地形改造工作一定要抓紧，要想方设法地多修坝，有了坝，鬼子的汽艇重，抬不动，它就开不进来了，只能炸坝，只要我们多修坝，鬼子用炸药是炸不过来的。那最终这里还是我们的天下。”

剑泓想起，前不久师长让七团分批进入兴化地区，以合塔、永丰、新老圩区等老根据地为依托，向西发展，在宝应以东地区打通与第十八旅（一分区）的联系；让第十八旅（一分区）第五十二团主力和高邮、宝应地方武装向界首、临泽、沙沟以北和宝应、曹甸、安丰以南地区发展新区。

原来师长是“早有预谋”啊。

剑泓觉得，师长就像一个高明的棋手，在苏中大地上布局、落子，好像一切尽在他的运筹帷幄中。

> 春风呀吹来呀暖又暖嗳，风车呀团团转，
> 播种插秧家家忙，为了抗日多生产。
> 救国公粮齐缴足，军队呀吃饱好作战，哎嗨哎嗨哟！
> 夏风呀吹来呀热又热嗳，风车呀种如梭，
> 太阳当头要车水，田里水满稻子活，
> 前线胜利靠军队，一年呀收成靠风车，哎嗨哎嗨哟！
> 秋风呀……

树叶一般的船儿在水中慢行，风车转个不停，看着秧苗遍野、金黄一色的场景，在水边长大的剑泓不由得哼起了《四季风车歌》，其他同志也跟着哼唱起来。

在刁家庄的那天晚上，粟裕有了新的安排。林痕、邹蔚瑾、王重、剑泓进去时，只见他依然看着地图。看了半天，粟裕慢慢抬起了头。

“我要在十八旅待个两三天，蔚瑾、剑泓带一个警卫班留下来就行了。林痕、王重你们今晚带电台和部队继续出发，三天后我们在陈家集

北面的顾家大庄会合。在黄珏桥上岸后要严密封锁消息，严格注意政策纪律，一定不要造成老百姓的恐慌，要让老百姓知道新四军是最有纪律的抗日军队。”

“请师长放心，我们一定按照您的指示办！”

林痕等人从黄珏桥上岸时，黄珏镇上静悄悄的，人们尚在睡梦中。

侦察员们将镇上所有的进出口都看守起来，各方向放出了岗哨。寻了一处住处，所有人在房外静坐等候，一律不敲门、不扰民。天一亮，老百姓一开门才知道，原来是鼎鼎大名的“菩萨军”——新四军来了。

店铺照常开门营业，卖给部队的果肉鱼虾，部队照价付款，决不强买强卖。老百姓看着军纪严明的新四军，打心眼里佩服。

林痕他们这边，一切都按照粟裕的命令行事。但粟裕这边，邹蔚瑾和剑泓的心却一直悬在半空中。

当三日后粟裕与林痕的人马顺利会师时，他俩的心终于平复了下来。

林痕见粟裕一行没有十八旅的人护送，顿时气不打一处来，他连珠炮似的责问邹蔚瑾和剑泓：“你们为什么不让十八旅派部队护送？这是在敌占区行军，你们知道这多危险吗？南面的扬州城、槐泗桥、十五里铺，西面的甘泉、大仪都是鬼子的据点，万一出了事你们承担得起吗？”

“是师长坚决不让人护送，我们也没办法。你们是坐船过邵伯湖，在黄珏桥上岸的吧，我们劝师长不要再走这条路线，可师长‘偏向虎山行’，还是从黄珏桥上岸，但没有在黄珏镇留宿，而是夜行到数里外的潘庄休息，这都是师长亲自看的地形、定的哨位。师长是游击战的专家，这一路上，好像倒过来他掩护我们了。”邹蔚瑾也是一脸无奈和委屈。

剑泓也是一肚子的话要说：“就说刚才吧，我们过扬州到天长的公路时，就有敌人的一辆汽车从大仪方向开来，师长让大家不要怕，带我们隐蔽在黄豆田里，等汽车开走后，才继续出发。我当时吓出了一身冷汗。师长处变不惊、胆大心细的作风，这回算是领教了。”

第十二章　走北线

黄花塘到了。

一方汪塘，清澈见底，绿树掩映中，散落着一排排的草房泥屋，素朴自然的建筑里蕴藏着一派勃勃生机。

在这个丘陵地带，大片的树林环绕四周，东、西、北三个方向，分别与三河、淮河、洪泽湖毗邻，构成了天然屏障。

这里就是新四军的最高指挥枢纽——新四军军部。

“终于接到你们了，一路辛苦了!”前来迎接的赖参谋长激动地与大家一一握手，“你们是从哪一条线过来的?”

“剑泓，你给参谋长汇报一下。”粟裕又一次点名。

“报告参谋长，我们是东台向北，穿过通榆公路、串场河，经兴化地区南下到江都真武庙以西，从昭关坝据点通过扬淮公路，然后暗渡运河、邵伯湖，从黄珏桥上岸，越过扬天公路，经陈家集、顾家大庄、郑家镇、石梁、大通，最后到了军部黄昏塘。”

剑泓一口气流利地说出了行军路线，粟裕点头笑了。看得出来，剑泓通过了“考核”，作为师傅的林痕如释重负。一路上，剑泓对于地形地图的研究像是着了迷，一有空就向林痕、邹蔚瑾请教，在他俩的指点帮助下，侦察绘图的水平突飞猛进。

“有一个地名我要纠正一下，我们这地方在地图上过去叫黄昏塘，现在已经改成了黄花塘。以前这里是我们新四军第二师的驻地，当时只有一个小水塘，吃水比较困难，为了解决这个问题，战士们将原先的小水塘挖成了现在的大水塘，还在塘边栽了果树和花草。第二年春天，这里长满了金灿灿的油菜花，桃树、梨树、杏树都开了花结了果，真是遍地花香、争奇斗艳。于是，黄昏塘就被改成了黄花塘。”参谋长娓娓道来。

“参谋长，你看我把上缴军部的物资都带来了，你们清点一下。听说这边拉二胡的同志喜欢剪人家的马尾巴做二胡弓弦，你看我这些马，够他们剪的啦。”粟裕的一席话，逗得大伙哈哈大笑。

粟裕一到军部便忙开了，学习、开会、调研、交流、报告，日程安排得满满的。

一师的同志们也是马不停蹄，忙着跑军部的各个科室汇报情况，听取意见。

那天中午，林痕和剑泓正端着饭碗，军部来了通知，让林痕下午一点向军部首长汇报苏中地区敌伪顽情况。

毫无思想准备的林痕有点发蒙。这明明是上考场啊，要是考砸了，那岂不是丢师长的脸啊。幸亏这些年，在师长身边养成了一个好习惯，把重要的信息，包括数据、地图等，都记在了脑袋里。想到这儿，他渐渐地平静了下来。

“剑泓，你要陪我去，万一出现意外，至少有个人救场。”林痕还有一点心慌。

剑泓忙摆着手推辞：“不行不行，我可不敢去，在你面前我永远是个学生，再说，那么多首长在，我怵场。”

“我让你去，你就去，现在不听师傅的了？”林痕揪着剑泓的耳朵。

“师傅发了话，徒弟听命就是。”剑泓软了下来。

下午一点，剑泓陪着林痕准时进入军部作战室，墙上挂满了地图，军部首长们和参谋处、作战处的同志齐齐地坐着。

林痕毕恭毕敬地向首长敬礼，然后站在地图前，把苏中斗争形势，日伪顽及我方兵力部署，有情况有数据有分析地讲了一遍，一口气讲了两个多小时。

首长们不时地插话，他都一一流利作答。

一片掌声响起。顺利通过“大考”的林痕，一身大汗地走出了作战室。

“师傅真棒！你讲得太好了，可给我们一师长脸了！”剑泓竖起了大拇指。

“这都是师长平时教育得好，关键时刻派上用场了。”

“又拍我马屁了吧。”一抬头，粟裕迎面走来，满脸绽放着笑意。

“我就怕给师长和一师丢脸。”

“丢什么脸？军部参谋处想留你呢，我怎么能舍得放呢。你们安心工作，明天去一趟龙岗抗大九分校，了解一下他们从江南撤回后的情况，多找一些同志谈，多用眼睛看、耳朵听，不要兴师动众开调查会、汇报会。”

再小的事情，到粟裕那里，都会教你做事的路径和方法。

龙岗在天长的东北部，位于高邮湖的西岸，是新四军二师所在地。因苏中正处于敌人的“扫荡”“清乡”之中，斗争形势严峻，不利于教学，一师抗大九分校暂时寄居于二师的地盘。

战友相见，自有说不出的激动，击掌，握手，拥抱，倾诉，一切都是真情的流露。

分校的同志们，想念着苏中的同志们，盼望着早一点回到老部队去，早一点与战友们并肩战斗。虽然牺牲了100多人，但九分校的同志们依然精神饱满、斗志不减，林痕与剑泓被这样的氛围感染着，激励着。

光荣北伐武昌城下，
血染着我们的姓名。
孤军奋斗罗霄山上，
继承了先烈的殊勋。
千百次抗争，风雪饥寒；
千万里转战，穷山野营。
获得丰富的斗争经验，

锻炼艰苦的牺牲精神。
为了社会幸福，
为了民族生存，
一贯坚持我们的斗争！
八省健儿汇成一道抗日的铁流！
八省健儿汇成一道抗日的铁流！
东进，东进！我们是铁的新四军！
东进，东进！我们是铁的新四军！
东进，东进！我们是铁的新四军！

战地服务团的歌声，永远给人以澎湃的力量。

林痕看见了一个熟悉的面孔。

“常竹铭！”

“林痕！”

两个人都感到惊喜，能够在龙岗相遇。

“有阿楠的消息吗？”

林痕口中的阿楠，就是以前在一师担任机要秘书的黎楠，因为部队有规定，只有年满28岁、参军5年、团以上干部才允许恋爱、结婚，他俩的恋爱关系一直处于地下。后来黎楠调到二旅，随部队南下，二旅与十六旅合编后，就一直没有消息。

为了不影响工作，林痕把这份爱和思念，一直深深地埋在心底。

常竹铭是黎楠的同班同学，也是最要好的朋友，当年从上海一起到皖南参加了新四军。提到黎楠，她的脸色顿时黯淡了下来，似乎有难言之隐。

“一开始，我们九分校和战地服务团的同志随十六旅行动，4月份敌人分路包围十六旅，我们在战斗中牺牲了100多人。师长发来电报：可以丢枪，不能丢干部，要十六旅想尽一切办法，掩护分校和服务团的同志渡江北上。后来，我们撤向了江北，到淮南集合，听说十六旅撤到江宁、句容、横山一带去了。从此，我们就失去了联系……”

林痕的脸上现出明显的忧虑和不安，一个劲地挠头，深深地叹了几口气，转身离去。

看着林痕近乎痛苦的神色，常竹铭欲言又止，只好望着他远去。

“师傅，阿楠是谁啊，你女朋友?”剑泓好奇地问道。

“不该你知道的别问!”林痕没好气地冲他。

这阿楠是谁呢？为什么提起她，林痕这么激动。剑泓暗自纳闷起来。

剑泓似乎明白，粟裕为什么指名让他随行了。

那天，粟裕把众人叫去，指着地图问剑泓：“你是车桥人，车桥一带的地形你应该熟悉，听说那边河多吧。”

“报告师长，那一带确实河多水多，我们那边老人们说，天上的星星数不清，车桥的小河也数不清，我从小喜欢游泳，夏天天气热，我们这些皮孩子有时候在水里一泡就是一天，附近的大小河流几乎都游遍了。”

“哦？什么时候，我们比比游泳，看谁的技术好。”

“师长，您别跟我开玩笑了，师部的人都说您是游泳高手哩。”

“高手谈不上，也是从小练的，能在水中自由来去倒不假，南方三年游击战时，我曾多次钻入水中死里逃生。所以我要求大家在水网地区行军打仗，一定要学会游泳。师部政治部的钟主任，过去是个旱鸭子，后来是我手把手地教的，现在竟成了出名的‘浪里白条’。”

“名师出高徒嘛，所以我说师长是高手没错吧。”

“你小子也学会拍马屁了。好，我们不谈游泳了，我们来谈河，你给我说说，车桥附近有哪些河?”粟裕又在考试了。

“从车桥圩子里向南数，有涧河、文曲河、樊河、溪河、曹河、戚河、小施河、朱家河、六河、岔溪河、胡河、东徐河、大施河、穿云洞河、泾河……”剑泓一口气说出了十几条河来。

“我们马上要回去了，我认真看了一下地图，上次来，我们走的是南线，兴化、高邮、江都地区和淮南路东的南部、中部都走了一下，情况也大致了解了。回去我不想走老路，准备走北线绕回去，就从剑泓同志的老家车桥南边的泾河、曹甸一带穿过去，然后从柳堡、团庄一带七团的驻地经过，再从西花庄、林葛庄回苏中。”

“作为一个军事干部，你们要记住，每经过一个地区，每走过一条道路，每住过一个城镇或村庄，都要做个有心人，都要将主要地形特征、军事要点、山头、河流、道路、桥梁、渡口看在眼里，记在脑子里。剑泓，这一次从北边走，你给我数一数过了多少河、多少村庄，到时候和地图对照对照，协助邹蔚瑾同志将不对的、错漏的地方修改补正。”

粟裕又给剑泓下了任务，剑泓虽然不知道师长的意图，但他知道，每到一个新地方，就要调查研究，这是师长的老习惯。

粟裕的话一出口，负责侦察保卫的林痕头上顿时渗出汗来，心里犯起了嘀咕：如果从北边绕路走，多跑路事小，师长的安全是大事，经过的运河边就有平桥、泾河、山阳沟几个敌人的据点，过了运河据点更多，那地方敌情不明，要是出了差错，我可怎么交代啊。

走出粟裕的房间，林痕拉住了邹蔚瑾：“师长说从北边淮宝地区走，我真是非常担心，听说五十二团在曹甸、安丰一带建立了‘淮盐宝边区办事处’，他们毕竟刚去，地方政权还很薄弱，弄不好会出大娄子。”

邹蔚瑾却不以为然，拍着他的肩膀安慰起来：“我们在师长身边，都知道一点，师长从不做没有意义的事，他从北边走，肯定有他的道理，也许是为将来作打算。你是侦察科科长，还是要多动脑子啊。”

“我脑子都用空了，也想不出个所以然来，难道指名带剑泓来，就是为了从他家乡车桥走一圈？还是因为师长曾带兵在曹甸打过一仗，当时没拿下曹甸，想再打一仗？”

“你再好好想想，我们师长是什么人？别的指挥员打仗是走一步看一步，我们师长是走一步看三步，这次跟他从北边走，一定不会走冤枉路的，你就瞧着吧。”

“也是，师长一向是做今天的事，想明天的路！”林痕拍着脑袋，似乎有点醒悟。

9月19日的清晨，队伍从龙岗上船。

高邮湖畔，杨柳轻扬，碧水蓝天间，每一片叶子都苍翠欲滴。终于回家了，人们的脸庞映照着夏日的金光。

白帆升起，船队呈“之”字形排开。粟裕来了，后面跟着一些陌生的面孔，听说是从抗大九分校挑出来带回苏中的营、连政治军事干部。

粟裕今天板着面孔，脸色阴沉，像是遇上了烦心事。没有人敢去问他，空气异常的沉闷。

“同志们，告诉大家一个不幸的消息，七团团长严昌荣同志在打唐子镇时牺牲了。”粟裕声音有点哽咽。

所有人脸上的表情瞬间凝固了。

林痕更是感到太突然了。去年夏天，在打石港时，粟裕还派他去严昌荣团长指挥所，当面向他传达和了解战斗情况。想不到一年以后，团长竟没了。

粟裕稍顿了一下，将身旁一个身板硬朗的军官模样的人介绍给大家：“为了加强力量，军部给我们派来了特务团参谋长张云龙同志，来担任七团副团长。张副团长也是穷苦人出身，10岁就下河挑水、上山砍柴，14岁当了蓬船工。他是一名虎将，参加过五次反‘围剿’和二万五千里长征，参与创建了茅山抗日根据地，在皖南事变中临危受命，率部突出重围。我们欢迎张副团长加入一师。”

在一片掌声中，船队出发了。

从高邮湖到宝应湖，再到白马湖，沿途一片汪洋，船队经过时，隐约可见那些露出水面的树梢、屋顶。

里下河地区是苏北的锅底子，洪泽湖的湖底比泰州城的城楼子还高出去一丈多，洪泽湖大堤叫高家堰，民间有言：倒了高家堰，淮扬不见面。一到汛期，黄河、淮河、运河的水，统统都泄到这个锅底子里去了。

一张芦席一床破被，
一条小船推下了河堆，
一家子逃荒要饭下江南，
清明来信家乡的水还没退。

一听到要饭花子唱着这样的戏文，便知道肯定是苏北又遭灾了。每年夏秋时节，苏北十地九涝，淹没在水中。一到秋后，十室九空，家家户户便扶老携幼逃荒要饭去了。

从新河头上岸，步行到达林家码头，林集交通站的同志在此守候，这个站点是华中局交通科特意在此设立的，保证从宝应到淮阴一百多华里运河线上的交通安全。

交通站的同志准备了晚饭，粟裕边吃边与交通站的同志聊了起来。

“晚上运河上还有船过河吗?”

“白天运河上船多，晚上敌人就将船一律封在据点里。我们已从运河西庄上征到四条船，只需把船撑到运河西堆边上，然后抬船翻过堆就是了。”

“过了运河有哪些据点?”

“运河沿线有平桥、泾河、黄浦、宝应这些据点，再往东有张桥、塔儿头、曹甸、杨恋桥、蚂蚁甸、马涵洞、车桥、泾口等据点。”

“那我们就从夹缝中前进!”粟裕微微一笑，依然那么淡定。

天地漆黑一片，众人在林集交通站同志的帮助下，悄悄渡过了运河。一路警戒，一路夜行。午夜时分，月亮跳出了云层，张桥据点的大碉堡闪着灯光，粟裕埋伏在附近，仔细地观察完据点的大致轮廓，才继续出发。

到达孙家庄时，天已大亮，部队靠岸隐蔽休息。安排好警戒哨，林痕坐草堆旁，粟裕紧挨着坐下:“附近有我们的独立团，你写封信派侦察员去联系一下。”

林痕拿出纸笔，没写几句竟睡着了。一路上，从侦察组到后卫组，每个点位他都要提前布哨警戒，他已经连续几天几夜没合眼了。

剑泓刚要喊醒他，粟裕摆了摆手："让他睡吧，不要喊他，到下午再说。"

林痕一觉睡到下午，剑泓端着一碗鸡汤站在他面前。

"坏了坏了！误大事了!"他腾地站了起来，揉着惺忪的睡眼。

"师长知道你太累了，特意让炊事班买了一只鸡，炖好后让送你一碗，还有一碗送给张副团长了。你放心吧，你的事情师长都替你做了，他亲自写了联络信派人去找独立团，还自己骑着自行车将所有岗哨查了一遍。你瞧，师长正与独立团的同志在谈话呢。"剑泓一番话，让林痕宽慰了许多。

"去顾家庄!"在独立团的驻地吃过晚饭，粟裕不作停留，要求部队继续行军，几十条无篷小船一路向东，直奔顾家庄而去。

为啥不直接向南走，却又往东走，顾家庄东面是太平庄，过去就是射阳，西南是哈拖沟，西北是曹甸，过去就是泾口、车桥，这些地方可都是敌人的势力范围啊。

林痕的神经绷得紧紧的，越走压力越大，丝毫不敢大意，他为粟裕的安全着实捏了一把汗。

雨不停地下着，粟裕不停地找来顾家庄的百姓谈心。

谈话的对象有贫雇农，有保甲长，有地主，有买卖人，大家看着眼前的这个人，衣着简朴，说话轻声慢语，冲着这和气劲，大家也都无拘无束地聊开了。

从自家的田亩，谈到周围的芦荡，从捕鱼、割苇子，谈到做生意，从水路的出口，谈到旱路的走向，从鬼子"扫荡"，谈到二皇"清乡"，大家海阔天空地聊着。

"剑泓，日本人占了车桥后，你还没回去过吧，看来你对曹甸、车桥这一带的日伪军情况也不是很清楚了。我们也曾在曹甸和韩德勤的部队打过一仗，但一晃几年过去了，这一带已被日本人占领了。你是本地口音，与庄上人容易接近，你去转转，看看能不能找一个对曹甸、车桥这一带据点情况熟悉的人，我来跟他谈一谈。”

剑泓还真找到了一位，是一个老剃头匠。此人姓顾，过去常去曹甸、车桥给国民党的军官理发。

顾师傅以为剑泓是找他来剃头的，把工具都带来了。

“来来来，老师傅，给我把头发理一下吧。”粟裕的头发也长了，索性拿一个凳子坐了下来。

“老师傅，咱们边剃头边聊天，听说你过去常去曹甸、车桥剃头，是吧？”

“是啊，先前我在曹甸、车桥圩子里常给国军军官剃头，像省主席韩德勤，八十九军顾锡九，三十三师的潘干丞、黄伯谦等人，我都给他们理过。后来日本人来了，他们都跑了。听说潘干丞现在宝应县城，做了和平军的师长。”

“哦，你现在还去曹甸、车桥剃头吗？曹甸、车桥一带的鬼子二皇多不多？”

“现在去得少了，日本人一来就杀人放火，谁敢去啊？不过，我现在走村串户给人剃头，听来的消息还不少。要说这一带的鬼子二皇，我还真知道一二。”

“你说给我听听。”

“曹甸、车桥、泾口、泾河这几个地方鬼子并不多，都被抽走了，听说各个据点只有二三十人，最多的车桥也不过四五十人，曹甸、泾口的鬼子听车桥的鬼子管。二皇部队人多一些，泾河向南，归二十八师一〇九团团长李影森管。泾河以北，又分给两家管，泾口、曹甸、塔儿头、张桥为一家，归第五支队支队长吴漱泉管，淮安到车桥，包括蚂蚁甸、杨恋桥、马涵洞这些地方为一家，归淮安保安大队大队长李东海管；这两家二皇部队大概各有两千人。”

“老师傅谢谢你啊，你说的一套一套的，我看你不像个剃头的，倒像个当官吃饷的，可能是经常给军官剃头，近墨者黑、近朱者赤啊。”

粟裕一席话，逗得剃头师傅笑得合不拢嘴。

云开雾散，雨过天晴，粟裕一行到达团庄的时候，霞光从天而降，似乎专为迎接他们的到来。

到了七团的驻地，自然有了回家的感觉，每个人都感到特别的亲切，特别的轻松。

新四军第十八旅旅长兼一分区司令刘先胜，七团参谋长俞炳辉、政治处主任蒋新生早已恭候多时。粟裕顾不得寒暄，一把将张云龙拽了过来。

“先胜，七团严团长牺牲了，张云龙副团长可是我从军部请来的一员虎将啊，七团尽管属于三旅，但目前在你们一分区十八旅的地盘上，现在我把他交给你，你可要给我用仔细了。”

“太好了！欢迎欢迎！”

“严昌荣同志是怎么牺牲的?”

“7 月 20 日深夜，担任主攻的七团二营攻打唐子镇据点时，严团长亲自向围子里打日式掷弹筒。他有个脾性，缴到新式武器总要由他试打。第一发打出去，打中了目标，又打了一发。彭德清政委正在观察敌情，回过头来劝他让掷弹手打。严团长说：‘好，我再打一发。’他刚喊了声‘打’，就听得一声巨响，因为操作失误，弹体在膛内爆炸了，彭德清政委的头部被弹片炸伤，而严团长当场牺牲。这位做过贺龙警卫员、走过二万五千里长征的红军战士，长眠在了兴化县陈舍庄……”

“他才 28 岁啊，就这么走了，太可惜了！”粟裕扼腕痛惜，失去了一员爱将，心里的痛楚没有人能体会。他默默地坐在那里，想着并肩战斗的过往，眼角一行清泪悄然滑落。

他想起了前不久的那一幕。

那天，他冒雨从三仓河赶到七团驻地，在雨中视察了七团部队，当着严昌荣及其他主官的面交代了任务：向宝应地区进军，开辟新区，在新区建党建政建设地方武装，发动群众有计划地改造水网地区的地形，如在河道中筑明坝、暗坝、封锁坝、交通坝等，使敌人汽艇难以通行，而我军能来往自如；要求部队普遍学会游泳、划船、撑篙及组织船队进行水上行军作战和水网稻田地区行军作战的本领……

想不到短短几个月，明坝、暗坝、交通坝、阻塞坝都有了，鬼子的汽艇也进不来了，筑坝人却永远地走了。

这一幕一幕，如在昨天。拭去泪水，抚平了心绪，粟裕又站在地图前作着新的思考。

“你们来看地图。这几天我沿着新老圩子转了一下，有的地方去了，有的地方没有去。我想问一下，从秦南仓到顾殿堡这一线向西这片圩子里，有没有陆路可走?”

“有，有一条大堤可以从圩子里一直走到建阳、益林、东沟一带。”

“有没有从顾殿堡、娄王庄这一线步行到安丰的路?”

“暂时没有。”

“我看了一下，娄王庄向西北、射阳湖靠北有一段浅水区一米多深，我们可以筑一条两米宽、十里长的堤坝，这样就可以从顾殿堡、娄王庄一直步行到安丰附近。而且湖水仍能流通，小船照样通行，堤坝不会被冲坏。”

“师长，你是不是要将兴化地区和我们十八旅淮宝地区完全打通啊?”刘先胜似乎看出了端倪。

“不仅是打通的问题。你注意到没有，你们现在所处的淮宝地区，是淮安、阜宁、宝应三县交界地，是我新四军第一、二、三、四师的结合部，也是敌人华中、华北日军的结合部。这里还是国民党省政府所在地，韩德勤苦心经营了几年，现在被日本人占领，敌人以车桥为中心，建了十余处据点。现在我们的部队跟进开辟工作，目前已在安丰、曹甸、泾河一线以南，打下了建立政权和群众工作的初步基础，其他地区伪化仍深，我们所要做的事情还很多，我们一定要在这里打开新局面，先胜、云龙、炳辉、新生，你们身上的担子不轻啊。”

“严昌荣同志牺牲了，彭德清同志受伤了，云龙同志刚来，我要交代你们七团一个任务，你们要尽快把秦南仓到顾殿堡一线的敌伪据点全部打掉，早日让兴化地区和淮宝地区完全打通！”

字字千钧，掷地有声。

所有人都以为，粟裕意在为联通两大地区扫清障碍，其实这只是表象，谁也猜不出粟裕的最终用意。就像剑泓有了新任务一样，粟裕又在下棋落子。

他和林痕、邹蔚瑾等人谈完了话，又叫来了剑泓。

“剑泓同志，上次我让你把一路上的村庄河流一一记下来，我看了邹蔚瑾同志绘制的新地图，进步很大，一些地方也及时作了修正，他说这里面有你的功劳。在顾家庄，我让你找的剃头匠老顾，他的话让我大致掌握了据点里的情况，这个我要给你记一功。”

“师长，这些都是我应该做的。”剑泓有点腼腆，脸上生出绯红来。

“你们搞侦察的同志，一定不要小看地图测绘工作。你们看，这是从军部带回来的地图，是从国民党那里缴获的，上面不少的比例尺距都弄错了，特别是水网地区的许多村庄河流都没有标注出来。刚才我和林痕同志说了，准备派你暂去五十二团报到，一是准确绘制好射阳湖周边，特别是曹甸、安丰、车桥、泾口这一带的详情地图，二是就近做好这一地区情报收集工作，为建立淮宝情报站做准备。

“五十二团的同志在曹甸、安丰、马家荡一带建立了边区政府，这一带是你的家乡，你要紧紧依靠五十二团的同志和本地群众，先一个乡一个乡来，再扩大到区。我告诉你一个诀窍，测距时，地面用步测，三步算两米，湖荡里用桨测，划一桨两米，用这样的方法测绘出来的地图才能精确。

“剑泓同志，我事先征求了林痕、邹蔚瑾两位同志的意见，他们都推荐了你，认为你年轻、头脑活、能吃苦，我也相信你会出色完成任务的。”

其情酽酽，期望殷殷，粟裕又一次亲自交代任务给剑泓，这是一份荣光，更是一份责任。

黄昏时分，剑泓和护送人员出发了，向着家的方向。身上多了一个斜挎布包，那是林痕送给他的，说是留作纪念。

送他时，林痕和邹蔚瑾都紧紧地抓着他的手，眼里流出的是信赖，是祝福，更是不舍。

这些天被连绵雨水濯洗过的天空，现出几分淡蓝，远处的天际里，层层的金彩和红霞相互辉映，五彩斑斓地照在剑泓的心头。

第十三章　地火，在悄悄地燃烧

日本人要建一个“铁打的车桥”。

约六里长的土圩，圩墙越建越高，一丈五到二丈不等，壕沟越挖越宽，达到一丈五，壕沟里的水深七八尺。圩子内大大小小的碉堡、地堡、蔽射堡，足有四五十座，偌大的车桥，被星罗棋布的堡垒工事切分开来，像个迷宫鬼城。

不仅集中四区全部的民力，就连附近的三、五、六、七区青壮丁也由各区乡保长甲长带队，自带工具口粮，齐聚车桥。但凡不来的不发给良民证，没有良民证的后果，谁都知道。

木材、麻袋、铁丝、两爪钉等物资都按人头数分配到各乡各区，有的人家实在没有工具可带，就连家里的锅铲、面盆都带来了。

闪着寒光和血渍的刺刀下，每天都有人累死、病死，或被打死，西大荒的乱葬坑里，日本人带来的狼狗在争相撕咬着尸体，发出狼一般的吼啸。民工的汗水和着仇恨、恐惧在流淌。

尘土飞扬、人喊马嘶的车桥，像一个巨大的工地，圩外四周为民工搭建的临时工棚，里三层外三层密密麻麻地挤挨在一起。

黑夜，像是掉进了无边的黑洞里，静谧无声，神秘空灵。只有到了深夜，车桥才静下来，累了一天的民工，沉沉地睡去，此起彼伏的鼾声，与涧河的水声，搅拌着苦味的人生。

悬在工棚外的马灯，一闪一闪的，照着诡秘的暗影，远远望去，如同幽森的冥火，上下跃闪着。

日伪军在巡夜，这么多的民工集中在这里，一旦发生暴乱，后果不堪设想，所以四处的墙头上，机枪眼都对着工棚里的人们。

在这样让人心悸的夜晚，一身民工打扮的俞臻来到了车桥。

在鲍艳萍家的药铺里，三位同学相见，自是万分激动。

“老同学，告诉你们一个好消息，你们在曹甸时就向组织递交了入党申请，杨汉章、吴锡昌两位同志将有关情况报告了淮安县委。组织上也充分考察了你们的情况，尽管生活在特殊的家庭，但是你们能出淤泥而不染，始终保持爱国进步之觉悟言行，县委让我转告你们，已经同意你们的申请。从今天起，你们就是党的一员了！祝贺你们！”

说完，俞臻掏出一张折叠整齐的画页来。这画页高约 50 厘米、宽约 30 厘米，最上端为马克思、恩格斯、列宁、斯大林和毛泽东五个人的头像，两侧各有一面印有镰刀、斧头、五角星的党旗，下端印着誓词内容。这是上级组织部门统一印制的入党誓词。

“这就是入党誓词，请举起拳头，跟我一起宣誓！”

“一、终身为共产主义事业奋斗；二、党的利益高于一切；三、遵守党的纪律；四、不怕困难，永远为党工作；五、要做群众的模范；六、保守党的秘密；七、对党有信心；八、百折不挠，永不叛党。”

“鲍艳萍同志！”

“任如干同志！”

“俞臻同志！”

彼此祝贺，彼此握手，一声“同志”，多么亲切的称呼啊。

白色恐怖下，没有欢呼，没有掌声，只有无声的祝福与勉励。

鲍艳萍、任如干的眼里闪着泪光，成为“党的人”，他们感到一种从未有过的神圣与荣耀，同时也明白了肩上将担负的使命与责任、奉献与牺牲。

“霞姑、霞玲怎么样了？”俞臻突然想起了姐妹花。

“霞玲死了。”鲍艳萍伤心地说道。

霞玲惨死后，霞姑一直沉浸在痛苦中，几天不吃不喝。卢春萱常来车桥进货，说起这事，鲍艳萍就气愤难耐，中途去看了一次，可再多的安慰都已晚矣。人死不能复生，逝者已矣，生者坚强，只有好好活着，才能有报仇雪恨的那一天。

“血债必须血偿！没有人性的牲畜！”听了霞玲的惨死经过，俞臻用劲地捶着桌子。

“鬼子羽田队长来车桥犯下的一桩一桩罪行罄竹难书。他们的残忍，你都无法想象。抓到反抗不听话的，说你是新四军‘毛猴子’，或者说你是‘匪首’，枪杀是便宜你的，也不用刀刺，有时候直接用铡刀。用绳子将四肢捆起来，拖到车桥西大荒，用铡刀铡人……”鲍艳萍气愤难平。

任如干也给俞臻列举着敌人的毒行：“现在的车桥就是地狱，鬼子杀人的花样越来越多，下油锅、炮打、狼狗咬、刺刀刺、火烧、活埋、浸水牢……什么招数都有，过去五马分尸，现在他们用四牛崩尸，活活地把人崩了撕了……

“哪里有压迫，哪里就有反抗，敌人再凶残，我们也不要怕。现在太平洋战场日军节节败退，小日本就像秋后的蚂蚱——蹦跶不了几天了。像车桥、泾口、石塘、张桥、曹甸、平桥、泾河、黄浦这些南乡地区，据点不少，敌人的手段也很凶残，但是有一点，他们驻军都不多，管辖范围有限，大部分兵力都被陆续抽到其他战场了。所以，盐阜区党委、淮安县委指示我们全力开辟南乡，放开手脚发动群众，建立自己的根据地，五十二团淮宝支队、淮安县大队都将全力配合我们。杨汉章老师现在去了盐阜区，我们的老同学吴锡昌在黄浦，许邦仪、顾津在石塘，周兴在张桥，郝渠在曹甸，都已把革命火种点起来了。我现在负责泾口、车桥地区的工作，我们要注意培养发展骨干力量，历史将会在我们的手中改写！”

俞臻的一番话，说得鲍艳萍、任如干两个人热血偾张。

“还有个重要任务需要你们完成！”

“什么任务你尽管说，我们保证完成！”

“霞姑不是去了周家庄嘛，那里是不是有一个周家大仓？听说周老太爷周觉民与你家鲍二爹，当年为黄埔同窗，后不知为何脱离国民党回乡务农，建下周家大仓，一直守护至今。周觉民一向爱国，羞与消极抗日的韩德勤同流合污，韩德勤逃跑时，硬是没给一粒粮让他带走。我们接到可靠情报，说日本人垂涎周家大仓已久，想据为己有。县委指示，要尽一切办法保护大仓。”

“前不久，父亲听说周家缺人手，已将霞姑和卢春萱介绍去了，他俩现在深得周老太爷的信任。有他俩在，芦家滩的火迟早会烧起来的。”鲍艳萍很有信心。

“霞姑当年在我们县中作旁听生，也是我们的同学，她的情况我知道，卢春萱这个人不太了解，此人如何?”

“这个人你放心，为人忠厚、实诚，也是穷苦人出身，过去在严公盛广货店做伙计，会种鸡头米，是我们家药铺的老主顾，我们都很信任他。”

“像霞姑、卢春萱这样的青年人，我们要注意发现和培养，这些人就像星星之火，越聚越多，才可以形成燎原之势。还有一点，组织上也充分考虑了你俩家庭的特殊性，你们的父亲现在都在为日本人做事，不论是被迫还是自愿的，你们一边要想办法感化争取他们，劝他们少做伤害中国人的事情，一边还要利用他们的身份作掩护，来开展我们的工作。”

那一夜，药铺里的洋油灯亮了一夜，三个志同道合的年轻人谈了一夜。

这个不眠之夜注定要记入历史，三颗澎湃的心，弹奏出激越的交响，希冀在这黑暗的罅隙里撞出一缕光亮来，最终用全部的心力，把这沉重的黑幕推开，迎接一个辉煌的黎明的到来。

这就是青春的力量，这就是新生的力量，这就是革命的力量。

劝君莫当维持会，
当了汉奸要遭罪，
东洋要你当狗腿，

要捐要粮欺百姓，
从此叫你二皇鬼。

劝君莫当维持会，
当了狗腿活受罪，
打仗不能朝后退，
你若要想逃小命，
鬼子叫你圩沟睡。

鲍虎雯这个维持会会长做得很是窝心。

他是被逼的，但又有谁理解他的委屈。这街巷里传出的民谣，不就是骂像他这样的汉奸的吗？

自家的祠堂成了日本人指定的区公所，鲍虎雯汉奸的帽子想摘是摘不下来了。他整天也没心思为日本人做事，大小事务，不说不办，也不说办，就一个字：拖。日本人催急了，他就拣些民愤小的事情先做，其他的事继续搪着再说。

他依然想多做善事，竭力保着他大善人的名声。

任筱先不同，当初他是削尖了脑袋钻进维持会的，是死心塌地替日本人做事。他也曾试探着想让日本人将会长的位置给他做，可日本人根本不理他。鲍虎雯也曾想让位于他，可思前想后还是作罢。因为任筱先这个人什么事都干得出来，他要是当上会长，车桥人一定要遭更大的罪。鲍虎雯宁愿尸位素餐，背着汉奸的骂名，也不让会长的名位落于任筱先之手。

苦闷无助的鲍虎雯后来竟迷上了打麻将来消遣日子。街上人传他是麻将高手，任何竹面麻将，只需打个两三圈，他就能认识一半。原来，他打的时间久了，能从竹面的纹路上，辨认出是哪一张牌。但是就是这样的高手，却是每战必输，一是他本无心打牌，二是出牌顾虑太多，这和他的性格不无关系，平时优柔寡断惯了。

“爸，你不能这样消沉下去啊。”鲍艳萍知道“玩物丧志”的父亲是被逼的，看着也是心疼，今天，她和任如干一起来找父亲。

“爸爸心里有数，你放心，我不会忘了自己是一个中国人的，我这个会长本来就是‘混吃漕粮’，还没有人指着鼻子骂我，也没人为难你们，我就很满足了。前些日子，你们几个同学在药铺里谈了一夜，其实爸爸心里像明镜似的，什么都懂，只不过不说罢了。好啊，你们都是有抱负的青年，国家有你们这些人，就一定不会亡国，这一点，我坚信。如果有用得着我的，就跟我说一声。”鲍虎雯是个明事理的人，在大是大非面前有着他的自觉和操守。

任如干听了也是感动，近前说道：“伯父，我们正有个事情想和您商量一下，不知当讲不当讲?”

“但说无妨。”

“听我弟弟如松说，金丸中队长打电话给三泽大队长，车桥圩子外面住着这么多的民工，他担心民工无事生非，让三泽加派兵力，三泽派不出人手，电话中把他训斥了一顿，让他收敛一下前段时期的暴行。三泽准备这两天派‘宣抚班’来车桥，对民工进行轮训，推行他的所谓‘诛心政策’。”

“爸，日本人无非是打着‘同文同种’‘中日亲善’‘大东亚共荣圈’的招牌，宣扬他们的所谓‘德政’，向老百姓灌输安分守己做‘新民’的奴隶意识。我们一定不能让老百姓上他们的当。”

“如松说，‘宣抚班’每到一个地方都要刷标语、发传单、张贴宣传画，民工中许多人连字都不认识，根本看不懂那些标语、传单和宣传画。因此，他们需要在当地找两个中文教师，协助他们搞识字教育。有这回事吧?”

“如干啊，有你弟弟如松在，你的消息自然灵通，是有这么一回事。上午金丸手下的情宣组特意把我喊去，专门谈了此事，‘宣抚班’的地点就放在二圣庵，也就是以前的车桥高小，那边有现成的教室。还让我推荐两个中文教师，我当时也想推荐你俩的，可我担心你们的安全，就没有定下来，我答应明天给回话的。你们今天来找我，是不是想去?”

“爸，这‘宣抚班’来就是要收买人心的，就是要展示他们所谓的‘真心诚意’，肯定伪装出对我们的友善，安全应该不是问题，您大可不必担心。”

“我不是担心这个，你们的‘小九九’我还不知道，我是担心你们上课的内容，你们一定要注意宣传的方式和方法，他们有现成的《简易读本》，你们照本宣科就是。至于说什么话，那是你们的事，但不要给人家落下把柄，更不可夹带什么激进思想的宣传单进教室。记住，学会保护自己，才是最大的赢家。”

“您放心，穿衣戴帽，各有一套，洒家自有我们的一套!”鲍艳萍故意向父亲扮着鬼脸。

“长不大的傻丫头!”父亲嗔怪道。

“如干，做教师的事，你还是回去和你父亲说一下，让他明早儿开早会时提出来，我附议支持就是。就说你们两个孩子县中回来一直闲着，去‘宣抚班’做教师，这也是正事。然后以区公所的名义，把名单报给日本人，那也算合理合法、公事公办了。”

鲍虎雯做事，就是这么小心谨慎，思虑周详。

不能不说，“宣抚班”来到车桥，有着它极大的迷惑性。

“慰安电影”直接拉到了工地上放映，民工们什么时候见过这新鲜玩意，《大众进击》《日本精锐武器》《日本瞥见》等影片看得津津有味。

放映之前，有“宣抚教员”沫星飞溅地来一番“大东亚圣战”的演讲。讲完，各区乡保甲长带头引着民工鼓掌，显示着民众响应的热烈，其实，这都是事先打招呼安排好的。

然后选派青壮年进入“宣抚班”，每天晚上进行所谓的“提高学习”。打开“宣抚读本”，一开篇就让你进入他们的“奴化境界”：

什么是宣抚班？如果用风来做比喻，它就是春天田野上的微风。

微风习习，并非席卷落叶，而是报告春天的消息。如果用微风来比喻，那么，草木就是支那的民众。在急风暴雨式的军队过去之后，宣抚班随后来到支那的村落，和屋前的阳光一起，照到支那的家屋。对在那里生活起居的男女老少，报告春天的到来，劝他们下地耕作，和鸟儿一同歌唱。没有我们宣抚班，小草般的民众就不能感觉到春天的到来。

传单、演说、画片、唱歌、演戏，更是“轮番轰炸”，一遍又一遍地同化大脑、感化心灵。

鲍艳萍、任如干也到了二圣庵，两位以中文教师的身份，负责对那些不识字或者识字不多的人进行扫盲，也就是所谓的“识字教育”。

二圣庵，临近西圩门，在文曲沟的西处尽头，和贞节祠东西相连，是典型的一宅两院风格。鲍艳萍对这里的一草一木都很熟悉，她和任如干都曾在这里读过小学。

她记得，当初庵内前有大门三楹，其中两间为一、二年级教室；中有穿堂三楹，东一间为校长室，中间为教务处，西一间为教员休息室；后有大殿三楹，为五、六年级教室；西侧有厢房四间，一间为学生成绩陈列室，其余三间为三、四年级教室。

大殿左侧有一块空地，是当年的运动场，那棵粗大高挺的公孙树还在。想当年，几个同学做游戏，常常手拉手抱上一圈，才能量出它的周长。仰头望去，树梢依然枝叶繁茂，状如伞盖，当年每到下雨的时候，小伙伴们喜欢在树下躲雨，如今再也找不到那份惬意了。

日本人占了车桥后，国民党的军队跑了，省政府跑了，县政府、区公所都跑了，这学校自然也就关了门。这一次，鲍艳萍、任如干按照党组织的指示，选择来做教师，这是发动群众、培养骨干的好机会，但也有着极大的风险，对这一点，他们有着清醒的认识。

日本人派来的宣抚教员，每次完成规定动作后，都会先行离开。接下来的时间，就是他俩的讲授。他们先按日本人发的《简易课本》照本宣科，然后学员们开始消化自习，这个时间段，他们会找学员个别谈话，说是检查作业、个别辅导，其实是在了解情况，一一甄别。

一个礼拜后，他俩心中有了底。

十几个有头脑、有激情、有抱负的青年人，进入了他们的视野：宥城的王玉荣，张陈的朱贞云，夏庄的贺永长，樊河的刘继林，沈巃的李兆平……他们吃不饱，穿不暖，受尽地主恶棍的残酷压榨，受尽日本鬼子的烧杀抢掠，“苦大仇深的穷苦人”，这是他们共同的特征。他们当中，有的人，亲人被日本人杀了；有的人，房子被日本人烧了；有的人，家被日本人抢了。

民工中，有些人浑浑噩噩，有些人醉生梦死，而这十几个人是头脑清醒、意志坚定的中流砥柱。他们冷眼看世界，无论日本人如何宣传，都不为所动，他们的身体里涌动着中国人的骨血，燃烧着仇恨的火焰。

第一课：人牛马

人牛要太平。

人不是牛，人不是马，做人不做牛马。

今天做牛马，明天打天下。

第二课：什么是旧中国？

什么是旧中国？劳动人民喝薄粥，不劳而获享天福。

什么是旧中国？老百姓夜夜哭，地主恶霸享天福。

什么是旧中国？帝国主义硬压迫，洋鬼子呀享天福。

什么是旧中国？专制独裁假民国，军阀官僚享天福。

什么是旧中国？是地狱，劳动人民当牛马，阎王恶魔是蒋秃。

第三课：武装斗争

龙有头，树有根，打敌人要骨头硬，哪一个顶硬？共产党新四军的人！

千把锄头万把叉，三个两个一起抓，十个八个四面打，来得多吓跑它！

第四课：反“扫荡”四季歌

春天到了万物皆发青，鬼子黑良心，杀害老百姓，抢东西，扒粮食，大家不安宁。

夏天到了热难当，我们要抵抗，团结是力量，大家伙，组织好，卫国保家乡。

秋天到了秋风凉，鬼子如下乡，组织要加强，准备好，神枪手，定能打胜仗。

冬季到了万物皆枯黄，到处打胜仗，鬼子快灭亡，轴心国，吃败仗，他也不久长。

第五课：《满江红》

第六课：《石灰吟》

第七课：《过零丁洋》

……

用通俗易懂的语言，讲述着极其深刻的道理，鲍艳萍和任如干采用个别辅导“开小灶”的方式，将革命的胚芽一点一点地种进他们的心窝里，通过答疑、解惑、交流、提升，深入浅出，循序渐进，引领着他们一步步走向崭新的世界。

其实，这种考验也是双向的，十几个青年人起初也一直在观察着两位教师的一言一行。他们的父辈为日本人做事，作为汉奸的子女，竟有着与家庭出身截然不同的思想追求。这种背叛，无疑出于民族大义。因此，他们之间那道隔阂，那道壁垒，渐渐地轰然倒塌。

地火，在悄悄地燃烧。

在二圣庵的日子里，这十几个青年人在两位老师的引导下迅速成长，但这种成长也是绝密状态下进行的。每个人都是单独辅导，单线联系，不互相交流，不集中授课，“保密就是保命”，这是严峻现实的客观要求，也是党组织对每个人的忠诚考验，每个人都在心里许下了生死承诺。

那天晚上，金丸中队长带着手下人来到了二圣庵，鲍虎雯、任筱先在一旁小心作陪。

事先没人通知，这是突击检查，鲍虎雯的头上满是豆大的汗珠子，生怕查出个蛛丝马迹来。

在教室外，分别听了鲍艳萍和任如干的授课，在办公室，抽看了学员们的作业，金丸为这两位青年“卖力”“认真”的表现很是满意，当场表态，要将“识字班”列入车桥占领区的“新政”之一，要予以长期推行。

也就是说，鲍艳萍和任如干将正式成为领薪水的国文识字教师。鲍虎雯和任筱先受宠若惊，连连拱手夸赞：“太君英明！太君英明！”

鲍艳萍和任如干会意地笑了，这笑是胜利的笑，也是讥讽的笑，有了这样一个稳定的身份作掩护，未来的斗争空间将更大。

他们坚信，这地火一定会燎原。

第十四章　绑　票

车桥工事修成了，民工们也散去了，二圣庵里又响起了读书声。“识字班”也开张了，鲍艳萍和任如干每天紧张地忙碌着。可鲍家突然祸从天降。

“不得了了，鲍家少爷小林子被土匪绑走了！”

这条爆炸性的新闻传得沸沸扬扬，小道消息满天飞。有人说是寻仇报复，系鲍家的仇人所为；有人说是敲山震虎，系国民党军统所为，或是共产党淮宝支队所为；有人说是日本人自导自演，是为了敲打敲打鲍虎雯，嫌他这个维持会长出工不出力……

什么样的说法都有，就连鲍艳萍也糊涂了。她弟弟小林子是在东门口都天庙里被土匪绑走的，母亲当时在看戏，弟弟和小朋友在一旁戏耍，谁承想，遭了绑票。到底得罪了什么人，她无从而知。

第二天一早，管家老刘发现门缝里塞进一封信来，信是绑匪写的。

> 此次叨扰，只为钱来，与政治无关，三日进荡，自有导引，见钱票放人，赎金四十万法币！警告再三，日本人、和平军、国民党、共产党，诸方不遇，如有违反且不见钱票，着即撕票，后果自负！收成荡邵登甫。

“我的天啦，四十万，这不明抢吗！哪来这么多钱啊！”阙玉兰呼天抢地，她一向信佛，这些年她劝鲍虎雯多做善事，看病卖药也没挣什么钱，家里积蓄有限。绑匪狮子大开口，一下子要四十万，到哪里筹集这么多的钱？但儿子不能不救啊，这绑匪只认钱不认人，什么事都做得出来，万一撕了票，鲍家岂不是断了后了。想到这儿，阙玉兰的哭声更大了，大街上都能听见。

鲍虎雯倾其所有，家里也只能凑出二十万来，这年头，鲍氏宗亲各家都不容易，又向谁去借这剩下的二十万哟。鲍虎雯也是一筹莫展。

鲍家遇到难处，任如干心里也是焦急，他硬着头皮和父亲开了口，想不到被劈头盖脸数落了一顿。

“你一开口就要十万二十万，口气倒不小，别说老子没钱，就是有钱也不会给你去赎人。你以为老子出了钱，他鲍虎雯就认我这个亲家了？门都没有！儿子，你趁早就死了这条心吧，老子看得出来，艳萍压根儿眼里就没有你，这点眼色我还是有的。老子走的路比你吃的盐都多。”

要任筱先出钱，无异于要了他的命。任如干一脸怏怏地走了。

来到鲍家，见大家一脸的愁云，也只能好言相劝：“伯父、伯母、艳萍，你们也不要着急，看看有没有其他路子可走？”

“将绑匪的信拿来。”鲍虎雯突然想起了什么。

鲍虎雯看到信上的落款，一下子怔住了：“邵登甫？此人莫不是民国18年与泗阳土匪一起祸乱车桥的‘独和尚’邵登甫？”

“爸，这邵登甫是什么人啊？你认识他？”鲍艳萍急切地问道。

“此人无儿无女，无亲无故，人称‘独和尚’。我鲍家与此人往日无冤，今日无仇，怎么会打上我家的主意了呢？”鲍虎雯百思不得其解，他想起了14年前的往事。

“民国18年，车桥闹起了匪患。其中，有泗阳籍外来匪帮一百余人，车桥地方匪帮数十人。车桥匪帮以任小生、林二、邵登甫三个结拜兄弟为首。两大匪帮相互勾结，沆瀣一气，东庄抢财物，西庄抬绑票，车桥变成坐地分赃的匪窝。

“肉票绑了去，就把人家关在小土牢里，每天吃一两碗稀粥汤，却要给一百块的饭食账，二十块一天的小岗费，也就是雇人站岗的钱。谈到赎价，万儿八千的根本不提，开口就是十万、二十万。你要是不拿钱赎人，刑罚更是五花八门，什么‘雷公尖’‘快活凳’‘香火熏’‘猴子抱木桩’‘老鹰寻食’‘吊半边猪’‘踩杠子’‘扳罾’‘背枷’，等等。有些顺口溜我现在还记得：

香火熏，香火熏，
这种刑法毒死人。
斗桶罩在脑壳上，
点把香火往里喷。
熏得七孔都流血，
熏得脸孔黑沉沉。

猴子抱木桩，
刑法不平常：
双手腿下过，
高吊半空上，
中间立木桩，
下颚顶桩上，
两眼望着天，
大脑冲血浆。

扳罾苦，扳罾苦，
麻索系上大拇指，
双手吊在屋梁上，
顿时汗滴如下雨，
两手麻胀似断裂，
叫你想死不得死。

“车桥给这些土匪闹得人心惶惶，民不聊生，农村无人上街，市面一落千丈。有钱的大户人家，纷纷逃往外地，或者避居县城。贫困百姓，衣食不周，困守旧业，忍饥受寒，无可奈何。

“这一闹就是两年之久。后来，上面派汪国栋前来淮安担任县长一职。此人未上任前，就听说车桥一带闹匪患，他也想出政绩，稳定人心，于是扮作摊贩来车桥明察暗访一个多月，摸清了匪情，掌握了证据。然后才去县城就任县长，亲率骑兵50余人，在车桥大戏楼召开全镇百姓大会，当众宣布逮捕车桥匪首任小生、林二两人，然后就地枪决。听说邵登甫等人在曹甸，于是立即率队前往曹甸，当晚携带泗阳籍匪头尸体三具回车桥示众。自此，群匪惊散潜逃一空，车桥由此方得平静。可惜‘独和尚’邵登甫落网潜逃，一直没有被捉拿归案。想不到14年后，此人竟在荡中为匪。”

鲍虎雯话一说完，便拿定主意，决定还是自己走一趟：“这样吧，管家老刘和我去一趟吧，20万也是我全部家底了，卖房卖地也需要个时间，我去当面与他理论，请他放过小林子。宁愿把我这把老骨头押上，求他们先把小林子放了再说。”

“爸爸，你不能去，还是我去吧！”鲍艳萍争着要去。

“艳萍，你一个女孩子家家的，怎么能去土匪窝啊？”任如干一百个不放心。

“我去！”一个洪亮的声音从大门外撞了进来。

鲍艳萍、任如干异口同声地叫了出来：“王玉荣！角头鸡！”

“老爷，大小姐，你们都别争了，我愿意替你们走上一遭。”

王玉荣，就是前不久“宣抚班”里十几个骨干中的一员。此人乃泾口宥城人，父亲去世早，他与母亲、弟弟相依为命，靠做豆腐为生。听说从小跟人练过童子功，一身的力气。他痛恨多如牛毛的苛捐杂税，家里那点粮食根本不够吃，如果再缴出去，全家就得挨饿，因此，每次伪乡长保长上门索费，他总是拼命护着不肯缴纳。17岁那年，一个保长想强行抢粮，被他撞了个狗吃屎，最后被抓到乡公所，吊打了一夜才放回家。从此，他恨透了那些贪官污吏，因为他家穷得叮当响，要钱没有，要命一条，乡里也拿他没法子。久而久之，抗捐抗税的王玉荣便有了“角头鸡”的诨号，乡里乡亲也都这样叫，叫习惯了，既很亲切，也是对他的认可。

“宣抚班”里，名如其人，王玉荣算是个顶天立地的男子汉。他身上那份重情重义、踏实认真、乐于助人、爱憎分明的品性，给鲍艳萍留下深刻的印象。两人在一起非常投缘，有聊不完的话题，有着天然的亲近感。要说年龄，王玉荣 19 岁，还长她一岁，要说辈分，她是他的老师，在两个人的心里，他俩亦师亦友，亦兄亦妹。

鲍家出了这么大的事，王玉荣听说后，二话没说，立马就赶来了。

“我王玉荣要钱没有，但要命有一条，我去，量他不敢把我怎么样?!”

“为什么?”鲍艳萍有点不敢相信。

“荡里我有朋友。”王玉荣诡秘地一笑。

“你去可以，但必须带上我!”

见鲍艳萍拽着王玉荣的胳膊嚷着要一起去，任如干心里酸酸的：“艳萍，我看你一个女孩子，还是待家里为好。”

“女孩子咋了，再说救我弟弟也是我分内之事，外人都能在关键时刻挺身而出，我作为姐姐为什么不能去?”

鲍艳萍一番话说得任如干哑口无言。

眼前这个“角头鸡”一样的青年人，能在鲍家危难之时伸手相助，鲍虎雯也是感动不已，他上前紧紧拉着王玉荣的手说道：“大恩不言谢，一切拜托义士了!”

江头落日照平沙，潮退渔船阁岸斜。

白鸟一双临水立，见人惊起入芦花。

射阳湖地区，本是临着大海，一片汪洋。随着时空迁移，海岸线不断东移，射阳湖的水位也不断下降，露出水面的地方渐成陆地，那些低洼的地方变成了荡区。而今，广袤的射阳湖大大小小竟有 64 个荡区，诸如绿草荡、马家荡、青沟荡、收成荡、沙庄荡等。

民国以来，荡区一直是土匪的天下，大大小小的土匪盘踞于此，各占一方。

王玉荣和鲍艳萍坐船进荡，碧水蓝天，满目葱茏，这秋天的芦苇荡自有一番风景。没了春天的葳蕤，没了夏天的葱郁，但芦苇依然袅袅婷婷，摇曳生姿。如果说，渔船、芦苇、水鸟的影子倒映在水中，构成了一幅天然的水墨画；那么，大片大片的苇花，漫天飞舞，像是吐出了白雪，高高低低、远远近近都是，多像一幅绝美的写意画啊。

鲍艳萍无心赏景，想起了正事："王玉荣，你说你荡里有朋友，是谁啊?"

"要说这朋友，还得从我半年前抢枪这事说起。"王玉荣说的这事，没有几个人知道，要不是鲍艳萍问起，他还从没对外人说过。

那天，盘踞在马家荡的苏北和平军第一路军副司令张安体，带领手下散兵游勇，从原韩德勤设在高家舍的军用仓库里偷运 20 余桶煤油、汽油和一批步枪、子弹、手榴弹，从宥城经过，然后准备送到车桥鬼子据点邀功请赏。这事给王玉荣知道了，他立即相约同乡好友帅冠群等人拿着老钩、铁叉和粪勺等，悄悄沿溪河岸边来到西大荒埋伏。

这西大荒占地上千亩，是当地有名的乱坟场，平常是个拦路抢劫、土匪打黑棍和杀人越货的险恶地界。韩德勤偏安车桥一带时，在西大荒里修了一个简易飞机场，也只占去西大荒的一角。

月黑风高夜，张安体押着 20 多个农民挑夫心惊肉跳地一路走到西大荒松树林，谁知突然从林中窜出黑压压手拿"武器"的人，只听为首的人大喝一声："站住，我们是新四军!"一下把张安体吓昏了，本来就不情愿的农民放下挑子就跑，连押送的伪军也一个个抱头鼠窜。

就这样，王玉荣没费吹灰之力，一下夺得步枪 10 支、1000 多发子弹和汽油、煤油共 20 余桶。谁知张安体事后得知"短路"抢他枪支军火的竟是宥城的王玉荣一伙干的，顿时又气又恼，就派人传话来：立即将弹药、枪支等送到他的马家荡司令部，否则三日内将烧掉整个宥城庄，杀个鸡犬不留！

为了保护乡亲们，王玉荣他们准备将到手的枪支、子弹悉数交出。

但转念一想，这些枪弹如果落到日本人手里，岂不是成了杀人工具嘛。于是，王玉荣就想到了一个人，此人叫仇洪明，当年曾在淮安城东黄土桥与日本干了一仗，最后受伤逃到沙庄荡里，占水为王。他坚决主张抗日，经常带着手下的一帮弟兄打鬼子。前不久，来泾口与王玉荣联络，最近准备与泾口据点里的日伪军干一仗。两人惺惺相惜，一见如故。

“下面的事，让他说。”王玉荣指着摇橹的船工笑着说道，“我还没有介绍，这位就是和我一起抢枪的好兄弟帅冠群，他对荡里情况比我熟，我将他连人带船‘抢’来了。”

“原来是好汉帅大哥，你怎么不早说，我还以为是你雇来的船工呢。”

“大小姐好，我是帅冠群。我跟你说啊，自小我在荡中长大，闭着眼睛我都能分清哪儿是哪儿。上次抢了枪，荣子让我去沙庄通知仇洪明，我们和张安体约了交枪地点，交货后，仇洪明在他们必经之路设下埋伏，最后又将这部分枪支弹药给抢走了。到手的鸭子飞了，这下可不关我们的事了，又找不到证据，张安体吃了一个哑巴亏。”

云儿飘在海空
鱼儿藏在水中
早晨太阳里晒渔网
迎面吹过来大海风
潮水升，浪花涌
渔船儿飘飘各西东
轻撒网，紧拉绳
烟雾里辛苦等鱼踪
鱼儿难捕租水重
捕鱼人儿世世穷

正说着，一阵清婉的歌声顺着水面飘了过来。一条渔船上，船头一个老翁撒着网，船尾一个十六七岁的姑娘一边撑着竹篙，一边唱着歌谣。

小船靠了过去，鲍艳萍主动上前搭讪：“老人家，这荡里土匪多，你们要注意安全啊。”

“这年头命不值钱了，日本飞机炸收成时，儿子儿媳去赶集被炸死了。现在就剩我们祖孙俩，我们也是水里刨食，图个活口罢了。姑娘，你们怎么进荡了，这荡里可乱着呢。”

“我家弟弟被收成的邵登甫给绑了，我们去赎人的，老人家，你给我们讲讲荡里的情况好吗？”

“那邵登甫以前在绿草荡，现在新四军来了，端了他的窝，他就逃到了收成，实在过不下去了，就出来四处绑票。这荡里情况复杂着哩，有盐匪、有渔匪，有土匪、有官匪，有明匪、有暗匪，有奸匪、有义匪，鱼龙混杂，什么样的人都有。各有各的地盘，各有各的山头，黄公正在青沟荡，仇洪明在沙庄荡，邵登甫在收成荡，张安体在马家荡，张少清在沙沟荡，新四军彭冲在绿草荡……”

老人麻利地收着网，网中只有几条小鱼，装入鱼篓，老人摇头叹息一声，孙女撑船而去。

芦苇萧萧，望着爷孙俩远去的背影，鲍艳萍的心头空留无尽的惆怅。

傍晚时分，鲍艳萍被一片黛色的草甸吸引了，一大片孤岛，悬卧于湖中心。

落日照着岛畔的沙滩，闪着明朗的辉光，潮水已退去，数十条渔船悠闲地停在沙滩边上。远处的水天相连处，晚霞烧红了半边天，一叶快艇从霞光里钻了出来，直奔船头而来。

“一只船儿黄又黄，两把篙子撑得忙。”

“一只船儿小又小，河里行来水上漂。”

“一只船儿小又巧，中间平来两头高。”

“一只船儿高又高，来人先把名姓报。”

“请通报仇大当家的，宥城王玉荣前来拜见。”

湖荡里的江湖暗语，王玉荣、帅冠群都深谙此道，双方你一句、我一句地对起来。

听说王玉荣来了，仇洪明亲自迎出山门。此人身材高挑，长脸膛，高鼻梁，宽肩阔背，长髯飘飘，一看就有武林侠客之风。再看此人，还有特别之处，生着一对丹凤眼、卧蚕眉，凤眼生威，卧蚕似雾，英气逼人，霸气十足。

“湖上的哪阵风把兄弟吹到我这里来了?”

“不是东南风，也不是西北风，是那人情风啊。且听老弟与你慢慢地讲来。”王玉荣顾不得进寨，在山门口就把事情的经过讲了一遍。

“原来是车桥鲍虎雯鲍老爷家，听说他当了车桥维持会会长，我一开始也是不信，后来一打听，是真的。不过，车桥人说，鲍老爷是被逼的，基本上不管事不问事。他还算有良心的中国人啊。我这个人别的本事没有，就是喜欢打鬼子，抗日没话说。”他转身仔细看了鲍艳萍一眼，来人年轻水灵，如同刚出苞的花朵，显得格外的鲜艳、高洁，“这位是鲍家的大小姐吧。”

王玉荣拍了一下脑袋：“光顾着我俩说话，忘记介绍大小姐了，这位就是鲍府大小姐鲍艳萍，是我的识字先生。”

“大小姐，今天既来之则安之，也算我和你们鲍家有缘。你可知道，当年你们鲍家曾对我有恩。”

“哦?”众人都愣住了。

“说来话长。以前我曾做过‘小刀会’的会头。日本人占了淮安城后，一次下乡‘扫荡’经过杨大庄，准备穿庄而过。他们问村口‘小刀会’的岗哨有没有‘毛猴子’，岗哨一言不发，就抡起大刀向那个日军军官砍去。那军官猝不及防，当场倒下。后面日军见此情景，立刻疯狂地冲上去，乱刀刺死那位‘小刀会’岗哨。日军冲进庄后，见人就杀，见屋就烧，杨大庄顷刻之间成了一片火海。

“日军的暴行，让我等万分震怒，就向周边‘小刀会’发出集结令，约定进驻城东黄土桥，准备为杨大庄父老兄弟报仇，拿下淮安城。那天，下着大雪，满天里都是雪白的棉絮子，日本人杀气腾腾地向黄土桥开来。当日伪军接近时，‘小刀会’岗哨立刻吹响了牛角哨，一时间，大路上、田野里到处是手舞大刀高声呐喊冲向日军的人群。日军万料不到‘小刀会’会友如此众多，一时慌了手脚，大炮、机枪来不及架设，十几名日军被砍翻在地。不一会儿，日军回过神来，迅速架起了轻重机枪，向‘小刀会’猛烈扫射。会友们冒着枪林弹雨，成批成批地冲上去和日军拼杀。‘花篮会’的妇女也不示弱，个个高举花篮，准备‘接住’日军射来的子弹……双方拼杀了近一个小时，雪地被染红了，涧河水也被染红了，这一仗，500多人惨死于日军之手。

“日军进入蒋南庄后，大施淫威，50余户人家近300间房屋被烧毁。听说我家弟弟仇洪友全身被刺8刀，血水浸透了棉衣棉裤，日军离去时，他挣扎着向村里爬，在雪地上留下长长的血痕，最后惨死在村口……

“我和日本人拼刺刀时受了重伤，手下几个兄弟硬是从死人堆把我拖了出来。我们逃到车桥时，去了鲍家中药铺，感谢恩公鲍老爷收留，给我敷了刀伤药膏，又给我精心调理，才活了下来。后来，我带着弟兄们就进了荡，来到了沙庄这地方。我与日本人不共戴天，一直蓄须明志，哪一天报了仇，把日本人赶出中国，我就剃须。言归正传，现在你鲍家有难，正是我报恩之时，再加上王玉荣兄弟亲自出面，你们就把心放在肚子里吧。”

仇洪明讲完了内情，众人恍然大悟。

二当家进一步挑明了其中利害：“这邵登甫过去就与我们有生意上的来往，对我们大当家的为人很是佩服，一口一个大哥。他从绿草荡被新四军赶了出来，落脚地收成荡还是我们大当家的让给他的，那地方以前就是我们的地盘。”

“今晚就在我这小背地，好好地喝几杯，明日一早，我就陪你们去收成走一趟。”

鲍艳萍一直悬着的心，终于宽慰了许多。

第二天，大当家仇洪明亲自陪着去了收成荡，事情顺利得出乎意料。

放人！免单！

无条件放人，一分钱不要，这可是给了天大的面子！

不过听王玉荣说，仇洪明暗地里补了一笔“茶水钱”给邵登甫，说是给兄弟们喝茶的。

江湖中场面上的事情，鲍艳萍不懂，弟弟小林子更是不懂，他只知道一个劲哭。终于出来了，他一下子扑进姐姐的怀里，那鼻涕哭得多长多长的，都拖过了膝盖，都黏到姐姐衣服上了。

众人大笑。

一场绑票风波圆满地画上了句号。

一叶扁舟，载着两颗年轻的心，一路上激荡着，碰撞着。

鲍艳萍知道，眼前这个男人，有理想，有抱负，有情义，有担当，既是顶天立地的汉子，又有无微不至的关怀，和他在一起，既有安全感，更有幸福感。将来，我要找的男人，不就是这样的人吗?

而对于王玉荣更是如此，他觉得，这是一次共赴爱情契约的心灵之旅。鲍艳萍就是上天赐予他的真神，与她在一起就有着说不出的快乐，也许这就是爱的力量。他多想抓住机会，大胆地表白出来啊，可人家是大户人家的小姐，能看上我这个“破落户”吗?

返程的时候，他鼓着勇气，偷偷把鲍艳萍拉到一边，心差点跳出来了，说话都有点结巴了：“艳萍，请……请……允许我……我……这样叫你，我……我想……我想……和你一起……进步，好吗?”

“一起进步”，其中的含义，鲍艳萍当然明白，这份大胆的表白让她有点猝不及防，抑或不知所措。她呆呆地愣在那里，好半天才回过神来，口中喃喃应道：“好，好，我同意。”

这真是：真情何必问苍天，心头一线牵，若是伊人，不负此生缘。

第十五章　夜袭马家荡

一劝老蒋要改心啊，莫把独裁放在心啊，你看独裁到如今啊，丧师失地害人心啊，老蒋啊，打仗必须靠人民啊。

二劝老蒋要爱民啊，不可欺侮老百姓啊，国家主人是百姓啊，事靠群众方好行啊，老蒋啊，掌权一定靠百姓啊。

三劝老蒋休反共啊，千万不要投东瀛啊，拭目请看共产党啊，收复失地救人民啊，老蒋啊，胜利务必要爱民啊。

四劝老蒋劝完终啊，劝你踢开假亲信啊，转眼看看共产党啊，事事都是靠人民啊，老蒋啊，江山要靠老百姓啊。

……

千顷碧波，万重苇浪，剑泓坐着小船进入了绿草荡。

离五十二团驻地王家墩越来越近了，湖风中传来船工们“十劝调”的歌谣，原来是为新四军运送粮草的船队过来了。

前来迎接剑泓的是一个青年军官，文质彬彬，皮肤白净，气度儒雅，一身书卷气。

“是剑泓同志吧，接到十八旅的通知，说师长派你来我们团，非常欢迎啊。我是彭冲，五十二团政治处主任。”来人自报家门，微笑如春风般暖人心扉。

“彭主任？哎呀，久闻大名啊！听说淮盐宝边区办事处已经成立，您兼着主任，我从团庄出发进入安丰地区，就感受到根据地的蓬勃气象了，了不起啊。”剑泓说的是实话，他一路过来，根据地人们的精气神真的非同一般。

“你是从柳堡团庄出发来的，当初，我刚从党校学习回来就接到命令，要求我们开辟淮宝根据地，我带着两个连夜渡长江，从靖江向北，过高邮，也是从柳堡团庄，来到安丰绿草荡地区。我们算是从同一个地方来，奔着同一个革命目标啊。”彭冲笑着说道。

“听说，现在我们对外的番号叫淮宝支队?”

“是的，上级要主力部队地方化，我们五十二团兵分两路，一路沿高邮向宝应柳堡以东挺进；一路就由我带队，穿插到绿草荡周边，一方面开辟新区，一方面打通我一师与三师在绿草荡地区的联系。今年春天，随着抗日民主政权的陆续建立，苏中行署对有关区划作了调整，淮安县涧河以北依旧属于苏北区淮安县，属于三师的范围；涧河以南划给苏中区宝应县，属于一师的范围。但涧河以南这些地方，无论是国民党的行政建制，还是日伪军的行政建制，都还属于淮安县。因此，活动在这一带的五十二团干脆取名叫‘淮宝支队’。其实，这也是迷惑敌人、自我保护的需要，如果以正规军番号出现，一定会引起日伪军的恐慌，会招来疯狂报复，‘淮宝支队’在他们眼里，只不过是游击队而已。”

两人肩并肩有说有笑地走着，突然，一个战士上气不接下气地跑来：“报告彭主任，我们的船又被土匪劫走了。”

“又被劫了?”彭冲眉头紧锁起来，“有没有伤亡，对方是什么人知道吗?”

“两位同志牺牲，四位同志受伤，说对方蒙着脸，不知道是哪里的土匪。”

彭冲脸色阴沉，愤懑不平：“这荡里河网交错，大小湖荡星罗棋布，听说有‘八八六十四荡’，绿草荡只是其中一个。前不久，我们也整治了几个匪首，可是狡兔三窟，这边打掉了，那边又冒出来了。就谈我们的物资供应链来说，一路通过海运从盐城海边上岸，进入射阳湖荡，一路通过三师的地盘益林、建阳等地，转运进荡，两三次都被土匪劫去了，押运的同志死的死，伤的伤。简直太猖狂了，是可忍，孰不可忍！给我把三班长程阿根叫来！”

三班长来了，约莫二十岁左右，个子不高，矮墩墩的，胖乎乎的，皮肤黑亮亮的，像是常年在水上生活被日头晒的样子，看上去很有喜感。

“三班长，你带一个班进湖侦察一下，给我查清楚这伙土匪是什么人？摸清窝点和周围地形。”

“彭主任，我有个请求，师长让我来，就是要做好淮宝地区的侦察工作，绘制好这一带的水网地形图，我想随三班一起去，顺便把荡中的地形地貌摸一摸，怎么样？”

剑泓主动请缨，彭冲有点不忍：“你一路过来很辛苦，一口水没喝，也没歇息一下，就要去行动，这怎么行？”

“我们做侦察员的，经常脚不沾地、身不着家，这样的节奏早就习惯了，您就让我去吧。”

禁不住剑泓的坚持，彭冲答应了剑泓的请求：“你去可以，不过一定要注意安全！”他转身对着三班长交代，“三班长，你听好了，卢剑泓同志的安全就交给你了！”

“包你的！”三班长拍着胸脯说道。

剑泓事后才知，“包你的”这是三班长的口头禅。

揣上了干粮，换上了便装，众人顶着日头穿行在茂密的芦苇荡中。

“卢同志，你这么年轻就在师长身边做侦察员，这脸上可光荣着哩。”三班长满脸的羡慕。

“你们也光荣着哩，从江南到苏北，帮助我们家乡人民抗击日寇，开辟根据地，我们要感谢你们才是！”

“卢同志是本地人？”

“我是淮安县车桥人。听三班长口音像是江南人，我们苏北人土音重，你们江南人水音重。”

“卢同志好耳力，我是常熟人。”

“你是江抗的人？”

“是啊。当年差一点就死了。”三班长思绪一下子回到了阳澄湖董家浜养伤的日子。

“我是16岁参加‘江南抗日义勇军’的，当时正是最困难的时期，随时要面对敌人的疯狂剿杀。那年秋天的一个晚上，部队开始转移，要到武进以西开辟新战场，我们在阳澄湖畔隐蔽养伤的36名伤病员无法随行，只好交由常熟县委的同志，安置在董家浜的一片芦苇丛中。

“一天夜里，湖水暴涨，水势湍急，我们手拉着手，连个盹儿都不敢打，生怕一失手，就会被湖水冲走。可当湖水退走之后，还是发现少了一位同志，也不知道他叫什么名字，是何时被水冲走的。后来，带队的同志觉得这样下去不行，就作出决定，登记下每个人的姓名。后来，又有10位同志伤口发炎，得了败血症，相继离去。活下来的25位同志坚持战斗，常熟的百姓奔走相告：‘江抗没有走，这里有个江抗留守处。’

“年底，新的江南抗日救国军东路指挥部在常熟东塘寺成立，开始只有人枪四十，后来队伍不断壮大，曾一夜拔除了多个日伪军据点。皖南事变后，我们奉命正式归编为新四军第六师第十八旅第五十二团。我们这批幸存下来的伤病员，新四军首长称赞我们是‘芦荡火种’……”

“我说吧，光荣应该属于你们。你们这把火种，从阳澄湖烧到了射阳湖，从董家浜烧到了绿草荡，相信会烧得更旺。”剑泓的敬意油然而生。

“包你的！”口头禅又出来了，大伙哄堂大笑。

剑泓的斜挎包，现在成了他的战斗包，里面有尺，有笔，有纸，这都是他的武器。

一路观察，一路询问，一路交流，一路在纸上飞快地记着、画着，眼力、脑力、笔力一同开火，不一会儿，湖里的村落、草甸、芦滩、荡苇、堤坝，都成了他的俘虏，一股脑儿绘入图中。

听了三班长的介绍，剑泓对荡中土匪情况心里也大致有了底。他觉得能光天化日之下，明目张胆抢劫的土匪，一定有他的实力。在整个射阳湖地区，直至南边的广洋湖、大纵湖，能数得上号的，青沟的黄公正，沙庄的仇洪明，属于抗日派，他们对新四军态度友善，不会做出不义之事。收成的邵登甫刚被五十二团打跑，不会刚好了伤疤又忘了痛，主动来招惹新四军。马家荡的张安体、大纵湖沙沟的张少清本是韩德勤的部下，韩德勤撤退后，他们都降了日本人，匪伪集于一身，偏安一方。

“现在疑点集中在张安体、张少清身上。卢同志，走，我带你去见一下仇大当家的，抢物资这事，他肯定知道是谁干的。”

“仇大当家的？就是你说的沙庄的仇洪明？”

“是的，就是他。这荡中有句话，有事就找仇大当家的。此人为人仗义，在荡里威信高，还主动打鬼子，算是个义匪，我们不妨去拜拜码头。”

“三班长，听你的，走一趟，去会会仇大当家的。”

进入沙庄“聚义堂”，剑泓一见仇洪明，就觉得此人就是传说中的关羽。

你看这相貌，和《三国》写得一模一样：身长九尺，髯长二尺；面如重枣，唇若涂脂，丹凤眼，卧蚕眉，相貌堂堂，威风凛凛。

两相对比，如出一辙。

剑泓一见面就把心里话说了出来：“大当家的，我与您初次相见，我冒昧说一句，您不应该偏安于此，面相上一看，您该是驰骋疆场的大将军。”

仇洪明拈须大笑：“这个话不止一人说过，说我像三国中的关羽，有定国安邦之雄才大略，想不到成了一个落草为寇的土匪，可惜了！”

“您有将军之貌，又有忠义之德，听说您积极主张抗日，当此民族危难之时，您为何不能投身疆场，杀敌卫国？”

“处处皆江湖，哪有容身处？”

“吃菜要吃白菜心，当兵要当新四军。我们新四军一腔赤诚，爱国抗日，大家有目共睹，欢迎大当家的加盟新四军。”

“哦？你们是新四军？待我与兄弟们从长计议再说吧。说了半天话，听口音我俩是本地老乡吧？”

“是啊，我是本地车桥的。您是？”

“我是城东蒋南庄的。小老乡，你们今天来是为何事？”

“就为我们新四军被劫走的那批物资而来，想请大当家的帮我们打听一下，会被哪路人马劫走了？”

“既是老乡上门，又是义军之事，不瞒你说，这荡里的事情还真蒙不了我的眼睛。这样吧，我今天给你们开个头，后面的文章你们自己去做吧。要说荡里的土匪有枪的，无非都是些老套筒、汉阳造，新一点的就是中正式的，只有投了日本人的和平军，换上了三八大盖。贵军中弹光荣的，或者受伤的人，你们去看一下伤口，如果子弹进去前后都有一个洞，一模一样的大小，那就是三八大盖打的，如果子弹进去是一个孔，出来是一个洞，那就是国产的老套筒、汉阳造、中正式的。因为三八大盖射程远，穿透力强，子弹口径小，性能稳定，伤口前后大小是一样的；国产枪杀伤力还可以，但射程有限，子弹口径大，进入体内性能不稳定，会翻滚，因而伤口大小不同。我说的这些，你们有数了吧？诸位，告辞了，送客！”

仇老大转身进了内屋，他知道，这荡里的事情复杂，他不便多说，也不能细说。

三班长经大当家的这么一点拨，心里顿时亮堂了许多：“卢同志，我知道是谁了，包你的！”

“你说是谁呢？”

“这几次死伤的战士，我看过，伤口都是一个洞，大小一样的，是三八大盖打的，有这枪的只有日伪军，只有张安体、张少清。你分析一下，我们的物资是从北边来的，张少清在南边大纵湖的沙沟，离我们这里上百里路，不至于远途奔袭，而马家荡是运输队必经之地，所以张安体的嫌疑最大。包你的没错！”

“包你的！”剑泓借他的口头禅调侃。

三班长挠着头笑起来。

八八六十四荡，马家荡是首荡。

侦察小船避开通航大道，依着湖中人家出入捕鱼的小河岔道进入马家荡。

风景这边独好。

放眼望去，让人心旷神怡，恰是一处世外桃源。可以想见这里四季的风光：春天丛草蔓生，夏天青苇滴翠，秋天蒲芦飞黄，冬天芦花飘雪。密集的港汊中，菱藕、慈姑随处可见，一望无垠的苇荡，成了鱼、虾、蟹、蚌天然栖身之地。

剑泓小时候就听爷爷讲过马家荡的传说，今天第一次得见，真是名不虚传。

相传古时候射阳湖里有一个叫马良的人，3 岁时遭遇洪水，父母将他放入木桶后被洪水卷走。马良随木桶漂泊不定，最后漂到一豪户门口，适逢该家主人、京城大官马俊度夏在家，将其捞至家中收为义子。洪水退后，马俊携子入京，好生培养。马良长大后，思乡心切，不愿为官，返回故里，为父母造牌立坊。马良家财万贯，良田千顷，大方爽气，有德有才。有一次马良到镇江游历，看到金山寺破旧不堪，住持化缘，江南士绅财主在大雄宝殿里你推我让，谁也不肯在“化缘簿”上签字。马良见状，怒斥众人，说得众位士绅财主们下不了台，齐声要马良一个人出钱，马良当即承允。他们又出难题，不准马良用江南的泥土，马良提笔在“化缘簿”上写下“马良独修金山寺，不用江南一锹土”，吓得江南士绅财主瞠目结舌，令金山寺住持两掌合十，口念“阿弥陀佛”。马良回到家中，变卖家产，组织大船从绿草荡运土南下。日复一日，年复一年，金山寺修好了，而那取土后的洼地则成了茫茫水荡，后人为纪念马良，便将这片水荡称为“马家荡”。

可自从来了张安体，这里就变了天。

天色已晚，剑泓他们在荡中找到了一户篱笆院子，家中只有两位老人，见到七八个男子进来，一下子紧张起来。

“老人家别怕，我们今晚想在你家柴房里歇个脚，给点水喝就行。”

帮挑水的挑水，扫院子的扫院子，修篱笆的修篱笆，还自己烧着水，就着带来的干粮嚼起来。

院落不远处，三班长安排了警戒哨。

两位老人看明白了，这些人是新四军。大娘坐在门口，借着月光做起了针线。大爷不再害怕了，拿一个板凳坐了过来："你们是共产党新四军吧，我知道你们是穷人的队伍，打鬼子的，我们荡里的百姓们都在传，说新四军淮宝支队到了绿草荡了，这日子有盼头了。小伙子，你们进屋睡吧，柴房里脏。"

"大爷，我们有纪律，不能扰民，不能拿群众一针一线。您坐，我们唠唠嗑，您给我们讲一讲这马家荡据点的情况。"剑泓拉着大爷坐下，众人围着他。

"我们这马家荡里有一个湖心岛，过去岛上落脚的都是渔民，他们无地无房，以船为家，十里八乡的鱼贩子都开船上岛贩鱼，这里成了远近闻名的大鱼市。张安体投靠了日本人后，撵走了岛上的渔民，建起了据点。据点里住着一个中队，大概百八十号人，还有一个大碉堡。这些人一边跟着日本人奸掳烧杀、无恶不作，一边在荡里打家劫舍、为非作歹。

"现在来岛上鱼市交易，都要交税给他。过去渔民们组建的网帮、卡帮、丫子帮、钩帮、刺罩帮、蚬子帮都没了，大家实在无法安生，只好上岸的上岸，下海的下海，陆续地都搬走了。我儿子儿媳一家也去了蒋营，给人做豆腐去了。马家荡现在民不聊生，有人都编了本子来唱了，我学给你们听听：

马家荡，水茫茫，
鱼虾螃蟹水里藏，
芦苇高高水草长，
荷花嫩藕甜又香。

自从来了张安体，
马家荡从此不见光，

鱼不跳，花不香，
姑娘奶奶们更遭殃，
大船过荡货物空，
小船过荡命也丧。

“前两天又抢了一批东西，说都是紧俏药品，值钱呢。从我家门口经过时，个个眉飞色舞的，还口出狂言，说管他什么新四军、中央军，来了都让他到荡里喝水。

“给你们讲一个笑话，这张安体不知什么时候养了一房姨太太来，大老婆住蒋营，怕她知道，就偷偷安置在据点旁边的昙华寺后院里。大老婆有时候来‘查岗’，晚上睡觉他就‘跑片子’，上半夜在据点跟大老婆睡，下半夜说查岗值班，跑到昙华寺跟姨太太睡……”

这个情况很重要。

天一亮，剑泓和三班长带着两个战士以香客的身份进入昙华寺中，其余人带船隐蔽在远处的芦苇荡中。

听说这里的香火挺灵，因此善男信女纷至沓来，寺里的香火一直很旺。这乱世里，失了灵魂的人，来此烧香拜佛、祈求祷告，也算是魂有所安吧。

后院门口有两个岗哨，背着长枪转来转去。门口挂着“库房重地，闲人免进”的牌子，剑泓和三班长装着迷了路，想接近后院，被岗哨呵斥着撵了出去。

不一会儿，那院里走出两个人来，一个是寺里的住持和尚，一个是披着一身黄皮军服的军官，八成就是张安体，前额高兀，凹眼睛，塌鼻梁，拉着和尚的手，醉醺醺地嚷着：“你的事，就是我的事，我的事，就是你的事，你放心，我得了钱分你一部分就是……”

谁知道，这佛门净地，竟成了藏污纳垢之地。

仔仔细细，里里外外转了个够，据点、碉堡和寺庙内外的建筑分布及周边地形，都一一记在了心中。

剑泓萌生了一个大胆的计划。这计划让彭冲也拍案叫绝，立即采纳付诸实施。

第二天夜里，夜袭马家荡的战斗开始了！

天空漆黑一片，一切静悄悄的，偶尔听得几声夜鸟的絮聒，还有那远处时断时续的狗叫声。夜袭任务交给了尖刀连六连，连长俞树生、指导员陈本奎都是参加过长征的老红军，作战有勇有谋。战士们埋伏在据点周围，大家都屏住了呼吸，注视着这里的一举一动。

神不知鬼不觉，剑泓、三班长带着一个班，依旧身着便装，翻了寺墙，偷偷摸到寺庙后院。两个岗哨还在半梦半醒中便束手就擒，嘴里塞上了布，捆了个结实。剑泓和三班长迅速换上了哨兵服。

院内，张安体正和姨太太在床上颠鸾倒凤地快活之时，几支枪抵在了他们的脑门上。张安体吓得浑身筛糠似的，连声讨饶："好汉，好汉，饶命，饶命！你们什么条件我都答应！"

"听我们指挥，不然一枪打死你！"

这边，一个班控制着姨太太、哨兵等人，注视着寺里的动静；那边，穿着便装的一个班，押着张安体到了据点前，穿着哨兵服装的剑泓和三班长把枪抵在张安体的腰上。

哨兵见是张司令，立即打开了门，三下五除二，哨兵拿下，我方后续部队一下子扑了上来。陈本奎带一个排迅速接近院中的营房埋伏，将营房团团围住，瞅准时机冲进去，就地解决睡梦中的伪军。

其余两个排在俞树生的带领下，分散在暗处，剑泓他们顶着张安体在前，两个排跟着伺机前进。

那炮楼碉堡上的探照灯四处搜寻着目标，碉堡有口令，炮楼顶上的伪军见是张安体，刚想让人打开底层拱门，那带班的中队长觉得有异样，立即喝令："慢着！张司令，请您说一下今晚的口令！"

"口令个屌，你他妈的连我都不认识了，快开门，不然老子一枪崩了你！"张安体是个贪生怕死的货，他怕腰上的枪响，一下子要了他的命，于是竭力配合，装着发火的样子。

那中队长见司令发火了，只好让人打开了碉堡的门。战士们从黑暗中冲了出来，那中队长一看大事不好，慌忙开枪射击，碉堡洞口敌人的机枪像喷着的火舌向战士们身上烧来，前面的几个战士倒下了……

俞树生叭叭两枪打过去，一枪一个，敌人的两盏探照灯成了瞎子。

“机枪掩护！”他组织战士们发起冲锋，两个排的火力一齐对准了敌人的机枪洞口，几个战士冒死冲到碉堡前，将准备好的手榴弹塞进了碉堡，只听得几声轰响，敌人的碉堡坍塌了一个大洞，机枪也哑了壳。

一听枪响，陈本奎一脚踹开营房的门，第一个冲了进去，一阵乱枪打过去，伪军哭的哭，喊的喊，投降的投降，逃命的逃命，乱成了一锅粥，局面被我方战士迅速控制。有少数伪军还想负隅顽抗，被当场击毙。

剑泓和三班长押着张安体来到了连长、指导员面前，这个不可一世的家伙吓得跪在地上，浑身像筛糠一样颤抖不已。

马家荡据点被我淮宝支队一举摧毁，震动了整个射阳湖地区，附近有些据点的敌人竟闻风而逃，慌忙撤走了，生怕哪一天，梦里就成了刀下之鬼。

剑泓趁热打铁，在他苦口婆心的劝说下，老乡仇洪明举起义旗，决定加入新四军。仇洪明还说服了邵登甫弃暗投明，一起抗日，新四军不计前嫌，双方握手言和，共同抗日的大旗，在射阳湖上空高高飘扬。

第十六章　芦荡烽火

经过马家荡这一仗，三班长和剑泓成了好搭档。

三班长以前就是干侦察的，和剑泓算是同行，彭冲有交代，这段时间三班长就陪着剑泓走。

一个荡接一个荡地走，一个滩接一个滩地看，一个水乡接一个水乡地过，剑泓的足迹在淮宝大地上纵横向前。

那一天，在绿草荡边上一个叫太仓的村子，剑泓他们弃船进村侦察地形时，突然遇到了一队日伪军进村“扫荡”。

狭路相逢，无路可退，进村的路只有一条。剑泓、三班长加上两个战士一共四个人，与敌人交上了火，边打边撤，他们的身后不远处有一座桥。

“快过桥，利用河堤作掩护！”剑泓大声命令道。

敌人岂能轻易放过到嘴的肥肉，他们歇斯底里地喊着冲了过来，双方在河两岸对峙着。

“剑泓弟，你快带同志们去荡里上船，我来掩护你们撤退，包你的！”三班长不再叫“卢同志”了，他从心底里认下了这个兄弟。

“不行，阿根哥，你带同志们先走，我来掩护！”剑泓不能扔下哥哥。

两人互相争执着，敌人的火力越来越猛，我方的子弹越打越少，危险是显而易见的。最终两人达成了一致，他俩共同掩护两位战士先走，要走一起走，要死一起死！

在激烈的枪战中，两位战士含泪离开了，他们要去报信，派人来救出战友。

这次出来侦察，他们随身携带的都是驳壳枪，子弹带得不多，尽量靠近了点射，瞄准了，一枪一个。可敌人丝毫没有撤退的迹象，那翻译官还狂喊着："你们跑不了了，快快投降吧，皇军保你们有吃有喝的。"

剑泓从小就跟孟格美学打猎，枪法很准，甩手一枪结果了汉奸的狗命。三班长打得也很出色，一下子打死了好几个日伪军。就在这时，他的枪突然卡了壳，他用通条通弹壳时，右手一抬，身子一侧，被对岸的敌人打中，胸口血流如注。

"三班长，阿根哥，你可不能死啊！"剑泓抱着三班长哭了起来。

"好……好兄弟，快……快走，再不走……就来……来不及了！"

"我不走，要死一起死！"

"快……快……快走！"三班长一把推开了剑泓，他用尽全力，挣扎着站了起来。

敌人已经上了桥，只见他踉跄着迎着敌人，掏出怀中唯一的一颗手榴弹，拔出了引信，扔在敌群中爆炸。他倒下了，好几个日伪军也被炸倒了。

在爆炸的烟雾中，剑泓哭着飞身而去，一头钻进了芦苇荡里。

敌人扑了过来，还开来了机帆船，围着荡区搜索。这片芦苇荡太大了，而且片连片，在连接部位虽有间隙，但都长着芦苇，敌人的机帆船进不来，只能顺着大河航道行驶。他们找不到人，就穷凶极恶地纵火烧芦苇，向荡里打炮，机枪乱扫，折腾了两天也不见动静，只好收兵撤退了。

在芦苇深处，剑泓把包举过头顶，在齐腰深的水里泡了两天两夜，浑身冻得青紫青紫的。荡里青青的苇叶上泛着一层白霜，河道里无声无息，不见半个人影。

剑泓，因水而生，在水里他就是一条鱼。两天两夜，硬是没有把他冻死。

敌人走后，又冷又饿的他摸索着向前游动，不知游了多久，在一处土墩上，他看见一个茅草棚。棚里住着一个老大娘和她疯疯癫癫的儿子。

棚子里杂物都堆放在高处，四处都是高高的木架，床是上下铺，架了梯子才能去上铺，锅碗瓢盆都放在架子上，也许不这样，涨水时，锅碗瓢盆就会漂起来。

好心的大娘收留了他，给他吃了半碗冷粥，他终于缓过一口气来。

剑泓还是病倒了。因为在水里泡得时间太长，他发起了高烧。听说外面的药铺早就被日本人封了，没地方去买药，大娘日夜守着他。最后想出了一个土法子，她找来了老生姜，切下一片，让剑泓嘴里含着，等姜味淡了再换一片，连续含了两天两夜，烧终于退了。

醒来后，剑泓才知道，大娘老伴死得早，是她好不容易拉扯了儿子长大，还娶了一门儿媳。可在一次鬼子“扫荡”时，敌人用刺刀顶在儿子的胸膛，儿子眼睁睁地看着媳妇被鬼子糟蹋后杀了，后来就疯了……

生活在荡里几十年，熟悉这里的一草一木，她亲自划着船，将剑泓安全地送出了荡区。

多好的大娘啊，没有了妈妈的剑泓，真真切切地感受了一份伟大的母爱。临别上岸时，他重重地跪了下去，他会一辈子铭记大娘的救命之恩。

“孩子，多杀鬼子，就是报大娘的恩了。”

泪飞顿作倾盆雨，这是大娘发自肺腑的嘱咐，剑泓重重地点了点头。

“俺终于找到你了!”地道的山东腔，吓了剑泓一跳。

剑泓出荡的路口，是通向安丰淮盐宝边区办事处的，没走几步，从路边的林子里蹿出了一伙人，领头的戴着瓜皮帽，一身生意人打扮。

剑泓定睛一看，原来是淮宝支队的交通员吴子余和汪子堂班长，攻打马家荡时见过二人。这几天，得到报信后，支队安排吴子余、汪子堂领着一个班的人，一直在荡边寻找剑泓的下落，见剑泓还活着，真是喜出望外。

“三班长牺牲了!”未及高兴，剑泓想起了三班长程阿根。

“敌人走后，我们找到了三班长的尸体，把他安葬了。他的牺牲，彭主任也很伤心，他让我们活要见人，死要见尸，必须找到你！”

“谢谢支队首长，谢谢同志们！”

汪子堂有个建议：“今天，卢同志安全归来，我是安丰人，安丰的百页很有名，我有一个不情之请，请大家去尝一尝安丰的豆腐百页如何，也算是给卢同志压惊。”

“不孬，不孬！”吴子余操着他浓浓的山东腔欣然应允。

剑泓知道，汪子堂班长以前是黄公正的部下，前不久刚投奔过来的，家在安丰，想尽地主之谊，也不好驳了他的面子。

安丰街以前有日伪军的据点，淮宝支队占了绿草荡王家墩，安丰据点里的敌人便跑了。现在成立了淮盐宝边区办事处，百废待兴，各家店铺逐渐恢复了往日的人气。

有一家叫“艳阳天”的饭店，门面不算大，可听说豆腐、百页做得正宗，许多人慕名而来。汪子堂是本地人，熟门熟路，要了一个包间坐下。

“吴大哥，这些日子出来，又在荡中躲藏，外面的形势咋样了，能不能给说道说道。”剑泓现在有点“睁眼瞎”的感觉。

吴子余笑了起来：“你是荡中一天，荡外一年啊。俺告诉你一个喜事儿，这些日子在俺们彭主任的反复劝说下，黄公正举旗抗日了，他现在人就在安丰呢。”

提到黄公正，汪子堂更有发言权：“当初，我就是黄团长介绍来参加新四军的。黄团长这个人，人如其名，为人正直，不畏强权，一贯主持正义，因此取名‘公正’。早年投身国民革命，一直郁郁不得志，曾担任阜宁保安团团长，后被收编在韩德勤手下八十九军一一七师，挂了个参谋主任的空衔。日寇进攻车桥时，韩德勤带着嫡系部队逃之夭夭，黄公正义愤填膺，决定收容旧部残余人马 400 余人，打着一一七师第五支队旗号，驻守青沟荡中。后与日寇交战中被击溃，携妻儿老小就到了我们安丰来闲居。听说他到了安丰，我就带着一个班的旧部投奔他，他一开始以年老力衰不能带兵为由婉言推托，后来思前想后，又怕我们落入敌手，就派人捎信给我，让我去王家墩找彭冲的部队。从心里讲，他只信得过新四军。”

吴子余接过话茬：“汪班长参加了新四军后，彭冲同志决定趁热打铁，根据党的统一战线的原则，多次登门拜访，与他促膝谈心，邀请黄公正出山，共同抗日。最后一次是俺随彭冲同志去的，他的一番话至今都记得。他说，我们的锦绣河山正遭受日寇的铁蹄践踏，如果任他们在我们中华大地上烧杀抢掠、无恶不作，我辈视而不见、坐视不管，怎么能算一个热血男儿呢？黄公正当时就怒火中烧，当场发誓：这国难家仇如若不报，是我辈军人的奇耻大辱！从而下定决心，召集旧部重返战场。彭冲同志见时机成熟，便就起义事宜与他商定：为了便于召集旧部，对外仍保留一一七师第五支队番号，以安丰区为集结地点。随后黄公正立即发出了布告、信件，并派人四处串联，旧部纷纷前来投奔。就连杨桥据点的伪军中队长左以太、沙沟据点的伪军大队长张少清，在他的劝说下，都投奔了他，第五支队现在的规模要有五六百人，成了一支在敌后打着国民党旗帜进行抗战的部队。”

听了介绍，剑泓也是热血澎湃，他仿佛看到了淮宝大地到处都是旌旗招展、义薄云天的抗日气象。

一桌白花花的“豆腐百页宴”在热气蒸腾中开席了。

豆腐行卖磨——没法推

豆腐白菜——各有所爱

豆腐坐班房——平白无故

黄豆煮豆腐——父子相会

麻绳串豆腐——提不起来

豆腐做门墩——难负重任

豆腐佬摔担子——倾家荡产

小蒜拌豆腐——一清二白

叫花子吃豆腐——一穷二白

豆腐脑儿摔地上——一塌糊涂

咸菜拌豆腐——有言（盐）在先

搭起戏台卖豆腐——买卖不大架子大

豆腐店开在河边上——水里来，水里去

……

所谓的“豆腐百页宴”，只不过是几大盆家常烧法，加上葱蒜生姜煎炸炒煮，变几个花样，食材简单，但味道不简单，确实有它的独到之处。大家有滋有味地一边品尝，一边有说有笑地比起歇后语来。

“嘘！”出去解手的汪子堂进来就关上了门，示意大家不出声，“我刚刚解手回来，看见一趟人进了隔壁包间，有两个人从背影上看，好像是张少清、邵登甫，另几个我不认识。”

“哦？这张少清不是刚刚投奔黄公正的伪军大队长吗，邵登甫也是前不久随仇洪明来投奔新四军的，他们怎么到了一起？”吴子余感到有点蹊跷。

剑泓示意道：“我们先不说话，听听再说。”

这饭店包间的墙是木板隔开的，不隔音，静下来细听，这一屋说的话，旁屋也听得真切。

隔壁客人都已落座，正进入介绍环节。

“敝人是和平军第二十八师第三团团长马春生，很高兴认识各位，这位是刚从宝应县城调防曹甸的第二十八师第二团团长黄伯谦，这位是黄团长的部下、曹甸皇协军郝云卿营长，这位是平桥保安队大队长花采芝，这位是沙沟自卫队的张少清大队长，这位是收成荡的大当家邵登甫，今天我们是武人聚会，但也要讲究点文人雅兴。我知道花大队长是平桥人，张大队长是安丰人，今天我们饭前来一个以文会友如何？”

“如何以文会友？”

“豆腐中平桥豆腐是极品，百页中安丰百页是一绝，这两样佳肴都曾进京上贡，我们就请两位各自说说这方面的掌故如何？”

“好！”席中响起一片掌声。

“我花采芝与马团长是故旧，当年我俩相识是通过淮安县长黄相忱，也就是马团长的连襟介绍的，这么多年我俩也是不离不弃。马团长既说了，我就献丑说上一段，就当抛砖引玉的。”

“话说清嘉庆七年，宝应出了个探花朱士彦，此人官至吏部尚书，权倾朝野，因是发乌纱帽的，所以人称朱士彦为‘朱天官’。有一年他从京城回来探亲，官船行至淮安平桥下起雨来，他便命靠岸吃饭。上得岸来见有一家沈姓豆腐店，沈老夫妇已经年过花甲，做出来的豆腐洁白如玉，细嫩可口。沈老伯见是京城来的客官，盛情款待，拿出看家的本领做了一桌豆腐宴，什么蟹黄豆腐、家常豆腐、铁板豆腐、小葱拌豆腐、麻辣豆腐、竹笋煎豆腐，等等，一种豆腐做出二十几道菜来，朱天官吃得津津有味，连连夸奖。饭后，朱天官见他家大门对子被雨淋坏了，命取纸笔来，为其书联一副：‘真天官赐福，活财神进宝。’此时沈家方知天官驾临寒舍，诚惶诚恐，慌忙下拜。朱天官将他扶起，说：‘你家的豆腐确是与众不同，别有风味。’进京后，朱天官特意向皇上推荐了平桥豆腐，皇上便命进贡进京，一尝果然味道不错，大加褒奖，从此以后平桥豆腐便闻名于南北二京。”

花采芝话音刚落，众人一起喝彩。

张少清也不甘示弱：“安丰百页相传源自汉朝，到明朝的时候，安丰庞氏建成最大的加工坊，百页制作技艺作为家传秘技在庞氏嫡系子女中传承。清朝末年，安丰出了一名武士梁巨魁，骑马射箭百发百中，他玩的石锁有300斤重，上举下旋，如同狮子盘球，他用的大刀有64斤，寒光挥舞，好似蛟龙缠身。戊戌年间，大清朝最后一次文武会试，他高中二甲第一的‘武传胪’，钦加三品，封御前侍卫。他特地将家乡的百页敬献给光绪皇帝，光绪吃后赞道：‘柔如丝绢，薄如宣纸，色似象牙，味胜珍馐。’安丰百页被定为皇室贡品，从此安丰百页名播京师，享誉天下。”

又是一片掌声。

那马春生开始言归正传了：“今天我与黄团长请张大队长、邵大当家的来安丰小聚，一是叙叙旧加深我们之间的友谊，二是请两位回去思忖一下你们日后的出路问题。你们想一想现在清汤寡水的待遇，再想一想改弦易辙后享不完的荣华富贵，有一句话想必两位都知道，两利相权取其重，两害相较取其轻……”

“不用想了，跟你们干就是！”

“就这么定了，跟你们干！”

想不到一桌饭吃出了一个大情报。剑泓等人扒拉两口迅速离开，立即向彭冲作了汇报。

“黄公正的部队扩充得太快，成分复杂，特别是从伪军过来的一些军官，由于长期养成了贪图享受的习惯，觉得抗日部队待遇低，官兵一个样，不如当伪军舒服。而日伪军也加紧对五支队进行策反，一些人开始动摇这也正常。”

事不宜迟，彭冲一边分析，一边紧急部署。

立即通知黄公正、仇洪明，派人暗中监视张少清、邵登甫的一举一动；三方秘密约定联合行动，以与淮宝支队联欢名义，召集张、邵二人到场，就地拿下；联欢地点设在黄公正五支队驻地附近——安丰区崔渡村的花园庄，淮宝支队派出一个大队开赴花园庄配合行动。

一切都在周密安排中，一切都在掌控中。张少清、邵登甫如约而至，两人不知就里，稀里糊涂地被当场擒获。

就在那一刻，黄公正当场宣布起义，取消五支队番号，从此不受国民党节制，服从新四军改编。话音刚落，全体官兵一致高呼口号：“坚决拥护起义，服从新四军改编！”

一场真正的联欢拉开了帷幕，同志们高兴地唱啊，跳啊，就像失散多年的家人团聚一样。内心的喜悦，革命的豪情，似阵阵热浪，伴随着高昂的歌声，在每个人的心中澎湃成海。

吃菜要吃白菜心，当兵要当新四军。

打仗总是打胜仗，从来不欺老百姓。

老百姓，老百姓，个个拥护新四军。

谁说工农不中用？今朝抗日打先锋。
为国为民为自己，快快参加新四军。
新四军，新四军，个个爱护老百姓。

军民合作打日本，打走鬼子最开心。
建立幸福新中国，千家万户有田耕。
有田耕，有田耕，只要合力打日本。

那几天，剑泓常常一个人坐在堆坡上，望着荡中静静的湖水发呆。

“又在想三班长了吧。”吴子余走了过来，在他身边坐下。

“阿根哥是掩护我牺牲的，我只要一躺下，眼前总闪现着他与敌人同归于尽的情景。”剑泓声音有点哽咽。

“自从淮宝支队来到绿草荡，我们在开辟新区的过程中，和敌伪匪大小战斗 20 余次，我军干部战士英勇奋战，先后牺牲了 58 位同志，其中党员有 37 人，三班长程阿根是其中的一个。听彭冲主任说，一分区司令部和淮宝支队党委已经决定在王家墩建造淮宝支队烈士纪念塔，让大家永远记住他们。”

“建纪念塔是一件很有意义的事，我们根据地能有今天这样的局面，除了要记住那些牺牲的战友，还要记住那些风雨同舟支持我们的老百姓。就像这次在荡中救我的那位大娘，多好的老乡啊。”

“是啊，现在我们淮宝支队和根据地的人民，一个是鱼，一个是水，鱼儿离不开水，军民一家亲啊。我们是中国共产党领导的人民军队，人民就是我们的衣食父母，我们的行动必须处处想着人民，每到一地严格执行三大纪律八项注意。我们住到哪里，就帮群众搞好卫生，改善环境，担满水缸，借用东西都归还原处，放置整齐，入住哪一家都把他家搞得整整齐齐，干干净净，好像过新年办喜事一样。老百姓见到我们都很高兴，我们离开时都拉着我们的手舍不得我们走。就这样，我们住一家，宣传一家，到一村，就宣传一村，所到之处，老百姓发自心底地拥护我们，夸我们新四军是‘菩萨军’‘万岁军’。”

“是的，现在老百姓从军队的行动表现，就能辨认是不是新四军。比如，夜行军到村庄宿营时，从敲门的声音、叫声、称呼，老百姓一听就知道是新四军来了，赶紧起来开门。因为我们敲门的声音是轻缓的，叫声是温和的，称呼是敬重的。”

“你说得对。有一次我们夜行军，半路上下雨了，去老乡家宿营，有一个班的同志敲门时急了一些，老百姓就是不开门。怎么办？首长说不要急，待老百姓起床后再说，只好站着淋雨。屋里的老百姓听外面没声音了，以为我们走了，从门缝里向外看，一看我们都站在雨地里淋雨，急忙开门，并连声道歉，说实在对不起，一开始听敲门声，没听出来是新四军，看到我们站着淋雨，一猜肯定是新四军。天下除了新四军，还没见过这么好的军队……”

1943 年 11 月 7 日，“十月革命”纪念日那天，一座高高的纪念碑耸立在王家墩关帝庙前。

一名战士手握长枪的塑像立于碑顶，58 位烈士的英名镌刻于碑身，碑文见证着他们的不朽功勋：

> 自暴敌入寇，抗日军兴，韩部困扰安丰、曹甸以来，人民呻吟于横征暴敛之下久矣。及至今春，敌寇“扫荡”，韩部不战溃退，加之敌伪肆虐，盗贼蜂起，奸宄附逆，重若吾民，使惨遭敲骨吸髓之痛，生命朝不保夕。壮士流亡于四方，老弱辗转乎沟壑，田园废耕而荒芜，庐舍空虚而无烟。民生之凋敝，秩序之紊乱，至此极矣！当是时也，我新四军淮宝支队本抗敌救民之旨，裹粮携饷，涉水渡荡，挥戈北向，挺进斯土。破敌伪，镇奸宄，招抚流亡，稳定人心，重建社会秩序。其中英勇作战，杀敌致胜，为国捐躯者，有指战员赵熊、王和兴、江战等，是皆新四军之英翠，民族之精华。而今人

民生活逐渐改善，自卫武装蓬勃兴起，宵小匿迹，盗贼不兴，敌伪困守，抗日民族根据地因此奠基，此之往昔，何啻天壤耶！饮水思源，淮宝支队血战之功不可没，阵亡将士忠勇精神岂可泯者！是为碑铭曰：生为精英，死为至灵。镇压奸宄，解放吾民；凛然正气，竹帛留青。

仿佛一夜之间垒起了一座丰碑，立于天地之间，立于湖荡之畔，立于人民心中。

看到了眼前的这座纪念碑，剑泓仿佛又看到了那些熟悉而又陌生的身影：爷爷，父亲，母亲，姨娘，姨父，老板娘，阿根哥……

他还想到了霞姑、霞玲、三丫，想到了车桥，想到了那个被烧毁的家。

有机会，真的该回家看看了。

第十七章　周家大仓

沿着涧河一路折向西北，在车桥、石塘、季桥诸乡交界处，有一个叫芦家滩的地方，其周围散落分布着韩庄、小马庄、王庄、小东庄、小西庄、小李庄等大小庄落。

此地因有方圆二三里的芦苇荡而出名。那大片的芦苇，见证着乡人的牛衣岁月。

在芦家滩的西边，有一个周家庄，依河成街，街桥相连，颇有一番小桥流水人家的意境。那一处雕梁垂檐、青砖黛瓦的古朴院落就是周家大院。

周家大院真的太大了，占地足有七八亩，主体建筑为三进式的大四合院，其中厅堂、正房、偏房、耳房、东西厢房、二进房、回廊、祠堂，错落有致，鳞次栉比。

周家大院是院中有院，在三进宅后院的北面建着一排粮仓，仓库的山墙上，周老太爷亲笔书写的魏碑体“周仓”二字格外醒目。周仓的东西两边，分别是一块开阔的打谷场和一片偌大的樟树林。

“大老爷，我慢慢报给您听：小麦六千六百二十四石，大麦九千一百零三石零九斗，大稻一万六千一百五十五石零六斗，小稻二万二千六百四十六石，糯稻八千八百六十五石零九斗，玉米五千一百七十三石零八斗，黄豆四千五百四十九石零七斗，蚕豆一千四百一十八石零三斗，舂好的大米三百斗、小米二百斗、糯米二百斗、荞麦面一百斗，还有二百斗绿豆、三百斗芝麻……”

周家大少爷周闻义坐在檀木椅上，跷着二郎腿，一边茗茶，一边听着倒仓的家丁报着粮仓里的库存。

“行了，行了，那些鸡毛蒜皮的零碎东西就不报了，我大概匡算了一下，存粮也就在七万石左右。你们几个可给我听仔细了，这每年秋后的倒仓，你们一定要用心，陈粮归陈粮，新粮归新粮，该出的出，该补的补，日头好的，该晒的晒，该吹的吹。这十间仓房，是老太爷的命根子，一定要给我看紧了，不能再让人偷了去。”

他忽然想起了后堂里还押着几个人，大手一挥：“去，给我把昨夜里偷粮的人押上来！”

此刻，周闻义的腿翘得更高了。

负责护院的龙四领着六七个家丁，扛着枪，气势汹汹地押来三个人。前面一个破衣烂衫的中年汉子，后面跟着一个蓬头垢面的中年女人和一个十五六岁的后生。三人想必是一家子，都趿着没后跟的破草鞋，一见大少爷，那夫妻俩齐齐地跪了下去。小伙子不肯跪，硬是被那中年女人拽着跪了下去。

龙四扔过来几个罪证：三条鼓鼓囊囊的布口袋，里面装满了稻子，其实这布口袋就是三条裤子，裤口是用稻草绳扎的；还有一根削了尖的二尺见方的竹筒子。

“老爷，你看这一家子多会偷，他们从围墙外头爬上去，撬开通气窗，把这尖竹筒子从窗户伸进去，再戳进稻囤子，竹筒子的外头张着个袋子，稻子就这么顺着竹筒子流进口袋里来了。

大少爷瞅着下跪的汉子，竟是熟人，不由一脸愠色：“这不是芦家滩的贺老六吗？你一向老实本分，怎么也干起这偷鸡摸狗的营生来了？”

“我……我……我……”贺老六有点不知所措。

“这两年闹水灾，老太爷不是给你们家减了利息，还减了租子了吗？你们怎么能偷到东家的府上来了？看来不给一点颜色不行，给我掌嘴！”

龙四对贺老六左右开弓，卖力地抽着耳光，顷刻间，便将两边的嘴角抽出了血。

那贺老六的女人哭着央求着：“别打啦！别打啦！求求老爷，饶了我们这一回，以后再不敢啦!”

大少爷没有理会她，目光转向了小伙子，他怒斥道：“你年纪轻轻的，干什么不能糊口，去当个兵也总比偷东西强啊，真是没教养!”

小伙子脸腾地就红了，索性站了起来，怒怼道：“大老爷真是饱汉不知饿汉饥，你什么时候过过我们的穷日子？这一年到头，不是闹水灾，就是闹土匪，现在又是鬼子二皇到处抢，穷人的田地泡在水里，连棵草都看不见，到哪儿刨食吃去？让我当和平军，跟着鬼子杀人放火，我宁可饿死，也不当这狗汉奸!”

“说得好!”说话间，周老太爷走了进来，为小伙子的话拍手叫好，后面跟着卢春萱、霞姑，还有孙子周小鱼。

大少爷见父亲来了，慌忙起身让座，请父亲坐下来。龙四也住了手，乖乖地站在一边。

那女人见周老太爷来了，像是见到了救星，哭着喊着：“东家太爷，我要向您申冤啊!”

“都站起来说话，将冤屈说与我听听!”周老太爷正襟危坐，就像老爷审案一样。

卢春萱、霞姑、周小鱼一起上来，七手八脚地将贺老六夫妻拉起。

“东家太爷，我给您侬个讲讲啊。今年租了东家五亩田，三亩洼田，二亩小高田。今年一场大水，洼田一粒籽都没看见，小高田收了一季玉米棒头、一季胡萝卜。这棒头收不到四石，交公粮五斗，交租子是二石五斗零二升，您侬个大慈大悲，减了零头五斗零二升，我家实际交租子二石，还要还上种子一石二，杂七杂八，要交三石七斗。您说说看，这一年忙到最后，余粮不到三斗，一家五张嘴，实在不够吃。这一冬一春还没过，估计就连萝卜缨子都吃掉了，根本熬不到年里。可怜家里的公公婆婆为了不给我们添累赘，双双去涟水淮阴北乡里讨饭，活活饿死在了外头……”

贺老六揩着嘴角的血渍，也是一脸的冤屈：“老太爷啊，我也是被逼得实在过不下去了，才做出这等丑事。不瞒您说，这竹筒子也是跟人家借的，哎，我这头一回偷，就叫逮住了，您说我贺老六真够倒霉的啊！”

“你告诉我，这竹筒子是谁家的，还有哪些人偷了稻谷？你老实交代，交代了，我放你们回去，你要是不老实，就甭想出这个门！”大少爷大有穷追不舍之势。

周老太爷站起了身，捋着胡须，摆了摆手：“贺家小公子刚才说，宁肯饿死，不当汉奸，好，好，这小子有出息！冲着这一点，我就不追究这一家子了，这地上口袋里的粮食也由他们带走吧，不要为难他们。”

贺老六夫妻万万没想到会是这样的结局，眼眶里涌出泪水，作揖打躬，千恩万谢：“大慈大悲的菩萨啊！老太爷好人啊！”

“慢着！”孙子周小鱼突然喊了一声，贺老六一家子吓了一跳。

只见一脸清纯的周小鱼跑上去，拉着贺老六儿子的手问道：“你多大了，叫什么名字？”

“我叫贺家明，今年 15 岁！”

“好啊，跟我同年，我记住你了，我叫周小鱼！”

两个同龄人手拉着手，像是多年的老友一样，忘记了彼此身份的悬殊，竟有点一见如故的感觉。

> 咚咚锵，咚咚锵，咚锵咚锵，咚咚锵。锣鼓一打响昌昌，花船摇到周家庄，不要钱来不要钞，和你们谈谈反“扫荡”，呀得喂，和你们谈谈反“扫荡”。
>
> 咚咚锵，咚咚锵，咚锵咚锵，咚咚锵。人急一定会发狂，狗急就要想跳墙，鬼子增兵淮盐宝，准备对我们“大扫荡”，呀得喂，准备对我们“大扫荡”。
>
> 咚咚锵，咚咚锵，咚锵咚锵，咚咚锵。鬼子二皇一下乡，无所不为赛虎狼，“扫荡”不是为别的，烧我们房子抢我们粮，呀得喂，烧我们房子抢我们粮。
>
> 咚咚锵，咚咚锵，咚锵咚锵，咚咚锵。锣鼓一打响昌昌，莫胆小来莫惊慌，胆小惊慌无用处，唯有起来反“扫荡”。呀得喂，唯有

起来反“扫荡”。

咚咚锵，咚咚锵，咚锵咚锵，咚咚锵。防水淹田修圩埂，防贼偷稻修仓房，防敌烧抢要齐心，团结起来有力量，呀得喂，团结起来有力量。

咚咚锵，咚咚锵，咚锵咚锵，咚咚锵。团结起来反“扫荡”，哪怕敌人凶和强，我们路途比他熟，我们一样有刀枪，呀得喂，我们一样有刀枪。

周小鱼迷上了玩花船，这让周闻义很是头疼。

周府门前的空地上，周小鱼一边撑船一边唱，撑得有模有样，唱得字正腔圆，霞姑手中的花船也是耍得跌宕起伏，摇曳多姿，对唱更是赢得满堂喝彩。

玩花船，周小鱼是跟霞姑学的，霞姑又是跟卢春萱学的，卢春萱是跟他的哥嫂学的，他哥嫂玩花船可是芦家滩的一绝。每年的三月二十八车桥陈河庙会，他俩一直是主角。

“师傅”卢春萱看着二位“徒弟”的表演，由衷的高兴，锣鼓喧天，鼓点铿锵，他和乐手们在一旁卖力地敲打着。

“周府演戏喽！”这周围的乡邻们听到了锣鼓声，就知道周府花船开演了，自然也就成群结队地涌来。

自从霞姑来周府，周小鱼就黏上了这个大姐姐。长这么大，他一直过着公子哥那样索然无味的生活。父亲古板刻薄，对他管教甚严，就知道让他循规蹈矩，不越雷池一步，母亲就顾着每天邀人打麻将，除了吃穿用度，很少关心他的内心世界。有时候，也许隔代亲，他反倒和爷爷有共同语言，可毕竟爷爷年岁大了，两人之间有着天然的代沟。

霞姑的到来，给他带来了一股清新之风。在他眼里，霞姑与众不同，有着年轻人的朝气，又有着女人的妩媚，要文化有文化，要相貌有相貌，要活力有活力，关键还有思想，两人经常就当下的社会现实进行讨论，时不时碰出思想的火花来。

用周小鱼自己的话讲，“这样的生活有劲”，霞姑的一举一动，一颦一笑，都在周小鱼关注的范围，包括玩花船。

其实霞姑玩花船，是卢春萱把她诓上路的。自从三丫、霞玲都走后，霞姑闲下来一想起妹妹们就哭，为了排遣她心中的悲痛，卢春萱就哄她，教她玩花船来转移视线，并请她一起编词演唱。

卢春萱言语木讷，但他心里不傻，他知道，霞姑心里存不了他，似乎另有他人，但他并不埋怨，还一直像个大哥哥一样护着她，他从心底里认下了霞姑这个妹子。霞姑一有空，就给他讲一些进步思想，这些思想都是她从曹甸学来的，渐渐地，卢春萱听懂了许多过去弄不明白的道理。

霞姑会玩花船了，周小鱼不甘落后，就央求妈妈潘晓娟和霞姑说，让霞姑教他。潘晓娟起初也是不同意，玩花船毕竟不是大户人家公子哥干的事，后来禁不住儿子的死缠烂打，就出面了，想不到聪明的他一学就会，很快就出师了。他又去求父亲，请求扎一个花船，再置办一套锣鼓家伙，父亲坚决不同意，最后周小鱼无奈，只得搬出爷爷这个救兵。

你还甭说，周老太爷年轻时就会敲锣鼓，一听到锣鼓声，浑身来劲。开明的他，自然支持孙子的行动。一整套的花船及锣鼓家伙很快就办成了，渐渐地，周府门前的广场，就成了芦家滩的“娱乐中心”，周围的几个花船队经常在这里切磋表演。

老百姓穷困枯竭的日子，似乎有了一丝亮色。

今天趁着老太爷在，周小鱼非要撑一回花船给爷爷逗逗乐。

船娘子霞姑抓着彩色的花船，前后左右，伴和着节奏摇摆着，犹如行进在碧波荡漾的湖中，时而轻舟飘荡，时而急流勇进，时而乘风破浪，时而逆流而上。撑船人周小鱼手拿彩杆前撑后篙，撸袖揎拳，肩顶背扛，使出浑身解数，与船娘子配合默契，那一招一式，一唱一和，把船工的动作刻画得惟妙惟肖，淋漓尽致。

今天这首《反“扫荡”》的词，是卢春萱、霞姑、周小鱼三人共同完成的，不但庄上人交口称赞，就连周老太爷也夸他们有才。

“我孙子有出息了!”周老太爷听到了这激越的锣鼓声，仿佛回到了黄埔军校的日子，那时候，他们经常敲锣打鼓去街头，去学校，去厂矿，去宣传革命的主张。

沉浸在演出氛围中的周觉民，似乎一下子年轻了二十岁，他好久没这么开心过了。

“老太爷，鲍家大小姐来了，说是专程拜见您!”家丁来通报，有客人上门。

周老太爷还沉浸在花船的氛围里没有出来：“什么人啊，再说一遍?”

“车桥维持会会长鲍虎雯家的大小姐来了!”家丁的嗓门提高了一倍。

这一回他听清楚了，刚要起身，鲍艳萍像风一样地飘到了他的面前，依然那么八面玲珑，来去如风。

霞姑、卢春萱也瞅见了她，扔下手中的东西不管不顾地就跑过来了，演出戛然而止，把周小鱼一个人撂在那儿，看客们也不知发生了什么。

半天大家才会过意来，原来府上来人了，众人一哄而散。

“霞姑啊，你现在是红角儿了，花船玩得溜溜转啊。”鲍艳萍一进门就夸。

霞姑莞尔一笑：“还不是卢大哥的功劳嘛，都是他教的。”

“还有我的功劳，没有我配合，你独角戏唱不起来的。”周小鱼也笑着跑过来插话。

“嗯，都是你周大公子的功劳。”霞姑捏着周小鱼的小脸说道，在她眼里，这个小弟弟既清纯，又可爱。

半知堂，这是周老太爷接待客人的厅堂，这里，茶香、书香、墨香聚于一屋。

泡茶的茶具、茶叶，一看就很讲究。厅堂中间有一张很长的条案，一端放着笔墨纸砚、文房四宝，一端放着子、集、诗、经线装古书，墙上满眼的名人字画。

周老太爷待鲍艳萍落了座，便开门见山问道：“丫头，今天来寒舍所为何事啊?”

“家父听说老太爷脾胃不和，他特意配了一服中药，让您老喝两个礼拜保准见效。”说完，鲍艳萍把配好的中药交与霞姑。

“虎雯想得周到啊。当初你父亲当什么维持会会长，我一直心有不屑，心想以你父亲的为人，不至于乐意做个汉奸。鲍二爹落葬后，他曾秘密来访，告诉我其中的原委。哎，我也替他难过，更替鲍老二这位老同学惋惜。

“我早年退出国民党，退出江湖，现在看来是正确的选择。我也曾劝过鲍老二，江湖险恶，要他远离军界，他就是不听，到最后落得个这样的下场。贤人曰：人当变故之来，只宜静守，不宜躁动。即使万无解救，而志正守确，虽事不可为，而心终可白。否则必致身败，而名亦不保，非所以处变之道也。

“那天你父亲来，我劝了他，在虎狼窝里，一定要学会韬光养晦、明哲保身，万不可为虎作伥，要做一个有良心的中国人。不自重者取辱，不自畏者招祸啊。那天临出门，你父亲知我脾胃不好，还特意给我搭了脉，说下次配药上门，想不到他还记得这事。”

“老太爷，我父亲推荐来府上的卢春萱、霞姑，还好使吧?”鲍艳萍笑着指着身后站着的二人说道。

“不错不错，你父亲做了一个大好事!”周小鱼争着插嘴道。

周闻义立即呵斥他：“小孩子家家的，插什么嘴? 没规矩!”

周老太爷站了起来：“我孙子小鱼说得对，你父亲是做了一件大好事。哎，说起来伤心，日本人进攻车桥那一天，老太太带着管家、老妈子和丫鬟，乘着一辆马车，一起去车桥购货，想不到遇上日本飞机的轰炸，一颗炮弹正好落在马车上，几个人都被炸死了。那一天是民国 32 年（1943 年）正月初八，我一辈子不会忘记这一天!”老人重重地在桌子上擂了一拳。

“这周家一天之内四条人命没了，四口棺材齐刷刷地停放在周府大院，那时候，我恨不得操起枪带着家丁们上车桥和日本人干一场，可是，没法子啊，连我们的国军都跑了，我们的政府都跑了，我们有仇没处报啊，这笔账我给它记下了！

“我家老二闻武早年求学在外，后来一直没有音讯，有人捎信来说，在陕北看到过他。这么大的一个家，指望不上他了。我们家一下子死了四条人命，人手缺得很，我年岁大了，不中用了，老大一个人实在忙不过来，我就和你父亲提了一下，他就把春萱和霞姑姐妹推荐来，不料中途霞姑妹妹又给鬼子毁了，真是造孽啊！

“话说回来，这两个人做人做事没话说，周府上下交口称赞，你父亲将二人举荐给周家，这真是雪中送炭啊。他们现在一个协助大少爷管家管事，一个协助大少奶管着内务起居，很是尽力哩。”

鲍艳萍笑了起来：“这可好了，我回去也好跟父亲汇报了，他推荐的人老太爷很满意。”

周老太爷心情稍稍平和了些，又坐了下去，话锋一转：“大小姐今天来不会就为这事吧，有什么事，你尽管说吧，这里没有外人。”

“老太爷，我父亲让我来还有一事禀告您，听说日本人的眼睛瞄上了周家大仓，他要您提前做好万全之策。”

周老太爷像是早有所料，一脸的淡然。

“提起周家大仓，说来话长。年轻时，我和你鲍二爹都是大门大户出来的热血青年，一腔报国之志，当初不听父母继承家业的劝告，毅然投身革命洪流，一起在黄埔军校求学。民国15年（1936年），因中山舰事件我受到牵连，非说我和共产党有勾结，要我具结悔过，否则将我开除。我一气之下回到淮安老家，继承祖上家业，过上了我的田园生活，家父家母从此睡觉腿也伸直了，不再为我担惊受怕了。

“不久，二老过世，我独自撑门立户，遇上了轰轰烈烈的北伐运动，各地掀起热潮，动员各界民众参与筹粮、运输、救护、宣传、联络等工作。车桥是鱼米之地，打南京时，鲍二回来请我筹粮。淮安城里的大户周东森，系我亲戚，其精于金融，在平津、沪宁地区均有银行、保险商号，曾在车桥置下六百亩良田，借与佃户租种。于是我请他帮忙，他一口答应，说他本无心过问农耕，就将车桥田亩全部交与我打理。我即在车桥建仓，不料建成不久，汪蒋分裂，北伐停顿，又值清党，国共分流，我亲戚周东森匆匆回来，将六百亩良田低价折让与我，便远走他乡了。后来，听说周东森被奸人构陷通共，商号财产均被抄没，人也不知所终，其淮安亦无后人，有人说早已遇害。

“这么多年，我就一直守着周家大仓，总想着守好大仓，将来必有大用。这期间，两次地方大水，黎民受灾，我放粮总计万石。韩德勤带着他的省政府移来车桥，10 万兵马驻扎在这里，派来省府秘书长、淮安同乡马镇邦亲自上门来谈。我也期望其积极抗日，于是一次赠粮两万石，韩德勤又是来信，又是锦旗，夸我是抗日义士。想不到，他嘴上一套，行动又是一套，他不思抗日，专事摩擦，积极反共，消极抗日，日本鬼子打车桥，他几乎一枪未放就跑了，我很是失望。败逃时，他托淮安县长黄相忱来和我协商，说带部分粮食走，我说，你韩德勤如果留下来打鬼子，我周家大仓全部作你的后盾，如果弃我车桥不顾，那就甭想打粮仓的主意！

“这日本人谋我的大仓，我也早有所知。鬼子一进车桥，那车桥区公所助理员任筱先的二儿子任如松，就来吧嗒吧嗒地说上半天，说要我做良民之楷模，从大仓中献出部分粮草作为日军军粮，我是断然回绝。王夫之有言，‘天不自畛以绝物，则天维裂矣；华夏不自畛以绝夷，则地维裂矣；人不自畛以绝其党，则人维裂矣。’让我数典忘祖，投靠蛮夷，门都没有，我周家大院里躺着的四条人命不会答应，车桥受害的无辜百姓不会答应……”

“周老太爷赤胆忠心，天地可鉴，晚辈真的佩服之至，有您这样的忠良义士，是我们车桥人民的福分啊！不过老太爷啊，这日本人什么事都干得出来，您可要提前做好准备啊。”

“日本人要是强抢周家大仓，我宁愿一把火烧掉，也不给日本人一粒粮食！”

“亲嗲嗲，不得了，不得了了！”人未到，声先到，一听就是大少奶奶潘晓娟打牌回来了。

“不得……不……呵呵，真热闹啊！”进门一看这么多人，她把放出去的话又收了回来。

“慌什么？有话慢慢说！”大少爷周闻义对妻子的咋咋呼呼历来不满。

“嗲嗲啊，今天我听人说，这溪河南边，闹起了共产共妻，现在各家各户查粮查租。说新四军也要开过来，帮着洼田受灾的人家整理田亩排涝。您看我们家护院队一共就七八条枪，要是日本鬼子或是共产党来了，这大仓看来是保不住了……”

周闻义顿时气不打一处来：“闭上你的乌鸦嘴，我看你是幸灾乐祸！”

周老太爷摆了摆手说道：“不要吵了，有客人在，成何体统?！大儿媳说共产党来，我倒不怕，想当年，我在黄埔军校时就和共产党打过交道，还被人冤枉是共党分子呢。要说共产党人，还真是一群有理想有信仰的人，他们的宗旨就是要解放劳苦大众，解放全人类，所以自然和穷苦人打成一片了。我也曾暗访过溪河以南共产党占领的一些地盘，说是共产党的根据地，那边的军队没架子，能以百姓民生为己任，不像国民党军队像土匪似的到处抢粮收税，榨取民脂民膏。最主要一点，共产党和他的军队是真心抗日的，这么困难的时候，还坚持在后方打游击，这一点我很敬佩。得民心者得天下，我有时在想，将来的天下会不会是共产党的天下哦……”

周府后院里的那片樟树林，是周府一景，也是芦家滩一景。

樟树林占地足有七八亩，上千棵树木间距大，空间多，足可以藏下一支军队。那树棵棵粗壮笔直，直插云霄，远远望去，让人有种胸襟开阔的意境。但转瞬间又让你肃穆凄清，因为那里埋着周老太爷父母的老坟，又添了四座新坟，那是老夫人、管家、老妈子、丫鬟四人的墓，依次环伺左右。

这樟树林是周老太爷精心栽植打造的一方园地。当初只是父母的坟地所在，后来他索性将周围的地都买了下来，从外地买来树种，精心培育，渐成气候。其后，干脆建了围墙，将樟树林圈入院宅，成为周府的后花园。

他说过，从周府走的人，都是家人，就安放在后院的樟树林中，就好像人还没走一样，他有空就来跟他们说说话。他还说了，将来等他走了，也安葬在这里。他要守着他的院子，守着他的周家大仓。

鲍艳萍、霞姑、卢春萱三人走进了这片樟树林。拜祭完周老夫人等人后，鲍艳萍表情肃然。

泾口区委成立了，区委的工作范围就是泾口、车桥。区委书记是俞臻，她和任如干，一个是宣传委员，一个是组织委员，三驾马车，艰难地奔波在这一片寂寥而又贫瘠的土地上。

日本人觊觎周家大仓，是鲍虎雯亲耳听到的，无论出于公义，还是私交，都应该告诉周老太爷，上次俞臻来车桥也作了提醒，因此鲍艳萍此行，有父亲的托付，更重要的是，有区委的指令。

“春萱大哥，霞姑妹子，你们通过玩花船宣传抗日主张，这个方式很好，但一定保护好自己的安全。周家庄西边有个小周庄据点离你们很近，最近常有一些伪军小枪队，每人一把短枪，夜里经常穿着便衣，冒充共产党的侦察人员，到村庄上搞破坏，老百姓管他们叫‘黑摸队’。有时候，这些人白天还窜到村子里抢人抢财物。你们这边有这个问题吗？”

“有，有，‘黑摸队’的人有小周庄据点，也有受河据点的，这帮人仗着日本人撑腰，气焰嚣张很猖狂，抢人、抢牲口、抢财物，无恶不作、无所不为，谁反抗就逮谁，逮去了，还要你拿钱拿粮来赎人。”

“卢春萱同志！叶霞姑同志！”

鲍艳萍突然改了称呼，两人都很吃惊：“难道我们的申请批准了？”

“卢春萱去车桥为周家进货，暗中多次汇报了你俩的情况，组织上也对你们进行了考察，认为你们符合入党的条件。决定由我和任如干同志作为你们的介绍人，今天我来就是通知你们的。组织上要求你们在芦家滩地区发动群众，建立自卫武装，区委书记俞臻同志说了，等芦家滩的队伍拉起来时，他来为你们举行入党仪式。”

“太好了！太好了!”霞姑抱着鲍艳萍惊喜地跳起来。

卢春萱开始摩拳擦掌:“我们早就想带着大伙儿干一场了，可是没枪怎么办?”

“可以通过向地主借枪、发动大户捐枪、让群众自发筹钱买枪的方法，组建武装自卫队。泾口那边一半村子都行动起来了，到处都是‘自卫枪’，连种田都背着。你们自卫队成立后，不但要保护好乡亲们，还要保护好周家大仓。周老太爷是支持抗日的进步人士，你们继续在周家做事，不要反客为主，一定要处理好双方关系，注意统一战线，千方百计地团结好他，求得他的理解和支持。”

“请党组织放心，我们保证完成任务!”

第十八章　风起芦家滩

阵阵清凉的秋风，把落叶铺满了芦家滩的沟沟坎坎。灿灿的晚霞，把漫天的余晖都倾泻在苍茫的大地上。田野，河流，晚归的人们，共同渲染着一幅恬静而又深沉的乡村水墨画。

周府的打谷场上，翻晒了一天的新稻，正在有条不紊地归仓。清扫，打包，扎口，运输，堆放，家丁们各司其职地忙碌着。

卢春萱、霞姑刚从东家水田里回来，周老太爷知道卢春萱会种鸡头米，特意辟出两块水田让他试种。今天，他们将一部分地里采摘剥皮后的鸡头米，均匀地摊铺在打谷场上，只等吹晒一番就可打包出货了。

突然，一声清脆的枪声，打破了黄昏的宁静。

“他妈的，给我站住，再不站住，老子开枪了！”有人嚷嚷着。

“肯定是二皇来了，我出去看一下。”卢春萱迅速从周府西侧门跑了出去。

“等我一下！”霞姑也跟着跑出去了。

后面是龙四、周小鱼、大少爷、大少奶奶，一个接一个地，鱼贯而出。

再一看，有两个人在前面跑着，后面六七个伪军撵着，双方相差一两百米远。

前面跑的两人，一个是芦家滩的吴道明，一个是他的小舅子盛小顺，后面追来的是小周庄据点里的伪军。

如果不想办法，这两个人肯定是个死。说时迟，那时快，趁着敌人没到跟前，卢春萱冲上去喊了一声：“快，跟我来！”

前面不远的墙根就是一个大草垛，他赶忙把草垛扒开，将二人猛推进去，全身埋上草垛，外面再用草垛层层堆垒好，从外面一点看不出来。

不一会儿，几个伪军撵了过来："看见逃跑的人了吗?"

有一个伪军和龙四认识，问他，他摇了摇头。

卢春萱，霞姑，以及其他来看热闹的人都纷纷摇头。

伪军们开始搜索，角角落落都不放过，这么晚了，周府周边的几十户人家，东翻西寻，鸡飞狗跳，搜了半天，最终一无所获。

"老总啊，那两人早跑走了，听说最近这一带常有淮宝支队的人来转悠，你们要当心啊!"霞姑有意刺激着他们的神经。

眼看天色已晚，再加上霞姑这么一吓唬，弄不好小命都没了，得不偿失，几个伪军只好匆匆收兵，怒气冲冲地走了。

临走的时候，那领头的伪军还特意用刺刀在草垛里戳了几下，只听得稻草发出沙沙的声响，其他没有异常，只得悻悻而去。

好险啊，再捅戳几下，或许就能戳到"大鱼"，隐藏在里面的人屏住了呼吸，吓得差点叫出声来。

事后吴道明说出了事情的原委。

这个盛小顺童年丧母，青年丧父，婚后不久又丧妻。孤苦伶仃的他，就投奔到芦家滩姐姐家，和姐夫吴道明一起学做扎匠。

鬼子攻打车桥时，霍守义的一一二师慌忙逃走，一批枪支弹药来不及带走，就委托以前的四区区长邵毓云就地埋藏，其中有一部分埋在吴道明家田里。

几天后的深夜，逃走的部队回来，邵毓云带着人原封不动将这批枪弹起走了。

谁知逃亡部队中有个士兵投降当了伪军，他为了想捞外快，就一个人偷偷来到吴道明家敲竹杠，硬说吴道明通共匪，偷走了他们的枪弹，要吴道明赔偿 100 块大洋，否则交给皇军治罪。

吴道明忙叫盛小顺敬烟泡茶，好话说了一大堆，反复解释自己没有偷枪弹，枪弹被原部队派人起走了。可这个伪军仍坚持要钱，否则，就送他去坐大牢，任他选择。

盛小顺是个直性子，早就气得咬牙切齿，在忍无可忍的情况下，冲上去就把这个伪军打翻在地，用手死死掐住伪军的脖子，一下子用劲过猛，把那人掐得他口吐白沫，一命呜呼。见出了人命，两个人赶紧将他埋在了大沟里。

这个伪军早上出来，一天都没归队，据点里就派人来找。有人说看见他去过吴道明家，刚到吴道明家门口，吴道明拉着小舅子盛小顺撒腿就跑，于是就出现了追赶的一幕。

“不好，吴道明家着火了！”有人看见吴道明家的方向，火光冲天。

话音未落，有个女人哭哭啼啼地跑过来了，是吴道明的老婆盛小玉：“道明啊，这挨千刀的二皇把我们家房子给点了，我们没家了啊。”

“姐，不要哭了，就是不烧，家肯定也是回不去的了！”盛小顺安慰着姐姐。

吴道明、盛小顺的扎匠手艺自是没话说，家里的花船就是他俩扎的，看着这无家可归的一家人，周小鱼很是同情，想劝父亲把他们留下，遭到父亲一口回绝。周闻义很清楚，伪军不会轻易放过这些人的，周家不能惹这个麻烦。只是同意小鱼从家里拿来几块“水和饼”，就将儿子拖了回去。这“水和饼”和“朝牌”一样，都是车桥的特色点心。

天空乌压压的漆黑一片，霞姑想到了一个地方。

在芦家滩苇荡边，周家有一块玉米地，边上有一个瓜棚，过去是周府的家丁看瓜时搭建的简易住处，里面有几张凳子，一块木板，铺着稻草，四面还有遮挡风雨蚊虫的草帘子。霞姑曾去给家丁们送过饭。

尽管不如家里，但终归有一个栖身之处了。

几个人还没到跟前，隐隐约约地听到有人在棚子里说话。近前一看，原来是贺老六一家。

“怎么又是你们？”卢春萱感到莫名其妙，他们怎么住在这里。

前些日子他们在周府见过，今天又见面了，贺老六也是一脸的尴尬，像是贵客临门一样，慌忙起身，恭恭敬敬地答道：“承蒙少东家周小鱼不嫌弃，最近和我家家明常走动，看我们家穷得揭不开锅了，就和老太爷说，让我来看周家的鱼池子，每月贴补些粮食。真是谢天谢地了！”

“想不到小鱼还是个热心肠，臭小子也不说一声。”霞姑欣慰地笑了，为小鱼这个“小可爱”的善性而高兴。

再看看这棚子，四面漏风，连个像样的物件都没有，锅碗瓢盆吃饭的家伙也都搬来了。地上和木板上都铺着稻草，三个人只有一床乌漆嘛黑的被子，破旧得已看不清被子的颜色，棉絮都飞出了一半来，显得更为单薄。

霞姑说明了来意，贺老六显得很热情，但又有几分歉意：“我全部的家当都在这里，我们几个男的就挤在地铺上吧，等会我多抱一点稻草来，让吴家嫂子和我那口子睡木板。委屈大伙了，只能先这么将就一下了。吴大哥家房子没了，过几天，我就把家收拾一下腾出来，让吴大哥一家住进去再说。”

贺老六也是一个古道热肠的穷苦人。

“大兄弟，有水喝吗？”突然，门外又多了几双渴求的眼睛，脸上的皱褶里镂刻着岁月的沧桑，每人身背一个鱼篓，想进来讨一点水喝。

棚里有半桶河水，是用矾沉淀过的，各人舀了一口，爽爽的，凉凉的，有点涩涩的苦味。

“你们干吗的啊？”

“我们照长鱼的。”几个人合着一盏马灯，是在河沟洞窟中照长鱼用的，说是有人收，专门供应车桥的饭店。

“都坐吧，就坐草地上。”霞姑向卢春萱使了一个眼色，两人连忙招呼着大伙，都是穷苦人，这是很好的一个谈心交流的机会。

不一会儿，各人自报家门，张陈的朱贞云，夏庄的贺永长，樊河的刘继林，沈篪的李兆平，这几个从车桥识字班里走出的人，性格投缘，志同道合，白天在芦家滩几个地主家做短工，晚上结伴出来照长鱼，苦两个血汗钱，更主要的是寻找将来的出路。

此时，吴道明的女人两眼空空的，无助地望着天，口中连连叹息："这日子怎么过啊?"

霞姑因势利导："今儿个大伙儿把心中的苦处说说，就当聊天的。"

照鱼的贺永长听了这话，生出感慨来："现在穷人的日子实在没法过了，租田种是望天收，一场大水，全泡汤了。还有这二狗子，过去跟着韩德勤，像一群饿狗，韩德勤走了，摇身一变，换了一个主子当了二皇，他们凶得像一群大嘴狼，血都被吸干了。"

"是的，就拿这伪费来说，摊派越来越多，乡长压保长，保长压甲长，甲长压百姓，层层收税层层剥。伪军大大小小一家子，哪怕一个铜板草纸，都要老百姓负担，这小周庄据点里的队长张志堂娶小老婆，东保十斤海参，西保一头猪，结婚费都要地方上出。我身上还有一张我们樊河这一甲的缴费通知单呢，我给大伙儿念念。"刘继林拿出来了一张缴费单。

十一月十日缴费通知

一、驻军十一月份上旬灯油四斤二两（代价二千六百五十五元）。

二、驻军柴席七条（代价五千九百五十元），锅铲铜勺厨刀各一把（代价一千三百元），铺板一副（代价四千八百元），大盆一个（代价六百二十元）。

三、政工大队燃料二百零二斤（代价三百零三元）。

四、办事处特别招待费二万零八百元。

五、驻军洋号代价一千五百元。

六、张总队结婚典礼亏欠一千四百元。

七、乡公所招待透支一万零九百三十元；又乡公所预借招待费一万元。

八、慰劳驻军猪肉亏欠十二斤、豆三斤（代价二千八百元）。

九、更夫玉米七斗，保丁玉米九斗。

十、驻军扁担二条，小口袋一个（代价三千五百元）。

十一、本保招待费五千六百五十元。

十二、业主粮食亏欠一千二百七十斤。

……

李兆平接过话茬：“这个单子平均到每甲每户头上，你看看负担多重？我姨兄弟、车桥北门口附近的孙胜才家，在圩子外租18亩地，房子被伪军拆了建据点，小孙子生病，请求出圩子看病，伪军说‘要出圩子，不出费，通毛猴子’，将老头子绑去打个半死。最后请区公所的任筱先出面，花去13万才放出来。你说，这是什么世道？”

朱贞云也无奈地摇着头：“现在鬼子二皇动不动就杀人放火，他们进了门，就将板凳、桌子堆起来，再用稻草来引火，将房子烧得干干净净。乡亲们被逼得没法子，就用泥砖将门封堵起来，将家具堆在水田的中间，这样要烧也烧不到里面。刚割上场的稻子，敌人将稻草扒成一堆烧掉，然后将谷子抢去，许多人家都被抢空了，东西都被烧没了。一早起来，大家先将被子衣服打成包袱，然后按着次序每家轮流烧饭，三四户人家合用一口锅，碗筷菜刀也都一样，其余的都被敌人抢走了。如果再有动静，便将这些仅有的财产朝水沟里一丢，等鬼子二皇走了再去摸出来。”

盛小顺心直口快，嗓门也高了起来：“在座的，不论是做长工短工的伙计，还是租田包地的佃户，这么些年，摊派来的杂七杂八的税赋交了多少，可能早已记不清了。在座的哪一家，不是月月交，季季交，年年交。为什么我们这么穷，为什么我们这么苦，辛辛苦苦地种了地，交了租，本来已经所剩无几，再来交这个税那个费，能不穷吗？许多人家交不出钱来，就被抓去打个半死，最后还要向那些地主大户借钱，甚至借高利贷来赎人、来交费。一会儿中央军，一会儿顽韩、东北军，一会儿鬼子、二皇，一个接着一个欺侮我们穷苦百姓，这样的日子何时是个头啊！”

“日子再难过也要过，但不是这么一个活法！”霞姑提醒大家。

“你说说怎么过？”大家的目光集中她身上。

“我给大家讲一个真人真事。听说泾口宥城有个姓姚的雇工，他将自己的房子拆掉卖掉，买了一支自卫枪，帮工去也背着它，送差也背着它，人家问他：你背着家伙挑东西，这不是太重了吗？他笑嘻嘻地说：我的家就是它，它就是我的家呀！大伙儿明白这个意思吗？”

“自卫枪?！难道让我们买枪，我们哪来的钱买枪啊？”

“打狗要用槌，防水要筑堆，保家乡保财产，要靠民兵自卫队！”卢春萱挑明了话题，趁机给大家鼓劲，“我们之所以被敌人欺侮，就是因为手里没有武器，只要枪杆子在手里，看他再来试一试?!”

“对！我们要成立自卫队！”小小的贺家明第一个站出来。

“我赞成，算我一个，反正我也是死过一次的人了！”盛小顺双手举得高高的。

“算我一个！”“算我一个！”“算我一个！”所有的男人都站了起来。

“卢大哥，你就领着乡亲们干吧！”霞姑把所有人的热望都传给了卢春萱。

一场大火，烧醒了吴道明一家，烧醒了贺老六一家，烧醒了瓜棚里的所有穷苦人。

一个不眠之夜，一切都在秘密进行，好似一夜芦家滩变了天。

各人分头联络，报名的人越来越多，可成立自卫队，最要紧的是要解决枪支问题。

卢春萱和霞姑同时把目光盯在了一个人身上：对，周老太爷。

周老太爷在芦家滩有着绝对的话语权。此人虽是大户地主出身，但其开明进步，非一般地主可比；在大是大非面前，特别能拎得清轻重缓急。

大伙儿商量了，成立自卫队，无非四个渠道：一是买枪，发动群众捐款购买，一户买不起，几户合买一把枪；二是借枪，动员地主、富农、士绅把枪支借给自卫队使用；三是寻枪，把韩德勤部溃退时遗弃在民间的枪支找来；四是抢枪，从敌人那里获得枪支弹药。

只要有了周老太爷的支持，就等于有了半壁江山。

现在日本人盯上了周家大仓，周老太爷也在思考着大仓的安危。

一早上，周老太爷四周张望了一下，向外吆喝了一声：“龙四呢？”

“老太爷，小子龙四在这里！”龙四应声而入，他早就带着护院队的人候在门外，每天早上先来周老太爷这里领任务，这是惯例。

“龙四啊，这人也配了，枪也配了，你这护院队可要给我顶住了。你知道我为什么要搞一个护院队？”

“当然是护院看仓的了，提防那些土匪蟊贼呗。”

“你错了，我给你们买枪不是为了对付乡里乡亲的。我问你，假如日本人要来抢我们大仓，你们怎么办？”

“还能怎么办，跟他拼，这没话说！狗日的鬼子，我龙四和他们不共戴天，我还指望着给我大姐报仇呢！老太爷您放心，您指哪儿，我们打到哪儿！”

这龙四是周老太太不出五服的亲戚，从小没爹没娘，家境很苦，练过武功，参加过小刀会，尽管岁数和大少爷差不多，可辈分高出大少爷一辈，所以，院子里的人都叫他龙四爷。

老太太生前很是照顾他，自从鬼子炸死了他的老姐姐，龙四心里耿耿于怀，听说打鬼子，他立即血往上涌。

“这几杆枪顶得住吗？”

“打死一个鬼子保本，打死两个赚一个，不拼到最后一滴血不罢休！”

“好样的，四弟！”老太太走后，老太爷好久没这么亲切地叫他了，龙四感动得差点流出泪来。

就在这时，大少爷周闻义神情慌张地闯了进来。

“父亲，不好了，不好了！”

“慌什么？天塌不下来，慢慢说！”

“卢春萱、叶霞姑反了！”

“什么意思？”周老太爷不懂大少爷的话意。

“他们在芦家滩成立了自卫队！”

“自卫队是对付谁的？难道是对付你，对付我？这是造什么反啊？你是神经过敏了吧。如果我没猜错的话，人家肯定是对付鬼子二皇的，这不是稀罕事，泾口、溪河、石塘、张桥一带，早就有了，不值得大惊小怪的。话说回来，我家这两个人也非凡人，从他们的言谈举止可以看出来，人家做人做事都是忠心耿耿、兢兢业业的，挑不出话来。他们在国家危难之时，能够挺身而出，我们不但不能制止，还要支持！”

“怎么个支持？”

“你不用费心思，一会儿他俩准来府上找我！”

话音刚落，龙四惊叫了起来：“老太爷太神了，您是诸葛亮在世神机妙算啊，说曹操曹操到，卢春萱、叶霞姑真的来了。”他远远瞅见二人正步履匆匆地向这边赶来，后面还跟着周小鱼。

一进来，霞姑开宗明义：“老太爷，想跟您商量一个事。您也知道，我们这里的老百姓天天受鬼子二皇的罪，这样下去也不是一个办法，我们想组织一个自卫队，一来保护老百姓的生命财产，二来保护周家大仓不落入敌手。有一点请您放心，只要您不嫌弃，我和卢大哥无论哪一天，都把您当作亲人，周府分内之事，随喊随到，绝不推诿。我们草拟了一个倡议，请您过目。”

……我等仰慕高义，自入府门，受益良多，不能在您膝前尽职尽孝，只愿在民族分上尽忠尽力。国难当头，日寇狰狞，生灵涂炭，饿殍遍野。国家兴亡，匹夫有责，自觉请缨，高擎义旗，伤时拭血，死后裹身。唯愿号召民众，奋力自卫，勇往直前，勿忘本分。赤心一片，日月镜鉴，泣血涕零，仰仗太爷悉心扶持，国之大幸，民之大幸！……

周老太爷戴上了老花镜，一字一句地认真读着，读完全身热血沸腾，好像回到了黄埔年代：“这倡议书肯定出自霞姑的手笔，我看你不但会编唱词，公文也是情真意切啊，句句说到了我的心坎上！你们不但考虑黎民百姓，还为我周家大仓着想，我很感动。国仇家恨面前，我周觉民不做孬种，这样吧，为了表示我的支持，我宣布三件事：第一，从今日起，我的护院队编入自卫队，平时护院，战时自卫；第二，我还要开仓放粮一次，所有揭不开锅的人家，按人头给一斗稻子一斗麦子，没有草烧的尽管来拖；第三，明年开春，所有贫困佃户无偿借种二斗，收成后租息一律减半收取。”

周老太爷宣布的三件事，对于芦家滩人来说，无疑是石破天惊的大事。

消息一经传出，芦家滩沸腾了，周老太爷的义举立马在一潭死水的芦家滩掀起了轩然水波。同时引发了连锁反应，其他地主也纷纷效仿，跟着捐钱借枪、减租减息，尽管有的地主心里并不十分情愿，但场面上的事，他们不想给人落下话柄。

“德国制四百元，法国造三百八十元，广东造三百五十元，中正式三百一十元，巩前造三百五十元，花旗造三百八十元，大鼻子海八式三百五十元，英国造二百八十元，子弹全新铜心弹，七九火八十五元一百粒，六五火九十元一百粒……”自卫队公开贴出了告示，明码标价。打鬼子这是正事，团结御侮、众志成城的老百姓有钱的出钱，有力的出力，芦家滩自卫队一下子有了二十几条枪。

几家花船队一齐上街表演了起来，周小鱼、霞姑的表演依旧格外抢眼。

> 囤上稻子黄又黄，黄又黄，大家小户喜洋洋，喜洋洋鬼子息心肠黑，偏要下乡来“扫荡”，得浪，得浪，度命粮食被抢光，一年辛苦为谁忙，得浪，没得吃来没处借，怎不饿死在路旁，得浪得浪得浪得浪。
>
> 要防鬼子防二皇，防二皇，人联人来庄联庄，庄联庄，莫笑我们粗大汉，义气赛过刘关张，得浪，得粮，有力的人儿齐出力，有枪的人儿拿出枪，得浪，有枪不拿非君子，有力不出理不当，得浪得浪得浪得浪。

拿出枪来保粮食，保粮食，拿出枪来保家乡，保家乡，颗颗粮食是血汗，不许敌人来沾光，得浪，得浪，老鼠难钻没缝墙，野狗难上太平庄，得浪，鬼子有甚了不起，看见民兵也着慌，得浪得浪得浪得浪。

磨好刀来擦好枪，擦好枪，打更放哨订规章，订规章，平时站岗查行人，有事敲锣齐抵抗，得浪，得浪，抗战已有七年多，我们愈打愈坚强，得浪，反攻日子快要到，东边发白天快亮，得浪得浪得浪得浪。

芦家滩芦苇荡里成片的芦苇，很稠很密，把天光都遮住了，一株株茂密的芦苇，把晚秋撑得辽阔无比。

自卫队员们扮成打野物的，坐在船上，穿插在芦荡里练枪，对着水中的目标射击，子弹入水的声音比较沉闷。秋冬季节，来荡里打鸟的人多，不易引起特别的关注。

“大家一定要注意，这枪后坐力大，你要用肩窝抵住枪托。一开始肩窝会疼，打多了，就习惯了，哪一天，你磨出老茧来，你就成了一把老枪了。”

龙四是个粗人，但枪法还算了得，他一丝不苟地教着大家。

自从担任芦家滩自卫队副大队长后，他像变了一个人一样，待人也和气了许多，说话也没了先前那恶炸炸的凶相，连周老太爷也都夸他“龙四立地成佛了”，说自卫队是个能改造人的地方。

你还别小瞧了龙四，这次他真的给自卫队带来一个大活。

那天，龙四正在周府带着护院队操练，一个叫吴二的人来找他，几月前此人去赶集的路上，被掳到小周庄据点当了伪军。家里老娘和媳妇实在受不了庄上人的指指点点，要死要活地才把他劝回来。

他曾参加过小刀会，龙四是他的头儿，回来想谋个差事做做。两人闲聊时，龙四听到一个“花边新闻”：

一个月前，车桥伪军一大队大队长（对外都叫团长）张学谦下了一道命令，小周庄据点的张志堂与受河据点的徐忠宪两个队长对调，张志堂去了受河，徐忠宪来了小周庄。

小周庄据点西边有个小闸子，小闸子桥头有一个赌馆。开赌馆的女人，姓金，是个三十多的寡妇，天生的一个尤物。大抵因为混迹于男人中，阅人无数，八面玲珑，素有“金香炉”之称。这女人与张志堂一直暗中勾搭，是他的老相好。

这徐忠宪到了小周庄据点后，嗜赌如命的他，常带着手下去“金香炉”的赌馆玩牌。这女人又使出浑身解数，主动投怀送抱，徐忠宪很快坠入情网。这徐队长也是一个情种，把“金香炉”当个心肝宝贝似的，成天如胶似漆黏在一起。

他根本不知道这女人早就是张志堂的人。张志堂也不知道自己的女人水性杨花，给他戴上了绿帽子。两个人都蒙在鼓里。

小周庄据点知道此事的人，也都睁一只眼闭一只眼，没人敢声张，如果给张志堂晓得了，非出人命不可，这玩火的事，各人闭口不言为好。

龙四当笑话来听，卢春萱可不这样想，这是一个可遇不可求的重大情报。

卢春萱找来霞姑、龙四，三人细细一合计，一场好戏拉开了帷幕。

龙四带着吴二秘密潜伏在“金香炉”家周围，密切注视徐忠宪的一举一动，哪天晚上他带手下来打牌，就派吴二去受河给张志堂报信。

为什么让吴二去报信，因为他是张志堂的老部下，从小周庄据点回来不做伪军还没两天，张志堂还不知情。这个张志堂，性情暴戾，生性凶恶，绝不会咽下这“夺妻之恨”，肯定会带手下来赌馆闹他个天翻地覆。

一旦张志堂入戏，自卫队就是看戏的人，埋伏在四周，坐收渔翁之利。

这戏就这么按着设计的情节进行。

那天晚上，徐忠宪与姘头在里屋偷情，手下两桌人正兴高采烈地在外屋打着麻将。

这边，张志堂带着十来个手下，气势汹汹地赶来兴师问罪，一看这场面，气得差一点吐出血来。

“姓徐的，你他妈的吃了豹子胆了，连我张志堂的女人也敢碰，今天老子非让你死个痛快!”张志堂在里屋窗外破口大骂。

“姓张的，老子玩女人，关你屁事，你凭什么到我的地盘上来撒野!”徐忠宪在屋里争辩起来。

一听这话，张志堂怒从心头起，恶向胆边生，睁开眉下眼，咬碎口中牙，他何时受过这等的侮辱，一脚踹开了门，“叭”“叭”“叭”，几声枪响，徐忠宪和“金香炉”被结果了性命，双双死在床上。

外屋里打牌的人听得枪响，心想这下完了，这厮来火拼了，队长都被打死了，他们哪能脱得了干系，也纷纷朝外开枪。张志堂一声令下，手下人也向打牌的人开枪。混战中，屋里屋外一片黑灯瞎火，双方已死伤大半。

现在该是看戏人上台了，只见卢春萱大喊一声：“给我打!”众枪齐发，自卫队手中的枪早就瞄准了他们，屋里屋外的敌人很快被消灭殆尽。

事后，自卫队将尸体一个个摆放在不同的位置上，以两方火拼的架势伪装好现场。

有人要把伪军的枪带走，霞姑当即制止：“我们的目的是消灭这些人，枪如果被拿走，肯定会引起敌人的怀疑，会把视线转向新四军和自卫队；一定要伪装好现场，这样敌人就会觉得双方是为一女子火拼的。来日方长，以后这些枪支迟早会是我们的。”

第二天，张学谦亲自带人来查勘现场，发现枪没丢，再看到床上一丝不挂的一对狗男女，他什么都明白了，打碎了牙往肚里咽，没办法，一个字：撤!

好在顶头上司、淮安保安纵队司令李东海是他的把兄弟，一大队的事都交他自己处理，李东海从不过问。现在，小周庄、受河两个据点的伪军所剩无几，不能成为共产党淮宝支队的口中食，干脆把剩余人员全部撤到车桥圩子里，说是“整顿”去了。

小闸子上演的这场火拼大戏，所有人守口如瓶，这是一条铁的纪律。从此以后，没人提起这事，就像什么都没发生似的。

这一带的老百姓总算喘圆了一口气，压在他们心头的石头，一下子搬去了，他们感到无比的欣喜。

卢春萱、霞姑的入党仪式也如期秘密举行，俞臻、鲍艳萍、任如干三人亲自到场见证。

一个属于芦家滩人的春天快到了。

第十九章　宥城来了特派员

一钩弯月，流泻着惨淡的月光，剑泓深一脚浅一脚地向一处草房走来。

那屋墙上挂着铁锹、锨叉之类的农具，还有些筛匾、斗篷、蓑衣之类的家什。一贫如洗的家里，没啥值钱的物件。

昏黄的灯光下，蒲团形状的小石磨，“咕噜”“咕噜”地转着。王玉荣一手推磨，一手连豆带水舀上一勺，往磨孔里倒，左拐右推，汗水早已浸湿了衣背。

弟弟王玉浩从附近的小河里一趟趟往家挑水，挑完水，开始清洗滤渣的吊兜、烧浆的大锅、盛放熟浆的大缸，搬好榨豆腐的石块……

大锅烧浆开始，妈妈孙桂兰坐在灶门口，引燃了柴火，因为潮湿，费力地吹着灶塘里的火，先是满屋烟雾缭绕，继而灶塘里的柴火毕毕剥剥响起来。

孙桂兰一边烧火，一边哼唱起那首老掉牙的《豆腐谣》：

世上活路三行苦哇，
撑船打铁磨豆腐呀。
磨豆腐呀磨豆腐，
汗水滴滴呀，
比呀，比那卤水多。
哎哟，哎哟，我的妈呀，
汗水比那卤水多。

二更挑水泡豆子，
三更牵牛去推磨，
四更淘了再过滤，
呵欠连天呀，
五呀，五更煮。
哎哟，哎哟，我的妈呀，
五呀五更煮。

打个呵欠五更煮。
又困又乏又饥饿，
打起精神点盐卤。
点盐卤呀点盐卤，
又怕嫩了呀，
又呀，又怕煳。
哎哟，哎哟，我的妈呀，
又怕嫩了又怕煳。
……

剑泓选择连夜出发，淮宝支队的交通员吴子余把剑泓送到村口就回去了，侦察员出身的剑泓想一个人走走，顺便熟悉一下这里的地形。

这段时期，他几乎走遍了湖荡水网地区的每一个村落，每一条湖泊，每一个墩圩，每一个草甸，挎包里的薄纸画穿了多少张，细笔用断了多少支，他也说不清了。前几天，正打算去泾口、车桥敌占区勘察地形，彭冲同志找他谈话，一项新的任务落到他的肩上。

“剑泓同志，这段日子你很辛苦，做事积极主动，还和同志们打成一片，而且多次出色地完成支队交给你的任务，不愧是师部来的优秀侦察员。经支队党委研究，决定吸收一批新党员，你是其中一个，后天是新年元旦，将在淮宝支队烈士纪念碑前集中举行入党仪式。”

剑泓的心感到一阵热乎，这个喜讯来得太突然，既感意外，更感荣光：“谢谢组织的关心培养，我一定会严格要求自己，时刻记住自己的党员身份，请党组织放心！”

“湖荡区边上有个宥城，是紧挨着泾口、车桥敌伪据点地区的边缘乡，那里的百姓日子很苦，敌人隔三岔五地下乡‘扫荡’，百姓家里的被子、衣服、锅碗、牲口，就连放在外面的马桶都被抢走了，还到处抓人，让你出钱去赎。那里的老百姓被逼无奈，有的买了自卫枪，有的参加了护村队，领头的叫王玉荣，是个好苗子，有冲劲，敢于斗争，积极性很高，被称为‘角头鸡’。现在急需要派一位得力的同志，前去帮助王玉荣他们发动群众，组织一支属于我们自己的农民抗日武装。组织上认为你最合适，你头脑机智灵活，侦察经验丰富，对敌斗争勇敢，加上你又是本地人，这个任务就交给你，你看如何？”

“太好了，我也想去这一带看看，坚决服从组织安排！”

曾经有一段时期，剑泓心里藏着阴影，他一度怀疑自己的名字含“剑”，可能杀气太重，自己像一个克星，克死了爷爷、父亲、母亲、姨娘、姨父、三班长，克走了霞姑、霞玲、三丫。后来，他通过学习哲学书籍和经典文章，慢慢懂得了他们的死，是万恶的鬼子，是吃人的世道造成的，只有赶走强盗，解放民众，才能有好日子过。

白天的那场宣誓活动，让他终生难忘。能加入党组织，是梦寐以求的事，它意味着从今往后，自己就该是有崇高理想和远大目标的大我，而不是只顾个人利益、在自我小圈圈中打转的小我；既为大我，就要为了民族解放，为了劳苦大众，随时为党牺牲一切，包括生命。

当一个人心中有了信仰，有了目标，他走出的每一步路，都会走得踏实，走得稳重。

看到这母子三人劳作的场面，剑泓心里感到别样的酸楚，一个没有家的人，看到别人家团聚在一起的温馨，那种滋味不可言说。尽管这种温馨，带着苦涩，带着残缺。

敲门，落座，王玉荣终于见到了淮宝支队的人，他感到格外的兴奋。

拉着剑泓的手，就放不下来了，似有好多话要说，又不知道从哪里说起。

“前几天泾口区委的同志来告诉我，淮宝支队要派人来，想不到这么快就来了，这下好了，你来了，我们就有主心骨了，以后我们就听你的指挥！”

“不是听我的指挥，是听从新四军淮宝支队的指挥，听从中国共产党的指挥。”

接过一碗刚出锅的热浆，剑泓和王玉荣像是一见如故的老友。他望着眼前这说话瓮声瓮气的憨实汉子，不用多说，就知道是个心直口快、一眼看到底的“直肠子”。

外面一片寒凉，可屋内热气腾腾。剑泓一路风尘仆仆，又被这一家三口的热情感染，头上早已是汗珠涟涟。孙桂兰到处找揩汗的毛巾，可不是破，就是脏，实在拿不出手，她就差把做豆腐的纱布拿来了，急得不知如何是好。

剑泓急忙从怀中掏出一块手绢，笑着对她说：“王大妈，别忙了，我这里有。”

这手绢是当年在镇江时，老板娘赵玉梅为他包扎伤口时留下的，赵玉梅被日本人的飞机炸死后，他一直揣在身上，因为经常浣洗吹晒，早就褪了颜色，只是绣在绢角的竹子还很清晰。

孙桂兰一眼就瞧见了这手绢上的竹子，顿时愣住了，她嘴唇有点发抖：“孩子，这手绢能给大妈看看吗?”

剑泓和王玉荣都看出了大妈神情有些异样，只见她捧着手绢的手有点抖，瞅上半天，神情有点恍惚。

“孩子，这手绢是你的吗?”

“是在镇江时一个老板娘留给我的。”于是剑泓把过去的事说了一遍。

孙桂兰捂着嘴哭了起来。

“妈，怎么啦?”王玉荣、王玉浩这两个儿子急得抓耳挠腮，不知道发生了什么事。

孙桂兰转身去了里屋，从衣服堆里摸了半天，从一件衣服的口袋里，也掏出一块手绢来，与剑泓的一模一样，只是颜色新一点，角上还绣了一朵梅花。

三个人都呆愣在那里，他们不知道这到底是怎么回事。孙桂兰让三个人都坐下，她说出了一段藏在心中多年的秘密。

原来，王玉荣并非她亲生，他的亲生母亲叫赵玉梅，是一个富户人家的千金。早年，王玉荣的父亲王竹轩在赵家做长工，一表人才的王竹轩与赵家千金赵玉梅也是从小玩到大的发小，长大后，竟彼此暗恋，日久生情，私订终身。后来，赵玉梅怀孕了，赵家知情后，认为王家太穷，门不当户不对，坚决不同意这门亲事，要求赵玉梅把肚中的孩子打掉。可赵玉梅认为这孩子是她和王竹轩的骨肉，就是不结婚也要生下来，还以投河上吊相威胁。最后，赵家无奈让赵玉梅在家里生下了孩子，但有一个条件，孩子一生下来，就将赵玉梅带到外地，他们不想让女儿背负这个未婚生子、有辱门风的名声。于是，生下王玉荣后，赵家父母强行将赵玉梅带走，一去不知踪影。

临行前，赵玉梅偷偷绣了两块手绢，一块绣了一支“青竹”，另一块绣了一朵“梅花”，彼此各存一块，留作信物。

赵家迁往外地后，王竹轩抱回儿子独自抚养，后经人介绍，认识了孙桂兰。孙桂兰见一个大男人既当爹又当娘，带着这么小的孩子，很是不容易，心里顿生怜悯之心，便同意了这门亲事。与王竹轩结婚后，又生下弟弟王玉浩。赵玉梅一去再无音讯，对王竹轩打击很大，整天郁郁寡欢，借酒消愁，后来就得了病。他看孙桂兰把王玉荣视同亲生，尽心尽力地照顾着家庭，很是感动，临死前他拿出“梅花”手绢，嘱咐孙桂兰有朝一日见到赵玉梅，将手绢归还，就说“缘分已尽，两不相欠”。想不到，物是人非，王玉荣的亲生母亲赵玉梅也走了……

想不到，一块小小的手绢，竟牵连着上辈人的恩恩怨怨。

讲完了事情的原委，孙桂兰在一旁小声地啜泣着。

王玉荣走过去，扑通一声跪在孙桂兰面前：“妈啊，您不要伤心。我虽然不是您亲生的，但这么多年，您待我的心比弟弟还重，这点儿子心里有数。不论什么时候，您都是我的亲妈，我都是您的亲儿子。”

孙桂兰拉着儿子的手，满脸是泪：“我可怜的儿啊，你自小以来都没见过玉梅妈妈的面，也苦了我儿了。儿啊，你恨你玉梅妈妈吗?”

“人都死了，还有什么恨的哟，再说，当初如果不是她吃尽十月怀胎之苦，不是她的坚持，我也不会来到这世上，也不会有我们这段母子缘分。算了，不恨了，要恨就恨那万恶的鬼子，他们占了国土，杀了我亲人，这个仇，我迟早要报!”王玉荣咬牙切齿。

剑泓过来拉起了王玉荣：“大哥说得对，我们要团结起来，发动群众，一致抗日，早一天把小鬼子赶出中国。”

“对，一致抗日，杀鬼子，杀二皇!”王玉浩也捏起拳头，信誓旦旦。

相传宥城人的祖先原居苏州，“洪武赶散”中被当作囚犯特赦赶到江北，在此地插草为界，垒土为城，开荒种地，世代繁衍。为了感谢皇上的宽宥不杀之恩，聚居的庄圩后来就取名“宥城”。

富有宽宥之心的宥城人，被鬼子二皇欺侮惯了，他们终于揭竿而起。

“自卫枪”入手，将单兵作战变为抱团作战。剑泓一到宥城，就和王玉荣一起四方联络，不到半个月，全乡大部分壮丁，都到自卫队上了名字，一支上百人的抗日自卫队成立，王玉荣被推举为大队长。

不久，又组织起“农抗会”，由木匠李在进担任农抗会主任，把没有枪的青年组成“模范队”，由帅冠群当队长。一支浩浩荡荡的抗日大军，从此驰骋在宥城大地上。

连战连捷，小试锋芒，与伪军几次较量，都打了胜仗，宥城自卫队，一下子成了车桥、泾口日伪军的眼中钉、肉中刺。

那天，泾口据点里一下子来了300多敌人。

锣声响起，一村接一村、一庄接一庄的“自卫枪”“模范队”纷纷赶来，将敌人围困起来，当场打死领头的鬼子小队长。几小时后，车桥据点的敌人赶来增援，日伪军总数超过1000人。

“大队长，要不要和鬼子拼?”帅冠群手中拿着大刀，准备和敌人拼命。

王玉荣把目光转向了特派员剑泓。

“命令自卫队迅速撤退，敌强我弱、以卵击石，这是兵家大忌，我们现在的首要任务是保存革命火种。”在粟裕身边，剑泓懂得游击战的重要性，打得赢就打，打不赢就撤。

“全体撤退!”一声令下，王玉荣把自卫队、模范队撤进东边的芦苇荡中，避免了与日伪军的正面冲突，保存了实力。

敌人开始了疯狂的报复，先后放火烧毁了东桥头、凤凰嘴、姚家河等五六个村庄六百多间民房，抓走了四十多个贫苦农民。

敌人撤走后，剑泓和王玉荣拉着队伍回来时，满眼都是冒烟的民房、烧焦的泥墙、破碎的砖瓦，地上随处可见赫红的血渍。

姚家河教私塾的陈汉初老人拉着剑泓的手泣不成声：“惨啊！姚家河130多户房子只剩下23户没烧掉。28岁的陈一同活活打死，16岁的陈一太经不起惊吓，叫了一声，也被日伪军拖出人群，活活用刺刀刺死。还把49岁的农民陈步庆硬说成是新四军的干部，当场枪毙……”

王玉荣目光喷火，咬着牙说：“血债一定要用血还!”

“哥，给我一把枪，我也要参加自卫队!”弟弟王玉浩也站了出来。

“佛祖救不了乡亲们的命，我们也请求加入自卫队!”两个被死者家属请来念经的青年和尚也气愤把手中的木鱼扔到地上，和王玉荣站到了一起。

朝夕相处中，剑泓发觉王玉荣是个爱憎分明，有觉悟、有志气的好青年。于是经常给他讲革命道理，使王玉荣不但提高了阶级觉悟，而且也有了一定的斗争策略。

在宥城西北方向七里长的防线上，王玉荣布置自卫队员日夜巡逻，并事先约好以锣报警。日伪军在哪儿出动，锣声就在哪儿响起，然后一村接一村，一庄接一庄。自卫队员听到报警，如果是小股伪军，马上摆开阵势，拦头就打；如果来的是大批敌人，队员们便在王玉荣带领下迅速东撤下荡，群众也跟着坚壁清野，撤离家园。

敌人一次又一次扑空上当。

很快，在剑泓的推荐下，淮宝支队党委同意了王玉荣的请求，他成了宥城乡第一个共产党员。

“报告特派员，泾口的敌人又来‘扫荡’了！”这天中午，剑泓正从岗哨上巡查回来，锣声再次响起，王玉浩跑来报告。

“来了多少人，鬼子多不多？离宥城还有多远？”

“大概五六百人，只有领头的几个是鬼子，其余都是二皇，离我们大概四五里地。”

“伪军来主要是来抢东西、发财的，去把你哥叫来，我们商量一下对策！”

紧急商议后，剑泓和王玉荣开始排兵布阵。

农抗会长李在进找来一根水车大轴，裹上一件白长衫，像大炮似的架在大安桥头。

帅冠群、王玉浩他们准备了一个火油桶，里面放一挂一百响鞭炮。

自卫队各就各位，敌人越来越近，当进入射程圈时，王玉荣一声令下，火油桶里的鞭炮噼里啪啦炸了起来，自卫队员的步枪射击也同步开始。

民兵哪来的机枪？敌人心中顿生疑窦。领头的鬼子小队长架起望远镜，这不看不要紧，一看吓得魂飞魄散：“有大炮，新四军的大炮！新四军的正规军来了！”

敌人慌忙下令撤退。

王玉荣一见敌人转头就跑，连忙下令追击，自卫队员们个个心中怀着仇恨，如猛虎下山，一时间杀声震天。

几名枪法特别准的“活线手”，他们的“追腚枪”一起向着敌人开火，敌人倒的倒，伤的伤，哭爹喊娘地狼狈而逃。

这一仗，打出了自卫队的威风，打出了老百姓的信心。事后，一首顺口溜在宥城唱了起来：

鬼子来“扫荡”，
自卫队不惊慌。
架起车轴充大炮，
放起炮鞭当机枪。
吓得敌人逃狗命，
乐得百姓喜洋洋。

淮宝支队交通员吴子余来了。

剑泓知道，他来肯定有事情。果真不假，支队通知，让剑泓同志晚上赶到车桥陈河东岳庙，接受新的任务。

把吴子余请进了准提庵，这里是自卫队的指挥部，两人正聊着，帅冠群身背大刀慌慌张张地跑来报告：“特派员，不好了，自卫队在东作村被敌人包围了，王大队长让我来给您报信。”

剑泓心猛地一沉，这是个非常严重的事儿。

刻不容缓，几个人赶紧从小路赶到前站凤凰咀，一听东作方向的枪声像爆豆子似的响个不停。

此刻的剑泓既是焦急，又是气恼：“接连打了几次胜仗，敌人蜷缩在据点里不敢出来，我们队员们的胆子就越来越大，有的甚至大白天背着枪，到泾口据点附近去转悠。殊不知敌人一直在伺机反扑。今天东作被围，这既是队员们麻痹轻敌所致，也是领导层的警惕性不高，放松了对队员的教育管理。”

但是危局已经造成，别无选择，他必须挺身而出！只见他将心爱的斜挎包摘了下来。这包从不离身，睡觉都挎在身上，他一脸郑重地交给吴子余：“吴子余同志，如果我回不来，请把这个包交给支队首长，里面有我这几个月测绘的地图。”

“要死一起死，我跟你一起去！”吴子余坚决不肯走，僵持半晌，望着那坚毅的目光，剑泓只好同意。

去东作村的陆路已被敌人截断、堵死，村子背后有条宽阔的河，没有船也进不去。

“我有办法!”帅冠群是行船的老把式，哪里有船，他一清二楚，不一会儿，他就划着一条船来到二人跟前，大家跳上船，猫着腰直奔东作划去。

三人从庄后上了岸，悄悄地摸到了与敌人交火的地方，只见队员们毫无惧色，正与敌人展开猛烈还击。再一看特派员来了，士气更加高涨，个个越战越勇，王玉荣脱去了上衣，正光着膀子指挥战斗。

剑泓既紧张，又欣慰，经过多次战火洗礼的队员们勇敢成熟多了。当务之急，必须分批次交替组织撤退。

剑泓、吴子余两人挥开衣袖，拔出手枪，领着一队人马，从另一个方向展开射击，吸引部分火力的同时，让王玉荣、帅冠群组织队员们分批悄悄从河中撤退。敌人多次吃过自卫队的亏，也不敢贸然向这里发动冲击。就这样，自卫队员竟神不知鬼不觉地全部撤出了村子。

等敌人再醒悟过来时，一切晚矣。

“特派员同志，这次东作被围都是我的错，没有把队伍带好。”王玉荣满脸浮土黑灰来不及擦去，就来作自我检讨。

“王玉荣同志，今天这个情况想起来都后怕，如果因为我们负责同志的麻痹失误，造成革命队伍的损失，我们将是历史的罪人，对不起支队领导的信任，对不起党组织的培养。”

“特派员同志你放心，不会再有第二次，我一定会把这支队伍带好的。”

男子汉大丈夫，一言九鼎，一诺千金。

天黑时，剑泓把自卫队的事情反复作了交代，草草地喝了几口山芋粥，就和吴子余出发了。

溪河一路西进，可直达陈河渡口，两人从宥城渡口登上“夜帮船”，船工见有客来，自是喜不自胜，态度极其友善。二人坐在船头边说边聊，船尾两个船工摇橹划棹，交替进行，船儿向着陈河急急奔来。

“侉子哥，你岁数不大，可在我面前是老党员、老哥哥，以后我要多向你学习呢。听说你在国民党三十三师干过，怎么投了共产党，做起交通员来了?”淮安一带的人，称北方人叫‘侉子’，称南方人叫‘帽子’，与吴子余在一起待久了，剑泓也跟着叫顺嘴了。

“俺只知道父母的名字，至于长什么样子，早已记不清了，很小的时候，他们就死了。后来就跟兄嫂一起过着忍饥挨饿的日子。嫂子嫌俺是个累赘，整天冷鼻子冷眼。有时候放羊回家晚了，连一点剩饭都不给俺留下，夜里实在饿了，就爬起来从水缸里舀冷水喝充饥。第二天起来走路都打晃。

“12 岁那一年，正赶上荒年，颗粒无收，嫂子把俺卖给一户人家做劳力。那时候，人们饿得实在没东西吃，就人吃人，有的人刚埋了，就被人从坟中扒出煮了吃，还有交换孩童吃。那个惨啊，太吓人了，俺怕哪一天也被人当食吃了，就逃了出来，一路要饭。抗战爆发后，霍守义的部队从东北南下，驻扎在鲁南时广泛招兵，为了讨口饭吃，15 岁的俺就稀里糊涂地当了兵。后来跟着部队一路走，一直走到益林、凤谷一带驻扎下来。因为俺要饭的出身，脚板好，跑路快，常给上司做跑腿的事情，建阳、阜宁、淮安、宝应这一带的乡镇村落没有俺不熟悉的。

“日军打过来以后，韩德勤的部队都被打散了，一些残兵投降当了伪军，一些人进了荡里做土匪，俺不愿意做汉奸，也不愿做土匪，思来想去，想起了一个人。俺曾听俺哥说过，俺家有个表舅也姓吴，叫吴士达，在淮安南乡做生意。于是，俺就到处打听，终于在车桥陈河吴家园找到了表舅。原来他发达了，现在是吴家园庄主，见到俺他也很激动，说俺和母亲很像，自小他和俺母亲是亲戚中关系最近的，可惜母亲早早地走了。于是，他就收留了俺，让俺帮他打理他家的菜园子。

“表舅因为十分注重江湖义气，在陈河一带很是吃得开，黑白两道，国共两党都买他的账，韩德勤在车桥时，就将国民党稽查处设在表舅家。后来，日本人占了淮安城，县城里的商家在他的影响下，纷纷迁到陈河来，与他合股经营，比如，城里的新华池浴室、震丰园饭店、淮东旅馆、黄矮子烤鸭店等。表舅有一点我挺佩服，他为了在夹缝中求生，表面上对日本人亲近，但暗地里支持抗日，各路抗日英豪来陈河，都到他家歇脚，他都热情招待，分文不收。日本人三番五次来收买他，区长和伪军副大队长两个职位给他选，他都婉言谢绝，日本人也拿他没办法。后来，新四军淮宝支队来了绿草荡，听说这是打鬼子的穷人队伍，我想参军抗日，把想法和表舅一说，他也挺支持。就这样，我就到了淮宝支队，因为对这一带情况熟悉，首长就让我做了一名交通员，也感谢党组织的培养，让我很快成为一名光荣的共产党员。”

“同是天涯沦落人，相逢何必曾相识，你我都是苦命人，都是没了父母的人啊。”剑泓听了吴子余的介绍很是感慨，他觉得身边的许多人都有一段血泪斑斑的过去。

他突然想起了今晚的目的地东岳庙，问吴子余：“你在陈河吴家园肯定去过东岳庙，可东岳庙会你看过吗?”

吴子余摇了摇头：“听俺表舅说，以前每年农历三月二十八日都有庙会，日本人来了这两年，就没见过，听说热闹着呢。对了，差点忘了，你不是土生土长的车桥人嘛，你给说说这庙会的事情。

“我这里有一个民间传说，说与你听听。东岳庙的兴建源于姜子牙。有一年姜子牙察看民情，途经里下河，听说这一带常闹水灾，于是请东岳泰山神君携带宝莲灯征服了东海龙王，为使东海龙王不再犯天规，特封东岳老爷黄飞虎为里下河之神，监视东海龙王不得兴风作浪，从此这一带风调雨顺。车桥民众为了感谢东岳老爷的恩情，就募集资金建起东岳庙，供奉黄飞虎神像，东岳庙修建起来的第二年农历三月二十八是东岳老爷的生日，这一天，千里之外的善男信女就携带香斗等从四面八方赶到东岳庙为东岳老爷祝寿。烧香时提前备好‘龙牌文书’，是一张印有龙祥花纹的黄色薄纸，纸上事先写上尊神敬佛、祈求好命的话，最后署上烧香人地址、姓名、生辰八字，有人提前多少天就小心翼翼地将这‘龙牌文书’和香包在一起，就等赶庙会来烧。当日，东岳庙殿堂内烟雾缭绕，红烛高照，吹拉弹唱，热闹非凡。后来人们每年如此，一时间东岳庙香火旺盛，农历三月二十八的庙会就这么流传了下来。

“我离开车桥前，每年三月二十八都去赶庙会。每到那一天，从东岳庙前的广场到碧霞宫的大路两旁，都搭满了帐篷，有卖各式车木农具的，有卖家庭日用品的，有江湖跑马卖艺的，有占卜看相算命的，也有玩猴戏、拉洋片、卖膏药的，还有卖各种面点熟食的，应有尽有。东岳庙和碧霞宫都是香烟弥漫，火光烛天，各地乡会，接连不断，旗伞执事，迎风招展，锣鼓鞭炮，震耳欲聋，可谓盛极一时。

“可惜日本人来了，就没见过这热闹的场面了，可惜了，可惜了。”吴子余是连连叹息。

第二十章　垒　坟

岭外音书断，经冬复历春。近乡情更怯，不敢问来人。

自从1939年日本人轰炸车桥始，剑泓就离开了家乡，今天回到这片土地，见到东岳庙，昔日的记忆一幕一幕地涌了上来。

从小他曾多次跟在爷爷后面来东岳庙进香，每年庙会更是少不了他这样的“皮猴子”，常带着小伙伴们在庙里疯厮，几乎跑遍了庙里的每一个房间，每一个角落。

东岳庙是个四合院式的大庙，东西各有配殿厢房，回廊前后环通，雨天行走足不沾水。东厢前后两排，前排有东庑殿、斋堂等，后排有道长房、道人房、职事房、膳房等，为僧道生活区。西厢也是前后两排，前排有仙女房、西庑殿、讲经房，后排为云会堂、三十六班库房等。

庙中建筑为前、中、后三殿，各依庙制等级居于南北中轴线上。

前殿三间，门前放一鼎形铸铁大香炉。台阶为三级明台地基，塔山飞檐，突出于同排的施药房、义棺房，飞檐下悬挂“东岳道观”金字匾额，传为清代名家邓石如墨迹。前殿正中供着一尊丈高彩绘木雕甲胄的东岳大帝坐像，其左右各立一金、木二咤武胁侍神，用于遮蔽的黄色垂幔上写有“道通乾坤”四大字。供案上有香炉、烛台、香筒、果品、花盆。殿内两侧，东悬大钟，西设巨鼓。

中殿为灵霄宝殿，居庙中央，五级明台，三间殿阁，格窗敞亮，斗拱翘檐，巍峨凌空，为庙中主建筑。门前立一塔式香炉。大殿正中供一尊丈二木雕玉皇大帝坐像，垂幔上书“真水无香”四大字，其左右两旁列文武仙班。

后殿一排，除东岳内宅殿外，设有西王母房、眼光娘娘房、五神房、寄名过关房、藏经房、法堂等。

今晚要见的客人就在藏经房里。

几年不见，慧仁法师也老了，当年他和爷爷严淑平经常谈经论道，那时剑泓还是一个孩童，法师自是认不出他来了。剑泓不便亮明身份，默不作声地随法师来到了藏经房。法师延请入内，随后掩上门扉，自行离去。

“剑泓!”

“邹科长!”

两人同时惊喜地叫了起来。能在车桥见到师部作战科科长邹蔚瑾，这真是意外中的惊喜。

再一看，屋内还有几位生面孔，邹蔚瑾一一介绍起来。

“这位是宝应县委书记曾涛同志。你们可知道，暗地里人家都管他叫‘老龙王’，这是为什么?”

剑泓和吴子余面面相觑，不知所云。

“他原来的名字叫曾海仙，字面上看，也就是曾经的海中神仙，那就是老龙王呗!”

这一说，逗得大家哈哈大笑，屋子里的气氛轻松了许多。

“曾涛同志四岁时，祖父和父亲在一个星期内相继病故，孤儿寡母，生活困难，靠外祖父家的接济读完小学，后来考上了有助学金的江苏无锡洛社乡村师范，毕业后当了几年小学教员。抗战爆发后，和八位进步青年离家去陕北寻找共产党。长途跋涉到达西安，进了我党的安吴堡青年训练班学习，几个月后，分配到浙江去做抗日救亡工作。三年前跟随组织北撤至苏中抗日根据地，在泰兴、靖江、如西等地担任县委书记，最近刚到宝应县。”

“这两位是张焕文同志、朱锦辉同志，都是师部侦察科的。那一次师长从抗大九分校带回来的20多名干部，有一半扩充到侦察科了，现在你们侦察科可是兵强马壮啊。”

“林科长呢?”剑泓想起了林痕。

“他病倒了，右脚感染，发烧得厉害，还住医院里呢。要不他就来了，没法子走路。”

剑泓的心一下子揪了起来，脸上顿时没了笑容，急切地问道：“病情严重吗?”

“还好，已经得到了控制，他还向你问好哩。好，言归正传，我这次来，主要是把师部首长的指示落实一下。本该林痕同志来宣布的，只好由我代为宣布。根据形势发展的实际需要，着即建立淮宝情报站，由张焕文同志担任站长，朱锦辉同志担任党支部书记。情报站的任务很重，要尽快利用各种社会关系，在敌人据点内外和主要交通干线，重要的桥梁、渡口、码头、名胜古迹点，乃至日伪军内部，建立起一张隐伏的情报网络。”

“我们这位剑泓同志，是土生土长的车桥人，也是师部侦察科的‘飞毛腿’，会侦察，懂绘图，能打仗，能文能武，虎气十足。师部首长也很关心剑泓同志的工作，我也大致和淮宝支队、宝应县委的同志了解了一下，说你有一个永不离身的挎包，里面都是你的成果啊，拿来我瞧瞧。”

剑泓的包里全是地图，上面满是弯弯曲曲的线条，密密麻麻的标记。他小心翼翼地一张一张铺展开来。

邹蔚瑾从包里拿出放大镜，逐一细细地翻看着，看着看着，脸上泛起了笑意，表情灿烂如花。他像是看到了一个刚出生的婴儿，那份惊喜、稀罕、珍爱，无一不从他的表情里面蹦出来。

“太不容易了，这么短的时间，就画出了马家荡、绿草荡、射阳湖、大纵湖等荡区的新地图，还对我们娄王庄、湖垛以西，沙沟、鲁垛以北，安丰、涧河口以东，东沟、益林以南过去的五万分之一地图有了新的补充和修正，这太好了！祝贺你啊，你圆满完成了首长交给你的任务。我这次来，就是要将你带回去的啰，马上又该有新任务了。”

曾涛将吴子余一把拉了过来：“说了半天，忘记介绍他了，他叫吴子余，山东人，是我们淮宝支队的交通员。曾在霍守义手下当兵，韩德勤逃跑后，他不肯投降做汉奸，不肯做土匪，就到了淮宝支队参加了新四军。他也是脚板好，能跑路，这一带的情况是标准的‘路路通’。这陈河吴家园庄主吴士达就是他的表舅，地方人脉熟络。现在淮盐宝边区办事处已经和宝应县委县政府合署，经过研究，由吴子余同志担任淮宝情报站车泾组组长，专门负责车桥、泾口的情报收集工作。这几天，你就听从邹蔚瑾科长的调遣。”

慧仁法师来了，众人皆起身。这是一位德高望重的僧人。

淮宝情报站设在东岳庙，剑泓不得不佩服领导的眼光。这东岳庙坐北朝南，北枕河塘，东连田野，南为道场，西为花园。从地形位置上来看，前可进，后可退，是个攻守兼顾、幽静隐秘的好地方，法师能在庙中辟出房间，专供情报站使有，足见法师的一腔爱国热忱。

邹蔚瑾和曾涛同志再三向法师表达谢意，法师一脸正色，侃侃而谈：

“九一八时，我宗教领袖太虚法师曾经号召全国僧众同仇敌忾，其中有一宏言，记忆犹新：‘日本民族，今竟不能自抑其贪欲瞋忿，迷昧因果之理，造用凶暴之行，妄动干戈，强占中华民国东北之辽、吉两省……’七七事变后，宗教界法舫法师、道安法师、巨赞法师等共同倡议，在民族大义面前，我等可以暂时放下佛教的修持，以‘慈悲杀生’‘一杀多生’‘下山救世’之宏愿，参与到全民抗战中去。”

“我是宜兴人，宜兴龙池山恒海法师是我师父，听说为保寺院，率众抗日，最后粮尽援绝，投水自杀；宜兴化城寺僧众集体参战，最后均死于日寇枪下。最近，日本人为了加强对陈河的控制，摩拳擦掌，说要在陈河设立土圩子，我已让人以本庙 36 亩香火田作抵押，给庙中道士配枪自卫。我在庙中和众人明谕，日寇再来行凶，那就是‘造无间大罪’，我们既无退路，就该行‘菩萨道’，杀强寇，即功德无量。”

“杀强寇，即功德无量。”这掷地有声的话，如黄钟大吕般回响在每个人的心里，回响在黑暗的夜空。

一声鸡啼，陈河街醒了。

从交通位置来看，陈河在车桥镇之南，两者相距不足千米，且通行大路。水路方面，南有溪河，北有涧河：溪河向东直达蒋桥街，下达绿草荡，舟楫往返，进退出入，隐蔽躲藏，极为便利；涧河上通淮城东门，下达流均沟直达湖荡。东去西往、南北连通的陈河，自是一枝独秀的风水宝地，各方势力都想在此争得一席之地。

这一早上，摆摊的，肩挑的，手提的，推车的，卖蔬菜的，卖鱼虾的，卖家禽的，贩夫走卒们早已络绎不绝地跑来赶早市、占摊位。陈河街的烟火气，让剑泓像是回到了多年前的车桥圩子，当时的人气也是如此旺盛。

四年前，日本人一把火烧了车桥，剩下的是断壁残垣，坚强的车桥人，有的在圩中废墟上重建家园，有的迁到陈河来兴市创业。韩德勤的省政府及淮安县政府迁来蒋桥、马湾，又让陈河火了一把。

日本人占了车桥后，陈河的商业一度萧条，但从县城搬来的富户商家越来越多，车桥圩中偷偷溜出来在此建造房屋的人也越来越多。陈河地多，许多人就选择了种菜，菜园子比比皆是。你还别小瞧了这种菜，本钱就是一杯菜籽，上市后可天天见现钱，日积月累渐成富庶之家，民间竟有“车桥鲍邵严，不如陈河大菜园”之说。

邹蔚瑾这次来车桥，他还有一项重要的使命，只有他一人知道。他不仅要看看陈河，还要亲自走一趟车桥，侦察一下日伪军布防情况，这是粟裕亲自交代的任务，算是绝密行动。

剑泓和吴子余两人也明白，领导的意图不该问的一句都不能问，只管跟着走，随时听令就是。

一番乔装打扮，吴子余变成了山东来的富商，邹蔚瑾、剑泓成了他的伙计。

邹蔚瑾、剑泓各牵着一头骡子，骡背上驮着皮货包袱，骡子和皮货都是吴子余从表舅吴士达那里借来的。

山东鲁南地区的几个县，以做皮货出名，牛、马、驴、骡皮制生意火爆，这些地区的皮货商人，常常将皮货或牲畜运至车桥涧河渡口下货歇脚，然后从此转运到南乡贩卖，或直接送往屠宰加工集散地阜宁益林一带，硝制加工后销往苏南、上海地区。因此，车桥常有山东商人出入，人们早已司空见惯。

这车桥圩子伪军也以北方侉子居多，吴子余操着一口标准的山东话，很顺利地进入了车桥圩子。

这腊月的风像刀子一样刮在脸上，剑泓当年是逃出车桥的，不能让人认出来。为了挡风御寒和不暴露身份，他和邹蔚瑾都戴了狗套头帽子，只留一双眼睛，这样子和伙计的身份也很协调。只有“老板”吴子余大大咧咧地露出真容，老板就要有老板的样子，不能和伙计一样缩头缩脑的，再说就是有人认出他，也只知道他是陈河吴家园主人吴士达的表侄儿。

他们进入车桥，先是去了涧河渡口，然后装着皮货不好卖的样子，在圩中几条街的商铺里装模作样地转悠，像在寻找买主。

为了安全起见，这次进入车桥，他们身上没带一张纸，就连剑泓那从不离身的挎包也临时藏在了东岳庙情报站里，一切凭眼看，靠心记。

第一次来车桥的邹蔚瑾，算是领教了车桥“五桥、十三庵、一百零八巷”的真容。从中心大街到南街、北街，从南西街到南东街，从北西街到北东街，从河北西街到河北东街，街巷阡陌，寺院庙宇，他像是进入了迷宫。

要紧的是，从圩墙四门到涧河五桥，从伪军团部土圩子到日军碉堡大院子，从补充大队部到中队部，从警察局到自卫队……一天下来，尽管走马观花，但总算在大脑中形成了完整点位和轮廓。

在一家院子前，剑泓停住了脚步。这里，一园废墟，杂草丛生，那棵老榆树还在，发黑的枝干上又倔强地生出几枝叶蔓来，这可能是这园中唯一的生命迹象。

剑泓眼泪扑簌簌地流了下来，此时此刻，他多想大喊一声：爷爷，父亲，母亲，我回来了！可人去园空，一切都不复存在了，最爱的亲人，一个个都走了。

此刻，背负着国仇家恨站在家门口，有家不能回的他，咬牙切齿，拳头捏得紧紧的，恨不能杀尽这圩子里的鬼子，给死去的亲人报仇。然而，他知道，他是一个新四军战士，他不仅要为自己的家而战，还要为所有的劳苦大众而战。他坚信，血债血还的日子不会遥远。

“这家房子烧了后，就没见过他们家人。哎，严大先生，多好的一个人啊，说没就没了。”街上的邻居，看见有人站在这门口，便指着这房子摇头叹息起来。

你来人间一场，谁知前世模样。
背起空空行囊，尽头就是天堂。
你来人间一场，谁见来世时光。
不见不欠不想，放下就是天堂。
你来人间一场，谁享今世无恙。
笑看魑魅魍魉，回家就是天堂。

此时，一个疯子一路疯疯癫癫过来了，身上裹着一床破被，手舞足蹈，又唱又跳，后面还跟着一群嘻嘻哈哈的孩童。

剑泓一眼认出了疯子，是父亲饭店的李春明老板，如今成了这个样子，谁看到谁心痛。不过他口中的唱词倒有几分人生哲理。

那疯子也看见了剑泓，盯着眼睛看，似乎认出了他，又似乎啥也不知道，转身又蹦蹦跳跳地走了。

邹蔚瑾猜出这是剑泓的家，此刻，他也说不出什么劝慰的话，见邻居越来越多，便拽了拽他的衣角，三人转身而去。

寻家，家没了，寻孟格美，孟格美走了，他的教堂已圈成了敌人的圩子，福音堂已建了敌人的碉堡营房。听说看门的管家老顾为了保护教堂，被日本人一枪打死了。再看华阳春饭店，也没了，如果父亲还在该多好啊，他可以请邹蔚瑾、吴子余好好地品尝父亲的拿手绝活——软兜长鱼。他想吃父亲做的菜，那味道总是在梦中传到他的鼻翼，醒来什么都没有，唯有清泪一行。他的梦，都是疼醒的思念……

仰望天空，银灰色的云块在翻卷，肯定有云块是雨做的，是雪做的，还有泪做的。当人们伤心望天时，那云块就会落他的心中，成雨，成雪，成泪。

都没了，什么都没了，剑泓又一次摸了摸了上衣褂，贴身衣兜里的玉佩还在，突然心头涌起了一种特别的情愫。他蓦地想起了霞姑，此时此刻，这种想念那么急切，那么揪心，那么魂牵梦萦。

自从带着姐妹三人携手流浪，他就将她们视为亲人，同龄的霞姑与他心心相印，互生默契。他依稀记得有一次梦里，霞姑亲了他，他也亲了霞姑，那一刻，他感到很幸福。可是他都不好意思说出来。其实，那一次，霞姑真的亲了他，她也没有告诉他。两个相爱的人，有时候，距离就隔着一层纸。

现在，想不到自己因为被抓了壮丁，几人就这么走散了。这么久了，也没个音讯，世道这么乱，会不会有什么三长两短，他都不敢往下想了。

有时候，这世上的事说不清楚，冥冥之中，也许这就是缘分，或许有一种心灵感应。其实，霞姑也无时无刻不在思念着剑泓。分手后，她把相思一直埋在心底里，心里早有一个承诺：死生契阔，与子成说；执子之手，与子偕老。

此刻，霞姑正坐在周府的门廊过道里，纳着鞋底，她要亲手为剑泓做一双鞋子。当年，要饭的路上，剑泓的鞋子脚趾都露出来了，还是好心的老板给了一双鞋子，现在早就磨破了吧。有朝一日，她要把鞋子亲手交给他，让他穿上她做的鞋子，在外行走做事，走到哪儿，这鞋跟到哪儿。

她甚至想到，将来哪一天嫁给了剑泓，她要做一个最好的女人，知冷知热地疼惜他、呵护他、心疼他，照顾他吃饭穿衣，让他体体面面地出门。

她不能再想下去了，脸上像着火似的，用手一摸滚烫滚烫的。她暗自好笑，笑自己没脸没臊的，都想到结婚了，男人还不知在哪儿，哪有这么美的事情。

造化弄人，剑泓和霞姑其实相距很近，一个在车桥圩子，一个在芦家滩周府，近在咫尺，却似远隔天涯，无缘相见。

剑泓军务在身，身不由己，侦察人员有侦察人员的纪律，不能随便与地方的同志接触。要是鲍艳萍、任如干与剑泓有见面的机会，也许情况就会有了转机。

可惜，这段日子车桥高小恢复上课了，鲍艳萍和任如干正在县城里参加日语培训班，据说各伪化区都要增设日语课程，车桥高小的学生们也要讲日本话了。

呜呼哀哉。

有人戏言：到车桥不吃淮饺，你这趟等于白跑。

中午三人在涧河渡口，白开水就朝牌，草草地啃了几口，紧紧张张转悠了一天，早已饥肠辘辘。傍晚时分回到了陈河街的邹蔚瑾，终于在震丰园品尝到了传说中的车桥馄饨。

这车桥馄饨又称为淮饺，皮薄、馅细、汤鲜，入口爽滑，味道鲜美。走进操作间，见那馄饨皮纯手工擀成，皮薄如纸，放在掌上可透见指纹，放在书上，字迹清晰可见，划根火柴点火即燃，邹蔚瑾为这馄饨皮的精细做工叹为观止。

在师部时，剑泓早就夸过这车桥馄饨的鲜美，今天终于一饱口福，东道主剑泓请客，他连吃了两大碗。

从震丰园出来，三人约定：剑泓与吴子余趁黑回到宥城和淮宝支队，各自做好交接，邹蔚瑾与情报站的同志明天去曹甸侦察，后天三人在淮盐宝边区办事处见面。

万木肃杀的冬夜，朔风在耳边呼呼作响，把路上的行人都吹进了油灯下，吹进了梦乡里。偶尔几声犬吠，好似在宣示它是这烟火人间的主人。

尽管有风，但今晚有月，天空少有的明净、辽阔。月光倾泻在流动的水面上，远远望去，如幻动的薄纱绸带，洁白柔软，轻盈飘逸。看着这样的月色，剑泓不由自主地又想起了霞姑，如果这河水愿意，剑泓想在溪河畔轻轻叫一声“妹子”，也许思念会贴着流水，一直滑进霞姑的梦里。

来时因为赶时间，坐船来得陈河，现在回去，两人不急着赶路，索性就靠两条腿走吧。月光下，剑泓与吴子余沿着溪河北岸一路向东。

“你看那是什么？”半路上，突然吴子余看到前面地上有一些红红绿绿的纸片。

“是我们的传单！”两人捡起来一看，原来是前不久淮宝支队印发的传单《告伪军同胞书》《告敌占区人民书》，用红纸和绿纸印的。原本是张贴在路边人家墙上或树上的，被风吹落了下来，散落在地上。

“为了在敌占区掀起一个强大的政治攻势，我们组织自卫队员们在敌占区的交通要道和敌人的据点周围四处张贴，包括涧河、溪河两岸的公路边上，贴满了我们的宣传传单。哎，看到这传单，我就想起一个小英雄，可惜啊，那么小就被敌人杀害了！”剑泓捧着传单，想起了一个15岁的少年英雄。

“是叫二网子吧？枪毙他的那天，俺送信正好路过赵舍，目睹了那一幕。敌人为了杀一儆百，他们兴师动众出动了200多人，从泾口到赵舍二里长的路段上，五步一岗，十步一哨，小英雄宁死不屈，最后牺牲在敌人的屠刀之下。”吴子余也知道这事。

“我们知道情况太迟了，没有救下他，这是我一生的遗憾。二网子牺牲那几天，我一口都吃不下，心里感到特别难过。要说这事，还是因我而起。”

二网子的死，像一块石头一样压在剑泓的心头，他一想起二网子牺牲的前前后后，就感到特别的痛心。

记得那天上午，剑泓正组织自卫队在东桥头与泾口据点里的日伪军作战，两个自卫队员押着一个十四五岁的小男孩来报告：“特派员，我们抓到一个日伪探子，请您批准杀掉他。”

当时战斗正在紧张进行，剑泓正忙着指挥打仗，就当即交代：“先押到指挥所，等我回去再说。”

将近中午，战斗结束了，敌人被打得屁滚尿流地龟缩到泾口据点里去了。剑泓急忙赶到准提庵指挥所。其他人已吃过中饭，只有那个被抓来的男孩子给绑在柱子上，面无血色，骨瘦如柴，瑟瑟发抖，一脸的恐惧和绝望，浑身上下穿得破破烂烂，脚上穿着一双破雨靴。剑泓凭借多年经验看出，这个孩子不像是个敌探，马上叫人给他松了绑。

剑泓让人端来饭菜：“来，你和我一道吃饭，我们边吃边说。”

那小孩顿时感动得流出泪来，眼里现出生的渴望。

“你为啥要给敌人当探子？给敌人当探子，就是汉奸，就是坏人哟。”剑泓尽量用平缓的语气问他。

小男孩眼泪像断线的珠子一样，直往碗里滴，他满是委屈地说：“是老板硬逼我来的。”

经过询问得知，原来据点里的穷苦百姓也深受敌人的残害。所谓探子，即敌人将各家各户依次排队，轮流转换地到据点外面传讯、递条、催粮、派款，察看新四军和各乡各保的抗日动态，回去向敌人报告。其中大多数人是出于迫不得已，出来一趟回去应付差事而已。真正死心塌地为敌人效劳的，只是极少数。谁愿意为鬼子卖力呢？

被扣留的这孩子，叫王元甲，15岁，小名“二网子”，由于家里穷，给泾口镇上一家面坊当伙计，成天推磨磨面粉。这天，轮到面坊老板到据点外面当“探子”，老板就叫小伙计王元甲替他完成这份差事。

二网子年纪小，不懂事，走到东桥头后，就真的向值勤放哨的自卫队员打听起“新四军最近来没来”。队员们思想单纯，就把他当日伪探子捆了起来，还差一点杀掉。

经这么一说，剑泓对这孩子充满了同情。一边让他吃饭，一边教育他，日本鬼子是外国人，跑到我们中国筑碉堡、造圩子、杀人放火，任何一个有骨气、有良知的中国人都绝对不能容忍……

二网子听着听着，手中的筷子停了下来，两眼涌出了难过的泪水，他一脸真诚地恳求道：“先生，我不想回去了，你带我去参加新四军吧！”

“你年纪还小，现在部队流动性大，成天要行军打仗，你很难适应。等长大了可以参加新四军。不过你留在据点里，照样可以做我们的革命工作。”

二网子一听可高兴了，忽闪着眼睛问：“那我能做什么事呢？”

当时正好剑泓手中有淮宝支队政治处印发的《告伪军同胞书》和《告敌占区人民书》两种红绿传单，他试探性地问王二网子：“在圩子里贴标语，你敢吗？”

“敢！”二网子回答得很干脆。

“鬼子、二皇知道了要杀你头的！”

“我不怕！”回答依然斩钉截铁。

二网子的坚毅和果敢使剑泓很敬佩，他一边悄悄交代二网子要严守秘密，一边将传单卷好塞进了他内衣里面。

二网子挺直了腰杆站在剑泓面前，俨然一名即将出征的小战士。他领着这项特殊任务走了，让人扼腕痛惜的是，这一走，从此再没回来。

那天，二网子沿着张公堆的抗日堑壕往北走，他的一双手还不时从路旁、田边扯上几把青草，假扮成是刚从地里干活回来的样子。到傅庄时，一条水沟拦住了他的去路。人小水深，他便脱下衣服和半筒靴蹚水过河。就在他把传单往两只靴子里揣时，这一幕被一个在附近耕地的伪保丁发现了，不料就此种下祸根。

临进圩子，他把标语塞进靴子合起来夹在腋下，外边还包着青草，光着脚若无其事地混过敌人的岗哨，顺利回到据点里。半夜过后，据点里死一样的沉寂。二网子一觉醒来，揣上标语，带上早就准备好的糨糊，仗着据点里路熟，他躲过敌人的岗哨和巡逻队，把 20 多张红红绿绿的传单贴到泾口的街头巷尾，以及伪军大队部的墙上。然后仍旧回到磨坊里睡他的觉，真是做到了神不知鬼不觉。

翌日清晨，当人们看到新四军的传单后，整个据点炸开了锅，老百姓们则个个喜形于色，在暗地里奔走相告：“新四军进圩子了！”

鬼子兵竹内中队长如临大敌，立即四门关闭，不准一个人进出，挨家挨户进行搜查。稍有嫌疑就被抓去绳捆索绑，鞭抽棒打。三天内，竟有 30 多人被无辜捆吊，结果一无所获。但是竹内不死心，命令伪军大队长严泰然把乡、保长以上的走狗全部集中起来，限令时间查清案发当日进出圩子的人员情况。于是就有了那个在傅庄耕地的伪保丁前来告密，把他见到二网子手中抓着红红绿绿东西涉水过河的事说了出来。

竹内一见他们抓到的“要犯”竟是个小毛孩子，气得两眼都绿了。他们对二网子连夜吊打折磨。二网子觉得自己已是“革命的人”了，忍着剧痛，问什么都回答“不知道”。严刑吊打，威逼利诱，日伪军们的花招用尽了，都没有使二网子屈服。最后，敌人残忍地将他杀害了，为了毁尸灭迹，还把尸首都烧了！

“二网子的死都是那个伪保丁告密造成的，这个叛徒后来查到了吗?”吴子余听了讲述，满肚子的愤慨。

“后来查出来了，那个告密的伪保丁叫张士元，在二网子牺牲半个月后，我们组织锄奸队，一举抓获那个狗腿子，当场处决了，也算是告慰二网子的在天之灵了。”

从赵舍的南头经过，吴子余指着那片荒野说道：“前面就是小英雄牺牲的地方。”

剑泓放慢了脚步。

“跟我来!”沉思片刻，只见他引着吴子余蹑手蹑脚地走到荒野里。

荒野里全是软土，他蹲下身子用手刨起土来，指缝里全是泥也全然不顾，吴子余明白了他的用意，也帮着他垒土，很快二人垒起一个三尺见方的小坟。

坟中埋着那两张传单，一红一绿，剑泓分别在两张传单上写下：王元甲烈士，民国 17 年生人；民国 32 年殉难。

也不知何时，他手中多了一把松枝来，不知从哪棵树上折来的。火柴点燃了松枝，火苗蹿了起来，映照着两人的脸庞。

“小英雄，一路走好啊。”剑泓一边燃着松枝，一边默默祷告。他知道，敌人杀了二网子，一把火烧了，连个尸首都没有留下，此时此刻，他只有以这样的形式来祭拜英雄，寄托哀思。

斯人已去，音容宛在，踏血前进，誓以至诚。

短短三个月，剑泓就和宥城的群众打成一片，成了自卫队的领路人。

这次回到宥城，既是交接，更是重托，从此作别，一路珍重。

剑泓和王玉荣，一个有股虎劲，一个有股血性，一个内敛些，一个外向些，一个平和些，一个火爆些。剑泓遇事能有一定的自控力和判断力，而王玉荣遇事勇力可嘉，谋断欠缺，这一点是剑泓最为放心不下的。

这一夜，两个志同道合的热血青年，就着当前的形势与面临的困难，互相探讨，深入交流，一直谈到了晨光熹微。

有几次王玉荣对于剑泓的离去，都生出不舍的眼泪来。一向大大咧咧的男子汉，竟在剑泓面前落泪，足见其动了真性情。

“海内存知己，天涯若比邻。无为在歧路，儿女共沾巾。都是大老爷们了，不要悲悲戚戚的，我也不是不回来的，将来我们会有机会再见面的。”剑泓劝着王玉荣，可一转脸，他自己的眼角也沁出泪来。他多想把根扎在这片泥土里，和这里的人们血肉相连休戚与共啊。

两个男人，一下子都哭了。男儿有泪不轻弹，无情未必真豪杰，这是两个活生生、重情重义的真人。

眯了一会囫囵觉，剑泓想起了一张欠条。

他带着食堂管理员小宋，敲开了准提庵旁边的邻居马维驹家的门。

原来，他刚到宥城的时候，有一天快到吃中饭的时候了，管理员跑来向他汇报，说驻地的中饭锅还没有烧透，还缺一点点烧火草。

于是剑泓带着管理员来到了附近的马维驹家，向老马称了五斤烧火草，管理员身上当时没有带钱，就打了一个欠条，顺手从口袋里拿出私章盖了一下，剑泓也在上面签了字。

当天下午，管理员找到马维驹家，将五斤烧火草折价准备赎回欠条，可是耿直的马维驹说什么都不肯，管理员执意要给钱，马家执意不要。

后来，这事也就拖了下来，可剑泓一直记在心里，这次临走前，无论如何要把这欠债给还掉。

“老马，我还记得欠你五斤烧火草钱呢，我明天就要走了，想折价还你，赎回欠条，我不能背着债务走啊。”

“特派员，你说的哪里的话哟，你是见外了不是？这点烧火草还算钱呢，不成笑话了。”

“老马，你不能让我犯错误啊，我们新四军有纪律，不能拿群众一针一线，我若是不还你烧火草钱，你就是让我犯错误了。”

马维驹被新四军这种精神感动了，他终于同意烧火草折价。

他找来了欠条，在后面注上“已还清”三个字，但他突然向剑泓提出一个条件：“您走了，能不能把这张欠条留给我做个纪念？”

剑泓略加思索爽快地答应了：“行，给你留个纪念！”

“太好了！”老马喜形于色，像得了一件宝贝。

忙碌的一天就这么过去了。

这夜里，剑泓做了好多好多的梦，又梦见了霞姑，梦见了他和霞姑每人骑着一匹马，就像姨娘姨父那样，挥舞着双枪，在日军据点里一路冲杀，一路驰骋。

醒来，却见门口站满了送行的人。

王玉荣领着大伙，早早地等候在门口，天大地大，没有老百姓的恩情大，军民鱼水情，亲如一家人，这在共产党新四军的根据地绝不是一句空话。

马维驹来了，后面还跟着一个后生，他拉着剑泓的手，恳切地说道：“特派员，抗日就靠共产党，当兵就当新四军，你们为了我们老百姓，打鬼子，灭二皇，到处奔波，新四军就是天底下最好的菩萨兵。今天我就将儿子托付给你了，我要让他参加新四军，请你帮我带到部队去。”

“把我家二林子带着！”

“我家还有一个小强！”

“这是我家的水生！”

……

七八户人家送来了儿子，要求参加新四军，这积极抗日、踊跃参军的场面让剑泓既意外，又感动，多么纯朴善良、顾全大局的老乡啊。

“大伙儿请放心，我一定把这些子弟送到部队，感谢大伙儿的信任与支持!”

人有血，
海有潮，
革命战士志气高。
烽烟起，
战火烧，
日本鬼子是强盗。
鸡飞走，
狗在叫，
抢你的谷子抢你的稻。
屋子全烧光，
家破人又亡，
血海深仇怎不报?
扛起枪，
插刺刀，
当兵就为把仇报。

好铁要打钉，
好人要当兵。
我送大小子，
去当新四军。
赶走小日本，
天下得太平。

帅冠群领着自卫队员们一起唱起了《送儿去当兵》，这首歌就是剑泓教的，唱这首歌也是对他最好的送行。

晨曦拉开了一天的帷幕，一个绚丽多彩的早晨，带着希望降临。剑泓领着报名参军的农家子弟出发了，迎着黎明的朝阳阔步前进。

第二十一章　都天庙枪声

剑泓前脚刚离开，泾口就发生了一件大事。

“王嘉树同志牺牲了！”

鲍艳萍、任如干从县城学习回来的当天夜里，俞臻就告诉他俩这样的噩耗。

现在的泾口一带的地方抗日队伍，以涧河为界，北有王嘉树，南有王玉荣，一个是泾口区民兵大队长，一个是宥城乡自卫队大队长。日伪军视这“泾口二王”为眼中钉、肉中刺，大有除之而后快之心。

“嘉树同志是个优秀的革命战士。他出生于四川乐山的一个盐商家庭，小时候因家业破产辍学。卢沟桥事变后他积极投身抗日救国运动，经李公朴先生介绍考入‘西北青年干部训练班’，很快就加入了中国共产党。后去抗大学习，毕业后，从华北调到中共中央华中局所在地盐城工作，后调任淮安苏嘴区区长。新四军淮宝支队来淮宝开辟新区后，我们开始集中力量开辟南乡根据地，为了加强力量，上级派来嘉树同志担任泾口区民兵大队长。在泾口区委的领导下，嘉树同志积极发展武装力量、开展武装斗争，在拥军参军、征粮借粮、救灾度荒、减租减息、农运统战等方面都作出了重要贡献。”

“嘉树同志牺牲后，我和区长严仁南带人将他的遗体运回我们根据地腹地复兴田桥，第二天，县委县政府为他举行了隆重的追悼大会。当时的场面，我一辈子忘不了，上千民众自发赶来为烈士披麻戴孝，一时间哭声震天、泪水成河啊。在场的大爷大妈们都喊着他的名字，说他太年轻了，才23岁就走了，个个掉泪舍不得……”

俞臻讲着讲着，也掉下了眼泪。

“他是怎么牺牲的?”鲍艳萍问道。

“被叛徒张兆荣出卖的，是车桥夏庄据点的伪营长夏桂伍带人围剿的!”

“这狗日的汉奸二皇!”任如干气得破口大骂。

“泾口区一直是敌占区，革命基础比较薄弱，嘉树同志到任后，积极进行抗战宣传，组建抗日武装，游击队一下子发展到将近 150 人。嘉树同志善于指挥，作战勇敢，经常带领各游击分队深入敌占区袭扰日伪军，敌人总是被打得哭爹喊娘、望风而逃。泾口区的抗日斗争形势发生了根本变化。

“车桥夏庄据点的伪营长夏桂伍部，是被嘉树同志的游击队打击最多、最狠的一个据点。夏桂伍一直对嘉树同志恨之入骨，不惜重金收买了他手下的一名排长，此人叫张兆荣。那天下午，嘉树同志带着队员们在外侦察据点，傍晚时来到薄礼沟西北的小村三道二舍开会商量事情，当时张兆荣也参加了会议。会议结束后，嘉树同志准备带领队伍连夜转移到北边的郭舍一带，但心怀鬼胎的张兆荣竭力挽留嘉树留下。嘉树同志不明就里，也未发现有什么异常，便与队员们在几户农户家里分别住下。

“早有预谋的张兆荣见嘉树同志等人住下后，便连夜将嘉树同志夜宿三道二舍的消息报告给了夏庄据点的夏桂伍。得到消息的夏桂伍亲率 40 多名伪军，从夏庄据点出发，直扑三道二舍。大批伪军的奔袭，惊动了在村口马棚里放哨的队员，他从一架水车上爬过河，飞奔到嘉树同志的住家报告。当时，嘉树同志还在灯下看书，得知有情况后迅即熄灯，提枪跃过屋后的庄沟，在一块山芋地里隐伏了下来，准备等摸清情况再走。

“就在这时，叛徒张兆荣来到嘉树同志的住家，一见嘉树同志不在，知道他没有走远，便连忙跑到屋后，对着后面的山芋地边找边小声叫唤：王大队长，王大队长，你在吗？伏在地里的嘉树同志，见是张兆荣在叫自己，以为危险已经过去，便毫不怀疑地从山芋地里立起身，跳过庄沟迎了过来。哪知道，身材高大、心狠手辣的张兆荣立刻像一条毒蛇一样，从嘉树同志身后将其连胳膊带人一下子紧紧箍住。埋伏在暗处的敌人一拥而上，一阵乱刀狂刺，嘉树同志当场牺牲。那一天，嘉树同志手下的十几名队员也全部落入敌手。”

俞臻说完后，两手抱着头，久久不能平静。半晌，他抬起头来，两眼含泪：“对嘉树同志的牺牲，我一直不能接受这个事实，他的离去，是我们根据地不可弥补的重大损失。但共产党人是打不垮的，我们必须振作起来，继续斗争。”

“你说，下一步我们该怎么办?”

“对，我们要采取行动!”

鲍艳萍、任如干都盯着俞臻，目光里都是满满的期待。

“淮宝支队开辟新区后，根据苏中行署的决定，宝应县根据地管辖范围南至临界公路，北至淮安涧河，东至大纵湖，西至运河。除已建立的临泽、范水、大望三个区外，又建立了安丰、曹南、张桥、黄浦、石塘等五个区。车桥泾口仍是伪化区，党组织及根据地开辟工作还由淮安县委负责。县委高度肯定了车桥泾口的斗争形势，卢春萱、叶霞姑组织的芦家滩自卫队成立后，就像种子开花一样，张陈的朱贞云，夏庄的贺永长，樊河的刘继林，沈毓的李兆平，分别回到各自的村庄开展秘密组织工作。我们认为，革命形势来之不易，当务之急，是要除掉叛徒张兆荣和刽子手夏桂伍这两个人，这样才能起到震慑敌人、鼓舞士气的作用。你们二位的意见呢?”

“我完全同意!”鲍艳萍第一个举手赞成。

“我也同意。可这样的行动难度比较大，由谁来挑头完成呢?”任如干提出疑问。

“这就要辛苦艳萍同志走一趟了。”俞臻一脸认真地说道。

俞臻这么一说，倒把鲍艳萍说糊涂了，她不知俞臻药壶里卖的是哪门子的药。再说，她一个女孩子，一个车桥高小的教师，能完成锄奸的任务吗?

她一脸恍惚。

任如干也是一脸迷惑。

鲍艳萍只身来了宥城乡，找到了王玉荣的家。

看着这笑眉粉姿、伶牙俐齿，像是从画上下来的姑娘上门来，王玉荣的母亲孙桂兰喜爱得不得了，拉着鲍艳萍的手就一直没有放下来。

一会儿问长问短，一会儿问东问西，聊个没完。

弟弟王玉浩也是笑呵呵地端茶倒水，像是哥哥娶媳妇一样，忙得不亦乐乎。

王玉荣站在一边，盯着鲍艳萍，傻傻地笑着，这一阵子忙自卫队的事，也没顾得上去车桥看她，今天艳萍主动上门来了，他乐得不知说啥好，手脚都不知往哪儿放了。

“妈，你别把艳萍的手抓疼了，浩子，早上有一碗刚出锅的豆浆，给妈喝的，妈舍不得喝，已经放冷了，你去热一下，端来给艳萍喝。”

鲍艳萍也是许久没听到王玉荣这样亲切地叫她了，心头暖暖的。

其实她很想来宥城看他，可一直抽不出空来。自从日本人开了识字班后，接着又恢复了车桥高小，现在又推行日语奴化教育，她一边忙于应付教学，一边以教师的身份作掩护，秘密从事着党的活动。前一阵子也听说王玉荣在宥城打起了抗日的旗号，暗地里挺为王玉荣高兴的，同时也很担心他的安危。自那次弟弟被绑，王玉荣挺身而出，她就认定了这个男人，芳华少女，自有相思，也只是埋在心底，从不与外人提起。

这一次来宥城，鲍艳萍是带着泾口区委的使命而来。

以前宥城的党组织属于宝应县安丰区委领导，现在根据形势的需要，苏北区党委决定，将宥城划给淮安县泾口区委，宥城、泾口归一家，这对于根据地建设有着重大的意义。尤其是王嘉树同志牺牲后，泾口区委将对泾口游击队和宥城自卫队进行整合，这下子可以重拳出击，合力打击日伪军的嚣张气焰了。

王嘉树走了，锄奸的任务自然落到了王玉荣的身上。鲍艳萍在俞臻面前多次提起过他，俞臻知道，他俩的关系非同一般，于是就吩咐她来宥城走一趟。俞臻给他们机会多接触、多交流，也是真心想成全他俩。

眼前这姑娘与儿子王玉荣言谈亲昵的样子，孙桂兰看在眼里喜在心里。儿子要是能娶到这样的姑娘，这是老王家祖坟上冒青烟了，或者是上辈子积了大德才修来的。可一听说人家是车桥街上大户人家的千金，孙桂兰的心又凉了半截，人家大小姐怎么能嫁到我们这样的穷人家做媳妇哟，那岂不是癞蛤蟆想吃天鹅肉嘛。

孙桂兰的心就像坐马车似的或上或下地颠簸着，又像是飞在天上一直没有落地似的，反正说不清此刻的心情。

王玉荣看出了母亲的心情，上前来小声劝道："妈，你不要多想了，人家是我识字班的老师，来谈正事的。"说完就把鲍艳萍拖走了。

望着他俩远去的背影，孙桂兰怅然若失地站在那里。

"妈，你是想抱孙子了吧？"小儿子王玉浩打趣道。

"去，去，去，没个正形的东西！"

领了任务的王玉荣，丝毫不敢怠慢，暗中派出人手，秘密打探消息。

这一天，机会终于来临。

"枕水入梦，仙家桃源"，地处车桥东边的小刘舍渡口，有一条游船画舫，船身上这八个大字十分醒目。

画舫停靠在斑驳的涧河岸边，雕花栏杆，船尖高翘，雕梁画栋里倒映着一袭春梦。一船风月，恍惚一盹，或凭窗静默，或品茗沉醉，不知不觉间，自己就成了这河上的一道风景。

这画舫的主人叫王如聘。当年此人搞了一个"真耶稣教会"，本想借此敛财，不承想被孟格美等人识破，赶出了车桥。

但此人头脑活络，又与任如松、严泰然是同学，严泰然做了泾口据点的大队长后，王如聘就鼓动如簧巧舌，请来任如松、严泰然入股，买了一条游船，稍加捯饬，改成了三层游船画舫。

任如松、严泰然说是入股，其实一分钱没掏，王如聘给他们干股分红，在二人的关照下，生意异常红火。

为啥生意好，其中定有猫腻。原来这画舫表面上看是一条游船，其实它是一处“水上妓院”。上层观光，中层宴饮，下层嫖宿。王如聘时不时地从江南倒运一些姿色出众的妓女，来此供人作乐。

进入此船的嫖客们，多是一些出手阔绰的地主乡绅、商人富豪，还有军政界的达官贵人。因为生意好，还必须提前预订，票子如水一样滚滚流进王如聘的腰包。

本来是小打小闹的生意，有任如松、严泰然的庇护，生意竟然做得风生水起。就连周边县城的客人都往这里涌。任如松的车桥情报局干脆在此设立了一个情报分站，每次来车桥、泾口就在此处歇脚，眠香宿玉之后，美其名曰：检视工作。

人无千日好，花无百日红。早时不计算，过后一场空。

这夏桂伍原是夏庄据点的中队长，车桥伪团长张学谦得了他的贿赂，前不久将他擢升为营长，车桥圩子和夏庄据点两头跑，很是风光。夏桂伍和严泰然一向不睦，这王如聘的生意他不但不照顾，还三番五次扬言要来查剿，说是有共党出入，有通匪嫌疑。

王如聘有一个亲戚叫张兆荣，最终因剿灭泾口共匪头子王嘉树有功，被夏桂伍提拔做了大刘舍据点的队长。王如聘暗中窃喜，一是想请张兆荣在生意上照顾，另外还想请他从中周旋，在夏桂伍面前说说好话。这张兆荣最近很是警惕，一直缩在据点里，王如聘约他几次，他总说“等风头过了再说”。将近半个月过去了，外面也没啥动静，张兆荣这才答应今晚来“好好放松”一下。

鱼来了，鱼钩、渔网也来了。

天一黑，张兆荣带着七八个荷枪实弹的亲信来了。画舫今晚不对外接客，是张兆荣的专场，也是他的死期。

张兆荣特意在岸上安排了四个岗哨，王如聘早就让人端来烧鸡和酒，四个人大快朵颐喝起来。

这边，王玉荣早就在外围布下天罗地网，敌人既已进入，就立即扎起口袋，不放走一个敌人。锄奸队的同志都是王玉荣精心挑选的，个个作战勇敢，个个都是“活线手”，大家在黑暗中耐心地等待。

敌人终于酒足饭饱，张兆荣还借着酒兴，出来检查了一遍他的岗哨。

“妈那个巴子的，给我看紧了，不能让一只苍蝇靠近!”

“报告连长，您放心好了，小的几个在看着呢。”

张兆荣打着饱嗝进了舱，王如聘领来头牌花旦“红牡丹”，张兆荣一把搂住。进了内间，三下两下扒光了“红牡丹”的衣裤，急吼吼地扑了上去，吭哧吭哧地干了起来，那“红牡丹”发出淫荡的叫声，张兆荣很快兴奋上了天，像死猪一样瘫了下去。

其他人还在划拳行令，继续喝酒。

“上!”时机已到，王玉荣一声令下，四个岗哨还没回过神来就上了西天。

画舫中的人醉意朦胧中，一个个被锄奸队员们收拾了，张兆荣听到了枪声，来不及穿衣服，光着屁股，拎着枪就跑了上来，王玉荣将其一枪毙命。

一把火点着了，这淫窝在熊熊大火中化为乌有。

张兆荣被杀，画舫被烧，在车桥、泾口一带成了街头巷尾的谈资。

老百姓拍手称快，日本人恼羞成怒，汉奸们胆战心惊，生怕哪一天这厄运会降临到自己的头上。

最伤心的莫过于任如松和严泰然，他们的摇钱树没了。泾口据点里，两人窝着一肚子的气。

“他妈的王如聘就是猪脑子，他怎么能把这狗日的张兆荣引进画舫呢，这不是引火烧身吗？这个人是标准的危险分子，前不久刚出卖了王嘉树，共产党一直瞅机会下手呢。这下倒好，城门失火，殃及池鱼。你是知道的，我那个车桥情报局也是名存实亡，平时就一两个人，人手太少，泰然，你可要盯紧了，查一下是谁干的，一定要出了这口恶气才行!”任如松咬牙切齿。

“算了，别生气了，反正你我也没掏本钱，也没啥大损失，烧了就烧了，那车桥的夏桂伍也一直盯着这画舫，出事是早晚的事。这次事件，我估计是泾口那帮共产党土包子干的，不过，我也要学会看戏了，坐山观虎斗，这共产党明显是冲他夏桂伍去的。尽管我们泾口和车桥两地的和平军分属两个系统，我们属吴漱泉的剿匪军第五支队，他属于李东海的淮安保安纵队，但他抓王嘉树也不能吃独食啊，连个信都不告诉我，日本人把他夸上了天。你不信走着瞧，张兆荣灭了，下一个就该他夏桂伍了。”严泰然有点幸灾乐祸。

“我好心提醒你，你也悠着点，这共产党发了急，可够你喝一壶的。”

任如松拍拍屁股走了。日本人三辆97式军用偏三轮摩托车正在外面候着，他们一路突突突，向着车桥去了，说是和金丸中队长交流情报。

张兆荣死了，夏桂伍被张学谦骂了个狗血喷头，张学谦一气之下，将大刘舍的伪军全部缴了械，撤回车桥圩子里反省。

此时的夏桂伍，浑身长满了刺一样，站也不是，坐也不是。共产党下手也太快了，这明明是冲着他来的，敲山震虎啊。最近可得小心点了，不能让那些穷鬼索了命去。

就这样，夏桂伍成天憋在车桥大圩子里，哪儿也不去，日本人还要他下乡“扫荡”呢，说要给共产党游击队一点颜色看看。他一想，还是算了吧，保命要紧，等等再说吧。

“带人杀害王嘉树的张兆荣给共产党灭了!”

“该，谁让他出卖兄弟的，这叫报应!”

“听说那船上还有花姑娘，专供这些人享受的。”

“哎，不争气的女人，把命都搭上了。”

听着车桥高小几个教师的议论，鲍艳萍暗自窃喜，王玉荣这一票干得漂亮，给根据地的同志们打了气、鼓了劲，向可耻的叛徒亮出了“索命牌”。谁要是做叛徒，这就是下场。

任如干刚下了课，就兴冲冲地跑来。

“艳萍，这里有你一张票，后天晚上的，都天庙大戏台看严家班杂技。”

“严家班怎么来了？还是小时候看过一次，这么多年就没再看过。”

“我哥不是来车桥了嘛，那团长张学谦上次手下据点火拼，三泽大佐让他来调查，想让我哥多美言几句，他特意花钱请来了严家班，让大家乐和乐和。”

“怎么发票看戏，这还是头一回。”

“现在不是治安不好嘛，到时候是要清场的，说要控制人数，一般人不给进去。车桥、泾口据点里的日军头目金丸、竹内、羽田，和平军的张学谦、夏桂伍、严泰然、尚太运等人，还有像我们这些为他们做事的，比如维持会、征税办、高小的，才有资格看呢。”

三天后的晚上，都天庙里人头攒动。

这都天庙靠近车桥圩子大小东门，就在鲍家祠堂的东侧。大殿气势宏伟，供奉着都天大帝神像。都天大帝相传是唐代开元进士张巡，“安史之乱”时，坚守河南睢阳，至死不屈，后人仰其忠义，立庙奉祀。都天大帝旁边站着两个人，一个叫雷万春，一个叫南霁云，都是张巡麾下一同遇难的步将。

庙前有大广场，南有大戏台一座，四角飞起，雕梁画栋，蔚为壮观。戏台高约三丈，前台宽深足有二丈五六，台上可容百人同时演出。后台也不小，供演员休息及存放戏箱物品。

以前，每年农历四月二十，车桥人都要在这里举行都天庙会。相传这一天为都天大帝出狩之日，神像坐八抬绿纱敞轿，由八人抬着出巡，前面鸣锣开道，后随两排“肃静”“回避”肩牌，其后为各行业各业的旗伞、龙灯、湖船、高跷等。神像出巡回庙，谓之“回銮”。回銮时，神轿须从庙南大戏楼下过，要求动作迅速，不偏不倚地穿门而进，经庙前广场直达大殿，谓之“登坛”。抬轿的八人，都是熟练老手，必须全神贯注，步伐一致。所用轿杠系檀木所制，质地坚韧。远远看去，那乘绿纱敞轿，既平稳又迅速地直向前方奔去。神轿抬到大殿阶前不远处，突然一个急转弯，让轿门转向朝南，然后直奔神座，既稳又准地将神像置于原位。大家依次焚香参拜后散会。

有好几年没有在这大戏台看戏了，鲍艳萍像是回到了童年。从小曾看过严家班表演的杂技，有绸吊、飞天、小跳板、射箭、滚环、空竹、小丑、魔术，还有狮子滚球、老虎钻圈、狗熊拳击、山羊登花瓶、猴子骑自行车……大江南北，严家班走到哪儿，掌声响到哪儿。

可这杂技也是玩命的活，谁都知道，台上一分钟，台下十年功，其中的辛苦，自不待言。听王玉荣说过，他从小曾在严家班练过童子功，本想跟着严家班混一口饭吃，他母亲舍不得，坚持不同意，也就作罢了。

戏台上有五六盏汽油灯照着，亮如白昼。

台下早就摆好了一排一排的凳椅，凳椅上贴了号，各人对号入座。任如松、张学谦、夏桂伍、严泰然、尚太运，包括鲍虎雯、任筱先，这些头头脑脑都坐在前排。像鲍艳萍和任如干这些人，只能坐在后排了，不过他俩也是非常的满足，能有一张票就不错的了，还要嫌好识歹的干吗。

但场内没有一个日本人，这倒是鲍艳萍始料未及的。再等任如干一问才知，原来金丸中尉的弟弟在欧洲战场战死了，他在日军小圩子里拜祭，哭得稀里哗啦的。金丸不来，手下其他人自然也就不便来了。

今天能和鲍艳萍坐在一起，任如干是求之不得，他早就作了充分准备，瓜子花生糖果之类的零食，拎了一大包来，一样一样拿出来，轮番在鲍艳萍面前献着殷勤。鲍艳萍索性照单全收。

台上的表演开始，鲍艳萍一边吃着零食，一边看着表演，一旁的任如干却是心猿意马，他像个跟班，把精力都用在为鲍大小姐“服务”上了，而且乐此不疲。

突然，鲍艳萍张大的嘴，半天没有合拢。她好像看见一个熟悉的身影，从眼前一晃而过。

天啦！是王玉荣！尽管那人拉下了套头面罩，只露出一双眼睛，但她一下子认出来，这人肯定是王玉荣！她差点叫出声来。

这场子四周三步一岗，五步一哨，都天庙的外面也有专人把守，他是怎么进来的？这里里外外这么多的日伪军，他不会选择今晚在这里动手吧？

这台上的马戏是看不下去了，鲍艳萍心里七上八下地跳着。

其实进来的不止王玉荣一人，还有李在进，他俩一身长袍，戴着礼帽，礼帽下一个套头面罩，天冷时可以拉下。他俩压低了帽檐在黑暗里坐着，每人身上别着一支短枪，两个手榴弹。

这次严家班回来，曾在薄礼沟一带表演过。当前两天探听得，张学谦今晚请严家班在都天庙表演杂技的消息时，王玉荣坐不住了，他叫来了李在进、帅冠群和弟弟王玉浩等人。

“严家班要在都天庙演戏，我想干一票！”

“大队长，这恐怕不行吧，你没听探子说，有票才能进吗？再说了，你就是进去得手了，又怎么出来？”李在进头摇得像拨浪鼓似的。

“不入虎穴，焉得虎子，这次我们进圩子，敌人肯定戒备森严，不可能一下子将在场的敌人通通消灭，我们只有速战速决，集中力量对准一个目标，这个目标就是夏桂伍。我们就是要告诉敌人，谁得罪了我们，谁就没有好下场。”

“哥，你说得有道理，可是刚才在进哥问你怎么进去，又怎么出来？”王玉浩追问道。

“剑泓特派员临走时，让我做事一定要三思而后行，这次行动，我也想仔细了。这次进圩子人不能多，就我和在进两个人进去，这个由我去找严家班，让师傅他们把我俩带进去，我想这个我有把握。至于出来，这都天庙离东门口没几步，晚上正常大东门不开，小东门是可以进出的，我们要趁乱逮住一个当官的作人质，逼他把我们送出小东门，东门口由浩子事先安排马车接应，溪河口冠群事先带人和船潜伏接应就是，过了河就是我们的天下了。”

“我还是有点不放心，要不我跟你们去吧。”帅冠群想一起进圩子。

“不能都去，说句不中听的，假如我和在进光荣了，还有你和浩子领着大伙儿继续干呢。”

“呸！呸！呸！说什么傻话呢！”帅冠群气得瞪眼。

王玉荣连夜去了薄礼沟，找到了严班主。师傅一见当年的徒弟来了，自是开心。再一听王玉荣讲了来意，这严班主也是血性男儿，二话没说，当场表示愿助一臂之力。

“师傅，你就不怕受到牵连吗?”临行前，王玉荣问道。

“玉荣，你我都是这方水土上的中国人，这大好河山给小鬼子糟蹋成什么样子了，想起来都觉得痛心、丢人。我们走南闯北，看到鬼子犯下的滔天大罪，恨不得把马戏团里老虎放出去咬了这狗日的。要是怕牵连，我就不会答应你了。再说，这车桥有五桥、十三庵、一百零八巷，哪个墙头都可以翻进人来。都天庙也不是铜墙铁壁，过去唱戏的、看戏的人多，墙头早就被扒坏了。他要找，也不能找到我头上来。”

“班主师傅大仁大义，徒弟记下了！”王玉荣躬身离去。

傍晚时分，都天庙开始凭票入场，你还甭说，这严班主真是有主意，他将王玉荣、李在进两人分装进戏班的道具大箱子中混进了都天庙。这瞒天过海的一招，让人根本无从察觉。两人进去后，被班主藏在后台，等表演开始后，趁黑从后台溜了出来，到后排找了空位坐下。

台上马灯通明，台下一片黑暗。

鲍艳萍看见了王玉荣，王玉荣也看见了鲍艳萍。不能搭腔，不能交流，只能装着互不相识。

这时，一个在周围转悠的伪军，向王玉荣这边走来，王玉荣下意识地将手插到衣兜里，拉上面罩，随时准备动手。

只见那人俯下身子，拿出一支烟来，客气地拍拍肩膀，想借个火。一旁的李在进见状，赶忙从身上掏出火柴，划着了一根点上，那伪军吞云吐雾起来。

火光中，李在进觉得此人有点面熟，好像在哪里见过。猛然间想起，此人曾在泾口被我自卫队俘虏过，后来逃跑了。

李在进刚要拉下面罩，可那伪军好像也认出了李在进，尽管叫不出李在进的名字，但知道此人是共产党自卫队的人。于是，他先是装着若无其事的样子，悠然向前走去，突然小跑了起来。

不好，要出事，王玉荣、李在进立即警觉起来，迅速拔出手枪。

那个伪军边跑边喊："不得了了，共产党游击队来了！"

这一喊不要紧，台下顿时大乱起来，各人朝着角落里、黑暗处奔跑起来。那在场护卫的伪军也是慌作一团，都忘记了前排的那些头头脑脑们。

王玉荣和李在进戴着面罩，提着枪就往前冲，夏桂伍情知不妙，转身就要溜，被王玉荣叭叭两枪，一枪打中胳膊，一枪打中肩部，他刚拔出枪，又被李在进打掉了。

手下的伪军这时候才知道保护主子，他们赶忙拥上来，用身子护着夏桂伍，双方猛烈地互射起来。门口的敌人也冲了进来，里面的敌人开始朝外拥。

任如松、张学谦、严泰然、尚太运等人还没有回过神来，子弹就在头上飞起来，他们万万没有想到，共产党会闯进戏台来行刺。眼看着夏桂伍中彩倒地了，他们赶紧猫下身子，找藏身地方，有的钻到戏台边角处，有的蜷缩在凳子下面，个个瑟瑟发抖。

说时迟，那时快，王玉荣一把拎过缩成一团的严泰然，用枪抵住他的后背，和李在进边打边撤。乱枪射击中，王玉荣腿部受伤，走路有点费力。

伪军们在后面追着，严泰然挥着手，声嘶力竭地喊着："不要开枪，不要开枪！"

没人再敢射击，怕误伤了上司，谁也担戴不起。见此情形，门口的哨兵也只好放行，眼看着他们出了庙门。

刚才还躲在凳子下面的张学谦、尚太运等人，终于钻了出来，在后面挥舞着手枪，口中狂喊着："抓活的，快投降吧，你们跑不了了！"

都天庙外黑灯瞎火，人从戏台明亮处刚出来，眼前一片漆黑。

庙里的人们在向外跑，伪军们在向外跑，任家父子在向外跑，鲍氏父女在向外跑，严家班也在向外跑……都在向外跑，整个都天庙乱成了一锅粥。

“在进，你先走，我掩护你！”受伤的王玉荣实在走不动了。

“不行，要走一起走！”李在进坚持一起走。

“不走全没命，快，这是命令！”王玉荣命令道。

此时，一个女人不顾一切地冲了过来，一把就将王玉荣拖到了旁边房子一处拐角躲了起来。

李在进看清了，那个人就是鲍艳萍，这时，他才放下心来，用枪抵在严泰然的身后，边打边撤而去。

严家班班主带着人堵在庙门口：“老总啊，你们不能都跑了啊，我这马戏才演一半，这钱朝谁要啊？”

张学谦气得鼻子都歪了，用枪抵在严班主的胸前：“妈的，还要钱，老子差点都没命了，快给老子闪开，让共党跑了，我要你的命！”

严家班的人赶紧上来解围：“班主，算了吧，夏营长受伤了，严大队被抓了，先拆台再说吧，张团长不会不给钱的。”

其实，严家班跟着往外跑是在演戏，都是严班主的主意，目的是拖延时间，掩护王玉荣等人脱身。

伪军们用枪驱散了严家班的人，一窝蜂似的向着小东门追来。

接应的马车一直停在文昌宫门口，一听到枪声，王玉浩头戴面罩就驾车奔了过来。

看戏的人一簇一簇地向着小东门口跑来，这些人大多是惊魂未定的伪军家属，慌乱中，哨兵不知谁是共党分子，不知拦谁不拦谁，反正乱套了。

就在这时，严泰然耷拉着脑袋被抓作人质过来了，门口的岗哨不敢开枪，大眼瞪小眼，谁也不敢上前，眼睁睁地看着李在进俘着狼狈不堪的严泰然出了小东门。

王玉浩的马车迎了上去。

“我哥呢？”王玉浩焦急地望着他们身后。

“大队长给人救下了，让我们先走！快，先走再说！”

只见李在进一把推开严泰然，飞身上车，随后叭叭两声枪响，那严泰然应声倒地。

众目睽睽之下，二人绝尘而去。

第二十二章　谁是内鬼

车桥圩子里一场大搜捕开始了。

“都天庙出事了！严大队长被打死了！夏桂伍躺进了诊所里！”

金丸第一时间听到了报告，他庆幸自己因为给弟弟摆祭没有去看马戏，要是去了，不知道自己能不能活着回来。他坚信这是弟弟在天之灵保佑他躲过了一劫，他抱着弟弟的牌位，擦拭了一遍又一遍。

“钦差大臣”任如松虽说兼着车桥情报局局长的职位，可一年难得来几次，仗着在三泽大佐身边工作，每次下来那派头，金丸本就满肚子的不快。那狐假虎威的样子，好像他就是三泽大佐，这次来调查张学谦手下人火拼的事，好像尚方宝剑在手，那张学谦请他看戏，让他作陪，他才不做这个蜡烛呢。这下倒好，出事了，反正自己不在场，也落得个干净，他任如松再怎么汇报，也不至于把罪责推到他的身上吧。先让张学谦自己去查吧，看看这帮饭桶能不能查出条“大鱼”来。

张学谦到了团部里，眼皮一直都在跳着，今天，幸亏他躲得快，否则他也可能成了人质，死于乱枪之下，想起来都觉得可怕。这共党刺客胆子也太大了，明目张胆进来刺杀，现在他让手下的伪军们全城搜查可疑人员，特别是受伤的共党刺客。当时天黑，对方又戴着面罩，问了手下人，都说当时戏台下一片漆黑，没人看清刺客的脸。

这严泰然是任如松的同学，要不是这层关系，他不会请他来看戏的。上次手下火拼的事还没完，现在严泰然又死在自己的地盘上，淮安保安纵队司令李东海和他是把兄弟，不会为难他，可三泽大佐和第五支队支队长吴漱泉是不会善罢甘休的。

想到这些，张学谦头都大了。

鲍家祠堂就在都天庙的旁边，今晚鲍虎雯和女儿鲍艳萍来看戏，管家老刘特意用自家的马车送来，早早地在祠堂边上候着，一散戏就接他们回去。

想不到，马戏刚演到一半，只听得都天庙里枪声大作，不一会儿，大小姐扶着一个受伤的人冲过来，老爷鲍虎雯也匆匆地跑来，一起钻进了车里。

“快走!”大小姐催促道。

鲍虎雯点了点头，老刘一扬鞭子，马车飞奔起来。很快进了鲍府，大门紧闭，府中人都已睡下，院子里静悄悄的。夜幕中，鲍艳萍将受伤的王玉荣架进了自己的闺房。

这是一个“烫手的山芋”，怎么办呢？鲍虎雯一时犯难起来。

王玉荣腿部的枪伤让他暂时陷入了迷糊中。

“闺女，这日本人不会放过他的，现在正在搜捕，你就打算把他藏在家里吗?”

“爸，这是我们家的恩人，也是我的同志和朋友，将来，也许，也许……也许就是你的女婿哩。你说怎么能见死不救?”鲍艳萍豁出去了，索性说出了心里话，满脸绯红。

“女孩子家家的，说话也不嫌害臊!”

这个王玉荣，对他家有恩，儿子被土匪绑架，人家挺身而出。现在他为抗日杀敌受伤，如果不闻不问，良心上过不去。再说，如果不出手相救，女儿这一关也过不了。他知道女儿心中有这个男人，她是个敢爱敢恨、敢作敢当的女子，从小到大，她认准的事，十头牛都拉不回头。

“先瞧伤再说吧，他这伤，医院是不能去了，只有按土办法来了。现在，整个圩子也许只有我家是安全的了。”日本人早就颁了命令，维持会会长的家，不得随便搜查。当务之急是要将王玉荣腿部的子弹给取出来。要说针灸的银针，家里多的是，要说医院的手术刀，家里没有，只有一把用来给人化脓剔腐的小尖刀。

鲍虎雯沉思片刻，他让管家老刘、女儿鲍艳萍打下手，挽起衣袖，开始“手术”准备。

“老刘，你去烧一锅开水，把我这小尖刀在开水中消毒一下，多准备一些干净布块，在水中煮一下，然后放干锅中再烘干！”

“艳萍，日本人给我配了一把手枪，子弹盒在客厅保险柜里，这是钥匙，你从盒中取一颗来，顺便取一张秘制膏药来！”

王玉荣醒来了，一看睡在闺房里，赶紧撑着要坐起来。

“小伙子别动，一会儿要准备给你取子弹头，没有麻药，你能忍得住吗?”鲍虎雯不放心地问道。

“鲍老爷，您尽管做，我不怕，这点痛算什么?”王玉荣一脸无畏。

鲍艳萍来了，坐在他身边：“你也不要逞能，要是疼得受不了，就喊一声。”

“放心吧，保证一声不吭。”

水煮开了，小尖刀消了毒，布也煮过烘干了。鲍虎雯开始手术。

一下刀，王玉荣嘴里“嘘”了一下，忍着没叫出来。一刀，两刀，三刀……尖刀在肉里慢慢剜开、挑拨，鲜血淋漓，鲍艳萍和老刘在一旁打下手，干布一块块被血浸透。

鲍艳萍拿来毛巾给王玉荣咬着，他脸色煞白，豆大的汗珠大滴大滴地流着，手死死地抓着床框。鲍艳萍心疼地抓着他的肩膀，感觉到他浑身肌肉都在抖动。这是疼痛的最直接的反应，没有毅力和意志的人早就晕倒了，可王玉荣生生挺着，硬是没有喊一声疼，连鲍虎雯都没见过这样的钢铁汉子。

终于从伤口里取出了子弹。鲍虎雯让老刘拿来一个老虎钳，夹住他自己手枪里的子弹头旋拧了几圈，那子弹壳和子弹头分离出来，从中倒出其中的火药来。

“小伙子，再忍一下，要上火药了！”

说着，鲍虎雯将火药一下子洒在伤口处，顺手点了一根火柴，嘭的一声，火药把伤口烧出了煳味。

这一洒，一烧，王玉荣顿时疼晕了过去，把鲍艳萍吓哭了，以为王玉荣死了，抱着王玉荣喊起来。

这一喊，把厢房里的阙夫人都惊醒了，她披着衣襟寻声赶了过来，进来一看这个情形，顿时吓得瘫软了下去：“阿弥陀佛，阿弥陀佛，罪过啊，罪过啊。”

“女人家头发长，见识短，不要哭哭啼啼的，这里没你的事，去休息吧。”鲍虎雯要打发夫人离开。

可阙夫人也看清了王玉荣的脸，吃惊地问道：“这不是上次救我们家小林子的小伙子吗?”

瞒是瞒不住了，鲍艳萍只好把事情的经过说了一遍，母亲尽管信佛，但也是深明大义的人，她听得频频点头。

“听佛中师尊说：‘当今之时，其世道局势，有如安卧积薪之上，其下已发烈火，人间岂可存身。’我一个妇道人家，不懂什么大道理，但我认准一个理，对中国人来说，打鬼子二皇就是好事。这个小伙子不容易。”说完，她转身走了，嘴里喃喃祈祷着：“南无阿弥陀佛，观世音菩萨，我佛慈悲，愿众生都能所求如愿……”

鲍虎雯心中有底，他知道，这王玉荣的疼痛是暂时的，他一边给伤口敷药膏，一边心中暗暗佩服眼前这个“铁人”一样的小伙子。

三国时，华佗在一旁给关羽刮骨疗毒，但关羽却和旁人吃肉饮酒，像往常一样谈笑风生，眼前的王玉荣也是世间少有的人中之龙。将来，将女儿托付给这样的“钢铁英雄”，也不枉他一片爱女之心了。

王玉荣深闺养伤，鲍府上下三缄其口，讳莫如深。

事后，任如干也曾一脸无辜地问过鲍艳萍：“艳萍，那天晚上看戏，后来你跑到哪里去了，我再来找你，却不见了踪影。”

鲍艳萍没好气地怼了回去：“你还问我呢，枪声响了，你们任家父子跑得比兔子还快，早把我扔在一边了，我只好找我爸去了。”

任如干被说得哑口无言，此事也就不再提起。

在鲍艳萍的精心照顾下，王玉荣的伤口很快就愈合了，朝夕相处，耳鬓厮磨，两个人的心贴得更近了。

在一次鲍虎雯前去县城开会时，管家老刘驾着马车，大摇大摆地出了圩子。

这老刘本就是木匠出身，马车的后座早就作了改装，座位下方改成了空箱子，殊不知，王玉荣就蜷在箱子里，箱子下面还有通气孔，一个大活人就这么神不知鬼不觉地被捎了出去。

夏桂伍都出院了，那些伪军连个嫌犯的影子都没发现，张学谦的骂声就没断过。

“一帮饭桶!”金丸本来就瞧不起这些中国人，这一次骂得更凶了。

看来是时候了，他要从根子上下手，唯有如此，才能让中国人尝一尝“大日本皇军”的厉害。

一把火，让三百年的东岳大庙毁于一旦。

“庙烧了，慧仁法师和庙中10多个道士全部死了。”车桥圩子里，陈河街上，谣言四起，人心惶惶。

“听说鬼子去抓人时，那慧仁法师和庙里的道士都起来反抗，还有枪呢，打到最后，没有一个投降的，鬼子一气之下，烧了这东岳大庙。”

“这些个和尚，个个都是汉子啊！可惜了东岳大庙了，说没就没了，这日本人太狠毒了!”

是东岳庙里暗藏枪支被发现了？还是淮宝情报站被发现了？

一时间，案情扑朔迷离，没有人说得清，小道消息满天飞。但有一点可以确定，其中必有内鬼。

这两天，车桥圩内圩外，多了一些面孔，有熟悉的，也有陌生的。淮宝情报站的吴子余来了，双面间谍任如松来了，以前的四区区长邵毓云也来了。

掌灯之时，陈河吴家园，吴士达与邵毓云在一起推杯换盏，故人相见，自然有谈不完的话题。

“老弟少年得志，担任四区区长期间，使土豪劣绅敛迹，土匪强盗丧胆，处理政务，有条不紊，可谓声名远播啊。当年承蒙老弟看得起我，多有照顾，一别数载，今天得见真是高兴，咱俩今晚一醉方休啊。”几杯酒入肚，吴士达拍起马屁来。

“当年我任职车桥时，上面的摊派任务太多，完不成了，就来麻烦老哥，每次你都是鼎力相助。谢谢老哥了，我敬哥一杯!”邵毓云一饮而尽。

吴士达连连摆手，赶紧端杯陪着干了一杯：“老弟啊，这些年你音讯全无，你到底去了哪里啊?”

“说来话长啊。自从民国28年（1939年）随县府撤离车桥，居无定所，颠沛流离，后进入霍守义的一一二师担任特别党部少校干事。民国32年（1943年）日本人占领车桥后，鲁苏战区副总司令韩德勤所属各部全线溃败，我奉霍守义师长密令，让我留在车桥，打入伪剿匪军第五支队支队长吴漱泉部。别人都以为我做了汉奸，吴老板啊，我头上顶着汉奸的帽子，可没做汉奸的事啊。”邵毓云借酒消愁，倒着心中的苦水。

“我以伪军少校参谋的名义，暗中将一一二师300多个伤病员分批撤退转移，我发动民众将没来得及带走的武器弹药都埋在了田里，后来陆续运送到皖北一一二师；其中，20吨炸药实在没办法运走，我怕落入敌手，就全部推到了溪河里……”

“听说人家共产党现在在这一带打游击，你们国民党倒好，脚底抹油溜之大吉，委员长不是号召统一战线吗，既是抗日，为什么这些弹药不留给共产党，省得你运来运去的了。”

“老哥啊，你就不懂了吧，这是政治，所谓各谋其政、各为其主吧。”

“你这一次来所为何事?”

“说了半天，老哥终于问到了点子上了。泾口、曹甸、塔儿头、张桥据点里的伪军不是归第五支队吴漱泉管嘛，前不久，泾口的严泰然大队长死在了都天庙，吴漱泉气坏了，他不好直接和车桥方面要人，他一边派我来车桥秘密调查此事，一边把这事捅给了三泽大佐。三泽也是暴跳如雷，说车桥接二连三出事，责令限期破案，金丸和任如松都在调查此事。你还别说，事情终于有了眉目。”

“哦？抓到凶手了？”吴士达睁大了眼睛。

“你知道东岳庙怎么被烧了？”

“难道与这事有关联？”

“当然了！”邵毓云卖起了关子，话说了半截，又喝起酒来。

酒是层层升级，先是小酒杯一杯一杯地雅饮，一会儿开始小半碗小半碗地喝，最后就是一碗一碗地推。很快，两人渐入佳境，邵毓云的嘴开始打溜了，说话有点语无伦次，明显喝高了。吴士达开着酒馆，长年迎来送往、“酒精”考验，邵毓云根本不是他的对手。邵毓云还不服输，还要和吴士达推酒，吴士达装着不行的样子，摆手服软认输。

然后，就是喝茶，两人有一句没一句地聊着，聊着聊着，邵毓云耷下了脑袋，半睡半梦中说出一个名字：任如干。提到这个人的名字，口中还骂骂咧咧：“任如干，软骨头叛徒，不是个东西！”

其实，吴士达一直暗中支持抗日，已被秘密吸收为中共地下党员，现在他也是“党的人”。最近东岳庙被烧，党组织一直在调查此事，他外甥吴子余就住在他的庄园里。

邵毓云口中所说的任如干，不就是车桥区公所助理员任筱先的儿子、任如松的哥哥嘛，难道他和大火一事有关？

他立即将这一情况告诉了吴子余。

吴子余倒吸了一口凉气：“我在车桥调查时，鲍艳萍也和我提到了他，说他父亲来高小特意为他请了假，已经好多天没来上班了。问他父亲任筱先也是支支吾吾，鲍艳萍很是纳闷。我们调查到任如干最后一次出入的场所就是东岳庙，是来领取盐阜区关于在根据地推广使用‘江淮币’的文件的。领了文件，就没了影子。敌人闯进东岳庙抓人，这里面必有蹊跷，一定要尽快查清楚，否则后果不堪设想。”

“为安全起见，我建议立即通知鲍艳萍转移！”吴士达也感到事态的严重性。

“表舅，我们兵分两路，这时候我进不了圩子，你人脉熟，可以从小东门进去。我去通知情报站的人，分头通知人员转移，切断所有与任如干相关的联络点！”

十万火急！

吴士达让人赶着马车向车桥小东门赶来，以他的身份，加上他历来出手大方，小东门口的伪军小队长早就与他是老相识了。

“吴老板，这么晚了还要进圩子？”

“是啊，我家内人头疼得厉害，想去鲍府请鲍虎雯老爷出诊给瞧瞧，所以我得亲自来接他。”

那小队长一听顿时变了脸色，赶忙把吴士达拖到一边，在他耳边低语：“日本人今晚上把鲍府围了，把鲍老爷和大小姐都带走了，听说他家大小姐通共！”

来晚了一步，进圩子已无意义，吴士达只好让手下人赶着马车原路返回。临走时又偷偷塞给了小队长两块大洋，那小队长盯着他的背影一个劲地点头哈腰：“吴老板慢走啊！”

这天深夜，敌军大队人马向宥城集结。

三泽金夫下了命令，车桥、泾口的日伪军连夜出动，联手围剿宥城自卫队，重点是捉拿王玉荣。

车桥据点的金丸、张学谦、夏桂伍，泾口据点的竹内、高雨香，带着各自人马，浩浩荡荡向宥城杀将而来。

要说这次行动，两个人最积极，一个是夏桂伍，他信誓旦旦要把刺杀他的匪首抓到手；另一个就是高雨香，他是吴漱泉新派来接替严泰然位置的，新官上任三把火，这一战他志在必得，因此冲在最前面。

“鬼子来了！”凌晨时分，一阵密集的锣声和喊叫声惊醒了睡梦中的人们。

王玉荣一个激灵，翻身下床，拎着枪冲了出去。

“立即吹号集合民兵自卫队！”

“现在兵分三路，一路由我和浩子带队迎敌，一路由李在进带队转移老弱妇孺下荡，另一路由帅冠群负责和群众一起坚壁清野。”

“浩子，跟我来！”

最危险的时刻，王玉荣总把困难留给自己，冲在最前面的永远是他们兄弟俩。

“不行，你让其他同志带队，我和冠群要与你并肩作战！”李在进不同意他的方案。

“是的，我们要和你在一起！”帅冠群也跟着嚷起来。

“都什么时候了，不要争了，这就是命令！”王玉荣以不容置疑的口吻大声命令道。

二人只好转身离去。

四处响起“嗒嗒嗒”的机枪声，燃烧起来的房屋火光冲天，前方的队员已经和敌人交上火。自卫队队员们在王玉荣的指挥下，拼死抵抗，打退了敌人一次又一次的冲锋。但敌人这次下了血本，源源不断地向上冲着，尽管队员们已是身经百战，可敌人的火力太猛，人数太多，我方队员也一个接一个地倒下。

敌人已经形成了三面合围之势，情况万分危急。

“不能硬拼了，浩子，你带大家先向后撤到溪河以南，顺便掩护乡亲们一起东撤下荡，这边由我先顶着。”

“哥，你怎么办？”

“你们安全撤退了，我随后就到！放心，敌人打不死我！”

枪声渐渐稀疏了下来，敌人知道面前的对手所剩无几，高雨香组织了一支精干的小分队，沿着溪河北岸沿小路向王玉荣这边包抄过来。

其实，王玉荣如果这时候突围还是完全可能的，但他考虑自己一走，敌人就会去咬上王玉浩他们，他多坚持一分钟，队员们就多一分安全。

于是，他独自一人利用溪河北岸边上的树丛灌木作掩护，对敌人实施阻击。只见他一会儿从这一簇灌木丛钻进另一簇灌木丛，一会儿又从这一水沟跳到另一水沟，一会儿卧倒一动不动，躲避子弹，一会儿又跃起紧跑几步，占领有利地形继续卧倒射击。为了迷惑敌人，他还不时地将帽子和衣服分别放置于树丛梢头，吸引敌人的火力。

春寒料峭之时，浑身大汗的他，全然不顾天气的寒冷，一件件地脱，最后竟然光着上身与敌人战斗。

他一边和敌人“捉迷藏”，一边偷偷下了坡，准备渡过溪河，高雨香的小股部队终于发现了他，敌人一挺“六五”机枪扫射起来，一下打中了他的腿部。王玉荣上次腿部受伤刚好，这下子再一次受伤，他觉得腿一阵酸麻，身子没撑住，一下跌入水中，身边的一汪河水迅速被鲜血染红。

这时，弟弟王玉浩沿着溪河南岸跑了过来，见哥哥中弹在水中挣扎，随即一头跃入河中。

“浩子，队员们撤退了没有，乡亲们安全了吗?”王玉荣此时此刻心中还在牵挂着他的队员，他的乡亲们。

“都安全下荡了!”

王玉浩一边托着哥哥，一边死命划水向南岸边游去。这时，北岸敌人的机枪再次吐出了火舌，子弹飞蝗一样打进溪河水中，打中了王玉浩，他当场中弹身亡。

“浩子!”王玉荣拼尽全力试着用一只脚撑着，抱着弟弟，哭喊着，呼唤着，可弟弟永远地闭上了眼睛。

受伤的王玉荣涕泪滂沱，急火攻心，一下子晕厥过去。

王玉荣、鲍艳萍都被关在了车桥警察局的大牢里。

这牢房阴森可怖，一条长长的走道通向阴暗处，两边各有四间栅栏式的牢间，大体分为两类，一类挂着“苦力”，一类挂着“共匪”。“苦力”牢房关押着一些不交粮、不缴税、殴斗纠纷或是和日伪军对抗的农民，都是要花钱来赎，才能放你出去。“共匪”牢间，则是专门关押共党分子，或暗通“共匪”的可疑人员。“苦力”“共匪”牢间中，各有一个“女犯”间。

顺着走道向里走，最里头有两间刑讯室，有一扇后门供审讯人员出人。审讯室里摆着木驴子、马凳、油锅、刑床，墙上挂着麻绳、皮鞭、夹子和钳子等，看得人毛骨悚然。鞭打、电刑、老虎凳、灌辣椒水、上大挂、夹指器、火烤脑袋、开水浇头、猪鬃透小便等残忍的刑罚，在这里司空见惯。

进入牢房，就会听到喊冤叫屈的、哭爹喊娘的，还有鬼哭狼嚎的。每一次在审讯室用过刑的人，经常被打得遍体鳞伤，拖进牢间时，看得同监室的人心惊肉跳。

王玉荣和鲍艳萍的牢间紧挨着，今天以这样的方式相见，两人一时百感交集。

“艳萍，你怎么在这里?”

“玉荣，我们被人出卖了，你伤得重吗?”

“一点小伤没事。谁出卖了我们?”

“任如干!”

“任如干?”

可耻的叛徒，终于浮出了水面。

第二十三章　活埋熊坝口

这一段时间，金丸连下三个大招。

一是强化警察局的力量。他请三泽大佐派来了新的警察局长，此人名叫沙正道，是伪县长沙贵章的亲戚，有“快刀手”之称。此人一来就建了刑罚设施齐全的刑讯室，同时组织了便衣队，在车桥布了一张网，凡是可疑的人员，都派便衣暗中跟踪，不问青红皂白，抓起来再说。警察局大牢一时人满为患。

二是强化自卫团的力量。过去因为车桥有驻军，区公所的自卫团名存实亡，金丸也没有拨给经费。这一次，金丸下了血本，拨了专门经费给区公所，让任筱先招兵买马，组建名副其实的“自卫团”。任筱先高兴得不得了，屁颠屁颠地四处网罗“人才”，一些流氓地痞、土匪恶霸都汇聚到了他的旗下。自卫团成了金丸的爪牙和警犬，车桥被他们祸害得乌烟瘴气。

三是强化情报局的力量。征得三泽大佐的同意，任如松的车桥情报局也加强了人手，从县城抽调来几个所谓的“行家”，个个像鹰犬一样，不分昼夜地梭巡在每个角落里，秘密打探民间的风吹草动。

白色恐怖中的车桥，草木皆兵，风声鹤唳。

那天傍晚，任如干悄悄出了圩子，去东岳庙领取文件返回时，就被人“盯”上了。

“盯”上他的人是谁？是一个日本女人，名叫小石幸子，是从淮安县城派到车桥情报局的所谓“行家”之一。她是经过特殊训练的日本间谍，操一口流利的中国话，在情报方面颇有几把刷子，这一次应邀来车桥准备大显身手。

此人体态丰腴，常穿一身白衣，生就一双狐狸眼勾魂眼，因此人称“白狐狸”。生性淫荡的她，床上功夫很是了得，所到之处常有一批男人拜倒在她的石榴裙下。

日本人占了淮安城后，小石幸子常常酒后去新华池泡澡。她不去条件优越的女澡堂，专门喜欢到男盆池沐浴，她一来，浴室老板董殿儒只好为她的包间“清堂子”，派专人伺候。她专挑体格健壮、相貌出众的男子为她擦背。

有一次，她看中了一个叫高四的擦背工。以后，每次酗酒而来，就指名叫高四服务，稍有怠慢，拳打脚踢。董老板一想，这样下去，高四肯定小命不保，还会连累整个浴室，便辞退了他。高四连夜远走他乡，从此杳无音信。

后来，小石幸子找不到高四与她寻欢作乐，顿时恼羞成怒。因为“澡堂灯笼天天挂”，这是业界堂规，新华池浴室也是如此，从早到晚要挂灯笼。当时规定，防空时期，城内所有商铺禁止夜晚有灯光营业。小石幸子便以“违反灯火管制”为由，将老板董殿儒、管事陶晋海抓去关押 40 天、罚款 200 块大洋，才放了出来。

董殿儒被逼无奈，后来将新华池浴室迁来车桥陈河街，取名为“苏淮浴室”。时任国民政府江苏省主席韩德勤等一批达官贵人常来此洗澡，“苏淮浴室”一时声名鹊起。

想不到几年之后，小石幸子被“请”到了车桥。这一天，小石幸子又一次喝得醉醺醺的，一头钻进了苏淮浴室，董殿儒只好派人好生伺候。一番逍遥快活之后，她从东岳庙经过时，恰巧碰上了任如干。

来车桥时，她曾到车桥高小“微服私访”，得知“白面书生”任如干就是任如松的弟弟，见他长得虽然瘦弱，但还算一表人才，当时就心生好感，两人相谈甚欢。今天，想不到在东岳庙前相遇，小石幸子暗自窃喜。

“这不是任家大公子、‘白面书生’任如松老师吗?”

“哟，是人见人爱的幸子小姐啊，幸会幸会！”

“任老师来东岳庙有何贵干？”

“我是来烧香的，最近家母身体有恙，我特意来替她还愿祈祷的。”

“难得公子一片孝心。走，跟姐喝酒去，今晚我请客！”小石幸子又抛起了“狐狸眼”，那媚态风姿，任如干哪里受得了啊，一时意乱情迷，竟忘了任务，一路跟着来到了小石幸子的房间。

小石幸子特意让人去饭店叫了酒菜来，两人就这么觥筹交错起来。任如干的酒量哪是“白狐狸”的对手，这女人是风月场上的老手、情报谍战场上的高手，三下五除二，任如干就被她拿下了。任如干想起鲍艳萍对他的冷漠，再看看眼前这激情如火的尤物，一时无法自持，当夜就睡在了小石幸子的床上，干柴烈火的两个人折腾了半宿。

夜里，小石幸子趁任如干熟睡时，从他的包里搜出了秘密文件，她如获至宝，连夜报告了金丸。

春宵酒醒之后，任如干后悔不已。但证据确凿，容不得他抵赖，就直接被日本人关进了大牢。任如干一开始也是矢口否认他是“共党分子”，可把他拉到电刑架上，开关闸刀、来回拉了几下，他就实在受不了，只好承认他是“共党分子”。

金丸大喜过望，看来他下的本钱有了回报，他既佩服小石幸子的手段高明，更佩服自己的“英明决策”。

任筱先刚当上自卫团团长，就出了这样的事情，情知不妙。他迅速联系儿子任如松，任如松也后悔不该请小石幸子来车桥帮忙，这下可好，抓到自家兄弟头上来了。父子二人上上下下、里里外外打点了两天，三泽终于下令放了任如干，前提是自首画押，戴罪立功。

任如干一放出来，东岳庙就遭到劫难，这就是任如干的“功劳”。

任筱先、任如松作保，任如干总算放了回来，但日本人还在催他交代其他“共党分子”，否则还要把他抓进大牢。他像掉了魂一样，吓得待在家里，大门不出二门不迈，整天郁郁寡欢。

任筱先、任如松觉得这样下去也不是一个办法，就在家陪他喝酒开导他。哪知道心情郁闷的任如干三两酒下肚，就趴下了。任如松就趁着哥哥喝醉酒套他嘴里话，问他车桥还有哪些“共党分子”。

这任如干对鲍艳萍一直情有独钟，但发现最近上班时，鲍艳萍总在纸上写一个人的名字，他叫王玉荣。任如干知道此人是宥城自卫队的大队长，曾经救过小林子的命，鲍艳萍的心已经另有归属。从此，任如干彻底绝望了，由爱生出恨。这任如松一问，他竟随口说出：鲍艳萍、王玉荣。

这一说不得了，任如松吓得不轻。鲍艳萍不是鲍虎雯的千金吗，和哥哥几个人都是从小长大的伙伴，我能去告发吗？任如松犹豫起来。

可任筱先打起了如意算盘：这鲍艳萍如果是共产党，鲍虎雯还能脱得了干系吗？他这个维持会会长就干不成了，这岂不是天上掉了一个馅饼，正好砸在了任家的头上。

这爷儿俩一合计，一不做二不休，就去金丸处告发了鲍家父女和王玉荣。

据警察局沙正道送来的最新情报，最近水上画舫、都天庙的事都与王玉荣有关，本来他就窝了一肚子的火，一听任家父子这么一说，金丸马上电告三泽，请求立即行动。

一场抓捕行动就这么开始了。

第二天，酒醒后的任如干得知鲍艳萍被抓，情知自己酒后说漏了嘴，后悔不已，与父亲和弟弟大吵了一场。

“你们怎么能这样能把艳萍父女牵扯进来？”

“不是你说的吗？再说了，你若不说，日本人能放过你吗？现在要想救她，你就去劝她回头是岸，不要跟着共产党瞎胡闹。”

审讯室里，任如干见到伤痕累累的鲍艳萍，痛哭流涕。

“艳萍，我不是东西，我不应该酒后失言，我错了！”任如干一边哭，一边使劲地打着自己的脸。

“一切都晚了！如干啊，我俩是从小到大的伙伴、同学、战友啊，你怎么能堕落成了一个叛徒、一个汉奸呢?!”

“我是被逼的啊！可我是爱你的啊!”

“如果自己意志坚强，谁逼你也没用！你现在就是一个胆小鬼、懦夫、革命队伍的败类！你背叛了你的战友，背叛了你的信仰，背叛了你为之奋斗的事业，你知道吗?!”

任如干满脸羞愧地低下了头，知道自己再多的劝说都是苍白无力的。他看着鲍艳萍戴着镣铐远去的背影，流下了悔恨的泪水。

一脸颓废的鲍虎雯回来了，说他通共，日本人查无实据，只好将他放了回来。

阙玉兰惊喜地抱着乱发蓬松、胡子拉碴的丈夫，放声大哭。

“老爷回来就好，回来就好!”管家老刘拉着老爷的手，也是激动万分。再望他身后，见就他一个人回来，不解地问道：“大小姐呢，她没回来啊?”

“回不来了，给人告实了!”鲍虎雯面无表情地说道。

阙玉兰又是一阵号哭：“我把艳萍的旗袍都让人装好了，将来留作她出门时穿的，这下倒好，人被抓了起来，这可怎么是好哟?”

儿子小林子也跟着哭了起来：“我要姐姐！我要姐姐!”

“老爷啊，什么人告的啊？你可想想办法，把大小姐给捞出来啊，那地方可不是人待的啊!”老刘劝着鲍虎雯。

“就是任家的公子任如干告的！哎，我现在自身难保了。日本人说了，放我回来，就是让我劝劝艳萍，如果她悔过投降，可以像任如干那样既往不咎，还让我当这个维持会会长。我早就不想当这个会长了，可女儿的性子我知道，她认准的事情十头牛都拉不回来啊。”

“这挨千刀的，我去他任家拼命去，这一家子父子三人都是狗汉奸!”阙玉兰说着就要出门，被鲍虎雯一把拽住了。

“算了吧，现在是他任家得势的时候，你去了又有何用？收拾一下，我们还是去看看闺女吧。”

这一次会面，金丸发了话，让人给鲍艳萍去了镣铐。

审讯室里，见到女儿遍体鳞伤，受此大罪，阙玉兰抱着她又是一阵大哭："萍啊，你出嫁的衣服我都给你做了，是你喜欢的粉色旗袍，妈等你回家呢。"

看着两鬓发白的二老，艳萍也是心如刀割。她何尝不想侍奉在二老身边，过着苟且安稳的日子，可是自她入党的那一天起，她就是一个有着崇高信仰的人，有着目标追求的人，她无法背弃自己的组织，更不能做一个可耻的叛徒。

鲍虎雯早就知道自己的女儿是共产党的人，也曾为她担心过，但他从内心里为女儿骄傲。国破家亡之时，但凡有理想有抱负的爱国青年，理应像女儿这样挺身而出。

他本想劝女儿写一份自首书，先出来再说，可是话到嘴边又咽了回去。

"爸，我知道你是为我好，日本人肯定让你来劝我，但人各有志，女儿有女儿的选择，女儿有女儿的活法，我不会像任如干那样苟且偷生的。爸、妈，你们回去吧，好好地把弟弟带好，让他记住他有一个抗日的姐姐。闺女给你们跪下了，就当这辈子你们没生过我这个女儿!"

"我苦命的儿啊!"闺女下跪的那一刻，一家三口抱头痛哭。

"爸、妈，我还有最后一个请求，请你们答应我。我要嫁给王玉荣，上刑场的时候，请求爸妈成全我们，让我们穿上婚礼服走，生则异室，死则同穴。玉荣在我家养病的时候，有一件外套在我房里，照着尺寸做一身蓝袍黑马褂，现在结婚时兴这样的款式……"

鲍虎雯夫妇老泪纵横，心如刀绞。

熊坝口，北风呼啸，阴云惨淡。

熊坝口是车桥的修罗场，一直以来是专门枪决杀人的地方。

一场旷世的婚礼在这里举行，里三层外三层，挤满了七里八乡赶来的群众。

没有人见过刑场上举行婚礼，是鲍虎雯带着一笔钱，厚着脸皮央求金丸。这金丸见到这么多的光洋，他一想，反正都是要死的人了，算了吧，就让他们风光地走吧。

新娘鲍艳萍一身粉色旗袍，白色包头式披巾，新郎一身蓝袍黑马褂，两人胸前佩着艳红的小花。

一早上，车桥四个圩门同时贴出杀人告示：今天中午将在熊坝口对共党二犯执行活埋。

这活埋的主意出自羽田的怂恿。他说车桥之所以接二连三出事，就是因为我们手段太软了，三泽大佐的怀柔攻心政策，已经不适宜目前的车桥。乱世必用重典，要让这里的人不敢犯上作乱，这才是王道。将这两人活埋，一定会有很大的震慑作用，杀一儆百，以儆效尤，让支那人尝一尝我们的厉害。

金丸还假惺惺地告诉鲍虎雯：这是为了给你女儿留个全尸！

为防止有人前来劫法场，日本人在场内有便衣把守，外围有重兵埋伏。此刻，这即将被活埋的两人就是鱼饵，金丸期望着还有大鱼来上钩。

沉重的镣铐声，撞击着大地，撞击着围观群众的心。王玉荣的腿伤尽管日本人给治了，但走路依然疼痛不止，加上牢里遭受的刑罚，二人的身体很是虚弱。他们互相搀扶着，一路昂首挺胸，一路大义凛然。

金丸率着据点里的日军中队、保安一大队、补充大队、警察局的头头脑脑，一起来观摩这场大屠杀。他要让这里的每一个人都知道，和大日本皇军作对的人，就是这样的下场，他还要宣示一场所谓的“执法公平”，就是维持会会长的女儿也没用——“王子犯法，与庶民同罪”。

李在进、帅冠群要带着自卫队来劫法场，被俞臻喝止了，敌人设下了埋伏，不能轻举妄动。前不久，他们刚刚安葬了王玉浩，今天又来为王玉荣送别，挤在人群中，眼睛里都喷着一团火。

鲍艳萍看见了哭得泪人似的父母，看见了眼泪汪汪的管家老刘，看见了哭喊着要姐姐的小林子，看见了卢春萱、叶霞姑，看见了俞臻以及她的战友们。

此刻，她的心中有喜有悲。喜的是，今天她与心爱的人一起走上刑场，不同生，却共死，不同衾，却同穴。悲的是，她要告别心爱的家人，告别亲爱的战友，告别生她养她的这方土地。

王玉荣被关进大牢时就告诉她，他也入了党，这下子真的和她一起进步了，而且介绍人就是车桥人剑泓，她多想把这个消息告诉霞姑啊，可近在咫尺，却不能上前说话。她不能再牵连更多的人了。算他任如干还有一点良心，没有再出卖其他的同志。

今天的王玉荣也是格外的帅气，尽管遭受了酷刑，脸上还有鞭子抽打的印记，但他站着就像一座山。他盼着能娶艳萍为妻，今天这愿望终于实现了。可惜母亲不在，要是她看见了，一定会高兴。

要是在宥城，他会买一个崭新的菱花铜镜，专门给艳萍梳妆打扮用。然后让艳萍穿上大红新棉袄，给她盘一个好看的发髻，再用红头绳扎上，在她的两腮涂抹上胭脂粉，新娘子一定很美很美，庄上所有的后生一定都羡慕得流出口水来。

他也看见了李在进、帅冠群，看见了吴子余，看见了那么多熟悉的面孔，他们的眼里噙着泪。他此时唯有用眼神传达离别之情。弟弟浩子走了，母亲一定很痛苦，千万不要告诉她我的死讯，就告诉她，艳萍是她的儿媳妇了！我走后，母亲就拜托兄弟们了！

“多般配的一对啊，年纪轻轻的，命就没了，老天爷啊，你怎么不睁眼的啊。”一位大娘一边抹泪一边诅咒着上天。

“这挨千刀的任家父子，害人精啊，今天他们不敢来了吧，要是来，我恨不得咬下他一口肉来！”现在谁都知道，叛徒出在任家。

“一拜天地！”

“二拜高堂！”

“夫妻对拜！”

今天的婚礼司仪就是管家老刘，在他的唱喝下，鲍艳萍和王玉荣完成了结婚仪式。在跪向父母大人的时候，鲍虎雯和阙玉兰夫妇凄厉地呼喊着女儿、女婿的名字，那哭喊声让在场的乡亲们都纷纷落泪，刑场上哭声一片。

“玉荣，我们一起诵读一遍岳飞的《满江红》吧，识字班教过你的，记得吧。”

“记得，怎么能忘记呢。我来起头：怒发冲冠，凭栏处、潇潇雨歇……”

全场静了下来，只听得耳畔响起字正腔圆的《满江红》。

> 怒发冲冠，凭栏处，潇潇雨歇。抬望眼，仰天长啸，壮怀激烈。三十功名尘与土，八千里路云和月。莫等闲，白了少年头，空悲切！靖康耻，犹未雪。臣子恨，何时灭！驾长车，踏破贺兰山缺。壮志饥餐胡虏肉，笑谈渴饮匈奴血。待从头，收拾旧山河，朝天阙。

葬坑已挖好，敌人迫不及待地将二人推了下去，泥土雨点一样砸在他们的头上、身上，两人手挽着手，倔强地站立着，高呼着最后的口号：“打倒日本帝国主义！”“中国共产党万岁！”

霞姑哭了起来，卢春萱大手一扬，纸钱在风中飘起来，全场又是哭声一片。

阙玉兰跪下开始烧纸，口中念念有词，她要为两个孩子做最后的祷告。

此时，场外疯子李春明边跳边唱，一个熟悉的声音飘荡在熊坝口的上空：

> 你来人间一场，谁知前世模样。
> 背起空空行囊，尽头就是天堂。
> 你来人间一场，谁见来世时光。
> 不见不欠不想，放下就是天堂。
> 你来人间一场，谁享今世无恙。
> 笑看魑魅魍魉，回家就是天堂。

热血风华，就此消逝。

熊坝口一座新坟茕茕孑立，有人给立了碑，“王玉荣、鲍艳萍伉俪之墓”，这样的碑铭赫然醒目。

暗地里，有人偷偷前来烧纸祭祀，人们为一对青年的英勇献身而哭，为鬼子的凶暴残忍而恨。风中的火苗蹿得老高，纸灰借着火势在空中飞舞，有人说，那是两人的影子，在空中飞舞。还有人说，两人一直没走，就在车桥圩子里转悠着，他们有朝一日会带来天兵天将，消灭圩子里的鬼子汉奸。

纸还是包不住火，孙桂兰还是知道了儿子牺牲的消息。

她坐在地上捶胸顿足，五内俱焚，一月之中连失二子，什么样的人能受得了这样的打击。

“为烈士报仇!”宥城自卫队的队员们心中都燃烧着复仇的火焰。

“越是这样的时刻，越要冷静，我们不能忘记剑泓特派员临走的嘱咐。如果我们硬拼，只能是鱼死网破，最后断送了我们的革命队伍，这就得不偿失了。我想，王大队长他在天之灵也不会答应的。”李在进冷静地劝着大伙。

帅冠群从人群中站了出来：“同志们，泾口区委的领导让我们转告大家，王大队长兄弟俩的仇，我们一定会报的。根据区委的指示，现在由李在进同志代理大队长，区委要求我们，要化悲痛为力量，把我们的家守好，把我们的队伍带好!”

“冠群啊，你要带我去看荣儿!”孙桂兰一路哭着过来了。

听到她的哭声，大伙的心都碎了，老年丧子的悲痛，已将一个母亲的心一点一点撕碎了。

帅冠群上前扶住孙桂兰，噙着眼泪：“大妈，荣子和浩子都走了，我现在就是您的儿子，我给您养老送终！您要保重啊!”

“我不恨别人，我恨这千刀万剐的鬼子汉奸，哪一天，你们也发一支枪给大妈，我也跟你们一起打鬼子打汉奸!”

这是一个农妇发自心底的抗争和呐喊，其中蕴含着多少的仇恨和泪水啊。

那天夜里，李在进、帅冠群实在拗不过孙桂兰的坚持，他俩陪着她来到熊坝口，一见墓碑，孙桂兰的情绪一下子就崩溃了。

“我可怜的儿啊，你把妈的心都割走了，你这一走，让妈怎么活哟。”痛彻肝肠的孙桂兰跌跌撞撞地抱着墓碑哭诉着。

王玉荣尽管不是她亲生的，可这么多年，她一直视同己出。白发人送黑发人，这样的悲痛，谁听了谁落泪。夜风在呜呜地叫着，像是为一个母亲痛失爱子而哭泣，像是为这黑暗的世道鸣不平。

“大妈，玉荣是和你儿媳妇鲍艳萍一起穿着结婚礼服走的。”帅冠群一旁开导她。

孙桂兰哭了半天，情绪渐渐平静下来：“哎，也难为人家姑娘了，一朵花似的，我儿有这样的媳妇也是他的福气。儿啊，你从今往后一定要好好地待人家，不能再让人家受罪了。你不要替妈妈焦心，我现在也参加自卫队了，不能打仗，总可以烧饭打下手吧，在进、冠群他们把我当亲妈似的。我可怜的儿子、儿媳妇啊，你们在阴曹地府就保佑我们多打胜仗，多杀鬼子，早日为你们报仇……”

孙桂兰是一路哭着走的，走的时候一步三回头，久久不忍离去。她多想明天一觉醒来，看见儿子活蹦乱跳地站在面前，可她知道，一切都没了，儿子永远地睡在这里，再也回不来了。

“我可怜的儿啊！”孙桂兰对着墓的方向，大喊了一声，然后头也不回地走了。

一帆一桨一鱼钩，一个渔翁一钓钩。

一俯一仰一场笑，一江明月一江秋。

鲍虎雯唱着《一字歌》出了车桥西圩门。

在车桥西圩门外，涧河以南，有一座太平庵，因香火极盛，四时不断，被称为“五桥十三庵”中十三庵之“第一庵”。因庵内供祀城隍神，所以人们又称其为城隍庙。庵宇前后两进，前进正殿供奉城隍像，两旁偏殿有牛头马面等鬼判塑像；后进为城隍内宅。

女儿鲍艳萍的离去，让鲍虎雯痛不欲生，他愤然辞去了维持会会长的职务。

当初日本人处心积虑让他出任维持会会长一职，为了保全家人，他忍辱负重做了这个会长，背着汉奸的骂名，违心地在为日本人做事。

现在女儿走了，他也豁出去了，扔下一纸辞职书，离开了区公所。这一次，他算是看破了红尘，将鲍府交由管家老刘照看，自己带着家人住进了太平庵。从此，不再过问世事，和夫人阙玉兰一样开始吃斋修行。

太平庵田产较多，主持昌静一向乐善好施，常常接济穷人，因而与大善人鲍虎雯性格相投，一时成为至交。现在鲍家有难，想入庵修行，昌静特意命人洒扫庭院，腾出专房，安顿鲍氏家人。鲍虎雯感激涕零。

在金丸看来，共党分子鲍艳萍被活埋，鲍虎雯难辞其咎，现在提出辞职，这也在情理之中。鲍虎雯不想做，可有人硬是头磨尖了往里钻。任如松已三番五次地和他暗示，让他的父亲任筱先担任会长，要说对皇军的忠诚，此人没话说，可这个人名声实在不咋样，恐难服众。

正在左右为难中，任筱先带着他的儿子任如干登门拜访，一进来就将一个盒子塞进金丸的手中，打开一看，是金条，足有十几根。

既然如此，面子里子都有了，不如做个顺水人情。于是，车桥四个圩门贴出告示：因剿匪有功，任筱先出任车桥维持会会长，任如干出任区公所自卫团团长。

鲍虎雯既已不再视事，区公所和自卫团设在鲍家祠堂龙瑞庵已不合时宜，于是迁到了任家巷，与情报局仅一巷之隔。

小石幸子不能再待在车桥了，再待下去，不知还要弄出多少绯闻艳事呢。三泽一个电话，小石幸子回到了县城。

也不能官都给一家子来做，为了“避嫌”，任如松主动提出辞去兼任的车桥情报局局长一职，他特意向三泽推荐了翻译陈天富，此人在翻译组一直是他的跟班。三泽夸他“一心为公，推贤让能”，他自己都好笑。

从此车桥成了任家的天下。

第二十四章　筑　坝

剑泓跟着邹蔚瑾上路了，是向师部的方向。

几个月以来，他常在梦中见到师长和战友，此时此刻，归心似箭。

在淮盐宝边区办事处，他把报名参军的宥城子弟托付给了吴子余，请他带到淮宝支队。吴子余，这位平素大大咧咧的山东汉子，喉咙竟有些哽咽。

也许在一起时间长了，处出兄弟感情来了，更主要的是，这兵荒马乱的，有时候真的是朝不保夕，就怕一分手，就成了永别。

“侉子哥，千里搭长棚，没有不散的筵席。我们很快会见面的，不用悲悲戚戚的，像个女人家似的。”剑泓安慰道。

“俺不管，你去了就得快回来，你和师长说说，能不能调回来工作，这样俺们就可以天天在一起了。”吴子余傻傻地说道。

“干革命工作，哪能是自己想到哪儿就到哪儿的，要听组织上的分配啊。不是有这么一句话嘛，我们是革命的一块砖，哪里需要哪里搬。”剑泓笑着说道。

“兄弟，你要多保重啊，空闲的时候捎个信来。”

人都走远了，吴子余还在风里招手，都说山东人重情重义，这话一点不假。

“剑泓啊，你来淮宝地区工作，看来人缘不错嘛。”邹蔚瑾拍着剑泓的肩膀说道。

“哪里啊，都是同志们关心我、照顾我，这几个月确实让我受益匪浅。”

“剑泓，我问你，现在这一片都是我们的根据地了，你有什么体会没有?”

邹蔚瑾这么一问，倒让剑泓放慢了脚步，他环顾着四周的村庄、田地，四处炊烟袅袅，田野里随处可见劳碌的人们，每个人的脸上洋溢着开心的笑容。

“走在根据地里，满眼生机，我觉得这里的人们有着一股子精气神。”

“精气神，这话说得好！说起来这里的老百姓苦啊，过去，鬼子二皇三天两头下乡‘扫荡’，他们见粮食就抢，见猪牛羊就有牵，见妇女就上，烧杀抢掠，无恶不作。老百姓整天是东躲西藏，逼得没办法就躲进湖荡里，没有吃的，就在荡里采蒲根、柴根，挖慈姑、菱角，淘藕来充饥。自从我新四军挺进淮宝地区后，根据地的人民再也不怕鬼子二皇了，有的参加了联防队，有的组织了自卫队。春耕没种子，新四军低息贷款借种子；没农具，新四军帮着造农具；没耕牛，每 8 到 10 户新四军给发放一份耕牛贷款；没人手，新四军帮助成立互助合作小组……现在根据地老百姓的日子一天比一天好，那些农民神气多了。”

“说起这互助组，我们在宥城组织过。就是今天在王家帮忙耕地，明天到张家耙田，互相帮忙不派饭，劳动结束后各自回家，大家共同出工出力，还让抗属、军烈属优先耕田、种地。农田里的农活做完了，还可以到富农、地主家去帮短工，挣点生活费。这一带地处绿草荡、射阳湖，属于水网地区，荡里河道多，七沟八汊，离了船等于人缺了腿。新四军体恤民情，为了解决农民的船只问题，组织人手到荡边伐树，或将废弃的寺庙庵堂拆掉，一方面解决部队的生活用料，比如做一些饭桶、锅盖、水桶、澡桶、铺板等，大一点的木料，能夹水车的夹水车，能钉船的钉船，每四户合用一部水车，每八户合用一条木船，每条船上还配了八把木制划锹。”

“为什么配了八把划锹?”

“这个我还真不知道。”

“我告诉你，这可是我们师长的主意，他说，八户人家合用一条船，这八户，每家保管一把木划锹，平时作为劳动工具，用来做秧池、收拾田亩用；打仗了，八户人家每家出一人，八人合用一条船，运送子弹或运送部队。”

“师长每天那么忙，但考虑事情还这么细致周到！”

“师长的心细是出了名的。我至今都记得第一次执行师长任务时的情景。那一次，我们攻打泰州城，师长亲自写了一封信，要我送交攻城部队的负责同志。他知道我是刚上阵的‘新兵’，因此，交代得十分仔细，在军用地图上，他指着一连串的村庄告诉我要走哪条路，到哪几个村庄可以找到攻城指挥所，并叮嘱我要亲手交给负责人，如果他休息了，一定要想办法叫醒他，在他当面拆阅信件之后，才能返回。他怕我还不能理解战场上传达任务的事关重大，又耐心地跟我讲了内战时期的一个教训：一位红军指挥员由于疲劳，把电话机安在自己床头，深夜半醒半睡时，接了上级传达作战任务的电话，接后又睡着了。待天明醒来时，兄弟部队均已按命令转移，只有他这个部队耽误了行动时间。为此，这个指挥员受到纪律处分。从这一天开始，我就领略了师长过细认真的工作作风。”

“邹科长，我每次看到师长都害怕，他好像不喜欢笑，总是那么严肃，经常板着脸，见到他我就有点发怵。”

“这是你还不了解师长，其实他是个内心火热的人，行军宿营时，稻草往地上一铺，他常跟我们师部的参谋们滚在一起。但他对我们要求很严格，专门制定了各级参谋机关的工作职责、工作制度和人员思想修养标准。他也很关心我们的成长。我刚进师部时，虽在新四军教导队学习了一些军事基础知识，但缺乏实际锻炼，因此，工作上显得非常生疏。在机关精简、人手少的情况下，师长硬是手把手地教会我们工作。从怎样写敌情通报，怎样部署宿营，怎样利用有限空隙时间开展工作，到怎样了解宿营地周围地形、道路情况以及绘制行军路线图，等等，一个课题又一个课题，直到我们基本掌握。我还记得有一次，他还拿出他当年在坚持浙南游击战争时保存下来的在几页红绿油光纸上油印的军用文书，作为样本，教我们参照学习……”

落日平湖好，萧风起暮烟。

两人一路聊着，一路走着，在地方交通站的帮助下，一会儿荡中行船，一会儿旱地走路。不知不觉中，夜幕降临，他们顾不得休息，一边啃着干粮，一边继续赶路。

“站住！干什么的？”在一处湖荡边，一队人马拦住了他俩的去处。

当出示了通行路条后，才知道是自己人。

“你们在干吗？”邹蔚瑾好奇地问道。

“我们在执行警戒任务，荡里正在挖坝。”

河面上尽是小船，首尾相连，船上铺了木板和门板。他俩顺着船往荡里走，越往里走，越感到震撼，眼前的场面让他俩惊得张大了嘴。

四处点着马灯，人山人海，水里、岸上到处都是挑灯夜战的民兵和群众，他们挖的挖，挑的挑，扛的扛，抬的抬，每个人顾不得寒冷，脱掉了棉衣棉裤，干得热火朝天。

虽说进了二月，但外面依旧寒风劲吹，荡心的水冰冷刺骨，运干泥路远，挖生茨费劲，但没有人偷懒耍滑，没有人自甘落后，年轻人争先恐后地跃入水中，身上好像有使不完的劲。

各个村有各个村的工段，各个乡有各个乡的任务，大家憋着一股劲在开展一场“水上竞赛”。

“李大爹爹，你年岁大了，这水太冷了，你还是上去吧！”有人在劝上了年纪的一位老人。

“我老头子不怕冷，就和你们年轻人比一比，你们什么时候上来，我也什么时候上来！”

“李大爹爹，你不愧是筑坝英雄啊，按理说，18 到 45 岁的才可以下水，你这一下水啊，我们年轻人谁能做孬种？”

就在邹蔚瑾、剑泓惊诧感叹的当儿，一个熟悉的身影闯入眼帘。

“老龙王！”

“曾书记！”

来人就是宝应县委书记曾涛同志，他挽着裤脚，光着脚丫，浑身泥浆，大汗淋漓地跑来了。

“怎么是你们?”曾涛瞪大了眼睛，没想到几天前刚在东岳庙见面，今晚又在这里会面。

“你们这是修的什么坝?”邹蔚瑾问道。

“听苏中区行署的同志说，是一师首长亲自分配给我们宝应县委的任务，要我们从射阳湖、广洋湖湖荡里修交通坝，每个坝要顶宽一丈，高出水面五尺。这样的坝，一共要修五条，交叉于安丰。我们县委将发动三万民兵和民工，争取一个月内把湖荡浅水区联通起来，将来方便部队行军。”

“为什么夜间施工?”

“白天施工目标太大，会引起敌人的注意，所以我们选择了晚上悄悄地施工。”

“那个带头下水的李大爹爹真了不起，像个老小子似的。”

“他啊，是我们宝应的名人哟，他叫李兆祥，前不久在宝应县武装代表大会上，刚被评为‘筑坝英雄’。说起来，他也是一个苦人，7 岁要饭，12 岁做苦工，能吃苦，做事一个人能抵两个人，但日子一直不得出头，老是穷苦，一家 14 口还要时常挨饿，用猪吃的细糠糊口。因为交不起伪政府摊派的几口锅，他和儿子被抓去扣押了 18 天。去年夏天，新四军到了这里，老百姓抬头了，到处掀起查粮减租运动，57 岁的李兆祥参加了运动，站在群众的最前面，他被选举为农抗会会长，不久又被选为区农抗会会长。地方上的白狗子威胁他：你跑，头在摇呢！他大儿子害怕了，老婆不肯让他出去做工作，但李会长说了：我替老百姓工作有什么不好，怕什么?在他的教育下，现在三儿子是模范队员，二媳妇和三姑娘是妇救会会员……”

“剑泓，我们还愣着干吗，这火热的场景，我们不能袖手旁观啊。”邹蔚瑾说着就脱起了衣褂和鞋子，哧溜就下了湖。

剑泓也跟着动作麻利地跳进湖中。

两人就像跳进了冰窖中，周身像是裹上了一层冰甲，手脚不能停，只有不停地传土、堆土、垒坝，才不至于被这一湖的冰水冻僵。他们真的佩服那些站在水里不停劳作的人，他们不是不怕冷，而是有一种精神的力量在支撑着他们。

他俩这一跳，让曾涛都不好意思起来，既然已经下了湖，劝阻已来不及，就跟着一起干吧。

“将来这坝修成了，要把你俩的名字都刻上去!”曾涛笑着说道。

“你就这样写，某年某月某日，邹蔚瑾、剑泓两个虾兵虾将陪海龙王到此一游!”邹蔚瑾这么一说，惹得众人哈哈大笑起来。

干到兴头上，邹蔚瑾又考起剑泓来。

“剑泓，今天我们修的是交通坝，你知道，在水网地区，我们为了对付敌人，还修了哪些堤坝，你能说与曾书记听听?”

“要说修坝，这个难不倒我，有些坝，我们侦察时还曾走过。

“先说明坝，就是高于水位，与河面同宽的堤坝。我们的部队遇到明坝，可以将木船抬过去，而日军的钢板汽艇太重，抬不过去。

“还有暗坝，就是低于水面 60 厘米左右的堤坝，这种暗坝只有指挥机关知道，当遇到险情的时候，部队可以从暗坝蹚水过河撤退。

“常见的还有阻塞坝，就是在重要关卡修筑坚固大坝，阻止敌人通过；或将一根根 2 米多长的木桩打在河道下面，小木船可以畅通无阻地从坝上通过，而日军的武装尖底汽艇则通不过，除非用炸药炸坝。可是这种坝处处都是，敌人又没有那么多炸药对付它，他们想炸，也炸不过来。

“再一个就是断头坝，那是在较宽的河道上两头修坝，中间过不去，等我们的部队通过时，搭上木板固定好，就可以顺利通过，然后撤掉木板，敌人只能望坝兴叹。”

“不错不错，说得很准确，一会儿奖励你一块车桥朝牌!”邹蔚瑾也拿不出其他奖品了，只有包中的朝牌，这是他俩的干粮。

“邹科长，我在师部时就听人说，师长要求改造水网地形，也是受敌人的启发，被逼出来的吧?”剑泓问道。

“这话不假。当年，师长率领指挥机关活动在东台地区时，敌人想出了在根据地中心地区分割围剿的办法：北面从东台向东修筑公路，占领潘家鐝，南面从海安向东修筑公路至李堡、角斜，然后采取南北对进办法，从李堡向北修筑公路，经三仓河至潘家鐝，联成一个‘工’字形。针对敌人这个阴谋，师长指示地方兵团就地坚持，开展边缘区斗争，咬住敌人不放，并发动反筑路斗争，敌人白天筑路，我们晚上破路；对敌人掩护筑路的部队，开展群众性的麻雀战袭扰它，使敌寸步难进。此后，师长想，敌人能改造地形，为什么我们不能？于是他就提出，要利用苏中水网地区的特点，有计划地发动群众改造水网地形，使之有利于我、不利于敌。明坝、暗坝、阻塞坝、断头坝、交通坝，这些就都有了……”

边说边干，不知不觉间，一条 25 丈的长堤在湖荡中“长”了出来，像是一条黑色的腰带飘浮于水面上。

又是一声令下，百姓们迅速收拾工具，各家撑着小船有序离开。很快，湖里恢复了往日的寂静，星光辉映下，一切都像没有发生似的，神不知鬼不觉地，湖里静静地生出了一条坝来。

这就是人民群众的力量。

寻了一户湖荡人家，洗漱了一番刚刚躺下，外面一阵嘈杂声，两人一骨碌爬起。

“二位同志好啊!”循声望去，一个风风火火的汉子闯了进来。此人四方脸、高鼻梁、大眼睛，宽肩阔背，中等身材，年龄大概不到 30 岁，面相上看，像个书生。

曾涛跟了进来：“我给你们介绍一下，这位是淮安县委书记许亚同志。”

来人笑呵呵的，一脸的和善。

“听说有师部来的同志在这里，我肯定要来打一声招呼，你是剑泓同志吧，听说你是车桥人?”

“许书记，你怎么一眼瞧出我是剑泓?”剑泓有点惊诧。

“我也是猜的。人说江南水乡的男人，皮肤白，文质彬彬的书生相，苏北水乡的汉子，皮肤黑，憨厚朴实的农人相。你皮肤黑灿灿的，我就猜出你是我们车桥人了。”

“哎呀，许书记真是火眼金睛啊，您都可以去我们侦察科当侦察员了!”剑泓开起玩笑来，把一屋子的人逗乐了。

“这么晚了，许书记怎么来了?”邹蔚瑾问道。

“白天路上狗腿子多，趁着晚上来，我是来找曾书记取经的，请他们派人手帮忙指导我们筑坝、造船。”

“你们也要筑坝、造船?”剑泓睁大了眼睛。

“是的，盐阜区党委也给我们下达了改造水网地区的任务，在绿草荡、马家荡西北一带。刚才曾书记带我进荡去看了一下，宝应县委的工作真是神速啊，我都不敢相信，一夜之间能修一条二十多丈长的坝来。”

“今天有这二位天兵天将帮助，才这么快的。”曾涛这么一说，都把二人说得不好意思起来。

“剑泓同志，你是我们车桥走出去的英雄，听说你一家子都被鬼子祸害死了，我相信，总有一天，这新仇旧恨会一起报的！我们也盼着你这位老乡，哪一天真的带来天兵天将，解放了车桥，给我们出一口恶气!”许亚一脸真诚。

“我只是一个小兵，哪来这么大的神通啊，家乡人民还得依靠你们哟。”剑泓从内心佩服在地方工作的同志。

许书记匆匆地来，匆匆地走，一看就是一个风风火火的汉子。

“曾书记，人家许书记对我好像了如指掌，我对人家却一无所知。地方工作的同志真不简单。”剑泓这话也是肺腑之言。

“许书记可是我们这一带的神通人物啊。”曾涛与许亚两人都是县委书记，常在一起开会，有时吃住都在一起，提起许亚，曾涛是如数家珍：

“许亚是沙洲人，他早年读书期间就结识了众多进步师生，接触到了进步革命思想。九一八事变爆发后，日寇在东北犯下的暴行让许亚深恶痛绝。他与同学们一起卧轨拦截火车，走上街头参加游行，赶赴南京请愿，请求政府出兵抗日。但南京国民政府的软弱行为，令许亚彻底灰心。

“后来，他奉命辗转苏州、上海从事革命工作，组织工人罢工运动。就在他加入共青团的第二年，共青团中央遭到敌人破坏，共青团江苏省委与中央失去了联系，经济来源断绝。为更好地推动革命任务的完成，许亚不顾危险，四处筹措经费，坚持出版了《群众的团》和《少年真理报》等刊物。那时候，许亚一天就吃几个烧饼，饿得面黄肌瘦，但他对革命工作仍然满腔热情。

“不久，许亚和几位同志不幸被捕。在狱中，他与同志们一起秘密建立了狱中团支部，与敌人展开斗争。在多方营救下，他获释出狱。他母亲得知他出狱后，赶赴上海想要带他回家。最后，他编了一个谎，说是外出买东西，与母亲不辞而别，来到了苏北抗日根据地。

“他受命担任淮安县委书记的时候，正是敌人疯狂‘扫荡’的时候。在敌人的蚕食下，淮安县根据地当时只有四个区，三个半都被‘伪化’或‘半伪化’了。县委机关被日伪军挤到了黄河东侧郎颜、徐码、赵码一带三个村庄内，处境十分危险。

“一天清晨，日伪军从涟水夹滩渡河，企图先行击溃中部徐码，再将其他两个村庄逐一击破。面对来势汹汹的日军，许亚临危不惧，冷静应对，指挥各庄军民，以打排枪的方法吸引敌军向不同方向追击，将敌人搞得晕头转向，分不清我方的具体位置。就这样，敌人被牵着鼻子乱窜了一整天，最后不得不放弃‘扫荡’计划。

“在县委书记当中，许亚同志有‘拼命三郎’的雅号。在艰苦卓绝的日子里，他有时候工作起来，几天几夜不睡觉。同志们担心他的身体，劝他休息，他说：‘县大队的同志在第一线流血牺牲，我当政委当书记的能安心睡吗？’”

这就是许亚同志，一个为了革命事业倾尽全部心力的人。家乡有这样的书记，是家乡百姓之福。剑泓为家乡能有这样的父母官而感到骄傲。

这一夜，剑泓是数着天上的星星入睡的。

他拿出贴身衣袋里的两块玉佩，反复抚摸着，不知不觉想起了霞姑。这世上，也许他是霞姑最亲的人，如果哪一天连他都忘记了霞姑，世上或许再没有人记得她了。

有人与你立黄昏，有人问你粥可温；

有人与你捻熄灯，有人供你书半生；

有人陪你顾星辰，有人醒你茶已冷。

剑泓读过清人的《浮生六记》，这些话也许最能表达他此时的心境。可是，那个心爱的人，又在哪里啊？

他多想一觉醒来，霞姑就站在堤岸上，像百灵鸟一样地唱着渔歌，或者在哪个村头，能与霞姑有一次美丽的邂逅。

数着数着，想着想着，剑泓沉沉地睡去。

> 樱桃好吃树难栽，小曲好唱口难开。
> 哥哥区乡常开会，妹家门前勤去来。
> 对哥有句心里话，未曾开口热了腮。
> 前方后方多跑路，为哥做双跟脚鞋。

芦家滩的夜里，人们早已睡去。周府里，微弱的油灯映照在霞姑的面庞，那俊俏的脸形瘦削了许多。

晚上，霞姑和农会的同志忙着查租查息刚回来，又拿起针线活，给剑泓做鞋子，今晚再熬个夜，就可以收针了。

她一边哼唱着这刚学来的新歌，一边细密地缝着那鞋子。

突然针头一滑，扎破了手指，血珠一滴一滴地流下，有几滴都渗进了针线里。

这一针一线带血的思念，缝进了鞋子里，哪一天剑泓穿着它，就是带着她的心，带着她的思念，行走天涯。

第二十五章　一封寄不出的信

天刚麻麻亮，邹蔚瑾和剑泓就急着赶路了。

阴阳不同界，冰火两重天。进入伪化区了，邹蔚瑾、剑泓格外小心，他们或是钻着敌人据点的空档走，或是沿着湖荡的交叉小路走，有时候，他们还得昼伏夜行。

四面楚歌中的伪化区，敌人学来了南通地区的“清乡”经验，大肆抓捕无辜百姓，实行毁灭性的烧光、杀光、抢光政策，大批宪兵特务和“清乡”人员蜂拥而至。

我地方军民坚持游击斗争，和敌人展开殊死抗争。一些地区响亮地喊出“每个党支部、每个月捕杀一个敌人”的口号，扎粽子、背娘舅、下大汤馄饨、老鹰叼小鸡等锄奸战术，让敌人望风而逃。那些沿着河流、道路修筑的竹篱笆封锁线，已被我地方军民烧得七零八落，只剩下一些骨架。

饿殍载道的伪化区，逃荒的难民明显多起来。

听说北方一些地方遭了旱灾，田里颗粒无收，许多人家断炊少粮，甚至有人活活饿死。灾后又是瘟疫盛行，许多地方一家子一家子染病死去，有的村落整庄子见不到一个人。

人们成群结队地南下逃荒，到了伪化区的人，青壮年都被日伪军抓去当了壮丁，老弱病残被四处驱赶，一时间道殣相望，哀鸿遍野。

在一棵老树下，一个中年汉子倚在树上，满脸蜡黄，肚子长了一个包鼓得很大，像是得了重病。他有气无力地唤着来往的路人：“好心人啊，谁要孩子啊，按斤换粮，一斤换一斤啊。”

旁边的箩筐里，两个幼儿蓬头跣足，眼睛饿得都陷了进去，瘦得皮包骨头，分不清是男孩女孩。汉子旁边的女人，像是眼泪流干了，两眼空空，绝望地盯着箩筐里的孩子，呆呆地，一句话也说不出来。

卖儿卖女，又有什么办法呢，兴许这是在给孩子找一条生路，留在身边，最终不是饿死，就是病死。

“行行好吧，哪个好心人救她一命吧，把她领去，您老给她碗剩汤就行。我老婆子不要钱，也不要粮。”又见一个老太太一遍遍地向路人作揖哀求。

旁边的地上，躺着一个衣不遮体的小姑娘，面部全无一点血色，可怜已饿得奄奄一息，听着老太太的哀求声，眼泪哗哗地流着。

此情此景，邹蔚瑾、剑泓的心像刀割一样地疼痛。他们除了掏出包裹里仅剩的几块朝牌干粮和几块钱去接济一下，别无他法。

这边，两个孩子伸出小黑手，硬把朝牌往嘴里塞，真怕给噎住了，可能太饿了。他们含泪把孩子抱在怀里，轻拍着他们的后背，摸着孩子的头和脸，又万分不舍地放下。

那边，那小姑娘接过朝牌，狼吞虎咽起来，满脸的眼泪，满眼的感激。一个朝牌，也许救了一条命。

都是天灾人祸造成的，也许只有早一天赶走小日本，天下的老百姓才能早一天过上好日子。他俩看着这些孤苦无依的穷苦人，内心的痛楚无可言表，万般无奈中，红着眼圈转身离去，身后顿时哭声一片，千恩万谢：

“好人啊！”

“好人好报啊！”

“大善人啊！”

“恩公，我们给你们下跪了！”

……

一路风尘仆仆，终于回到了师部。

见到粟裕，剑泓更是格外激动，满肚子的话，都不知道说什么才好，只是一个劲地傻笑。

“剑泓，看来这湖荡的风厉害着呢，把你吹黑了，也吹结实了，我听蔚瑾说了，你的包里都是宝贝啊，掏出来，给我瞧瞧！”

打开随身的挎包，将手绘的地图一张张地铺在桌上，粟裕仔细地看着，一边看，一边走到墙边，比照着墙上的地图。

粟裕半晌一句话都没有，剑泓心里是十五个吊桶打水，七上八下。

好半天，粟裕终于发话了，他一把握住剑泓的手，一脸的惊喜：“剑泓啊，你的成绩还不小呢？短短的三四个月，就基本摸清了马家荡、绿草荡、射阳湖、广洋湖、大纵湖等荡区的概况，过去地图上一些没有标注的地方，这下子都有了，过去标错的地方，这次也作了修正。娄王庄、湖垛以西，沙沟、鲁垛以北，安丰、涧河口以东，东沟、益林以南地区，我们过去有近十张地图，都不完全准确，这一次也可以作新的补充和修正了。蔚瑾，你赶紧把这些交给测绘参谋们，让他们抓紧绘制大图，这一地区，我们终于可以有一张相对完整准确的五万分之一地图了。剑泓，我给你记一功！”

剑泓悬着的心终于放下了，他依旧满脸憨厚地笑着，粟裕看他一脸的憨相，不禁也笑了起来，转身对邹蔚瑾说道：“这个剑泓，有时候机灵得像个猴子，有时候憨厚的像个农民，这个小伙子，有意思！”

“师长，他是怕您！”邹蔚瑾收起地图，笑着解释道。

“怕我啥子，我也不是吃人的老虎，剑泓，我是老虎吗？”粟裕反问剑泓。

这一问，剑泓都不好意思起来，他抬头看着墙上的一张最新的战绩统计表，心头感到一阵振奋，一字一句，不禁读出了声来：

“1943 年，苏中新四军主力部队和地方兵团作战 624 次，毙伤敌 15054 人，俘虏 11949 人，缴获步枪 30914 支、轻重机枪 294 挺、掷弹筒 62 个、炮 64 门；民兵自卫队作战 2855 次，毙伤俘敌伪 4105 人，缴获长短枪 596 支、机枪 4 挺、掷弹筒 5 个。师长啊，这个成绩真了不起啊。怪不得华中局说我们一师几年来工作是获得了最大的成绩，在抗战中建立了最大的功劳；在我全军中以第一师部队作战最多，战果最大。”

粟裕淡然一笑：“1943年，是特殊的一年，日伪军在对苏中根据地进行连年频繁的‘扫荡’‘清剿’失败后，又开始了‘清乡’，从‘军事清乡’，到‘政治清乡’，再到‘延期清乡’，在敌人的全面进攻面前，我苏中军民挺身而出，绝不后退，在党的领导下，进行了英勇的反‘清乡’游击斗争，才取得了如此的成绩。”

“师长，您曾就游击战作过一次专门的报告，您说，不要被敌人的嚣张气焰吓倒，号召大家要把游击战打得热火朝天，像老百姓春节放鞭炮一样遍地开花，处处响枪，这样，敌人虽然占领了点和线，无异于自己设下圈套，往自己脖子上套。”提到游击战，邹蔚瑾回忆起粟裕的一段话。

“您在报告中语重心长地教育我们，坚持苏中抗日根据地在政治上、战略上具有深远意义。您说，我们苏中根据地和敌人统治中心南京上海，中间隔着一道长江，是在同敌人唱‘对台戏’！我们这里打一个胜仗，消息是封锁不住的，很快传到南京、上海，政治意义太大了。要求大家把眼光看得远一点，苏中抗日根据地地处长江下游，将来战略反攻时，敌人从长江逃跑，我们像打鱼人一样，在长江口张上一个大渔网，统统把它收罗起来。您的讲话给我们莫大的鼓舞和信心。”

“我们既要坚持基本的游击战，也要抓住时机打运动战，这个要灵活实施。剑泓，说了半天，我都忘记告诉你了，林痕病了，你去医院看一下。他可是在我面前提了几次，要将你调回来，说你用得顺手。这下好了，你回来了，估计他的病该好了！”粟裕笑道。

“剑泓，师长把你当灵丹妙药了。”邹蔚瑾揶揄道。

“那我这就去给林科长治病去！”

剑泓这么一说，逗得大家都哈哈大笑起来。

在师部医院里，剑泓正与林痕促膝长谈、其乐融融，突然闯进一个人来。

此人个子高挑，瘦瘦的，眉毛很浓，眼睛里透出坚毅的目光。

“阿灿哥!”林痕惊叫起来，顾不得疼痛，急着就要起身下地。

“不动，不动，不要下床!”来人急忙上前一把按住林痕，顺势坐在床边。

来人就是林痕当年的革命引路人阿灿哥。他现在是一师战地服务团的负责人，从龙岗抗大九分校过来的。

“我还以为你光荣了呢？这么长时间都没有你的消息。”林痕嗔怪道。

“马克思不肯收我啊，我还欠你一笔钱呢，马克思说了，你去把林痕的钱还了再来，你说说，我怎么能走呢?”

“别逗了，你欠我什么钱?”

“你不记得了？当年我们从上海去皖南参加新四军时，你不是拎着一只空皮箱，去药店购置了很多新四军急需的药品，皮箱塞得满满的。我要付钱，你一把拦住我，说我是独子，父亲去世了，这一走，还不知道什么时候回来呢，留下60多岁的老母亲无人照顾，让我把钱留给她老人家。你不但付了药钱，还把剩下的钱都给了我。”

“你还记得这事啊，我早就忘了，你是我的引路人，要说欠，我欠你的才多呢。阿灿哥，我忘问你了，这些年你都去哪儿了?”

“从皖南撤退的时候，我们一组十几个人，向导给带错了路，夜里摸进了一个村庄，又冷又饿，就在一户人家借火做饭时，被地方民团的人发现，把我们围了起来。在战斗中，七八个同志牺牲了，剩下的人全部不幸被俘。

“在关押期间，因为我身上带了口琴，吹得好听，民团团长的女儿也喜欢音乐，就缠着团长父亲，让我教她弹琴。就这样，我活了下来，其余的同志却被枪毙了。

“在交谈中，那姑娘很是敬佩我们新四军，在一个夜里，她偷偷把我送到一个渡口，从船上把我送了出去。我一路要饭，一路卖艺，回到了上海，好不容易找到了党组织。

“当时，为了接待和输送大批干部去苏北、苏中抗日根据地，华中局在上海专门成立了新四军上海办事处。办事处委托苏中区党委管理。党组织就安排我在办事处帮助完成接待和护送干部任务。

“后来，敌人对苏北、苏中地区展开‘大扫荡’，斗争形势非常严峻，上海办事处撤销了。我就回到了苏中区，安排在战地服务团工作。这一次来师部开会，竹子说有重要事情要告诉你，就一起来了。”

林痕与阿灿相见，有点意外和激动，光顾着谈话，差点把同来的女子忘记了。阿灿哥后面跟着一个眉目清秀、举止娴静的女子，叫常竹铭，大家都叫她竹子。

“哎呀，哎呀，我有罪，我有罪，竹子，对不起，怠慢你了。”林痕忙不迭地道歉，“剑泓，你不记得了？她叫常竹铭，我带你去九分校时见过。快把凳子搬过来，让人家坐啊。”

剑泓想起来了，记得当时他俩提到了一个叫阿楠的人，不知此人是谁。

“阿痕，上次你去龙岗时，我本想告诉你阿楠的事，可是她怕你担心，不让我告诉你。”

“快，你把她的情况说一说，我都急死了，现在敌人四处‘扫荡’‘清乡’，也不方便通信，到处打听，也打听不到她的下落。”

想不到，今天，这个叫阿楠的姑娘终于有了下落，林痕听了泪如雨下，剑泓也跟着掉泪。

原来，阿楠去江南十六旅后，有一次随旅部行动，半路上与日军遭遇，部队边打边撤。她当时骑在马上，护着文件包。马队一路飞奔，突然遇到一条壕沟，又深又宽，别的马都跃过去了，只有她连人带马摔到沟底，马蹄重重地踩在身上，她当场昏了过去。

等她醒来，已躺在部队野战医院里。当时她的肋骨和腰椎多处骨折，急需要去大医院手术。旅部首长考虑她家在上海，上海医疗条件好，又有家人照顾，就由地下党组织将阿楠紧急送往上海红十字会医院救治。

临去上海前，组织上给她起了一个化名黎美兰，给了一个联络暗号，等康复后，组织上会派人去联络她。

在上海做了手术后，阿楠身上取掉了一根肋骨，腰部打上了石膏。那时正是盛夏时节，在医院躺了三个月，都是她母亲、哥哥和妹妹轮流照顾。

有一天，哥哥护理完阿楠，想回家休息一下，快到家时，家门口围满了人，原来是日伪特务在搜查。哥哥立马意识到，肯定是有叛徒出卖了妹妹。于是，他立即转身跑到邻居家，邻居家有个小妹妹叫秀秀，和阿楠也是从小到大的伙伴，他当即让她去找一只小船停在东港轮渡码头等他。

哥哥飞奔到医院，抱起阿楠就走，一路小跑，登上了秀秀事先准备好的小船。直到太阳落山，他们划着小船悄悄离开了码头。

一路上，秀秀尽量轻缓地摇着橹，哥哥紧抱着妹妹，他们都想尽力减轻因船身颠簸给阿楠带来的痛苦。直到半夜，三人终于到了川沙的乡下。在一条河边，阿楠家有一幢日式的全木结构的老宅子，是祖父留下的。这里远离上海，非常隐蔽，适合养伤。

阿楠的祖父早年在日本经商，在大阪娶了当地一个女子成了家。婚后一直没有子嗣。后来，祖母的妹妹将自己的儿子过继给祖父祖母。祖父祖母对这孩子视同亲生，疼爱有加，长大成人后，来到上海开了一家木钟厂，因为经营有方，生意红火。不久，这儿子便成了家，娶了上海本地的一个姑娘成婚，生下了阿楠兄妹三人。

不幸的是，祖父母和父亲先后染上伤寒去世。母亲一个人独自带着三个年幼的孩子。抗战爆发后，阿楠和高中同班同学常竹铭毅然投身抗战，偷偷离开家，去皖南参加了新四军，走上了革命道路。

阿楠回上海治病，想不到，和阿楠单线联系的人被捕后很快叛变，哥哥只好带着她来到乡下祖屋养伤。

在病中，阿楠望着窗外的月亮，无时无刻不在想着远方的恋人。身在上海，她不知道林痕身在何方，她不能随便写信，只能在相思中煎熬，在泪水中苦撑。

在江南的时候，常竹铭已经到了龙岗，她曾经给常竹铭写过信，地址还记得。后来，她病中鼓起勇气，给常竹铭写了一封信，诉说了近况。但没有留下回信地址，常竹铭始终无法给她回信。后来，上线叛变后，她又试着写了一封信，怕常竹铭收不到信，又怕信件落入敌手，在信中，只有寥寥几行，可其中蕴含万千：

竹子：

见信如晤。仍在沪中养病，盼早归。生病一事，请勿告痕，免得牵挂。

如果病不得愈，就此别过，勿悲勿念。

冷月残星照古槐，孤灯无语对窗台，空庭寂寞人空瘦，只盼来生再团圆。

人生有幸，相知相爱，先他而死，亦为幸福。

一切安好，勿复。

阿楠　匆匆

这第二封信，常竹铭带来了，依然没有回信地址。林痕捧着信，两手颤抖着，信中的每个字都戳着他的心，读完信，他顿时泪如泉涌。

其实，他又何尝不思念阿楠啊，分别的日子，天天牵挂，就是不知道她身在何方。他也曾请苏中军区城市工作部的同志找过，他们说，工作部与上海地下党组织联系了，因为当时是单线联系，那上线又叛变了，线索就此中断。不过，联络暗号还在，他们相信总有一天，会找到阿楠同志的。

阿灿哥和常竹铭走了，林痕一遍遍地看着常竹铭带来的信，这也许是阿楠唯一的信物了。

他几次强制自己休息，但都无济于事，这夜太长了，他实在无法入眠。

他的脚伤恢复得差不多了，本想这两天出院的，可今天这一封信，对他打击太大，他竟又倒下了。

剑泓觉得林痕像变了一个人，不吃不喝不起不睡，就是睁着眼呆呆地望着屋顶。夜里，就是一个劲地流泪。

剑泓害怕了，日夜守候在身边，真怕他出事。

“剑泓，我没事，你去睡吧，我主要是心里难受。”说着说着，林痕又流下了眼泪。

他要写信，剑泓给找来了纸，只见他奋笔如飞，一气呵成。

我亲爱的阿楠：

见信如晤。我每时每刻都在想着你、念着你，可是你不在我身边。我却仿佛听见了你的心跳，听见了你的语音，听见了你对我的丝丝关切。

我要感谢你，你给我留下了这样的一封信，任何时候你都在为我着想，不要让人告诉我你的痛楚、你的伤痛。这是怎样的境界和灵魂啊，事事为他人着想，唯一不为自己考虑，这就是你，一个伟大而孤独的灵魂。

此时，我一个人睡在病床上，想起你也孤独地待在病床上，我真想化为一缕月光，默默地照射在你的身旁，那也算我真真切切地陪你在一起了。你是人间，我是月光，多好的意境啊。

我什么都不要，现在唯一的要求，就是希望你快快好起来。我也是这样，快快地好起来，我等你，等你回来，在我们团聚的时候，我要呈上我最初的吻、最真的怀抱给你，给你，我的爱人！

给你紧紧的握手！我亲爱的阿楠！

这注定是一封寄不出的信，但每一个字都能读出林痕的爱恋，他把万千相思和祝福，都嵌入了字里行间。

其实，还有一个人曾经暗恋过阿楠。

这个人就是作战科的邹蔚瑾。当初，阿楠来师部担任粟裕机要秘书不久，林痕和阿楠已经暗地里恋爱了，可邹蔚瑾不知道内情，也向阿楠展开了追求。

两个男人既是皖南教导总队的同学，又是非常要好的同事、朋友，面对这种尴尬局面，无奈之下，阿楠想出一招，有一天，她有意在林痕的办公桌上留了一个字条：

痕：我这里有一本柔石的小说，如你愿意看，就来我这里来取。楠。

邹蔚瑾与林痕同为参谋，同在一室，一看这字条，他就明白了。

"林痕，我们是同学，又是战友、好朋友，都在师长身边工作，责任重大，不能因为感情的事，伤了战友之间的友情。你放心，我邹蔚瑾不是小肚鸡肠的人。祝福你与阿楠！"

"谢谢蔚瑾，我们永远是好朋友、好兄弟、好战友！"

那一天，两个男子汉在一起交心，各人敞开心扉，坦诚交流，心无芥蒂的两个人，战友加兄弟的情感更近了。

今天，邹蔚瑾又来了。

"林痕，你这样下去可不行。男子汉大丈夫，要拿得起，放得下。你要振作起来，假如阿楠在，她也不希望看到你伤心的样子。我们要做的事情还很多，最近这几天，师长总把自己关在屋子里，总是一个人盯着墙上的地图看，凭我的直觉，肯定要有大仗要打。"

"哦？打哪里？"听说要打大仗，林痕顿时有了精神，好像忘记了伤心，忘记了疼痛。

这突然的"变脸"，让剑泓忍俊不禁。

"你说打哪里，我们就打哪里！"

"去你的！"

"林痕，你就应该有刚才打仗的这劲头才是，想想，我们也是穿过枪林弹雨的人了，许多战友在我们面前倒下了，我们这些活着的人，如果为一点儿女情长的事想不开，那更是对不起死去的战友。你现在要从爱情的阴影里走出来，投入更为重要的任务中去，如果真的打大仗了，能少得了你这个侦察科长吗?”

一语中的，醍醐灌顶。

林痕想起了皖南汀潭那一仗他死里逃生的情景。

鬼子一遍遍地发起进攻，飞机大炮轮番轰炸，双方你死我活地展开拼杀。同志们一批一批地倒下，林痕也是杀红了眼，全身的衣服都打烂了。

这时候，几位老兵围过来，冲着他喊道：“林教员，你可不能死，你是有文化的人，你得活着，假如我们牺牲了，你要给我们家里写信，告诉家里人，我们不是孬种!”

不管林痕怎么冲他们发火，这些老兵一直护着他。就因为这么一个简单的理由，打到最后，老兵们一个个都牺牲了。当增援部队冲上来时，阵地上只剩下林痕一个人。

这一幕，林痕会铭记一辈子。

老兵们拼死掩护他，把生的希望留给了他，就因为他是个文化人。现在他是新四军师部的侦察科科长，连个爱情的坎都过不了，还算什么铁的战士？这个样子，能对得起那些死去的战友吗?!

不！我要为死去的战友活着，为病中的阿楠活着，为千千万万的劳苦大众活着。

既然活着，就要去抗日杀敌，就要为革命的事业拼尽全力。

“蔚瑾，你还记得我们从皖南撤退时那首《向敌后进军》吗?”

“怎么不记得，那是我们战斗的号角，当时我们一边行军，一边一路高唱着这首歌。”

前进号响了，
大家准备好，
子弹要随时准备上膛，
刺刀要随时准备出鞘!
别了，三年的皖南，

目标，向敌后进军的大道！
顽固派滚开，
投降派打倒！
日本鬼子碰到了，
打完子弹拼刺刀！
不怕山又高，
不怕路又远。
山高总没有雪山高，
路遥总不比长征遥！
敌后进军胜利了，
自由的中国在明朝！

两个从皖南一路走来的战友，他们共同唱起这首激越的“进军曲”，在震撼人心的歌声中，他们找到了那份初心、那份荣光、那份使命。

“剑泓，咱们走！”

“去哪儿？”

“出院！回师部！”

林痕头也不回地就走了，连病号服都忘记脱下来。

惹得医院里的卫生员跟在后面追着。

“林科长，病号服！病号服！”

第二十六章　车桥！车桥！

1944 年的春天来得格外早。

“今年消灭希特勒，明年打败小日本”，成了根据地 1944 年的新年流行语。

1 月 25 日是大年初一，2 月 5 日已是立春，黄海之滨的三仓河地区，还看不出一点春天的迹象。

这里依然寒风呼号，冰雪飘零。农家屋檐下，挂满了一串串长长的铃铎一样的冻凌顶着朔风每走一步，都打着冷战，呵着白气，像是走在北方的凛冬里。

元宵节刚过，室外冰天雪地，室内热气腾腾，苏中区党委第五次扩大会议如期召开。区党委、军区领导、行署主任、各地委和各旅负责人、区党委各部部长悉数到齐。

这注定是一次载入史册的会议，多年以后，与会的人员还津津乐道地提起这次会议，因为正是这次会议揭开了新四军在华中敌后战场局部战略反攻的序幕。

会场中间放了一个火盆，木炭在燃烧着，与会的首长们聚拢在火盆四周，边烘手取暖，边聆听，边讨论。

由于敌后斗争实行一元化领导，此时的粟裕集一师师长兼政委、苏中军区司令员兼政委、苏中区党委书记于一身，他一边分析着形势，一边提出建议，思维依然那么缜密，语调依然那么平缓。

“1943 年冬季以来，苏联红军展开强大攻势，基本上把德寇驱逐出了苏联国境，德寇败局已定；日寇在太平洋战场连续失利，在中国解放区战场也遭到我军的沉重打击，但敌寇准备对国民党战场举行打通平汉、粤汉铁路大陆交通线的作战，企图压迫蒋介石投降，以便依靠大陆，进行垂死挣扎。整个华中敌后形势已经相应地发生了变化，敌寇正在收缩防务，放弃若干次要据点，抽走老兵支援其他战场。

“我苏中区党政军民一年多来经过艰苦奋斗，反‘清乡’、反‘扫荡’、反‘屯垦’取得了巨大成绩，熬过了最困难的时期，抗日根据地得到了全面发展和巩固，地方武装已能独自担负原地斗争任务，主力部队随时可以用于机动作战。但是日寇正在大规模整编伪军，以相对优势兵力在重点地区继续‘清乡’‘清剿’，苏中抗日根据地正是敌寇的重点目标之一。因此，我们面对的日伪军的力量仍很强大，斗争仍然艰苦，各分区被分割的局面尚未改变。各块根据地比较狭窄，部队拥挤，战斗频繁，难以安排干部整风和部队整训。

“事物总要辩证地看，目前大的局势对我们敌后抗战十分有利，虽然苏中地区的斗争仍很复杂，战斗也极为频繁，但日寇终不可能解决因战线延长和兵力薄弱所造成的基本矛盾，因此敌人无法摆脱顾此失彼、被动挨打的局面，这就为我们在局部地区转入反攻提供了战机。会前，我曾与叶副师长、阿丕、老管、期光几位同志交换过意见，将苏中敌后战场的战略相持推入战略反攻，这不仅需要有外界诸种有利的客观条件，有时往往还需要发挥人的主观能动性。

“我们的陈毅总司令不是常说：‘时势造英雄’和‘英雄造时势’是相辅相成的吗？抗战七年来，艰苦的敌后环境，已将八百万苏中军民锻炼成真正的英雄，英勇的苏中军民也完全有能耐向盘踞在自己家园内的日本侵略者发起一次强大的新攻势，给敌人以沉重打击。毛主席说过，抗日战争时期我军所采取的战略，基本上是游击战，但也不放弃有利条件下的运动战。根据以上原则，我设想在一分区淮宝地区近期组织一次战役，请扩大会议讨论。”

粟裕一口气讲了十多分钟，他走到火盆暖暖手，继而挥起拳头，语气斩钉截铁：“同志们，改变现状靠什么，大反攻靠什么？就是靠打胜仗，而且是打一场大胜仗，来改变这种被动局面！”

一石激起千层浪，与会人员的情绪瞬间点燃。

苏中区党委副书记阿丕首先发言：“关于组织一次较大规模战役反攻的问题，师长多次找我谈过。苏中党校、苏中公学的筹备工作已经大体就绪，由于还在拉锯战，连一个固定的校址都没有，今日由张庄搬到李庄，明日又从李庄搬到赵庄，这样天天折腾，学员们如何安心学习？”

苏中区行署管主任也有同感：“在三仓地区方圆不到百里，在此狭小区域内除有我二分区的党政机关及分区主力特务二团外，还有东台县、台北等县、区机关和地方武装。如今，苏中区领导机关和第一团、第七团、特务团又集中到三仓地区，随着敌人‘扩展清乡’，我四分区、三分区的党政军机关也要向三仓地区转移。如果我们不及早谋划，将会更加被动。”

第十八旅长兼一分区司令员刘先胜接过话茬：“我们十八旅任务繁重，东奔西走，是得有一个地方好好休整，否则准备大反攻就变成一句空话！”

第十八旅政委、一分区地委书记韦一平叹了口气说：“现在盐阜区就比我们根据地稳定，敌伪据点少，货物进出方便，东沟镇、益林镇商贸都很繁盛。我们那里是水网地区，想找个地方办个干部整风班也找不到。”

第三旅旅长陶勇腾地站了起来，摘下军帽，头上还冒着热气：“你们十八旅保卫军部，血战顺河集，威风凛凛，江淮传颂，我真羡慕你们哩！如果在土地革命时期，凭你们十八旅的人和枪就可以打出一个大苏区！”

“叶副师长，说说你的看法。”粟裕见叶飞还在沉思，开始点将。

叶飞微笑着站了起来：“同志们，我们不能气馁，抗日的大好形势不是敌人送给我们的，而是靠我们打出来的！我同意师长的意见，要改变苏中的被动局面，必须瞅准战机，积极主动地进攻。所以，我完全同意在近期发动一场大规模的歼灭战，以实际行动迎接大反攻的到来！”

“对！我建议打一仗，这一仗要打狠、打准、打稳，要打就打敌人的七寸，要打就打得日军闻风丧胆。”陶勇拍着大腿说道，“他能搞我们的东南，我们就搞他的西北!”

“说干就干！这个目标一定要选择好，那么到底选择打哪里呢?”粟裕扔下一个问句，说完，一言不发，默默走到地图前，凝视着，沉思着。

大家知道，粟裕在每一次作战之前，对战场选择、战役组织、部队使用是非常缜密的，在他思考问题的时候，绝不能有任何打扰。

抽烟，喝茶，烤火，大家也在做着思考，整个会场一下子寂静无声。

半晌，粟裕终于转过身来，像是下定了决心。

“刚才老陶说得对，他能搞我们的东南，我们就搞他的西北!”说完，他再次把大家的目光吸引到了地图上，在一个地名上画了一个圈。

“车桥!”刘先胜一眼认了出来。

“对！车桥!”粟裕语调铿锵有力。

“车桥，是淮安城东南十余公里的大镇，位于淮安、泾河、泾口、曹甸之间，是日军控制淮安东南、宝应东北地区的重要据点。横穿车桥的涧河，是我苏北根据地和苏中根据地的分界线。1943 年春天以前，顽固派韩德勤的‘省政府’就设在这里，他的残部以车桥为中心，南至曹甸，北至淤黄河，构筑百十座土圩子据守。春天，日伪军‘扫荡’到了车桥，韩部不战溃逃，所占地区全部被日伪军占领。日伪军又在韩部所筑工事的基础上，在车桥大兴土木，加固了大圩子，挖宽了外壕，设置了铁丝网。前不久，我派邹蔚瑾同志又去看了一下，现在车桥里面有 53 座碉堡，四周大圩子墙高 2 丈，外壕宽 1.5 丈，水深七八尺。里面日军兵力不多，只有 40 多人，伪军 600 多人。”

他指着地图继续说道：“泾口、安丰、射阳一线日伪军分割了我苏中一、二分区，平桥、泾河、曹甸一线敌人又分割了我苏中区和苏北区，这一带支河和运河上的据点还把我们与淮北地区分割开了。如果在车桥取得胜利，解放区可以得到扩大，非但苏中一、二分区可以连成一片，还可以就近加强对 18 旅工作指导，苏中既可背靠苏北，又可与淮北相呼应，有极大的战略意义。”

叶飞也是情绪高涨：“我在这一带活动过，守车桥的是驻徐州日军第六十五师团三泽大队的一个中队，伪军是淮海省郝鹏举部的一个团。车桥是驻扬州日军第六十四师团和驻徐州日军第六十五师团的接合部，两部之间配合较差，协同不便。我军可以揳入其结合部，对车桥、泾口之敌发起一次强大攻势，并向曹甸发展胜利，夺得一块背靠苏北、比较开阔而稳定的后方地区。”

粟裕接过话茬：“另外还有两个有利条件。车桥敌人工事坚固，敌人想不到新四军会去攻打它，我们正可利用敌人的麻痹心理，出其不意地发起车桥战役，这是一利。车桥背面有我第三师，西有我第二师，我们攻打车桥，可得到兄弟师的及时支援，这是第二个有利条件。”

叶飞继续鼓劲：“自主力地方化以来，我们手上还保持了 3 个主力团，机动力量比较集中，地方武装也得到了加强，全苏中骨干武装力量已达 20 个团、3 万余人。部队士气正旺，尤其主力部队正集中进行冬季练兵，战术、技术有了新的提高。依我看，只要组织和指挥得当，车桥一役的胜利是有很大把握的。”

“发起这场战役会不会刺激敌人，引起日军对我新四军大规模的报复行动呢?”有人提出这样的担心。

粟裕淡然一笑：“从国际国内反法西斯斗争形势来看，尽管日军失败的确切时间还不好说，但肯定已经走上穷途末路。从一点就可以看出来，他们现在抽走大批老兵去应对英美，补充的皆为十七八岁的新兵，在敌人实力不够的形势下，我军一旦发起攻势，料想敌人难以组织大规模报复‘扫荡’，即使有些小动作，只要有所准备，应当易于应付，影响也不会大。”

“这下子好了，如果打开了这块地区，我们也就有发展余地了。”一分区行政专员惠浴宇顿时喜形于色。

“这仗怎么打?”陶勇急着问道。

粟裕早已胸有成竹，缓缓吐出四个字：“攻坚打援。”

“驻车桥的敌人太少了，打起来不过瘾。我们可以扩大战场，利用车桥的枪声，吸引四周的敌人，来个攻坚为主，打援并举!”

“这真是一着妙棋!”一师政治部主任钟期光发出由衷感叹。

有人问：“这一仗准备什么时候打?”

“越快越好!”众人形成一致共识，因为一场战斗的突然性至关重要，战机稍纵即逝，情况瞬息万变，只有一个字：快!

粟裕略加思索，迅速作出部署：“最近苏中区党委扩大会议要连续开一段时间，要讨论整风学习的事情，还要确定一年的大政方针，需要研究的事项比较多，我一时走不开。车桥这一仗前线指挥就请叶副师长出马了，我负责抓全局，做你们的总后盾。这一仗务必集中全苏中的主力，一团、七团、五十二团这些主力部队都要上，以确保万无一失。另外，这场战役在一分区的地盘上打，前指司令部要与一分区司令部暂时合并，叶副师长和刘先胜旅长负责前指，会后，一师和苏中军区司令部尽快召开团以上干部作战会议，研究制定一个切实可行的作战方案。”

粟裕这次登坛拜将，让叶飞率军出征，也在情理之中。

谁都知道粟裕麾下“三员虎将”，即叶飞、王必成、陶勇。三人中叶飞年龄最小，但其资历不浅。他是闽东红军和根据地的主要创建人之一，新四军成立时，他担任三支队六团团长，而王必成是二团参谋长，陶勇则是一支队副参谋长。

要说战功，叶飞的老六团在东进敌后不到三个月，队伍由原先不到500人发展到了5000人。在苏南，夜袭浒墅关车站，使宁沪铁路线一度中断；突袭上海虹桥日军机场，烧毁敌机4架；在苏北，增援半塔集，4天打了3个胜仗；血战郭村，遇绝境而后生；黄桥决战，一下子吃掉翁达独立旅3000人；反“扫荡”反“清乡”，更是屡立新功。

因其表现突出，被擢升为一师副师长，与粟裕搭班子配合十分默契。粟裕去军部开会，因为外出时间较长，特意把兼任三分区领导工作的他请到师部来，主持一师的全面工作。这次车桥战役，粟裕全权委托叶飞担任前线总指挥也就顺理成章了。

经过热烈讨论，集中众人智慧，关于攻打车桥的重要决定，就这么确定下来了。

“剑泓，你终于等到了一场大戏!”

邹蔚瑾、林痕两人一前一后进来了，火急火燎的样子，一进门，邹蔚瑾就冲着剑泓笑起来。

“什么戏，好看吗?”剑泓认真地问道。

“关于你家乡的戏，你猜?”邹蔚瑾故作神秘。

“淮剧?”

“蔚瑾，你卖啥关子啊，快点告诉剑泓。”林痕推了邹蔚瑾一把。

“知道吗，要打车桥了！首长们今天开会刚定下来的，我们作战科明天先拿作战方案，后天一旅、三旅、十八旅的团以上干部来师部开会讨论，确定最后的作战方案。”邹蔚瑾脸上显出兴奋的神色。

“师长也找了我，要我这两天从作战科、侦察科、通信科抽人，由我带队，作战会议后，就要随叶副师长去一分区淮宝地区，执行作战任务，我问师长准备打哪儿，他在纸上写了四个字：车桥！车桥!”林痕说道。

“车桥！车桥！这四个字像是电台在呼叫，看来，这四个字一直像电波一样震响在师长的心头!”邹蔚瑾敏感地捕捉到这个信息。

此时此刻，剑泓脚下有种飞天飘飘的感觉。听到这个消息，全身火热，心中的喜悦不可遏制，他高兴得差点蹦起来。

“终于等到这一天了!”

“古语说：凡事预则立，不预则废。现在看来，这一着棋，师长一年前就开始布局了，他真是煞费苦心啊!”邹蔚瑾感叹道。

“是的，过去想不通的，不理解的，现在一下子豁然开朗。”林痕也是深有同感。

“如果从战略上来看，师长这一系列的妙招，完全可以称为‘敌进我进’的战略。”想起过往的一幕幕，作为作战科科长的邹蔚瑾心中自有一本账，他扳着手指，开始细细地捋了起来。

“1943 年 3 月下旬，师长发出电文，要求第一军分区应以全力开展联庄会地区及敌伪据点工作，以利于将来我军机动，要求在经济上、粮食上更应有所准备；同时要求苏中区党委领导机关进入第一军分区地区，加强领导和工作。这时候开始，师长在全局战略上已经有了新的视野和考虑。

“当盐阜地区‘扫荡’的敌军开始撤退时，师长命令当时归第一军分区指挥、在盐城地区整训的第五十二团，从盐城地区向宝应的陶家林方向推进。第一军分区遵照师长的电令，由第十八旅旅长兼一分区司令员刘先胜亲自率领第五十二团由盐城地区向韩德勤早已弃守的曹甸地区开展活动，先后攻下了安丰林溪、蒋桥、南沙头等伪军据点，并和第三师部队会合。

“为了直接策应第五十二团开辟淮宝地区的任务，和加强我在兴化地区坚持力量，师长于 4 月间，命令从‘清乡’地区转移至东台地区的第三旅第七团进入兴化地区开展活动，并亲自向七团负责同志交代了任务，检阅了部队并训话，提出在水网地区活动应注意事项，要求部队赶快学会划船、游泳和水上活动的全套本领。

“兴化地区，是苏中和盐阜根据地的结合部，系典型的水网地带，即所谓‘圩外无舶不行，圩内无桥不通’的地方，第七团受领任务后分批进入兴化地区，于五六月间先后攻克了黄庄、钓鱼庙，强袭了戴家窑、唐子镇等日伪据点，以后陆续攻克日伪据点几十处，到八九月间，不但打开了兴化以北和向西发展的走廊地带，而且实现了直接协同第五十二团向宝应、淮安新区的进军行动。

“第五十二团进入淮宝地区以来，一年不到，作战 60 余次，攻克据点 10 余处。第一军分区各独立团，对日伪军作战 140 余次，民兵、游击队作战达 440 次，攻克和逼走伪军据点 20 余处。建立了淮盐宝办事处和各区、乡的基层政权，在安丰、曹甸和泾河一线以南初步完成了新区发展任务，也初步沟通了苏中和苏北、淮北、淮南各根据地的联系，从而为进一步发展这一战略枢纽地带打下了良好基础。

“后来去军部开会，我们三个是跟着师长走的，我曾经说过一句话，我说‘师长一向是做今天的事，想明天的路’。这话，现在想起来，你们就知道它的深意了吧？”

林痕接过话茬：“师长去军部开会，其实就是做一次实地调研，为下一步决策积累第一手材料。他在来回途中作实地考察，并进一步对第七团、第一军分区和第五十二团开辟新区的行动提出指导意见。他要求第七团加速向西发展，和第五十二团打通联系，并要求地方党组织继续发动和组织群众力量，加紧对水网地区的地形改造，要达到有利于我而不利于敌行动的要求，为部队在水网地区活动提供更有利条件。

“从军部返回时，师长提出从北线走，我们当时感到不可思议，现在看来，师长早有预谋啊。一路水上前进，陆上抵近据点侦察，再从据点之间穿行，在小村子里隐蔽，向群众了解曹甸、车桥地区的敌情、水情、地情和社情。经团庄第七团团部时，明确指示一方面要把秦南仓、古殿堡两处据点打掉，另一方面要协助地方政府从建阳以南的楼王，沿着射阳湖北侧浅水区直到安丰修筑一条大堤。这条大堤筑成后，他又要求第一军分区协助宝应县地方群众在湖荡里筑坝，其实就是为车桥战役开路。

“从军部回来后，师长专门向军部发了一份电报称，第一军分区特别加强曹甸、宝应地区的控制，解决其中对我妨碍最大的日伪据点，以进一步打开与巩固该地区，使之同第三师、第四师地区连成一片，并便于将来我主力在该区的机动。由此可见，师长经过实地考察和调查研究，攻打车桥、实施战略反攻的决心已经确定。”

剑泓此时也有一种大彻大悟的感觉：“师长确实是个高明的棋手，他是一直在下棋布局。去军部带上我这个车桥人，回师部时偏走伪化区曹甸，派我去淮宝水网地区勘测地形，提前布置湖中筑坝，让邹科长去车桥作战前侦察……这一着一着，环环相扣，步步为营。我辈真是‘不识庐山真面目，只缘身在此山中’啊。”

“剑泓，不要忙着感慨了，你是土生土长的车桥人，今晚你就好好睡一觉，接受新任务以后，你就没有好觉睡喽。”林痕好心提醒着剑泓。

“他哪能睡得着啊，估计这一夜，他要偷着乐呢。”

被这话给说中了，剑泓真的一夜没睡，一想到千军万马即将奔向家乡的土地，他的心绪早已飞过了三仓河，飞过了绿草荡，飞过了涧河，飞过了五桥十三庵一百零八巷……

车桥！车桥！我回来了！

第二十七章　大战在即

剑泓拿笔的手有点发抖，他们几个参谋负责记录。

手抖，可能是因为紧张的缘故，今天的师部会议室里可是将星云集。有熟悉的，有面生的，有听过名字未见其人的，有见过面叫不上名字的。

刘先胜、陶勇、吉洛、刘飞、夏光、廖政国、曾如清、彭德清、张云龙、俞炳辉、蒋新生、陈挺、吴咏湘、张宜友、颜伏、张震东……

你看到这份参会人员名单，一定会感到震撼，在座的谁不是一方诸侯，谁不是战功赫赫啊。

手抖，还有一个原因，是激动，他都激动得两夜没睡好了。今天团级以上干部来开会，就一个议题：打车桥。车桥是哪儿啊，是剑泓的老家，参谋们有人和他开玩笑，这一仗，是不是因他而起的。这话说得他坐立不安。

但仔细一想，这纯粹是自作多情，首长怎么可能为一个人而发动一场战役呢。别臭美了，认真记录吧，反正今天的会议，他不是主角。

要说主角，邹蔚瑾是正儿八经的主角之一。他等会儿要汇报战前侦察情况，要汇报作战初步方案。他今天特意刮了脸，梳了一个二八开，容光焕发，满面春色。他一进来，挨着林痕坐下，林痕笑他，今天像是娶媳妇的新郎官。

剑泓手抖，还有一个原因，那就是天冷。这个鬼天气，都立春了，还这么冷，不止一个人在埋怨。王重来了，他做了一件大好事，带着管理科的人，特意在房间里添了两个大火盆。室内温度嗞嗞上升，剑泓的身上暖和了许多，手也不像刚才抖得那么厉害了。

会议还没开始，大家聊天的聊天，喝茶的喝茶，烤火的烤火。最后一个进来的人，见剑泓这一排人少，径直走过来坐了下去。

此人高高的个子，脸不大，但天庭饱满，眉毛很浓，眼睛里透着光亮，人长得秀气，就是少了一条膀子。此人莫不是传说中骁勇无敌、每战必胜的第一旅第一团团长、“独臂战将”廖政国？

听人说，他爱骑白鼻子马，表面上像个文弱书生，但打起仗来，完全变了一个人，说他有张飞的勇猛、孔明的智慧、关公的忠诚，敢于率领二百人马，越过敌人的重重封锁，横跨九条公路，飞渡十八道河流，夜袭上海虹桥机场，火烧日寇的飞机。郭村一战，他身先士卒，率领部队和敌人激战五昼夜，他把守的阵地稳如泰山。黄桥决战，他猛打猛冲，指挥部队把敌八十九军军部冲得稀巴烂，逼得八十九军军长李守维跳河逃窜，一命呜呼。

黄桥决战后，部队集中整训，为提高部队战斗力，廖政国狠抓部队的军事训练，并经常亲自授课。一天，他向部队讲解手榴弹的构造原理，在拆开手榴弹螺丝时，突然冒出白烟，眼看即将爆炸。此时，他只要把手榴弹扔出，便可安然无恙。然而，当他想到屋外及隔壁房间都有人时，便毅然举起手榴弹，让它在自己手上爆炸。从此，他失去了右手，成了“独膀子”。从那以后，“独臂战将”的美名便在军内外传开。

廖团长的威名世人皆知，师部无人不晓，剑泓也是早闻大名，就是未见其人。今日不但见到了他，而且就坐在他边上，他的手又开始抖了起来。

粟裕和叶飞进来了。

会议开始，会场顿时鸦雀无声。

主持会议的叶飞开门见山：“今天把各路神仙请来，开个神仙会。经过我们一年多的艰苦奋斗，苏中反‘清乡’、反‘扫荡’、反‘屯垦’取得了巨大成绩，但目前各分区被分割的局面尚未改变，我们不能气馁，抗日的大好形势，不是敌人送给我们的，而是靠我们打出来的。苏中区党委扩大会议认为，要改变苏中的被动局面，必须瞅准战机，积极主动进攻，决定近期在淮宝地区车桥一带发起一场战役，以实际行动迎接大反攻的到来。今天，请大家来，就是讨论如何实施这场战役。前不久，师部作战科科长邹蔚瑾同志去了一趟车桥，进行实地观测，下面由他重点介绍一下车桥据点的情况。”

邹蔚瑾声音洪亮，底气十足：“车桥，地处淮安的东南，位于淮安城、泾河镇、泾口镇、曹甸镇之间，原是国民党江苏省主席、鲁苏战区副总司令韩德勤的地盘。他号称有 10 万兵力，但他消极抗日，积极反共，见到日军就跑。曹甸战斗后，他来到车桥安营扎寨，筑起了深沟高垒。1943 年春，日伪军‘扫荡’到了车桥，韩部不战溃逃，日军占据车桥，又加筑了 53 座碉堡，并在镇四周修筑了大圩子。墙高 2 丈，外壕宽 1.5 丈。原来驻有日军一个中队，后来陆续被抽到其他战场，现在剩下 40 多人。伪军一个保安大队，对外号称一个团，还有地痞流氓组成的地方自卫团武装，一共 600 多人。车桥是个易守难攻的‘堡垒’。在敌人看来，车桥固若金汤，无法撼动……”

邹蔚瑾介绍完毕，叶飞站了起来：“此战是一场硬仗。前不久五十二团打过一次泾口，尽管未能攻克，也算是摸了一次底。车桥敌人凭借着坚固碉堡等工事，狂妄地说，‘新四军若能打下车桥，太阳从西边出’。刚才作战科科长邹蔚瑾同志报告了车桥的基本情况，作战科提出三个攻坚方案，请大家讨论，请各位畅所欲言，即使说错了也不要紧，只有经过充分讨论，方案才能完善。”

墙上已挂出三套作战方案，邹蔚瑾逐一讲解。

方案一：由东向西，先攻泾口，再攻车桥。

方案二：车桥、泾口同时攻击。

方案三：先攻车桥，后取泾口。

大家七嘴八舌地开始发言。有人倾向第二方案：“我认为第二方案好。车桥、泾口两点同时攻击，问题解决得快，容易达成速战速决的要求。”

有人看中第一方案："我看第一方案行。先集中力量攻占泾口，然后再解决车桥。这样可以有序进攻，稳扎稳打，步步推进，而且背靠三师根据地，有兄弟部队兵力为依托，不受敌人威胁，还便于大兵团运动。"

有人觉得第三方案好："车桥是日军指挥中心，在部署上又处于日伪心脏，假如打下车桥，泾口、曹甸之敌自然孤立无援，便于我各个击破，也可能我先占车桥，泾口、曹甸之敌害怕被歼会不战而逃。"

讨论非常激烈，各人提出自己的观点，有人在争论中，还吵了起来。

叶飞看着这热闹的场面，脸上露出了笑容。这样的场面，早已司空见惯，有时候，为一场作战方案争得面红耳赤，也是常有的事。但是大家对事不对人，从没有因为争论而伤了和气，一旦方案确定，各人无条件服从，这是最基本的原则。他把目光转向了粟裕。

粟裕一言不发，他一边听着大家的争论，一边时不时地转过身来，眼睛一次次地瞄向了墙上的地图。

"师长，您给大家说说吧。"叶飞侧过身去，请粟裕作个决断。

粟裕站起身来，目光环顾着场内，然后又一次看了一眼地图，清了清嗓子，开始讲话，讲话内容是那么条分缕析、纲举目张：

"第一个方案，先占泾口再打车桥，车桥之敌会加强防守，给后来打车桥增加攻击困难，如果车桥不能攻克或拖延了时间，淮安、宝应援敌数量增加，局面不能根本解决，即使攻克，也可能会付出更多代价。以往我们曾试着攻击泾口，泾口敌人警惕性已加强，而且泾口四面是水沟河流，地形比车桥还复杂，敌人防守又严，先攻泾口难度大。

"第二个方案，泾口、车桥同时攻击，兵力分散，而且打援兵力减弱，一旦淮安、淮阴、涟水、宝应等多处敌人增援，一时无法对付，容易陷入被动，造成整个战役失利。

"我倾向于第三方案：先打车桥。这个方案较之第一、第二两案，优点明显。为什么这么说呢？第一，车桥是该地区敌军指挥中心，拿下车桥则泾口、曹甸孤立，便于我军尔后发起进攻，扩大战果；第二，车桥处于敌中心地区，又有日军驻守，敌人以为比较安全，估计不到我军会绕过外围打车桥，便于我军采取‘掏心战术’，突然进攻，出奇制胜；第三，车桥周围地形比泾口更利于攻击部队的接近；第四，车桥敌军虽然来援方向较多，但距两个师团部驻地徐州和扬州都较远，一时得不到大部队增援，而且车桥敌军隶属华北派遣军，华中日军未必会积极来援，我军可以把主要打援兵力放在华北派遣军来援方向，歼其一股，即可震慑敌胆。但是，无论攻坚，还是打援，都要有打一场硬仗的准备！”

粟裕语毕，叶飞带头鼓掌，场内顿时掌声一片，大家为粟裕的精辟分析而由衷折服。

在粟裕的示意下，掌声息了下来，他做着最后的强调：“本次战役是一次大兵团作战，我师主力全部参战，还要请兄弟部队三师配合作战。本战役以攻坚打援并举，在车桥南北选择有利阵地，部署打援和阻援，而把打援重点，放在车桥西北 12 里的芦家滩一带，这是援敌必经之地，又是设伏的绝佳之处，十分有利于我军集中兵力，更便于我军集结、隐蔽和指挥。这次战役必须速决，计划在 48 小时之内结束战斗。”他在五万分之一比例地图的芦家滩位置，划了一个大大的圈子。

叶飞接过话茬：“我们要发扬勇猛战斗、敢打必胜的精神，不仅要攻占车桥，还要争取攻坚打援双丰收。车桥之敌归淮阴、淮安第六十五师团的三泽大佐管辖，车桥之战一打响，淮阴、淮安之敌必然会驰援，我们就在芦家滩伏击增援之敌。增援之敌的数量也许多于车桥之敌，但他们是坐汽车来，人数也有限，至多来四五辆汽车；而我们是以逸待劳，只要有充分准备，事先在敌人汽车经过的地方埋设大量地雷，占领有利地形，做好隐蔽，敌人在明处，我们在暗处，完全可以打他个猝不及防。”

就在这次会议上，作战部署正式确定：集中五个团兵力组成三个纵队，一个纵队攻坚，两个纵队打援。

由陶勇旅长率领的第三旅为第二纵队，负责指挥第七团攻打车桥。定于 3 月 5 日凌晨 12 时，部队抵达攻击位置，1 时开始攻击，限于 5 日拂晓前突破圩墙，占领街道，将车桥街上的伪军完全肃清，5 日黄昏前必须全部解决车桥日伪军，并肃清车桥外围据点的全部日伪军；万一不能在5日黄昏前解决车桥之敌，最迟于6日拂晓前完成任务。炮兵大队协助陶勇部完成攻占车桥任务。

以第一旅第一团团长廖政国率领第一旅第一团、第三军分区特务营及泰州独立团一个营为第一纵队，负责淮安方向打援，限于4日晚12时占领车桥西北芦家滩、石桥头、杨家庄一带，构筑阵地，阻击敌人，并保证两天两夜的战斗警戒。

由第六师第十八旅第五十二团、江都独立团、高邮独立团各一个营组成第三纵队，负责对淮安、曹甸、宝应方向警戒，完成阻击和歼敌任务，限于4日晚12时占领官田、大施河、崔河、瓦屋庄一带。

第四军分区特务团、师教导团第一营及炮兵大队组成总预备队，限于4日晚12时进至赵阳庄待命。

另外，通知友邻部队第三师派部在顺河集、仇桥、凤谷村一带布防，如涟水、淮阴之敌增援或由仇家桥以北来援，即予以准确打击，保障攻打车桥、芦家滩的部队有两天三夜的战斗时间。

到了吃饭时间，会议室就地变成食堂，炊事班的同志端上了热气腾腾的羊肉汤。

天气冷，粟裕特意让人做了羊肉汤来暖暖身子。大家大口喝汤，大口吃饼。今天的饼，是三仓地区有名的“龙虎斗”烧饼。这烧饼两种口味，一种是咸的，椭圆形，一种是甜的，圆形，两种烧饼一“龙”一“虎”，故称“龙虎斗”。烧饼外面裹着芝麻，面皮黄灿灿的，又酥又脆，馅大多是韭菜，有的放萝卜丝，间或放猪油渣，吃起来肥而不腥，油而不腻。

看到这烧饼，剑泓想起了家乡的烧饼——朝牌，等打下了车桥，一定让大家好好尝一尝家乡的味道。

粟裕端起了碗，走到众人面前，笑着说道：“大伙儿不要嫌师部抠啊，现在日子还很穷，羊肉少，但汤管够，大家敞开喝。你可不要小看这羊肉汤啊，有时候一碗羊肉汤也可以决定一场战争的胜败哩。”

粟裕兴致勃勃地给大家讲起“一碗羊肉汤”的故事。

话说，公元前 607 年，郑、宋两国交战，两军一直处于不上不下的胶着对峙状态。宋国的主帅叫华元，看着士兵们提不起精神，为了鼓舞士气，他决定请大家喝一碗肉汤。当时经济困顿，甭说吃顿羊肉了，能喝碗羊肉汤已经很不容易了。

不过在分汤的过程中，华元却忽视了一个人，那就是自己的车夫羊斟。他正站在一旁尴尬不已，上前也不是，离开也不是，觉得自己似乎成了多余的人。

当时，所有人都在盯着羊汤，也都没有注意他。华元身为主帅忙碌着，也没有注意到这个细节，这让车夫羊斟非常的不开心，继而心存记恨。

喝完羊肉汤的将士们立即士气大振，再一次冲上战场和敌人奋力厮杀起来。华元在战车上正在指挥，车夫羊斟却突然掉转车头，直接带着华元冲向敌军的阵营。

华元被吓得大声呵斥，命令车夫羊斟停下，问他为何发疯般地往敌营冲去。羊斟全然不顾，高声回复道：“畴昔之羊，子为政，今日之事，我为政。”也就是说，昔日喝羊肉汤，是你说了算，今天的战车我是车夫，我说了算。

很显然，他是在借机报复华元分羊肉汤独独遗漏了他，为一己私利泄愤而已。这场战争到最后，宋军毫无悬念地战败，华元被郑军活捉。

从此，就有了一个成语叫“各自为政”，意思是各人按自己的主张办事。

“同志们，我们今天边喝汤，边谈事。这个喝羊肉汤的故事告诉我们，有时候，细节可以决定成败。就拿这场车桥战役来说，在此以前，我们对日寇打的都是游击战，这次集中五个团的兵力，还有地方武装和民兵配合，以游击战和运动战相结合，对日寇进行这样规模的攻势作战，在苏中抗日游击战争中是没有前例的。所以我们一定要做好战前准备，各个环节务必做细做实。这里我想提醒大家几点：

“第一，要做好对敌情的判断，对可能出现的各种复杂情况，要制定审慎周密的预案和计划，对我方部队集中时间、地点、开进路线、攻击时间要作精密计算和要求，以减少战时协同的困难。

“第二，要统一弹药、器材、粮秣、野战医疗、运输等后方勤务工作，这次战役中需要的攻坚器材，都要提前考虑和安排。

“第三，要做好群众支前动员工作。人民就是我们最大的靠山，离开根据地人民的支持，这一次战役也无从谈起。要计算好所需的船工和船只，组织安排好地方群众及时配合战时勤务、战后平毁敌人据点工事等一系列工作。

“第四，要对参战部队进行编组，将互相较为了解、战斗作风特长相仿的部队，及时编成一个建制，做好组织与干部适当调整工作。

“第五，参战部队要提前派出得力干部，进入车桥和芦家滩伏击阵地作实地侦察，并依据实地情况，进行战前训练，仗怎么打，兵就怎么练。

“第六，要做好参战部队政治动员工作，召开各种形式的动员会，制定战时奖惩条例，组织突击队、突击组，开展战斗竞赛。

“第七，组织指挥上，师前指司令部与一分区司令部暂时合并，组成野战司令部，叶副师长负责战场指挥，刘先胜旅长兼着一分区的司令，由他协同指挥，我掌握全局。

“最后，我特别强调一点，就是做好保密工作，包括作战方案、行军路线、集结地点等，都要严格保密，一级对一级负责，要注意隐蔽性、秘密性、伪装性相结合，让敌人猝不及防。”

叶飞端着碗过来了，接着说道：“我非常赞成师长说的‘仗怎么打，兵就怎么练’。这次攻坚打援，我们要把着重提高射击、投弹、刺杀、土工作业四大项作为训练的主要科目，对运动战、近战、夜战、巷战、步炮协同、爆破登城及正规素质养成等内容要严格训练。我们各级干部不能做甩手掌柜，要深入一线，深入训练现场，采取沙盘作业、评议战例等方法，对于正确运用战术技术的经验，要及时总结、及时推广，切实提高面上整体训练效果。”

粟裕插话：“过去有煮酒论英雄，今天我们是喝汤谈练兵。去年秋天，我从军部回来后，以师部的名义向各团、军分区发出《加强攻坚打援战术之研究》的通知，要求加强拼刺刀和投弹训练。为什么要加强投弹训练？因为我在回来的路上了解到，曹甸车桥一带的敌人除白天出来抢东西外，晚上是不出门的，几乎全缩在碉堡工事内。这次攻打车桥要靠炮轰，可是炮弹数量有限，只有靠投手榴弹。我们要求战士投弹要投出 40 米以外，而且要投得准，要设法投进碉堡的瞭望孔和射击孔里，这样练兵就有效果了。”

提起练兵投弹，第三旅旅长陶勇立即眉飞色舞起来：“提到投弹，我要说一个人，他是我们七团三营营部书记，名叫巴赛，是上海下来的青年学生，没有进过抗大，平时练兵也不大参加，打仗时带伙房油盐担子、骡马、担架，可以说战术技术都摸不着门。全团会操，团长彭德清下了命令，排以上干部集合，进行投弹测验。好个巴赛，轻轻一摔，手榴弹飞出 70 米！巴赛一看大家有些不相信，拿起手榴弹，再来一个，又是 70 米！参加会操的干部都看呆了。原来这个洋学生在念书时是个标枪运动员。于是我对彭德清团长说：延安不是提倡官教兵、兵教兵、兵教官嘛，我们来个能者为师，任命巴赛为教员。”

叶飞也想起一件事：“前不久我去一团廖政国团长他们驻地检查训练情况。当时看见练兵场上高高竖起两根竹竿，竹竿顶端扎上两条横竿，横竿之间又扎了三个竹圈。廖团长告诉我，现在的碉堡底层是泥土实心，中上层才有瞭望孔和枪眼，为了视角广、射界宽，上层的瞭望孔和射击孔都比较大，为了攻打这种碉堡，必须用火力封锁瞭望孔和枪眼，使手榴弹能在碉堡中爆炸。战士们根据这一特点，练习高空投弹，把手榴弹从瞭望孔、射击孔中投掷进去，杀伤敌人。

“我当时担心，这样投掷手榴弹，简直不可思议。那么远，那么高，那么小，能投得那么精确吗？

“那天表演给我看的是第一连第一班副班长王正发，只见他一个箭步，右臂一扬，铁弹凌空飞越竹圈，而且连中三元。全场欢声雷动，高呼‘榴弹大王’!”

第一团团长廖政国开口了，他笑着说：“王正发这种‘神投手’我们每连都有几个，每次攻打据点，专门有一个战士扛一箱手榴弹负责供应他们投掷。不过，这些经验都是从七团彭德清团长那儿取的经。”

彭德清端起手中的羊肉汤，朝廖政国走了过去，两人碰起碗来：“老弟就是谦虚，这次打车桥就看兄弟你的了，你在芦家滩多杀一点鬼子，我在车桥这边压力就小一点。哥敬你一碗，等打下车桥，我请你喝酒!”

“喝酒怎么能少了我们呢?”原五十二团团长，刚刚调任泰州独立团团长的陈挺拉着五十二团新任团长吴咏湘端着碗过来了，他们径直走到了七团团长彭德清面前，“我们五十二团刚到淮宝地区时，师长要求我们加强游泳和划船训练，早就听说七团战士学会了撑‘滴水篙’和划‘滴水桨’的硬功夫。有了这套硬功夫，夜间隐蔽接敌时，敌人听不到篙桨声，只有在接近处才能听到轻微的起篙起桨的滴水声。不到半年时间，七团利用夜暗乘船悄无声息地接敌，隐蔽偷袭，结合强攻等办法，打下了10多个据点，每次歼敌都在一个连至一个营以上。后来，是你们七团特意派人来给我们战士传授经验，现在我们每个战士也都学会了游泳，每个人都会划船，一条小船可坐一个班，不少同志也掌握了撑‘滴水篙’和划‘滴水桨’的硬功夫。今天我和老吴一起敬彭团长一杯!”

“要喝就斟满了喝!”陶勇趁机操起大勺子，从大桶中舀汤将四人的碗里添满，这大桶里的汤是从食堂大锅里才盛来的，滚热的，四人端起来就喝，烫得嗷嗷直叫。

看着四员主将喝汤的窘相，众人哄堂大笑，这笑声似乎一下子逼退了屋内的寒气，就连房上的积雪都被震得纷纷跌落在地，转瞬消融殆尽。

第二十八章　送信“黄三师”

一觉醒来，叶飞的半边脸肿了起来。

剑泓将连夜整理好的会议纪要送给叶飞，一进屋，看见他捂着脸，一副痛苦的样子。

“首长，您的脸怎么啦?”

“上火了，牙疼。”

牙疼不是病，疼起来要人命，手轻轻一碰，都像针扎似的疼。剑泓从小牙齿也经常疼，那是孟格美给的糖吃多了的缘故，后来再不敢多吃了，牙齿才慢慢好起来。

“首长，您还是找牙科大夫去看看吧。”

“牙科诊所要到县城才有吧。”

“我们师部附近最近新开了一家牙科诊所。”这是前几天剑泓外出侦察回来时的“新发现”，想不到开得还真是时候，叶飞牙疼给赶上了。

可叶飞是什么人，他是一个从枪林弹雨中出生入死的人，有着超强的观察力和敏锐性。

“小卢，你去假装看病，先去看看这诊所什么时候开的，这个大夫是什么人。”

剑泓领命而去，半晌回来了。

“首长，这诊所开业一个多月，大夫大概 50 岁。我刚才假装说自己牙疼让对方看看，他所说的都是些医学用语，也给开了几片药，并没有发现什么疑点。”

师部一直移动中，现在这个地点也是刚搬来才一个多月，怎么这么巧？叶飞心里有点纳闷，但他还是决定去会会这位牙医。

“走，晚上随我去走一趟。”

叶飞处理完各类文件事务，晚上乔装打扮了一番，两人去了诊所。

“你不是白天刚来的吗？”那大夫认出了剑泓。

“就是啊，说来也巧，我本家大哥牙也疼，听说我吃了你的药不疼了，就让我带着来瞧瞧。”剑泓早就编好了说辞。

那牙医也是十分热情，当即询问病症，叶飞实话实说自己牙齿上火，没想到那医生竟当即反驳道：“先生，你这是蛀牙，是长期不注意口腔卫生导致的，并非火牙，治疗起来也简单，上点药就好了。”

听到此话，叶飞不便多说，便坐在一旁一边等药，一边与他试探聊天，牙医也是对答如流。他说自己是苏州人，自幼学习医术，为了躲避战乱才来到了此地，言语间并无破绽。

叶飞抬头看着墙上挂着的一幅字画，继续询问：“老先生，这字画上写的是叶天士的画吧？他是哪个朝代来着？”

牙医愣了一下，过了十几秒才开口说道：“他啊，明朝的医学大家，是我辈医师的楷模，说起来他和我还是老乡呢，都是苏州的。”

说罢，牙医便将制好的药粉塞到了叶飞的嘴里，又嘱咐了几句忌口的话，便收钱送客回到了屋里。

一出门，叶飞表情严肃，随即吩咐剑泓：“去叫人，这牙医是个特务！”

一听这话，剑泓顿时愣住了，刚刚二人的对话他可都听在心里，对方也没有什么可疑的地方啊？

见剑泓一脸迷惑，叶飞这才缓缓说出三个疑点：

“其一，此人医术不精，自己明明是火牙，如果他真的自幼学医，不可能认错；

“其二，那叶天士乃是清代医学家，哪是什么明朝，祖籍镇江也并非苏州，怎么可能是他的老乡，一位老医生连叶天士都不熟悉，简直是笑话；

“其三，刚刚他给自己上的药量太大了，一个经验丰富的医生用药不可能这么随意。所以他即便不是特务，也肯定有问题，一定要查清楚此人的身份。”

剑泓恍然大悟，连忙回到师部调人将牙医抓捕，通过审讯，原来牙医真是一个日本特务。据他交代，自己是被日本人抓住了把柄，这才不得不加入日军的特务部门，他来到此地为的就是搜集新四军的情报，结果还没等出手就被首长识破。审讯中，他痛哭流涕，表示要戴罪立功。

对于汉奸，有人提出就地正法，此事惊动了粟裕。粟裕和叶飞一商议，决定将计就计，同意他悔罪立功，令他继续开设诊所，并且向日军传递消息，以彼之矛攻彼之盾，将错误的情报传给日军，放长线钓大鱼。后来，有几次日军收到错误的军事坐标，果然上钩，前去“清剿”时，一下子钻入了我军的口袋中，成了待宰的羔羊。

“特务就在我们身边，要不是叶副师长生就了一双火眼金睛，我们的工作就被动了啊。”林痕感慨着。

“叶副师长真神，从一幅画就可以揪出一个特务，真是太传奇了!”剑泓佩服得五体投地。

“叶副师长传奇的故事多着呢，最典型的要数他在闽东地区，身中十多枪却能大难不死的事。”

“一个人中了十多枪竟能逃过一劫，叶副师长真是命大福大啊。科长，叶副师长难道有刀枪不入之功?”

“叶副师长的父亲是中国人，母亲是菲律宾人，父亲早年因为躲避战乱，移居菲律宾，人到中年才生下了他这个幼子。本是富家子弟的他，在父亲的教育下，不忘自己是个炎黄子孙，毅然选择回国求学，后来走上革命道路。

“1932 年，他以特派员的身份来到闽东地区展开武装斗争，并在这里组建了一支红军游击队。国民党反动派多次‘围剿’，都无功而返，于是派出特务，化装成农民、商贩出没在游击队驻地，侦查叶副师长的下落。有一天，他与一名游击队队长相约在狮子头客店见面。这地方人流量大，不易被发现，过去常在这里和游击队领导谈话。可这天，左等右等一直等到中午，都不见对方踪影，于是点了饭菜边吃边等。

“突然听到楼梯上有脚步声，他以为是游击队队长来了，可没想到的是，上来了三个陌生的壮汉。他一看不对劲，刚想从窗口跳下去，可三个壮汉飞快地窜过来，一起将他死死按在地上，他来不及掏枪，对方就朝着叶飞的身上一通乱射，他躺在血泊中一动不动。

“三个特务只走了两个，还有一个留下来，见叶副师长抬起了头，居然没死，不由得大叫一声：这共党分子命真大，中了头十枪还活着！说完，又补了几枪，然后用手在鼻子上探了探，见彻底没了气息，才放心离去。

“其实，叶副师长仍旧活着，他刚刚只是屏住了呼吸。此时的他伤势非常重，满身鲜血，在天旋地转中，他晕了过去。直到晚上，狮子头村党支部的同志来到客店，才发现地上躺着一个血肉模糊的人，再仔细辨认，才知是叶副师长。为了保证他的安全，将他假扮成了回娘家的媳妇，戴着假发，怀里揣着衣服，装作孕妇，走了两个小时，终于顺利地把他送到了山上的游击队驻地。巧就巧的是，十几枪都没有打中要害部位，经过抢救，叶副师长这才得以活下来。”

听完叶飞的传奇故事，剑泓的心里，又多了一尊真神。

粟裕又一次面授机宜。

林痕、剑泓、邹蔚瑾、王重、李景瑞、夏勋成、马连生……众人齐齐来到小会议室，粟裕在主持苏中区党委扩大会议的间隙，找来大家开会。

神情依然那么严肃认真，说话语调、处事风格依然那么不疾不徐、不矜不伐。

“今天把大家叫来，有些事情要当面交代一下，会后请立即行动。”

“林痕！”

“到！”林痕应声起立。

“我让你从作战科、侦察科、通信科各抽调参谋的事情，人员抽调好了没有?”

“报告师长，已经抽调完毕!”

“李景瑞!”

“到!”通信科科长李景瑞声音洪亮。

“这一次作战我们要用有线电话指挥战斗!”

粟裕话一出口，李景瑞直冒冷汗。众所周知，粟裕一向重视无线通信，通信科特意组建了无线电技术侦察台，对外番号是司令部通信科第三台。在粟裕的鼓励下，全台同志刻苦钻研，很快侦察到南京伪中央国防部与苏中伪军各师、旅、团和独立营的电台，其中有伪军中央陆军总部电台，苏中扬州绥靖公署、海安二十六师、东台三十四师、泰兴十九师、兴化二十二师、掘港三十二师以及淮阴伪第二方面军、如皋第九旅、大中集独立旅、栟茶教导旅、宝应、沙沟、角斜等营团电台。对盘踞在溱潼地区的国民党税警部队陈泰运部的电台，我们也严密控制。

粟裕因为重视无线通信，所以每到一个地方就要问电台在什么位置，发报员到了没有?如果要出发，就问电台是否在抄收电报，如正在抄收，就让再等一下。重要情报直接向粟裕报告，他上衣两个口袋里常常装的都是电报。

过去作战指挥基本以无线通信为主，有线电话一般只作机关内部驻军联络，这一次粟裕却反其道而行之，要以有线电话来指挥作战，李景瑞始料未及。

“为了加强作战部队的协同配合和上下沟通，这次作战，前指与各纵队之间除了建立正常的无线指挥网，要尽量广泛使用有线电话。你要带两名机要员和一部电台，再带徒步通信员、电话员各一个班，为各参战单位调配好电话线路、器材、小型总机，要组织好战前突击训练。”

“请师长放心，一定完成任务!”粟裕是个行家里手，事无巨细，一一交代，李景瑞心里很是感动，再大的困难也要不折不扣地完成。

“马连生!”

“到!”师教导团第一连连长马连生立正应道。

“你带上你的连队，负责护送叶副师长去一分区淮宝地区指挥作战!”

“是!”

“王重!”

“到!”

“你要调配好行政和生活保障人员，安排一名得力的副官带队，随叶副师长行动。”

“是!”

“林痕!”粟裕再次把目光转向林痕。

“到!”

“这次与叶副师长随行的以上所有人员，由你统一管理和指挥。现在从秦南仓南边一直到顾殿堡沿线的敌人据点都被我们打掉了，射阳湖靠北的长堤也秘密修通了，你们要尽量陆地行军，避免水上行军，要注意侦察警戒、昼伏夜行、严格保密!”

“保证完成任务!”林痕挺直了身子，“叭”的又是一个立正。

“夏勋成!”

“到!”师教导团供给处处长夏勋成站了起来。

“马兵未到粮草先行，这次部队作战要进驻盐阜区，这是师供给部惠部长给三师供给部翁部长的信，你要去三师供给部领取盐阜区印制的货币和粮草证，并第一时间分发给一师所有参战部队，确保他们进入盐阜地区后经费和粮食供应无后顾之忧。另外，我这里还有一封师部兵站给三师的介绍信，我们兵站还在海边，离车桥太远，要请三师帮助我们在阜宁以东建立兵站，确保参战部队弹药运输畅通无阻。”

“是!”

“剑泓!”

“到!”剑泓早有思想准备，这次打的是车桥，粟裕肯定不会忘记他的，他的声音特别响亮，心中充满着自豪。

“我这里有一封写给三师黄师长的信，你要当面送达，这次车桥战役要请他们三师出兵相助，如涟水、淮阴之敌增援或由仇家桥以北来援，即予以准确打击，保障我车桥、芦家滩有两天三夜的战斗时间。另外，过去三师在车桥一带就有情报网，你这次去，请他们提供情报支持，互通联系。”

“你是车桥人，这一次你不但是信使，还是一个东道主，信件送达后，立即赶到车桥，协同淮宝情报站，配合做好战前侦察、情报收集、人员接应以及与前指的联络等工作。这方面，你们林科长会有交代的。”

“是！请首长放心！”剑泓从心里感谢首长的信任。

其实，去三师送信也好，在车桥接应侦察也好，都是林痕的主意，他特意向粟裕推荐了剑泓，谁让他是车桥人呢。

这时候，就剩下一个邹蔚瑾没有分配工作，粟裕幽默地说道：“你们都走了，我成‘光杆司令’了，身边不能没有一个伙计啊，这不，邹蔚瑾留下来，随我行动！”

粟裕的话惹得大家捧腹大笑。

几天后，一切准备就绪，兵分两路出发。

一路由林痕带领，护送叶飞从陆路向九龙口方向挺进。

一路由师参谋处处长兼师教导团团长张震东带领，带着教导团一营和山炮连从海路向三师方向进发。

剑泓、夏勋成两个“信使”随着张团长从东台弶港登上了海船。上船前，林痕交代剑泓，去三师送信任务完成后，迅速赶到车桥吴家园与淮宝情报站吴子余接头，后续侦察人员将陆续到达，要做好相关配合工作。

上了船，剑泓终于看到了“老黄牛”。

“老黄牛”不是牛，它是一门“一三”式七五山炮，是打曹甸战役时从韩德勤手里缴来的，由于它体型大、威力大，被人称作“老黄牛”。刚缴来时，瞄准镜、方向盘、表尺等都损坏了，好不容易找人修好之后，师部就找来了几口大棺材，把它拆成了零件，装到了棺材里，然后藏在老百姓家的院子里。

粟裕本想把这些棺材埋到地下的，但他又害怕生锈，于是就找来了一艘大船，把山炮装好放在船上，山炮连就在附近的海边训练。在缴获山炮的同时，我军还缴获了 80 发炮弹，因为当时还没有生产炮弹的能力，所以这些炮弹非常珍贵，粟裕说只有得到师部的批准才能使用。

有一次，一伙海匪想来抢大炮，连长马腾云来不及请示，决定直接用炮轰，因为等师部批准，山炮早就被别人抢走了。“老黄牛”第一次出手，把匪船炸得落荒而逃。粟裕事后不仅没有追究责任，还夸奖山炮连随机应变，但还是说下不为例，以后使用炮弹都要经过师部的同意。

这一次打车桥，粟裕一声令下，“老黄牛”又上场了。

从海上出发，海防团孙二虎团长带人护航，剑泓的心一下子释然了。谁都知道，孙团长也是一个有故事的人。

他原先曾是海匪头子，一次带人上岸抢劫，被我军抓获。陶勇亲自给他做工作，让他非常感动，二人结拜成兄弟，称陶勇为兄长。收编后，陶勇让孙二虎担任营长。后来，陶勇奉命到华东党校学习，孙二虎以为陶勇被解除了兵权。既然大哥不在了，他就把自己的队伍拉走了。直到陶勇学习归来，仍在四分区担任司令员，他才认识到自己搞错了，又把队伍带了回来。归队时，他还背了根棍子，跪在陶勇面前，表示“负荆请罪”。从此，再没离开过革命队伍，还入了党，成为海防线上的“守护神”。

有了海防团的守护，苏中、苏北根据地的粮、油、棉、盐、药品都通过海运进出。岸上的后勤部门、医院、印刷厂、小型兵工厂就设在海边，敌人来“扫荡”了，战士们就把物资运上船，一晚上就漂出几十里，一个潮水又回来了。海潮一退，方圆近百里都是浅滩，敌人的汽艇、军舰根本进不来，只能瞪眼干着急。

过去这一带海匪盛行，加上日伪军的烧杀抢掠，渔民们的日子暗无天日。自从有了海防团的守护，各处的渔民纷纷涌来，海面上到处都是捕鱼的人们。老百姓从心底里感谢新四军，敌人一有动静，他们就主动来向新四军报告，这里处处流传着军民鱼水情的佳话。

大队人马沿着东台、盐城、阜宁一线以东的黄海向北航行，直到老黄河口下船，张震东带着部队进入大淤尖镇休整。

剑泓、夏勋成带上三个侦察人员继续赶路，向三师师部方向，双方约定三日后在东坎镇会合。

三师师部在哪儿？剑泓没去过，夏勋成也没去过，再说现在的师部驻地肯定是流动的，不会固定在一处。

“阜宁县政府在这附近，我们先去找他们再说！”剑泓急中生智。

你还别说，这一着还真管用，他们找到了阜宁县政府的唐县长。

“师部现驻王殊集，我这就派一个向导，把你们带过去！”唐县长非常热情。

“太好了！”真是雪中送炭的帮助。

在向导的引路下，第二天下午几个人终于到达三师师部。

剑泓见到了黄克诚师长、张爱萍副师长、洪学智参谋长、翁徐文部长，这些过去只在报纸上见过的名字，今天终于见到了真人。

三师的许多将士都是跟着黄克诚一路打过来的，这里的老百姓管黄克诚的部队叫“黄三师”。这是一支英雄的部队，他们从八路军改编为新四军，从华北到华中，从太行山到冀鲁豫、豫皖苏，从皖东北到盐阜区，一路南下东进，纵横几千里，这里的许多将士都是跟着黄克诚身经百战，屡立战功，他们的骨血里流着红军的长征精神、八路军的太行精神、新四军的铁军精神。

几位首长对于一师的请求“照单全收”，所有人形成共识：大战发起之前，对行动目标一律保密！

三师命令，第七旅第十九团、第二十团届时在顺河集、仇桥、凤谷村一带布防，随时阻击增援之敌，并随时向一师通报敌情。

三师答应，一师所需的盐阜区币和粮草证全数供应。

三师决定，三天内帮助一师在大尾街、八滩、东坎、周门、板湖一线建立兵站，协助运输弹药。

三师还决定，今晚在师招待所请一师的同志吃一顿阳春面。

阳春面可是淮安的一道名吃，和车桥馄饨一样，这家乡的味道一直留存在剑泓的记忆里。

话说当年，阳春三月，草长莺飞，漕运要冲、商贾云集的淮安，只见运河上舟楫作响，樯帆叠浪，乾隆与汪廷珍自河下码头悠然上岸。遍寻城中风味小吃，偶然间走进一家店铺里。那天乾隆爷吃的就是阳春面，竟一口气连要了三碗，问及名称，店家无言以对。于是皇上脱口而出："阳春三月，阳春面!"皇帝一句金口玉言，淮安城瞬间阳光普照，添荣增色，阳春面从此成了淮安名吃。

其实阳春面的做法十分讲究。面条要当日新制，人工手擀面最见功夫，做出来的面条，手感均匀，柔韧有度。待下锅烧煮，清水沸腾之后，鸡汤、骨汤等汤料作底，上等猪油、酱油调口，翠绿蒜花飘浮于上，只见面条根根利爽，口口鲜美，味道醇厚，香气四溢。

今天在三师师部能吃到家乡的阳春面，也是一种福分。剑泓胃口大开，端起碗来，大快朵颐。

"卢参谋，你知道这阳春面是谁做的吗?"一旁作陪的洪参谋长见剑泓吃得香，笑着问道。

"不知道。"剑泓疑惑地抬起了头。

"是你的车桥老乡。"

说话间，洪参谋长叫警卫干事小陈从厨房里叫来了一个二十出头的青年人，系着围裙，圆乎乎的脸蛋，笑眯眯的，长得有点喜庆。

"我叫吴洪书，车桥吴庄人，是师部食堂的司务长。这阳春面是我下的，如果不好吃，请多批评。"来人自我介绍起来。

在三师见到老乡，真是一份意外的收获。洪参谋长向吴洪书介绍了剑泓，双方的感情顿时热乎起来。

"我还有一个弟弟在这里给首长喂马，我去把他叫来。"吴洪书飞快地跑了出去，一会儿拉来一个人，不看不知道，一看吓一跳。这两个人像是一个模子刻出来的双胞胎，只是一个岁数大一点，一个更年轻一点。

“这是我弟弟吴洪词，我今年21，他19。”吴洪书将弟弟拉了过来。

吴家兄弟在一个部队当兵，真是少见，剑泓与他们聊起了身世。原来五年前，当私塾先生的父亲吴庆生实在看不惯时任保长夏桂伍欺压百姓、强征税费，就向县里写信告发夏桂伍。夏桂伍获知内情后，暴跳如雷，就带着一帮人扛着枪前去吴庄报复抓人。

在田里干活的吴庆生得到消息后，带着17岁的儿子吴洪书，跑到泾口东桥头。当时驻在此地的国民党三十三师下属的一个连队缺人看粮库，他们父子就报名当了兵看起粮库来，终于躲过一劫。

两年后，吴洪书的母亲病逝，家里缺人手，在父亲吴庆生的操办下，就用17岁的弟弟吴洪词顶替，换回19岁的哥哥吴洪书回去与一个姑娘结婚成家。日本人占了车桥泾口后，国民党三十三师溜之大吉，吴洪词趁着队伍撤退混乱之时，偷偷溜回了老家吴庄。

后来“黄三师”来到了苏北，听说是穷人的队伍，他们兄弟俩一起报名参军。因为吴洪书在家会做一手好菜，就进了师部食堂。

吃着聊着，气氛自是融洽，突然，外面传来一阵哭声。

“怎么回事?”洪参谋长问一旁的警卫干事小陈。

小陈赶忙跑了出去，不一会儿，他带进来一个骨瘦如柴的驼背老妪，后面跟着一个面色焦黑、头发蓬松的小伙子，约莫十五六岁的样子。

“报告首长，这是张成同志的母亲和弟弟，他们是来投奔张成的!”

张成?他是师参谋处的一名参谋，前不久在反“扫荡”中牺牲了。肯定不能如实告诉他的母亲和弟弟，他们一路寻来，一定受不了这样的打击。

“老人家，您一路辛苦了，先坐下来吃饭，不急不急，张成同志去党校学习去了。”洪参谋长编了一个谎。

老人家身上的衣服既破旧又单薄，被寒风吹得瑟瑟发抖，一张瘦得脱了形的脸，剑泓见了都想哭，这是一张饱经风霜的脸，她一定遭了很大的罪才来找儿子的。

老人一边吃着面条，一边哭诉着她的遭遇。

老人家在苏南，丈夫早年外出经商，自日本鬼子打来后，一直杳无音信，估计凶多吉少。鬼子到了镇上，镇上的人家房子被烧掉了一大半，她家的房子也烧个精光。可怜她一边拖着小儿子四处要饭，一边好不容易种上一点田，没想到就碰上了“遭殃军”，活脱脱的土匪啊。他们隔三岔五地上门来抢，就连铺盖、板凳、铜盆，盆里准备下种的豆种都抢走了。她上前理论，被打个半死，躺在床上一个多月。

在乡下不说种田种地了，连养一只羊，养几只鸡，每个月也得出捐，日子实在过不下去，思来想去，只有到苏北找儿子一条路了。带着小儿子一路要饭一路找儿子，有时候饿着肚子睡在人家屋檐下，熬一夜，第二天空着肚子继续赶路，终于摸到了阜宁这一带。

“这里的人真好啊！听说我是来找在新四军当兵的儿子的，有送大饼的，有给钱的，还给开了路条，我们这才摸到了这里。”老人干涩的眼睛里有了一丝光亮。

第二天，剑泓又看见了老人，身上多了一件宽大的棉衣，仍是一脸的悲情，像是知道了儿子牺牲的消息。但老人的眼里透着坚韧。她把小儿子郑重地托付给部队，请求首长收下这孩子，只扔下一句“当兵打鬼子是正道”，然后头也不回地走了。

小儿子在后面哭喊着：“妈，您走好啊！您多保重啊！”

看着老人远去的背影，洪参谋长无限感慨：“多好的母亲啊，多好的老乡啊！”

这样的背影，像一幅版画刻在剑泓的心里，这就是中国的母亲，受苦受难中，她们依然坚强地走下去。

忽然间，他想起了自己的母亲，眼泪夺眶而出。

剑泓、夏勋成按期与张震东团长的队伍在东坎会合。

东坎的兵站已经开始运转，这真够神速的。上级命令，战役打响前，将弹药先运送到阜宁。180 多人的运输队，推的推，拉的拉，抬的抬，挑的挑，大家正在争分夺秒地走在通往阜宁的路上。

这运输的箱子里，就有“老黄牛”，先拆解运到阜宁，再到九龙口，等前指一声令下，再运到前线安装，至于打哪里，无人知晓。这 180 多人的运输队里，宝应县委特意派来了 150 个身强力壮的民兵，专门负责“老黄牛”的拆解运输任务。

突然，天空响起了飞机的轰鸣声。

“快趴下!”“快隐蔽!”“快卧倒!”张震东、夏勋成、剑泓等人大声地呼喊着。

大家迅速撤往沟坂、树丛里，有一个 30 多岁的大嫂慌乱中傻站在路上，吓得不知所措。一架敌机正向着她俯冲过来，说时迟，那时快，只见一个男子，一马当先，跃到了那大嫂面前，奋不顾身地扑了过去，压在了她的身上。

一阵机枪声响过，飞机呼啸着抬头升空而去，当所有人站起身来时，那个男子却倒在了血泊里，再也没有爬起来。

看着用自己的身体掩护自己的新四军亲人，那位大嫂放声痛哭：“好人啦！你不该用命来救我啊!”

牺牲的男子名叫张茂坤，是东坎兵站的站长，年仅 21 岁。众人含泪掩埋了烈士的尸体，在战役打响的前夕，他永远地长眠在盐阜大地。

直到益林时，众人再次分手，张震东、夏勋成带着队伍向着九龙口方向开进，剑泓向着车桥的方向前进。

与剑泓同行的还有吴家兄弟，听说剑泓要去车桥，洪参谋长给他俩批了假，一是探亲，更是顺便一道护送。

剑泓想起了三师敌工部廉部长昨晚上的暗中交代：我们三师在车桥有一个秘密情报点可以一用，接头暗语是一问一答。

上一句问：“你来人间一场，谁知前世模样?”

下一句答：“背起空空行囊，尽头就是天堂。”

多有禅意的接头语啊。这一问一答的话好熟悉啊，像是在哪里听过。他一路苦思冥想，想了半天，突然像是大梦初醒：这不是华阳春疯子老板李春明口中的唱词吗?!

疯子？秘密情报点？

一阵风来，打起一个寒噤，剑泓的心头堆满了疑云。

第二十九章　重　逢

水中的风车在旋转着，牛儿悠然地吃着草，见到人，哞哞地叫着。孩子们依旧顽皮地追逐着鸡崽和羊羔，炊烟袅袅升起，追着天上的白云。妇女们被组织起来做鞋子，刮浆的刮浆，剪样的剪样，纳底的纳底，说说笑笑中，针线在手中飞快地穿梭。

开垦劳作的壮汉们，在拉犁翻田，甩着响鞭，所不同的是，他们的身后背着一把“自卫枪”。

芦家滩变天了，这里的人们从没有像今天这样扬眉吐气。

自从小周庄、受河两个据点内讧撤走后，在淮宝支队的全力支持下，在淮安县委、泾口区委的组织发动下，芦家滩不仅有了自卫队，还有了全县为数不多的村级党支部，又先后成立了农抗会、妇救会、儿童团。

老少平等，男女平等，一起操持芦家滩的大事小情，这在芦家滩还是破天荒、第一次。

在卢春萱、霞姑等人的帮助下，原本“一无所有”的吴道明一家子都翻了身，吴道明成了农抗会会长，老婆盛小玉做了妇救会会长，小舅子盛小顺也成了自卫队副大队长。

最为关键的一点，就是得到了周老太爷这样的开明士绅的支持。他不但支持孙子周小鱼参加儿童团，还做起了卢春萱、霞姑的坚强后盾，因此，芦家滩的事情开展得异常顺利。

一是告示在先，从今年春种夏季开始，各户要按人丁田亩交纳救国粮，亦称公粮，支援抗日队伍，其他的税赋一律免征。

二是发出倡议，号召乡绅贤达人士伸出援手，帮断炊的人家一把，踊跃借粮，凡借粮五斗以上的，等收成下来，不但借粮还粮，而且还付利息。

三是查租退租，农抗会到各家各户，如实登记交租收租情况，鼓励大户对以前租赋重的人家，适当退租。

四是成立互助小组，制作农具，分发给困难户，帮助整理水田、开垦荒地，老百姓的劲头空前高涨……

农民参加农抗会，力量大到千万倍。
如若有人压迫我，大家一起来反对。
想从前，要流泪，吃死苦，受死罪。
芦柴成把硬铮铮，减租减息笑开眉。

自从组织妇救会，地位提高实在美。
不受约束要解放，夫妻平等讲道理。
学纺纱，做军鞋，讲正言，莫捣鬼。
出头日子来到了，从此不受压迫罪。

少啦少啦哆啦哆，二皇女人背地箩。
打的打来退的退，二皇女人活受罪。
清明节，要祭鬼，中秋节，大雁飞。
东洋鬼子一打跑，看你二皇还靠谁？

花船的唱词翻着样子在变，花船的队伍也跟着在变，就连专门给人扎花船的蔺培元也加入了卢春萱、霞姑、周小鱼的花船队。他们还每人配了一副墨镜，这可是稀罕玩意，特意托人从淮安城里买来的，现在成了“四人组合”的标配，很是引人眼球。

蔺培元自从刚满月的儿子被日本人的飞机炸死，就在心底里埋下了仇恨的种子。他的妻子到现在还是经常发病，疯疯癫癫，经常在人群中寻着儿子，好几次差点闯进日本人的小圩子里。

他祖传的纸扎手艺在车桥还是数得上号的，卢春萱在圩子里广货店做伙计时，就喜欢蔺培元的纸扎品，常到店里来玩，两个人年岁相仿，性格相投，一来二去间，就成了好朋友。

现在芦家滩的花船多，扎匠吴道明、盛小顺因为忙着集体的事情，已经无暇顾及。卢春萱就请蔺培元来帮忙扎花船。听着那激昂向上的唱词，感受着芦家滩百姓的精气神，蔺培元深受感染，花船队里慢慢就有了他的身影。

霞姑、周小鱼、卢春萱、蔺培元的“四人组合”，成了芦家滩的一道亮丽的风景线。

今天，这“四人组合”出现在车桥大东门300米外的文昌宫。

文昌宫有大殿三楹，前门三楹，平房十多间。大殿内正中供奉文昌帝君，这是中国民间和道教尊奉的掌管士人功名禄位之神，“九天定元保生扶教开化主宰长乐永佑灵应大帝”的字样清晰可辨，两旁供有一些进学有功名却在战乱中殉难者之牌位。大殿屋脊装有五节顶饰，五种颜色，格外惹眼，远远地就可以看见。

这一天是1944年农历二月二，往年这一天，文昌宫里热闹非凡，大人们、塾师们带着自己的子女学童前来宫中祭祀，祈求学业有成。更热闹的是，这一天，文昌宫都会邀请全车桥有名的花船队前来表演助兴，因此一时人山人海，盛况丝毫不逊东岳庙会。

说来也巧，这一天又是伪军头子张学谦团长儿子的10岁生日。三天前，文昌宫就接到通知，张学谦团长今天也要带儿子来祭祀。住持一时犯了难，上次都天庙严家班表演杂技出了人命，今年这花船表演要不要举行？

住持在忐忑不安中就去问了张学谦，哪知这家伙一脸无畏：“谁说不能搞，照搞不误，今天是我儿子的生日，怎么能冷冷清清？”

住持领命而去。

可手下人提醒张学谦：“日本人那边要不要请示一声？”

“请示个屌！他日本人现在过的谁的日子？他们在车桥驻军对外说一个中队，其实也就一两个小队，我们保安大队一个团的兵力，难道老子还真怕他不成？”

文昌宫向车桥十几家有名的花船队发出了邀请，芦家滩卢春萱的哥嫂卢春发、王翠花也接到了邀请。可依车桥现在的时局，谁还敢去表演，弄不好撞上了鬼子的枪口，连命都没了。因此卢春萱的哥嫂考虑再三决定不去了。

“哥嫂不去，我们去！”卢春萱和霞姑一合计，决定去车桥走一趟。

二人从泾口区委得到情报，日伪军最近要来“清剿”芦家滩，让他们提前做好应对。其实，这些天村里人一点没闲着，他们早就作好了坚壁清野的准备，把该藏的藏好，该埋的埋好，该运的运走。敌人一来，就组织群众向芦苇荡和石桥头方向转移。

同时以周家大仓为中心，周围挖下纵沟、横沟、斜沟，沟沟相连，沟深 4 到 5 米，宽度 3 到 6 米，形成犬牙交错之势，民兵自卫队沿沟作战阻击敌人，让敌人近不了身，无法纵深推进，同时也保护了周仓。

这一次利用花船表演的机会，顺便进圩子里探听虚实，摸清动向。因为危险，卢春萱、霞姑决定“四人组合”改成“二人对”，可周小鱼、蔺培元不答应了，冲着二人就嚷了起来：

“我周小鱼也不是三岁孩子，你们能去，我有什么好怕的！”周小鱼说话像个大男人一样。

“你父亲能同意你去吗？”

“我爷爷过年时就说了，今年我已满十六，今后什么事自己做主，让我父亲不要再将我扣在裤带上。”

“连小鱼都能去，不让我去，你们这是瞧不起我蔺培元。我连儿子都没了，我还怕他什么？”蔺培元也不甘示弱，“再说了，我和小鱼都交了入党申请，正是组织上考验我们的时候，我们怎么能做落后分子呢？”

周小鱼接过话茬：“蔺大哥说得是，我们不做落后分子！”

“去归去，我们不能报芦家滩的名号，只能打外地的名号，要化浓妆去，不能让他们认出来！”霞姑很是谨慎。

“那我们花船队起个什么名字呢？”卢春萱问道。

“我们就用曹甸的名号，那边郝姓多，就叫他‘郝家班’如何？”霞姑在曹甸待过，她想出一个名字来。

“这个名号好，杂技有严家班，花船再来个郝家班！”众人一致称好。

今天“郝家班”浓妆艳抹，穿着戏装，再戴上墨镜，早已分不清谁是谁了，四个人准时赴约，前往文昌宫。

按照惯例，花船队只带花船，不带锣鼓，锣鼓班子统一由文昌宫从圩子里请人。表演线路从文昌宫进入大东门，再沿着南东街、大街、北东街出小东门，来个小循环；如果要大循环，则沿着南东街、南西街，再从鲍大巷向北，沿北西街、北东街一路出小东门。

让四人没有想到的是，这次的花船表演竟是一场独角戏！

邀请的十几家花船队，没有一家前来赴约，只有他们“郝家班”单枪匹马。也能理解，这兵荒马乱的，谁不怕啊？

上次严家班来演杂技出了事，班主小腿跑得快，连夜带人去了外地，现在又冒出一个“郝家班”来，听说还不是本地的，是从曹甸来的，张学谦听了也是感动。人家能来，就是给面子，他派人传话来：“来的就是客！既是独角戏，更要演好，辛苦钱翻倍给！”

一清早，两套锣鼓班子就在文昌宫门前卖力地敲打起来，前来祭祀的大人和孩子，以及看热闹的人，不到一个时辰就把文昌宫里里外外挤个水泄不通。

等张学谦带着儿子上了头道香后，其他人家开始敬香礼拜。文昌宫前的广场上，随着张学谦一声令下，锣点铿锵，鼓乐齐鸣，“郝家班”花船表演开始。

周小鱼扮成“逍遥童子”，摇一把济公扇在前牵引叶霞姑站舱，盘着发髻，一身古装打扮，妩媚俏丽的脸蛋和楚楚动人的身姿攫取了许多人的目光。卢春萱、蔺培元左右撑船，各人身系红腰带，一杆长竹梢，前闪后跃，腾挪翻舞，把花船撑得风生水起。

一会儿演唱，一会儿对白，一招一式、一举一动都有模有样、有板有眼。舞起来，唱起来，跳起来，就连看热闹的人情绪也跟着投入了进去。众人随着花船开始进入大东门，沿途张学谦特意布下警戒哨，说是维持秩序，同时防止有人闹事。

人群中多了一双淫邪的目光，这目光曾让无数清纯女子惨遭其害。他就是扒了皮、烧成了灰，霞姑也认得此人，他正是害死妹妹霞玲的罪魁祸首——日军小队长羽田，一抬手，分明少了一只小指，那是霞玲咬下的。卢春萱也认出来了，他立即转身瞧向霞姑，霞姑的眼睛里已经喷火，脸上的肌肉似乎抽搐起来，随时要冲上去拼个你死我活。

他知道霞姑的脾气，她一直想要报仇，仇人就在眼前，她不会轻易放过这个机会。可今天，他们是带着任务而来的，等表演完花船，他们还要去打探消息。再说，这一路上敌人早就布控了警戒，不能白白送死。

他立马靠近花船，抓了一下霞姑的手，轻声说道："忍住了，不可鲁莽！"

羽田今天是穿了便衣而来的，身边跟着情报局局长陈天富。二人早就接到邀请，今天张学谦为庆祝儿子10岁生日，中午特意在大六饭店摆下酒席，请圩子里的头头脑脑去庆贺一番。一早上，陈天富特意带着一包好茶叶去日本人的据点里"孝敬"羽田，二人边泡茶，边聊天。

这日本人的据点是占了鲍家祠堂而建的，北临涧河，南接南东街，四周筑有一丈二高的圩墙，还用铁丝网圈起来，里面有碉堡、蔽射堡。一早上，南东街人声嘈杂，锣鼓喧天，听说是在玩花船，陈天富与羽田耳语了几句，羽田脸上立马像充血一样，来了精神，竟然手舞足蹈起来，口中念念有词："花船的好！花姑娘的好！"

二人挤在人群中，羽田一眼看见了花船里的叶霞姑，那肥嘟嘟的身子像打了兴奋剂一样，顿时随着锣鼓声摇摆起来，口水一个劲地咽着。这个东方美人儿，和戏台上的花旦主角不差分厘，身姿丰腴，模样俏丽，这到嘴的肥肉岂能错过。

他径直向花船走去，被陈天富一把拽住了："太君，这里的不方便，等会再说!"

"方便大大的，花姑娘大大的。"羽田已失去了理智。

卢春萱见羽田不怀好意的样子，立马拿着竹梢挡住了他。

"八嘎！你的闪开!"羽田拔出了手枪顶着卢春萱，双方正在僵持的当儿，霞姑倏地从花船中跳了出来。她一把抓住羽田的手，嗲声嗲气地叫了一声："太君哥哥，小女子陪你就是了，你放了我哥吧!"

羽田被霞姑一声软语叫唤，身子立马酥软了下去，像是飞在天上，全身软绵绵的。他收起了枪，两眼冒着淫光，就要上来强搂霞姑。

突然听得"哎呀"一声，羽田两眼冒血，他痛苦地捂住眼睛，蹲在地上嗷嗷地叫着。原来霞姑从头上拔出尖簪，刺瞎了羽田的双眼。速度之快，就在一眨眼的工夫。

羽田拔出手枪一阵狂射，街上一片大乱。陈天富吓得早就逃之夭夭。

"快跑!"蔺培元大喊一声，引着大伙拐进了戴家巷，他是圩子里的人，对巷道熟悉。"大东门肯定出不去了，我们沿着戴家巷向北跑，然后折向东，顺着都天庙墙根向北过五桥，看看能否从小东门溜出去。如果溜不出去，就进小东门附近的兜率院躲一下。"

警哨吹了起来，张学谦的手下开始抓人，据点里的鬼子也窜了出来，可这街巷里的人，竟里三层外三层地堵在巷口，装着看热闹的样子，眼见"郝家班"四人顺利逃远了，各人才四处散开。

车桥人良知的光芒，从未泯灭。

出不去了，车桥圩子各个门都已关闭，就连小东门也不给进出了。涧河东西两头水关闸门已落下，水路也无路可走。

现在只有一条路——去兜率院。

兜率院又称大庵，始建于明代，这殿宇建筑比都天庙更为宏伟。大殿供着一尊巨型弥勒佛像，袒胸露腹坐于殿上，笑口常开。佛座上方，悬挂"唯我独尊"四字横匾。佛像是用纯金贴成的，色泽历久不褪。佛像两旁，塑有十八尊彩金罗汉，神态各异，栩栩如生。

大殿两旁有楹联一副，上书："这膝上一具空囊，果包得古往今来，曷不略为解开？好让大家看看；那目前半杆小杖，难撑住上天下地，莫若早些放倒，何必一味呵呵。"

庭前院中，两棵银杏树已有二百多年历史，高达五丈余，粗可两人合抱，树上结满了银杏果。

院外东侧，有数百年古槐一株，盘根错节，虬枝横斜，四五人方可合抱。曾遭雷火焚烧，树下身中空，可置酒席一桌，树上身却依旧绿荫繁茂。清代车桥人潘四农在《车桥八咏》中将"兜率古槐"列入八景之一，诗云：雷火烧不尽，古翠森森合。风定寒蝉吟，斜阳下僧塔。

其实，这兜率院的住持宏光法师与藺培元早就熟悉。法师为人宽厚，道行极深，一副普度众生的慈悲心怀，只要遇到难处找到他，都会力所能及地提供帮助。这么多年，寺院里的香火、祭品、纸扎等都是由藺培元家的纸匠铺操办的。卢春萱也曾与住持有过一面之缘，后来一直没有联系。

藺培元领着三人进了院门。

因脸上有妆，藺培元用衣袖擦拭了半天，宏光法师方才认出他来。一见此情形，便已明白几分，立即命令僧人关闭山门，任何人不得放入。

听完原委，宏光法师立即带他们到后院寄名过关房，差人从井里打来清水，让各人用胰子洗净脸面，脱下戏装，换上僧袍道服，穿戴整齐，俨然成了僧人尼姑。院中本就有俗家弟子，从表面上也看不出破绽来。

可是羽田不是严泰然，严泰然死了，日本人并没有多少伤心，但羽田的眼睛被人刺瞎了，他们一定不会善罢甘休的，得赶紧想一个万全之策才行。

"阿弥陀佛，世上缘起缘灭，缘聚缘散，皆是天意。看来，我还是要请出你们的有缘之人。"

宏光法师扔下一句话走了，四个人愣是不明白其中的深意。这寺院中还有我们的有缘人？每个人的脑子都在飞速转着，就是想不出一个所以然来。

不一会儿，宏光法师身后进来一个穿着僧服的男人，岁月的风霜早已把他镀成一个老叟，眉毛胡须皆已花白，长髯飘飘，颇有仙风道骨之气。老者的眼睛闪着明慧的光亮，一看就知道他是一个有智慧的长者。

“蔺施主，卢施主，你们还认得此人吗?”宏光法师问二人。

二人盯着来人仔细看着，来人也盯着二人慢慢瞅着。一瞬间，记忆像是复活了一样，双方异口同声地说道：“是你?!”

此人是谁? 正是当年被日本人佐藤用刀“砍死”的“大先生”严淑平，他没有死，竟还活着!

“二位恩人，请受老僧一拜!”严淑平说着就要下跪。

卢春萱一把抓住老人，连连摆手：“使不得，使不得! 你要是给我们下跪，这是折我俩的寿啊!”

蔺培元也上前扶着老人，左看右看，恍如梦中。

一旁的霞姑和周小鱼听得云里雾里，这里面肯定有故事啊。是的，故事还很曲折。

那一天，严淑平宁死不做维持会会长，被佐藤连刺两刀，当场昏死过去。当时蔺培元、卢春萱都在人群中，眼睁睁地看着这一幕，强压着心头的怒火。

黄昏时，日本人忙着烧抢，哪里顾得了街上的死尸，各家各户将自家亲人的尸体拖走了，又忙着救火，严淑平的尸体无人敢领。就在这混乱之时，蔺培元、卢春萱趁黑跑到严淑平尸体前，一探鼻息，似有游气。他们二话没说，将严淑平抱上了涧河边的一条小船上，直接送到了兜率院。

蔺培元曾听人说，兜率院住持宏光法师处有一秘制金疮药，凡刀伤只要敷上此药，立马止血消肿。严淑平是车桥有名的“大先生”，宏光法师也是仰慕已久，见严淑平经此大难，内心震动，当即拿出秘制金疮药，外敷伤口，同时兼用中药内服调理。

在法师的日夜守护和调理下，严淑平昏迷三天三夜，日本人一走，他竟睁开眼来。宏光法师见严淑平尽管醒来，但仍是命悬一线，为防不测，立即派人将严淑平偷偷用船送往苏家嘴，请阙氏医派第五代传人阙云臣出手相救。后来，苏家嘴战乱频仍，阙云臣也外出行医，严淑平也不知下落。

蔺培元、卢春萱曾去寺院问过宏光法师，他也不知道严淑平去了哪里，这些年，他俩都以为严淑平早死了。因为怕惹出祸端，他俩约定，谁都不能说出这段救人经历。今天能在寺院中相见，真是大大出乎意料，双方又惊又喜。

“严先生，您从苏家嘴后来又去了哪里啊？”卢春萱好奇地问严淑平。

“法师差人将我送到苏家嘴后，深明大义的阙云臣一听说我是被鬼子伤害的，当即施救，不到一个月，硬是将我从鬼门关拉了回来。后来由于战乱，苏家嘴几易其手，阙云臣被新四军的‘黄三师’请去救治伤员，见我无家可归，就让我随他一同前往，打打下手，一起帮助抢救伤员。在盐阜地区，我碰到了一个叫杨汉章的人，这个人领我走上了一条崭新的道路……”

“杨汉章？他是我在曹甸时的老师，他也是我们的引路人。”霞姑终于插上话了，提到杨汉章，她有发言权。另外，剑泓曾说过他的爷爷因为不肯做维持会会长，被日本人杀了，眼前的老人是不是剑泓的爷爷啊？怎么一个姓卢，一个姓严？估计不是一个人，算了，暂且不问了吧，问了也徒添烦恼。

“你是叶霞姑吧，你和卢春萱可都是芦家滩的领头人啊。”

“您在寺院中，对外面的情况也是了如指掌啊，佩服佩服！”霞姑抱拳施礼。

“我也有耳线啊。”严淑平笑着说道，“杨汉章是共产党派去创建根据地、组织发动群众抗日的，他听说了我的事情很是感动，见我没日没夜地帮助抢救伤员，又是抗日义士，就介绍我参加革命，帮他做一些宣传工作。我年岁大了，不适宜东奔西跑，又想落叶归根，日本人占领车桥前夕，组织上决定将我秘密送回兜率院，建立地下情报联络点。承蒙法师收留，为了帮我隐蔽身份，让我剃度为僧，赐我法号空尘，我就在寺院中研读经书，参悟禅道……”

“严淑平同志！”卢春萱、霞姑将手伸了过来，大家互相握手，互相祝贺。今天出乎意料的事情太多了，在寺院里竟有自己的同志，各人喜不自胜。

“现在再来谈谈你们的事情。刚才法师大致告诉了我情由，这鬼子很快就会来搜查，我想分几步来走：一是藏匿证据，你们的戏服和墨镜等物件先藏到后院墓室里，那地方敌人搜查不到；二是混淆视听，好就好在，你们的身份尚未暴露，现在敌人的头脑里，一定先入为主，记住你们是四人团伙，先请法师将其中三人以假名录入僧人名牒，寺中香火纸品一直是蔺施主操办，他来寺中帮忙也是常理，他是圩中人，晚上可以回家安住；三是剃度隐身，尽管寺院中有俗家弟子，如果你们三人不剃度，容易引起怀疑，我看还是剃度，因为道行不够，可以不点戒疤，这样不致引火烧身；四是各司其职，三人剃度后，分开行动，小施主随我做书童，卢先生去伙房帮工，霞姑整理菜园，这样各司其职，不致暴露；五是法事出门，三日内做一场出殡法事，以人假死于棺中抬出小东门，这样才可脱身……”

“大先生”不愧是“大先生”，思维如此缜密，安排如此有序，环环相连，丝丝入扣。真乃高人一个，大家佩服之至。此刻，几人的目光突然都转向了霞姑。

“你们盯着我看干吗？”霞姑一脸疑惑。

“‘大先生’说要剃度，你舍得那一头乌发吗？”卢春萱怯怯地问道。

“这一次事情因我而起，连累了大家，一头乌发算什么？再说了，头发没有了还可以再长，头颅没了，就不可以再长了，这个账我会算！你们也太小瞧我了！”霞姑说完，竟在房间里要找剪刀自己剪发，惹得众人笑了起来。

蔺培元瞅准机会出了山门，其余人等各行其是，一切都照着严淑平的安排进行。果真，刚刚收拾停当，日本人就带着伪军进了寺院，里里外外，上上下下搜了个遍，也没有找到要找的人，最终只得悻悻而去。

暂时躲过一劫，众人长吁了一口气。

剑泓在吴家园与吴子余接上了头，想不到这么快就能在车桥重逢，吴子余欣喜万分。

三师来的吴洪书、吴洪词，更让“吴家军”添丁进口，吴士达也是忙上忙下照应着。

“侉子哥，三师首长告诉我，在我们车桥，他们有一个秘密情报点，接头暗号比较特殊。”剑泓还是这样称呼吴子余。

“哦？怎么个特殊，你说说看。”

“上一句问：你来人间一场，谁知前世模样？下一句答：背起空空行囊，尽头就是天堂。”

“这句话好像在哪里听过似的。”

“是的，我听过一个疯子唱过这词。”

“疯子是谁？”

“就是我父亲以前的华阳春饭店的老板李春明，饭店被日本人烧了，我父亲他们也死于其中，他受了刺激就疯了……”

“看来我们得进圩子走一趟，如果圩子中有三师的情报点，对我们一师淮宝情报站车泾组的工作会大有帮助。”

“这两天圩子里进出盘查很严，听说玩花船的一个女子将鬼子小队长羽田的眼睛刺瞎了。”吴士达走了进来。

“看来我们车桥也有女中豪杰！”剑泓一脸惊喜。

“这样吧，进出圩子还是我来安排，既然圩子中盘查严，大家就不能带手枪进去了，我先帮你们保存起来再说。”吴士达提醒大家。

这一次带了三匹骡子，分别坐着吴士达、剑泓、吴子余，吴洪书、吴洪词兄弟扮成伙计。

吴士达本就是老板，圩子里的人都认得，不用打扮；吴子余曾扮过老板，一口地道的山东腔，也不用打扮；怕人认出剑泓，换了富家老板的装束，再蓄起了胡子，戴个金丝边小墨镜，看上去很是洋气。

晚上进圩子，只有小东门，白天进圩子，四个门都开着，只是盘查较严。这陈河就在南门外，从南门进入不会引起怀疑。几个人大摇大摆地向南门奔来。

“哎哟，哪阵风把吴大老板给吹来了。”也巧，今天把守南门的是张学谦的手下尚太运连长，吴士达曾给他偷买过大烟，两人算是老相识。

“今天表外甥带老板来看皮货，进圩子来瞧瞧。”吴士达一边大声说着，一边在尚太运的耳边低语道，“再有好叶子，一定给兄弟送来！”

尚太运心领神会，当即连连点头：“好！好！好！”随即大手一挥：“放吴老板他们进去！”

众人顺利进入圩中。

圩中气氛是和往日有所不同，日伪军，还有沙正道警察局的人，正在挨家挨户地搜查可疑人员，他们顺着大街向北，然后沿着涧河向东，转悠了半天，突然又听见一阵熟悉的声音：

你来人间一场，谁知前世模样。
背起空空行囊，尽头就是天堂。
你来人间一场，谁见来世时光。
不见不欠不想，放下就是天堂。
你来人间一场，谁享今世无恙。
笑看魑魅魍魉，回家就是天堂。

不远处，一个疯子走路摇摇晃晃，口中念念有词，一会唱一会跳。

远远地离了一段距离，剑泓他们一路跟到兜率院后门口。只见那疯子拿出钥匙，开了后门，跨了进去，随即“轰”的一声，后门关上了，把众人关在门外。拍了半天门，里面就是无人应答。

他们决定从正门进入兜率院。

吴士达也是寺院的大功德主，每年都给寺里捐献香火钱，和住持宏光法师也是有缘之人。僧人通报，听说吴老板来访，宏光法师赶紧迎出山门。

“阿弥陀佛，吴施主大驾光临，有失远迎，恕罪，恕罪!”

“法师不必客气，我们来圩中转转，顺道来此拜访，叨扰法师了!”

两人客气一番，坐下慢慢饮起茶来，剑泓与吴子余两人借口到寺里参拜，吴氏兄弟装着在马厩边上添料歇脚。

剑泓、吴子余转到了兜率院后院中，这里有一处碑林，兜率院历任住持和得道高僧圆寂后皆埋葬于此。林中有一小屋，里面住着一个看墓人，披头散发的，疯疯傻傻的。剑泓摘下了墨镜，仔细一看，正是华阳春老板李春明。

疯子也看见了他俩，顿时停了下来，眼睛死盯着剑泓，突然掩面而泣，转身跑进了小屋里。

这一幕，把二人弄蒙了，他们不知所措地跟了进来。

“剑泓？你是剑泓吗？你父亲叫卢志清，你爷爷严淑平，对吧？”此时的李春明拉着剑泓的手，一本正经，俨然是个正常人，全然没有了先前疯癫的样子。尽管剑泓嘴上安了胡子，李春明还是认出了他。

“这位是？”李春明指着吴子余问道。

“这是我好朋友，您放心！您这……”剑泓指着脑袋问道。

“你是不是说我脑子有问题？告诉你吧，我没疯！上一次在你家门前与你相遇，我一看你眼睛就觉得像你，可是没敢认。你们在这里等一下。”说完他飞快地跑了出去，一会儿又跑了回来。

“走，我带你们去见一个人!”他拉着剑泓就走。

藏经房里，时间凝固了，严淑平和剑泓两人呆呆地站在那里，四目相对，半天一句话都没有，突然眼泪像决堤洪水一样，奔涌而出。

两个人抱头痛哭，严淑平差点晕厥过去，这场相见来得太突然了。两人哭诉着离别的遭遇，说一阵子，哭一阵子。现在一家子只剩下这一老一小，怎能不叫人伤心欲绝？

原来李春明以前的疯癫，也是间歇性的，一阵清楚，一阵糊涂。宏光法师见他可怜，便收留他在寺中后院看守墓冢。

严淑平接受组织上秘密设立情报点的任务后，回到寺院，带回一种专治神经的秘方，几个疗程服下，竟控制了病情，李春明渐渐转为正常。在严淑平的鼓励下，李春明也走上革命道路，假装疯癫的样子，专门负责在外探听情报。

他口中的《人间一场》，就是当初为纾解情绪、缓解病情，严淑平为李春明量身定做、精心创作的，后来也成了三师来人接头暗语。也真难为了李春明，一个人承受着世人的嘲讽、憎恶，承受着常人无法忍受的肮脏、污秽，却依然坚定信仰，执行着党的秘密任务。其实，这都源于两个字：仇恨！

“组织上接受了春明的入党申请，他现在也是党的人了！”

兜率院里没想到一下子聚集了这么多的“自己人”，如何将卢春萱等人安全送出圩门，这下子严淑平终于拿定了主意。

一场秘密会议就在藏经房里举行。

“贫僧来了！”霞姑远远的一声吆喝，这声音一下子把剑泓的心提到了嗓子口，差点跳了出来。这声音太熟悉了，莫非……

正在疑惑间，霞姑闯了进来，一身海青僧袍素装打扮，依然那么清纯、雅致。

“霞姑！”剑泓带着颤音唤她。

“剑泓?!”霞姑不敢相信站在面前的就是她日思夜想的人，她狠狠地掐了一下手心，才知道这不是梦，她一下子扑到了剑泓的怀里，孩子撒娇似的大哭起来。

霞姑的粉拳像雨点一样敲打着剑泓的胸脯，她一边哭，一边埋怨：“你跑哪儿去了啊，扔下我们姐妹三人，现在只剩下我一个人，你让我等得好苦啊！”

所有人被这眼前的一幕惊呆了，这是怎么回事啊?

经过两人的诉说，一切真相大白，想不到兜率院今天竟然迎来了一场大团圆。

先是严淑平与卢春萱、蔺培元两位恩人的重逢，然后是严淑平与剑泓爷孙俩的重逢，最后是剑泓与霞姑恋人间的重逢。今天的重逢，好戏连台，高潮迭起，给兜率院的还愿池增添了一份灵性，给功德书增添了一笔传奇。

怅然若失的卢春萱，心头泛起了涟漪，既高兴，又有一份淡淡的失落。他为霞姑高兴，终于找到了心心念念的哥哥，却觉得像是失去了什么，心里空荡荡的。

会议一开始，严淑平就透露一个惊天情报："据我们掌握的最新情报，车桥日伪军三日后要去'清剿'芦家滩，要抢夺周仓粮食，所以必须三日内将卢春萱三人送出去，芦家滩没有领头人不行。"

"上午我和宏光法师想了一个法事出门的主意，现在可以细化一下分工。我们兵分三路：

"一路请蔺培元作主，选一口棺材运到寺院，同时代请吹鼓手、抬棺人，备下二丈白布，香斗、烧纸及各样祭品；

"一路请宏光法师操办法事，寺中一僧人名叫慧勤，因在外染疾，暴病猝亡，本应葬于圩外，后宏光法师考虑寺院名声，暂且秘葬于后院碑林中，这一次就以'迁葬'名义，葬于熊坝口。周小鱼捧灵牌，卢春萱、蔺培元参与抬棺，棺中委屈霞姑暂时存身，棺盖后方垫一木条，留出一道缝，暂不密封。

"一路请剑泓、吴子达、吴洪书、吴洪词带锹锨工具在圩子东南万场接应，待棺材一到万场，请蔺培元将辛苦钱发给吹鼓手和抬棺人，打发他们回程，然后请霞姑出棺，由接应人员抬着空棺到熊坝口。前不久被活埋的鲍艳萍、王玉荣二人至今无棺木安身，鲍虎雯几次向金丸提出要重新厚葬女儿女婿，都被金丸以各种借口搪塞过去，今天我们就用这口空棺为二人收殓安葬。这也是组织上交给的任务，要我们适时安葬好二位英烈，这次正好一举两得。"

霞姑又哭了起来，这么多的人，这么多的事，都是因她报仇心切而起，空尘大师这么细致的安排让她感动不已。现在心爱的人就在身边，她从此再也不怕了，她只有勇敢地战斗，才能对得起组织，对得起同志们。

各路人马分头准备，第二天上午，宏光法师带人在兜率院里做完法事，一口棺材在一阵唢呐声中抬出了小东门。自古死人为大，棺材是没人挡的，这个规矩那些看门的伪军心知肚明。躲还躲不及呢，谁还惹这样的晦气上身。

按着计划，众人抬着棺材赶到了熊坝口。因是荒野坟岗，平日无人来此，吴子余带着吴洪书、吴洪词兄弟俩一起在外围警戒，不让过路的人靠近。

众人焚香烧纸，再三祷告，开始下锹挖坟，蓦地，所有人的眼睛都湿润了：寒冷的天气下，鲍艳萍和王玉荣像两棵树挺立于泥土里，二人因窒息身亡，脸色青紫，但容颜未改，像是睡着了似的，手脚和身子已经僵硬，头靠头、双手紧紧地抱在一起，任你使再大的力，也无法分开。

从旁边的小河里打来清水，洗去脸上的污泥，细细地擦拭，先是白布缠身，然后将连体的二人小心安放棺中，封钉时，霞姑扑在棺材上不忍放手，哭喊着“艳萍”的名字。这哭喊声把每个人的心都撕碎了。

纸幡在火中飞舞，云天惨淡，风儿呜泣，每个人都把思念和泪水留在了这片土地。

一次次地回望，一次次地挥手，所有人不忍离去。

死同穴此心，一誓永不渝。二位烈士，安息吧。

第三十章　将我埋在周仓

吴洪书、吴洪词兄弟俩走了，林痕来了。

吴氏兄弟回三师复命去了，连家都没来得及探望一下。林痕来了，带了重要任务而来。

剑泓这一次来车桥，吴子余只知他是为了寻找三师秘密情报点，其他任务一直蒙在鼓里。问他也是顾左右而言他，直到林痕到来，吴子余才渐渐明白了几分。

随林痕同来的还有：淮宝情报站站长张焕文、党支部书记朱锦辉、内勤储元长，十八旅侦察科长沈保民，七团作战参谋王守志，五十二团作战参谋李智。

“剑泓啊，你这家伙口封得还真严实，连我都保密啊!”这边刚介绍完毕，吴子余照着剑泓的后背一顿捶打。

“侉子哥，我不能违反纪律啊，干侦察，保密是前提。”剑泓一本正经地解释道。

“剑泓做得对!”林痕拍着剑泓的肩膀夸道。

“现在各路大军已到九龙口集结，你们知道为什么大军驻扎在那一带?”

“不知道。”剑泓和吴子余面面相觑。

“大军驻扎在那一带，就是为了不让敌人摸清我们的意图。现在的湖垛地区，乌烟瘴气，像人间地狱，日伪军打着‘强化治安’的旗号，经常下乡‘扫荡’、勒税、抢粮、牵牛、拔桩、奸淫、烧杀，可以说是无恶不作，我军正向湖垛做佯攻姿态。现在除少数营级以上干部，战士们仍不知要打车桥。所以，师部和前指都重视保密工作，我们作为侦察人员更应该带头模范执行好纪律!”

吴子余见张焕文、朱锦辉身后还站着一个十五六岁的孩子，长得眉清目秀的，他疑惑地问道：“这孩子是谁?”

张焕文笑着介绍：“他叫贺家明，是你们车桥芦家滩的，家境贫寒，最近刚参加了淮宝支队，我们特意从部队要过来的，分在我们淮宝站做通讯员，先交给你用，做你的帮手，你可给我带好了!”

吴子余满脸的惊喜：“真是太好了，送信、送情报就需要这样十几岁的娃娃，目标不大，聪明机灵而且管用!”

剑泓将三师的情报点以及他爷爷与“疯子”的情况向林痕作了汇报，林痕从心底里为剑泓高兴，原本一个孤儿，现在终于找到了亲人，这种亲情的失而复得，其心情是无可言表的。

“林科长，我们剑泓这一次来车桥可是大丰收啊，不但找到了爷爷，还找到了一个失散的妹子。”

吴子余这一说，让剑泓满脸通红，羞涩得像个姑娘似的。

“一个妹子?”林痕很是惊奇，“剑泓，我听你提过有三个妹子失散了，难不成有消息了?”

“一个被鬼子害死了，一个害病饿死了，三个妹子只剩下一个，叫叶霞姑，现在是芦家滩的党组织负责人。”

“真是太好了！祝贺你啊，剑泓!”

在林痕的主持下，一场侦察部署会议开始。

“这次来车桥，主要是做好战前侦察工作，根据叶副师长的命令，从现在起，由前指直接指挥淮宝情报站，统一分工、统一区分侦察任务。他要求我们根据实际情况，可以临时增设情报联络站点。我想现在有两个现成的站点比较理想，一个是兜率院，一个就是吴家园。大家觉得如何?”

“没意见!”“同意!”“同意!”大家一致赞成。

“前指要求七团、五十二团抽调营、连、排级干部联手侦察车桥、泾口据点，一团路途较远，还在往九龙口集结的路上，叶副师长要我和十八旅的沈保民科长代为侦察。考虑到泾口据点曾受过我军攻击，如惊弓之鸟，警戒甚严，我侦察队不易接近，而车桥据点未受过我军打击，警戒远逊于泾口。经过我们事前商量，现在决定兵分三路侦察：

“一路化装侦察：由七团作战参谋王守志中午饭后带领山东口音侦察员进入车桥圩子里，对敌人碉堡及兵力分布，特别是开进线路及攻击准备位置进行侦察。请淮宝站的朱锦辉带领车泾组组长吴子余配合行动。

“一路强行侦察：由五十二团作战参谋李智带短枪队，黄昏抵近泾口据点强行侦察监视，要故意暴露，声东击西，造成我军攻打泾口的假象；待车桥这一路侦察清楚，泾口这一路就停止侦察监视。请淮宝站的张焕文带领宥城地方武装负责人李在进、帅冠群配合行动。

“一路隐秘侦察：由我和十八旅沈保民科长午饭后带队潜入芦家滩地区，傍晚之前，摸清这一带地形。请剑泓带领芦家滩的地方武装负责人卢春萱、叶霞姑配合行动。

“吴士达负责接应及勤务，淮宝情报站内勤储元长、通讯员智家明分头通知宥城、芦家滩地方武装负责人配合行动。有一点再强调一下，车桥泾口作为伪化地区，情况复杂，一定注意要保密，包括地方武装负责同志，只配合侦察，暂时不向他们透露作战意图，这一点请各位切记！”

王守志带着人分别从不同方向混进了车桥圩子。

圩子里的伪军属于淮安保安纵队李东海的人，这些人原系海州游击纵队叛变投敌而来，加上韩德勤部队残留下的东北军的溃散人员，兵痞土匪居多，战斗力比一般伪军要强。这些乌合之众当中，有大量的北方人，山东人特别多。

所以这次来侦察，从营、连、排级干部中选择了一些山东口音的人，他们装作收皮货的，吹棉花糖的，肩挑货郎担的，身背弹棉花弓的，有高喊着“铲刀磨剪子”的，还有人摆着地摊吆喝着“卖狗皮膏药喽”……

他们在碉堡工事周围转悠，眼睛时不时地向碉堡工事方向看，碉堡工事的高度、门的朝向、门口有没有哨兵，他们都要一一记在心里。

老乡见老乡，两眼泪汪汪，侦察人员还趁机与伪军中的老乡拉呱套近乎，从他们的口中慢慢“套得”了第一手情报。各方综合，车桥圩子里的情况也基本明了：

车桥有日军一个小队两个分队共40多人，有轻机枪2挺，掷弹筒2个，小队长羽田最近被人刺瞎了眼，被人送去野战医院了，小队长暂时空缺。

车桥伪军张学谦部兵力600余人，对外号称一个团，除小部分驻在桑树园、樊河外，团部率一连、三连各一个排及补充大队全部驻车桥。受河、小周庄、大刘舍伪军先是被撤回车桥圩子里整顿，后又重新调整兵力去了大刘舍，现在内部人心惶惶，矛盾重重。

车桥圩子里，补充大队夏桂伍共辖三个连全部不足300人，有轻机枪一挺，驻于车桥大圩内涧河北及涧河南之西南角；一连尚太运部一个排约20人驻南门碉堡内，三连一排约20人驻团部小圩外草屋内；大队部直属有骑兵排30多人，骡马16匹，驻西北角关帝庙，模范小队约40人，有轻机枪2挺，掷弹筒1个，驻团部小圩内；此外不属于张学谦建制的尚有一个别动大队约40人驻大圩内东北角；警察局20多人，区公所及自卫团共约100人均驻涧河南大街两侧……

车桥工事坚固，圩墙上每200米设有一个碉堡，大土圩周长约6里余，正南及西南有两道土圩，东南有三道土圩，为伪团部驻地。由伪团部向西有小圩子，为日军驻守，小圩墙一丈二高，南北长有200米，东西宽100米，外壕有6尺宽，其北有涧河为障碍，东西南三面外壕有2米多深泥水；圩墙四周有5个蔽射堡，圩墙内2间大瓦屋，相距30米远，中间一座大碉堡，围以铁丝网，有交通沟通达四周的蔽射堡。

车桥土圩内碉堡大大小小有53座之多，有一层、两层，还有三层的，有的碉堡有三道门，大小土圩出口处均有铁丝网和拒马，各碉堡间相距约200米远，相互间火力交叉，又有蔽射堡封锁地面，接近较为困难。

……

正在侦察的时候，吴子余看到了一个熟悉的身影，“疯子”李春明来了。他一边唱着那首《人间一场》，一边手舞足蹈地靠近了他，趁人不注意，闪电般地将一个纸团塞到吴子余手中，然后又唱又跳地走远了。

吴子余在一个无人的角落里，偷偷打开纸团，竟是一张车桥布防图。这张图里标注着圩子里的大小碉堡工事、兵力布防，甚至连哪个碉堡平日里无人驻防，纯粹是做样子的，图上都一一注明。这张图，凝聚着“疯子”多少的心血啊。吴子余心头一热，感动得差点落泪，这真是绝渡逢舟、雪中送炭啊。

车桥这一路在紧张侦察中，另一路人马也在黄昏时分行动了。之所以选择黄昏时分，因为之前已经摸过底，这一带据点里的敌人傍晚时一般不会主动出来攻击，会选择蜷缩在据点里。

在李智的带领下，大伙接近了泾口据点。宥城自卫队的李在进、帅冠群带着人准时赶到，随队行动。

这帮人既是强行侦察，干脆提着短枪，有人探头探脑，有人招摇过市，据点里的日伪军一时风声鹤唳、草木皆兵。

“妈的，又想打我们泾口了，上次才来过，连个毛都没捞到，这次又来了，难不成想捞个大鱼走?”站岗的人早就报告了高雨香，他上了圩墙，骂骂咧咧起来。

高雨香根本就没将新四军放眼里。最近，泾口据点加强了戒备，现在是三步一岗、五步一哨，城墙加固了，外壕也挖深了，火力配置也增加了，任你新四军怎么来攻，泾口据点可以说是固若金汤。

“弟兄们，新四军又来了，想吃掉我泾口据点，他想得美！他妈的，给我看仔细了，就是一只鸟儿，都不给飞进来，谁要是有什么闪失，小心老子要你的命!”他挥着枪咋咋呼呼地狂喊着。

李智等人前来，纯粹是混淆视听，每个人都尽心尽力装着“侦察”

的样子，不让对方看出一丝破绽。有的人，指指点点，有的人，还在纸上记着画着。

“大队长，我好像看见宥城自卫队的人也来了！”有伪军眼尖，认出了宥城的李在进、帅冠群等人。

“他妈的，共军每次规模稍大的行动，都有地方‘土灶子’自卫队配合，看来这一次，他们真是王八吃秤砣，铁了心了。呵呵，老子怕他一个熊，他们几杆鸟枪打鸟可以，要想打我泾口，没门！”高雨香依旧一脸不屑。

不知不觉中，天色已晚，夜幕渐渐降临，车桥方面传来消息，侦察任务已完成。一场声东击西的大戏就此收场。

“同志们，撤！”李智一声令下，众人撤出泾口。

此时，圩子里的敌人趁机吹起口哨，起哄吆喝起来：“哦，共军跑喽，不怕死的别跑啊！”

这些人声嘶力竭地狂笑着，他们哪里知道，最终被赶跑的竟是他们自己。

满地的冬小麦尚未返青，林痕等人扮成农户，在田垄里一边锄草，一边勘察地形。

卢春萱和霞姑带着人在几个路口把风。最近，芦家滩形势比较紧张，敌人早就扬言要来血洗一场，因而卢春萱和霞姑格外小心。因为在兜率院剃度没了头发，他俩一个戴着棉帽，一个扎着头巾，这装束让人忍俊不禁。

剑泓心疼地望着霞姑，霞姑也深情地望着剑泓，两个心心相印的人，第一次一起出来执行任务。芦家滩的人，没人问“为什么”，只知道“干什么”，各人只有一个目的：不能让师部来的同志有丝毫闪失！

林痕时不时地拿出望远镜，仔细观察这一带的地形地貌。

有一条公路顺着涧河蜿蜒而过，这是淮安城通向车桥的必经之路。公路南侧有十余米的坡地，下了坡就是涧河。河面宽约 20 米，水流湍急，坡岸很陡，不易徒涉。公路的北面是一片坟地，坟地后面是一大片的沼泽地，沼泽地的后面有几条南北走向的干沟。

“这些干沟有利于部队迂回，稍加修筑就可以作为战壕，这是打伏击的好地方！”沈保民悄悄地对林痕说道。

“芦家滩以西约七百米外是韩庄，两个村庄形成直线，中间也是农田，早春季节，田里农作物禾苗矮小，射界开阔，来援之敌进入这一狭窄口袋地域，施展不开，有利于我军在这里歼敌。”林痕也暗自窃喜。

“科长，你看，那边有一处芦苇荡！”顺着剑泓手指的方向，林痕看到了一片荡区。它位于韩庄北侧，东西长约两华里，南北宽约一华里，有些地方有水，有些地方干枯，有些地方淤泥颇深。荡中的芦苇依旧茂密，进入荡区，就像是进入了迷魂阵，不知从哪里能出去。

众人顺着干沟继续向石桥头方向摸索前进。

他们发现，在小马庄的东边和石桥头附近各有两条干涸的河沟，向南直达芦家滩公路。河沟边上长满了树木和芦苇。这些河沟宽约两米，深约一米，平日里都是引水灌溉用的，经过一个冬天，沟里早已干枯无水，沟底冻土很是结实，既可作狙击阵地用，又可隐蔽运动部队作出击之用。

半天下来，芦家滩一带的路段河沟、湖荡沼泽，像一张印制好的地图，烙印在剑泓的心头脑海。

相聚的时光总是短暂的，公务在身的剑泓，与霞姑依依惜别。

“霞姑，我要走了，你要保重啊！”

“剑泓，你也要注意安全，我等你回来！”

说完，霞姑从怀里掏出一双新鞋来，剑泓穿上，很是合脚。这是霞姑熬了多少夜才做好的。带着爱恋，带着暖意，带着祝福，剑泓踏上了征程。

林痕看到了剑泓与霞姑之间的这份浓情蜜意，蓦地，他也想起了远方的黎楠。此刻所有的思念只有藏在心底，唯有一份祝愿与问候，托给天上的白云：远方的人啊，你还好吗？

剑泓走远了，霞姑还在遥遥地招手，看着渐渐远去的背影，心都随之飞起来了。

这个夜晚，注定是一个非同寻常的夜晚。

周老太爷回想着白天邵毓云前来拜访时的情形。

“周老太爷，今天前来拜访，是受鲁苏战区副总司令韩长官的委托，和您紧急商议一下周仓的事情。”

“老夫想听听邵区长的高见。”

“据我们探知，日本人这两天就要对您的周仓下手，上峰的意思，请您将周仓转移，从溪河过运河，再向阜阳地区转运，运资全由苏鲁战区负责。韩长官、顾军长、霍师长等正亲率国军在阜阳整训，下一步将重整旗鼓与日军决战。至于粮饷报酬，将来由鲁苏战区呈请国民政府拨款回馈周府。希望周老太爷以大局为重，尽快作出安排。”

“请邵区长转告诸位长官，我周某做事一向光明磊落，明人不说暗话，只要国军前来淮宝地区真心抗日，我定当全力支持，但让我将周仓转移他处，实难从命!”

邵毓云被周老太爷不卑不亢地顶了回去。

周老太爷对国民党所谓的抗日早已领教了，韩德勤的“逃跑主义”世人皆知，就是一把火烧了周仓，也不能落入这等人手中。可是有一点已经明确，一场浩劫不可避免，日本人已经盯上了周仓，卢春萱、叶霞姑，包括孙儿周小鱼都告诉了他这样的情报。

大难将至，日里他作出一个决定：将周府里的丫鬟、老妈子、伙夫等佣人一概遣散，让他们各奔前程，不能白白在府中送了性命。让人动容的是，走的时候，没人肯要遣散费，个个洒泪而别，几十年来，这些人与周老太爷尽管是主仆关系，但毕竟处出了感情。那场景，到现在，周老太爷只要想起来心里都隐隐作痛。

其实他心里最放心不下的还是孙子周小鱼。前两天出去一趟，回来竟和卢春萱、霞姑一起成了“和尚”“尼姑”，当时他就明白了几分，都是“革命”的人，有时候就是工作需要吧。“革命”他并不反对，可不能丢了性命。他思来想去决定让大少奶奶带小鱼出去躲避风头，可小鱼死活不愿走："一家人同生共死！"

小鱼一语既出，大少爷、大少奶、周老太爷的心都给融化了，就连龙四和护院家丁都感动得落了泪。

后来，周老太爷请来了卢春萱和霞姑，一脸郑重："春萱、霞姑，你们二位自来府上，有事向来不避讳你们，我视你们为家人。小鱼他还小，但懂事，他既然执意要跟着你们，我就将他托付给你们，请你们一定设法帮助保全这一支血脉。"

霞姑面对着周老太爷这份托孤情义，眼圈都红了："老太爷，既然您当我们为家人，我也是小鱼那句话：一家人同生共死！"

"对！一家人同生共死！"卢春萱也是信誓旦旦。

"一家人同生共死"，成了芦家滩这个春天里最为温暖的誓言。

送走了国民党的代表邵毓云，夜幕降临时，共产党的代表又来了。

此人名叫许亚，中共淮安县委书记，跟许亚一起来的人，让霞姑惊喜不已。

"吴大哥！"

"霞姑妹子！"

吴锡昌与霞姑在周府相遇，两人喜不自胜。

"今天许书记在我们石塘开会，提到了你们芦家滩的事情，还特意提到了你霞姑的大名，书记说要来芦家滩拜访周老太爷，我就跟着过来了，一看真的是你啊！"吴锡昌欣喜地说道。

吴锡昌从曹甸回到岔河不久，根据党组织的安排，又在运河沿线开展抗日宣传，现在担任石塘区抗日民主政府的副区长。今天陪同许书记前来周府拜访，也是为周仓而来。

"周老太爷，久仰您胸怀高义，一片赤诚。目前情况危急，我们很是担心您的安危，日本人和国民党都要对您下手，不知您作何打算？"一番介绍后，许亚开门见山。

“老夫一贯拥护共产党的抗日主张，春萱、霞姑就是我府上的人，他们的进步，我是看在眼里，喜在心里。芦家滩，只要是抗日的事情，我都积极支持。实不相瞒，日里国民党原四区区长邵毓云前来游说，让我将粮仓运至他地，我一口拒绝。”

“如果将来有一天，我们共产党的部队打鬼子急需与您借粮，不知周老太爷能否提供帮助?”许亚试探性地问道。

“老夫向来一口唾沫一个钉，说话算话，只要是真心抗日的，我定当全力支持，誓无二心!”周老太爷说话掷地有声。

“可日本人就这两天要来抢粮，您如何应对?”吴锡昌也是担心周家安危。

“人生在世，名节为大，老夫早已将生死置之度外。有一点请诸位放心，日本鬼子休想从我周仓抢走一粒粮食!”周老太爷拈着胡须，一脸的安详，他目光瞄向了旁边的大少爷周闻义，大少爷似乎心领神会。

周老太爷葫芦里卖的什么药啊，众人疑惑不解。

“卢春萱、霞姑，既然周老太爷已经作出安排，我就不便多说。来的时候我大致观察了一下，知道你们在周仓四周已经挖了沟壕工事。敌人这一次肯定是有备而来，你们要坚决做好坚壁清野，事先安排好群众撤退路线。周仓万一守不住，一定要尽全力保证周老太爷家人安全转移。”许亚临行前再三叮嘱。

此刻，许亚的一席话让周老太爷的内心翻江倒海。这么多年的世事沧桑，他经历得太多太多，还没有一个党派，能让他如此从心底里生出敬意来。一个共产党的地方负责人，都能将百姓的安危置于首位，自古有言，得民心者得天下，此刻有一个判断他已深信不疑：将来的天下，必定是共产党的天下!

这一夜，有人焦虑，有人担心，有人害怕，有人沉睡。

周老太爷就在沉睡。这么多天，他都没睡个安稳觉了，不知怎的，这一夜周老太爷睡得特别香。这一夜的梦里，他见到了父母、夫人，还有那一直未归的二儿子周闻武。

这一夜，也有人心怀鬼胎，磨刀霍霍。

日本人终于来了，一同前来的还有任筱先、任如干父子。自从任如干做了自卫团团长，心态大变，在他父亲和弟弟的“熏陶”下，早已习惯了纸醉金迷的日子，从前的意志荡然无存。铁定的汉奸帽子戴在头上，他索性一不做二不休，跟着日本人一路走到黑。只是无所事事的他，一直未立寸功，金丸就没正眼瞧过他们父子。这一次听说要“清剿”芦家滩，目标就是周仓，听说周仓的粮食够车桥周边日伪军吃三年的。见有油水可捞，任筱先在金丸面前夸下海口，打虎亲兄弟，上阵父子兵，这一次他们父子带着区公所自卫团的 100 多人，配合皇军“清剿”行动，一定会大获全胜。

羽田的眼睛瞎了，被送去了日军淮阴野战医院，听说接替他的小队长叫加奈林一，还未到任。陈天富吓破了胆，生怕有人报复他，带着情报局的人住进了圩子东北角别动大队的炮楼里。这一次，金丸决定亲自上阵，他早派出细作探听得周仓周围已被人挖了沟壕，即便如此，他料定小小的芦家滩那几杆枪，谅他也闹不出什么大动静来。

这次出征，金丸把掷弹筒、机关枪都带来了，先礼后兵，先让任筱先父子好言相劝，如果周老太爷不识相，就来硬的，和大日本皇军作对的人，非给他们一点颜色看看。

周仓这边早就严阵以待，敌人一出圩子，芦家滩这边就得了消息，一路上的暗探，都已提前布好。庄上的群众都转移了，芦家滩自卫队的同志们伏在壕沟边，注视着前方的一举一动，每个人暗下决心：这是第一次与鬼子面对面交锋，一定要灭掉日本人的威风，杀出中国人的志气。

周老太爷也拿起了枪，黄埔军校出身的他，不顾别人的劝阻，执意要参加战斗。而且，周家的大少爷、大少奶、周小鱼都发了枪，守护在家门口。

老太爷肃然说道：“什么叫保家卫国，这就叫保家卫国！面对国仇家恨，面对抢夺周仓的强盗，必须奋起还击，像个军人一样！”

接近周仓了，金丸命令停止前进。任筱先大摇大摆地进入了伏击圈，他要向周老太爷喊话。

“周老太爷，我是任筱先，今天皇军来是和你周家亲善友好的，金丸中尉想借你周仓的粮食一用，望你以和为贵，大局为重，能不能给我一个面子啊？”

“呸！狗汉奸，你还要面子，你把中国人的面子都丢尽了！”周老太爷平生最痛恨汉奸卖国贼，对着任筱先破口大骂。

任筱先一上来，就被骂个狗血淋头，气得脸上白一块紫一块，只好缩了回去。

任如干看见了霞姑，眼里顿时发出光来，当初鲍艳萍不听他的话，被日本人活埋了，眼前的霞姑倒也是个人中精灵，若是顺了他，该是美事一桩。

想到这里，他自告奋勇地站了出来：“霞姑，你我同学一场，我劝你将人马撤退。俗话说，好汉不吃眼前亏，识时务者为俊杰，你若是归顺了皇军，我保举你升官发财，跟我吃香喝辣的，难道不好吗？”

“你个认贼作父的叛徒！亏你说得出口，有你这个同学我感到丢人！你害死了艳萍不够，还想来害我吗？你用镜子照照自己，现在的你是个什么样子，你只不过是披着人皮的行尸走肉而已，没了灵魂，没了信仰，没了人性，没了廉耻。你当初也是热血男儿，现在怎么堕落成了日本人的一条狗啊……”霞姑看到任如干，咬牙切齿，恨不得将他碎尸万段。一个亲手将心上人送上刑场的人，你还能相信他的话吗？

金丸举起指挥刀，进攻开始，敌人的子弹像雨点一样落在阵地上。

“节省子弹，等敌人靠近了再打，瞄准了点射，争取一枪消灭一个！”卢春萱索性扔了帽子，露出光头，在沟里来回跑着，指挥着战斗。

“不要怕，沉住气，就盯着鬼子打，那些伪军自卫团趴在那里呢，你就当是一个摆设。”

“敌人的冲锋队形三四人一组，我们的‘活线手’就对着前面领头的人打，一打，他准缩回去。”

芦家滩的人没有一个人后退，没有一个人胆怯，尽管有点紧张，但互相打着气。

日军往前冲着，金丸看到任家父子手下人尽是一些“怕死鬼”，鼻子都气歪了，他叽哩哇啦地咆哮着，翻译官吓得跑了过来，劝任家父子赶紧带人上去。

任家父子无奈地挥舞着手枪，驱赶着手下人向前冲，可没走几步，就被自卫队的“活线手”们打死了几个。看着倒下的几具死尸，这帮人吓得又趴在了地上。

打退了敌人的几次冲锋，自卫队员先前的紧张情绪荡然无存，战斗士气大增，手中的枪打得更准了，阵地前倒下的死尸渐渐多了起来。

敌人开始使用掷弹筒，炮弹呼啸而来，在壕沟里爆炸开来。机关枪也响了起来，喷出的火舌在阵地前游来游去，像是火蛇一样在舞动，又像夜里火眼金睛的狼群在狂奔。

敌人的火力太猛了，压得芦家滩自卫队的队员抬不起头来。有人受伤倒下了，吴道明、盛小五夫妇带着农抗会和妇救会的人组成了担架队，将伤员迅速抬走。

“我们的武器弹药都不足以与敌人硬拼，要想办法分批撤退！”打了半天，周老太爷提醒卢春萱和霞姑。

“龙四，你带护庄队的人掩护周家人先撤！小顺，你带几个人掩护伤员和担架队撤退！其余人跟我留下来！”卢春萱给龙四、盛小顺下了命令。

“龙四，你去家里带上大少爷、大少奶、小鱼他们走，我都一把年纪了，我哪里也不去！”周老太爷倔强的脾气，谁也说服不了。

敌人冲上来了，离阵地越来越近，情况万分紧急。

意外发生了，周老太爷侧身还击的时候，被敌人的枪弹打中了胸口，前襟一片殷红。

“龙四，你背上老太爷先回府上，我随后就到。”霞姑大声命令龙四。

龙四背起周老太爷飞奔而去。

"霞姑，小顺他们带着担架队和伤员已经向芦苇荡、石桥头方向撤了，你去周家，立即把人撤出来，我们在石桥头会合！"

卢春萱带着留守人员，顽强地抵抗着。他看到了那个罪恶的嘴脸，对，是任筱先，仍在挥舞着手枪，正指使手下人向前冲，车桥的许多恶事都有他的掺和，一定得把他干掉。卢春萱屏住气息，将枪口瞄准了任筱先的脑袋。"砰"的一声，任筱先应声倒地。

老子死了，任如干扑在任筱先的身上，哭天喊地。可恶的汉奸，得到了他应有的下场！

卢春萱他们子弹快要打光了，他果断下令：撤出阵地！

周府里，周大少爷、大少奶、小鱼看到周老太爷中枪受伤了，都哭了起来。

"快……龙四……快，带……大……大少爷……大少奶……小鱼……走！"周老太爷神志依然清醒，说话已经有气无力。

霞姑跑来了，和小鱼一边一个托着周老太爷，小鱼哭喊着爷爷。

周府门口枪声大作，敌人包围了前院，护院队的人顶了上去，可一个个都倒在了血泊中。

大少爷上去了，也倒下了，大少奶见大少爷倒下了，刚要去拉他，也被敌人乱枪射倒了。龙四不顾一切地冲上去将大少爷、大少奶拖了进来，奋力将大门关上，两手紧抓着门环，用身体拼命地抵住，敌人的子弹穿门而入，射在他的身体里，他的身体被打成了筛子，但他依然如铸石般抵在门口……

周老太爷从怀里摘下一把钥匙，塞到霞姑手中，拼着气力说道："霞姑……这是周仓……暗道……钥匙，我……我……交给你，左……右……各旋转……三圈！你……你带……小鱼……从……后院小门……走！小鱼……交……交给你了，周仓……也交给……你了！"

他又将头转向了小鱼："孙子……不要哭，爷爷……老了，也……能死了，我……我死后，你就……将我……埋……埋在周仓，还有你……父亲……母亲，还有你……龙……龙四爷他们，都……都埋这里。我们……与……与周仓……同在，将来……周仓……这地方，就是……周家……祖茔地……”

周老太爷永远闭上了眼睛，一代枭雄走了，带着他的万千不舍走了，带着他的家国情怀走了。

小鱼哭喊着，周府大门随时要倒塌，霞姑一把扯过小鱼的臂膀，拉着他飞奔而去。一口气冲出了小门，很快消失在那片茫茫芦苇荡中。

敌人冲进了周府，打开了周仓，却见仓里只有十几袋口粮，其余全空。

周仓粮食去哪儿了？无人知道。

气急败坏的金丸空手而归，临走前，一把大火烧了周府。火光直冲云霄，方圆十里的人都看得真切。

万幸的是，周府前院和后院离得远，周仓和樟树林丝毫未受影响，只是林中又多了一些新坟：周老太爷、周大少爷、周大少奶、龙四爷、护院的家丁们……

那天夜里，卢春萱、霞姑、周小鱼打开了周仓，仓内空空如也。周老太爷临终前交代的暗道在哪里啊。大家找了半天，终于在最西边临近樟树林的那间仓库里，发现了一个惊天秘密。

原来，这间仓库后墙上，有一道暗门，肉眼很难发现。把墙砖挪开，内有一暗锁，钥匙插入，左右各旋转三圈，门轰然打开。众人进去，只见一条地下秘道，直通樟树林的下方，峰回路转之后，豁然开朗，樟树林下面竟然还有一个周仓！

当初建仓时，周老太爷就料到有这么一天，为防不测，特意设计了这样的通道，紧急情况下，可以将现在周仓里的粮食全部转移至樟树林下面的地下周仓。为了掩人耳目，周老太爷将其父母旧坟及家人的新坟陆续安置于樟树林里，渐渐成了一处凭吊纪念林地。

建仓时，周老太爷还是风华正茂的后生，最初建仓的工匠们，岁数都比他大，一个个都早已作古了，他成了唯一的知情人。

小鱼恍然大悟，最近一段时期，父亲、龙四及护院队的人总是后半夜起来，原来他们是在暗中转移周仓中的粮食，足足有半个多月。

怪不得，老人家总是一脸淡然，说他自有安排，原来他早就布下机关了。大少爷和龙四等人也是装聋作哑，讳莫如深。大家不得不佩服周老太爷的高明。为了保护周仓，他是毁家纾难，苦心孤诣。

斯人已去，千古高风，音容宛在，大义永存。

第三十一章　集结九龙口

九龙口大军云集。

一团、七团、五十二团、泰州独立团、江都独立团、高邮独立团、师教导团、四分区特务团、三分区特务营等部队分驻于九龙口蒋营地区之肖家庄、收成镇、任家庄、走马沟一线。

各路侦察人员满载而归，林痕、剑泓也直奔九龙口而来。

“剑泓，九龙口的名字有什么来历吗?”林痕问道。

“九龙口是射阳湖中心荡区的统称，由蚬河、林上河、钱沟河、安丰河、新舍河、溪河、莫河、涧河、城河等九条河道汇集而成。记得小时候曾随母亲来九龙口采过菱藕，听过一个传说。说是古时候有一条黑蟒在射阳湖里兴风作浪，周围百姓们深受其害。东海龙王便派了他的九个儿子来降服黑蟒。九个儿子，就是九条青龙，他们抱着为民除害的信念，与黑蟒展开了殊死搏斗，最后与黑蟒同归于尽。现在的九条河就是九条青龙与黑蟒搏斗时留下的痕沟，在九条河道汇集的地方冒出了一个大土墩，当地人为了感谢青龙的除害之恩，称这里为九龙口，并修了一座龙王庙，香火极盛，可惜后来毁于战火。还有人说青龙并没有死，至今还在地下牢牢地缚住黑蟒，保护着这一带百姓的平安呢。”

前敌指挥部就设在收成镇两户吴姓农民的宅子里，院子并排连在一起，前后各有一条河，一条通荡区，一条通镇上。师部决定，由叶飞副师长和刘先胜旅长分别担任前敌指挥部正副司令，苏中军区一分区参谋长夏光为参谋长，师参谋处处长兼师教导团团长张震东为副参谋长，统一指挥前线作战。

林痕、剑泓赶到的时候，夏勋成等人正在给各团分发从三师借领的盐阜币和粮草证。前指院子里，叶飞、刘先胜、陶勇、廖政国、曾如清、陈挺、吴咏湘、夏光、张震东等一批首长正在地图前开着“诸葛亮会”，议题就是打援。

一看他俩回来了，叶飞很是高兴：“林痕，这次作战指挥部主要依靠十八旅司令部，他们对情况和地形熟悉，你从师部带来的同志可参加他们各科的工作。你和剑泓就在我身边执行临时任务。芦家滩一带的情况摸清楚了吧?”

“报告首长，芦家滩一带情况基本摸清楚了，我来向首长汇报一下。”林痕将侦察情况作了详细汇报，并呈上了剑泓绘制的一张地形要图。

“天助我也，芦家滩真是一个打援的好地方。你们来看这张图，涧河沿线由淮安至石塘、小周庄、车桥、泾口有公路，汽车通行无阻；车桥至大施河、曹甸沿横河线也是大路，是车桥至曹甸、塔儿沟的经常交通线。敌人从两淮来增援，肯定坐汽车从公路来，涧河以北的芦家滩是必经之地，只要他来，就一下子钻进了我们的口袋。”叶飞兴奋之情难以抑制。

“两淮方向的增援之敌由一纵负责，曹甸、宝应方向的增援之敌由三纵负责，这个早就明确。但有一点我要提醒一纵和三纵各打援部队，如果两淮敌人从涧河以南增援到达官田一带，三纵要正面坚决钳制，同时一纵和三纵要各派一股兵力分别从敌侧后夹击之。”刘先胜指着地图提醒道。

“可以预见，一旦我军主攻车桥，两淮方向增援之敌可能会陆续分批到来，请一纵各打援部队务必将芦家滩地区的第一批增援之敌全部或大部歼灭，这样可以极大地鼓舞我主攻部队和各打援部队的士气，尔后之援敌应设法将其击溃或打退，使其寸步难行。另外，还要特别警戒防止敌人可能从南庄、南淦、小辛庄一线迂回到我军侧翼。这一点请一纵务必高度重视。”叶飞再次强调。

说完，他又拿起剑泓绘制的地图，一边踱步，一边思考，半晌抬头问道："韩德勤曾经在车桥修了一个飞机场，现在有飞机停歇吗？"

"飞机场在车桥西南角的西大荒里，与圩子相距一里多，现在基本弃之不用，很少有飞机停歇，偶尔圩子里的日伪军会在飞机场操练。"剑泓汇报道。

"到时候七团开进时，可以南北双向接近车桥圩子，南路可以从飞机场一线展开攻击，这一线进退都有足够的空间。战斗打响后，要请地方的同志配合，想办法将飞机场破坏了，防止敌人从空中来支援，或者帮助接应其从飞机场逃跑。今晚，淮安县委和宝应县委的负责同志要来，我们要转告他们。"叶飞说完，拍了拍身上的尘土，手一挥："走，开了半天'诸葛亮会'，我们再开个'马上会议'，我们骑马出去转转，看看战士们的练兵情况。"

林痕、剑泓随首长们一起骑马飞奔。

不一会儿，来到一片开阔地，战士们正在演练，插在路边的木牌上写着的"平时多流汗，战时少流血"的标语非常醒目。战士们有的在练习投掷，有的在练习刺杀，有的在练习射击，有的在练习攻防，官兵互教，氛围融洽。

有人一眼认出了"独臂将军"廖政国，围了上来："团长，要打阜宁了吧？"

"不是的，是打建阳！"有人反驳，还搬出了陶勇旅长，"你不信，问问陶旅长！"

"你说得不对，是打泾口，上次五十二团没打下来，这次要把它彻底端了。首长，我说得对吧？"

"都是杀猪吹屁眼——外行，肯定是打曹甸、塔儿沟的敌人！"

"明摆着是打湖垛，不信我与你打赌！"

……

七嘴八舌，众说纷纭，有的背后议论，有的当面争论。叶飞一看这情形，顿时发了火："军队的任务就是打仗，有什么好议论的！你们不要做小广播，不要做小参谋长，部队的动态，不要乱猜乱说，谁要是再乱说话、瞎造谣，我就处理谁!”

叶飞这一通火，把战士们吓得一个个都闭了嘴。

“谁都知道，叶副师长打仗特别凶，但很少人知道他的脾气也大啊!”陶勇笑着说道。

叶飞笑了笑，说道：“我这个脾气有时候控制不住，所以师长派老大哥刘旅长协同指挥，他年长稳重啊。”

“你们还是不了解刘旅长，其实他也是个急性子，急起来还敢和陈毅军长拍桌子呢。”廖政国揭了老搭档、老战友刘先胜的老底。

“你还好意思说，我还不是替你廖政国背了黑锅啊!”刘先胜笑着回忆了这段往事。

原来在江南抗日义勇军时，刘先胜是政治部主任，廖政国是二支队支队长。有一次，时任新四军江南指挥部指挥的陈毅来扬中，看到江抗东进中缴获了不少武器，就想调走部分武器支援其他部队。谁不把武器当命根啊，廖政国当然舍不得送人。为了保住这些武器，廖政国让战士们偷偷把机枪拆成零件，放在麻袋里，让炊事班挑着，以躲避陈毅的检查。后来还是露了馅，给陈毅知道了。陈毅大发雷霆，以为是刘先胜的主意，骂他是本位主义。刘先胜还不知道廖政国暗地里搞了这个名堂，觉得陈毅冤枉他了，于是急得和陈毅对拍桌子。这件事后来成了军中笑谈，时不时被大家拿出来抖抖。

骏马驰骋，大家在一路笑谈中，来到了七团驻地。

战士们正在训练，一见叶飞等人亲临一线。彭德清、张云龙、蒋新生等人齐齐地迎了上来，大家边走边看，叶飞和刘先胜边看边问。

团长彭德清首先开了口：“我们现在训练的重心就是在夜间战斗，包括冲锋动作、突破圩墙、攻碉堡、巷战和近迫作业等。”

“从三师借来的盐阜币和粮草证都发了吧？部队士气如何？”叶飞问道。

“盐阜币和粮草证都分发到位了。因为保密需要，我们事先将作战目标定位在湖垛日伪据点，颁布了战时奖惩条例，现在部队士气高涨，从班到排，从连到营，分别召开讨论会，激发大家发扬一不怕苦二不怕死的勇敢牺牲精神。现在各连正在组织突击队，报名非常踊跃。我们重点选择战斗动作熟练、作战勇敢和有单独作战能力的战士为突击队员，指定得力干部担任突击队长。二连一排长朱尚普做了突击队长，他把家里的地址写给大家，做好随时牺牲的准备，请大家代他写信回家。一个叫韩俊的党员战士，曾负伤两次，身体弱，坚决要求参加突击队，他把身上的积蓄60元全部交给突击队长，说：'我死了，钱就缴公！'"政治部主任蒋新生眼里泛着泪花介绍。

"怎么有人还穿了短裤？"叶飞看见一些人穿着短裤很是惊奇。

副团长张云龙告诉他："我们给所有的突击队员都配备了大刀、长矛和大量的手榴弹，有些人还配备了铁锹、十字镐，为了轻装上阵，他们可以不带枪，有的就穿短裤上前线。"

"战斗物资准备怎么样了？"刘先胜关心地问道。

蒋新生扳着手指说道："我们准备了连环云梯、单梯、三角钩、爬城钩、麻绳、煤油、棉花、棉被、竹竿、土坦克、炸药、烟幕弹、沙包等，包括火箭、灯笼、电话等联络工具我们也准备了。"

"勤务工作呢？"刘先胜追问道。

"我们将运输员、饲养员这些人组成了勤务班，参加战时勤务工作；在前方由工作人员组成工作队，负责动员民夫、救护伤员、打扫战场；同时安排专人负责处理俘虏和战利品……"

叶飞频频点头，看得出来，他对七团的战前准备工作很是满意。

在一条田埂上，竖着几个鬼子的人像靶子，有张着血盆大口的，有龇牙咧嘴的，有留着一撮仁丹胡的，战士们画得活灵活现，让人忍俊不禁。有几个战士扔出的手榴弹，不偏不倚命中靶子。一阵哄笑，战士们跑过去，拾起散落四处的手榴弹，认真测算距离。

一个腰圆膀粗的大个子引起了众人的注意。他身材又粗又壮，高出所有人一头，站在那里就像一座铁塔。只见他一口气甩出去十几枚手榴弹，有的飞过了田埂，有的击倒了人像靶子，大家纷纷为他鼓掌叫好。

“这个大力士是谁啊?”叶飞问道。

三连连长刘兴跑了过来，一个立正：“报告首长，他叫陈傻子，哦，不对，他大名叫陈福田。”

大个子陈福田过来了，满脸通红，腼腆得像个姑娘。

“陈福田，你是哪里人，多大了?”叶飞关切地问他。

“报告首长，我是如皋人，参军两年了，今年20岁。”陈福田挺直身子，嗓门特别洪亮。

看他脸上的皱纹，和20岁的年龄很不相称，显而易见，这是一个饱经风霜的穷苦人家的孩子。

“你们连指导员是谁?”叶飞转身问道。

“报告首长，七团一营三连指导员严安林向您报到!”指导员严安林小跑过来，“啪”的一个立正。

“陈福田是党员吗?”

“报告首长，经过党支部考察，最近刚刚吸收陈福田入党。他干活从不知累，累了也不休息，班里的公差勤务，常常都是他一个人包了。行军中，他总抢着帮别人，每次都要背上两三支枪、三四个背包。他打仗既勇猛又机智，只要他眼睛一瞪，两道浓眉一皱，往往就有奇迹发生。每次战斗结束，大家都夸他，可他自己却一句也不肯谈。现在全连上下都打心眼里喜欢这个小伙子。”严安林如数家珍。

“你们为什么叫他陈傻子?”叶飞饶有兴致地问道。

“记得有一次，我们一营在盐城、兴化交界的一个村庄休整，鬼子连夜出动向我们驻地赶来。我们立即向东马庄一带转移，碰巧东马庄刚被伪军一个营占领，正在修筑工事，一见我军，立即开起枪来。上级命令我们趁敌立足未稳，迅速吃掉这股伪军，为部队前进扫清障碍。我们三连在火力掩护下，向200多米宽的大河直扑过去，陈福田一下子跳进河里，转眼就游到了河对岸。伪军的机枪横扫不停，企图阻止我部队前进。班长带领大家甩出了一排手榴弹，陈福田乘着硝烟飞身上岸，一面将几个手榴弹扔进伪军壕沟，一面大呼‘冲啊，抓活的！’伪军吓得纷纷弃枪而逃。陈福田跳进壕沟，看见一个伪军刚爬到沟上，他眼疾手快，一把抓住伪军的腿，‘呼啦’往下一拖，一下子把敌人按倒在地，踩在脚下，直吓得伪军连声大喊：‘同志，饶命啊！’陈福田气呼呼地扬起手榴弹：‘谁是你的同志？快说，前面火力配备情况？不然，我砸死你！’这时班里的人都已进了堑壕，班长命令大家继续向前冲。陈福田顾不得再问，又抱起伪军扔掉的机关枪，边扫边冲了上去。经过半个多小时的战斗，伪军一个营全被消灭。陈福田押着俘虏回来时，光着脊背，衣服不知扔到哪里去了。大家看他这种‘拼命三郎’的冲劲，平时又那么埋头苦干，就送了一个爱称‘陈傻子’。他听了只是笑笑，也就默认了，从此以后就叫出名了。”

“看来傻子非但不傻，还是一个不折不扣的英雄！以后可不能随便给人起绰号啊！”

“是，首长！”刘兴、严安林都不好意思起来，陈福田站在那里依旧一个劲地傻笑着。

连叶飞都被他逗乐了，他风趣地说道：“看来‘陈傻子’还真是一个爱称啊，傻得可敬，傻得可爱！”

“叶副师长，俞炳辉参谋长正在召集营级以上干部讨论作战方案，要不要去给大家说几句？”彭德清问道。

叶飞摆了摆手：“将在外，君命有所不受，你们团是主攻团，一定要发挥各位干部的主观能动性，具体的作战方案由你们自己制定，我们不干涉！”

刘先胜建议：“我们可以去旁听一下，但不发言，不表态，如何？”

“好！旁听，不发言，不表态！”叶飞点头同意。

一行人从后门掀帘进去，静静地坐在角落里，一言不发，细细聆听。

七团营级以上干部围成一圈，俞炳辉正在讲话。

“我们目前形成了三个攻击方案：一是采取正面偷袭，不分主攻佯攻，以一致的动作从南北两面分多路进行突击；土圩突破后，即进行第二阶段作战，强攻碉堡，肃清大圩内敌人；最后进入第三阶段，以炮兵配合完全解决小圩内敌人。二是集中主力，以炮兵配合进行强攻，求得突破其一点后，再继续进行纵深作战，逐步消灭整个敌人。三是选择敌人弱点，采取偷袭与强攻同时并行，如偷袭不成功即继续强攻；突破土圩后，乘我军战斗情绪高涨时，即首先解决小圩内敌人，使整个大圩内敌人动摇，我军即迅速消灭之。总体上看，这三个方案各有利弊，我们首先必须知道它利在哪里，弊在哪里，才能制定出更好的方案来。现在就请大家都谈谈自己的看法，有什么说什么，言者无罪，畅所欲言。"

"我先说!"一营营长邓若波第一个发言。

"我就说第一方案，好处有三点：一是正面进行偷袭针对敌伪围子大、兵力少的弱点，成功较容易；二是战斗分三个阶段进行，区分各部队在各阶段中应达到的目标和任务，稳扎稳打，使战斗有次序的进行；三是第一、第二阶段胜利完成后，将提高我军战斗情绪，增加我军胜利信心，对第三阶段胜利的争取和获得，将更有把握。"

"但第一方案有两大弊端：一是如偷袭不成功，我兵力会分散薄弱，继续强攻，时间将延长，敌人有准备，我伤亡必较大；二是如偷袭成功，突入土圩后部队因分散，次序必混乱不易掌握，亦将影响到后面战斗之进行。"

"我来谈谈第二个方案!"三营长陈桂昌接着站了起来。

"这第二个方案有两个利处：一是兵力集中，便于机动指挥，掌握也比较容易；二是首先以炮兵轰击，将给予敌人精神上很大打击，便于而后我之作战和整个消灭敌人。

"但也有三点不利：一是首先将炮兵配备好再开始进攻，敌人必会发觉并进行抵抗，对我将更不利；二是打起来消耗伤亡比较大；三是强攻不成功时，敌人会集中兵力对我，可能形成对峙状态，过去打泾口时曾遇到过这样的情形。"

"就剩第三个方案了，我来谈谈自己的看法!"二营长林少先继续发言。

“这第三个方案有三利：一是偷袭与强攻并行可趁敌人措手不及，慌乱之中突破敌人抵抗，偷袭不成，即可转入强攻；二是突破土圩即向小圩进攻，我士气较高，敌在惊慌之际，可能成功较易；三是能首先将小圩内敌人解决，大圩内敌人则更动摇，我攻击将更易成功。

“有两点不利：一是大圩内敌人未解决就先攻小圩敌人，我侧后不巩固，交通易为敌人切断，受敌人威胁很大；二是指战员会存在要与敌人硬拼之思想，而不能积极设法进行偷袭，结果将会和王家营战斗一样，形成与敌对峙，要继续突击成功时必须付出更大代价。”

“我补充一点！”三营副营长吴景安举手。

“我认为，在目前条件下，我们攻坚的战术手段，主要还是依靠游击战的手段，应该趁敌人没有发觉时突破圩墙然后再进入各个击破，这个大前提不能变！”

……

仁者见仁，智者见智，大家经过激烈的讨论，终于形成了一致意见：

一是以两个营兵力从南北两路不分主攻佯攻正面进行偷袭，同时将火力配备好；如偷袭不成时，应乘敌措手不及之际，进行猛扑，求得在数分钟内将敌人土圩突破；何处先突破敌土圩时，第二梯队即使用于何处，以扩张战果。

二是战斗共分三个阶段进行：第一阶段是以偷袭突破土圩占领边沿碉堡开辟前进道路；第二阶段是向纵深发展，扩张战果以强攻占领大圩内碉堡，肃清大圩内敌人；第三阶段是解决敌伪最后抵抗中心——小圩内日军。

三是第一阶段任务完成后，南北即打通联系，对敌伪中心碉堡分别包围、各个击破，最后以炮兵配合，消灭小圩内日军。

叶飞悄悄地走出了会议室，笑着对彭德清说道：“再大的战役，也要集众人的智慧，三个臭皮匠，绝对顶一个诸葛亮！不过我还要再强调一遍，一定要注意保密，目前，真正作战目标的知晓范围仅限于营级以上干部!”

“请叶副师长放心，这一点，我们已经下了死命令!”

夜空寒星点点，前指的灯光在闪烁着，首长们忙碌的身影映在窗前。

河面上泛着零星的光亮，偶尔有战士夜巡的船儿在穿梭。

剑泓在焦急地等待。突然，他眼前一亮，两个熟悉的身影映入眼帘，便赶忙迎了上去：“许书记、曾书记，首长在等你们，请随我来!”

弃舟上岸，淮安县委书记许亚、宝应县委书记曾涛进了前指小屋，与叶飞、刘先胜、夏光、张震东前指“四人小组”一一握手。

“每次看到地方的同志，我就有一种说不出的亲切感！这一仗能不能打好，还要靠你们做我们的总后勤啊!”叶飞满脸的信任。

“我们也是同感啊，见到新四军的同志，就像见到了亲人一样，有你们，我们说话腰杆子立马就硬起来了。”许亚神采飞扬，眉宇间透出无限的喜悦之情。

“听说要在淮宝地区打一仗，我都激动得几天几夜没睡好了，首长叫我们来，有什么任务尽管吩咐，我们保证不含糊!”曾涛拍着胸脯说道。

叶飞扳着手指说了起来：“这次作战需要你们两个县做后勤支前工作，大体上分为六个方面：一是考虑到目前敌情复杂，需要你们协助我们侦察、锄奸、站岗、放哨，并做好保密工作；二是破大路、埋地雷、挖掩体、平坟头，并设法阻击敌人逃窜；三是为部队带路、送信、助威呐喊、鼓舞士气；四是供应粮草、蔬菜、油盐、茶水和其他军需物资，并协助部队制作云梯和其他攻坚器材；五是组织担架队，组织车辆船只运送部队、民工、枪炮弹药以及各种军需物资；六是做好慰劳，打扫战场，拆除敌人工事等。除了枪炮弹药不需要地方筹备，其他东西比如粮草、蔬菜、油盐以及各种日常生活用品，都需要就地供给。就拿粮食来说，最近集结期间都是三师方面配给的粮草证，开拔后部队要吃多少万斤米，要多少万斤稻才能舂出来，又要多少民工才能送到前线去，都要请你们地方政府考虑安排。”

“这是一张请求地方支援的清单，淮安县、宝应县各一份，明天就是3月1日了，3月4日要全部到位，时间紧任务重，就拜托二位了！”刘先胜拿着清单，向二位书记拱手致意。

“一家人不说两家话，你们需要什么，我们就给什么，有什么要求尽管说就是，我们定当全力满足！”许亚看着清单，二话不说，当即满口答应。

“我和许书记早就商量好了，到时候打起仗来，因为军情紧急，我俩就跟着首长走，首长到哪里，我们就到哪里。部队需要什么，就直接交办，我们立即落实安排。这样就不需要来回传话了！”

“这真是太好了！”叶飞带头为曾涛的表态鼓掌，屋内掌声一片。

就在这时，外面响起一片嘈杂声，负责勤务的剑泓闯了进来，后面跟着七八个大爷大娘，每个人手里捧着一个碗，热气腾腾地冒着气。

为首的一个大爷开了口：“首长啊，你们这些日子天天都在熬夜，我们几个‘老家伙’从家里凑了一点糯米面，给你们搓了几碗汤圆，让你们吃了暖暖身子。”

“大爷大娘，你们家境也不宽裕，现在又是青黄不接的时候，家里的细粮早就吃没了，还凑来给我们吃，这叫我们如何吃得下呢？”叶飞感动得眼眶湿润了。

“我们都知道，新四军是我们穷人的队伍，专门替我们打鬼子和二皇，和我们是一家人。既然是一家人，就不要见外，你们不吃就是瞧不起我们这些老家伙！”说完，他们将碗硬塞到各人的手中，然后头也不回地走了。

“剑泓，你去用盐阜币付给老乡们，跟他们好好解释一下，我们新四军有纪律，不能拿群众一针一线。”叶飞吩咐道。

“好的，我现在就去！”剑泓转身追了出去。

“多好的老乡啊！有千千万万这样的老乡做后盾，我们一定会取得胜利的！”

屋里的每个人无限感慨，信心满怀。

拂晓时分，听得外面枪声大作。

睡在外间的林痕、剑泓和负责警戒的马连生等人拎着枪就跑了出来。只见天地间雾海茫茫，这样的天气，最容易遭到敌人偷袭。大家的心都提到了嗓子眼。

“老马，你保护好首长们的安全，剑泓，快跟我走，看看哪里打枪！”林痕带着剑泓飞身上马，钻进了大雾里，顺着枪声方向疾驰而去。

不一会儿，迎面碰上了一队人马，走近一看，领头的原来是泰州独立团团长陈挺。

“陈团长，您知道是哪里打枪啊？”

“湖垛的100多个日伪军前来偷袭驻在乔家庄的我一营三连。战士们经过顽强抵抗，已经打退了敌人，现在我正要去前指向叶副师长报告呢。”

回到前指，前方详细战报传来。原来是驻湖垛的日伪军得到汉奸告密，拂晓时分，敌人趁着大雾前来乔家庄偷袭三连。当时，连长杨青正带着战士们上早操，听到机枪声后，立即组织抵抗，因不明敌情，只注意对东路的防范，未料敌人同时从西路背后偷袭，虽经英勇反击，打退了敌人，但战斗中连长杨青和10多名战士负伤，有26名战士壮烈牺牲，其中二班11名战士全部遇难，最后一名战士手握4颗手榴弹与敌人同归于尽。

接到战报的前指几位首长脸色沉重。

“难道敌人已经察觉我军的战略意图了？”有人问道。

“我们大部队向此集结，敌人发现我们有新的战斗行动是可能的，突然袭击应该是敌人的侦察行动，也是可能的。现在问题的核心就是：我军作出佯攻湖垛的姿态，有没有被敌人识破？我们决战车桥的战略目标有没有暴露？”刘先胜分析道。

叶飞也在沉思，他突然问陈挺：“来偷袭的部队属于日军哪个师团？”

“属于扬州方面的六十四师团！”

“我们要打的车桥日军属于徐州方面六十五师团部，而来袭击的却是扬州方面六十四师团所属部队，看来扬州敌人担心我军将在宝应地区有所行动，而徐州敌人并未警觉。”叶飞作出判断，转而他又心生一计来，“既然敌人认为我们要在宝应地区发起行动，我们何不将计就计?”

“怎么一个将计就计?”

“七团现在何处?”

“现在凤谷村。”

“让七团明天公开从凤谷村乘船南下，造成将在宝应地区发起进攻的假象，当天进入安丰以东绿草荡里隐蔽起来，然后连夜回师北上，神不知鬼不觉地回到蒋营地区。”

“真是妙计!”众人一片叫好声。

“同志们，如果不是我泰州独立团一营三连战士们拼死抵抗打退了敌人的偷袭，一旦任其纵深侦察，我们攻打车桥的作战意图就可能暴露，收城前敌指挥部也会暴露，如果这样的话，后果不堪设想。可以这样说，是三连的26名战士用鲜血和生命为我们严守了一个天大的秘密！我提议，今天为26名烈士举行追悼会，通知所有参战部队营级以上干部参加，这是一次追悼会，也是一次誓师动员会!”

造物忌英才，不叫将士永年，真令我把酒问天拔刀斩地；

殉难举重义，真是巨星陨落，怕看它淮山暗淡射水苍茫。

祭台搭在前敌指挥部附近的一块空地上，一副挽联悬于两边，所有人肃然而立。

叶飞表情凝重，言语铿锵：

“同志们，今天我们在这里沉痛哀悼26名牺牲的英烈，他们倒在大战前夕，他们是为抗击凶恶残暴的日伪敌人而死，他们是为苏中人民的解放而死，他们死得其所，死得伟大。让我们永远地记住他们。

“……今天26个年轻的生命离我们而去，我们只有奋力前进，勇敢作战，彻底消灭一切顽敌，才能对得起牺牲的战友，才能对得起我铁军的称号。在座的都是我军的精英，战士们在看着你们，老百姓在看着你们，师部在看着你们，军部在看着你们，党中央毛主席也在看着你们。党员干部要不怕牺牲，冲锋在前，将突击队的旗帜插到敌人的心脏。千言万语一句话，为了车桥战役的胜利，前进！”

……

动员令已经发出，所有人摩拳擦掌，士气高涨。

“打不下车桥决不回来！”

“不怕一切牺牲，坚决拿下车桥！”

“克服一切困难，爬过圩墙，摧毁碉堡，消灭敌人！”

排山倒海，壮志凌云，誓言像火焰一样燃烧起来，每个人都憋着一口气，每个人都暗暗下定决心。

此时此刻，所有人的心头，同时响起一个响亮的呼号：车桥！车桥！

第三十二章　船桥弯弯

林痕急匆匆地跑来。

“首长，紧急电报，师长发来的!”

叶飞看了，眉头紧锁。

刘先胜接过电报，一看，只有几行字：依靠根据地，依靠老百姓，坚决打赢这一仗，但也要有撤军之预案，从最坏处着想，向最好处努力。

叶飞抬起头来：“看来师长睡不好觉啊。临来的时候，他就再三提醒我，这一次远程奔袭，后勤供给都要依靠地方，地方的老百姓就是我们最大的靠山。”

刘先胜接过话头：“是的，紧紧依靠根据地的广大干部群众，这是我们取胜的前提和法宝。这次一分区地委和盐阜区地委多次召开动员会，一级带一级，层层动员发动，层层部署落实。淮安县委和宝应县委成立了支前委员会，召开了各区委书记、区长会议，对照我们开具的清单，逐项讨论落实，保证做到‘一切服从前线，一切为了前线的胜利’，提出了‘新四军要什么，我们就支援什么’的口号。支前准备工作中，广大党员干部冲在前、干在前，亲自挨家挨户动员，党员干部带头做，一家一户不遗漏。”

“淮安县和宝应县已经动员组织1000多船只、1000多担架队民工都过来了，老百姓自带干粮，自配船工，随时听候调遣。我还没见过这么多的船只，湖荡里那个场面真是壮观极了!”林痕眉飞色舞。

“我听淮安县委的许书记说，车桥芦家滩有个抗日义士周老太爷，甘愿献粮给新四军打鬼子，为了保护他家周仓里的粮食不落入敌手，全家都被鬼子杀害了。我们不能忘记这些可敬可爱的根据地人民，在感谢他们无私付出的同时，我们每一步工作都要周密部署、过细安排，否则对不起他们。就拿这么多的船只来说，除运送部队、民工、武器弹药及各种物资外，还要做好应急准备，万一打不下车桥，怎么办？要有退路，我们就从水路迅速撤退！”叶飞提醒道。

刘先胜拍着胸脯说道：“这个请您放心，我们已和许亚、曾涛两位书记说好，一旦攻取车桥不顺，为保证我军的顺利撤退，这几天船工们全部吃住在船上，随时准备行动！”

叶飞感慨道：“师长确实有先见之明，当初他命令淮安宝应两县数万群众在湖荡里秘密修筑了七八条堤坝，现在都派上用场了，这次大军从各地赶来蒋营，就是靠着这些堤坝行军，以最快速度集结。现在根据地的人民还用这些堤坝运输粮草等物资。但是大军即将开拔进军车桥，兵贵神速，蒋营和车桥隔着30公里的马家荡和绿草荡，如果全部走堤坝不现实，坐船走水路，可以省去几十里路程时间，但是数千大军，再加上民工和武器弹药及各种物资，如果全部走水路过去，一是没有这么多船只，二是时间不允许，所以我们对各部行进路线要作出科学安排！”

3月3日上午，经过反复讨论研究，指挥部正式发布各纵队行军路线：

担任主攻的第二纵队兵分两路，从水路出发：北路，由七团团长彭德清和参谋长俞炳辉率领团部、一营、三营，机枪连及教导团三连，从肖家庄过马家荡，经三师的地盘老舍、罗家桥、凤谷村、薄礼沟、西港抵近车桥郭家舍、小兴庄一线，进入攻击位置；南路，由副团长张云龙和政治部主任蒋新生带领二营从太仓过绿草荡，从戚家河、溪河桥口，到车桥飞机场一线，进入攻击位置。

一旅一团、泰州独立团一营（后称四营）、三分区特务营组成第一纵队，由一团团长廖政国、政委曾如清、泰州独立团团长兼第一纵队参谋长陈挺率领，从王家庄出发，经三师的地盘借路北上，从裴家桥、凤谷村、扁担城、史家荡、陆家仓、苏家桥方向，绕到石桥头、芦家滩一线，进入伏击位置。

十八旅五十二团及江都独立团、高宝独立团各一个营组成第三纵队，由五十二团团长吴咏湘、副团长张宜友、参谋长颜伏等率领，从三元宫出发，经湖中长坝穿插行军，经五墩、邵庄、留城、大杨庄，一路西进到达车桥正南的崔河、陈家桥伏击位置。

各部队开进之时，前指及总预备队、炮兵大队，由收城移至扁担城，战斗前夕移至赵阳庄。

前指一声令下，各部立即进入开拔状态。

此刻谜底终于揭晓：目标车桥，整装待发！

“剑泓，有人找！”林痕从前指出来，碰到了两个汉子，后面跟着一位大娘，说要找剑泓，大声唤着剑泓。

“谁找啊？”剑泓从房间里跑了出来。

“李大哥、帅大哥！王大妈！”剑泓惊喜万分，大战在即，竟能在这里与他们相遇，真是出乎意料。

“特派员，这一次打车桥，我们是一万个高兴，我和冠群带着乡亲们将粮草和担架运过来，等会儿我们还要回去，组织自卫队准备参加战斗。大妈划船是老把手，特意报名来做船工。”李在进高兴地说道。

大妈孙桂兰见到剑泓也是非常高兴，用手一遍一遍地捋着头发，风吹得她头发有点凌乱。

“大妈，您的膀子是不是有点肿，手怎么都破了？”大妈伸出的臂膀和手都有异样，剑泓一眼就瞧了出来。

“这次打车桥，我们各个乡都积极筹集粮食和柴草，县领导在动员会上说了，鬼子现在是处处挨打，是兔子的尾巴——长不了了，我们再加一把力，一起把鬼子赶跑，老百姓的热情空前高涨，谁不高兴啊。为了把稻子舂成米，村里男女老少齐发动。大妈现在是妇救会会长，她带着妇救会的大嫂大婶们没日没夜地用碓石舂米，膀子都抡肿了，手也磨破了，还不肯停歇。她说，多舂些米，多出点力，让新四军吃饱了有劲打鬼子!”帅冠群向剑泓做着解释。

李在进补充道:“在淮安、宝应两县县委领导下,从涧南到涧北,广大基层干部民兵和人民群众迅速行动起来,组成一支浩浩荡荡的支前大军。县里头一天交代任务,我们第二天就把米舂出来了。我们宥城、泾口、安丰三四天时间,就筹集了将近八万斤粮食、上百万斤柴草。我们还从宝应城里搞来了3船煤油、100万斤柴草。”

孙桂兰一把抓住剑泓的手,眼含热泪:“孩子,大妈两个儿子都被鬼子杀了,白发人送黑发人的滋味难受啊。我在梦里都梦见我拿枪杀鬼子,为儿子报了仇,可是大妈年岁大了,不中用了,要是再少10岁,我非报名一起上战场。我为你们新四军吃这点苦不算什么,就是把老命搭上了,也值!我见了儿子们,至少没给他们丢脸!剑泓啊,我知道你和玉荣情分很深,处得像兄弟一样,这次打车桥,你可得给我报仇啊!”

剑泓也流出了眼泪,扑通一声跪了下去:“妈!从今天起,我就是您的儿子!玉荣、玉浩是我的好兄弟,我一定会多杀鬼子,为兄弟报仇!我也没有妈妈了,您就认下我这个儿子吧!儿子给您磕头了!”

“儿啊!妈认了!”孙桂兰拉着剑泓的手,直抹眼泪。

李在进、帅冠群也流下了眼泪,一旁的其他人看到这感人的一幕,都默默流泪。

这是一位多么坚强的母亲,这是一段多么深厚的情义啊。

叶飞一声令下,前指从收城向扁担城方向开拔。

半路上,遇到了一纵的人马,他们也是到扁担城宿营,然后再向石桥头、芦家滩方向移动。

“能与前指两位司令官同行,是我等荣幸啊!”一团团长廖政国打趣道。

“我们就要紧跟指挥部嘛,首长是我们的指路明灯啊!”泰州独立团团长陈挺也跟着附和。

刘先胜哈哈大笑起来:“你们两个人像是说相声的,一个捧哏一个逗哏，绝配啊！”

廖政国连连摆手：“我和陈挺可不是绝配哟，人家陈挺团长和叶副师长可是真正的绝配啊！”

一团政委曾如清也凑了上来：“此话怎么讲?”

“这个你都不懂啊? 一个名中有叶，一个名中有挺，他俩凑到一起，不就是我们老军长、一代名将‘叶挺’嘛！你说，这还不算绝配?”

此话一出，众人哄堂大笑，连叶飞都笑得用手一个劲指着廖政国：“老廖鬼精鬼精的！”

“不过，话说回来，要说绝配是假的，但我陈挺还真是与叶副师长有缘，要算起来，我俩是‘四分四合’，一路穷追不舍啊。”陈挺上来打圆场。

接着，他有板有眼地讲起了他与叶飞之间“四分四合”的传奇故事。

陈挺出身于福安县上白石乡山头仔村一个贫苦农民家庭，不识字的父母希望儿子将来有书读，就给他取了个乳名叫“顺书”。可是还没读上书，父亲就死了。母亲一个人实在支撑不起这个家，只好带着他改嫁到另外一户穷苦人家。那时候贫病交加，孩子夭折的很多，母亲与继父就给他起名陈挺，希望他福大命大，能挺过一切难关。

渐渐长大后，他就外出拜师学篾匠活，因为年轻有脚力，再远的路，对他来说都不嫌累，有人给他起了个绰号叫“下路追”。三年学艺满后，他师傅发现这个徒弟为人正直，头脑灵活，是个可造之才，就把他介绍给党组织。经过一番培养之后，思想觉悟进步很快，18 岁就加入了中国共产党，参加了福安的“五抗”斗争，参加了红军，成为闽东工农游击第一支队成员。在一次战斗中，部队陷入蒋军重围，支队长因病重无法指挥作战。危急时刻，他接过指挥，率支队奋力拼杀，跳出了敌人的包围圈。

闽东红军独立二团成立后，陈挺被任命为手枪队队长，当时团政委就是叶飞，从此，勇猛善战的陈挺就成了叶飞手下的一员虎将。在一次与蒋军民团的战斗中，敌人占着一处高墙负隅顽抗，独立团连攻四次均告失败。部队伤亡过大，团长想要撤退。陈挺主动站了出来，请求带着20多人的手枪队再冲锋一次！

“冲锋？别的连队攻了四次都没奏效，你的短枪队一次就能打下来？”

陈挺保证：“据点里的枪声逐渐稀疏了，明显敌人快没弹药了。只要再冲一次，一定能成功！”

这时候，叶飞站出来表示支持：“只要部队能再冲上去，成败就在这三五分钟之间！”

不出所料，陈挺最后领着手枪队冲上去，突破防御，全歼敌军。

后来闽东独立师成立，陈挺担任二团五连连长。蒋军大举“围剿”，叶飞率师主力转移，时任独立营营长陈挺因病继续留在闽东，带着剩下的七八十人在山里打游击。在此期间，陈挺没有放弃寻找叶飞，经过三个多月的转战，他终于带着独立营归建。

这可称为“一分一合”。

会师不久，陈挺又染上疟疾，不得不留下养病。痊愈后，陈挺再次踏上了寻找叶飞的征程。他闯过敌人的重重封锁，最终又回到了部队。

这便是“二分二合”。

在敌人疯狂“围剿”下，为了保存实力，叶飞将独立师化整为零，人员全部分成多个小分队活动，他自己则领着一个特务队继续转战多地。这个特务队队长，就是深受叶飞信任的陈挺。特务队到福鼎、霞浦根据地后，与红四团会合后重整，下辖三个连，由陈挺任红四团团长。叶飞则去鼎平成立红五团，两人再度分开。

就在敌人前来“清剿”之时，陈挺接到噩耗：年迈的母亲无人照料，依靠乞讨度日，活活饿死在街头。他忍痛擦干眼泪，率部杀出重围，冲过道道关卡，终于再度与叶飞的红五团会合。

这就是“三分三合”。

有一次外出，二人领着一个排战士随行。半道上，两旁突然杀出敌军。为了掩护叶飞撤离，陈挺率20人引开敌人。敌人一路追杀，陈挺身边只剩下一名通讯班班长，两人躲入山林。敌人纵火烧山，幸亏陈挺躲到一瀑布后的山洞里，才逃过一劫。

一个多月后，两人再次会合，这便是“四分四合”。

直到国共联合抗日后，陈挺带着队伍被改编为新四军第三支队六团，叶飞任团长，陈挺任一营营长。一路征战，直到现在，从此两人再未分开。

陈挺讲完了这段传奇经历，众人感叹不已。

从年岁上来说，陈挺长叶飞三岁，两人既是上下级关系，也是兄弟关系。看着手下这位敢打劣势战、逆风战、危局战的虎将兄长，叶飞心中也是无限感慨，他笑着对众人说道：“看来这辈子我是甩不了陈挺了!”

总预备队、炮兵大队也一路跟了上来。

剑泓在炮兵大队的队伍里看见了运输“老黄牛”的民兵。他们曾在东坎遇过，想不到今天又在行军路上重逢。

领头的汉子长得很壮实，一脸憨厚。

“听说你们是宝应县委派来的吧?”剑泓问道。

“是的，我叫郝兆本，是曹甸的，我们安丰、曹甸一共来了150人，都是民兵。这山炮好大啊，炮兵大队的同志和我们一起将它化整为零，装在箱子里，挑在担子里，每个零件在哪个位置都做了标记，一个都不能丢了！丢了，这责任可大了，我们承担不起啊，所以，这里的每个人都立了军令状!”

“叶霞姑你认识吗?曾在曹甸那边上过学。”霞姑说过，她在曹甸的同学大多都姓郝，他随口问道。

“她是我县中的同学。分手后，听说跟鲍艳萍、任如干去了车桥。”郝兆本眼里露出惊喜。

想不到一问问出一个同学来，两人之间的关系更近了一步。原来，郝兆本现在是曹甸的民兵大队长，他是这次山炮运输队的负责人。

“叶霞姑现在是芦家滩党支部的书记。不幸的是，鲍艳萍被鬼子杀害了，你知道是谁告发的吗?”

“谁啊?”郝兆本睁大了眼睛。

“就是任如干！他老子做了日本人的维持会会长，他做了区公所自卫团的团长，都给日本人卖命!”

“狗汉奸！同学中的败类，中国人的败类！如果碰到他，我一定会亲手宰了他!”郝兆本咬牙切齿地说道，转而神情哀伤，长叹一声：“鲍艳萍，多好的一个姑娘啊，可惜了。老天不睁眼啊，这些狗日的鬼子!”

“说了半天，我都忘记问你了，你是叶霞姑的什么人?”郝兆本望着剑泓问道。

“我是她……她……是……她哥。”剑泓说话开始打结，羞涩的脸上堆起了红云。

郝兆本像是明白了几分，腾出手来，拍着剑泓的肩膀笑道：“这有什么害羞的！不问了，说不定在车桥能碰见呢，咱们车桥见!”

说完，挑着担子快步而去，一边走，一边打着号子。那步子走得坚实有力，号子里是满满的乡音乡情。

走了一夜，天亮时，大伙终于到达扁担城，就地休息。

这里是三师的根据地，早早地安排好食宿，大伙安然睡去。

宿营半天之后，一纵继续赶路，前指就地安营扎寨，无线电台打开，指挥各路大军挥师前进。

叶飞问林痕：“向师部基指报告了前指的位置了吧。”

“已经报告。”

“这次作战除保持无线电通信畅通外，战场通信要广泛使用有线电话，前线通信线路架好了没有?”

“通信科科长李景瑞上午已经先行一步，带人去车桥了。”林痕答道。

就在这时，在门口负责勤务的剑泓看到一个熟悉的身影气喘吁吁地跑来。

“侉子哥，你怎么来了?”

“我有一个重要情报要向首长报告!”吴子余上气不接下气地说道。

剑泓迅速将吴子余领到了前指首长们面前："你说吧，首长都在这里。"

"报告首长，我是淮宝情报站的吴子余，有个情况，今天一天，泾口、曹甸、车桥三个据点的日军都在忙着换防，我来的时候，泾口、曹甸的日军已经集中到车桥了。"

"换防？集中到车桥了？"前指所有人的神经都紧绷了起来，"是不是我们的作战目标暴露了，他们增加人手了？"

"首长，还有个情况，今天早上三师情报点'疯子'李春明同志告诉我，昨晚上车桥情报局局长陈天富、警察局局长沙正道给金丸中队长等人送行，在一起喝酒，金丸酒后幸灾乐祸地说，最近新四军可能要攻打泾口，让他俩好好看戏呢。"

"从这个情报来看，车桥的鬼子并不知道我们要打车桥，到现在他们还以为我们的目标是泾口。"叶飞一边分析，一边热情地招呼着吴子余，"不过，我们要密切注意从泾口、曹甸集中到车桥的鬼子到底走没走？吴子余同志，你报告的情况很重要，先坐一下，喝口水。"

吴子余有点受宠若惊。剑泓倒了一杯水递给他："侉子哥，你现在腿上的功夫都超过我了，你才是'飞毛腿'啊。"吴子余还是憨憨地笑着。

"林痕，现在几点了？"叶飞问林痕。

"已经五点了！"林痕看了看怀表。

"应该差不多了。"叶飞开始在房间走来走去，口中喃喃自语。

屋里的刘先胜、夏光、张震东等人都不知叶飞说的何意，各人面面相觑。

"林痕，让无线电台接通二纵、三纵，报告他们现在的位置，一纵下午从扁担城刚走，就不要报告了！"

不一会儿，二纵、三纵复电，话务员一字一句地念着：

"二纵北路于 3 日下午由蒋营以南肖家庄出发，船过马家荡，从老舍、罗家桥向凤谷方向移动，夜 12 点宿营凤谷东南小王舍、安家舍一线；现在正从小王舍继续出发，有望今夜 12 点前进入攻击位置。

“二纵南路今天下午由肖家庄出发，4 时左右到太仓，现在正从太仓太河组渡口过绿草荡，有望今夜 12 点前进入攻击位置。

“三纵于今天下午由三元宫出发，已过五墩、邵庄，现在向留城、大杨庄方向移动，有望今夜 12 点前进入伏击位置。”

“林痕，你知道二纵南北路为什么不同时出发，而是相隔了一天时间?”叶飞开始考试。

“不知道。”林痕摇了摇头。

“剑泓，你说呢?”

“报告首长，我也不知道。”剑泓也摇头。

“我知道!”宝应县委书记曾涛笑着进来了，“昨天听说七团南路要从太仓过荡，我们接到任务后决定在那里架船桥，为了保密，我们要求安丰区委昨天夜里开始准备材料，今天一早开始架桥，只给他们不到一天的时间。船桥架好了，南路才可以出发，所以和北路相隔了一天就是这个原因。

“怪不得首长说应该差不多了，原来是说不放心七团南路的船桥没有架好，刚才电报中说，已经过了绿草荡，说明船桥已经架好了。”林痕终于明白了究竟。

“是啊，我心中的一块石头算是落地了，想不到一天不到就架了一座船桥，足以证明人民的力量是无穷的，老百姓永远是我们的衣食父母，永远是我们的靠山啊!”叶飞感慨道。

是啊，为了架设这座船桥，太仓当地的老百姓吃了多少苦，曾涛心里最清楚。

昨天，宝应县委第一时间将任务下达给安丰区委，接到任务后，安丰区委书记杜文白和区农抗会会长李兆祥等人立即来到绿草荡边勘察地形。往车桥方向，隔着绿草荡，水面最窄的地方就在太仓村太河组渡口，有 1.3 华里，决定就从这里下手架船桥。可是有保密规定，不能提前动工，要在不到一天的时间内架好一座船桥，难度可想而知。夜里，所有的干部连夜深入村民家中，悄悄地准备架船桥的材料。

天一亮，全村100多条木船全部集中到渡口，200多块门板、铺板、跳板送来了，100多条牛绳送来了，100多根长树棍和毛竹送来了……老百姓把家里能拿的都拿来了。

船头向一个方向按序接龙排开，用牛绳将船与船捆连在一起，在船舱上并排铺上门板、铺板、跳板。男女老少齐上阵，打桩的打桩，系船的系船，搭板的搭板，扣绳的扣绳，高低不平的地方，再弄稻草垫平……

为了加固船桥，需要在湖中心打下几根长桩。住在渡口、世代以做渡工为生的潘富生二话没说，就往家里跑，拿起锯子将房前碗口粗的榆树锯倒。有人替他惋惜："这树再长个两三年就可以做屋料了，真可惜了!"他反驳道："建好了房子又有什么用？鬼子来了一把火就给你烧了，村子里都不知烧了多少家了。现在新四军去车桥打鬼子，它能派上大用场，这有什么可惜的?!"

全村老少争分夺秒、汗流浃背，经过近十个小时的苦战，一座船桥从荡中横空出世。

船桥弯弯向前延伸，向战斗的前方延伸，像是在新四军和老百姓的心坎上架起了一座连心桥、胜利桥。

"林痕、剑泓，你们带着电台，随吴子余先走一步，直奔车桥，打探一下换防后到车桥集中的日军到底有没有离开车桥，如果没有离开，立即报告，前指要对作战方案作出相应的调整。同时，你们要配合李景瑞做好现场通信线路架设工作，确保前指与各纵队通讯畅通。前指和总预备队、炮兵大队晚饭后立即动身去赵阳庄!"叶飞下达命令。

"是!"林痕、剑泓、吴子余三人异口同声领命而去。

天渐渐黑了下来，三人很快消失在暮色中。

第三十三章　就是铜墙铁壁，也要砸开它

仰望天幕，星辉斑斓。今天是3月4日，二月初十，半边月牙渐趋丰盈，偶尔也有一丝乌云掠过，遮掩了月亮的光华。

越往前走，车桥圩墙上的碉堡轮廓越是清晰可见。想着车桥战役就要打响了，家乡的人民就要解放了，剑泓的步子格外豪迈。

三个“飞毛腿”一路穿行，很快就到了前指所在地——车桥北边三四里外的赵阳庄。

情报站负责接应的吴士达远远地迎了上来。

林痕觉得有点异常：“这一路上，怎么没听见狗的叫声？”

问剑泓，他也有同感，两人都很诧异。

吴士达笑着说道：“方圆十里你都不会听到狗的叫声！”

原来，是淮安县委、宝应县委事先作了动员，各村组织了打狗队，为的就是保证我军行军途中不被敌人发现。老百姓顾全大局，二话不说，总之一句话：一切为了前线！

“从这一点来看，地方的同志工作真是做到家了啊！”林痕感慨万千。

“淮安县委许书记他们正在开会，指挥部已经安顿好，在一户叫刘蔚祖的地主家里。我带你们过去。”

吴士达领着他们进了刘蔚祖家的院子，眼前的房屋为青砖瓦房，面南三间主屋，面西二间锅屋。看得出，这算是一户殷实人家，这样的房子在当地也是凤毛麟角。

“刘蔚祖是进步地主，这房子也是几年前盖的。日本人占了车桥后，有一次来‘扫荡’，家里被抢劫一空，他本人还被刺了三刀，后被抢救得

以幸存。他们一家子对鬼子也是满腔的仇恨。”

“车桥圩子里集中换防的日军有没有走?”林痕问吴士达。

“傍晚时坐卡车去淮安城了。”

“金丸中队长走没走？接替羽田的是谁?”

“金丸没走，才来的小队长叫加奈林一。”

“看来是虚惊一场了，我马上向前指发报，报告这一情况。”

“林科长，卢参谋!”师部通信科科长李景瑞、副科长廖昌林来了，两个人满头大汗，一人手里拿着一部电话机。

“两位科长，辛苦啦，叶副师长让我们先过来，线路架设得怎么样了？有什么要我们帮忙的尽管说。”林痕上前问道。

“我们在前指开设了电话总机，架设了直通一纵、二纵和总预备队的线路，三纵的线路从二纵连通过去，沿途的护线小组已经全部就位。各纵队与主要作战方向之间，我们也预留了线路，配备了通信员。像二纵陶勇旅长的指挥所在郭家舍，我们也给他们架设了从郭家舍到车桥南北两个作战方向的线路，等部队一到攻击位置，接上电话机就可以随时通话。”李景瑞介绍道。

“哪来这么多的线杆?”剑泓一脸疑惑。

“一纵方向，我们是自己架的线杆，二纵方向采用了‘借鸡生蛋’的办法!”廖昌林笑着说道。

“你们是说借日伪军现成的线杆？真有你们的!”剑泓竖起大拇指。

“我们快去吃点东西吧，打起仗来就顾不上吃饭喽。”吴士达提醒道。

他还特意拉住了剑泓，悄悄耳语：“芦家滩的人也来了!”

剑泓一下子脸红了起来。

前指的西北角一户叫刘耀武的家里，淮安县委正在这里开会。

县委书记许亚，县长赵心权，县大队长高崑，季桥区委书记王海、区长崔思明，泾口区委书记俞臻、区长严仁南、区民兵大队长李在进、副大队长帅冠群，芦家滩党支部书记叶霞姑、自卫队大队长卢春萱、副大队长盛小顺，张陈自卫队大队长朱贞云，夏庄自卫队大队长贺永长，樊河自卫队大队长刘继林，沈艞自卫队大队长李兆平……各路人马集聚于此，接受新的任务。

许亚正在布置工作："同志们，我们淮安县和宝应县都做了分工，就在今天夜里，宝应方面，张桥区委书记兼区长周兴正在带领民兵在平桥以北、二堡以南这段运河大堤上开沟挖塘，切断淮安到宝应的公路；石塘区委书记许邦仪、区长顾津、副区长吴锡昌带领民兵在淮安到车桥公路沿线站岗放哨，并埋下许多土造荸荠雷；安丰区民兵切断宝应到曹甸、到车桥的大路，并在沿线布置岗哨，配备通信员，及时传递信件。

"我们淮安县，请季桥区委书记王海、区长崔思明组织群众在南涧、毕圩、小周庄、汴塘、芦家滩一带，负责平坟头、挖掩体，切断淮安到车桥的公路；请泾口区区长严仁南、大队长李在进、副大队长帅冠群带领泾口、宥城民兵，与宝应安丰、崔渡等乡镇的民兵埋伏在车桥东北角大刘舍敌伪据点周围，配合部队构筑工事，防止和阻击敌人向泾口方向溃逃，阻击和消灭泾口增援之敌；请芦家滩党支部书记叶霞姑、大队长卢春萱、副大队长盛小顺协助芦家滩打援部队做好工事修筑、担架运输、助攻协防等相关事宜。

"泾口区委俞臻率张陈朱贞云、夏庄贺永长、樊河刘继林、沈艞李兆平等各位队长及民兵，随我进车桥圩子。圩中负责接应的是严淑平、李春明、蔺培元同志。我们的任务一是掩护老百姓撤退；二是负责带路；三是协同押送俘虏；四是茶水慰劳服务；最主要的任务是帮助抢运伤员，先就近送包扎所，后送野战医院，重伤员再送后方野战医院。

"我把前方包扎所和前方野战医院位置再说一下：南边，包扎所在蒋家桥以西的韦田庄，野战医院在留城；北边，包扎所在赵阳庄以北的金家庄，野战医院在东北的西港；西北边，包扎所、野战医院都在小马庄。后方野战医院在车桥东北 50 里的老舍，有专门的船队送过去……

"各乡的民工马上都来赵阳庄了，请各自带好队伍，注意纪律和安全，行走一定要安静，不得喧哗，避免打草惊蛇。现在分头立即行动！

散会!”

没有一句拖泥带水的话，句句都是干货，众人纷纷领命而去。

剑泓发完电报，偷偷地站在外面，他看见了霞姑，依旧扎着头巾，俊俏的脸庞现出无穷的活力。

霞姑也看见了他，莞尔一笑，笑得那么好看。她着急忙慌地从人群中“挤”了出来，跑到剑泓面前，要是没人，她准扑到他怀里，撒娇嗔怪一番。可这是什么时候啊，一场大战即将拉开帷幕，两人只能将个人的情感收敛起来。

“剑泓，我走了，有好多事要去落实呢。”

“嗯，你去吧，注意安全!”

芦家滩的人都和剑泓打着招呼，他也木讷地回应着，看着心上人离去的背影，心里头有种说不出的惆怅和失落：

聚散苦匆匆，此恨无穷。今年花胜去年红。可惜明年花更好，知与谁同?

首长来了，总预备队来了，炮兵大队也来了。

山炮连的同志和郝兆本的民兵运输队正紧张地安装大炮，“老黄牛”渐渐露出了真容，炮口高高地翘起，即将张开大口，吞噬着一切顽敌。

指挥部一切就绪，时间已经指向了午夜 12 点。一纵、三纵都发来电报，已进入指定位置，可二纵南北两路都没有消息。

二纵原定发动进攻是凌晨 1 点钟，北路人马的攻击位置就在赵阳庄附近的小兴庄、郭家舍一线，可到现在连个人影都没有。

叶飞拿起电话，接通了二纵指挥部陶勇旅长：“老陶啊，七团彭德清、俞炳辉的北路人马怎么还没就位啊?”

“奶奶的，我也急死了，不止北路没就位，张云龙、蒋新生的南路人马也没到呢?我已派人去打探情况了!”听得出来，陶勇也是焦急万分。

来之前就已明确，各部 12 点进入作战位置后，各电台只收听不沟通，1 点钟进攻开始后，各电台可以全面展开联络。这时候不便与二纵电台联系，陶勇尽管已派人去接应了，但叶飞还是放心不下。

“林痕、卢剑泓，你俩去北路探明情况，吴子余、吴士达，你们去南线探明情况，一有消息立即回来报告，不得有误!”

很快北路有了消息。

林痕派剑泓回来报信，原来指挥部是从扁担城直插过来的，而七团北路人马是从凤谷、西港斜着过来的，走的是两条路线。他们12点就到了刘家庄，距离赵阳庄约三里地。不知怎么的，刘家庄河上一座桥晚上被两辆牛车走塌了，他们正在搭桥。

指挥部里的许亚一听要搭桥过河，立即喊来刘蔚祖，不一会儿的工夫，庄上老百姓扛的扛，抬的抬，送来了一批门板、桌子、板凳、树棍，就连盖房的屋料都拿来了。许亚一声令下，原本进圩子抬担架的民兵迅速集结，立即赶往刘家庄。

这二月初十的天，水里还是刺骨的寒凉，民兵们脱了棉衣棉裤就往水里跳，与部队的同志齐心合力，终于修好了一座牢固的新桥。北路人马终于在凌晨1点20分到达郭家舍、小兴庄之线，进入攻击位置。

再说南线。

吴士达、吴子余一路飞跑，在溪河桥口，他们看见樊河据点的三四个伪军正在那拦路查人。原来今天下午他们去敲诈一个地主，准备“吃大户”，可那地主也是硬气，好酒好菜宴请了他们，就是不提钱的事。几个人喝多了，空手而归，返回路上，一合计硬是挡在桥口查人，想捞两个外快。部队刚好经过，又不能开枪，只好在桥南口埋伏静等。

吴士达掏出身上仅有的四块大洋，上前劝他们早点回去休息，可那几个人嫌钱少，还要再等等再说。吴士达好话说尽，对方油盐不进，南岸的张云龙、蒋新生也急了，只好采取断然措施，派几个人一拥而上，用麻袋将几个伪军装起来，直接扔进溪河里。

阴差阳错，两路人马都迟到了，几乎同时到达指定位置。

叶飞与陶旅长商定：调整攻击时间，给半小时的准备时间，1点50准时发起进攻。

二纵指挥部里，三旅旅长陶勇不停地走动着，不时地看看手表。

今天他是这场主攻大戏的总导演，作为粟裕手下的“三剑客”之一，他的威名常常令敌人闻风丧胆。红军时期的他，风雪西征路，三过雪山草地，血战河西走廊，三千里征战，九死一生。抗战开始后，他从延安抗日军政大学毕业，分配到新四军担任一支队第四团团长，陈毅提议，将他原先张道庸的名字改为陶勇，乐陶陶的陶，勇敢的勇，做一个开心的人、勇敢的人，狭路相逢勇者胜嘛。名如其人，黄桥决战，一战成名，从此敌人再也不敢对新四军说一个不字，提到他的名字，敌人都会不由得打个寒战。从此，他一直冲锋在前，无往不胜。在三阳、二窎镇、斜桥等战斗中，打得日军一败涂地，就连驻南通的日军第十二混成旅团第五十二大队长保田，为了保存实力，都厚着脸皮写信给他，哀求与他和睦相处。有陶勇在，新四军阵地就在，从军部到师部，这已经成了共识。

强将手下无弱兵，七团的彭德清、张云龙、俞炳辉、蒋新生，哪一个不是响当当的人物。那次作战会议后，粟裕将二纵几个人特意留下，扔下了一句话：“有你陶勇在，有你们七团上，敌人就是筑成了铜墙铁壁，我们也要砸开它！”

首长越是信任，陶勇越是不允许自己有任何的闪失，丝毫的疏忽。陶勇又一次拿出了先前制定的作战计划，再细细推敲一遍，生怕哪里还有漏洞。

以一、二营全部为攻击部队，三营以两个连为预备队、以一个连配合教导团三连为警戒部队。具体部署如下：

1. 一营全部由车桥北面向敌进攻，派一个班监视大刘舍伪据点，以两个连由西北、一个连由东北方向向敌进攻，突破土圩后即继续进行第二阶段作战，将涧河以北大圩内敌人全部肃清，并以一部分兵力监视和配合解决小圩内敌人。

2. 二营全部由南面向敌进攻，派一个班位于陈河向樊河伪据点警戒，以两个连由西南、一个连由正南向敌进攻，突破土圩后，即以一部分兵力向敌小圩前进，攻占警察局碉堡以监视小圩内敌人，其余即继续进行第二阶段作战，将涧河以南大圩内敌人全部肃清后，以一个连配合三营解决小圩内敌人。

3. 团直率三营（缺一个连）、机炮连为预备队，部署于车桥以北之小兴庄、郭家舍一线，以一个班向西桑树园伪据点警戒，待一、二营突破土圩后，即准备以一部分兵力参战，南北大圩内敌人肃清后，即以一个连与炮兵协同解决小圩内敌人。

4. 三营以一个连及教导团三连，位于小刘舍、杜家舍一线担任泾口方向之警戒，构筑强固工事，阻击和消灭泾口增援之敌。

1 点 50 分到了！

“接通一营、二营！”陶勇郑重地拿起电话，“我命令，开始进攻！”

野火初烟细，新月半轮空。

此刻，月儿照射在大地上，外壕里的水泛起了白光。大军压境，敌人还在睡梦中，全然不知。

一营、二营分别从南北两个方向快速向前，在靠近车桥圩墙 200 米的地方，便成冲锋队形展开，不准打枪，不扔手榴弹，向着圩墙根摸索前进。

外壕的水结着薄薄的一层冰，河水依然冰冷刺骨，但战士们不顾寒冷，不顾冰块刺破手脚，一个个跃入水中，快速泅过宽宽的壕沟，来到墙下。数十云梯瞬间架起，突击队员一马当先，飞身上墙，纵身越过圩墙。大部队迅速跟进，冲过外壕，像决堤潮水般漫过墙头。

“看，我们的信号弹！”林痕、剑泓等人都跑了出来，南北数十颗信号弹如流星般飞上了天空，像是节日盛开的烟火，漫天绽放。

事先规定，部队突破圩墙，发出三发红色信号弹向前指报告。这下可好，满天都是流星焰火。

叶飞站在门前的打麦场上，跃上石磙子，高兴地骂道：“乱七八糟！”

“才用了25分钟!”刘先胜看着手表兴奋地说道。

“夏光参谋长，快，向师部和苏中区党委发报，告诉他们，七团只用了25分钟已经突破圩墙，完成第一阶段计划，现在开始第二阶段作战。”叶飞神采飞扬。

此刻的前指，一片欢腾。

“妈呀，不得了了，共军打进来了！毛猴子攻城了!”

车桥圩子里炸开了锅，睡梦中的敌人哭爹喊娘，乱成一团。所有的炮楼、碉堡都胡乱地毫无目标地开火，枪声、手榴弹的爆炸声和我军的喊杀声混在了一起。

最先从圩墙上两个碉堡之间突进圩子的一连，正在向纵深推进，可圩墙上碉堡里的敌人从背后开起了火。

“给我把它炸了!”正在指挥战斗的彭德清看到了这一幕，大声喊道。

一连长刘超亲自上阵部署，九班战士蔡心田以“百步穿杨”的神技，飞扑到碉堡跟前，右手握紧榴弹，左手拉开火线，顺势塞进碉堡机枪眼，轰轰两响，敌人的机枪哑了壳。刘超带着突击队员猛扑上来，砸开碉堡的门，冲了进去，全歼驻守伪军。

三连的战士们，面对着一座一座的碉堡，越打越勇，纷纷冲上去，把集束手榴弹向敌人的碉堡扔去，几声巨响，火光冲天，浓烟滚滚，敌人的碉堡成了断壁残垣。

二连的战士们连续泅渡了两道两丈多宽的外壕，突破了圩墙，一营长邓若波带着第二梯队也冲进了圩子，并指挥二连向两翼展开。

许亚、俞臻带着民兵冒着炮火进了圩子，圩中负责接应的严淑平、李春明、蔺培元已与彭德清团长他们接上了头。现在团指挥所就设在蔺培元家的店铺里。

“许书记，因为敌人的火力封锁，前指刚才电话命令，部队带来的民工暂不进圩子，这里很危险，你们怎么进来了?”彭德清很是吃惊，也很感动。

“彭团长，我们作为地主，再不与你们并肩作战，你们就没有打下手的了！”许亚开始指挥民兵，一部分人协助战士们看押俘虏，一部分人组织担架队。

“团长，有些拒不投降的敌人，正和我军战士作垂死抵抗，白刃战中敌人的三八大盖比我们的七九步枪刺刀长，许多战士吃了亏，胸部腹部被刺伤。”俞炳辉发现了这个问题，立即向彭德清报告

“立即通知团包扎所进城，各班三名卫生员先带伤员互相包扎，各营突进碉堡后，对拒不投降的敌人，当场击毙，不要拼刺刀，要扬长避短！”彭德清下达命令。

按照既定方案，部队对各个伪军据守的碉堡、院落展开了殊死争夺战。一营顺利夺取了近二十座碉堡，但也遇到了新情况。

“团长、参谋长，东北角有一座大炮楼比较棘手，我已经派三连一个排先包围起来了。”一营长邓若波跑到团指挥所，向彭德清报告。

“团长，那炮楼里是别动大队的人，还有陈天富的情报局的人，地痞流氓加特工，这些人很顽固，有很强的反宣传能力。”严淑平提醒彭团长。

“哦？参谋长，走，我们去看看！”彭德清与俞炳辉来到阵地前。

转过两条小街，抬头望去，三层大炮楼的黑影矗立在眼前。炮楼前是一片开阔地，周围围着铁丝网，铁丝网外，还有一道约两丈宽的壕沟。战士们正在喊话，可里面的敌人却在骂骂咧咧，然后就是机枪扫射。要想从正面突进去，几乎是不可能的。

但是时间不能等，如果到了天亮，日本人的大炮楼和这个伪军的大炮楼形成掎角之势，那我们就会腹背受敌！

“你们连长呢？”俞炳辉问一个战士。

“在那边。”战士用手一指，三连连长刘兴正一声不响地蹲在屋角旁，用手在地上划着什么。

一见团长、参谋长过来了，刘兴腾地站了起来，声音嘶哑：“我们准备派一个战斗小组，从西面扑过河去，沿着城河摸上去，隐蔽在炮楼后面的一条河沟里，乘伪军不备，架梯子爬上去塞手榴弹。”

“我只给你们十分钟时间，必须解决它！”彭德清下了死命令。

“张志和，带你的战斗小组上！”刘兴把战斗小组几个人招来，细致交代了一下，他们很快在火光中向西迂回过去。

刘兴自己抱过一挺轻机枪，带一个火力组，向炮楼发起了佯攻，果然将敌人的火力吸引了过来，对方的机枪又疯狂地吼叫了起来。

在火光中，炮楼上一个高大的身影出现在众人的视野里。只见他从西边的云梯上爬了上去，到了楼顶，猛力地抡镐砸着楼面，火星四溅。

炮楼里的敌人慌了，那个叫陈天富的家伙在里面叫嚣着：“给我打，不能让共军占领了，占领了我们这些人全他妈的完蛋！”

一串子弹从顶上飞出来，碉堡已被刨穿了，他趁机从洞里扔下手榴弹，随着“轰”的爆炸声，敌人鬼哭狼嚎起来。

“投降吧，伪军兄弟们，别为日本人卖命了，投降吧，我们宽待俘虏……”他趁机喊话间，敌人的子弹又飞了上来，有一颗从耳边擦过，耳郭满是鲜血。他气急了，手榴弹一个接一个扔了下去，炮楼里响起一阵阵沉闷的爆炸声。

“跟我上！”三连发起了攻击，战士们在刘兴连长的率领下，游过壕沟，砸开铁丝网，冲进了炮楼。陈天富等人被当场炸死，剩下的十几个伪军跪地投降。

“刚才那个抡镐砸炮楼的是谁啊？”彭德清问三连指导员严安林。

“团长，他叫陈福田，就是那个陈傻子！”

彭德清笑着批评道：“不能瞎起外号，以后不允许叫人家傻子，应该叫‘飞将军’！”

彭德清回到团指挥所，立即将陈福田的事迹报告给了陶勇，陶勇报告给了叶飞，叶飞在电话中连连夸赞：“这真是飞将军从天而降啊！要作为典型好好宣传！”

七团油印小报《战斗报》一期“飞将军”号外很快发到了所有指战员的手中，全团掀起学习“飞将军”的热潮，许多战士学着陈福田的样子，满身挂着手榴弹登上房顶，跃上炮楼，大批大批的手榴弹往敌人身上炸去；下面的战士发起政治攻势，用纸卷成话筒，大声喊话：“缴枪不杀！”

碉堡炮楼一个一个被攻下，上天无路、入地无门的敌人，只好纷纷举手投降。

这场战斗来得如此突然，夜里，车桥圩子里的人听到枪炮声，就知道新四军来了，心中暗自窃喜：“小鬼子的末日到了！”

只看见火光四起，听得枪炮声不绝于耳，没有人敢出来观看。天亮了，大伙儿才战战兢兢地推开家门，推开窗户，向外瞧着。

这时候，突然狂风大作，漫天黄沙，这样的天气车桥人几十年没有见过了。

“新四军有神灵保佑，今天出鬼风，帮助新四军打鬼子了！”上了年纪的人都这样说。

“我看见‘大先生’严淑平了，华阳春酒楼的李春明也没疯，他们和新四军在一起。难道真有神仙下凡来了?!”

一个传十，十个传百，一下子车桥街上都传开了。车桥人笃信，这是一场有神灵相助的战斗。

二营从南边和西南方向突进圩墙后，也消灭了十几个碉堡，正向纵深推进。

可负责攻占伪警察局大碉堡的四连遇到了麻烦。

伪警察局与日军的小圩子工事仅 30 米距离，伪警察局的大门正对着日军的蔽射堡，鬼子的火力封锁了四连进攻道路，使其不得接近。

副团长张云龙、政治部主任蒋新生带着二营长林少先向彭德清报告。

“要不要调炮兵来！”俞炳辉问道。

“不行，叶副师长肯定不会同意，炮兵炮弹不多，是留着第三阶段打鬼子据点的。”

“可这一排有区公所、自卫团、警察局，如果警察局拿不下来，会形成连锁反应。”张云龙提醒道。

“我们现在要想出一个办法，就是如何避开鬼子的火力范围!”蒋新生说道。

“我有个主意!”一旁的严淑平想出一计。

“说说看!”众人期待的目光转向了严淑平，大家知道他是足智多谋的车桥“大先生”。

“从沿街各户破墙前进!”

“这是一个近迫作业的好办法，但是要征得老百姓的同意。”

“这个就包在我们身上了!”许亚拍着胸脯说道。

不一会儿，情况反馈来了。乡亲们没有人家反对，“要开哪堵墙都可以”，这是各家各户一致的声音。

战士们一间房一间房打通，一个院子一个院子突破，区公所、自卫团里的伪军稍有反抗的，就地解决，在战士们的手榴弹、机枪面前，其余人等陆续缴械投降。

伪自卫团团长任如干束手就擒，面如死灰瘫软了身子，被战士们架了出去。

几十个勇士，沿着弯曲的街道，像神鼠钻洞一样，渐渐接近伪警察局的背后。十字镐砸开墙壁，伪警察局局长沙正道和手下人怎么也没想到，我新四军战士会从他们的床铺后面钻了出来。一下子惊恐万状，四处逃窜，瞬间我军控制了局面，沙正道领着他的手下乖乖缴械投降。

对面的日军哪里知道，伪警察局已被我神不知鬼不觉地占领。

七团指挥所，战报源源不断地向纵队、前指发出。突然，一阵急促的电话铃声响起。

“彭团长，陶旅长电话!”接线员接起电话。

“我是彭德清，旅长请讲!”彭德清拿起电话。

“听说二营六连现在与伪大队一中队尚太运部有三个碉堡已形成对峙局面，一个排负责一个碉堡，分散兵力了，不易拿下。当时天未亮之前应该趁黑集中兵力逐一消灭。你们不是俘虏了伪警察局局长沙正道、伪自卫团团长任如干吗，我建议可以动用他俩的影响力，劝说尚太运投降。告诉他，顽抗到底，死路一条！”

“行，我们试试看！”

你还别说，此法真灵。为了戴罪立功，任如干、沙正道联合修书一封，派人送给尚太运。尚太运见他俩都投降了，感到大势已去，于是从自己的碉堡里跑出来，然后又去其他两个碉堡喊话，三个碉堡的部下全部举枪投降。

满街都是俘虏，就连街上的店铺、染坊、澡堂里都挤满了俘虏，他们的眼里，有疑惑，有恐惧，有绝望。

到现在他们都不明白，这千军万马是从哪里钻出来的。

随军而来的民工已经入城，押送俘虏，运送伤员，大家忙得不亦乐乎。

为了安全，根据前指指示，许亚、俞臻、严淑平、李春明、蔺培元领着民兵，挨家挨户动员居民撤出圩子。

这一次，圩子的人看得真真切切，“大先生”严淑平没有死，他还活着，李春明没有疯，他也清醒着。连死过一次的人都在为抗日出力流汗，作为生者，他们也要“战斗”！

因此，没有一户愿意离开，他们自愿留下，为新四军烧茶送水。一座座碉堡攻下，居民们自发地跟着呐喊助威，跟着加油鼓劲。

吴士达、吴子余、贺家明从陈河街运来了朝牌，热乎乎、香喷喷的朝牌在战士们手中传递，吃起来是那么的香甜可口，大家不由得想起攻打黄桥时的情景，一首《黄桥烧饼》后来响彻苏中地区。

《战斗报》的秀才们当即改了歌词，一首《车桥朝牌》在圩子里传唱起来：

车桥朝牌黄又黄哎，
黄黄朝牌慰劳忙哎，
朝牌要用热火烤哎，

军队要靠老百姓帮。
同志们呀吃个饱，
多打胜仗多缴枪！
嗨呀依哟嗨唷咳！
多打胜仗多缴枪！
依呀咳！

第三十四章　空闺怨

“叶副师长，一纵方面说芦家滩还没有出现敌军增援部队。”刘先胜放下电话就报告了叶飞。

“从夜里1点50发起进攻，将近8个小时过去了，芦家滩怎么还没有动静？按理说，两淮到车桥也就四五十公里的路程，要是增援，敌人肯定乘坐汽车而来，应该早就到了。援兵迟迟不到，这里面必有蹊跷。”叶飞皱起眉头。

正在思虑间，有几个人闯进了院子，仔细一看，领头的高个子竟是三师参谋长洪学智，后面跟着三师七旅副旅长胡炳云，他们率一个排的骑兵来到前指。

骑兵中有两个熟面孔，剑泓一眼认了出来，是吴洪书、吴洪词兄弟俩。

“你俩怎么来了？”剑泓惊喜地问道。

还没等他俩开口，洪学智说话了：“你们一路鞍马劳顿，黄师长听说这边北方人多，喜欢吃面食，特意让我将这兄弟俩带来。他们是土生土长的车桥人，面食做得不错，就留在你们指挥部帮忙。”

“黄师长、洪参谋长真是有心人啊，太感谢了！”叶飞笑着上前握手。

“我们既然来，总不能空手来啊，向叶副师长报告，我们为了配合你们打车桥，昨天深夜，派出第七旅第二十团对位于淮安城北约15里、淮阴城东约20里的朱圩子伪军据点实施包围并发起强攻。经激战4小时，于今天凌晨攻克该据点，全歼其守敌，共毙俘伪营长以下300余人。”

“现在我明白了，怪不得芦家滩还没见到日军增援，原来是友军发起了朱圩子战斗，既保障了我们一师作战部队北面侧后安全，还起到了分散、牵制日军注意力和兵力，迷惑和迟滞日军增援的作用，真的要好好谢谢你们啊!”叶飞满脸的疑云消失了。

车桥圩子里传来阵阵枪声和手榴弹的爆炸声，洪学智兴冲冲地问道：“可否带我们去前沿阵地看看?”

叶飞一听这话，头直摇手直摆：“这怎么能行?前线太危险，万一出了差错，我可承担不起啊!”

“叶副师长你不能太小气了，我们风尘仆仆地来，就想实地看看日军的布防和战斗力，为我们下一步对敌作战提供依据。什么危险不危险，还不是你说了算?”

“那好吧，我让陶勇旅长陪你们去!”拗不过洪参谋长，叶飞只好同意，他拿起电话接通了二纵指挥所：“老陶啊，三师洪参谋长、胡副旅长他们过来了，想进圩子看看，请你陪他们进去，一定要确保他们的安全啊!”

“好的，这个你放心，绝对保证安全!”陶勇一口答应。

“三师打下了朱圩子据点，分散了两淮地区日军的注意力和兵力，下一步，敌人肯定要来车桥增援，请通知七团务必加快进度，尽快结束圩子里的战斗。”叶飞继续说道。

“有个事我正准备找你商量，现在圩子里主要目标就是伪军营部和日军据点，当务之急，先将伪军营部解决了，才好集中精力攻取日军据点。我的意思，为了加快速度，是不是调炮兵轰他几下。”陶勇提出建议。

叶飞略加思忖，答复道：“炮兵大队可以上，不过‘老黄牛’炮弹只有27发，它可是师长的心头肉啊，炮弹打完了就没了。攻击营部我只能给你们放三炮，省着用吧，待会儿还要攻击日军据点呢。”

他转过身去，对林痕说道：“你去将炮兵大队带到七团阵地，顺便传达我的命令：七团攻占了40多个碉堡，消灭了大部伪军，前指和二纵对七团是满意的。但现在看来敌人援军应该很快就到，要求七团尽快结束战斗，以便前指掌握更多机动兵力。”

陶勇陪同洪学智等人进了圩子。

“洪参谋长!”

“严大先生!”

在七团指挥所里，严淑平与洪学智两人互相认出了对方，两双手紧紧地握在一起。

他俩曾有一面之缘。那时在三师根据地，严淑平即将秘密潜入车桥兜率院，临行前，杨汉章带着他见到了洪学智参谋长。从一个满腹经纶的“大先生”，到救死扶伤的前线战士，再到三师秘密情报点的负责人，如何做好角色的转换，洪学智与他促膝长谈，面授机宜。严淑平一一记在心里。想不到，今天在车桥前线才与洪学智相见，两人格外开心。

许亚与洪学智是老相识了，当许亚向他介绍李春明时，洪学智一把拉住李春明的手说道：“我早就听说你的故事，装成疯子收集情报的就是你吧！了不起啊!”

“是的，首长，我做得还很不够。”李春明有点不好意思起来。

“我们任何时候都不能忘记这些战斗在秘密战线的同志啊!”洪学智转身对许亚等人说道。

站在那些被攻克的碉堡前，洪学智很是感慨：“想不到敌人的防御体系如此坚固，老陶啊，这些骨头真不好啃!”说完，他用手去比画丈量碉堡的厚度，“每个碉堡都有尺把厚，有的还有夹层，如果不是从顶上扔手榴弹炸开，凭机枪还真难打开。”

洪学智这么一说，陶勇听了心里很不是滋味。自己打仗历来速战速决，正常战斗个把小时完事，有的也顶多几个小时结束，今天这一仗打到现在，除了伪营部和日军小圩子没攻下，还有近十个碉堡仍在敌人手中。

“彭团长，给我把九六式机枪集中起来，把敌人碉堡的火力给压下去，尽快解决剩下的碉堡。炮兵已经过来了，杀鸡要割喉，打蛇要打头，接下来一门心思解决伪营部这个毒瘤。”

这九六式机枪都是从日本人手中缴获来的。这种机枪精巧轻便，射击速度快，装有夜间瞄准器，还带有刺刀。这可是鬼子的宝贝武器之一，日军陆军大本营有令，战斗中无法逃脱的士兵，宁愿把九六式机枪的重要机件销毁，也决不能落入中国军队手中。

在四分区的时候，陶勇就向各部队发出号召，开展缴获九六式机枪竞赛。不到半年，四分区一共缴获了13挺九六式机枪。

经陶勇这么一说，彭德清心领神会，立即将陶旅长的命令布置下去。九六式机枪集中到一起，果然威力无比，很快发挥了作用，接连将敌人的火力压制了下去，战士们发起更为猛烈的冲锋，巷战、白刃肉搏战相继展开，近迫作业、强攻猛冲，敌人的碉堡一个接一个地落入我军手中。

现在终于可以腾出手来对付伪营部了。

伪营部处在涧河以北中心地带，如不拔除，就成了“肠梗阻”，严重影响我军前进步伐。伪营长夏桂伍仍在碉堡内作垂死挣扎，他打了好多次电话给伪团长张学谦，对方总是让他顶住，援兵很快就到。

谁承想，这张学谦比狐狸还狡猾，夜里战事一起，他就带着模范小队的四五十人蜷缩在东门口团部圩子里。手下求救的电话一个接一个响起，车桥圩子里的碉堡一个接一个地落入新四军手中，他越来越害怕。他一想，自身都难保了，哪有什么力量去支援他们。他也打了电话给金丸中队长，金丸告诉他，求援电报已经发出，援兵很快就到，让他带领手下坚决顶住。他思来想去，按照现在这局势，只有趁乱逃走，否则肯定是死路一条。

于是，他带着团部的四五十人偷偷溜出了东门，想从桥口溪河上坐船逃跑。哪知道，这一路早被我担任对淮安、曹甸、宝应方向敌人警戒任务的三纵控制。我五十二团、江都独立团、高邮独立团各一个营的兵力集中于此，一个营控制崔河、陈桥一线，一个营控制官田、瓦屋庄一线，一个营控制小施河、小洪庄、大施河后土堆及华家头一线。张学谦的人马正好落入了他们的口袋中，吴咏湘、张宜友、颜伏等三纵将领迅速带人阻击，张学谦的部队死的死，伤的伤，不到半小时，无路可逃的他只好带着部下乖乖投降。

团部的电话没人接，夏桂伍情知不妙，他又将电话打到了日军据点里，话还没说两句电话中就没了声音，原来电话线被我军给切断了。

夏桂伍知道自己的手上沾满了人民的鲜血，如果投降肯定是死路一条。此时，他仍然痴心妄想，只要坚持，日本人不会扔下他不管的，他决定孤注一掷，顽抗到底。

林痕带着“老黄牛”来了，炮兵阵地设在距离伪营部一百米远的房子里。

“老黄牛”发威了，三炮接连打出，一炮打中伪营部院里的房子，一炮打中碉堡正面，一炮打中碉堡的一角。

二连强攻开始，一排长、突击队队长朱尚普一马当先，冒着密集的火网，带着突击队员冲了上去，个个像蛟龙出海、猛虎出山一般，用手榴弹开路，密集地打进敌人的院落，打得对方抬不起头来。爬上房顶的战士们拼命地甩着手榴弹，敌人拼命地反击，双方打得难解难分。因为是大白天，战士们无法藏身，在冲锋中，前仆后继，勇往直前，一个接一个地倒下，一个接一个地站起。

很快弹药用尽，敌人开始反冲锋，夏桂伍挥舞着手枪叫嚷着“给我抓活的”，企图夺回失去的碉堡。勇士们毫无惧色，操起砖头就砸，把敌人砸得头破血流，七零八落地退了回去。

在这紧要关头，二连长陈景安带着第二梯队和一批弹药上来了，猛烈攻势继续。手榴弹像排炮一样在敌人碉堡里炸开，房屋也跟着起火烧了起来。

二排来了，一排来了，三排来了，战士们纷纷爬上屋顶，跳进房子，与敌人拼起了刺刀。带着愤怒，带着仇恨，刺刀像开了荤一样，敌人被杀得屁滚尿流，求爹告娘，哀号一片。

伪营部一百余人不是被手榴弹炸死，就是被子弹打死，或是被烧死，剩下的几乎都被刺刀戳死。夏桂伍和剩下的十几个伪军，看着这阵势，吓得魂飞魄散，一个劲地下跪求饶。

“同志们，算了，饶他们一条狗命吧！”陈景安拉开嗓门喊道。

战士们押着十几个满身血迹的俘虏走出了院落。陈景安手里提着刺刀上带有血渍的七九步枪，脸上、身上也是污血斑斑，裤管撕成了碎条条。彭德清看在眼里疼在心里，掏出手帕替他擦拭脸上的血迹。

陈景安傻呵呵地笑着，看着伪营长夏桂伍从面前走过，轻蔑地说道：“你算什么中国人？呸，狗汉奸！今天拼刺刀要不是我叫停，你早就命丧乱刀之下了，这就是你的下场！”

送走了洪学智等人，战场上一片沉寂。所有的目光瞄向了日军的碉堡工事。

林痕带着炮兵大队进了圩子，传达了叶飞的命令后，陶勇决定就地指挥，和彭德清、张云龙、俞炳辉、蒋新生等人开起了战前会。

众人站在伪警察局的二楼上，俞炳辉一边手指着日军工事，一边介绍情况：“全车桥圩子里共有 53 个碉堡，这日军的碉堡是最紧固的，有外壕、圩墙、蔽射堡、中心堡四道防线。你们看，日军这个圩子墙高有一丈二，墙厚 40 多厘米，南北长约有 200 多米，东西宽 100 多米，北有涧河为障碍，东西南三面修有 2 米宽、2 米深的外壕。圩墙四周圈以铁丝网，有 5 个蔽射碉堡，中间一个大碉堡，正南面有进出汽车的大门，圩墙里有 2 座大瓦房，相距 30 米远。”

蒋新生手指着大碉堡的方向说道：“你们看，广场中间有一个大碉堡，高不到 10 米，直径约 4 米，墙厚 40 多厘米。分上下两层，门开在上面，进去后抽梯子，中心堡的上下均有两层枪眼，敌人可以向下扔手榴弹，而我们的枪打不进去。没有炮和炸药是难以攻下的，如果硬攻，会伤亡很大。”

彭德清接着说道：“我们要研究敌人的弱点。你们看，日军工事里面兵力少，但是守备面积大，他的兵力不够分配，如果我们突破其中一角，再进行内部作战，这样就有把握一些。但是我们还要研究事物的两面性，正是因为日军兵力少，面积宽大，他们特意修筑了交通壕通向四周的蔽射堡，因此聚散集中都很便捷，既可迅速避开我炮火杀伤，还可以利用工事地形，进行单个作战。”

张云龙接过话头：“团长说得有道理，我们可以攻其弱点，重点突破。过去我们虽然有一些攻坚经验，但攻击日军碉堡，这还是头一次。从兵力上来说，我们有绝对优势，但在日军工事前有限面积内大量用兵，会导致部队拥挤，遭受敌人火力集中扫射，会造成过大杀伤；但如果少量用兵，又无济于事，不能解决问题。因此我建议先集中炮火摧毁工事，我步兵从敌人一角攻进去，再扩大战果。”

陶勇背着手在屋里踱步，一边听着大家的发言，一边做着思考，片刻，他抬起了头：“同志们，战场形势瞬息万变，时刻考验着我们指挥人员。今天这一仗，我们从夜间作战转为白昼作战，从偷袭变为强攻，一会儿进攻变为防御，一会儿冲锋变为反冲锋，先是步兵单独作战，现在变为步炮配合作战。如何应变顺变，在变势中抓住战机，这个非常重要。现在我命令，调圩外的三营八连进来，和二营五连步炮协同，一个从西北角，一个从西南角展开进攻。记住师长的话，敌人就是筑成了铜墙铁壁，我们也要砸开它！”

经过众人的讨论，作战方案迅速确定：

以五连、八连突击队开辟道路在前，两个连以排为单位分别建立三个梯队，继突击队后进行连续冲锋。八连从西北角沿涧河进攻，先攻占西北角之蔽射碉堡为基点，然后再向纵深发展，占领第一座瓦房，必要时可继续向东南发展，协助五连；五连在炮火协助下，先夺占西南面之蔽射碉堡，攻占中间之大碉堡，再向第二座瓦房进攻，将敌人消灭，必要时配合八连，共同解决固守据点的敌人。

狂风卷着黄沙张牙舞爪地从天空中袭来，劈头盖脸地打在人身上，让人无法睁目。

“炮群”在250米外拉开架势，“老黄牛”高昂着头颅，已经稳稳地安坐在日军工事的西南方向，有三门迫击炮设在北部方向，有三门迫击炮设在西部方向，一切准备就绪。

这时，团指挥所的电话响了起来。

彭德清拿起电话，一听是叶飞的声音，刚要报告总攻日军工事准备情况，可对方先开了口："一纵方面廖政国报告，从淮阴、淮安前来增援的两批日伪军已进入我军伏击阵地，正在全力围歼中。后面很可能还有第三批、第四批援敌，廖政国说了，决不放一个敌人过来增援车桥。所以，我命令你们立即发起进攻，尽快消灭车桥之敌!"

"向前指报告，我们已作好总攻准备，现在就可以发起进攻!"彭德清回答铿锵有力，他转过身来对蒋新生说道，"蒋主任，通告全团，一纵方向芦家滩已经打起来了，敌人增援部队已陷入我军埋伏圈，一纵表示决不放一个敌人过来增援。要将这个消息作为我们总攻的号角，向兄弟部队学习，坚决消灭车桥之敌!"

全团一片沸腾，战士们士气高涨。

随着陶勇旅长的一声令下，炮群发出怒吼，炮弹呼啸着飞向日军的碉堡和瓦房，地动山摇间，十几个号兵吹起了冲锋号。八连火力组封锁住敌人正面阵地三个蔽射堡的火力，突击组全部配有亮闪闪的步枪刺刀，满身挂着手榴弹，以人梯通过外壕，轰然一声巨响，敌人的一面圩墙硬是被他们推倒了。战士宋飞、曹洪斌飞速从西北方向蹿至蔽射堡底下，从枪眼里塞进两个手榴弹，轰隆几声，蔽射堡被掀开了，鬼子还没来得及还手，就被击毙。

八连连长张玉成带领一排、副连长张介禄带领三排迅速突进占领围子，10 人投弹组每人携带 30 个手榴弹，跟着一起冲进圩子，手榴弹遍地开花。敌人的机枪、掷弹筒一起开火，日军小队长加奈林一带着手下日军端着刺刀冲了上来，瞪着血红的眼睛，摆开了要与我军拼刺刀的架势。

就在这时，指导员姚鼐带领二排的战士们，各人手握步枪，身背红缨枪，全身挂满了手榴弹，砸开北边栅门冲了进来。红缨枪锋利的枪头长长的，系上了红穗子，很是引人眼目。考虑到鬼子的三八大盖比七九步枪刺刀长，勇士们决定用这种传统的中式武器与鬼子三八大盖决一雌雄。

双方展开了厮杀，枪头和刺刀的撞击中火花直闪，战士们毫无畏惧，愈战愈勇，拼杀呐喊声中，敌人纷纷倒地。

剩下的鬼子被战士们的气势震慑了，他们像一条条丧家犬，恐慌中端枪的手开始颤抖。小队长加奈挥舞着军刀，吼叫着给手下打气，可眼看压不住阵脚，自己转身跃入交通壕，手下的鬼子跟在后面跑，一起缩回了中心大碉堡里。在大碉堡里观战的金丸，气得胡子直翘，嘴里叽哩哇啦地骂着这帮“胆小鬼”。

面对大碉堡，怎么办？

要是炸，没有炸药；要是炮轰，外面有壕沟，街上又有房子挡住，山炮无法抵近作业。有人想出了一个用“土坦克”攻击的土办法。就是在方桌上面铺上棉被，浇上开水浸透，用针子、铅丝固定住，几个人躲在桌下推动前进，接近碉堡。可狡猾的鬼子他们不往“土坦克”上面扔炸弹，而是扔到桌子边上，造成了我桌下前进人员的伤亡。两次冲击未成，突击只好暂停。

敌人的五个蔽射堡被我攻占了三个，大瓦房营房仓库被我军占领，看着战士们又饿又渴的样子，指导员姚鼐于心不忍，就跑进了仓库里，拿了几瓶日军香槟酒和几包白砂糖。给每个战士的嘴里塞了两口白砂糖，灌了两口香槟酒。一边灌着，一边提醒着：“不能喝醉，解解馋，还要打仗呢！”

张玉成从团指挥所过来了，满脸阴云：“从西南角进攻的五连，冲锋时伤亡较大，彭团长正在发火呢。”

“五连战士们士气不是很高吗？我刚才送伤员去包扎所，还看见五连二班一个叫沈书余的战士，是一名共产党员，在进攻时第一次头部挂彩，第二次肩部受伤，第三次眼部带花，但坚决不肯下火线，直到第四次伤了手，不能打枪了，这才下来。”姚鼐很是吃惊。

“五连的战士个个都是好样的。今天一天打下来，五连没有一人伤亡，可能有轻敌麻痹思想。进攻日军工事时，战士们士气很高，冲锋时一拥而上，结果冲到距离敌人五六米的地方，遭到对方火力集中猛烈射杀。后续又没有组织好有力进攻，因此形成了对峙局面。团部请示了前指，前指要求我们暂停进攻，准备重新选择炮兵阵地，再进行第二次总攻。现在准备启动政治攻势。”

“政治攻势，难道他来了?”姚鼐一脸诧异。

“你说的他，应该是反战同盟苏中支部宣传委员松野觉吧，他可是反战宣传的好手。”姚玉成猜出来了。

两人说话间，张玉成瞅见师部的林痕科长过来了，他后面跟着两个人。

“张连长、姚指导员，这位是一师政治部敌工部长陈超寰同志，后面这位是松野觉同志。叶副师长请松野觉同志出山，给日军喊话，劝他们放下武器，主动投降。”林痕介绍道。

“同志们好!”来人用汉语打着招呼，中国话说得很是流利。

此人正是松野觉，脸型瘦长，一身蓝色棉袍，背着一个大背包，包里装着一把琴。

他是日本广岛人，曾是一名机械厂工人，1940 年被骗入伍，在双灰山战斗中被我新四军俘虏。满脑子日本军国主义反动思想的他，起初对新四军持敌对态度，被俘时死活不肯走，要求我方战士拿枪打死他，还挣扎着向河里跳。没办法，大家借来一块门板，十几个人按着，解下绑腿，把他捆个结实，硬是抬到了团部。

松野觉到了团部依旧用绝食、自杀等手段进行反抗。此事惊动了叶飞和陶勇，他俩特意前来看望他，并与他共进午餐。当得知眼前两位布衣打扮、一脸笑容的人正是新四军副师长和旅长时，他非常震惊。在等级森严的日军中，当官的虐待士兵是家常便饭，他一个上等兵三年来从未见到师长、旅长，更别说在一起吃饭了。看着两位首长亲自为他夹菜，态度是那么诚恳亲切，他感动地流下了眼泪。

精诚所至，金石为开。在日复一日的倾心交流和争论中，他的思想认识逐渐发生了变化。他时常想起远方的亲人，反思这场战争的危害，慢慢地敞开了心扉："唉，我的母亲和妹妹还在日本，战争打了这么多年，国内苛捐杂税，民不聊生，她们不知还在怎么受苦呢。日本帝国主义发动了侵华战争，给中国人民带来了苦难，也给日本人民带来了苦难。现在我看清楚了，日本帝国主义是中日两国人民的共同敌人。"

从此，他找到了正确的方向，走上了为正义而战的道路。他好学上进，积极肯干，对自己要求非常严格，不久就加入了苏中反战同盟支部，当选为宣传委员。每次对日作战，他都冲在一线，散发自己编写的文章和新四军俘虏政策，对日军喊话，揭露军国主义的反动本质，号召日军放下武器。在他的影响和带动下，越来越多的日本士兵加入新四军，成为一支重要的反战力量。

这次打车桥，他身体有疾，尚未痊愈，仍主动请求参战。敌工部部长陈超寰劝他休息，他坚决不从。后来，叶飞命令他在家养病，他表面上答应，临出发的晚上，又偷偷地溜到队伍中。陈超寰将他"揪"了出来，他再三恳求，叶飞见他主意已定，只好答应了他的请求。

在姚鼐的带领下，松野觉进入了大碉堡旁边的一个隐射堡里，两者距离很近，枪洞对着枪洞，彼此都能看见对面的活动。我们的战士正严阵以待，随时准备出击。

松野觉把嘴巴贴在枪洞口，用日语对着大碉堡里的日军喊起来："不要打枪啊，我代表日本工农大众和你们说话……"

话音未落，对面"啪"的一枪射来，陈超寰拉他侧斜着身子，他不听，又喊了起来，敌人又是一枪打来。

此时，松野觉依然没有退缩，他从背包里取出琴来，边弹边唱：

忆恋人山本大尉，
侵支那一去不回。
春景好樱花如锦，
思往事不胜悲。
去年春在热海，

既相亲又相爱。
东京驿成永别，
肠欲断心欲碎。
月缺了还会圆，
花落了还会开。
恋人啊一去不归，
这空闺怎能挨。

这首歌歌名叫《空闺怨》，是反战同盟的同志集体创作的，唱的是一个日本女子思念远征的恋人，因侵华战争两人被拆散分离，表达了对战争的憎恨和控诉，代表了当年日本人民至为朴实的心声。旋律凄婉动听，容易使思乡心切的日本兵入脑入心。

松野觉反复弹唱着，听到这久违的歌声，对方真的不再打枪了，大碉堡里一片沉静。此时此刻，思念与哀怨一起涌上他们的心头。他们许久没有听过如此凄绝动人的歌曲了。那歌曲里有他们的家园和亲人。

金丸中队长过来了，操起指挥刀，狂啸起来："这是支那新四军的攻心战！你们这些家伙，帝国军人的意志哪里去了？给我振作起来，坚持下去，援军很快就到！我们要将这里打成埋葬敌人的坟墓！"

加奈第一个拿起了枪，对着松野觉所在的枪洞射起来。其他人也跟着拿起了枪，从不同的枪洞里向外射击。

松野觉火了，从旁边的战士手中拿过一支枪，瞄着敌人碉堡射击。陈超寰也从另一个枪洞里向敌人射击。松野觉的枪法很准，他一枪过去，对方一阵哄吵，原来一个敌人倒了下去。他笑着又打了一枪，又一个敌人倒下去了。第三枪再打，没有打中敌人，他眉头一皱，又推上了第四颗子弹。为了打准一点，他忘记了自身的危险，把侧着的身子站正了。一个敌人发现了他，一颗罪恶的子弹射来，正从枪洞里穿进来，打在他的头上。

松野觉倒下了，永远地闭上了眼睛。

松野觉牺牲的消息，在战士们的心里顿时引发出一团怒火，恨不得立即冲出去，为松野觉同志报仇！

当林痕第一时间从七团指挥所将这个消息报告给叶飞时，他拿电话的手，都颤抖起来，眼泪夺眶而出：“松野觉同志，我们的好兄弟，和你一样，向往和平的中国人民不会忘记你。”

前指里所有的人都脱帽起立，向新四军的好战友、优秀的国际主义战士松野觉致哀。

时间在那一刻似乎凝固，涧河的水也为之呜咽。

第三十五章　师长来了

刮了一天的漫天风沙突然暂时停了下来。

天黑了，影影绰绰中，林痕发现有几个人走来，近前一看，原来是师长他们。

那一刻，林痕怔住了，他怎么没想到，会在车桥前线见到师长；更没想到，师长一到，连风沙吓得都停了，看来师长真是有“神力”之人。

“师长，您怎么来了？叶副师长他们知道吗？要不要我打电话给他们？”

“刚才已联系过他了。我来车桥不要声张，就是来看看，心里有个底，决不干扰前指的指挥。一会儿我还要赶回去，苏中区党委扩大会议还在开。”

粟裕这次来车桥，带了几个侦通人员、一部小电台，还有特务团一营，就住在车桥东门外的文昌宫里。

随行三员“大将”，一个是师部作战科科长邹蔚瑾，一个是四分区特务团团长兼政委程业棠，一个是特务团政治部主任姚力，他三人充当粟裕的前线观察员，轮流到七团指挥所，不传达任务，不下达命令，只把前线了解的情况及时报告给师长。

“师长的宝马呢？”林痕问邹蔚瑾。

他知道，粟裕酷爱骑马，每次打仗，粟裕身边都有一匹宝马跟着，随时行军冲锋。

“留在兴化与宝应搭界的根据地了。”邹蔚瑾答道。

粟裕少年时就因为苦练骑术而摔下马背，勒伤了手指。南征北战中，他的骑术在军中堪称一绝，可以倒骑行走。行军途中，如果军情紧急，他就召开“马背会议”，背朝前，脸朝后，与其他马背上的部下们一边急速行军，一边悠闲议事。

林痕去年陪粟裕从黄花塘军部回到师部后，粟裕的爱骑突然病亡，心里一直伤心不已。有一天，管理科王重听说师部驻地几十里外有匹灰色宝马，膘肥体壮，皮毛像缎子一样锃亮顺滑；能奔走如飞，日行千里，谁看了都眼馋。

但无论王重出价多高，马主人说是“无价之宝”，概不出售。王重回来后，心有不甘，觉得只有粟裕才配骑这匹马，便悄悄地带上特务班的人，准备再去买马，软的不行就来硬的。

粟裕听说后，狠批了他一顿，说即使磨破双脚，也不允许违反群众纪律。后来，马主人一听是威镇四海的粟裕买马，竟立马变了态度，亲自将宝马送上门来。

粟裕喜出望外，一连款待了马主人一个礼拜。但要给主人买马钱时，对方死活不依，说之所以割爱，是出于对粟裕的崇拜，否则，一座金山也不换。后来，粟裕骑着这匹宝马一路征战，屡战屡胜。

这次来车桥，为了赶路，粟裕又一次骑上了这匹宝马，一路飞奔，到了湖荡地区，荡中有堤坝可以供人通行，粟裕决定将马留在附近的根据地，从荡中坐船。为了加快行进速度，大家商定，粟裕与几个侦察人员、一部小电台坐在船上，特务团一营的同志们轮流换人，沿着堤坝，用人拉纤的办法拼命赶路。三天两夜，终于来到了车桥战役的现场。

“将负责进攻日军的八连连长叫来。”粟裕命令道。

林痕叫来了正在地堡里做着二次进攻准备的八连连长张玉成。一见是粟裕，张玉成也是万分的激动，粟裕仔细问了攻击日军碉堡情况，他一一如实回答。

“走，你带我去看一下敌人的大碉堡，其他人不要跟着，就张连长陪我去！”粟裕下了命令，其他人只好在原地等待。

粟裕与张玉成弓着身子慢慢接近日军圩子，在距离敌人火力仅二三十米的地方粟裕停了下来，反复仔细观察后，觉得还是看不清楚，决定匍匐爬进刚刚攻下的地堡里。

地堡里没有灯火，漆黑一片，里面有一个班的战士，还有五六具鬼子的尸体。粟裕摸黑踩到鬼子的尸体，误以为是我方烈士的遗体，立即发了火："张连长，你们怎么能这样对待我们同志的遗体！"

"师长，这不是我们同志的遗体，这是鬼子的尸体，我们刚刚攻下这个地堡，还没有来得及清理呢。"

"现在敌人船运紧张，死去的军官砍下一条胳膊带回国去，而普通士兵则只能剁下一根手指头带回国。我军烈士的遗体有人运走，等战斗一结束，日军尸体也尽快集中埋了，不要暴尸时间太长。"

粟裕的威名让日军闻风丧胆，但也让对方肃然起敬，因为他的举动散发着人性的光辉。

张玉成记得谢家渡一战，全歼日军保田中佐以下 110 余人。战后，粟裕命令把保田的尸体收拾得干干净净，用一口上好的棺材装殓起来，把其他日军尸体用二条船装上，派人送到日军据点麒麟镇，并以七团名义修书一封，警告日军不要再屠杀中国人民，否则难逃保田的下场。

三天后，日军南浦少将给七团回信，扬言择机与新四军决战，但信中不得不承认："贵军战后归还战骸，宽仁厚德，诚贵军战略之胜利。"

"这个中心大碉堡里还有多少鬼子？"粟裕望着对面的碉堡问道。

"还有不到 20 个鬼子。"

"你打算用什么方法攻下日军这个中心堡？"

"还是用老办法，借老百姓的方桌，铺上几层棉被，制成'土坦克'攻打这个中心堡。"

粟裕摆着手说道："不能用'土坦克'的方法，不能为了这十几个鬼子，再让我们更多的同志伤亡。炮兵怎么样？"

"迫击炮的命中率不高，山炮太笨重，每转换一次位置都比较难，想调换到北边去攻击碉堡，又有涧河、桥梁、房屋、壕沟等障碍。"

粟裕返回了他的驻地，刘先胜、陶勇、彭德清都来了。

粟裕笑着说道：“你们作为指挥员应该待在自己的岗位上，我一会儿就走，不给你们添麻烦了。”

“叶副师长让我问师长还有什么指示和要求?”刘先胜问道。

粟裕摆了摆手：“一切按照你们制定的方案进行。芦家滩现在什么情况?”

“一纵方面传来消息说，正全力围歼中。”

“车桥一战，基本大局已定，现在就剩下十几个鬼子，我们不能为攻击碉堡牺牲大批的指战员。我建议停止攻击，这些鬼子一定不会坚守，肯定选择逃跑，我们有意留一个缺口，放鬼子出来，车桥战场这么大，我们七团不打他们，其他部队可以在运动中歼灭他们。”

“还有一个建议。战役结束后，我们要组织民工和老百姓拆毁据点和工事，七团可以晚一点撤出车桥战场，并向深远方向侦察，万一敌人报复性地反扑回来，老百姓会受到很大伤亡；晚一点走，如果敌人来了，七团可以掩护老百姓安全撤离。”

这就是粟裕！任何时候都是实事求是，以人为本，灵活机动的指挥艺术让人折服。在他的心里：战士的生命大于天，百姓的利益大于天。

粟裕带着人马走了。

粟裕向来料事如神，一切正按照他设想的路径发展。

碉堡里的金丸此刻正陷于绝望之中。

听说三泽金夫带着援军来了，他立即情绪高涨，决心与新四军一决高下。新四军久攻不下他的碉堡，他更加狂妄起来，他坚信，这碉堡就是埋葬新四军的坟场。

可是左等也不来，右等也不来，电台中听说援军被堵在了芦家滩。他又向泾口据点发报，可泾口向车桥的通道，已被新四军和泾口、宥城、安丰、崔渡等地的民兵全部堵死，根本过不来。再向曹甸、塔儿头据点分别发报，他们是来了，可新四军早已布下地雷阵，被打得落荒而逃，又退回了据点里。

“中尉，我看现在不要指望援军了，这样耗下去，肯定凶多吉少。我刚才看了，南门好像没了新四军，我们是不是趁这个时候溜出去，再迟就走不了了。”加奈寻得了一丝希望，趁机向金丸建议。

“好吧，我们要悄悄地走，打枪的不要。”金丸接受了加奈的建议。

其实七团早就按照粟裕的指示，有意“网开一面”，十几个鬼子就这样“神不知鬼不觉”地溜出车桥圩子，又向西一路狂奔。哪知道，我三纵部队早已在车桥西边、西南、南边布好三道防线，任他走哪一路都会碰上新四军。

无奈中，他们只好逃到了车桥圩子西门外的城隍庙。

在庙里，金丸碰到了“老朋友”鲍虎雯，他假惺惺地上前寒暄。

“鲍会长，老朋友，委屈你了，让你现在流落于此。”

“我没什么，只是你乃一尊大神，怎么也到了我们这个小庙里来了?”鲍虎雯讪讽地说道，其实他看着金丸等人的落魄样，早就猜出了几分。

鲍虎雯表面上看破红尘，可心里一直埋着仇恨的种子。一家三口避匿庙中不久，管家老顾来报信，说日本人将他撵出，强占了鲍府要建营房工事。日本人杀了他的女儿，又占了他的房子，鲍虎雯早已愤怒至极。

自夜里圩子里打起来，鲍虎雯就一直处于兴奋中。他知道是新四军来了，报仇雪恨的机会也来了。他念着经，祈祷着早一点将圩子中的鬼子消灭个干干净净。现在金丸带着人马来庙中，肯定是从圩子中逃出来的，他不能放过这些鬼子，这是他报仇的绝佳机会。

鲍虎雯假意请昌静住持安排金丸等人休息，他自己准备溜出去报信。可他刚走出门就被放哨的鬼子发现，被逮住抓了回来。

丧家之犬般的金丸愤怒到了极点，他不能再容许有人背叛他，不由分说地上前就是一刀，将鲍虎雯砍倒在地。

鲍虎雯破口大骂：“金丸小儿，你个天诛地灭的畜生，你杀了我的女儿，这笔账我一直记在心里。老夫恨不能吃你的肉，喝你的血，做鬼都不会放过你的!”

金丸掏出手枪，直接射杀了鲍虎雯，鲍虎雯怒目圆睁，死不瞑目地瞪着他。

听到了枪声，鲍夫人阙玉兰冲出来了，看到丈夫倒在地上，满身是血。她扑在丈夫的身上哭喊着：“老爷，你醒醒啊，你怎么舍得扔下我啊，你这一走，还让我怎么活啊?”

突然，她擦去眼泪，向着金丸一头撞过来。金丸吓坏了，脸上被阙玉兰抓得全是血印。金丸气急败坏，一枪打中了阙玉兰，她应声倒地。

这时候，10 岁的小林子也跑了出来，一见父母都被鬼子杀了，吓得跪在地上，扑在父母身上，一个劲地哭了起来。金丸一看这情形，准备一不做二不休，干脆将小林子也杀了，免得留下后患。他刚要抬枪，昌静带着僧众赶来了。

昌静大喊一声：“刀下留人!”吓得金丸抬枪的手又缩了回去。

“这孩子现寄居我庙中修行。佛门净地，不可杀生，请施主放孩子一条生路，佛祖有令：放下屠刀，立地成佛。阿弥陀佛。”昌静双手合十作揖道。

僧人们愤怒的目光射向金丸等人，金丸也知众怒不可犯，只好愤愤作罢。

昌静命令僧人们将鲍虎雯夫妇暂时抬至后院库房，摆上香烛祭品。城隍庙四角已被敌人封锁，他们一边派人巡夜，一边准备择机逃走。

就在这时，带人巡夜的加奈来报告，小林子不见了。再一查，原来藏经房里有一扇窗户坏了，小林子身子瘦小，从窗户钻了出去。其实，这是昌静等人帮忙的，他们假装不知情。金丸一想，这小林子很可能是去报信了，城隍庙不是久留之地，决定连夜逃跑。

鬼子向来就是杀人放火，这已成了习惯动作。还像以前一样，加奈准备一把火烧庙，被金丸当场喝止，因为一旦起火，这就是给新四军放了信号。

小林子确实是去报信了，他一路飞奔，一口气跑到了官田，见到了在官田、瓦屋庄负责阻击的五十二团副团长张宜友。小林子气喘吁吁地报告了情况，张宜友立即带上两个连向着城隍庙方向奔来。

半路上，张宜友听见了脚步声由远而来，他立即让人散开，三面设下埋伏。月光下，他看清楚了，来人真的是金丸的人马。大喊一声：“给我打!”子弹向敌群中飞去，鬼子又和张学谦一样钻进了口袋阵，个个胡乱地开枪射击，像没头的苍蝇一样乱窜乱跑。我新四军战士以多胜少，越战越勇，很快，金丸、加奈为首的十几个人纷纷被击毙。

剑泓、吴子余下午两点左右就到了芦家滩。

当时，狂风劲吹着大地，树叶、尘土、石子漫天飞舞，碗口粗的大树都被刮断了，空气中呛人的黄沙向脸上打来，让人有窒息的感觉。有人说，这样的天气，是给敌人吹响了催命的丧钟。

听说一纵方向的电话线断了，廖昌林背上电话，带着通信员就跑了。半天满头大汗地跑了回来，原来沿涧河向芦家滩方向临时架起的线杆全部被狂风吹倒了，线也给拉断了。这么大的风沙，人都无法站立，迎风走甚至都能被风沙刮出口子来。这线杆一架起来就倒，电话线一拉就断，一时电话无法接通。

更要命的是，数十年未遇的风沙使电台天线无法工作，接收信号微弱，已经无法联系。

叶飞心急如焚，他把前指日常工作交给刘先胜，车桥攻坚的指挥权交与陶勇，自己则全力聚焦打援。根据他的判断，扬州日军来援的可能性较小，他关注的重点是车桥以西受河、芦家滩、韩庄、小周庄一线的打援。

一纵方向电话线不通，他决定派“飞毛腿”剑泓带上吴子余前去芦家滩，协助侦察，同时，两个人轮流回来报告战况。

路上，剑泓、吴子余看见一支浩浩荡荡的民兵队伍顶着风沙而来。一看，原来是安丰区委书记杜文白带着安丰、崔渡的民兵，李在进、帅冠群带着泾口、宥城的民兵过来了。

“在进、冠群，你们不是在大刘舍那边监视和阻击泾口之敌的吗?”

“我们把大刘舍据点给端了，泾口之敌被七团和教导团的两个连堵死了，暂时不敢出来。为了防止敌人空中支援，前指命令我们赶过来，把飞机场给破坏了，任务完成后，再赶到大刘舍、杜家舍一线警戒泾口之敌。你俩这是去哪儿啊?”

“我们赶往芦家滩，那边电话线断了，联系不上了，前指首长让我们前去侦察情况。”

沙尘暴像是要把整个车桥一口吞了似的，天上的太阳也像是被狂沙推着走，在阴云里拼命地挣扎，一会儿挤出来，一会儿挤进去。仰望灰黄的天幕，那太阳分明成了忽远忽近、忽强忽弱的一个圈点而已。

剑泓、吴子余顺着这个圈点一路西行，终于来到了芦家滩阵地。

“前指来人了!”陈挺、曾如清迎上前来，很是欣喜，电话联系不上前指，他们也很着急，“快给我们说说二纵方面的情况!”

“二纵七团已经攻下了车桥大部分的碉堡，下一步的重点就是攻击日军工事碉堡；另外，三师方面攻克了朱圩子据点，全歼守敌 300 余人，有力地保障了一师作战部队北面侧后安全。”

剑泓带来的消息，一下子传开了，阵地上一片沸腾。

“兄弟部队打得好！接下来就看我们的了!”

“车桥的戏快散场了，我们芦家滩这边还未听见锣响呢。”

“你放心，鬼子要么不来，要来的话，我们团长不会放他们回去的，肯定要请他们的客。”有战士学着廖政国团长的河南腔说道，引得大家一阵大笑。

从夜里 12 点到达芦家滩开始，一纵就布下了天罗地网。

第一道防线，由一团政委曾如清带一团三营在芦家滩一线构筑工事，敷设地雷，敌淮安、石塘方向来援，坚决正面堵击。

第二道防线，由泰州独立团团长兼临时纵队参谋长陈挺率泰州独立团一营在三营东面受河以西，构筑纵深阵地，并实施机动。

一团团长廖政国率一团一、二营及三分区特务营为突击队，位于三营西北方向石桥头一线，从侧翼有力突击歼敌于韩庄一带。

担任正面堵击的三营营长周维生派九连在芦家滩正面，控制公路两侧，七连八连在芦家滩以北至芦苇荡一线占领阵地。七连还派出一个排，南渡涧河设伏，从河对岸侧射敌人，配合正面部队作战。

一切安排就绪，时间一分一秒过去了，现在快到下午三点了，还是不见动静，阵地上的战士们有点沉不住气了。

“看来敌人是不会来了，我们只有看着人家七团捉俘虏、缴枪了。”

“再等等就天黑了，敌人更不敢来了，我们只有空手而归了。”

“我们的侦察员已经派出几批了，带回来的都是三个字：没人来！”

“我们都不好意思再吃芦家滩群众送来的车桥朝牌烧饼了。”

曾如清心里很是清楚，敌人既来增援，肯定是坐车来，这一路上，我地方民兵早已将公路破坏得坑坑洼洼。汽车不好走的地方，敌人的工兵要一个一个地填坑，一段一段地平路，有些地段还埋下了地雷，他们得小心避雷或排雷前进，肯定要浪费大量的时间。现在唯一能做的就是静等，着急也没有用。

“政委，我去走一趟吧！”吴子余也是按捺不住了，向曾如清提出请求。

曾如清大手一挥：“好的，你去吧，快去快回，注意安全！”

吴子余飞也似的跑了。过了韩庄，就是小周庄，前方游击警戒小组已在公路两边设伏。卢春萱、盛小顺带领芦家滩自卫队，季桥区委书记王海、区长崔思明带领季桥联防队，正在指定地点埋伏，敌人一旦接近，就会开枪发出警报，然后将敌人引入我芦家滩伏击阵地。

不一会儿，吴子余隐约听到了一阵汽车马达的轰鸣声，由远及近，越来越响，他的神经顿时兴奋了起来：敌人来了！

果然，一路烟尘中，日军七辆卡车摇摇晃晃地来了，吴子余估算了一下，7 辆卡车上大约有 240 人。这一路都被破坏了，不知道敌人填了多少回土，平了多少截路，才得以过来的。

吴子余拔腿就往回跑，不久，身后传来了枪声，这是前方游击警戒小组与敌人接上火了。设伏在涧河南岸的七连一个排，也对准公路上的日军侧后突然开火，打得敌人抱头鼠窜，不敢再从韩庄村前公路上大摇大摆地走了，只好从村后向东，从韩庄东北角过来。

“政委，来了，来了！7 辆卡车，240 人左右！”接近阵地的时候，吴子余一边跑着，一边喊着。

原本喧嚣的阵地上，一下子安静下来，有的战士把啃了一半的朝牌揣到衣袋里，迅速进入伏击位置。

“大家注意隐蔽，不要出声，等敌人靠近了，听命令再打！”曾如清下达了命令，“通信员，快向廖团长报告！”

游击小组已将敌人成功引入我方阵地。在前方 200 米开外的地方，有一段夜里没有挖完的工事，已成了诱饵，敌人的大炮、机枪、掷弹筒一齐开火，他们不惜代价猛烈轰击着。

原来，夜里廖政国团长、曾如清政委和一团政治部主任朱启祥三人巡视防御工事时，发现三营工事的位置防御正面过宽，交通壕太长，兵力不集中，空隙太大，就立即召集排以上干部开会。经过反复研究，决定把阵地向后推移 200 米，移到芦苇荡和涧河距离最近的地段上，这样防御正面可以缩短 100 米，有利于我方坚守。

当时交通壕已经挖有膝盖深了，但战士们坚信：现在多出点汗，打起仗来就可以少流血。个个精神焕发，拿起铁锹到新的地点重新开挖新的防御工事。

现在旧的防御工事派上用场了，200 多敌人端着刺刀，以“蛇形战斗队形”冲了上来。

这是一批训练有素的鬼子，他们脚步稳重而迅捷，我方一开火，他们就动作娴熟地伏下身子。可谁知，阵地上我方早已布下了地雷阵。

战前廖政国就对布雷的战士作了交代：在敌人能利用的地形要埋真的地雷，对敌人不利的地形要埋假地雷，但也要埋一些真地雷，这样可以让敌人摸不清哪里是真地雷，哪里是假地雷，真真假假，假假真真，迷惑敌人，造成敌人的心理恐慌。

这下子，敌人四处找着有利地形，踩上地雷的鬼子被炸得血肉横飞，没有被炸死的，惊慌失措地爬起来去找藏身之地，不料又踩上了地雷，爆炸开来，敌人当场丧命。敌人一会儿卧倒，一会儿爬起，反反复复，在阵地上打圈，就像一群疯狗被打得晕头转向，看得战士们直呼痛快。

“铁炮鸟刺拉！”有人兴奋地用刚学来的日语“缴枪不杀”喊话。

敌人发起了第二次冲锋。这一次他们学乖了，不再找有利地形了，那些坟包高地土松松的，其实是假装的，里面没有埋地雷，他们避得远远的，宁愿伏在平地上挨机枪子弹，也不愿去挨地雷炸。

他们小心翼翼地向前摸索前进。可这一次他们又想错了，前面的平地上，却被我军埋下了真雷。敌人一趴下，手脚一着地，地雷就遍地开花，敌人一个接一个地被炸到了半空中。再看敌人的一个机枪班，瞅见旁边有个牛车篷，他们不顾一切地跑进去藏身，哪知又进了地雷阵，几个人被炸得无影无踪，轻重机枪都被炸翻下河了。

面对着接二连三爆炸开来的敌人，我方阵地上，战士们一边欢呼，一边端起机枪、步枪，向着敌群猛烈开火，阵地上到处都是敌人的尸体。

敌人暂停了进攻。

剑泓、吴子余等人已经查明，援敌系日军第六十五师团五十二旅团六十大队大队长三泽金夫的人马。这一次他带来了日军大队部（含指挥班）、两个步兵中队、炮兵中队和机枪中队各一部，几乎出动了六十大队的一半人马。因为兵力集中缓慢，三泽金夫下令部队集中一批出动一批，就带着先头部队 240 多人直奔车桥而来。

三泽金夫亲自上阵了，招来几个头目，叽哩哇啦地说了一通，第三次冲锋开始了。

这一次阵地上没了枪声。敌人没有开枪，却派来了两只“大狗”，伏在阵地上前后左右腾挪跳跃。

曾如清身边的剑泓眼尖，一下子看出了端倪：“政委，这是敌人侦察兵，他们化装成狗来探测有没有地雷！”

“给三营营长周维生传话，让战士们沉住气，不要浪费子弹，等敌人靠近了再打，距离 30 米以内，我们的手榴弹够得着了，就开打！”曾如清让通信员去三营阵地传话。

两只“大狗”摇起了旗子，后面的敌人跟了上来，越走越近，敌人马上就可以跃入我方的工事了。

50 米，45 米，40 米，35 米……三营战士们手指扣住手榴弹引线，只等进入 30 米就可以开打了。

“打!”三营长周维生大喊一声，成百上千的手榴弹像雨点一样地飞向了敌人。步枪、轻重机枪一起开火，这样的阵势让敌人胆战心惊。

敌人的掷弹筒来不及打开，就被炸飞了，原来整齐划一的冲锋队形一下子溃不成军。

大批的鬼子只好掉过头来往回跑，退回去的路上，又踩上了地雷，敌人彻底崩溃了，有的干脆就趴在地上一动不动，既不前进，也不后退。

三泽金夫咆哮起来，大声骂着：“胆小鬼，帝国军人的脸面都给你们丢尽了！给我冲，再有后退的，格杀勿论!”

他挥舞着银鞘指挥刀下令炮火攻击，原本逃跑的士兵又转过身来，冲向三营阵地。

敌人的炮火向我阵地倾泻而来，阵地上烟尘弥漫，炮火连天。战士们在三营营长周维生的指挥下，沉着应战，顽强回击。九连连长张荣华是坚持南方三年游击战争的老红军，他亲自率领一个排靠前射击，把日军打得乱成一团。

交通壕和散兵坑构成的防御阵地，在敌人的炮火轰击下接连坍塌，一批又一批的战士倒下了，一批又一批的战士受伤了，担架队上来了，受伤的战士仍不肯离开，口中还在嚷着：“我还能射击！我要留在阵地上!”

剑泓、吴子余都投入了战斗，曾如清派人劝了几次，他们都不肯下火线。国仇家恨集于一身的剑泓，复仇的烈焰早已在心中熊熊燃烧，与他一起并肩作战的战士们，个个临危不惧、视死如归。

伤员越来越多，霞姑、吴家明、盛小玉、周小鱼等人带着芦家滩的男女老少参加了担架服务队，看着这些在枪林弹雨中穿梭的乡亲，曾如清的眼睛湿润了，心中涌起无限的敬意，他不由得举起了右手：敬礼！我血肉与共的父老乡亲！

阵地上，剑泓看见了霞姑，霞姑也见到了剑泓。两个人都是烟熏火燎的样子，满脸灰土，彼此看着都笑了。来不及多说话，霞姑只是心疼地瞅了剑泓一眼，就匆匆而去。

“霞姑，注意安全啊！”剑泓大声喊着。

“知道了，你放心吧！”霞姑招了招手走了，风沙中渐渐远去的背影像一幅画。

第三十六章　火凤凰

这次三泽失算了。

生性好斗、刚愎自用的他，每战都喜好亲临前线。这次车桥战事一起，他就收到了金丸的电报。他刚要派兵，又得到朱圩子据点被围的消息，后来查明，攻打车桥的是新四军一师的部队，包围朱圩子的是新四军三师的部队，到底哪一方是真打，哪一方是假打，他一时被弄得晕头转向。

等接近中午时，得到确切情报，新四军三师是为一师作掩护，朱圩子据点已经失守，车桥日军危在旦夕，他才决定带着第一批淮阴日军先行赶来。在他看来，只要他一到，新四军一定会很快散去，车桥之围立马可以解除。谁知芦家滩竟遭到新四军如此顽强阻击，内心非常震惊，于是，他急电后续援兵加快速度，向车桥进发。

已经攻了将近一个小时，芦家滩仍然冲不过去，车桥近在咫尺，却无法接近。

三泽决定兵分两路，一部分兵力从正面向着三营阵地冲锋，一部分兵力悄悄向三营右翼东北方向实施迂回攻击。

一场更为猛烈的进攻开始了。

这一幕，小李庄一纵指挥所里的廖政国从望远镜中看得一清二楚。

“二营营长，三营打得很苦，我知道你早就坐不住了，现在四连可以出击了，让杨荷生带兵上去，坚决从侧翼重创敌人，以解三营压力。”他向二营营长蓝阿嫩发出命令，让四连由北向南运动，打敌侧翼。

杨荷生立即带着四连从一片开阔的田间穿插过去，各班交替跃进，以最快速度接近敌人，猝然发起攻击，机枪、手榴弹铺天盖地地在敌群中炸开。敌人万万没想到神兵天降，慌乱之中被迫退到了韩庄附近。

就在这时候，敌人的第二批援兵约200人到了。三泽大喜过望，重新举起指挥刀，日军立即像注射了激素一样，个个不要命地往前冲。

廖政国立即命令六连沿公路快速出击。六连是全团出了名的“老虎连”，连长龚力朝，指导员束恂，排长周明根、顾树礼、陈永兴，个个都是猛将，一阵猛打猛冲，六连像风卷残云一样冲到了阵前，一排排的手榴弹在敌人前进队形里爆炸开了，一下子打乱了阵脚。遭到迎头痛击的援军被六连压缩在小西庄以南一带。

沙尘的呼啸声、枪炮的爆炸声混在了一起，芦家滩上空，阴云漫卷，黄沙满天，在这样的天气里，通信科李景瑞、廖昌林带着线路班的同志们拼命维护着线路。

廖政国正准备派通信员去前指报告芦家滩战况，突然，一度中断的电话终于接通了，廖政国迫不及待地将援兵情况报告给了前指叶飞。

“这个三泽大佐历来狂妄自大，他在芦家滩栽了跟头，肯定不会善罢甘休，后续还有援兵要来。他这种添油战术，犯了兵家大忌，他们一批一批地来，这就给我们创造了分批截击敌人的良机，我们可以不断地渐次予敌重创。”叶飞电话中给一纵部队打气。

“请叶副师长放心，不论敌人来多少人，我们都会坚决地消灭，坚决不放一个敌人去车桥增援。”廖政国表明了决心。

“现在通信不畅，不需要什么事都等指示，这样容易贻误战机，将在外，君命有所不受，你们有战场临机决断权！”

“是，谢谢叶副师长的理解和支持！”

放下电话不久，正如叶飞所料，第三批援兵100多人、第四批100多人先后赶到了。

“李干，你带特务营给我冲上去，狠狠地教训一下！”

作为突击队之一的三分区特务营，看着二营的人马上去了，早就急不可耐了。这个营的绝大多数干部都是一团的老班底，他们在营长李干的率领下，个个一马当先，以一当十，以运动防御、分段切割的方式杀伤敌人，坚决阻击援兵前进。

芦家滩的上空硝烟滚滚，杀声震天，公路及其两侧，日军像一条断身的长蛇躺在地上，蛇头对准我三营阵地，蛇身被我军截成数段，首尾不能相顾，前后不能相接。

三泽见此情景，被迫再次下令停止进攻。走投无路的敌人，有的逃向韩庄，有的瘫在一边，有的苟延残喘，有的哀号叹息。

黄昏时分，廖政国决定趁着敌人偃旗息鼓的机会，在小李庄一纵指挥所开会研究下一步的作战方案。

剑泓、吴子余陪同陈挺、曾如清一起去了指挥所。一旦新的作战方案确定，吴子余将立即带着方案回前指报告。

“今天的战斗比战前预想的有所不同，现在敌人连续增援，我们决不能轻敌。曾如清政委负责的第一线阵地争取坚守到明天晚上，万一不行了，才能转到第二线阵地。陈挺团长的泰州独立团一营建制完整、战斗力很强，不到万不得已不能动，不过，泰州独立团一营负责的第二线阵地工事要加强，第一线阵地一旦被突破了，就看你们第二线阵地了。”廖政国做着分析部署。

“没问题!”曾如清大声回应。

“有我陈挺在，一定挺得住!”陈挺一说，众人都笑了。

“通过二营和特务营的几番冲杀，我们现在大致摸清了敌人的底细，现在敌人有陆续向韩庄集结的动向。韩庄坐北朝南，有着二三十户人家，东西长约 400 米，南北窄约 30 米，是个扁担形的村庄。我们何不有意放开一道口子，让敌人暂时会合于韩庄，然后集结兵力发起总攻?”廖政国提出建议。

一浪荡出千层波，廖政国的话说到了大家的心坎上。

“这个方案可行，让敌人合兵一处，我们可以瓮中捉鳖!”朱启祥说道。

“敌人把大碗酒、大块肉端上来了，一次吃不光，喝不尽，可以集中兵力，各个击破嘛!”陈挺端着一碗温水假装喝酒状，一饮而尽。

曾如清也站起来说道：“敌人猛攻我正面，我就拦头、断尾，从敌侧前猛击一拳，扎紧口袋，关起门来打狗!”

“既然大家意见一致，那么今晚9点发起总攻，争取拂晓前全歼敌人!”廖政国一锤定音。

指挥员们各奔岗位，分头组织工事和做好进攻前的准备。指挥所里的电话线又断了，通信员们又紧张地奔跑于指挥所与前线各部之间。吴子余带着新的作战方案回前指报告。

天黑了，三泽带着部队退到了韩庄。增援部队连续受阻，付出了如此沉重的代价，三泽感到脸面全无，他下定决心准备重整旗鼓，与新四军决一死战。

他命令士兵找来了柴草、木头之类的东西堆在一起，点火烧了起来，有火就可以壮胆，有火就有希望，这是日军的逻辑。熊熊火光中，三泽又命令信号兵向天空不停打信号弹，号令溃散人员向韩庄集结。

三营营长周维生正组织战士紧张地加固工事，突然阵地前又一次枪声大作。

掷弹筒的轰鸣声、手榴弹的炸裂声一阵紧似一阵，呐喊声、呼号声将芦家滩震得地动山摇起来。留给日军的时间不多了，车桥方面的金丸已经没了信号，肯定是凶多吉少。等不及的三泽下令已集结的部队分批次向我三营阵地轮番猛扑，妄图突破我军阵地，驰援车桥。

“头可断，血可流，坚决不让敌人从此过!”周维生向战士们喊出响亮的口号。

口号就是进军令，回响在每个人的心中，三营的勇士们像钉子一样钉在阵地上。凭着勇猛顽强的战斗意志，战士们一次次打退了敌人的轮番进攻。黔驴技穷的敌人没了先前的嚣张和狂妄，被迫退回韩庄。

廖政国站在打谷场上，看着火光的方向，听着枪声的变化，他知道日军在韩庄会合后，一定会作困兽之斗，但没想到敌人这么快就展开进攻了。

廖政国一看手表，快到8点了，离9点总攻时间还有一个多小时。敌人又被打退了，后面肯定还会发起更为猛烈的进攻，看来必须修正方案，提前向韩庄发起总攻。

“通信员，火速通知各部，总攻时间提前到8点，命令二营和分区特务营立即分头向韩庄发起总攻，插入敌阵后，首先将敌军切成几段，再作抵近作战和白刃格斗消灭敌人!”廖政国果断下令。

韩庄总攻开始了。

廖政国将指挥部直接搬到了韩庄边上的小东庄，决定靠前指挥这场战斗。

敌人在韩庄四周堆起柴草，浇上煤油点燃起来，一道道火墙妄图阻挡我军进攻。

六连三排排长陈永兴手持驳壳枪，腰挂手榴弹，胳膊上扎着一条白毛巾。他带着突击排跃过干沟，跃过田埂，飞速接近韩庄。敌人借着火光发现了他们，子弹顿时像雨雹一样扫射而来。

无险可守，无路可退。陈永兴大喊一声：“同志们，冲过去!”犹如离弦之箭，他领着战士们飞过火墙，扑向了敌人。

端着刺刀的敌人也冲过来了。距离太近，打枪来不及了，扔手榴弹会伤了自己人，只有和敌人硬拼。战士们如雷霆闪电般冲进敌群，枪托和刺刀的撞击声，厮杀搏斗的吼叫声，刺刀进身的“扑哧”声，混在了一起。

“闪开退后几步! 扔手榴弹!”他一声呐喊，战士们纷纷退后，手榴弹“嗖”“嗖”地飞向敌群。一阵轰炸声中，三排从西北冲进了庄子。

“快吹冲锋号!”全神注视着战局的廖政国，一看突击排冲进去了，兴奋地命令司号员吹起冲锋号。

号声中，六连一排、二排像潮水般从三排打开的缺口冲了进去。

六连进去了，四连也从北面突入韩庄。副连长王明映第一个冲到敌人的火力点房子前，从窗户扔进去一个手榴弹，爆炸声中敌人嗷嗷乱叫。他对着大门猛刺过去，大门没被捅开，他干脆从窗户跳了进去，黑暗中对着敌人一阵狂刺，敌人纷纷倒地。没死的鬼子拼命从后门逃了出去，王明映穷追不舍，硬是把敌人撂倒刺死为止。

特务营一连从西面、五连从东面分别突破进去。现在韩庄里的敌人已被我军切成四段，敌我之间展开了激烈的肉搏战。一时间，枪声、喊杀声震天动地，刺刀碰撞声当当作响，到处是刀光、火光，到处是新四军战士仇恨如火的目光，到处是日军眼里露出的怯意……

三排排长陈永兴率领全排像一把尖刀楔入敌阵，他已记不清自己刺倒了多少个鬼子。他挥舞着从敌人手中缴获的三八大盖，与五六个鬼子决斗，刺刀卷了角，他扔下刺刀，拔出手榴弹，怕误伤正在敌群中厮杀的战友，干脆将手榴弹当锤子，向鬼子脑袋猛砸，连续砸死三个鬼子。突然，一个鬼子的刺刀从他身后扎入腰部，他转身拼尽全力，将手榴弹砸在那家伙的脑袋上，而后才倒下……

一排排长顾树礼连刺了五六个鬼子，刺刀弯了，他顺手操起墙边的铁锹，又打死了三个鬼子，最后中弹壮烈牺牲。

五班班长朱文生被敌人刺倒，肠子都出来了，他把肠子揣了进去，在生命的最后一刻，猛然跃起，顽强地扔出最后一颗手榴弹，在鬼子屁股上炸开了。

六班班长许德胜连续刺死几个鬼子，刺刀都刺断了，他抱住一个鬼子用拳头猛击对方头部，将其打死，最后鬼子从身后刺来，他才轰然倒下。

战士翟余茂受了伤，被几个鬼子团团围住，情急之中，他毅然拉响了最后一颗手榴弹，与敌人同归于尽。

……

“团长，据我们侦察，日军指挥官三泽大佐就在韩庄，此人身穿黄呢军大衣，手上一把银鞘指挥刀，如果将其击毙，敌人一定会自乱阵脚。”跟随指挥部行动的剑泓跑了过来，根据侦察来的情况向廖政国建议。

“卢参谋，你的建议很好。”廖政国回过身，叫来通信员，“快去通知二营营长蓝阿嫩他们，给我安排各连神枪手，专打日军指挥官三泽大佐。告诉他们，只要是身穿黄呢军大衣，手舞指挥刀，大声嚎叫的指挥官，不管是不是三泽大佐，一概予以击毙。”

此令一出，各连的神枪手都开始找有利地形埋伏起来，专寻日军指挥官打。不一会儿，二营的两名战士兴高采烈地抬着一名日军指挥官过来了。此人受了重伤，身材矮小，满脸横肉，沾着血污，从他身上缴获了一把银鞘指挥刀，一个望远镜，口袋里还藏着肩章和领章。原来他特意隐藏了他指挥官的身份，妄想脱身，没想到被我神枪手一枪命中要害。刚才还在担架上挣扎着翻滚吼叫，此时却没了声音。廖政国弯下身子探了探鼻息，发现已经断了气。

经俘虏辨认，此人正是昔日不可一世的三泽金夫大队长，他可能临死都没想到，芦家滩竟是他的葬身之地。

“三泽大队长被击毙啦！”消息像长了腿一样，迅速传遍了前线，战士们越战越勇，有些听得懂中国话的日军，顿时像泄气的皮球一样，再也没了反抗的气力。

剑泓去了小马庄附近的野战医院，等吴子余回来，该他回去报告战况了，他要把伤员情况一并汇报给前指。

小马庄距芦家滩打援阵地仅一公里，这里三面环河，河坡既险又陡，另一面则是毫无隐蔽的开阔地。野战医院与小马庄一河之隔，里面有包扎所、转运站、临时手术室。五十余名伤员正在包扎抢救中。

突然，枪声响起，原来有一小股鬼子窜进了小马庄，想过河插向车桥方向，野战医院警卫排的战士已和敌人交上火。

尽管有一河之隔，但野战医院里伤员的生死安危丝毫不容懈怠。战士们以河为界，拼死守护野战医院。团卫生队队长陈海峰、团休养所所长史凌带领所有医务员、卫生员一边抢救伤员，一边随时准备拿枪战斗。

剑泓与陈海峰来不及寒暄，便也投入战斗中。在我方战士猛烈阻击下，这批鬼子很快停止了攻击，缩回到小马庄的几个房子里。

这时，霞姑、吴家明、盛小玉、周小鱼带着担架队过来了，又一批伤员送来，医务卫生人员又忙碌开了，包扎的包扎，手术的手术，转运的转运。

“叶书记，敌人已经到了小马庄，我们警卫排的同志要担任警戒任务，不能护送你们回去了。你们现在回去一定要小心!”陈海峰提醒霞姑。

剑泓主动请缨：“陈队长，我来护送担架队回去。”

“那就辛苦卢参谋了。”陈海峰拍着剑泓的肩膀说道。

终于可以并肩作战了，剑泓和叶霞姑心里都暖暖的。

他们带着担架队经过一片乱坟堆，这坟堆紧靠着芦苇荡。尽管夜里的风力不如白天的大，但芦苇依旧被吹得唰唰乱响。他们还听到了皮靴脚步声，像是皮靴里灌了水，发出咕叽咕叽的声响。

他们立即隐蔽在坟堆里。只见一簇人影从芦苇荡中窜出。难道是鬼子，鬼子才有皮靴，再一听叽哩哇啦的讲话声，真的是鬼子!

芦苇荡中零零散散地不断有鬼子钻出来，正聚在一起，整顿装备。原来他们无法从我正面防御阵地过去，现在想从这几百米的芦苇荡里涉水过去。看来小马庄的小股鬼子也是从这里奔去的。

“霞姑，我守在这里，你们快去三营阵地，向首长报告，让他们派人来截住这些鬼子!”剑泓让霞姑带人先去报告。

“剑泓，你一定要小心啊!”霞姑放心不下剑泓，但情况紧急，不容多想，她带着担架队的人很快消失在夜色中。

霞姑找到了曾如清，曾如清一听立即心头一沉，这些敌人从几百米的草荡中蹚水上岸，妄图绕过我正面防线向车桥方向增援。难道敌人是从韩庄跑出来的?现在手头兵力紧张，第二道防线上的泰州独立团一营暂时不能动，三营正在作正面阻击。

“有多少敌人?”

“是一股一股分批从荡里上来的，大概有几十个人。”

陈挺走了过来，他皱起了眉头："这一批有几十个，后面可能陆续还有敌人从荡里走。形势很严峻，要是让敌人向东，会威胁车桥；要是向北，会影响我们后方；要是往西北，会影响团部安全；要是往南，会搞乱三营正面防御体系。"

"那从三营抽一个排的兵力，再请辅助我们担任阻击任务的芦家滩自卫队配合，把这些敌人先压到荡里再说，能消灭多少是多少。要是暂时消灭不了，就把敌人压到小马庄，那里三面环河，一面开阔地，便于我们集中兵力消灭他。"曾如清开始调兵。

七连人称"麻子排长"的倪吉寿带着人马上去了，卢春萱、盛小顺带着芦家滩自卫队的人上去了。

黑夜里，战士们、队员们背向东南，以宽大正面，疏开战斗队形，向敌人猛力攻击。碰到敌人就打，一阵猛打猛冲，对方也分不清我方有多少兵力，纷纷四散逃窜，有的逃向了小马庄，有的慌不择路，扑通扑通地重新跳进荡里。

剑泓与霞姑两个人一起参加了战斗，他们不顾一切地将敌人往荡里赶，敌人一个个抱头鼠窜。荡里的地形没有人比霞姑更熟知的了，哪些地方有水，只能蹚水而行，哪些地方有旱埂，可以穿行，哪些地方表面干涸，可淤泥很深，她都了如指掌。

两人从后面一阵猛冲，被赶进淤泥的鬼子动弹不得，发出绝望的狂吼，他俩不禁哈哈大笑起来。

突然，霞姑大喊一声："不好，有鬼子！"话音刚落，从荡里的一个汪塘里一下子爬上来二十多个鬼子，一拥而上，将冲在前面的霞姑团团围住。剑泓冲上来想解救，被敌人开枪打中了右腿，跌倒在地。霞姑不顾一切地冲上来抱起剑泓，撕心裂肺地呼喊着："剑泓，剑泓，你不能死啊！"

剑泓忍着剧痛倔强地站了起来。鬼子张牙舞爪地吼着："快快地，给我们带路，不然死啦死啦的！"

两人互相望了一眼，会意地点了点头，他们决定将敌人引入表面干涸但淤泥很深的那片区域。

鬼子小心翼翼地跟在后面，剑泓和霞姑在前引着，走着走着，鬼子发觉有点不对头。剑泓和霞姑猛然朝旁边芦苇中倏地一闪，钻了进去。鬼子发觉上当了，一起开枪射击。奔跑中的剑泓和霞姑都中了枪，倒在芦苇中，鲜血从胸前汩汩而出。

剑泓从怀中掏出那对玉佩，一个戴在自己的脖子上，一个戴在霞姑的脖子上，拉着她的手说道："霞姑，这是……妈妈……和姨娘留下的，就算……我俩的定情物吧。"

"剑泓，我……有火柴，快……快，我们……把芦苇……点了，烧……烧死……这些鬼子！"眼看不行了，霞姑作出这样的决定，剑泓点了点头，他抓着霞姑的手，一脸的满足："霞姑，我俩始于……初见，止于……终老，这下子……我们可以……永远不分开了……"

"下……辈子，我们……还在一起，我要……嫁给……你……"

传说火凤凰是世界最美的鸟，当它自觉处在美丽的巅峰，无法再向前飞的时候，就自己火焚，然后在灰烬中重生。两个心爱的人紧紧依偎在一起，他们要像火凤凰一样，期盼在大火中涅槃永生。

火柴划起，芦苇荡瞬间一片火海，荡里的敌人一片鬼哭狼嚎。大火升腾，夜空里的云朵瞬间像晚霞一样，映照得一片通红。

漫卷蒸腾的焰火，也烧红了每一双哭泣的眼眸，倪吉寿和战士们在哭喊着，卢春萱、盛小顺和芦家滩的队员们在哭喊着。

熊熊烈火中，侥幸苟活下来的鬼子狼狈不堪地爬出了荡区，敌我双方在荡边展开了拼杀。

看到了荡里大火顿起，曾如清、陈挺决定调来泰州独立团十连、十一连增援。一番厮杀后，敌人被切断了，有的逃向坟堆里，有的被压向小马庄。

卢春萱跑去向曾如清、陈挺哭诉了剑泓、霞姑牺牲的消息，所有人悲痛不已。

“政委，三营阵地前方已没了枪声，韩庄的敌人已被二营、三分区特务营困死，现已查明，涉水过荡的鬼子就是我们正面阻击阵地上的敌人。去了小马庄的敌人，我们可以集中兵力消灭他们了。”陈挺说道。

“廖团长还没有使用一营，现在该是一营上场的时候了。号长，给我把三营所有的号兵集合起来，跑到北面去吹号，命令一营向小马庄战斗前进。我们随后就到!”曾如清给号长下令。

小东庄指挥所里，廖政国的心一直悬着。小马庄不断有百姓跑来，说鬼子到了庄上；后来，芦苇荡里又起大火，有人传来“三营阵地被突破，政委牺牲”的消息。他接连派了几次通信员前去打探，都被打了回票。

现在三营方向传来让一营向小马庄进攻的号声，他的心才稍稍安定下来。这下可以确定了，狗急跳墙的敌人是从芦苇荡里涉水去了小马庄。

“通信员，通知石桥头待命的预备队一营二连、三连火速前进，到小马庄关门打狗!”廖政国立即下令。

预备队来了，发现一二百敌人在小马庄聚集，他们从庄子北部飞速过桥，绕到敌人占领房屋的背后，以叠罗汉架人梯的办法，登上了屋顶，揭开了瓦片，把手榴弹向屋里扔去，炸得鬼子哇哇狂叫。

鬼子分散在几个房间里顽抗，战士们一间一间打开墙洞，鬼子用刺刀往外捅，战士们就脱下棉衣包着手，抓住刺刀向外拔拉，敌人好几支枪都被拉了出来，然后从墙洞里再扔手榴弹，逼得敌人夺门而逃。激战中，敌人一部被逼回，一部窜至巷内与我军展开肉搏战。

风风火火的倪吉寿在芦苇荡活捉了四个鬼子，还缴了一门炮，现在又跟着曾如清赶来了。一上战场，就和鬼子展开了殊死拼杀。曾如清看着他的背影进了庄子，可从此再也没等到他回来，他在与敌人的厮杀中壮烈牺牲了。后来，一提起他，曾如清总要扼腕痛惜：“这个倪麻子！这个倪麻子!”

两个老战友一见面，廖政国用一条胳膊紧紧抱着曾如清，眼泪唰唰而下。

“老曾啊，你没死啊，把我吓死了，听说你被打死了，我恨不能飞过去!”廖政国欣喜地打了曾如清一拳。

“我还没和你打一声招呼呢，怎么可能就擅自去马克思跟前报到呢。”曾如清咧开嘴笑着说道。

“听说师部侦察科参谋卢剑泓同志、芦家滩党支部书记叶霞姑同志都牺牲在芦苇荡里了。他俩还是恋人关系，真是太可惜了!”廖政国一脸痛惜。

“是啊，多好多般配的一对啊！团长，现在敌人困守在少数的房子里，为了争取在拂晓前消灭敌人，我建议用火攻，烧死这些鬼子，为死难烈士报仇!”曾如清建议。

廖政国当即拍板：“火攻小马庄!”

玉米秸秆、柴草架了起来，浇上煤油，点燃后推向敌人的房屋，顷刻间，小马庄烈焰升腾，敌人被包围在一片火海之中。敌人拼命向外冲，战士们用排子手榴弹轰了回去，敌人完全崩溃了。

天亮之前，死了大队长、没了指挥官的日军四处溃散。二营阵地前再无敌人踪影，韩庄之敌大部被歼。小马庄侥幸出逃之敌，芦苇荡边被我切断之敌，乱坟堆里流散之敌，四散逃窜，早已没了先前“皇军”的威风，一个个丢盔弃甲、狼狈不堪。

“缴大炮啊!”“活捉鬼子啊!”芦家滩军民一心，喊声此起彼伏。

走投无路的敌人一个个向河沟里、芦苇荡里跳，战士们、自卫队员们跟着跳下去，捉俘虏就像赶水鸭一样。有的鬼子被按在水中呛水灌饱，有的陷于淤泥中来个狗吃屎，还有的光着脚像落水狗一样爬上来，又被岸上的战士和自卫队员用刺刀逼了回去。

一片欢腾声中，芦家滩的天亮了。

第三十七章　生死绝恋

吴子余将一纵向韩庄发起总攻的作战方案带回了前指。

叶飞和刘先胜等人很是高兴。他们知道，廖政国、陈挺、曾如清等人都是身经百战的虎将，打起仗来不但勇猛果敢，而且有头脑有点子，这一次安排在芦家滩打援，是粟裕亲自点的将。

“敌人援军来了四批，一共六七百人，我一纵方面有二三千人，数量上我方占绝对优势，加上夜战是我军强项，你告诉廖政国，车桥大战基本定局，二纵正在清除残敌，一纵务必在天亮前全歼韩庄之敌。天亮后肯定还会有援兵到来，所以千万不可掉以轻心。”吴子余临回一纵前，叶飞耳提面命，叮嘱再三。

吴洪书、吴洪词兄弟俩特意为吴子余做了一碗阳春面，让他吃了暖暖身子再走，可吴子余顾不上吃一口，又飞也似的跑了。可这一走，再也没有回来。

吴子余刚走出二三里地，就看到了一簇人影在前面晃动，他迅速隐在一边，向着来人方向仔细看去，原来是一股伪军，约莫有三十多人。

这些人是从西边摸过来的，一定是芦家滩的伪军，吴子余一下子警觉起来。

吴子余猜对了，这些人真的是从芦家滩而来。他们以前曾在车桥一带据点做伪军，对车桥的地形基本熟悉，所以这次三泽带队增援时，让淮安保安大队大队长李东海派他们来给日军带路。中途，日军决定绕过三营正面阻击阵地，从芦苇荡里涉水穿出去，而后向车桥进发。

哪知道，还没出荡就被新四军一阵猛打猛冲，给打散了。这些伪军因为熟悉道路，他们竟然过田埂，抄小路，摸着河边，一路提心吊胆地就这么闯过来了。一直向前走，走走停停，竟一路摸到了前指边上。

不能让他们过去，首长都在那边！吴子余来不及多想，他扯开嗓子就喊："敌人来啦，敌人来啦，快来人啊！"

这一喊不要紧，吴子余暴露了，一下子成了活靶子。伪军迅速跟上来，一起向吴子余开枪，吴子余不幸中弹牺牲。

一听枪响，总预备队山炮连、警卫连和郝兆本带来的民兵运输队就在旁边，他们拿起枪，操起扁担、棍子、粗绳、铁锹等器物，一起奔了过来，将伪军团团包围起来。那些伪军一看这阵势，哪里还敢反抗，一个个扔下了枪，乖乖地举手投降。

叶飞坐不住了，他感到心头一震：有敌人跑到车桥来了，是不是一纵方面阻击不利，围歼被突破了？本来让吴子余去一纵传信，剑泓可以再把战况带回来复命，现在吴子余牺牲，一纵电话又不通，那边的情况暂时不明了。

警卫连迅速加强戒备，派出几路侦察兵，不一会儿回来报告，沿途均没有发现敌人。叶飞这才放下心来。

就这一眨眼的工夫，听说吴子余牺牲了，吴洪书、吴洪词兄弟俩顿时傻了眼，亲手做的那碗阳春面还冒着热气。他俩跌跌撞撞地把面条端来，一边跑着，一边哭喊着："兄弟啊，你就不能吃一口再走啊。我的好兄弟啊！"

可吴子余永远地闭上了眼睛，任人怎么呼喊，他也醒不过来了。

"叶副师长，三师方面传来情报，说涟水城北已有大量敌军集结，可能要向我报复，让我们做好准备。"刘先胜拿着一份情报过来了，夏光、张震东也过来了。

"现在二纵已经按照师长的建议停止了进攻，三纵方面已打退曹甸、塔儿头方面的增援，现在一纵还在全力围歼增援之敌，我军战略目标已经实现，我建议见好就收，天亮之后开始撤退！"叶飞下了决心。

林痕带着两名侦察员出发了。叶飞派他到各个纵队传达前指命令：各纵队天亮后把主力撤出阵地，一纵、二纵及总预备队向凤谷村以东罗家桥地区转移，三纵撤至淮宝根据地，控制曹甸、泾口地区。

从二纵到三纵，再到一纵，一圈跑下来，已近拂晓。

林痕赶到芦家滩的时候，这里已没了枪声，阵地上、庄子里随处可见激战之后的余烟仍在，断壁残垣里散落着敌人的尸体。

在一纵指挥所，当他传达了前指撤退的命令后，曾如清政委一句话，让他如五雷轰顶。

“林科长，卢剑泓同志牺牲了！”

他一下子跌坐在凳子上，一阵天旋地转，半晌抬起头来问道：“他是怎么走的?”

“他和叶霞姑同志在芦苇荡里阻击敌人受伤，敌人命令他俩带路，他们将敌人带进了沼泽地。敌人恼羞成怒，开枪射杀，他们牺牲前放火烧了芦苇荡，与敌人同归于尽……”

林痕顿时泪如雨下，他好像看见了剑泓、霞姑慷慨就义的那一幕。剑泓，作为他的好部下、好战友、好兄弟，过去的一幕一幕闪现在眼前。从前指出来时，还好好的一个人，一夜之间，竟与他阴阳永绝。他才18岁啊，就这么走了，林痕心里一时无法接受这个事实。

“剑泓，我的好兄弟啊！”林痕张开双臂，向着芦苇荡的方向呼喊着。

又是一阵马达的轰鸣声，敌人的援军又来了。

敌人以轻便坦克和装甲车开道，一路盲目轰炸和一阵狂乱射击，掩护后面汽车上的鬼子前进。

“敌人不过一二百人，二营、特务营，你们从马塘分两路向敌人出击！”廖政国果断下令。

冲锋号响起，在我军战士奋力冲杀下，不到20分钟，敌人的坦克、装甲车、汽车便调转车头。他们得知了三泽金夫已经毙命，前面的增援部队都被我军消灭，公路以北又到处都是我们的队伍，他们无心恋战，慌忙乘车向石塘据点撤去。

就在这时候，奇怪的一幕发生了。

小马庄猪圈里那些横七竖八的“死人”听到了公路上的马达声，竟一下子“活”了过来。

原来小马庄烈火焚烧时，这些鬼子无处藏身，竟躲到了几个空猪圈里。他们手刨了浅坑，平躺着身子，将自己“埋”进去。猪圈圈顶的几根树棍烧完了，没有其他可燃物，他们居然躲过一劫。

“死人”中有一个炮兵中尉叫山本一三，当年带队到车桥给鲍二爹护灵的正是此人。

他听到公路上传来马达轰鸣声，知道是援兵开着坦克、装甲车、汽车来了。他立即爬了出来，吹起了哨子，一下子集合了 13 个鬼子。一个个头发焦枯，破衣烂衫，脸颊红肿，浑身上下污泥浊身，军帽、枪支早就没了。

山本一三指挥刀也不见了，只剩下一个空刀鞘，在他的带领下，鬼子们拼命向着公路上汽车的方向奔去。

卢春萱带着芦家滩自卫队正在打扫战场，一看有鬼子窜出来了，顿时大喊起来：“抓活鬼子啊!”

负责善后的一团一营一连，正在庄外吃早饭，一听有“活鬼子”，他们把饭碗一扔，操起枪就追了上去。

“追啊!”“抓活的!”“不能让他们跑了!”

战士们、队员们一边奔跑，一边呐喊，赤手空拳的“活鬼子”吓得四散奔逃。有一个戴眼镜的家伙已经跑上了公路，被一连连长胡云标一枪击毙。其余的 12 个“活鬼子”全部束手就擒。

战士们、队员们押着这些俘虏向纵队指挥所而来，引得周围的群众纷纷前来围观。

“这下子可好，一网下去捉了 12 条活鱼，现在七七八八加起来，我们捉了 24 条活鱼了!”廖政国兴奋不已。

有个叫石川方男的战俘惊异地看着廖政国，操着半生不熟的中国话说道："白天的……见你们的……只有……少数的部队，想不到……夜间的……这么多，四面八方的……冲来，你们……新四军的……用兵的……大大的神！"

一场大撤退开始。

许亚、曾涛带着淮宝两县 40 个乡 3 万民工、2 万民兵来了。

一部分人在撑船，一部分人在带路，确保将返回部队送到指定地点。

一部分人在恢复交通，将原先拆毁的桥再建起来，让部队抄捷径返回。

一部分人拖着板车和手推车，帮助部队搬运缴获的物资装备。

一部分人进了车桥圩子，负责平毁工事，拆除碉堡和围墙土圩，彻底摧毁敌人的巢穴。

车桥人太痛恨鬼子了，当初鬼子烧毁了他们的家园，现在他们也要以牙还牙。俞臻、严淑平、李春明、蔺培元、吴士达带着车桥的老百姓冲进了日军工事里，抱来柴火堆在炮楼边，浇上煤油，一把火点起，日军工事一片火海。

老百姓一片欢呼，胜利的喜悦洋溢在每个人的脸上。他们从来没有像今天，以一个主人的姿态捍卫着家园、捍卫着和平。

日本人的飞机来了，在车桥人的记忆里，这是第三次轰炸车桥。

这一次轰炸，车桥人不再害怕，因为他们的身后站着仁义之师新四军。鬼子只是"示威性"地扔了几颗炸弹，来了六辆卡车，从芦家滩拖回了日军的尸体，便仓皇而去。

侵略者再也没了先前的嚣张，因为这一次他们作为失败者，输得很惨。泾口、曹甸、塔儿头、蚂蚁甸、陶家林、望直港等 12 处据点的日伪军都跟着逃走了。

熊坝口上空阴云翻腾，狂风四起，像是天上有一双大手伸来，抓起尘土，欲把人间搅个天翻地覆；又像凶猛的野兽，呼啸着，怒吼着，哀鸣着，尖嚎着。

在鲍艳萍、王玉荣的墓边，一座新坟立起。那是鲍虎雯夫妇的坟，管家老刘为他俩收了尸，他没有将鲍虎雯夫妇安葬进鲍家祖茔地，而是安葬在女儿的墓旁。他知道，女儿是他俩的最爱，此刻他唯一的希望就是盼着他们一家再次团圆。

披麻戴孝的小林子跪在坟前，哭着喊着要爸爸妈妈，老刘将他紧紧地搂在怀里："老爷太太啊，鬼子都被新四军打死了，鲍家的仇也报了，你们放心，我会把小林子带大的，你们安息吧！"

漫天风沙中，一老一小相互依偎着、搀扶着走了，一路哭声，一路悲鸣。

长号吹起，撤退前，新四军的一场祭拜也在此举行。

云啊，你是为牺牲的战友而哀痛吗？风啊，你是为逝去的烈士而号哭吗？你看，乡亲们在流泪，战士们在流泪，首长们在流泪。

一天一夜的时间，淮安县、宝应县动员53个乡送来了53口棺材。有的棺材原本是老乡们留给家中老人的，听说给烈士安葬，他们义无反顾地献了出来；有的棺材是木匠们连夜现打的，还没来得及上油漆，他们要让烈士们早一点入土为安。

乡亲们为烈士擦拭着血渍、污灰，看着这一张张年轻的脸庞，他们号啕大哭："可怜的伢子啊，太年轻了，走得太早了，都是遭天杀的鬼子作的孽啊！"

兜率院住持宏光法师、城隍庙住持昌静法师带着僧人来了。他们为战士们白布缠身、焚香入殓，祈愿每个生灵都能升入天堂。

乡亲们事先挖下巨坑，烈士棺木一字排开，分成六排移入坑中。填土，烧纸，没有鲜花，没有墓碑。战士们肃然静立，泪眼婆娑，他们来为烈士们做最后的告别。

"松野觉、卢剑泓、叶霞姑、吴子余、张茂珅、陈永兴、谢永福、顾树礼、倪吉寿、姜连宝、许德胜、巢东生、朱长明、王其、孙金良、朱文生、于德钧、吴群成、张其林、尹光俊、于跃光、杨伯景、印德如、陆和卿、钱兆如、李金、徐良章、翟余茂、仇华山、柯明义、张家友、高广兴、姜佩章、朱圣章、朱友才、丁汉成、沈汉清、陈金山、于维邦、缪文功、李伏庆、周齐生、李华承、郭汝成、颜春育……”

前指夏光参谋长沉痛地宣读着烈士的名字，这些熟悉而又陌生的名字，就像钟声敲响在每个人的心头，敲一次，痛一次。

叶飞登台致辞：“同志们，烈士们为正义事业献出了宝贵的生命，为民族的解放流尽了最后一滴血，他们的精神值得我们永远铭记。为了防止敌人疯狂报复，现在我们还不能大张旗鼓地为他们立碑留名，但烈士的英名将永远镌刻在我们的心中。我相信总有一天，会有一座纪念碑高高耸立，记述着他们的丰功伟绩。另外，我们还有 185 名战士光荣负伤，他们同样值得褒扬。可以告慰烈士的是，我们胜利了，车桥一战，打通了苏中、苏北、淮南、淮北我战略区的联系，淮宝地区纵横各 50 公里的广阔地区被打开，为我们今后的行动创造了极大的便利。师长听到我们胜利的消息非常高兴，特意从东台发来嘉奖令，现在，请前指副司令刘先胜旅长宣读嘉奖令。”

前指并转前方各兵团指战员：

此次车桥战役，各兵团指战员本着对党之无限忠诚，勇猛、效命，攻破非常坚固之车桥围城及碉堡 50 余个，共歼三泽大佐以下日军 465 人，其中生俘山本一三中尉以下 24 人，歼伪军 483 人，缴获步兵炮 1 门及大批轻重兵器，斩获无数，先后克复车桥、泾口、曹甸等据点，诚为我苏中抗战 6 年以来之创举！由此足证我各兵团战斗力之增进，敌战斗力之削弱，我前敌指挥之英明。

特传令嘉奖，即希各兵团详加检讨，总结经验，作为我今后反攻之始基，并盼将作战有功之指战员详报本部，以便分别给予奖励为要！

刘先胜宣读完毕，礼兵鸣枪 12 响，这是对烈士的深情慰藉，这是对烈士的最后道别。

烈士坟冢的右侧，有一条小河，河边长着芦苇。

干枯的苇叶迎风招展，苇根间，苇笋已露出红黄相间的芽尖，在这个春天，芦苇新一轮的生命旅程已经开启。春分过后，这里便会是婀婀娜娜、郁郁葱葱的绿色世界了。

在靠近芦苇的边上，埋着剑泓和霞姑的棺材，这是“大先生”严淑平向前指首长提出的唯一请求。

芦家滩战斗结束的时候，卢春萱带着自卫队员们在苇荡中找到了剑泓和霞姑。他俩的遗体当时躺在水中，尽管经历了一场大火洗礼，两人面容仍可辨认。

乡亲们为他俩洗净了身上的血污和泥垢，找来了干净衣服为他俩换上，当遗体运送到熊坝口时，严淑平半天没有说一句话，只是抓着孙儿的手，一个劲地默默流泪。唯一的至亲血脉永远地离他而去，他的泪都流干了，再也唤不回孙儿了。心被剜走了，急火攻心的他，竟一句话都说不出来。

今天，他亲自来为孙儿、为他未过门的孙媳妇一起送行。林痕、李春明、蔺培元来了，卢春萱带着芦家滩的乡亲们来了。大风顿起，苇叶轻轻飘飞，河边哭声一片。

吴士达哭了吴子余，又来哭剑泓。周小鱼眼睛都哭肿了，声音都哭哑了，他视霞姑像亲姐姐一样，爷爷临终前将他交给姐姐，可姐姐现在没了，他似乎半条魂魄都被姐姐带走了。

严淑平坐在地上只是烧纸，依旧一言不发，白发人送黑发人，此时旁人再多的劝慰都显得那么苍白无力。

蓦地，林痕猜出了“大先生”的良苦用心。他之所以提出将剑泓、霞姑安葬在芦苇旁，原来卢春萱、叶霞姑一个姓卢、一个姓叶，他们结合在一起不就是迎风飘飞的芦叶吗？每到苇絮飘飞的时候，那成片的芦苇就是对他俩最好的祭奠。

“看，一对蝴蝶!”周小鱼眼尖，看见了一对蝴蝶在苇叶间翩翩起舞。

芦家滩人相信，天造地设的一对有缘人，像传说中的火凤凰在烈火中涅槃，现在也许化成了一对蝴蝶，在芦苇丛中得到了重生。

李春明又一次唱起那首歌，这一次唱得一字一泪、字正腔圆。这首歌当初是“大先生”为他量身定做的，现在看来，竟一语成谶，像是写给剑泓、霞姑的诀别诗：

你来人间一场，谁知前世模样。
背起空空行囊，尽头就是天堂。
你来人间一场，谁见来世时光。
不见不欠不想，放下就是天堂。
你来人间一场，谁享今世无恙。
笑看魑魅魍魉，回家就是天堂。

“是空尘法师吗?”有人在严淑平身后唤他的法号，知道他法号的人可不多。

严淑平擦干眼泪，抬头一看，顿时一阵惊喜：“原来是杨先生啊！你怎么来了?”

来人正是杨汉章，淮安地区党组织的创始人之一，后来去了盐阜地区，成了严淑平的革命引路人。

“你几次提出申请要求加入党组织，考虑到你处境的特殊性，组织上认为你留在党外比留在党内好，让你继续保留法师的身份。”

“我坚决服从组织的安排!”严淑平一脸坚定。

“我现在调到苏北军区城市工作部了，这位是黎真同志，从上海来的。”杨汉章的身后站着一个十七八岁的姑娘，穿着墨绿格子旗袍，梳着一对长长的辫子，笑起来两个酒窝，一看就有大家闺秀的风范。

“林痕同志，我是黎楠的妹妹。”姑娘站到林痕面前，自报家门。

林痕一听黎楠的名字，心猛然揪起来，脸腾地就红了。这个名字一次次让他魂牵梦绕，一次次让他夜不能寐，也曾经一度不能自拔，陷入迷惘消沉之中。在战友们的帮助下，他好不容易走出来了，今天又提起这个名字，怎能不让他再次兴奋起来。

“妹子，你姐阿楠在哪里?”他迫不及待地问道。

“我姐牺牲了!”黎真哭着说道。

林痕刚刚燃起的希望转瞬间成了泡影，这个消息太突然了，让他有点不能自持，他差点要跌下去，卢春萱一把扶住了他。

“怎么牺牲的?”他含泪问道。

黎真哭诉了事情的经过。

原来经过多番寻找联系，苏中军区城市工作部的同志终于凭着接头暗号，找到了化名黎美兰的姐姐黎楠。在党组织的安排下，黎楠打入上海伪警察局保甲处担任文秘工作，为我方秘密传递情报。

在一次外出途中，姐姐偶然碰上了以前的上线，上线假装说一直在寻她，其实姐姐知道上线已经叛变，但她假装不知，就说自己得了一场大病，刚刚痊愈。

为防不测，姐姐连夜找到妹妹黎真，告诉妹妹，一旦有不测，就让她去苏中找林痕，并将一张照片交给妹妹，让她一并转交。

妹妹黎真劝她离开警察局，姐姐说明天有一份重要情报要接收，完成后就离开。说完就走了，哪知道这一去姐姐就再没有回来。

第二天，姐姐被捕了，很快就被枪决了。

妹妹黎真一路找到苏中地区，苏中军区城市工作部的同志接待了她，告诉她，林痕随部队去了三师的地盘。她又一路找到了三师师部，师首长让城市工作部的杨汉章陪同她来到了车桥。

“妹子，苦了你了!”林痕与黎真抱头痛哭，两个人哭得像泪人似的。

林痕看着那张照片，这是恋人的唯一遗物，照片上的黎楠一头短发，文静柔美的笑容，永远地定格在他的脑海里，也许一生都无法忘却。

照片的反面是一首绝笔情诗，看着这熟悉的字迹，林痕的心碎了。

寒星夜夜难成眠，君在人间我在天。

记得春风花开时，银河迢迢手相牵。

“林痕哥，我也要参军，参加革命!”黎真一脸认真地说道。

“好啊！你姐姐如果看到你参加革命，她也一定会高兴的。”林痕很是感动。

“姐姐把生命献给了革命事业，我要继承她的遗志，我参加革命，就是在延续姐姐的生命！”黎真的话让在场的人都竖起了大拇指。

叶飞带着前指的人马向凤谷村出发。

锣鼓喧天，人山人海，蔺培元、卢春发、王翠花、吴道明、盛小玉等人撑着花船过来了。

严淑平带着乡亲们前来送行，路边摆了一张桌子，上面放了几样东西：一碗水，一条鱼，一面镜子，一杆秤，一根针，一根线。

林痕不解，问严淑平：“‘大先生’，这有何含义吗？”

“这是说新四军清廉如水，鱼水情深，公正如镜，买卖公平，不拿群众一针一线啊！”

前指的首长们笑了，战士们笑了，在场的乡亲们笑了。

叶飞向乡亲们挥手：“我们永远不会忘记，人民永远是我们的靠山，我们和老百姓就是鱼水之情的一家人啊！”

行军的队伍中，多了几个新面孔：黎真、卢春萱、盛小顺、周小鱼如愿参了军，大部队迎着喷薄而出的朝阳一路向前，向前，向前。

尾　声

涧河的水，静静流淌，一路东去，生生不息。

涧河两岸的人们依旧过着日出而作、日落而息的生活。

历史，车桥人的历史，抑或与车桥相关的故事，就像这条涧河一样，在过去和现在之间奔涌着，进行着一场永无止境的对话。

后来，山本一三等 24 名日本战俘加入了反战同盟。

后来，张学谦、夏桂伍、尚太运、任如干、沙正道等汉奸被公审执行枪决。

后来，三泽金夫丧命后，日军哀号一片，日本首相东条英机呈请天皇追晋三泽金夫为少将，东京《朝日新闻》哀叹：继阿部规秀之后，又一名将之花陨落。

后来，日本投降后，有人看见任如松摇身一变，成了国民党接收大员。

后来，重庆谈判时，孟格美陪着已是共产党干部的周家二少爷周闻武回了车桥一趟：孟格美见到了“大先生”严淑平，他余生痴情教育，直至终老；周闻武去了周仓，周仓成了周家的祖茔地，祭拜后他抓了一把土走了，从此再未回来。

后来，李春明、蔺培元、吴士达重操旧业，各自的商号都成了百年老字号。

后来，李在进、帅冠群、卢春萱、盛小顺、贺家明都在解放战争中牺牲了。

后来，邵毓云搭乘国民政府立法院的船只去了台湾，潜心著书立说，编著《中国银行行史》《淮安采风录》等。

后来，抗美援朝中，打残了一条腿的周小鱼回到了故乡，守在周仓，成了一名乡村教师，他曾写过一首《涧水谣》，每到元宵节的时候，车桥圩子里的孩子们常常提着灯笼，从涧河的五座桥上向着街巷里出发，一边蹦蹦跳跳地走着，一边天真无邪地唱着这首童谣：

涧水两岸是我家
我家住在车桥坝
坝上圩门高又大
日机三次来轰炸

涧水两岸是我家
我家住在车桥坝
坝上五桥十三庵
国民省府来驻扎

涧水两岸是我家
我家住在车桥坝
坝上一百单八巷
鲍邵严任领风华

涧水两岸是我家
我家住在车桥坝
坝上朝牌馄饨香
软兜长鱼人皆夸

涧水两岸是我家
我家住在车桥坝
坝上传奇芦家滩
车桥战役名天下

后　记

诺贝尔文学奖获得者阿尔贝·加缪在《加缪手记》中写道：“每个冬天的句号都是春暖花开。”

2023 年 3 月 5 日，惊蛰时节的一场小雨悄悄地下着，这场雨，把所有的思绪都淋湿在这个春天。

这一天，我们想念雷锋。孩童时，老师就告诉我们，3 月 5 日是学雷锋的日子。

这一天，我们想念伟人。长大后，家乡的人们告诉我们，敬爱的周恩来总理就诞生于 3 月 5 日。每到这一天，家乡淮安总会举行各种各样的纪念活动。

这一天，我们想念先烈。多年后，车桥的父老乡亲告诉我们，1944 年这一天的凌晨，车桥战役正式打响，揭开了华中敌后战场局部战略反攻的序幕。

这个春暖花开、春雨淅沥、春风拂面的日子，被赋予了太多的思念和记忆。

也就是这一天，在淮安市淮安区相关部门负责同志参加的纪念车桥战役 80 周年筹备会上，根据区委书记颜复的指示，为了告慰先烈、铭记历史，区里准备请人创作一部具有时代意义的以车桥战役为题材的文学作品，并把这个任务交给了我。彼时，我的“英雄史诗三部曲”——《天路淮军》《大胡庄·1941》《新安旅行团》刚刚收官。喘息未定，又一次踏上征程，个中滋味无人能懂。

每年一部的创作速度，离不开高强度的“田野调查”，离不开夜以继日的拼死鏖战，身心俱疲不说，还常常疾病缠身。有人以为我为钱而来，其实创作“英雄史诗三部曲”时，除了采访创作过程中的交通食宿费、出版印刷费等有所着落外，所谓的创作劳务费，我分文未得。

对于妻子，我不是一个称职的丈夫，这些年，家中里里外外都靠她一人操持；对于女儿，我不是一个好父亲，从本科考研到毕业找工作，我都抽不出更多的时间去关心一下，全靠她自己“独闯江湖”。

记得2021年3月25日，在我的长篇小说《大胡庄·1941》首发式上，江苏省作协党组成员、书记处书记、副主席丁捷在讲话中号召全省作家向我学习，希望作家们用饱含深情的笔墨讲述好江苏的革命史、斗争史，塑造好各个历史时期为党、为人民英勇献身的江苏英烈，讲好江苏故事，传播好江苏声音，为新时代江苏文学“高处再攀高”作出新的贡献。

一份感恩，一份勉励，谨记在心。有人说我痴，有人说我傻，随便别人怎么说吧。一种与生俱来的使命担当，催着我一次又一次地奋笔前行。

车桥，这是一个有着近千年历史的传奇古镇。历史上古镇周筑圩坝，外开壕沟，设有四门，圩中五桥十三庵、一百单八巷，人文蔚起，钟灵毓秀。抗战时期，更因国民党江苏省政府驻跸于此，加上那一场车桥战役，一时闻名遐迩。

我是怀着一份敬畏之心走进车桥的。这里的一草一木，都值得珍视。因为，这片土地太丰厚了，丰厚得让人动容。80年前的那场车桥战役，改变了苏中抗战的战略格局，新四军从被动的战略防御转向战略反攻。透过历史的烟云，我仿佛再次听到战场上那炮火连天的轰鸣声，仿佛再次看到战士们冲锋陷阵的背影。

《车桥　车桥》的体裁定位是长篇历史小说，尽管不同于非虚构文体，但是历史事实真相必须被尽可能地还原和体现在文本中，基于此，才可借助于适度渲染夸张和想象描摹等艺术手段展开情节。关于小说的架构，则是从抗战时期淮安东乡涧河两岸人民的觉醒抗争入手，因此地方革命斗争史、车桥战役战史呈两线交织，时空变换，推动情节螺旋式前进。来源于大量寻访基础上的“田野调查”，是文本创作的前提。

难以忘记的是，《车桥　车桥》采访创作的过程，亦如奔波在一场新的“车桥战役”征程上。我们地方的许多领导倾注了大量的心血，可谓接力关注、倾力扶持：无论是时任淮安区委常委、宣传部部长祁素娟，还是现任区委常委、宣传部部长彭凯；无论是时任区委宣传部副部长、区文联主席傅振举，还是现任区委宣传部副部长孙克勤、张磊和区文联主席韦立阳；无论是时任区退役军人事务局局长王玉湘，还是现任区退役军人事务局局长朱剑春、副局长张玉元；无论是时任车桥镇党委书记许云波，还是现任车桥镇党委书记何叶……一路走来，逢山开路，遇水架桥，碰到问题，现场会办，接到求助，立马落实。

难以忘记的是，91 岁的刘耀武老人，是我采访的第一个对象，他家当年是车桥战役伤病员卫生所，前敌总指挥叶飞将军的指挥所与他家只隔着几户人家。他是躺在床上接受采访的，听到“车桥战役”四个字，老人的眼里顿时闪出光亮来，撑坐起身子，思绪一下子飞向那个战火纷飞的年代。其后三个月的时间里，在车桥镇卞书元、李炳瑶、黄善忠、曹晓平、周学佳等“专班人员”的陪同下，我们辗转于淮安城区及车桥、泾口、流均、西安丰、盱眙、建湖、射阳等周边地区，先后采访了殷长干、孙一峰、金志庚、张士马、纪效先、刘国章、朱跃兵、钟志荣、贾武强、施向平、徐爱明、丁国顺、秦九凤、叶占鳌、丁群沥、祁宏、许濛、刘镜培、胡山、徐怀庚、骆洪宾、丁文书、陈振华、刘永春、董夕鹤、张夕兰、卢洪亮、何波、陈其祥、郑才生、杨成九、骆玉国、张锦喜、韦兆清、陈玉梅、丁成功、沈长荣、朱荫桃、周正芳、马骅、张京生、陈以和、卞龙、潘志平、陈银、陈鸿发、胡虹生等数十位曾经在车桥地区工作过的党政干部，党史、军史、文史专家和历史见证人；又先后赴南京、北京、上海、盐城、扬州等地走访新四军相关纪念馆所，在中国新四军和华中抗日根据地研究会、北京新四军研究会、上海市新四军暨华中抗日根据地历史研究会等团体热心人士的帮助下，广泛收集车桥战役相关史料著作及地方党史文史资料，为长篇小说的创作奠定了坚实的基础。

难以忘记的是，2023年的盛夏时节，由区文联、区作家协会、区新四军历史研究会、区退役军人事务局、车桥镇等单位负责同志组成的“重大文学题材《车桥　车桥》创作寻访组”一行，冒着炎炎酷暑，赴京寻访当年新四军一师将士子女。在北京新四军研究会一师苏中分会的帮助下，当年新四军一师粟裕、刘炎、叶飞、管文蔚、钟期光、乔信明、彭德清、刘文学、刘毓标、陈玉生、廖昌林等将士子女及苏中分会负责同志：粟惠宁、刘晓星、叶小宇、张小庆、乔泰阳、彭晓秋、刘晓明、刘华苏、管铮、廖泰安、戈继军、陈永昌、陈伟、吴刚等济济一堂，追忆烽火岁月，重温红色记忆。在座谈采访期间，粟裕将军之女粟惠宁、叶飞将军之子叶小宇均再三叮嘱我，车桥战役的胜利离不开地方人民群众的支持，要浓墨重彩地书写革命老区地方党组织和人民群众作出的历史贡献。他们的嘱托恰恰与这本小说“江山就是人民，人民就是江山”的主题构思不谋而合。

难以忘记的是，在北京寻访期间，我们拜会了时任新四军一师侦察科科长严振衡之女严晓燕。在这位70多岁的老人身上，我看到了锲而不舍的执着精神。20多年来，她一直在寻找父辈的足迹，根据父亲留下的众多珍贵历史资料，她自费到全国各地拜访了数十位父亲的战友，整理汇编了《在粟裕身边的战斗岁月——老侦察科长严振衡的回忆》一书。这些年，她通过大量寻访还原出一个真相：车桥战役打响后，粟裕师长曾亲临前线。她拿出当年见证者、参与者口述录音、采访记录、回忆文章等做证，回淮后，她有时候一天给淮安地方领导打十多个电话，建议车桥战役陈列馆在重新布展时，一定要将粟裕师长亲临前线的这一史实增补进去，言辞凿凿，让人动容。她说，我不是为了出名，更不是有利可图，纯粹是为了尊重这段远去的历史。我为这样的“红二代”感动，感动的是他们对革命先辈出生入死和红色江山来之不易的珍惜与热爱，感动的是他们对于革命历史的尊重与执着。基于此，我认真研读了时任新四军一师侦察科科长严振衡、作战科科长周蔚昌、测绘参谋秦叔瑾等人的回忆录、文集、日记，这些宝贵的史料给了我对小说主人公原型塑造与情节构思的灵感。小说中新四军战士林痕的身上或多或少有着严振衡的影子，新四军战士邹蔚瑾的身上，则或多或少地交融着周蔚昌和秦叔瑾的故事，而至于严晓燕心心念念的粟裕师长亲临车桥前线的相关情节，也在小说中有所体现，算是对她那份执着精神的致敬和告慰。

难以忘记的是，寻访组还在南京先后采访了周蔚昌之子周星星、张藩之女张阳宁、《铁军》杂志社原副总编刘顺发；在上海先后采访了刘先胜之子刘强，廖政国之女廖颖、颜伏之子颜宁夫妇，陶勇之女张绮、女婿李乐德夫妇，彭德清之女彭平平、女婿卢保国夫妇，姚力之子姚军辉、儿媳钟庆英夫妇，余光茂之子余江如，鲍奇之子鲍一江等。所到之处，聆听他们对父辈的怀念和历史的回望，情真意切；收到他们赠送的珍贵照片和图书资料，更是铭感五内。

难以忘记的是，远在成都的高中校友、陆军第七十七集团军某旅副旅长刘大鹏回乡省亲时，带回了他大伯刘正元先生的遗作《暗度文仓》与我交流。这是一部关于苏北抗战题材的长篇小说，融抗战史、地方史、家庭史于一体，其中详细记载了当时车桥一带的典故传闻，书稿具有浓郁的地域特色，为我的创作打开了视野、提供了参考。

难以忘记的是，在第四届吴承恩长篇小说奖颁奖期间，中国作协党组成员、书记处书记、中国作协副主席、中国小说学会会长吴义勤，中国作协党组成员、书记处书记、《人民文学》主编施战军，江苏省作协党组书记、书记处第一书记、副主席郑焱，江苏省作协副主席、江苏省文艺评论家协会主席汪政等亲临长篇小说《车桥　车桥》改稿会，对作品整体架构、人物情节、主题思想等进行审读把脉和精心指导。众多文坛大咖的加持，让《车桥　车桥》的文本创作质量得到了保证，使之成功入围江苏省作协第十一批重大题材文学作品创作工程项目和淮安市文联第十二届重点文艺作品签约项目。

难以忘记的是，中国新四军研究会学术委员会主任常浩如在审读书稿后爱不释手。他认为，在习近平总书记亲临江苏盐城新四军纪念馆考察并作重要讲话、引起巨大反响的背景下，长篇历史小说《车桥　车桥》适时推出，可谓恰逢其时。全书深入贯彻习近平总书记重要讲话精神，作为江苏推出的首部以“江山就是人民，人民就是江山”为主题的新四军题材重磅力作，全书情节起伏跌宕、引人入胜，文本语言大气磅礴、精彩流畅，必将成为献礼中国人民抗日战争胜利 80 周年的一部精品佳作。

难以忘记的是，为了使重大选题《车桥　车桥》早日与读者见面，江苏人民出版社高度重视，专门组织了政治图书中心精干力量投入编审之中。从淮安市委宣传部到江苏省委宣传部，从江苏省新闻出版局到国家新闻出版署，从中宣部到中央军委，层层把关，精益求精，全面保证了本书的政治性、思想性、史实性、艺术性的高度统一。

在《车桥　车桥》创作出版的过程中，还有一些在幕后默默付出努力、给予各种帮助的人士，就不一一点名了，在此一并感恩鸣谢。

需要声明的是，因为年代久远，小说涉及人物众多，根据情节的需要，有的主人公采用真名，有的则是化名，务请不要对号入座。2025 年，是中国人民抗日战争胜利 80 周年，我们谨向车桥战役这段伟大的历史致敬，向苏北、苏中乃至全华中地区伟大的人民群众致敬。

谨此后记。

于兆文

2025 年 2 月于淮安区作协创研基地